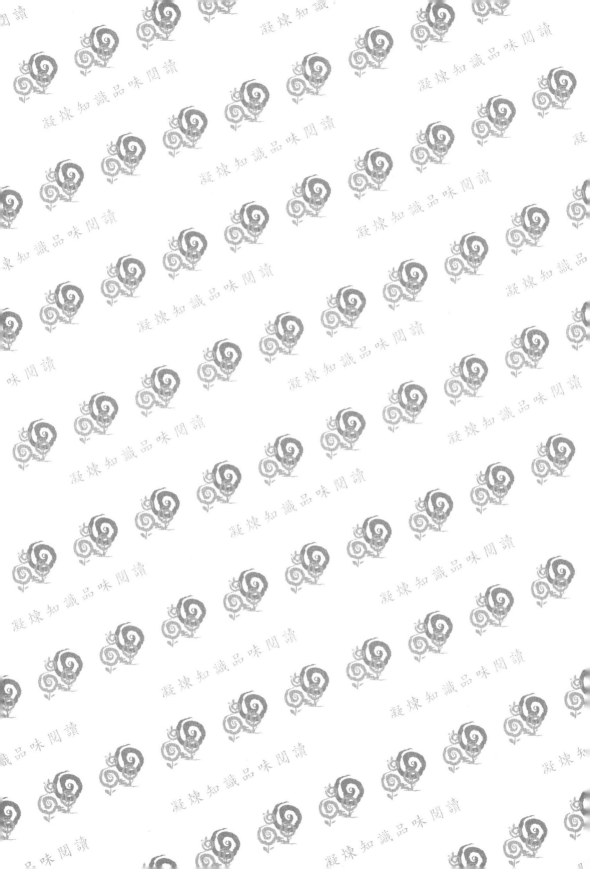

阿拉伯文學史

鄭慧慈◎著

五南圖書出版有限公司

序

開始著手撰寫此書的目的在提供臺灣學習阿拉伯文化者方便，而那已是二十餘年前一位學術界初生之犢的心思。近幾年來，此書成為我一樁不得不完成的心事，彷彿它是一段旅程的終點站，畢竟恩師們幾乎都已凋零，同儕們都已準備好行囊，告別職場，對於「休息」的概念相對敏感。因此，急切想讓四十餘年來的阿拉伯語文學術經驗落腳在此書裡，紀念曾經擁有過的生命熱誠。希望它能裨益一些阿拉伯文化學習者，當然也希望藉由不同意見的回響，幫助我們阿拉伯文化研究者的成長。長期專注於學術研究的我，期望的是能夠對專業領域有所回饋。

自幼我就嚮往心靈的自由，走上阿拉伯語文研究的漫漫長路後，便被所謂的「自由」綑綁住。自大學起的十六年學校生活裡，迷戀阿拉伯語文學，凡傳統語言學、文學、伊斯蘭經典、歷史、文化等，都是心靈徜徉之所。我的阿拉伯語文求學環境從臺灣到約旦，再到沙烏地阿拉伯，這期間曾日以繼夜不眠不休的鑽研吸收，也曾經走過許多無涯的沙漠，品嘗游牧民族人情的冷暖，經歷阿拉伯文化的洗禮和衝擊。中年時完成學業返國任教，生活依然一成不變，因為阿拉伯古人的價值觀已深印在思維裡，塑造這一生的行為模式。曾幾度重返故地，試圖闢出一塊屬於自己的空間，畢竟這個「我」漂浮在哪一個時間或哪一個空間，常常不得而知。如今即將步入晚年，依舊在阿拉伯語文的瀚海裡沉浮，扮演時間的追逐者，更扮演空間的過客。二十多年的教書生涯，在學術研究、教學與不可或缺的行政磨耗中度過。轉眼之間，人生已過一甲子，回首不勝唏噓，遂整理思緒，著手完成本書，期能回饋阿拉伯文化貢獻人類社會之恩於萬一。

阿拉伯思想在西方與東方常有截然不同的理解，我認為那大多源自於語文的隔閡，尤其是世人對阿拉伯古典語文的陌生，無法抓住埋在腦後神經的脈動。更具體地說，世界上許多地區的阿拉伯研究者，並不在乎或不了解阿拉伯原始文獻在學術論述上的價值和重要性，更遑論運用正確的文獻，譬如對伊斯蘭四世紀前的文獻與其後的文獻以相同的態度處理，尤其依賴二手資料，並偏重研究某些西方學者提出的議題，甚少經由原始文獻自行提出議題，也因此無法全面與客觀，容易失去焦點。語文成為思想溝通的障礙，偶爾難免讓人感嘆知識的「美」原來是有界限的，

「眞」也非無遠弗屆。語文可以是一道高牆，足以阻隔「是」與「非」。

阿拉伯文學對於生長在臺灣的人而言尙談不上有論述與批評，人們較熟悉的是影響世界文學的中世紀民間故事《一千零一夜》、部分的寓言書籍或受西方文學影響的現代作品，如Jibrān Khalīl Jibrān的《先知》、1988年諾貝爾文學獎得主Najīb Maḥfūẓ的作品等，然而阿拉伯文學的主要內涵——詩，及影響世界的思想成就，如Abū al-'Alā' al-Ma'arrī的文學創意、「黑鳥」Ziryāb的藝術理念、Ibn Ḥazm的愛情觀、Ibn Khaldūn的史學觀，Ibn Rushd的哲學觀……等，在臺灣卻鮮爲人知。

所謂的「阿拉伯文學」意指以阿拉伯語文記載的文學與思想成果。因此，除了阿拉伯人的作品及思想成果之外，尙包含阿拉伯化的穆斯林或非穆斯林，如波斯人、羅馬人、猶太人、土耳其人……等民族以阿拉伯文撰寫而流傳下來的成果。本書透過這些作品與作者，探討歷代思想發展狀況與批評，包含文學、史學、宗教學、哲學、語言學及其他人文學與科學的發展狀況，而以文學爲主。本書探討的範圍自伊斯蘭以前的阿拉伯蒙昧時期，直至二十一世紀的阿拉伯文學與思想。爲求讀者得以連結時代背景與文學思想的發展關係，各章章首皆簡述該時期的政治與社會文化背景，然後進入主要的文學體——詩與散文，文學以外的學術發展與內涵置於後，而以簡介各時期的代表性詩人與文人做結尾。由於各時期的文學特色不盡相同，故各章內容安排會隨時代特色而異。

「蒙昧時期文學」以阿拉伯半島的文學起源背景及詩學爲主要內涵。由於該時期是阿拉伯詩韻和詩作型態的奠定時期。全章除了文化背景的陳述之外，絕大多數在探討詩的型態、詩的主題、著名的詩作及代表時代特色的詩和詩人。蒙昧時期的詩無論在語言上或文學上，都是後人佐證的依據。在詩的語言上，蒙昧詩成爲後世的語言詞典及歸納語法學的主要語料。在文學上，蒙昧時期的詩奠定一千多年來阿拉伯詩的型態，包含韻海、韻尾、韻腳、音步、詩節的結構，並呈現一節詩意義的獨立性及一首詩多主題的獨特現象。一首詩主題的不確定與模糊性，讓蒙昧文學的研究者無法以整首詩爲單位，研究其主題，因爲蒙昧詩皆以悼廢墟、憶情人揭開序幕，然後免不了誇耀，再進入各種主題，並以格言爲結尾。蒙昧詩序言的鋪陳與世界各民族的詩截然不同，爲阿拉伯詩蒙上一層神祕的面紗，反映阿拉伯沙漠文化獨特的思維。蒙昧詩無論在序言裡或主題中，「女人」幾乎是一首詩的靈魂，周遭的動物、享樂的酒，在詩的世界都與女人緊密連結。詩中往往標榜詩人的騎士精神與道德，描寫沙漠或周遭環境，在世界文學裡獨樹一格。

七世紀的「穆罕默德與正統哈里發時期文學」因爲新興宗教對詩所持的嚴格立場，詩的地位明顯沒落。詩的主題局限在宗教相關的範圍，開啓伊斯蘭時代「文以載道」的文學桎梏，並建立引用《古蘭經》與聖訓在文學中的行文習慣，更經常影響詩的整體意象，影響後世文人思想甚鉅。儘管詩的型態傳承自蒙昧時期，詩的序言也依舊圍繞在憶情人、哭悼屋宇的氛圍裡，但其意義顯然脫離了原始的感性，演變成一種文學的「吟詩儀式」，彷如蒙昧時期騎在駱駝背上高舉著劍是詩人的吟詩儀式一般。蒙昧時期詩人崇高的地位，也藉由這種憶情人、哭悼屋宇的儀式，祕密的保存在伊斯蘭早期的詩中。此期阿拉伯人疆域不斷擴張，聖戰頻繁，哈里發與將帥的演講詞相對興盛。「臣服儀式」的建立更爲講詞錦上添花，讓傳承自蒙昧時期押韻的占卜文、訓囑文的特性，深植在言簡意賅的講詞文筆中，成爲不朽的時代文學代表作。穆罕默德寄送外地作戰將領的書信格式，更成爲日後阿拉伯書信格式的典範，沿用至今。基於此，本書中敘述此期的散文篇幅增加，並探討時代劇變之下，阿拉伯人持守至今的伊斯蘭價値觀，其中自然也包含了蒙昧時期道德與價値的傳承，文學作品爲此留下不容抹滅的證據。

在大馬士革持續約百年的巫麥亞政權，其文學因特殊政治、社會、文化因素，出現史上空前絕後麥地那地區的「烏茲里情詩」，由於許多詩人與情人之間的故事如出一轍，浪漫而淒美的愛情經驗始於此期，也終於此期，故被稱之爲「情詩時期」。這些故事激發後人許多文學靈感，也爲日後的阿拉伯情詩，無論在行詩方法、意象與象徵意義，甚至於詞句的表達上，塑造了一股特殊的潮流。後人的詩、小說、戲劇、電視、電影作品經常取材於這些愛情故事，故本書探討此期情詩的篇幅相對增加許多。另一方面，因爲巫麥亞政權打破了民選制度，開啓了哈里發世襲制度，其合法性受到當時許多穆斯林的質疑，造成政黨、宗派鬥爭不斷，詩人吟詩時往往護衛各自的黨派，造成諷刺、辯駁詩的盛行，詩的技巧更上一層，內涵深化。尤其難能可貴的是，看似違反伊斯蘭精神的辯駁與諷刺詩，因詩人深厚的語文涵養，意外的挽救了因時代更替所造成阿拉伯語文詞彙流失的危機。基於這些時代背景因素，本書將此時期的重點放在情詩與諷刺詩上。

八世紀中葉以後至十三世紀中葉的「艾巴斯時期文學」，代表阿拉伯人黃金時期的思想，凡詩、散文、語言學、宗教學、哲學及其他學術著作與思想，在國際舞臺上大放光彩，並影響世界至今，故此時期的敘述除了篇幅增加之外，也針對許多創新、不朽之作與思想作深入的探討。文學、語言學、哲學、宗教學等各領域的理論在此期建立，並流傳至歐洲，影響世界的學術。文學上，譬如民間故事《一千零一夜》在八世紀末從波斯文翻譯成阿拉伯文以後，不斷的透過阿拉伯人增加其篇幅，直到十六世紀成書。故事中浪漫主義完美的結合現實主義，爲人類開啓新的視野，挑戰想像力的極限，受影響的包含世界兒童文學、旅遊文學、戲劇、小說、舞蹈、歌劇、繪畫等。又如十一世紀Abū al-‘Alā’ al-Ma‘arrī所作的《寬恕篇》，跨越時空，穿越天堂、地獄，與過去時代的詩人、文人探討他們的作品，表現豐富的想像力和創意，充滿文學批評者的睿智，影響了但丁的《神曲》及米爾頓的《失樂園》。語言學上，運用宗教哲學理論，創立語言「純正理論」、「學術原理學」，並建立有系統的語言理論，至今仍爲阿拉伯語言學者所遵循。此期語言學大師西巴威合（Sībawayh）奠定千餘年阿拉伯語言學的理論基礎，讓人稱奇的是千餘年來，他被稱之爲「語法學古蘭經」的不朽之作《書》，促使語言學者爲了闡釋他的理論，致力於語言學各層面的研究，並與哲學結合，發展出深奧的理論。句法學者更致力於變尾現象的研究，以解析句型的結構至最小單位爲主要方法，稱之爲I‘rāb，與現代語言學者Noam Chomsky提出的樹狀圖理論頗爲相似。宗教學上，四大素尼法學派核心著作及聖訓「六書」[1]在此期完成，奠定伊斯蘭法學深厚的根基，沿用至今，成爲伊斯蘭法源。哲學上，融合希臘哲學，完成許多不朽的著作，產生的哲學理論再度回饋西方，影響了西方的哲學思想，伊斯蘭哲學因此在世界哲學史上扮演承先啓後的重要角色。遺憾的是本書有限的篇幅無法盡述此期阿拉伯人對世界的貢獻。

「阿拉伯西部與諸王國時期文學」涵蓋的時間與空間甚廣，從法堤馬時期、安達陸斯政權到鄂圖曼土耳其統治前期，地理範圍包含西班牙、北非和西亞。由於阿拉伯人統治安達陸斯時期，文人經常遊走在伊斯蘭疆域的阿拉伯東方、阿拉伯西方及西班牙等不同政權領土之間，與艾巴斯時期有許多重疊的時間與空間，故將當時安達陸斯地區、北非的埃及、大摩洛哥地區的文學併入此章敘述。鄂圖曼土耳其統治前期，政治文化重心移至伊斯坦堡，土耳其語成爲官方語文，舊時代阿拉伯東部的政治與文化都市，如大馬士革、巴斯拉、庫法和巴格達，已經失去其地位，阿拉伯文學的發展極爲有限，故併入此章的諸王國時期敘述。西班牙安達陸斯「彩詩」

[1] 後文將說明。

屬於創新的詩體，在韻律和內涵上都與傳統詩不同，奠定日後方言詩的發展，並影響歐洲詩與歌唱，安達陸斯的哲學思想與學術成就並承先啓後的在世界舞臺上留下不朽的貢獻，譬如亞里斯多德「闡釋者」Ibn Rushd學派的建立。另外，埃及法堤馬時期、馬姆陸柯王國時期學術發展，無疑是阿拉伯東方思想的闡釋與延續，故「阿拉伯西部與諸王國時期文學」一章的重點放在安達陸斯及埃及的文學思想上。

「阿拉伯現代與當代文學」年代設定在1798年拿破崙大砲攻進埃及，造成阿拉伯人集體的覺醒之後至二十一世紀的今日。由於鄂圖曼土耳其殖民阿拉伯世界數世紀所造成的思想停滯，讓文學所需的創意幾乎蕩然無存，阿拉伯人也因此耗費漫長的歲月，恢復祖先傳承下來的遺產，學習西方並趕上世界思想潮流，才得以出現當代出版品，尤其是小說著作蓬勃發展的現象。西方潮流影響了阿拉伯現代文學的研究，世人大多以研究某位小說家爲主題，其方法皆在實證西方文學理論，鑑於阿拉伯社會的特殊狀況，女性作家也意外受到今日世界各地研究者青睞，成爲新興的文學現象。在本書中，「現代文學」一章著重在敘述阿拉伯文藝復興的各方面發展現象及二十世紀的新興文體—小說、戲劇的發展。尤其是西方殖民及西方思潮對阿拉伯世界文學與思想的衝擊，譬如報章雜誌的發行、高等教育的普及、學術協會的設立、革命運動的興起等。爲記錄小說發展的盛況，本書將二十世紀最佳小說依據國別，分述這些小說內容的摘要，提供讀者現代阿拉伯小說家所關懷的議題，以及其內容所反映的現代阿拉伯文學方向。

著手寫這本書之後，遭遇非常多的困難。首先是專有名詞的問題，爲數龐大的人名、書名、文本範例的擷取、翻譯和校對等耗費甚多的時間與精力。此書所使用的參考書籍絕大多數是阿拉伯原始文獻。不同的阿拉伯古籍對文人的記載內容差異甚大，現代書籍亦然。學者或因政治、宗教、黨派，或因個人因素，對「事實」有不同的認知與傳述。倘若al-Jāḥiẓ、al-Ṭabri、Ibn Khaldūn等古人是學術權威的代表及誠實的典範，在我認知中有所不同的某些狀況下，我會跳脫目前多數人認定的觀點，目的是呈現不同面向的觀察與思考。

此外，此書與其他研究阿拉伯文史的書籍的不同，尙在所有的專有名詞都附上阿拉伯文的羅馬拼音及中文譯音。本書的專有名詞漢譯工作既繁瑣且耗時，因爲阿拉伯語如同其他閃語一般，短元音不會顯現在書寫上。換言之，必須確認每個專有名詞的每個語音，否則無法音譯。我將此書所遵循的阿漢標準化譯音表放置在索引中，提供標準化的阿漢譯音模式，讓這領域的學人得以將本書漢譯後的專有名詞適度還原成阿拉伯文。估計此領域的學者能體會這是一件有助益的事。

本書對於專有名詞的處理方式原則如下：詩人與文人的羅馬拼音姓名、卒年都在第一次提及此人物時顯現。若該人物同時出現在每章結尾的人物簡介中，則第一次提及時，僅顯現其姓名而不提卒年。每章代表人物簡介中皆呈現該人物的生卒年。對於哈里發世系表則呈現其統治年代。若是在敘述中提及的統治者則與一般人物一樣僅呈現其卒年。對於文學史上重要性不高的政治人物與文人等，則僅顯現其羅馬拼音姓名而不提其卒年。鑑於蒙昧時期缺乏文字記載，許多人物的生卒年不可考，故蒙昧時期僅呈現重要人物的生卒年或卒年。人名的漢譯上，第一次會呈現全名，全名依據阿拉伯學術界通用方式，可能包含姓、名、尊號、綽號等。其後則以該人物在文史上通用的稱呼稱之，該稱呼可能是其姓、其名、其尊號或其綽號。書籍、文章名稱爲了第二次提及時的方便，以翻譯後的中文呈現，僅在第一次翻譯時附上（其）羅馬拼音。鑑於許多報章雜誌的名稱經常含有多種意義，故皆以羅馬拼音呈現，僅在第一次解釋其意。

在許多文學問題上，我跳脫東、西學者的歧見，試圖以第三個面向來看議題，希望幫助更客觀的解讀問題，儘管潛意識裡對任何議題會有更類同阿拉伯人的立場。此外，任何文學史作者除了呈現史實外，批評的立場無可避免，長年的學術經驗讓我了解阿拉伯著作的動機、內涵與學術習慣，因此儘管難免落入主觀之嫌，本書中也將出現我的直言批評。最後，爲尊重阿拉伯學術格外重視詩人、文人生平的敘述習慣，本書會在每章結尾，對影響力較高的詩人或文人作其生平的簡介。在蒙昧時期詩的序言、巫麥亞時期純情詩及伊斯蘭價值觀的重要議題上，加入我曾經在期刊與書籍裡發表過的部分想法，俾使讀者深入了解這些問題。在史實的陳述上，則比較不同書籍所載，再做判斷。

研究工作充其量是藉著吸收古今中外眾人的智慧，表達自己獨特的理解，裨益於人類智慧的傳承，絕非彰顯自我，我願虔心紀錄個人學術經驗消化後的阿拉伯人所思所想，畢竟這是身爲讀書人最大的快樂，也期盼此書讀者抱著輕鬆的心情閱讀。

在此感謝讓我得以深入阿拉伯語言學，影響我至深的紹德國王大學已故的恩師Ṣubḥi‘Abd al-Mun‘im as-Sa‘īd、Ḥasan Ẓāẓa，讓我熱愛阿拉伯文學的恩師Ibrāhīm as-Sa‘āfīn、Nadhīr al-‘Aẓmah、‘Afīf ‘Abd ar-Raḥmān，我的啓蒙老師Barzah Kamāl和我的沙烏地阿拉伯好友Ḥasnā’ al-Qunay‘īr，因爲他們，我信仰眞理，也因此能保守赤子之心。並感謝我的學生蘇怡文、莊容、吳佩珊、陳嘉珍、黃卉晶、尤宥勻、吳盈瑾等人協助此書的校對工作。相信此書仍有不當與錯誤，煩請讀者不吝指教。

目錄

第一章　阿拉伯蒙昧時期文學（500-622）

「蒙昧時期」（al-'Aṣr al-Jāhilī）一詞是《古蘭經》中[1]對於伊斯蘭出現之前時代的稱呼。歷史將它界定在西元500至622年間，有些學者將蒙昧時期劃分為二：前期為西元500年之前，後期由500年至622年。阿拉伯文豪加息若（al-Jāḥiẓ）認為阿拉伯詩可考的年代為伊斯蘭前150年至200年間，故許多文學史作者亦以此為蒙昧文學時代的界定。此名稱源於當時的人們崇拜偶像，各部落彼此爭鬥，活埋女嬰，酗酒、占卜、賭博，許多習俗思想與後來伊斯蘭所提倡的精神相違背。「蒙昧」一詞純粹是從宗教、道德的角度，而非由文明、學術的角度而得。阿拉伯歷史上有兩個時期以「蒙昧時期」一詞來稱呼：其一是《古蘭經》（Al-Qur'ān）中所提及的亞伯拉罕時期；其二便是接近穆罕默德出生的時期，亦即文學史所劃分的時期。[2]

[1] 《古蘭經》3:154; 5:50; 33:33; 48:26。本書所有《古蘭經》經文的中文譯釋，參考沙烏地阿拉伯王國朝覲義產部（1407AH），《中文譯解古蘭經》（麥地那：法赫德國王古蘭經印製廠），必要時作部分的調整。此外，本文所引《古蘭經》經文，如《古蘭經》第六章第127節，簡寫成6:127，方便行文。

[2] as-Sayyid 'Abd al-'Azīz Sālim, (n.d.), p.13

第一節　概論

壹、歷史遺跡

蒙昧時期歷史最可靠的依據，無疑的是在中東地區陸續出土的雕刻遺跡。經由遺跡上所記載的人名、地名、事件等，考證出此期的史實。大多數的遺跡屬於南阿拉伯文明，少部分屬於北阿拉伯文明。因此，許多西方的阿拉伯學者懷疑當時北阿拉伯文字是否存在，筆者在《阿拉伯語言發展史》一書中曾提及許多阿拉伯學者認為西元五世紀初的北阿拉伯文字，起源於北阿拉伯的那巴特人（Nabataeans）所借用的阿拉姆語字母，因為當時阿拉姆語盛行於阿拉伯半島，許多當地民族都使用該語言。那巴特王國維持約四個世紀，從西元前三世紀至西元二世紀初，與鄰近地區的關係非常友善。當時敘利亞諸民族、猶太人及羅馬人都畏懼他們的勢力，王國雖然滅亡於西元106年，其雕刻遺跡卻持續到西元三世紀。那巴特阿拉伯人日常生活的口語便使用阿拉伯語，文字則借用與他們貿易頻繁的阿拉姆人的字母，來拼寫阿拉伯語音，以致於有些學者以為他們是阿拉姆人。那巴特王國滅亡後，居民散居半島各地，阿拉伯人採用他們的文字書寫，逐漸發展出今日的阿拉伯文字。[3]然而，有學者採用阿拉伯文史大師伊本．卡勒敦（Ibn Khaldūn）的說法，認為阿拉伯文字起源於葉門（al-Yaman）的息姆亞爾語（Himyarite）。息姆亞爾語從葉門傳至當時波斯所統轄的息剌（al-Ḥīrah）公國，再從息剌傳至北阿拉伯的息加資（al-Ḥijāz）地區。北阿拉伯所出土的遺跡，有雕刻在建築物上面，也有雕刻在金屬、骨頭、錢幣、陶器、木頭上面。這些遺跡提供蒙昧時期一些部落、神祉、世系及自然界現象的訊息，藉此可了解南、北阿拉伯之間的關係。當時居住在阿拉伯半島上，尚有許多其他民族，如希臘、羅馬、印度、波斯、猶太人等。他們的文獻也或多或少記載了此期阿拉伯人的動態，譬如舊約聖經、基督教文獻、希臘文獻、古敘利亞文獻等。至於記載此期狀態的阿拉伯文獻大致如下：

1. 《古蘭經》：穆斯林認為《古蘭經》是記載蒙昧時期歷史最早且可靠的阿

---

[3] Shawqī Ḍayf, 1960, p.34.

拉伯文獻。《古蘭經》記載了此期及更早的人們政治、社會、經濟、宗教型態及生活方式，尤其是當時人們的思想與價值觀。

2. 聖訓（al-Ḥadīth）：聖訓的紀錄雖然晚至伊斯蘭曆二世紀末哈里發烏馬爾．本．艾卜杜．艾奇資（‘Umar bn ‘Abd al-‘Azīz, d.720）時期，但由於一些蒐集聖訓者具備宗教熱誠與信仰，以律己的態度，經過考證、篩選，以杜絕僞造或誤傳，因此這些聖訓集相對具有可靠性，這些可靠的聖訓集有六部，史上稱爲「六書」，完成於西元九世紀至十世紀初。

3. 穆罕默德傳記書籍：譬如最早記載穆罕默德生平的《先知傳記》（As-Sīrah an-Nabawīyah），作者是伊本．希夏姆（Ibn Hishām, d.833）。儘管有些西方學者懷疑他所使用資料的可靠性，但仍爲阿拉伯學者所推崇。有些穆罕默德傳記已遺失，並未流傳至今，但卻在其他古籍中發現相關紀錄，譬如伊本．伊斯哈各（Ibn Isḥāq, d.768）的《阿拉使者傳記》（Sīrah Rasūl Allāh）等。這些傳記學者絕大多數是息加資地區人，甚至是息加資的麥地那（al-Madīnah）人，與穆罕默德淵源深厚，因此儘管已非一手資料，但可依據狀況提供相對可靠的訊息。

4. 經注書籍及史書：《古蘭經》注釋及伊斯蘭早期的史書中，蒐集許多蒙昧時期人們的思想觀念與生活狀態。某些穆斯林經注學者，譬如拓巴里（aṭ-Ṭabarii）及伊本．克夕爾（Ibn Kathīr），因其學術人格備受肯定，其著作相對被阿拉伯學者所肯定。

然而，古籍裡有關此期狀況大多數都是經過口耳相傳一段時間之後才被記載，有些已經流於神話，或是添加後人的臆測。因此，此期的歷史雕刻遺跡顯得更珍貴。十九世紀之後，歐洲考古學者從在阿拉伯半島出土的雕刻遺跡中所記載的國王名字與其事蹟、部落名稱及宗教儀式等，描繪出此期人們生活的輪廓。遺跡中出土的建築物、器皿、飾品、錢幣等同時也輔助歷史學者的推斷。

貳、時代背景

基於蒙昧詩所表現的語言、藝術水準，阿拉伯文學歷史應不只兩千年，然而在此之前的阿拉伯文學並未流傳下來。艾巴斯時期（Abbasid Dynasty, 750-1258）傳記學者阿布·艾姆爾·本·艾拉俄（Abū 'Amr bn al-'Alā', d.770）便曾說：「流傳到你們這輩的文學作品，只是古人所作的一小部分，倘若有更多的文學作品流傳下來，你們定能獲得更多的知識和詩歌。」[4]此言其實涵蓋阿拉伯文學史上所有文獻史料的流失狀況。在戰爭、內鬥及知識份子比例偏低的狀況下，難以保存智慧產物。依據古書提及此期詩人達千餘人，但今日蒐集成詩集者僅數十部。換言之，古籍中所記載的蒙昧詩人的詩，絕大多數是零星詩節，不足以匯集成冊。現代學者不乏積極從古籍中蒐集此期詩人的詩，編輯成冊者。近現代西方學者在考證蒙昧詩集上有極大的貢獻，許多蒙昧詩的手抄本收藏在西方國家的圖書館中，譬如荷蘭的萊登（Leiden）大學圖書館等。

一般蒙昧詩的研究者常認爲此期的詩用詞艱澀、意義粗糙，無法令聽者感受優美的意境。其原因無非是詞彙的使用常具有時代性，蒙昧時期至今十四個世紀，尤其在蒙昧時期之後，緊接著便是改變阿拉伯人命運的伊斯蘭興起。[5]政治、宗教、社會型態的急遽改變，影響語言、文學甚鉅，詩的詞彙與意義異於蒙昧時期是可想而知的。無論阿拉伯文學是否始於較蒙昧時期更早的時代，沙漠民族生活的感受本就具有一定的色彩，普遍意義粗糙的特質恐難以否認，伊斯蘭所帶來各層面的轉變，使得研究蒙昧詩顯得更艱難。現代許多阿拉伯學者有鑑於此，而致力於蒙昧詩詞典的編撰，然而其成果未必如人所願，很多具體事務的名稱仍然無法清晰的解釋，在詞彙學上甚至成爲永遠解不開的謎。

一、古代部落與方言

（一）阿拉伯半島地理環境與部落

阿拉伯半島面積約三百萬平方公里，阿拉伯人稱它爲「阿拉伯島」（al-Jazīrah al-'Arabīyah），而非「阿拉伯半島」。因爲幼發拉底和艾舍（al-'Āṣ）兩條河，在大敘利亞地區最北端形成該島嶼的北界，使得半島形同島嶼。這也使得大敘利亞地區納入阿拉伯半島範圍。半島地形參差不齊，氣候與生態各異，絕大部分是可以耕種卻缺水的荒漠。荒漠中有零星的綠洲與高地，生長農作物及棗椰。除了荒漠地，

[4] al-Jumaḥī, 1980, p.28.

[5] 此乃世界一般人的認知。伊斯蘭在穆斯林的觀念裡自阿拉創造萬物始終是存在的。

半島多沙漠，即使有水也無法耕種。散布在半島北部的沙漠，稱之爲「努夫德」（an-Nufūd），努夫德沙漠中有幾座著名的綠洲，如伊姆魯俄．蓋斯（Imru' al-Qays）詩中提及的泰馬俄（Taymā'）綠洲。散布在南部的沙漠稱之爲「達合納俄」（ad-Dahnā'）或「剌卜厄卡立」（ar-Rab' al-Khāli）或「魯卜厄卡立」（ar-Rub' al-Khāli）。剌卜厄卡立是世界最大的砂質沙漠，面積約六十四萬平方公里，位於東經45度至56度，北緯16度至23度，幾乎阻隔了南北阿拉伯，發展出不同的文明。半島北部有納几德（Najd）高原，由西向東傾斜，今日沙烏地阿拉伯紹德（Su'ūd）家族的故鄉利雅德（Riyadh）便是屬於納几德地區。納几德西邊與息加賨山區爲鄰，今日留存的阿拉伯文學便發源於息加賨、納几德及半島北部遼闊的沙漠區。也有不少的蒙昧詩人的故鄉在地理環境較爲富庶的南阿拉伯葉門，他們相對的較具有想像力，譬如「懸詩」（al-Mu'allaqāt）詩人伊姆魯俄．蓋斯。

蒙昧時期史料中經常出現的阿拉伯部落與分支部落，他們彼此之間的互動非常頻繁，以下是這些部落分布的狀況：

1. 格賀覃（Qaḥṭān）：阿拉伯人將此部落視爲南阿拉伯人的祖先，至今仍有許多阿拉伯人姓氏是「格賀覃」。格賀覃是古葉門王的名字，是薩巴俄（Saba'）的曾祖父。薩巴俄有許多兒子，其中息姆亞爾（Ḥimyar）、克合蘭（Kahlān）成爲各部落的祖先。息姆亞爾分支部落包含加爾姆（Jarm）、克勒卜（Kalb）、烏茲剌（'Udhrah）[6]、朱海納（Juhaynah）[7]等。克合蘭分支部落包含金達（Kindah）[8]、太俄（Ṭay'）[9]、拉可姆（Lakhm）[10]、赫姆丹（Hamdān）[11]等。

2. 艾德南（'Adnān）：此部落被視爲北阿拉伯人的祖先，與格賀覃分別成爲北阿拉伯和南阿拉伯的象徵部落，穆罕默德先知便屬於艾德南部落。艾德南部落源於阿拉伯人的祖先伊斯馬邑勒（Ismā'īl）先知，最著名的是穆大爾

---

[6] 居住在麥地那附近沙漠，巫麥亞時期的「純情詩」溯源於此。

[7] 居住在今日沙烏地阿拉伯的顏布厄（al-Yanbu'）到麥地那的息加賨曠野區。阿拉伯諺語「朱海納那兒有眞相。」（Wa-'Inda Juhaynahta l-khabaru l-Yaqīn.）典故便是溯源於此部族。

[8] 該部落居住在哈底剌茅特（Ḥaḍramawt）附近的葉門山區，是此期著名詩人伊姆魯俄．蓋斯的故鄉。

[9] 居住在葉門，後遷居到今日沙烏地阿拉伯的哈伊勒（Ḥā'il），據傳中國人稱阿拉伯人爲「大食」，便是輾轉溯源於此部落的波斯語譯音。

[10] 北遷的葉門部落之一，居住在剌姆拉（ar-Ramlah）與埃及之間，息剌公國許多國王溯源於此部落，因此又稱之爲「拉可姆公國」。

[11] 居住在葉門善艾俄（Ṣan'ā'）與沙厄達（Ṣa'dah）之間，是薩巴俄王國（Mamlakah Saba', 1200BC-275）的領土。

（Muḍar）及剌比艾（Rabī‘ah）兩部落。穆大爾在古詩中的象徵意義常是「正統阿拉伯人」的代稱，其分支部落包含塔米姆（Tamīm）[12]、忽才勒（Hudhayl）、古雷須（Quraysh）[13]等。剌比艾分支部落包含阿薩德（Asad）[14]、山厄拉卜（Tha‘lab）[15]等。

古代阿拉伯人的方言分歧，卻吟誦相同的詩語言。由於貝都因人[16]敏銳的觀察力，尤其對周遭動物的狀態與習性觀察入微，他們的詩中涵括豐富的詞彙和詞型，譬如根據現代人的統計阿拉伯語中「駱駝」有六千多個同義詞，有別於其他的閃語狀況。

（二）半島上的方言

依據當時阿拉伯半島的語言來劃分，阿拉伯古方言可略分爲五大區域：

1. 息加資：葉門至敘利亞的山脈區，有很深的河谷、平原、山岩，有部落聚集，也有繁榮的商業行爲，兼具沙漠與城市色彩。

2. 納几德：地理範圍相當模糊，較可靠的說法是西自息加資，東抵艾魯底（al-‘Arūḍ），其東部、南部、北部皆爲沙漠。

3. 提赫馬（Tihāmah）：「提赫馬」之詞源意爲「酷熱無風」，此區氣候酷熱無風，因之得名。其地理位置在半島的西部，介於紅海與薩剌山（Jabal as-Sarāh）之間，南至亞丁窪地，北至艾格巴（al-‘Aqabah），由於此區濱海，居民從事漁業或航海。

4. 葉門：由於地處聖地克厄巴（al-Ka‘bah）[17]的右方，右方的阿拉伯語爲yamīn與葉門一詞同源，因而得名。歷史學家阿布·穆罕默德·赫馬扎尼（Abū Muḥammad al-Hamadhānī, d.947）曾說：葉門人稱南邊爲yaman，北邊爲sha’am，故南邊的葉門稱之爲al-yaman，在北邊的敘利亞稱之爲ash-sha’am。但「葉門」一詞的起源尚有其他的解釋，如地理環境多綠地，源自「福澤」（yumn）之意等。

---

[12] 分布甚廣，屬於納几德部落，在語言上，塔米姆和息加資是阿拉伯標準語言的兩大源頭。

[13] 居住於麥加及其城外。穆罕穆德先知家族便是此部族人，他們在伊斯蘭興起前及興起後，在政治與宗教史上扮演關鍵性角色。

[14] 居住在離庫法（al-Kūfah）四、五百公里處。

[15] 居住在兩河流域。

[16] 貝都因人即生活在沙漠中的游牧民族。

[17] 克厄巴是15mx12m的立方體，蓋以綢緞，東南角有黑石，傳說源自亞當夏娃時期，因人類的罪孽而呈黑色。

5. 艾魯底：古地理學者認爲艾魯底包含亞馬馬及巴林。亞馬馬也被稱之爲艾魯底，東自達合納俄，西抵納几德高原，南自納几嵐，北抵撒拉菲（az-Zalafī）。亞馬馬多綠地，巴林範圍自阿曼到巴舍剌（al-Baṣrah），即今日的科威特、伊賀薩俄（al-Iḥsā'）、巴林群島、卡達等地。此區多砂質平原，人們從事採珠業。

二、政治背景

此期阿拉伯半島出現兩個重要的阿拉伯公國，[18]分別爲位於敘利亞佳珊城（Ghassān）的羅馬附庸國「佳薩西納」（al-Ghasāsinah），及位於今日伊拉克息剌城的波斯附庸國「馬納居剌」（al-Manādhirah），或稱之爲「息剌公國」、「拉可姆公國」。此外尚有居於兩國之間，位於納几德的金達阿拉伯王國，彼此勢力互相競爭。此三王國的歷史，直至西元五世紀末之前都很模糊。兩大帝國設置阿拉伯附庸國，皆是爲了對付來自沙漠出沒不定、殺傷力極高的貝都因人。利用阿拉伯人來統治阿拉伯人，可免除羅馬軍隊或波斯軍隊因不諳沙漠狀況，在沙漠中與貝都因人戰鬥，而全軍覆沒的危險。另一方面，阿拉伯附庸國可作爲競爭激烈的兩大帝國之間的緩衝區。

佳薩西納的國王是來自葉門的南阿拉伯人，他們和許多部落一起遷徙到大敘利亞地區，在敘利亞東南、約旦東部及部分西奈半島，建立他們的王國。因爲他們是貝都因部族，其首都似乎經常變更，後來羅馬人賜給他們正式國王的頭銜。第一位國王哈里史（al-Ḥārith）因爲在一場對波斯的戰役中表現傑出，而獲羅馬皇帝封爲「眾部落長老」（Shaykh al-Qabā'il），此封號在拜占庭帝國制度中僅次於「國王」。哈里史曾和馬納居剌國王門居爾．本．馬俄．薩馬俄（al-Mundhir bn Mā' as-Samā'）[19]戰爭不斷。哈里史在位期間，王國版圖擴張，從今日約旦南部的巴特剌俄（al-Batrā'）到敘利亞塔德穆爾（Tadmur）北邊，由於哈里史與拜占庭中央政府漸行漸遠而被罷黜，放逐到西西里島。此後，佳薩西納王國分裂成許多小國，各個領導人生活都很奢華，許多蒙昧時期的阿拉伯詩人都吟詩讚頌哈里史及其子嗣的功績，以獲取賞賜，如「伊斯蘭舌劍」哈珊．本．山比特（Ḥassān bn Thābit）早年便

---

[18] 鄭慧慈，《伊拉克史》，頁35-40。

[19] 別號「天水之子」（Ibn Mā' as-Samā'），其母因爲貌美，綽號「天水」（Mā' as-Samā'）。

吟誦許多這方面的詩。[20]

馬納居剌王國是由來自葉門的拉可姆家族統治，隸屬於波斯薩珊王朝，版圖由今日的伊拉克延伸至波斯灣。息剌城國際貿易繁榮，文化多元，扮演波斯與阿拉伯半島的媒介角色。艾姆爾．本．艾迪（‘Amr bn ‘Adī）是統治息剌的拉可姆家族開國國王，也是第一位受人尊崇而記載在書籍中的阿拉伯國王。艾姆爾之子伊姆魯俄．蓋斯（Imru’ al-Qays, d.328）治理的阿拉伯部落範圍非常龐大，包含剌比艾、穆大爾、息加資、伊拉克及半島地區的沙漠部落。二十世紀初，考古學者在敘利亞納馬剌（an-Namārah）出土的西元328年伊姆魯俄．蓋斯國王墓碑碑文上，發現今日所用的阿拉伯文字，成爲阿拉伯文字最早的遺跡。伊姆魯俄．蓋斯之子艾姆爾繼位後，似乎曾發生一些王位爭奪戰，政權落入非拉可姆家族手中，繼位者是奧斯．本．古拉姆（Aws bn Qulām,d.ca.382）。奧斯被殺後，王位再度回到拉可姆家族。努厄曼一世（an-Nu‘mān I）在位時，息剌城空前的繁榮，文史學家伊本．焦奇（Ibn al-Jawzī）在他的史書中提及，努厄曼一世最後放棄世俗一切，悄悄出宮不知去向。[21]許多記載也認爲他最後信奉基督宗教。但一般推斷直到六世紀中葉，息剌國王仍然信仰多神教，因爲史料顯示門居爾．本．伊姆魯俄．蓋斯（al-Mundhir bn Imri’ al-Qays）在位時尚對烏撒神（al-‘Uzzā）獻祭牲品。[22]

馬納居剌最著名的國王首推門居爾．本．馬俄．薩馬俄。他在位初期與波斯國王關係惡化，曾一度因不聽從波斯國王的宗教理念而被撤換。新的波斯國王再度任命門居爾爲息剌國王。六世紀初驍勇善戰的門居爾出兵攻打羅馬邊境，俘虜兩位羅馬將領。羅馬皇帝派遣使節團到息剌，要求釋放俘虜，並與門居爾簽訂和平協定，當時息姆亞爾阿拉伯王國（Himyar Kingdom, 115BC-525）也派遣使節團抵達息剌，請求息剌國王整頓其國境內納几嵐的基督宗教徒。非洲的阿比西尼亞人征服葉門後，息姆亞爾王國殞落，許多阿拉伯部落都歸順馬納居剌王國，門居爾的勢力範圍直抵現今阿曼。不久波斯再與羅馬交惡而爆發戰爭，門居爾與波斯站在同一陣線攻打羅馬人，在佳薩西納公國焚燒敘利亞各城市，帶回許多戰利品，獻四百位婦女

[20] Shawqī Ḍayf, 1960, pp.40-41.

[21] Ibn al-Jawzi, 1987, vol.2, pp.91-92.

[22] Jūrj Zaydān, p.223; Muḥammad Mahrān, 1980, p.585.

祭拜烏撒神。[23]據說門居爾設定所謂「喜日」（yawm na‘īm）與「憂日」（yawm bu’s）。第一位在喜日碰到他的人會被賞賜一百隻駱駝，第一位在憂日碰到他的人會被殺。詩人艾比德．本．阿卜剌舍（‘Abīd bn al-Abraṣ）便因此被殺，後來門居爾本人也因此舉而懊悔。門居爾與羅馬人及其附庸國的戰爭不斷，在哈立馬戰役（Yawm Ḥalīmah）中他被佳薩西納國王哈里史所殺。

門居爾之子艾姆爾．本．恆德（‘Amr bn Hind）繼位，此人行事強悍，曾經屠殺一百五十位阿拉伯塔米姆族人，並焚燒死者，而被冠以「焚燒者」（al-Muḥarriq）的綽號，阿拉伯人對他聞名喪膽。他在位時所統治的部落，包含納几德地區東部、北部及西部各部落。他深知詩人在部落社會中的重要性，為了籠絡人心，經常延攬詩人到宮中，宮廷文學因此蔚為風氣，譬如「懸詩」詩人拓剌法．本．艾卜德（Ṭarafah bn al-‘Abd）、哈里史．本．息立撒（al-Ḥārith bn Ḥillizah）及艾姆爾．本．庫勒束姆（‘Amr bn Kulthūm）等人便經常出入其宮廷，許多著名詩人人生的起落也與艾姆爾．本．恆德的褒貶有關。艾姆爾王之母恆德是懸詩詩人伊姆魯俄．蓋斯的姑姑，是一位基督宗教徒，曾建「恆德大修道院」，此修道院直到伊斯蘭曆二世紀仍然存在。[24]部分學者認為艾姆爾受母親影響信奉基督宗教，也有學者認為努厄曼．本．門居爾（an-Nu‘mān bn al-Mundhir）是歷代息剌國王中唯一信仰基督宗教的景教徒（Nestorian）。

艾姆爾．本．恆德過世之後不久，息剌國王的人選由波斯國王決定，拉可姆家族不再具有決定權。[25]努厄曼．本．門居爾早期原本信仰多神教，膜拜烏撒神，並經常供俸牲品，但因為當時神父治癒他的病痛而改信景教。對於波斯人而言，景教是基督宗教中較能令他們接受的教派。自從努厄曼信奉景教之後，景教在息剌傳教便較為順利，許多部落首長都改信景教，甚至傳至當時葉門納几嵐。[26]努厄曼在位期間勢力範圍抵達巴林、阿曼，境內貿易繁榮，也模仿艾姆爾．本．恆德禮遇詩人，詩人納比佳．儒卜亞尼（an-Nābighah adh-Dhubyānī）吟許多詩讚頌他。努厄曼個性多疑、易怒，聽信謠言，甚至殺死扶植他登上王位的人，而遭其子報復，設

[23] 鄭慧慈，《伊拉克史》，頁38。
[24] 學者對此有不同的說法，參見Muḥammad Mahrān, 1980, pp.589-590.
[25] Muḥammad Mahrān, 1980, p.591.
[26] 今日的沙烏地南部城市。

計使波斯國王不滿努厄曼而殺之。[27]據傳努厄曼之死是被丟在大象腳底踩成肉泥。他死後墳墓長出火紅的白頭翁花，故白頭翁花稱之爲shaqā'iq an-Nu'mān。努厄曼之後，波斯國王將息剌交給太俄族的伊亞斯・本・古拜沙（Iyās bn Qubayṣah）[28]統治。伊亞斯在位期間，發生阿拉伯人第一場戰勝波斯人的儒格爾（Dhū Qār）戰爭。伊亞斯之後有兩位波斯人擔任息剌國王，在阿拉伯正統哈里發阿布・巴柯爾（Abū Bakr）時期，被阿拉伯名將卡立德・本・瓦立德（Khālid bn al-Walīd）所征服，將息剌納入伊斯蘭版圖。[29]

納几德北部的金達王國建立於西元四世紀，其人民推溯至一群定居在哈底剌茅特的南阿拉伯人，是伊斯蘭興起前最強大的阿拉伯王國，最著名的金達國王是胡几爾（Ḥujr）。胡几爾在位時統治納几德北部各部落，勢力範圍包含亞馬馬，甚至抵達馬納居剌。巴柯爾族（Bakr）和塔葛立卜族（Taghlib）都隸屬於其管轄區。胡几爾之子艾姆爾・馬各舒爾（'Amr al-Maqṣūr）繼位後，巴柯爾族和塔葛立卜族叛離，不久兩族之間發生巴蘇斯（al-Basūs）戰役，戰爭持續四十年之久，也是阿拉伯歷史上的重大事件。艾姆爾之子哈里史（al-Ḥārith）繼位後，王國的聲望達到巔峰，巴柯爾族和塔葛立卜族再度臣服，他將疆域劃分給兒子分治，並與拜占庭皇帝簽訂聯盟。不久波斯王罷黜馬納居剌國王門居爾・本・馬俄・薩馬俄，改立哈里史爲息剌王。據說哈里史與門居爾發生一場險惡的戰爭，門居爾施計讓哈里史兒子們相互殘殺，造成哈里史和他家族四十多位親王死亡。哈里史兒子胡几爾・本・哈里史（Ḥujr bn al-Ḥārith），即懸詩詩人伊姆魯俄・蓋斯之父，被其下轄的阿薩德族殺死，伊姆魯俄・蓋斯後期的詩因此充滿仇恨。伊姆魯俄・蓋斯曾企圖復仇，求助於拜占庭皇帝，卻一去不復返，客死異鄉。相對的，阿薩德族詩人艾比德・本・阿卜剌舍詩中則充滿對伊姆魯俄・蓋斯無法復國的譏諷與威脅。[30]

---

[27] Ibn al-Athīr, 1987, pp.374-378; Muḥammad Mahrān, 1980, p .592.

[28] 古籍對伊亞斯統治時間的記載各家不一，從八個月到十四年不等，aṭ-Ṭabarī認爲是九年。參見aṭ-Ṭabarī, 1997, vol.1. p. 1038; Ibn al-Athīr, 1987, vol.1, p.292; as-Sayyid 'Abd al-'Aziz Sālim, (n.d.), pp. 282-283.

[29] Muḥammad Mahrān, 1980, pp. 596-597.

[30] Shawqī Ḍayf, 1960, pp.48-49.

三、阿拉伯戰役（Ayyām al-'Arab）

Ayyām al-'Arab按照詞意是「阿拉伯人的日子」。此專有名詞用於蒙昧時期，因爲當時的戰爭只在白天進行，一旦入夜，敵對雙方就停戰，隔天可能繼續再戰。戰爭的原因通常是出自於部落主義、復仇、護衛鄰人、爭奪水草及擴張版圖等。蒙昧時期戰爭頻繁，且帶來許多破壞或毀滅，但是仍有其積極面，譬如迫使部落結盟以對抗敵人。結盟的動機除了求生存之外，往往帶有尋求正義、拒絕被壓迫的意涵。當時男孩通常自幼便經過戰士訓練，如騎馬術、劍術、箭術。男人透過戰爭得以建立自己的聲譽與榮耀，得到尊榮的稱謂。戰馬對於戰士而言猶如親密的朋友，往往運用手勢便可以彼此溝通，馬主並爲馬兒取名，重視牠的血統傳承。蒙昧時期許多詩人都在詩裡提及他馬兒名字，譬如案塔剌．艾卜西（'Antarah al-'Absī）的馬兒阿卜加爾（al-Abjar）便因爲案塔剌擅長描寫馬而聞名於詩壇。

戰爭後相繼而來的俘虜、贖金等問題，需要口才與溝通能力才能解決，使得文學成爲部落之間正式的溝通方式。所謂「阿拉伯價值觀」，尤其是騎士精神、勇氣、慷慨等便在這種氛圍之下逐漸成形。戰爭中無可避免的是殺俘虜爲戰死的族人報仇，在蒙昧時期是伸張正義的正常行爲。俘虜會以枷鎖限制其行動，但若俘虜是詩人，則會用皮帶綁住他的舌頭，使他無法言語，防止他吟詩諷刺，流傳於各部落之間，足見詩人對敵人的殺傷力。蒙昧時期最著名的戰役有巴柯爾族和塔葛立卜族之間的巴蘇斯戰役、古雷須族和齊納納族之間的菲加爾（al-Fijār）戰役、艾卜斯（'Abs）和儒卜顏（Dhubyān）兩部落之間的「達息斯與佳卜剌俄」（Dāḥis wa-l-Ghabrā'）戰役、馬納居剌和佳薩西納兩公國之間的哈立馬戰役等。

（一）巴蘇斯戰役

巴柯爾族和塔葛立卜兩姊妹部族之間發生持續四十年的戰爭。起源於庫賴卜（Kulayb）的小舅子哈薩斯．薛巴尼（Ḥassās ash-Shaybānī）負責放牧自己和庫賴卜的駱駝。有一群親戚來到哈薩斯家作客，他們的駱駝叫做巴蘇斯，和哈薩斯及庫賴卜的駱駝一起吃草。庫賴卜不知情，看見這隻不明的駱駝，便用箭射死巴蘇斯。巴蘇斯主人非常生氣，認爲哈薩斯沒有善盡主人保護客人的義務，哈薩斯羞憤而殺死庫賴卜，因此爆發史上著名的巴蘇斯戰役，哈薩斯在戰役結束前一年，即西元534年犧牲。穆赫勒希勒（al-Muhalhil）哀悼其兄弟庫賴卜的詩是他最傑出的詩作。

（二）達息斯與佳卜剌俄戰役

此戰役是蒙昧時期著名的戰役之一，發生在艾卜斯和儒卜顏兩部落之間，戰爭持續四十年之久。艾卜斯和儒卜顏是佳圖凡（Ghaṭfān）的兩個分支部落名稱。達息斯和佳卜剌俄是兩匹馬的名字，前者是艾卜斯族的馬，後者是儒卜顏族的馬。戰役的起因是息剌王國委託儒卜顏族保護的駱駝商隊遭到搶劫，努厄曼．本．門居爾國王大怒，轉而委請艾卜斯族保護。艾卜斯族提出一些條件，獲得努厄曼同意，因此遭致儒卜顏族的嫉妒。恰逢賽馬時節，兩族約定由達息斯與佳卜剌俄兩匹馬的比賽，來決定誰爭得保護駱駝商隊的資格。由於賽程需時數日，儒卜顏人在途中埋伏，使得佳卜剌俄獲勝。東窗事發後，兩族戰爭一發不可收拾。

（三）哈立馬戰役

西元六世紀中葉，馬納居剌國王門居爾俘虜佳薩西納的國王哈里史一子，將之獻給烏撒神。後來哈里史在敘利亞南部布舍剌城（Buṣrā）的哈立馬戰役中爲子復仇，殺死門居爾。阿拉伯諺語「哈立馬戰役絕非祕密」（Mā yawmu Ḥalīmata bi-sirr）表示眾所皆知，典故便出自於此。

四、社會結構

阿拉伯半島上的阿拉伯人可分爲城市人和貝都因人。息剌、麥加等城市是著名的商業中心。半島各地商業行爲非常興盛，許多駱駝商隊往返其間，交易的貨品譬如印度劍、香精、香料等。城市裡有宮殿、豪宅，城市人用來自羅馬、波斯的貴重金屬來裝飾住所。西元四世紀興建的浩瓦爾納各宮（al-Khawarnaq），位於今日伊拉克南部阿布．沙其爾（Abū Ṣakhīr）區。建築師是一位名叫辛尼馬爾（Sinnimār）的羅馬人，他花費兩年的時間建造此宮殿，作爲波斯國王巴合剌姆（Bahram）行宮。由於其建築設計精湛絕倫，完工之後努厄曼王一世在辛尼馬爾及大臣的陪同下參觀宮殿，對其工程設計讚嘆不已，唯恐辛尼馬爾再爲他人建造足以媲美該宮殿的建築，而命人將他從宮殿頂端推下而死。關於其死因歷史上另有一說：辛尼馬爾在工程完竣後曾對其家人透露該宮殿有一塊關鍵性的磚頭，一旦被拆除，整棟宮殿將倒塌。此塊磚的確切位置只有辛尼馬爾本人知道，努厄曼王一世聞之，便決定結束他生命，以防祕密外洩。阿拉伯諺語中因之有「辛尼馬爾的報酬」（Jazā’

Sinimmār），典故便源自於此。此宮持續八個多世紀，在《伊本．巴突拓遊記》（Riḥlah Ibn Baṭṭūṭah）中有相關的描述。二十世紀三十年代考古學者挖掘到浩瓦爾納各宮的圓形與方形堡塔。此外尚有距離此宮殿甚近的薩迪爾（al-Sadīr）宮，也是努厄曼王的宮殿。在葉門善艾俄的吉姆丹（Ghimdān）宮殿，建築年不可考，唯文史學家赫馬達尼在他的《皇冠》（Al-Iklīl）一書第八冊中提及此宮是諾亞兒子閃所建，是葉門第一座宮殿，高二十層樓，直通雲霄，各層樓高約十腕尺（約四公尺），宮殿四面分別是黑、白、紅、綠四色石牆。石材採用大理石，四角有四尊黃銅獅子，胸口敞開，風吹拂時彷如獅吼。殿內雕樑畫棟，甚爲宏偉，其最早的雕刻文字記載溯源於西元220年薩巴俄王國時期。此外，著名的城堡尚有伊姆魯俄．蓋斯．努厄曼（Imru' al-Qays an-Nu'mān）的「善巴爾」（aṣ-Ṣanbar）城堡、坐落於沙烏地阿拉伯泰馬俄西南方的「阿卜拉各」（al-Ablaq）城堡。

阿拉伯半島多數居民來自阿拉伯部落，與其他民族混居。居民有許多是阿拉姆人和阿卡德人的後裔，從事農耕，種植椰棗、葡萄等。也有許多波斯人、猶太人從事各種行業。貝都因人逐水草而居，通常只能維持最基本的食、衣、住條件。其生活大多仰賴動物，他們飼養駱駝、馬、羊，也出外捕獵羚羊等野生動物，利用其肉、皮，當作食物及生活用品。大多數的詩人是沙漠部落中的貝都因人，他們吟詩的題材取之於周遭的自然環境及其所屬的部落社會。

部落是社會的基本結構，成員的關係建立在血緣上。然而也可能是透過結盟、從屬的關係成爲部落成員。部落成員尚包含奴隸。奴隸是透過戰俘、買賣取得。女奴之子地位也視同奴隸，不得認祖歸宗，不得冠父姓。倘若部落成員背離該族的基本原則或違反其精神，會被部落驅逐，此期有些詩人便因此而成爲浪人。部落崇尚騎士精神，崇尚勇氣、力量、忠誠、睦鄰、慷慨等德行，部落成員個性豪邁、開朗、好客，不擅做作，部落精神發展到任何一個族人的尊榮便是該族的尊榮。換言之，部落爲族人挺身而出，經常不顧此人是侵犯者或是受害者。他們相信部族中若有人被殺，他的靈魂會化做鳥兒，徘徊在荒郊、山谷，飢渴的哀嚎：「我要喝！我要喝！」直到血債償還才得止渴，幽魂才散去。此觀念至今仍存在於某些偏遠的部落裡。爰此，男人戰死戰場或遭受敵族復仇而亡的狀況頻傳。無形中，女人的數目遠超過男人數倍，多妻制成爲普遍的社會現象。

蒙昧時期的婚姻型態複雜，有婚約聘禮迎娶的；有繼承父親遺孀的（但不得是自己的親生母親）；有買賣而來的；有戰爭中搶奪而來的。社會上，女人分爲兩種階級：女奴及自由人。前者有妓女、酒館歌女、王公貴族家中的女僕及牧羊或駱駝女等。女奴所生之子也屬於奴隸階級，除非經歷英勇事蹟，否則不得認祖歸宗。[31] 一般的自由女要做家事、織衣、修補帳篷等，社會重男輕女，女人地位顯然低落。一般女人被丈夫休離之後，前夫可以禁止她再嫁。

阿拉伯詩裡表達女人社會地位低落的現象，譬如阿布．哈姆撒．大比（Abū Ḥamzah aḍ-Ḍabbī）在他妻子生下女兒時就離去，有一天路過妻子的帳篷，過門而不入，他的妻子是一位詩人，有感而發的吟道：

阿布．哈姆撒怎麼啦?
成天待在隔壁，
不來我們這兒。
在生氣沒有子嗣?
阿拉見證，
那可不是我們能力所及，
我們只是收取被賜予的。
彷如農夫的土地，
他們在我們裡面種什麼，
我們就長出什麼。

若是貴婦，則會有女僕隨侍左右，富貴女享有崇高的社會地位，有權釋放奴隸，有能力保護或庇蔭需求者。女人一旦遇人不淑，還可以休夫。休夫只需將自家門轉變方向，夫婿便一目了然。此時的女人可以上戰場殺敵、替族人復仇，也隨侍男人在戰場上服務。

半島上各民族混居，每年定期舉辦市集。參加市集的各民族除了進行貿易之外，也進行文學與文化交流，阿拉伯人的服飾因此也融合來自各地的阿拉伯部族和外族，並為阿拉伯半島其他地區居民所仿效。蒙昧時期阿拉伯人的服飾簡樸，男人服飾由長衫、外袍、頭巾或「纏頭巾」所組成。當時許多女人的穿著非常暴露，露

[31] Shawqī Ḍayf, 1960, p.72.

出脖子、耳環、瀏海等，穿梭在男人之間，[32]她們甚至於習慣幫男孩戴腳指環、戒指、項圈等各種首飾。[33]女人的「頭巾」與「面紗」有很深的歷史淵源，許多古文明，如巴比倫、迦勒底、亞述、印度文明中都有所謂「聖婚」或「聖淫」，亦即自由女在出嫁成家之前，必須至少一次在神廟中舉行這種奉獻貞操的儀式。這些女子隨後要戴頭巾和面紗遮住頭和臉，因爲這種行爲不是代表個人的生理欲念，而是有限的人類與至高無上的神之間的聯繫。舉行過聖婚儀式的婦女會被社會所尊敬，也只有自由女能享受這種殊榮，一般奴隸階層的婦女不能享有，自然也不能穿戴頭巾和面紗。經由歷史文獻中有關伊斯蘭早期阿拉伯半島上的自由女穿戴頭紗，女奴則不准戴的記載，學者推斷阿拉伯蒙昧時期在麥加多神教聖地也存在著這種「聖婚」習俗。

蒙昧時期阿拉伯社會賭博與占卜風氣盛行，一般賭局用的籤分十支，其中三支無效籤，另外七支有效籤，各有其名稱。有效籤分一條、兩條、三條以此類推至七條，通常以駱駝肉爲賭注。莊家會請屠夫宰駱駝，駝肉平分成十塊，駱駝的頭及四肢屬於屠夫的，並請監督員監督賭場。抽到一條贏得一塊駝肉，兩條拿兩塊，最大的籤可拿七塊肉。如果第一個贏得七條，那剩下的不夠分，就得宰第二隻駱駝。另一種賭法是每個人依照順序分別屬於一條、兩條、三條至七條，若第一位沒抽到一條，那他就輸，若贏了就可拿走駝肉。這種籤基本上長短相同，若是占卜用，則分別代表各種吉凶狀況，蒙昧時期阿拉伯人常藉占卜作爲行事的參考或依據。

五、宗教信仰

蒙昧時期阿拉伯半島的居民信仰多神教、猶太教、基督教、祆教等。多神教徒的神祉有拉特（al-Lāt）、烏撒、石頭神薩厄德（Sa‘d）、掌管土地的女神蘇瓦厄（Suwā‘）、亞辜史（Yaghūth）等。他們膜拜凡人所製造出來的偶像，也崇拜自然天成的物體，對這些偶像或自然現象膜拜景仰，許多部落大事或婚喪喜慶都請示神明，有他們的膜拜和祭祀儀式。譬如古雷須族最大的神是忽巴勒（Hubal），他們將之置於克厄巴的中央，族人遇事往往請示於它。文史學家拓巴里便提及穆罕默

[32] Ibn Kathīr, 1969, vol.3, p.284.
[33] Ibn al-Athīr, 1972, vol.4, p.719.

德的祖父艾卜杜．穆拓立卜（Abd al-Muṭṭalib）曾因神要他最愛的兒子，即穆罕默德的父親艾卜杜拉（‘Abd Allāh）犧牲獻神，經過族人努力，多次不斷請示神明，增加贖金，並欲以一百隻駱駝換取艾卜杜拉的性命。[34]一般而言，農耕地區人們拜日神；游牧區人們拜月神。最重要的宗教儀式則是朝聖，一年一度在麥加克厄巴舉行祭祀典禮。克厄巴是多神教的中心，伊斯蘭興起後，成爲一神教伊斯蘭的宗教中心，有些蒙昧時期的宗教儀式仍然保存下來，譬如蒙昧時期人們繞行克厄巴，直至今日穆斯林朝聖時仍保留此傳統。今日朝聖儀式是當時類一神教徒「胡納法俄」（al-Ḥunafā’）的朝聖儀式沿襲至今。而克厄巴鑰匙的掌管者便是以商爲業的古雷須族，人們若欲繞行克厄巴，必須向該族人買朝聖衣，古雷須族因此掌控麥加絕大多數的商業利益。窮人若無錢購買，便只好趁夜深人靜時裸體繞行。

猶太教估計在數千年前便傳入阿拉伯半島，猶太人也大量移民至半島，有些阿拉伯人便因此信仰猶太教。基督教自耶穌派遣其門徒到息加資傳教起，便廣爲半島阿拉伯人信仰，也有來自羅馬帝國與阿比西尼亞的基督宗教徒。祆教徒來自波斯，然而其影響力至艾巴斯時期才得出現。

另外，蒙昧時期有一群人，無論在爲人處事或品行道德上，都遵循一定的標準。他們不崇拜偶像，不喝酒，似乎信仰著神，信仰著來世，生活也傾向避世，但其信仰卻非屬任何當時的宗教，在《古蘭經》中稱這些人爲「胡納法俄」，即信仰亞伯拉罕先知所信仰的教義者，其實便是一神主義者。以伊斯蘭的觀點視之，可以詮釋爲蒙昧時期的「穆斯林」。此詞的單數「哈尼弗」（ḥanīf）及其複數「胡納法俄」，在《古蘭經》中出現十二次之多，皆被視爲穆斯林。譬如巫麥亞．本．阿比．沙勒特（Umayyah bn Abī aṣ-Ṣalt）、拉比德．本．剌比艾（Labīd bn Rabī‘ah）、納比佳．儒卜亞尼皆是「胡納法俄」，且看艾比德．本．阿卜剌舍對「阿拉」發誓的詩節：

我對阿拉發誓，
阿拉對需要者是多恩澤，
至恕，

[34] aṭ-Ṭabarī, vol.1, p.499.

至寬容的。

有些詩人信仰基督宗教，然而他們詩中所牽涉到有關宗教的主題，不外乎苦行生活、提及上帝與死亡，而非某特定宗教的教義。因此烏馬爾．法魯可（'Umar Farūkh, d.1987）在他的文學史中便認爲當時遷徙到阿拉伯半島的基督宗教徒，通常是受到羅馬或其附屬地政權的壓力或迫害而移民。當他們看到伊斯蘭教義主張給予全人類平等，較基督教更接近他們的信仰時，很自然的就信奉伊斯蘭教。[35]

六、文化生活

（一）市集

蒙昧時期最重要的文學活動，表現在各文學市集中的詩歌朗誦或競賽。其中最著名的市集是每年陰曆十月在拓伊弗附近舉辦的烏克若（'Ukāẓ）市集、十一月麥加附近的馬姜納（Majanna）市集、十二月在艾剌法特（'Arafāt）附近的儒馬加賫市集（Dhū al-Majāz）。[36]每年來自半島各部落的人在此從事交易，買賣奴隸、調解紛爭。詩人在這些集會中大顯身手，或誇耀其部落，或諷刺別的詩人，或舉行詩賽擂臺。蒙昧詩人的地位崇高，是部落的代言人、辯護者。由於他的一節詩便可能提高或貶低部落的地位，有時他的地位甚至超過族長。倘若部落中出現一位詩人，各部落都會前往慶賀，彷如舉辦婚宴一般熱鬧。

蒙昧時期阿拉伯人認爲每位詩人都有一個精靈啓示他詩句，甚至藉由詩人的語言吟出精靈的思想，精靈居住在詩人心裡，詩人也樂意被精靈所迷惑，尤其是在一些特定場合中，詩人會心甘情願爲精靈所控制。這種精靈並非來自地獄的魔鬼，而是類似華人觀念裡的「仙」，它充滿愛，只對詩人一人忠誠，從不背叛他，且是超乎時間與空間，不因詩人的年紀而老化。精靈會選擇詩人，詩人不得洩漏它的祕密，否則它會一去不復返。譬如阿厄夏．麥門．本．蓋斯（al-A'shā Maymūn bn Qays）的精靈叫做米斯哈勒（Misḥal）、艾比德．本．阿卜剌舍的精靈叫做「赫比德」（Habīd）、伊姆魯俄．蓋斯的精靈叫做「拉菲若」（Lāfiẓ）、納比佳．儒卜

[35] 'Umar Farūkh, 1984, vol.1, p.61.

[36] Yāqūt. *Mu'jam al-Buldān*, (n.d.), vol.4, p.142; vol.5, p.55, p58.

亞尼的精靈叫做「赫迪爾」（Hādir）。

詩人有精靈伴隨的觀念，或許是源自於當時他們對人與神界的區分觀念，人的有限能力無法達致完美。觸動人心的詩，其完美的詞彙與韻律理應來自於神界，而非人類。故在語言上「精靈所居之地」（‘abqar），便衍生出「天才」（‘abqarī）一詞。當然，倘若詩作得不好，他們也將之歸咎於壞精靈所爲，因爲詩有兩個精靈，一善一惡，善者稱之爲「郝巴爾」（al-Hawbar），惡者稱之爲「郝加爾」（al-Hawjar）。此觀念一直延續到伊斯蘭之後，許多詩人都談及他們的精靈，譬如巫麥亞時期（al-‘Aṣr al-Umawī, 661-750）詩人加里爾（Jarīr）就認爲他自己的精靈是最高尚的。至今仍有部分阿拉伯地區相信這種精靈的存在。這些精靈有男有女，譬如下列詩提到：

我和每位詩人都是人類，
而我的精靈是男的。

（二）標準阿拉伯語的形成

現代人欣賞蒙昧詩，最大的困難並非其語言結構，而是對詞彙意義的理解。無論是從詞彙的眞實意義或其象徵意義，或多或少都有理解上的隔閡。其原因除了來自詞彙意義的時代性之外，更因爲當時人們使用大量的同義詞，常用詞彙也較爲豐富，而詞典的編撰遲至艾巴斯時期才興盛，許多蒙昧時期的詞彙早已不爲人們所使用，且已不可考。因此，儘管如《阿拉伯人的語言》（Lisān al-‘Arab）、《新娘鳳冠》（Tāj al-‘Arūs）等詞典鉅著出現，仍然無法解決蒙昧詩裡的詞彙問題。

蒙昧時期各部落都有屬於自己的方言，部落之間常有溝通困難的現象。部落方言的不同通常發生在字母次序、不健全字母的變形、詞尾變化的不同。麥加古雷須族因爲與來自各地趕集的阿拉伯人接觸，不斷地融合各地方言，故其語言成爲當時的時尚語言，後來的《古蘭經》語言絕大多數便是古雷須族語，形成所謂的「標準阿拉伯語」。標準阿拉伯語的主要來源在北阿拉伯的息加資及納几德：

1.息加資語言

息加資語有粗化語音（at-tafkhīm）的現象。譬如「禮拜」（aṣ-ṣalāh）、「捐課」（az-zakāh）、「生活」（al-ḥayāh）中的長元音ā在《古蘭經》中都寫成ū，以表示其發音時傾向聚口，而非裂口。此爲息加賓語的遺留。今日亦存留在許多阿拉伯方言裡，譬如「死亡」（mawt）發音成mot；「李子」（khawkh）發音成khokh；「種類」（naw‘）發音成no‘。息加賓語尚有許多元音同化的現象，譬如複數「步驟」（khuṭuwāt）、「鼓掌」（ṣafaqāt）、「恩惠」（ni‘imāt），中間詞根都被詞首字母的發音所同化，原本其單數的中間詞根都不發音，分別爲khuṭwah、ṣafqah、ni‘mah。屬於息加賓語言的古雷須族語，尚有弱化hamzah的現象，譬如「歷史」（at-tārīkh）第一個詞根hamzah被弱化成長元音ā。

2.納几德語

納几德的塔米姆族語是標準阿拉伯語的重要來源。塔米姆族語有柔化語音（at-tarkhīm）的現象，譬如「夜晚」（layl）、「家」（bayt）、「好」（khayr）中ay音發音成ē。今日許多阿拉伯方言中有fān、fīn、wīn，意爲「哪裡」，便是從fa'ayn弱化成fayn再弱化成ē，再變成ā或ī。納几德語弱化語音的現象又如對第一人稱及第三人稱祈使的li若其前是連接詞wa或fa，則不發音，如聖訓：Man arāda l-khayra fa-l-yaskun l-Madīnata l-munawwarah.（欲得福者，便請他住在麥地那）。

至於來自南阿拉伯或北阿拉伯的蒙昧詩人，根據語言發展，應有非常大的語言使用區別，但現存的蒙昧詩並無明顯的差異現象。其原因除了南、北阿拉伯語曾經過融合階段之外，文字記載時期詩的蒐集者曾對詩作過變更，或部分詩是經過後人杜撰等，皆是屬於合理的推斷。

第二節　蒙昧時期詩歌型態與內容

阿拉伯語文中「文學」（al-adab）一詞含有許多的意義，原意是「邀宴」，其他還有「文雅」、「忠告」、「禮貌」、「智慧之語」……等詞意。在伊斯蘭之前的阿拉伯文學內容幾乎全是詩歌。這些詩歌表現出阿拉伯人雄厚的文學基礎，其成果主要是出自於息加資、納几德及幼發拉底河附近阿拉伯人的智慧結晶。

加息若及伊本．薩拉姆．朱馬息（Ibn Salām al-Jumaḥī, d.846）都認爲蒙昧詩是阿拉伯人生活與思想的紀錄，而此二位學者都是屬於伊斯蘭曆三世紀的人物，正值蒙昧詩從口述文學轉爲文字記載成書籍的時代。此說被後來學者所引用，且深信不疑，畢竟蒙昧時期的阿拉伯半島沙漠阻隔了許多訊息的傳遞，口耳相傳的詩成爲他們的媒體。至於當時半島上其他民族的文獻或十九、二十世紀發掘的遺跡，則多數是關於息剌公國或其他王國的訊息，甚少提及阿拉伯各部落的狀況，更遑論他們的思想。

壹、詩的結構

阿拉伯文人對於文學的型態與意義兩者的比重有許多不同的見解。中古世紀文學批評家伊本．古泰巴．迪納瓦里（Ibn Qutaybah ad-Dīnawarī, d.889）認爲最美的詩需要具備的條件是詞藻優美、意義深遠；後來的文史學家伊本．卡勒敦則認爲行文方式勝過意義，過多複雜的意義會導致表達的模糊，而文學無非就是表達優美的語言。

一、阿拉伯詩的起源

流傳至今的蒙昧文學以詩爲主，散文僅限於演講詞、訓囑、諺語、占卜文等。艾卜杜．克里姆．納合夏立（‘Abd al-Karīm an-Nahshalī, d.1014）認爲，阿拉伯詩起源自催促駱駝行走所哼的歌聲，並認爲最早的詩是一位叫做穆大爾．本．尼撒爾（Muḍar bn Nizār）從駱駝上摔下來，痛得不停大叫：「哎呀！我的手！」

（wāyadāh），聲音非常優美，駱駝傾聽此聲而邁力行走，之後人們便以hāyadā hāyadā來催促駱駝。[37]這也是最早的阿拉伯「刺加資」韻（ar-Rajaz），反覆的簡單節奏，反映出沙漠單調獨特的風味。一般學者認爲最早的蒙昧詩如同古希臘的詩一樣，是以歌唱方式吟出，且甚至以樂器伴奏。學習歌唱是在儲備詩人的基本功夫，而當時也流行許多波斯及希臘傳入的樂器，譬如「善几」（aṣ-ṣanj）、「巴爾巴圖」（al-barbaṭ）等。唱詩時偶爾會有歌女伴奏，譬如阿厄夏的懸詩就提到一個名叫忽雷刺（Hurayrah）的女歌手；拓刺法詩裡也大幅描述歌女。在戰役中，女人會打鼓助陣，這些習俗可能是引自希臘、羅馬，尤其是在宰牲、祭祀及其他宗教慶典中對偶像歌唱。蒙昧時期阿拉伯人唱歌分成三種：葬禮的長調稱之爲「納舍卜」（an-naṣb），源自韻律裡的「拓維勒」（aṭ-ṭawīl）[38]；「西納德」（as-sinād）韻，有許多的回音調；「赫撒几」（al-hazaj）屬於輕快歌，以笛、鼓伴奏[39]，並且伴舞。

在半島各地舉辦的詩會刺激下，每位詩人都會有一、二位記憶力過人的「傳誦人」（rāwin），他們的任務便是熟記詩人的詩，傳誦予他人。蒙昧詩透過這種方式，得以廣泛傳播。傳誦人也常因詩技純熟，晉身爲詩人，有時聲名更勝於原來的詩人，譬如懸詩詩人茹海爾．本．阿比．蘇勒馬（Zuhayr bn Abī Sulmā）原本是一位傳誦人。後代有些傳詩人甚至於會將自己創作的詩併入蒙昧詩中，造成許多蒙昧詩的歸屬令人存疑。

在語言上，詩人作詩多摒棄他們的部落方言，而使用標準語言，結構嚴謹，也未受外來語表達的影響。他們擅長於遣詞用字，將詞藻意義發揮到最高境界。因此，蒙昧詩成爲阿拉伯古代語言詞典，也是阿拉伯人心目中完美的模範語言。

絕大多數的蒙昧詩人吟詩是即興而吟，一首詩的主題判定往往根據詩人吟詩的場合與背景，而非詩節的多寡。少數詩人曾到過波斯、伊拉克，而擅長吟城市色彩的詩，如伊姆魯俄．蓋斯、阿厄夏等，他們在敘述戰役、緬懷過去的詩中善用譬喻，也相對較富有想像力與創意。有些蒙昧詩人作詩經過深思熟慮，經一年半載才完成一首詩，這些詩人被傳記學者稱之爲「詩奴」（‘abīd ash-shi‘r）。阿拉伯各朝

---

[37] Ibn ar-Rashīq, (n.d.), vol.2, p.314.

[38] Ibn ar-Rashīq, (n.d.),vol.2, p.313.

[39] Ibn ar-Rashīq, (n.d.), vol.2, pp.313-314

代多少都會出現這類型的詩人。蒙昧時期堪稱「詩奴」的詩人如茹海爾、納比佳·儒卜亞尼、胡太阿（al-Ḥuṭay'ah）等。文學批評家伊本·古泰巴認爲過度謹愼而作的詩，難脫離矯作的缺點。然而，批評家們卻未以「矯作」等類似的言詞，來批評茹海爾及其學生胡太阿的詩。

我們至今無法證實蒙昧時期人們是否以書寫來保存他們的詩，或許他們只記載片斷的詩。當時他們的工具如皮革、石頭及骨頭，使用上都很困難，完整的記載詩人們的詩集，幾乎是不可能的。雖然當時生活在阿拉半島上的外族人，如猶太人、阿拉姆人、羅馬人的史料中多少有些記載，然而數量畢竟是極少數。自古學者們就不斷地談論依靠口耳相傳的蒙昧詩的僞造及作假問題，譬如伊本·薩拉姆·朱馬息在他的《詩人階層》（Ṭabaqāt Fuḥūl ash-Shu'arā'）裡就提及詩作造假的原因有二：其一是部落主義盛行；其二是傳述者不誠實。前者因爲有些部落的詩數量太少或遺失，爲了與其他部落相抗衡，不惜作假；後者則是爲了聲名或利益而爲。拓赫·胡賽恩（Ṭāha Ḥusayn）曾在他的《蒙昧詩》（Fī ash-Shi'r al-Jāhilī）一書裡採用東方學學者David Samuel Margoliouth的意見，提出否定蒙昧詩存在的理論，認爲蒙昧時期的詩皆是後人杜撰的，其理論建立在：蒙昧時期的詩是靠口耳相傳，其起源無可考，傳述者作假比比皆是。此外，某些蒙昧詩裡竟包含伊斯蘭詞彙，且當時北阿拉伯部落有各自的方言，但是蒙昧詩卻是使用相同的語言，可見那是在伊斯蘭之後所作的詩。此說引起學術界的軒然大波。拓赫·胡賽恩本人後來也在後來的版本《蒙昧文學》（Fī al-Adab al-Jāhilī）一書裡微幅修正自己的臆測。許多學者在此問題上也紛紛提出自己的見解，多數人認爲口述文學儘管會有些傳述的作假，但不能以偏概全。至於蒙昧詩語言的統一，是因爲蒙昧詩的文字記載在伊斯蘭興起之後，曾經過集詩者的調整，其可能性是很高的。

阿拉伯詩記載的年代較可靠的推斷是在伊斯蘭後，爲了記載《古蘭經》，而相對的需要記載詩，因爲詩是學習《古蘭經》不可或缺的詞典。穆罕默德便要求穆斯林，對《古蘭經》文有疑惑之處，要求證於詩中。一般而言，伊斯蘭曆二世紀初開始有學者蒐集古詩，蒙昧詩因此得以流傳至今，其中最著名者有：穆法大勒·本·穆罕默德（al-Mufaḍḍal bn Muḥammad, d.ca.794）所蒐集的《穆法大立亞特》（Al-Mufaḍḍalīyāt），共六十六位詩人，一百二十八首或一百三十首詩作，因傳述者不同而異。《穆法大立亞特》的價值除了因爲是最早保存古老的阿拉伯詩之外，尚在於作者所蒐集的每一首詩作都是完整的，且也蒐集了少數非主流詩人的詩，包含蒙昧時期、跨蒙昧與伊斯蘭兩時期、伊斯蘭前期詩人的詩。後人解釋《穆法大立亞特》者很多，最著名的有阿布·巴柯爾·安巴里（Abū Bakr al-Anbārī, d.940）、伊本·納哈斯（Ibn an-Naḥḥās）、阿賀馬德·本·穆罕默德·馬爾茹紀（Aḥmad bn Muḥammad al-Marzūqī, d.1030）、卡堤卜·塔卜里奇（al-Khaṭīb at-Tabrīzī, d.1109）等的解釋本。蒐集古詩的學者其次是艾卜杜·馬立柯·阿舍馬邑（'Abd Mālik al-Aṣma'ī），其《阿舍馬邑亞特》（Al-Aṣma'īyāt）一書被認爲是《穆法大立亞特》的補遺，蒐集許多《穆法大立亞特》所未蒐集的詩，而古代學者的書裡經常混淆兩者。此外，阿布·法爾几·阿舍法赫尼（Abū al-Farj al-Aṣfahānī, d.967）的《詩歌集》（Al-Aghānī）堪稱蒐集阿拉伯詩與詩人生活最完整的原始文獻，阿舍法赫尼的《阿拉伯人世系匯編》（Jamharah Ansāb al-'Arab）、阿布·塔馬姆（Abū Tamām）的《英雄詩集》（Dīwān al-Ḥamāsah）、布賀土里（al-Buḥturī）的《英雄詩集》（Dīwān al-Ḥamāsah）……等亦蒐集許多最早期的阿拉伯詩。值得一提的是阿布·翟德·古剌序（Abū Zayd al-Qurashī）在三世紀末所著的《阿拉伯詩匯編》（Jamharah Ash'ār al-'Arab）一書已經有邏輯性的編排，包含作者長篇幅的序言。作者將他所蒐集的詩分成七章，每章蒐集七首詩。各章都依其性質給予名稱，充分反映早期的文學批評者對於詩的觀點。此書之價值除了是《穆法大立亞特》、《阿舍馬邑亞特》兩書的補遺之外，尙因它蒐集了其他原始書籍所未蒐集的詩，並作縝密的編排而普遍受重視。

二、詩韻

蒙昧詩形式較爲呆板，都會以憶情人、悼屋宇作爲詩的序言，再進入主題，結尾喜歡用格言。有時一首詩的主題會比這些八股形式的序言還要短，呈現主題模糊及多主題的現象。最早的阿拉伯文學型態應該是「剌加資」格律詩，其左右兩段詩可能都押同一韻腳，經常是在戰場上即興吟出，簡短有力，由兩三節詩所構成，類似軍歌，意義傾向誇耀自己的勇氣，並威脅敵人。一首以「剌加資」韻律吟的詩，稱之爲「巫爾朱撒」（urjūzah）。「剌加資」原意是一種駱駝的疾病，駱駝若生此病，腳會發抖，時動時靜。猶如這種格律的詩，輔音的發音是一個動符連接著一個靜符。蒙昧時期及伊斯蘭早期盛行這種詩。由「剌加資」詩漸漸發展出所謂的長短格傳統詩「格席達」（al-qaṣīdah），爲後來的詩人所遵循，並沿用至今。這種傳統詩每一首都歸屬於同一個格律「韻海」（al-baḥr ash-shi‘rī），同一首的各節詩押相同的「韻腳」（ar-rawī）、相同的「韻尾」（al-qāfiyah）。每節詩在型態上由前、後兩段組成，意義上則是獨立的。因此許多古書所記載的同樣一首詩，會有詩節前後順序不同的現象。

伊斯蘭曆二世紀，卡立勒．本．阿賀馬德（al-Khalīl bn Aḥmad）依據古詩歸納整理出阿拉伯詩中的韻律，開創了韻律學，即所謂的「艾魯底」。有些學者認爲「艾魯底」名稱由來是因爲卡立勒創此學於艾魯底，故以此地名取之。也有學者以爲此名稱原意是「難駕馭的駱駝」，韻律起伏彷如此種駱駝，因而得名。又一說：其原意是帳篷的橫木。許多韻律上的專有名詞的確取自架帳篷所需的零件名稱，如「瓦提德」（al-watid，樁）[40]、「薩巴卜」（as-sabab，繩）、「米舍剌厄」（al-miṣrā‘，一扇門）、「魯克恩」（ar-rukn，支柱）等。前半節詩最後一個「音步」（at-taf‘īlah，即因應詩韻律的要求，各節詩句中詞彙的元音與輔音的組合）稱之爲「艾魯底」，是整節詩中最重要的音步，整首詩都建立在這個音步上。後半節詩最後一個音步稱之爲「大爾卜」（ad-ḍarb），此外的音步都稱之爲「哈書」（al-ḥashw）。

韻律學的創立爲後世研究阿拉伯詩韻者造福不淺。一首阿拉伯詩所組成的「詩節」（al-bayt）數目不一，有長有短，短自十節，長至百節。每一節由前、後兩段組成，前半段稱之「沙德爾」（aṣ-ṣadr）；後半段稱之爲「艾朱資」（al-‘ajuz）。艾魯底共有三十六種，大爾卜有六十六種，韻海有十六種。十六種韻海分別是：

1. 拓維勒韻（aṭ-Ṭawīl）
2. 巴西圖韻（al-Basīṭ）
3. 馬迪德韻（al-Madīd）
4. 瓦菲爾韻（al-Wāfir）
5. 克米勒韻（al-Kāmil）
6. 剌馬勒韻（ar-Ramal）
7. 剌加資韻（ar-Rajaz）

[40] 意指短音節＋長音節或長音節＋短音節，譬如：kutub、ḥarb、qāl、bā‘。

8. 赫撒几韻（al-Hazaj）
9. 薩里厄韻（as-Sarī‘）
10. 卡菲弗韻（al-Khafīf）
11. 門薩里賀韻（al-Munsariḥ）
12. 穆几塔史韻（al-Mujtathth）
13. 穆各塔大卜韻（al-Muqtaḍab）
14. 穆大里厄韻（al-Muḍāri‘）
15. 穆塔格里卜韻（al-Mutaqārib）
16. 穆塔達里柯韻（al-Mutadārik）

蒙昧詩的主題較多誇耀、激情、緬懷過去及故事主題的詩，適合吟誦長韻，尤其是拓維勒韻屬於全韻，換言之，不會有「馬几茹俄」（al-majzū’，即省略艾魯底及大爾卜）、「馬須突爾」（al-mashṭūr，即省略半節詩）、或「曼忽柯」（al-manhūk，即省略三分之二節的詩）的情形。拓維勒韻的長度可達到每節四十八個輔音，如伊姆魯俄．蓋斯、拓剌法、茹海爾的懸詩便是屬於拓維勒韻，到了艾巴斯時期，便甚少運用該韻海。

三、詩序

（一）「納西卜」（an-nasīb）

阿拉伯人將序言中讚美情人的主題稱之爲「納西卜」；主體爲情詩的詩稱之爲「佳撒勒」（al-ghazal），兩者內容皆爲情詩。蒙昧詩序言與主體並無一定形式的分野，韻律上整齊一致，唯在意義上往往會令聽者感覺唐突，譬如一首諷刺或讚頌詩，其序言仍然是憶舊情人、哭悼屋宇。詩節也可能長過主題的篇幅，彷彿諷刺或讚頌的主題是次要，而序言才是主體。學者們將這種序言的詩推溯到伊姆魯俄．蓋斯的懸詩，但伊姆魯俄．蓋斯本人則將之歸於他之前的詩人伊本．其扎姆（Ibn Khidhām）。

序言中詩人會因思念已隨駱駝隊遠去的情人而思緒起伏，「離別」使得情感轉移至哭悼屋宇。舊宅、廢墟、情人、駱駝等歷歷在目，勾畫出一幅傳統阿拉伯詩的畫面。蒙昧詩序言千篇一律的皆以這類「納西卜」開頭。其中包含許多反覆出現在不同詩人詩中共同的詞彙，譬如「太陽」、「星星」、「光」、「火」、「羚羊」、「野牛」、「駝隊」……等，其內涵卻都脫離不了「廢墟」與「情人」兩個主體。詩人會在序言中提及一連串情人曾經居住過的地名，這些地名多數在阿拉伯半島的納几德及息加資地區，而詩人本身不見得曾經駐足其地。[41]譬如伊姆魯俄．蓋斯在懸詩開場白中吟道[42]：

你倆停下來，
讓我們哭泣，
憶舊人，
念屋宇，
在西各堤立瓦，
在達乎勒，
在豪馬勒。[43]
在土弟賀，
在米各剌，[44]
痕跡都未毀，
只因南風、北風編織著。
但見白羚羊的糞便，
庭院裡，
槽裡，
彷如胡椒粒。
他們整理行囊，
離別的清晨，
我彷如在薩穆爾樹下剝著苦西瓜皮。[45]

---

[41] Ṭāha Ḥusayn & Aḥmad Amīn, 1998, pp.164-165.

[42] Ḥasan as-Sandūbī& Usāmah Ṣalāḥ ad-Dīn, 1990, pp.164-166。

[43] 達乎勒（ad-Dakhūl）及豪馬勒（Ḥawmal）皆是地名，至於伊姆魯俄．蓋斯此處所要表達的意義究竟是情人的舊居在此二地之間或是她曾經分別在此二地居住過，語言及文史學者們有許多爭議，其關鍵在詩人使用的連接詞是fa而非wa，參見Yāqūt, *Mu'jam al-Buldān*, (n.d.), vol.2, pp. 325-326 .

[44] 土弟賀（Tūḍiḥ）、米各剌（al-Miqrāh）兩者皆是伊姆．蓋斯情人居住過的地名。本文所舉之詩例中都充滿各詩人的情人居住過的地名，將不再一一注解。

[45] 剝苦西瓜皮有如剝洋蔥會因其辛辣而淚如雨下。參見Abū Bakr Muḥammad al-Anbārī, 1980, p.23.

朋友們為了我停下他們的母駱駝，
說道：
別傷心崩潰，
撐著點兒，
怎知療我傷者，
竟是傾注的淚水。
在荒廢的遺跡前，
會有哭號的人？
……
難掩思慕，
淚水溢滿襟，
浸濕了劍帶。

伊姆魯伕·蓋斯曾說他哭悼廢墟是學自伊本·其扎姆：[46]

你倆停在廢墟前，
或許我們該像伊本·其扎姆一樣哭泣。

後來的詩人則學自伊姆魯伕·蓋斯，也哭悼廢墟。拓剌法在他的懸詩開場白中便說[47]：

浩拉有廢墟，[48]
在山合馬迪石地，
我在那兒，
不停哭，
一直哭到天明。

---

[46] Imru' al-Qays, p.114.
[47] Abū Bakr Muḥammad al-Anbārī, 1980, pp.132-135.
[48] Khawlah乃其情人名字。此後本文所舉詩例中之人名皆爲詩人的情人名，將不再注解。

朋友們為我，
停下他們的母駱駝，
說道：別悲傷崩潰，
忍著點，
拂曉時馬立柯族女孩的駝轎，
好似達德窪地豪華的船隻。

哈里史·本·息立撒也在懸詩中說[49]：

阿斯馬俄告訴我們，
她即將離去，
少有不令人厭倦的滯留者，
早已習慣在夏馬俄沙地的她，
在卡勒沙俄的她，
在穆亥亞，
在席法赫，
……
在這些地方
見不著熟悉的人兒。
我茫然的哭泣，
哭泣能喚回什麼？
雙眼但見恆德點了火，
照亮了艾勒亞俄高地。

即使是古批評家眼中以謹慎作詩來維持高水準作品的茹海爾，[50]也在他的懸詩裡說：[51]

---

[49] Abū Bakr Muḥammad al-Anbārī, 1980, pp.433-437.

[50] 加息若引用阿舍馬邑的意見，參見al-Jāḥiẓ, *Al-Bayān wa-at-Tabyīn*, (n.d.), vol.2, p.13.

[51] Abū Bakr Muḥammad al-Anbārī, 1980, pp.237-241; al-Khaṭīb at-Tabrīzī, 1980, pp.162-165.

奧法之母可不是留下了默默不語的灰燼遺跡麼？
在都拉吉曠野，
在穆塔山立姆，
她的舊居在剌各馬泰恩漠地，
彷如留在手腕上的刺青脈絡。
野牛、白羚羊在那兒，
一個接一個走著，
牠們的孩子紛紛從窩裡躍起。[52]
二十載後，
我佇立在此，
一陣困惑，
良久，
我憶起了屋宇。

換言之，蒙昧詩人無論其詩是即興而作或竭盡思慮的精品，都脫離不了這種哭悼屋宇的桎梏，甚至於後世阿拉伯詩人的詩中也充滿了這種色彩。

現代學者穆舍拓法．納席弗（Muṣṭafā Nāṣif, d.2008）認爲：「廢墟」彷彿是取得社會共識的契約，提供一種超乎個體之上的共同思想與情感。詩人開口吟詩時先避開所屬的現實社會，提及「廢墟」，使「過去」復活，因爲它象徵著詩人人生旅途上成功與失敗，光榮與屈辱的痕跡，沒有過去，沒有記憶的詩人哪來的詩意？「回憶」對詩人而言同時也是「希望」的起點，是社會認同的任務。[53]

值得注意的是詩人雖然靜態的佇立在廢墟之前，詩中卻充滿動態的畫面，讀者只見一連串阿拉伯半島上情人的廢墟地名迅速在移動，哭聲、呼喚聲、荊棘、刺青、苦西瓜、火光……所依恃的聽覺、觸覺、味覺、視覺等各種感官幾乎相互作用。此時詩人的感覺傾向負面的，廢墟所代表的應該是沉痛與苦澀，是消沉與絕望。

[52] 其意：小野牛及小羚羊起床要喝奶。野牛與羚羊都是阿拉伯人用來修飾美女的動物，前者取其大且黑白分明的眼球；後者取其長頸與姿態的美。

[53] Mustafā Nāsif, 1981, p.55.

（二）序言中「陪泣的友人」

自從伊姆魯俄．蓋斯的懸詩序言提及「你倆停下來，讓我們哭泣」之後，阿拉伯詩人沿襲這個習慣，序言中常會提及兩個騎著馬或駱駝相隨相伴的友人，如巫麥亞時期加米勒．布塞納（Jamīl Buthaynah）的詩[54]：

兩位好友啊，
今兒個留下來，
替我問候齒甜體香的女孩，
你倆只稍停留，
縱然入土，
我也感激涕零。
……

學者們認爲廢墟的鋪陳與友人相隨哭泣的詩序是伊姆魯俄．蓋斯的創舉。讓人難以理解的是爲何這種停下母駝哭泣的情緒會在歷代詩人的詩中流傳千餘年，且相隨的友人是「兩人」？阿布．巴柯爾．安巴里認爲這現象有三種解釋：其一是詩人的確對著兩個友人說話，這種解釋較弱；其二是僅對著一個朋友說話，但使用雙數，因爲阿拉伯人有時會用雙數對一個人說話，譬如他們會對著一個人說：你倆起來、你倆騎。《古蘭經》中阿拉便對掌管火獄者說：「你（倆）應將每個頑固的背棄者投入火獄中。」此時的雙數實際上意指單數。[55]「二」這個數目或許也代表著阿拉伯傳統文化意義，在語言上，「二」是雙數，阿拉伯人寒喧時卻喜歡用雙數表示加倍的祝福，譬如吃過飯後的祝福「雙倍的健康」（ṣaḥḥatayn），表示見面時的喜悅說「雙倍歡迎」（ahlayn）……等。伴隨左右的友人，在部落群居的精神下，或許象徵著足夠的支柱，支撐詩人走過情人故居回憶，共同的淚水幫助抹去心中難割捨的情感，繼續母駱駝的腳程。[56]

54 Jamīl bn Maʻmar, *Dīwān Jamīl Shāʻir al-Ḥubb al-ʻUdhrī*, (n.d.), p.102.
55 《古蘭經》50:24。Abū Bakr al-Anbārī, 1980, pp.15-16.
56 鄭慧慈，〈阿拉伯蒙昧詩序言的解讀〉，頁4-12。

四、詩的結尾

一首多主題的蒙昧詩中，往往在詩尾會添加一些格言（al-Ḥikmah），阿拉伯人的智慧也通常顯現在他們的格言、諺語中。格言詩是當時人們生活中切身經驗累積的成果，表現出成熟的智慧，這方面著名的詩人如拉比德、茹海爾、巫麥亞·本·阿比·沙勒特、儒伊舍巴厄·艾德瓦尼（Dhū al-Iṣba‘ al-‘Adwānī）、哈提姆·拓伊（Ḥātim aṭ-Ṭā’ī）等，譬如茹海爾的懸詩：

但見死亡胡搞，
碰上誰，
誰就得死，
一旦錯過，
就長命百歲。
我知今日、知昨日
對明日卻總茫然。
誰若不事事諂媚，
準被犬齒咬傷，
被腳趾踐踏，
誰若擁有恩澤，
吝於施予族人，
存在何益？

茹海爾擅長在詩中鋪陳許多人生哲理，他的晚年受伊斯蘭的影響，表現出有如先知一般的特質，以下便是他信奉伊斯蘭之後的詩：

但願我知道，
人們所見，
是否如我所見？
事物呈現在他們眼前，
是否如同呈現在我眼前一般？

錢財會毀滅，
我所見是人們的身軀，
卻不見歲月會毀滅。
我一旦落腳高崗，
但見前人已留下新的、完好的痕跡。
我隨性的過夜，
清晨起來早早出發。
被引導來到胡夫拉窪地，
後頭仍有人趕著來。
我年過九十，
彷彿卸下雙肩上的衣裳。
我知道阿拉是真理，
敬畏阿拉更令我接近真理。
我彷彿不知曉過去，
對來者也無法掌握。
怎不見我的尊嚴保護我身？
怎不見我優渥的錢財護衛我？
不見有任何事物會存留，
會不朽，
僅存的是屹立的高山。
是天，
是地獄，
是真主，
是可數的日子和夜晚。
倘若我願意，
經文會提醒我過去所遺忘的。
難道不見阿拉毀滅圖巴厄的子民，
毀掉陸各曼・本・艾德、艾迪，
毀掉亞歷山大、法老王的軍隊、阿比西尼亞國王納加序。
難道不見優渥者的遭遇，

歲月拋棄他，
光陰還是光陰。
縱使有人逃過災惡，
縱使有人能在生活中倖免，
那些施予餐食的人呢？
一旦奉獻出來，
他們就穩居下來。
卻沒看到他們奉獻生命，
跟著他一起死，
一旦他們理解那是死亡時，
他們走向他，
在他的門口停下駱駝，
那高貴的乘騎。
他向他們問好，
稱頌他們，
跟他們道別，
不再會面的道別。
他領悟了屬於他之後的事，
那過去一旦事情動盪的事。

貳、蒙昧詩的主題

蒙昧時期多數詩人吟詩的風格是貝都因式的，主題大多反映沙漠生活，他們將焦點放在駱駝、廢墟上，情感眞實、樸質、不做作，因爲蒙昧時期人們的生活重心非帳篷便是駱駝，和後來的都市文明截然不同，後世讀者因此會感覺格格不入。

基本上一首蒙昧詩的主題是多元，幾乎無法清楚的歸之於哪一種主題，以下主題都可能存在於同一首詩中。最早將詩以主題歸類的學者是艾巴斯時期《英雄詩集》作者阿布·塔馬姆，他將詩的主題分爲十類，但顯然彼此之間都互相重疊。後來古達馬．本．加厄法爾（Qudāmah bn Ja'far, d.948）在他的《詩評》（Naqd ash-Shi'r）一書裡將詩主題分成六類。此後許多學者都有各自的見解。以下是蒙昧時期詩人們可能因其吟詩背景而談論的主題，彼此皆可能相互依存在一首詩中：

一、誇耀詩與英雄詩（al-fakhr wa-l-ḥamāsah）

誇耀詩是蒙昧詩核心的主題，它幾乎出現在所有的蒙昧詩中，也是詩人眞實感情的表露，能感動聽者的心。誇耀詩內容多數在描寫戰爭、誇耀自己或祖先，也包含對生命中的挫折所表現的堅忍。詩人所誇耀的特質包含勇氣、騎士精神、男子氣概、歷險、敢於殺敵與復仇、品德高尙、慷慨、寬容等。由於此期大多數的詩人同時也是戰士，故詩中能描述戰場上眞實的經驗，誇耀詩句顯得豪氣十足，自然也免不了有誇張的表達及豐富的想像力。該主題在蒙昧時期伴隨著護衛部族榮耀的熱情，其歌聲遍布各地，可以代表該時代的價值觀。蕭紀．代弗（Shawqī Ḍayf, d.2005）認爲阿布．塔馬姆以《英雄詩集》來稱呼他所匯集的詩，其意義或許來自於此。[57]著名的誇耀詩人尙有：案塔剌．艾卜西，譬如他對情人艾卜拉（'Ablah）吟道：

眾矛刺進我身，
我憶起妳，
雪白的印度劍滴著我的血。
我欲親吻眾劍，
僅因它們在閃爍，
猶如妳歡笑時，
唇上的光芒。

艾姆爾．本．庫勒束姆在他的懸詩中誇耀其族時吟道：

我們族人擠滿大地，

[57] Shawqī Ḍayf, 1960, p.202.

大地因而狹窄，
我們的船隻填滿了海水。

二、情詩（al-ghazal）

有些文學批評者認爲情詩是源於古希臘時期對神的崇拜，是一種人類與生俱來對神、大自然、母親的崇拜與愛慕之情所延伸出來的情感，故應是一種古老的主題。蒙昧時期男人與女人接觸頻繁，吟詩時常描寫女人，表達對情人的思慕、苦戀，有時也會非常直接的描述情欲行爲。甚至於每一首詩都會以情詩開頭，或憶及愛人的屋宇、駝轎等。這種開場白成爲所有蒙昧詩人行詩時的特色，感情有眞有假。阿拉伯人分辨這種八股的愛情開場白，而稱之爲「納西卜」。對於這種以屋宇、廢墟、女人爲背景的開場白，許多學者都提出他們不同的看法，認爲那是某種精神價值的影射。對此，我認爲蒙昧時期的詩人習慣這種開場白，不過是因爲當時部落社會型態，征戰不斷，變遷是司空見慣之事。仰慕的鄰家女孩隨著族人駝隊遠去，難免惆悵，結伴三兩好友，舊地重遊本是尋找靈感，多愁善感且相對悠閒的詩人常做之事。凡閃爍的星辰、引導迷路旅人的火光等，都是沙漠生活中鮮明的景象。詩人對昔日少年甜美生活的懷念，對初戀或所傾心的情人的離去，也是蒙昧時期人們因居無定所，人人都可能遭遇的經驗。以蒙昧詩所表達的坦率、眞誠及阿拉伯人情緒至上的性格觀之，詩人內心極欲刻畫的或許僅是青少年的惆悵。過度的解讀其象徵意義，對於蒙昧時期純樸的沙漠居民而言，反而失其樸質的思想。唯獨「納西卜」千年不變的留存在阿拉伯詩中，或許意味著阿拉伯人思想中某種特殊的情結，或許能將它稱之爲一種「吟詩儀式」。這種執著於傳統，不思變革的現象，其實也顯現在阿拉伯人許多其他的文化實踐面上。「情詩」指的是以讚頌、敘述女人和愛情爲主題的詩。蒙昧時期這種情詩幾乎都與「納西卜」混而爲一，也存在每一首詩中。阿拉伯文學批評者無論古今，常將情詩分爲純情含蓄的及露骨的：含蓄的情詩在抒發情感，回憶過去並期待和所愛的人重逢；露骨的情詩往往描述女人的身體。從蒙昧詩人的情詩中可以察覺他們對女人的審美觀及情人所扮演的角色，中世紀後來的文史學者，譬如加息若等人，也陸續提及類似的觀念，可見這些都是反映阿拉伯人的傳統思維。

（一）審美觀

一般而言，貝都因詩人們對女人的審美觀是：

1. 肥胖：貝都因詩人喜歡女人肥胖到需要女僕扶持才能起身，或連進門都困難；城市詩人喜歡豐盈卻不過分肥胖的女人。女人豐滿象徵出生高貴，不為生活所困。

2. 長髮：濃密烏黑，有如繩子、蛇或葡萄串，表示女人的血統純正。

3. 大眼：眼球要如小野牛的大眼睛，只見黑眼珠，白眼球偶爾出現，眼神帶著不屑的高傲之氣更能添增女人的魅力。

4. 長頸：要如麋鹿、羚羊，詩人們認為頸子是女人身體最美的部分，尤其是耳後與頸部的交接處是最具魔力之處，白皙滑嫩，能刺激靈感，引人遐思。城市詩人喜歡冒險刺激的愛情，對層層保護、難接近的女人特別感興趣。或許自古阿拉伯人這種細微觀察，導致日後遮住頸部的伊斯蘭頭巾，成為女人服飾的靈魂。

5. 臉龐亮麗如金幣；雙頰豐盈如明鏡；嘴如水晶；牙齒潔白如陽光；口水如酒、蜜；體味如麝香，洋溢青春活力。用當時生活環境所接觸和使用的具體物質作為「喻依」是蒙昧詩人擅長的技巧。

6. 胸部與臀部豐滿，胸部如羚羊鼻子；臀部如沙丘。

7. 若即若離的個性：女人常被比喻為殺人如麻的殺手，一次一次的宰割詩人的心，卻因此更具魅力。女人的魅力也表現在善變的個性中，女人擅長於違背誓言，見異思遷，折磨專情的詩人。貝都因詩人則喜歡平易近人的女人，情感純樸，常敘述自己為愛、為思念而苦。愛情專一的詩人往往詩中只提一位女人，譬如案塔刺對其堂妹艾卜拉的愛情始終如一，艾卜拉他嫁之後，他仍然無法忘懷，繼續吟詩稱頌她。

這些蒙昧詩序言中，女人的特質經常會令詩人難以割捨舊情。許多蒙昧詩的研究者認為，蒙昧詩人與女人的交往經驗，由於沙漠部落社會型態的影響，通常極為短暫，尚無從建立刻骨銘心的愛情，故容易將女人感官的美，視為美的唯一標準，外在與內在美在詩人的觀念裡實際上已經融合為一體。[58]

著名的情詩詩人有案塔刺、金達王國王子伊姆魯俄．蓋斯。伊姆魯俄．蓋斯早

[58] Yūsuf Bakkār, 1981, p.46.

年荒唐奢侈，放蕩不羈，常吟愛情詩、酒詩，他在描寫女人時便說：

如羚羊般的頸子，
一旦伸展，
毫無瑕疵，
不覺空蕩。

浪人軒法剌（ash-Shanfarā）修飾女人時說：

巫麥馬的聲譽永不讓朋友蒙羞。
若提及女人，
她既貞節又脫俗。

伊姆魯俄．蓋斯是阿拉伯文學史上第一位有詳細生平流傳下來的詩人，學者們並公認他是第一位悼廢墟、憶舊情人，以及將女人比喻爲羚羊的詩人。對於足跡遍布沙漠與城市的伊姆魯俄．蓋斯而言，愛情充滿了歡樂與刺激，他的詩作中充滿對愛情感官性的描述。他的懸詩裡，記載一段搶走情人法堤馬（Fāṭimah）及她的女伴們擺放在池邊的衣裳，惡作劇的強迫她們一一裸體出來取衣服的故事。並細訴情愫說[59]：

法堤馬，且慢！
享不盡這纏綿春意，
妳若決意離去，
臨行前也得噓寒問暖。
難道真不知，
愛攝走了我，

---

[59] 此段詩取自其懸詩，伊姆．蓋斯早年放蕩不羈，吟此詩背景是他在夜晚守候在法提瑪和她同伴沐浴的水塘岸，偷走這些女孩的衣物，並要求她們一一裸體到他面前取回衣物。Ḥasan as-Sandūbī & Usāmah Ṣalāḥ ad-Dīn, 1990, p.169.

心任憑妳驅使，
永遠百依百順。

伊姆魯俄．蓋斯在描述情人時，學者們並未對他敘述的故事或抒發的情感存疑。沿襲這種詩風的蒙昧詩人，其情感的眞實性，大體上也獲得批評者們的肯定。這種對情人感情眞實性的認同與評價，或許應歸因於蒙昧時期特殊的部落社會型態，以及後人對游牧民族個性的正面印象。實際上，許多蒙昧詩人甚至於在他們的詩裡不諱描述他們和女人共度的夜晚，其中自然不乏敘述男女的性行爲與性欲，譬如伊姆魯俄．蓋斯在他的詩中說[60]：

難得的一天，
難得的夜晚，
我玩了一個彷如雕像的柔情少女。
她的臉龐為同眠人照亮了床褥，
她胸脯上熾熱的炭火，
好似遇上了易燃的乾材，
一旦同眠人脫下她的衣裳，
她立即溫柔的貼過來。
猶如一雙稚童走在柔軟的沙堆上，
平滑柔順。

阿厄夏在情詩裡洋溢著感官的情欲：[61]

我與美女互通性愛，
歡樂無比，
每個白皙豐盈女孩，
羊奶般雪白的嫩膚，

[60] Ḥasan as-Sandūbī & Usāmah Ṣalāḥ ad-Dīn, 1990, P.181.
[61] Maymūn bn Qays al-A‘sha, 1980, p.165.

一旦困倦就寢，
立即獻身共眠人。

（二）情詩中情人的特質

蒙昧詩人受動物影響甚深，常以動物身體器官來比喻愛人的肢體，以牠們的氣質讚美情人。譬如用野牛的眼睛修飾情人黑白分明的烏溜大眼；用羚羊的長頸比喻情人的頸子。哈迪剌（al-Ḥādirah, d.626）[62]描寫情人的頸子和眼睛時便說[63]：

與她在布乃納邂逅的清晨，
眼睛怎麼都看不過癮。
她轉身時，
炫麗的白擄走你，
彷如羚羊的長頸，
黑白分明的兩顆眼球，
眼角盡是睡意。
淚眶下的臉龐，
純淨亮麗。

詩人也會以自然景觀描述情人，如跨蒙昧與伊斯蘭兩時期詩人蘇威德．亞須庫里（Suwayd al-Yashkurī, d.683）描寫情人的牙齒時說[64]：

潔白稀疏，
有如烏雲中閃爍的陽光。

艾巴斯時期阿拉伯文豪加息若曾對於女人的審美觀做描述，在他的經典之作

---

[62] 參見az-Ziriklī, 1984, vol.5, p.200.
[63] al-Mufaḍḍal bn Muḥammad aḍ-Ḍabbī, 1964, p. 44.
[64] al-Mufaḍḍal bn Muḥammad aḍ-Ḍabbī, 1964, p.191.

《說明與闡釋》（Al-Bayān wa-t-Tabyīn）一書中，亦曾將阿拉伯人對男人的審美觀做很詳細的敘述與評價，凡高個子、壯碩、寬嘴、聲音宏亮、邁步如駝鳥、迅速如野狼、噴嚏震耳、鬍鬚濃密、對名利淡泊等都屬於英雄氣魄。男人忌諱的是聲音尖細，說話時盜汗、發抖、喘氣、聲音微弱無力、噴嚏微弱[65]，長相忌小嘴、臉如企鵝藏在脖子裡等[66]。對蒙昧時期阿拉伯女人生活狀況的描述，亦不乏學者作全面的探討，譬如現代學者艾立．赫序米（'Alī al-Hāshimī）著有《蒙昧詩中的女人》（Al-Mar'ah fī ash-Shi'r al-Jāhilī）一書，以相同書名出現的作者尚有阿賀馬德．焦菲（Aḥmad al-Jawfī）等人。

（三）詩人情感

詩中情人是否眞有其人，常令後人難以判斷。根據當時社會習俗，詩人若在詩中表示對某個女子的愛慕，家族必會禁止他迎娶該女子，因此情詩的對象通常是已婚婦女，即便所鍾情的是未婚閨女，也習慣在稱呼時冠上「……之母」，或使用假名以保護自己與情人。伊本．剌序各．蓋剌瓦尼（Ibn Rashīq al-Qayrawānī, d.1071）認爲阿拉伯詩人的情人名字，通常都以阿斯馬俄（Asmā'）、法堤馬、恆德（Hind）、賴拉（Laylā）、陸卜納（Lubnā）、剌巴卜（ar-Rabāb）、薩勒馬（Salmā）……等化名出現在詩中，因爲這些名字較輕柔易唸，也或許是因應詩韻的長短格需要[67]。對此，巴合拜提（al-Bahbaytī）認爲大多數的蒙昧詩並未流傳下來，倖存的情詩都是具有吻合當時歷史狀況的政治象徵，這些名字也都具有政治意義，譬如恆德常出現在去過息剌王國的詩人詩中，因爲當時此王國王室女眷中有人名叫恆德，而變成用來通稱該王室女眷。以此類推，其他情人名字也都具有時代政治意義，目的在激勵當時捲入部落戰爭的戰士，而非眞正的情詩。[68]

根據名字的眞僞來判斷詩人對情人情感的眞實與否，或許低估了女人在蒙昧詩人心中的地位。情人對詩人而言無異是靈感的泉源，他們將情詩置於詩首，描寫坐在高聳駝轎中的情人，用戰場上的戰績來籠絡情人的心，用高高在天上的太陽、圓月、雲及近在手邊能決定生死的矛、劍等來比喻女人，將他們最愛的酒比喻爲女

[65] al-Jāḥiẓ, *Al-Bayān wa-t-Tabyīn*, (n.d.), vol.1, p.133.

[66] al-Jāḥiẓ, *Al-Bayān wa-t-Tabyīn*, (n.d.), vol.1, pp.120, 126-127.。

[67] 參見Ibn ar-Rashīq, (n.d.), vol.2, pp.121-122 .

[68] 參見al-Bahbītī, 1961, pp.102, 110, 144.

人……等，且恆古不變。「情詩」甚至於成為文學史上許多著名的詩人一生唯一吟誦的主題，如巫麥亞時期純情詩詩人加米勒．布塞納、縱情詩詩人烏馬爾．本．阿比．剌比艾（'Umar bn Abī Rabī'ah）便只吟情詩。凡此都象徵著女人的特殊重要性以及她所代表的生命與希望。此外，誠如學者所言，儘管這些詩都限於感官性的描述，卻充滿了活力。[69]亦或許詩人的感官記憶添增了他的活力，也無可否認當詩人以敘事的手法回憶情人時，其熱淚與情感傳遞給讀者或聽者的是具體的意象與強烈的臨場感。

早期的阿拉伯詩似乎是單純的以譬喻手法寫實。因此當伊姆魯俄．蓋斯吟誦雨景時，似乎無需陷入藉由雨珠或洪水去探討詩人內心創傷的迷思中。同樣的，我們也無需藉由蒙昧詩人對情人明眸的描寫，去想像其中隱含的深意。對於蒙昧詩的研究而言，這或許是一種較為合乎邏輯與實際的方法。

三、詠酒詩（al-khamarīyāt）

遠自蒙昧時期阿拉伯詩人便吟誦酒詩，此時詩人所處的社會環境充滿著女人、酒、賭博、占卜……等社會習俗。醇酒、女人、戰場的勇士精神等，便成為許多詩人的主題。《古蘭經》中有許多章節提及這些習俗，譬如：「他們問你有關飲酒和賭博之事，你要說：此二者中含有大罪，對於世人都有許多利益，然而其罪遠勝過其利益。」[70]「信道的人啊，酒、賭、偶像、籤都是穢行，是魔鬼的行為，當遠離，以便成功。」[71]「魔鬼希望藉由飲酒、賭博在你們之間製造仇恨，阻止你們唸頌眞主、謹守拜功，你們難道不戒除嗎？」[72]儘管酒對人類的誘惑不會因為教條而有大幅的改變，後來伊斯蘭的各時代裡，酒與人們的關係也僅是由檯面上轉到檯面下，成為人們道德的負擔，並未有消失的現象。然而，「禁酒」已經成為伊斯蘭教義中很鮮明的特色，同時反映蒙昧時期酒與人們的密切關聯。當時酒商大多是猶太教徒或基督宗教徒，喝酒文化受早期希臘、羅馬影響應是無庸置疑的。有些地區帳篷外會掛著標示引來酒客，結伴成群的年輕人在酒館摟著歌妓飲酒作樂，夜夜笙

---

[69] Shawqī Ḍayf, 1960, p.224.

[70] 《古蘭經》2:219。

[71] 《古蘭經》5:90。

[72] 《古蘭經》5:91。

歌，沉湎於酒色是稀鬆平常之事。但在部落的價值觀下，他也必須承擔被族人以傷風敗俗的罪名驅逐的命運[73]，畢竟飲酒仍是屬於品德的瑕疵，為當時德高望重的人所禁止，譬如詩人艾米爾・本・查爾卜（'Āmir bn aẓ-Ẓarb）在詩中直言酒會奪走人的理智與錢財。蓋斯・本・艾席姆（Qays bn 'Āṣim）在詩中也表達類似的意義，並禁止自己喝酒。

由於製酒的葡萄源於地中海，阿拉伯半島當時仍不適合種植葡萄，故最初阿拉伯酒是來自美索不達米亞、地中海平原、波斯等地，輾轉運到沙漠中，成本昂貴，成為高層人士的嗜好，如伊姆魯俄・蓋斯貴居金達王國王子，有優越的背景飲酒，成為當時少數吟誦酒詩的詩人。詩人會藉由飲酒來凸顯自己及酒友的身分地位，不同層次社會地位的詩人在修飾酒時，也會使用不同的譬喻。

阿拉伯酒詩自古便已昇華到將酒擬人化，詩中透露酒是詩人們的最愛，是迷人的情人或情婦。詩人會將對女人的讚美習慣與傳統，用來讚美酒，譬如用羚羊的頸子來修飾酒瓶。酒詩也有不同的內涵，其中包含誇耀自己及族人、描寫酒杯、酒瓶、酒溫、酒色、酒香、斟酒人、酒友、酒館等主題。飲酒自然也有酒規：執酒杯要優雅、高尚；酒齡要悠久，香味彷如麝香，色如琥珀、黃金、陽光、鮮血、紅火、玫瑰等，如哈珊・本・山比特及阿厄夏常用鮮血來形容酒的顏色。不同的比喻代表不同種類的酒。斟酒人常是苗條纖細的少女，酒詩中描寫斟酒人，彷如描寫愛人一般。酒可以治癒詩人的身心病痛，詩人飲酒總不忘把自己描述為一位熱情如火，卻能節制且頭腦冷靜的飲酒人。阿厄夏的詠酒詩便表現出這種色彩：

長頸　細眼　柳腰，
飲一杯美酒，
還有一杯，
來解前杯癮，
讓人們知道我生存倚恃著它。
我們這兒，
有的是玫瑰　素馨　吹笛的歌女作證。

[73] Shawqī Ḍayf, 1960, p.70.

魯特琴聲不絕於耳，
不知三者孰可輕篾，
我愛採擷時節，
愛那釀汁季節的葡萄村。

艾勒格馬（‘Alqamah, d.ca.603）在描寫酒瓶時說：

她們的酒瓶彷如山頂的羚羊，
纖細的瓶頸，
亞麻的瓶蓋，
桃花枝點綴，
飄香的酒瓶，
在品酒人手裡，
閃爍著銀色光芒。

四、讚頌詩（al-madīḥ）

蒙昧時期讚誦詩與情詩有許多共同點，都在稱頌對方的優點。形式非常八股，都佇立在廢墟前面憑弔，然後回憶情人並稱頌她，回憶兩人的舊情以及分離時刻等，再描述自己與友人的坐騎，或許騎著快馬或駱駝奔向被讚誦者。如此進入讚誦的主題。讚頌的特質包含勇氣、家世、寬容、慷慨、節制、保護鄰人、堅忍等。蒙昧時期的讚頌詩非常興盛，許多詩裡都含有這個主題。而讚頌詩人基本上可以分成兩種：其一是將讚頌詩視爲一種職業，是謀生的工具；其二是單純的出自內心眞實情感，對某人或某族的欣賞與讚頌，不含物質的目的。前者詩人往往是在宮廷中或往來於宮廷之間、在顯貴的大宅裡，頌揚首領、騎士及慷慨好施之士的功績、美德，並諷刺他們的敵人。這種詩人如納比佳．儒卜亞尼、哈珊．本．山比特、納比佳．加厄迪（an-Nābighah al-Ja‘dī）、穆賽亞卜．本．艾拉斯（al-Musayyab bn ‘Alas）、哈里史．本．查立姆（al-Ḥārith bn Ẓālim, d.ca.600）等。後者如茹海爾稱頌致力於調停艾卜斯和儒卜顏兩部落的人，完全秉持愛好和平的熱誠，不求任何賞賜。

蒙昧時期被讚頌的對象，上自息剌及佳薩西納國王，下至百姓。許多詩人譬如阿厄夏，爲求生計而吟讚頌詩。阿厄夏的讚頌詩自成一格，開啓讚頌詩爲職業的先例，他在阿拉伯半島四處遊歷，以讚頌國王、族長維生。茹海爾常讚頌的是他族人中的顯貴；哈珊．本．山比特在信奉伊斯蘭之前，讚頌佳薩西納國王；納比佳．儒卜亞尼讚頌息剌國王努厄曼。納比佳．儒卜亞尼得自努厄曼及其父親與祖父的賞賜，使他能過著貴族的生活，據說他所使用的餐具都是金銀製品。王公貴族也以此利誘詩人，保持一種利益的交換關係。

因讚頌詩而興起的是致歉詩，其中最著名的是納比佳．儒卜亞尼因得罪努厄曼而吟的致歉詩，其中除了讚頌、感謝之外，還參雜惶恐、期待寬恕等複雜的情感。

五、悼詩（ar-rithā'）

阿拉伯人吟誦悼詩時，不會吟誦「納西卜」序言，伊本．剌序各．蓋剌瓦尼認爲只有杜雷德．本．沙馬（Durayd bn aṣ-Ṣammah）的悼詩例外。[74]悼詩通常在讚頌死者功績、美德，題材與讚頌詩相同，有時讚頌與悼詩很難區分，兩者的不同通常是悼詩會提及失去某人或用「過去曾經」、「離開」等表達方式，並使用格言，也可能採取哭嚎、哀叫，來感嘆命運和生命的無常，感情眞實，讓讀者能感受詩人深沉的哀痛。蒙昧時期貝都因人在親人死亡時，往往自行禁酒、遠離聲色以表哀戚。人們在送殯時，會赤腳尾隨在後，女人會用灰塗臉，會在死者的墳前或在部族集會時，用手、鞋子等摑掌、毆打自己的臉頰，哭嚎著吟詩，彷如誦讀某種咒文一般，甚至有些人會因哀痛而剃髮。詩人若哀悼戰場殉難的戰士，經常激發族人同仇敵愾的精神，達到復仇的目的。悼詩往往只針對一位死者，而不哀悼整群殉難者。

與悼詩有關的是嚎喪詩（at-ta'dīd），這種詩是女人哀悼死者的哭調，後來不斷的演進，形成一種藝術，甚至成爲一種殯喪職業。有些蒙昧時期的哀悼詩，在形式上省略憶情人、悼屋宇的序言，直接進入傷痛並讚頌死者的氛圍裡；有些則仍然吟序言，憶故人，然後騎著強壯的駱駝奔入沙漠裡去療傷。詩人也習慣描述抑止不住的淚水、傷痛的哀號及漫漫長夜等，使用疑問句、驚嘆句、重複句等達表激動情緒的語言，尤其是呼喚、哀痛、威脅等語氣，而有別於讚誦詩。

---

74 Ibn ar-Rashīq, *Al-'Umdah fī Maḥāsin ash-Shi'r wa-Ādābi-hi wa-Naqdi-hi*, vol.2, p.151.

詩人穆赫勒希勒便吟道：

回憶刺激了我眼裡的異物，
安靜，
淚水要往下流。
安靜，
淚水要往下流。
好似沒有白晝的夜晚。
穆赫勒希勒對殺死他兄弟的兇手說：
對族人犯刑的罪人啊！
犯罪萬萬不可！

女詩人漢薩俄（al-Khansā'）便曾在烏克若市集中吟詩哭悼她兩位兄弟，在哀悼弟弟沙可爾（Ṣakhr）時吟道：

憶及他，
雙眸彷如洪水，
從雙頰傾瀉而下。
眼泣沙可爾，
哭得好哇，
可知他下面的新土，
是層層的帳帷。

拉比德悼兄弟阿爾巴德（Arbad）的詩帶著哲理：

吾等已逝，
高掛的星兒卻永不殞落。
吾等已朽，
高山卻永存。
倘若命運分隔我們，

無需驚悸。
偶爾，
命運總會驚嚇年輕人。
人　彷如老人星，
曾幾何時燦爛之後，
光芒化為灰燼。
錢財　家人，
不過是寄物，
總得物歸原主。

六、描寫詩（al-waṣf）

蒙昧詩人擅長描寫周圍的人、事、境，如大自然的動植物、流水、屋宇、廢墟、日、月、星、雲、雨、風、光、黑暗、沙漠、兵器、戰爭、牧人……等。因此，描寫詩被認爲是阿拉伯人生活的寫照。這種題材的詩，以描寫周遭動物的情感最眞實，描寫動物的身體、習性、動作。詩人最常描寫的動物是駱駝、馬、獵狗、獅子、狼、蛇、兔子、貓、青蛙、螞蟻、公雞、沙雞、老鷹、烏鴉，較少描寫羊。蒙昧詩人描寫女人時，經常用的詞彙如前文所述，是太陽、圓月、行星、珍珠、玩偶、劍、矛、羚羊、牛、沙雞等；描寫男人則常使用大海、圓月、牛、野狼、蛇、狗、驢、劍、矛、岩石、鷹等。他們用動物身體的一部分來比喻愛人的身體，以牠們的氣質來作讚美或誇耀的題材，有些部落甚至以動物爲名，如：獅子族（Banū Asad）、駝鼻族（Banū Anf an-Nāqah）、狐狸族（Banū Tha‘lab）。人們也常以動物名稱取名，此習慣一直沿襲至今，如男性人名法合德（Fahd）是「豹」的意思、阿薩德（Asad）是「獅子」、山厄拉卜（tha‘lab）是「狐狸」。精於描寫詩的詩人如伊姆魯俄·蓋斯、突費勒·佳納維（aṭ-Ṭufayl al-Ghanawī）、納比佳·加厄迪、案塔剌等人擅長描寫馬。案塔剌寫馬時說：

我不斷的用牠的嘴、胸部、腹部攻擊他們，
直到血流不止，
矛刺中牠胸口，

傾倒，
牠用淚水、嘶聲，
向我哭訴。
倘若牠能言語，
會向我訴苦，
倘若牠能言語，
必向我傾吐。

案塔刺描寫烏鴉時說：

黑色的翅膀，
牠頭的兩鬢彷如剪子，
剪斷訊息。

案塔刺描寫蒼蠅，成爲絕響：

蒼蠅竊據其間（花園），
如同癮君子的鳴唱。
牠哼著小調，
手臂搔癢著手臂，
彷如專注著打火的斷臂人。

拓剌法・本・艾卜德、奧斯・本・哈加爾（Aws bn Ḥajar）擅長寫駱駝。由於駱駝在人們生活中所扮演的重要及親密角色，詩人描寫駱駝幾乎不錯過牠身體任何一部分，他們以宮殿、船隻譬喻駱駝；以大樑譬喻駱駝的四肢；以大岩石譬喻腳掌；以竹子聲音譬喻牠的嘶聲；以道路譬喻牠的胸部等。如拓剌法・本・艾卜德寫駱駝時說：

她有一雙豐盈無瑕的大腿，
彷如高聳宮殿的兩扇門。

蒙昧時期阿拉伯人不僅對於周遭的動物、飛鳥感覺敏銳，生活上，他們還靠觀察鳥飛或其動靜來占卜，預測吉凶。方法是用石頭丟擲鳥兒，並發聲嚇牠，然後觀察牠的飛行動態。倘若鳥兒驚嚇之後朝向右邊飛，表示吉祥；向左則表凶。所以「悲觀」（tashā'um）就來自「左邊」（sha'mah）的詞源。當時人們出門都習慣以此測吉凶，以決定是否處理事情。阿拉伯文學裡用烏鴉（al-ghurāb）來譬喻者很多，譬如在修飾肥沃的土地，會說：「一塊烏鴉棲息不飛的土地。」修飾步入老年的人會說：「離別的烏鴉飛了。」而烏鴉是凶兆，有許多關於牠的描述，牠象徵離別，也被稱之爲「廢墟之母」。因爲代表分離，所以「異鄉之情」稱之爲al-ghurbah，陌生人稱之爲al-gharīb，與「烏鴉」同詞源。和烏鴉一樣被阿拉伯人認爲象徵惡與凶的是貓頭鷹，由於牠常棲息在墓地，在偏遠無人煙之地，常會與邪惡、不幸聯想。此外，詩人用來譬喻的動物、自然現象及物品有其一定的象徵意義，譬如獅子、豹、馬象徵「勇氣」；駱駝、駝鞍象徵「朋友、思念」；狼、狐狸象徵「狡詐、猥瑣」；狗、驢象徵「敵人、惡、愚蠢」；羔羊、羚羊、野牛、鴿子、麻雀象徵「女人、詩人、親密、吉利」；月亮、圓月、太陽象徵「情人、君王」；海、太陽象徵「君王、君子」；沙漠、光、雨象徵「希望、前程」；洪水象徵「眼淚」；廢墟、爐火象徵「思念」；琥珀、瑪瑙、咖啡、血象徵「酒」等。

七、諷刺詩（al-hijā'）

Von Grunebaum（d.1972）認爲最早的詩人是預言家，諷刺詩是一種詛咒，而非諷刺，藝術價值非常有限，其來源可追溯到古老的巫術或宗教儀式。蒙昧詩人在諷刺別人時往往會穿著特殊的服裝，剃髮，穿一隻鞋，猶如去朝聖一般，以求能徹底打擊對手。因此在服飾禮儀上，穆罕默德要求穆斯林不得穿一隻鞋，其典故便出自於此。諷刺詩被視爲最鋒利的劍，常在烏克若市集中吟唱，以便能流傳在各部落之間。諷刺詩旨在表達詩人對某人的氣憤、威脅、怨恨、鄙視等，表現出沙漠民族的道德與價值觀，譬如慷慨、護衛族人、高尚的血統、忠誠等。這種詩常是戰爭的利器，作爲部落之間相互攻擊的詩，目的在揭發敵人的醜聞，取得精神的勝利。蒙昧時期的諷刺詩，只限於諷刺別人的道德、心靈的缺點，而較不諷刺身體的缺陷，其原因應該是生活圈較爲單純，道德得以在社會中彰顯。著名的諷刺詩人如胡太阿、茹海爾。譬如茹海爾在諷刺息舍恩族（Ḥiṣn）時說：

我不知道，
我想我將會知道，
息舍恩人到底是部族，
還是女人。
倘若像女人一樣躲著，
每個婦人總會有婚禮啊！

又如亞奇德．本．哈扎各（Yazīd bn al-Ḥadhdhāq）在諷刺息剌王努厄曼時吟道：

努厄曼，
你真是一個騙子，
你心中隱藏的，
非你所顯現的。[75]

[75] al-Mufaḍḍal bn Muḥammad aḍ-Ḍabbī, 1964, p.296.

第三節　代表蒙昧時期色彩的詩與詩人

壹、「懸詩」

一、定義

「懸詩」是一些詩節較長的蒙昧詩，經後人匯集後，共有十首，或說是七首或八首，每首約百節詩所組成。最早的稱呼是「七長詩」（as-Sab‘ aṭ-Ṭiwāl），如穆法大勒在他的《穆法大立亞特》所稱，而哈馬德．剌維亞（Ḥammād ar-Rāwiyah. d.771）是第一位蒐集七首懸詩的學者。八首或十首是後來解釋七首「懸詩」的學者，根據人們對詩的評斷才添加的，如卡堤卜．塔卜里奇便解釋十首長詩，增加拉比德、阿厄夏、艾比德等三人的長詩。有些學者，如伊本．艾卜杜．剌比合（Ibn ‘Abd Rabbih）、伊本．剌序各、伊本．卡勒敦認爲懸詩在蒙昧時期用金水書寫，懸掛在克厄巴帷帳上，因而流爲美談，故「懸詩」又稱之爲「金詩」（al-mudhahhabāt）；[76]有些學者則認爲所謂「懸詩」，指的是它如同珍貴的項鍊，「懸」念在人們心中而得名。懸詩懸掛在克厄巴天房上的說法實際上並未被證實。伊斯蘭曆二世紀加息若直接澄清所謂「懸詩」的意義而說：古人將較長的詩篇稱之爲al-mu‘allaqāt或al-musammaṭāt，「長詩」才是al-mu‘allaqāt的眞意。亞古特．哈馬維（Yāqūt al-Ḥamawī）在他的《文學家詞典》（Mu‘ajam al-Udabā’）一書中也提及懸詩一事並未被證實。然而許多文史學家卻寧願將美麗的傳說視爲史實，世代流傳下來。

「懸詩」都包含佇立在廢墟憶情人的序言，唯獨艾姆爾．本．庫勒束姆的懸詩以詠酒爲開場白，內容亦爲多主題，每個主題涉入並不深，中心思想圍繞著一個或兩個主題。由於文字記載時期較晚，傳述者眾多，故「懸詩」的詩節數目在不同的原始文獻中並不一致，詩節在一首詩中的順序亦不一，甚至於詞彙也發生不統一的狀態。十首「懸詩」詩人分別是：伊姆魯俄．蓋斯、茹海爾、納比佳．儒卜亞尼、拉比德、案塔剌、艾姆爾．本．庫勒束姆、拓剌法、哈里史、艾比德．本．阿卜剌

---

[76] as-Suyūṭī, *Al-Muzhir fī ‘Ulūm al-Lughah wa Anwā‘ihā*, vol.2, p.480.

舍、阿厄夏。一般認爲懸詩是蒙昧時期最佳的詩作，巴斯拉學派推崇伊姆魯俄·蓋斯；庫法學派推崇阿厄夏；息加賓人則推崇茹海爾和納比佳·儒卜亞尼。[77]

二、十首懸詩詩人

（一）伊姆魯俄·蓋斯（Imru' al-Qays, 500-540）

伊姆魯俄·蓋斯是金達王國王子，出生於納几德，祖先來自葉門。其母是詩人穆赫勒希勒的姊妹。穆赫勒希勒是阿拉伯文學史上第一位有詩作流傳下來的人物，對於此人是否是詩人，學者之間有很大的爭議。較多數的說法是：他是塔葛立卜族長，出身顯貴，是一位騎士。伊姆魯俄·蓋斯早年生活荒唐奢侈，經常呼朋引伴，遊走巴柯爾、克勒卜、太俄等阿拉伯大部落之間。他個性豪放不羈，喜愛吟誦愛情詩、酒詩、描寫大自然詩，現代學者尤其重視他描寫「雨」的詩。伊姆魯俄·蓋斯在父親遭阿薩德族殺害的消息時，他冷靜卻不哭泣的說道：「幼時他棄我，長大後，要我肩負血債，今天不醒，明日不醉；今日飲酒，明日辦事。」立志殺敵百人以報父仇。他遊說各部落協助他復仇，並殘酷的殺害阿薩德族人，包含其族長，以致於阿薩德族自動請求以百人性命求和，被他拒絕，也造成各部落不願再協助他，他只得遠求君士坦丁堡羅馬人協助。當他警覺到羅馬皇帝在敷衍他時，失望的返回，回程罹患天花病逝，葬在今日土耳其安卡拉，結束他色彩豐富的人生，卒年約四十歲。

伊姆魯俄·蓋斯在父親去世後，行詩色彩和早期截然不同，主題皆有關復仇、威脅敵人、激勵友人等。有關伊姆魯俄·蓋斯的傳說非常多，譬如他雖信仰多神卻不虔誠，當他準備爲父親復仇時曾抽籤問偶像，抽到「不宜行事」的籤，他生氣地將籤折斷，擲向神像的臉，並對它說：倘若被殺的是你父親，你就不會禁止我了。阿拉伯人環繞著他的生平編織許多民間故事與神話，但他的存在似乎無庸置疑，羅馬歷史學者也曾提及「蓋斯」到君士坦丁堡的故事。他的詩集於1877年在巴黎出版，文學批評家們基於他的懸詩影響往後阿拉伯詩甚鉅，皆認爲他是懸詩詩人之首，是蒙昧時期詩人之首。甚至盛傳所謂：「詩始於王，而終於王。」前者意

---

[77] al-Jumaḥī, 1980, p.26.

指伊姆魯俄．蓋斯，後者指的是艾巴斯時期的哈里發詩人伊本．穆厄塔資（Ibn al-Mu'tazz）。伊姆魯俄．蓋斯的懸詩共八十節，其序言奠定阿拉伯傳統詩的形式，感情豐富細膩、思想奔放，是一位具高度吟詩技巧的詩人。更有現代學者基於他奠定阿拉伯詩千年不變的形式，而認爲他是領導第一場阿拉伯文學革命的詩人。

（二）哈里史．本．息立撒．亞須庫里（al-Ḥārith bn Ḥillizah al-Yashkurī, d.ca.580）

哈里史是懸詩詩人之一，據傳他吟誦懸詩時，年已過百。吟詩動機起源於他的部族巴柯爾族和塔葛立卜部族之間發生巴蘇斯戰役，息剌王艾姆爾．本．恆德雖居中調停，兩族仍紛爭不斷。哈里史吟懸詩主要目的是反駁塔葛立卜族詩人艾姆爾．本．庫勒束姆。當時哈里史罹患痲瘋，原本其族人要代表他在息剌王面前吟誦，以免依照當時習俗，痲瘋病人見國王須隔七層幃帳，事後並須以水洗淨污跡的尷尬。哈里史最後還是親自吟誦。息剌王聽完詩後，感動得揭開幃帳，親身賜食，並命人不得洗滌他因痲瘋病留下的污跡，以示尊崇。息剌王原本偏袒塔葛立卜族的立場因此而改變。哈里史的懸詩也因而聲名大噪，由於他的誇耀詩遠近馳名，阿拉伯俚語：「比哈里史還驕傲」便溯源於此。1820年，他的八十五節懸詩首度出版於牛津，後來被翻譯成拉丁文、法文等，甚具文學與歷史價值。

（三）艾姆爾．本．庫勒束姆．塔葛立比（'Amr bn Kulthūm at-Taghlibī, 卒於七世紀初）

艾姆爾的母親賴拉．賓特．穆赫勒希勒（Laylā bint al-Muhalhil）是懸詩詩人伊姆魯俄．蓋斯的表姊妹。艾姆爾十五歲便成爲部落的首領，出身顯貴。當塔葛立卜族和巴柯爾族紛爭不斷時，艾姆爾王居中調停兩部族，詩人艾姆爾挺身吟詩捍衛族人，由於他的詩多誇耀族人，不讚頌息剌王艾姆爾．本．恆德。反之巴柯爾族詩人哈里史．本．息立撒對艾姆爾王百般讚頌，艾姆爾．本．恆德王因此對艾姆爾．本．庫勒束姆頗爲不悅。一日艾姆爾．本．恆德爲了削減艾姆爾．本．庫勒束姆的銳氣，邀請艾姆爾．本．庫勒束姆和他的母親到宮裡作客，席間慫恿他母親恆德吆喝艾姆爾．本．庫勒束姆之母賴拉．賓特．穆赫勒希勒上前伺候，賴拉憤怒得大叫：「此乃塔葛立卜族人之恥啊！」艾姆爾．本．庫勒束姆聞聲，憤不能平，即刻拔劍殺死息剌王艾姆爾．本．恆德。艾姆爾．本．庫勒束姆將這段故事呈現在他的懸詩中，也是蒙昧時期歷史大事。艾姆爾・本・庫勒東姆殺死息剌王之後，不損一兵一卒勝利而返。據古籍記載，艾姆爾・本・庫勒東姆約活了一百五十歲。

（四）案塔剌・艾卜西（'Antarah al-'Absī, 525-Ca.615）

案塔剌是著名的阿拉伯騎士，出生於納几德地區，母親翟納卜（Zaynab）是阿比西尼亞黑奴，父親是艾卜斯族首領。依據蒙昧時期阿拉伯人的習俗，黑奴之子也是奴隸，不得認祖歸宗。因此詩人自幼牧馬、駱駝，且備受家人的歧視與侮辱。然而他痛楚的經驗與強烈的自尊促使他學習騎術，很快的成爲一位傑出的騎士。一日，一群阿拉伯強盜襲擊艾卜斯族，艾卜斯族人死傷無數，案塔剌在場，無動於衷，父親在一旁，焦急地督促他殺敵。案塔剌淡淡地說：奴隸是不擅於打仗的，只適合擠奶、包紮母駝乳房諸事。父親說：「你只要前去殺敵，就還你自由之身。」案塔剌於是奮勇殺敵，擊潰敵人，此後得以冠父姓。案塔剌身經百戰，熟諳戰爭技巧與兵法，並因打仗中毒箭而亡，堪稱是時代的英雄。

案塔剌一生對堂妹艾卜拉情有獨鍾，由於他的膚色、出生，使得艾卜拉和她的家人疏遠他。因此，他竭盡所能的用戰場上的功績、在詩中誇耀自己的勝利、勇氣以取悅她。他的情詩中只讚美艾卜拉一人，而被學者們列爲早期的純情詩人。

案塔剌的七十九節懸詩序言在憶故人，描寫艾卜拉和她的駱駝，然後誇耀自己的美德、勇氣、慷慨，並描寫自己的駿馬。案塔剌的詩集蒐集一千五百節詩，1864年在貝魯特出版。他詩中情感樸實、淺顯易懂，不做作，不粗糙，文學批評家伊本・薩拉姆認爲他的懸詩是罕見的佳作。

（五）拓剌法・本・艾卜德（Ṭarafah bn al-'Abd, 543-569）

全名艾姆爾・本・艾卜德・巴柯里（'Amr bn al-'Abd al-Bakrī），出生於巴林，父親是部落詩人。然而他自幼失父，其父之親人雖撫養他，卻未善盡教育與照顧之責。幼時因沉湎於玩樂，遭族人驅逐，故四處流浪，足跡遍及阿拉伯半島。後來懊悔地回到自己的部落，然而未能持久又恢復他的流浪生涯，足跡曾抵達息剌城。在息剌期間，他因行詩諷刺息剌王艾姆爾・本・恆德，使此王懷恨在心，設計將他引到巴林，在巴林被殺。1870年德國東方學者發表他的詩集，共蒐集了六百五十七節詩在他的詩集中，其中最著名的是他的懸詩。他的懸詩分成：愛情、描寫駱駝、記事三部分，主題在介紹自己的生活方式、責怪堂兄，並立下遺囑，要求後人在他死後誠實的批判他。懸詩中充滿人性中矛盾的情感、對生和死的看法，具有歷史意義。他的詩優雅秀麗、譬喻精美，對熾熱的情感做了最生動的剖析，許多批評家因此認爲他的懸詩優於其他懸詩。

（六）納比佳・儒卜亞尼（an-Nābighah adh-Dhubyānī, d.604）

全名阿布・阿馬馬・奇亞德・儒卜亞尼（Abū Amāmah Ziyād adh-Dhubyānī），是一位曾在部落、息剌及佳珊兩宮廷生活的詩人。他的部落位於納几德西北部，土地貧瘠，爲求水草經常與鄰近部落爭戰不斷。納比佳和息剌國王往來，成爲努厄曼・本・門居爾的酒友，經常接受該王賞賜，卻也因而遭忌。有心人士藉著納比佳一首描述努厄曼王之妻穆塔加里達（al-Mutajarridah）的詩，屢進讒言，使得努厄曼開始對他疏遠。此關鍵詩作起源於納比佳覲見努厄曼時，巧見穆塔加里達的頭巾滑落，穆塔加里達試圖用手遮掩露出的部分，努厄曼命納比佳吟詩描述此幕景象。他們倆人之間的分歧又因爲納比佳在息剌國期間，曾讚頌佳珊國王，使息剌王最後決定殺害納比佳。納比佳事先得知消息，逃回自己部落，隨後前往佳珊國。在佳珊期間，他吟盡讚頌國王的詩，因之備受恩寵。然而佳珊新國王上任後，與納比佳不合。納比佳因此對努厄曼王念念不忘，吟詩向努厄曼賠罪，直到努厄曼原諒他，召他回宮，再獲恩寵。602年，努厄曼王被波斯國王囚禁處死，納比佳離開息剌國，返回故鄉。

納比佳最著名的詩是以Bā'爲韻腳的詩，其次才是他的懸詩。他的懸詩吟於努厄曼對他惱怒的前夕，內容包含：憶廢墟、描寫駱駝、野牛、讚頌努厄曼、請求努厄曼寬恕。他擅長吟描寫詩，如吟幼發拉底河的美、吟穆塔加里達的艷、吟誦野牛，使用優美的詞藻，使詩的型態達到完善的境界。

（七）茹海爾・本・阿比・蘇勒馬・剌比艾（Zuhayr bn Abī Sulmā Rabī'ah, 530-627）

茹海爾生於納几德穆翟納（Muzaynah）族，此族至今在沙烏地阿拉伯仍是詩人世家。茹海爾幼時受教於他的舅舅，舅舅過世之後，繼父負責教育他，後來他成爲繼父的傳詩人。他的第一位妻子巫姆・奧法（Umm Awfā）所生之子皆早年夭折，又因生性善妒而被茹海爾休棄。茹海爾在他的懸詩裡提及巫姆・奧法，休妻之後他後悔不已，二十年後吟詩思念她，情感濃厚。茹海爾娶第二位妻子克卜夏（Kabshah），所生二子克厄卜（Ka'b）及布賈爾（Bujayr）皆爲名詩人。茹海爾曾投靠一位顯貴赫里姆・本・西南（Harim bn Sinān），讚頌他的樂善好施及他爲艾卜斯和儒卜顏兩部落調停的善行，並獻詩予他。只要茹海爾向赫里姆請安，赫里姆便會贈送他駱駝、馬或奴隸，茹海爾因此時常感覺羞澀，在詩中稱讚赫里姆是阿拉伯領袖的榜樣。他倆的故事在蒙昧時期因此傳爲美談。烏馬爾（'Umar）哈里發曾問茹海爾的兒子說：赫里姆送你父親的那套衣服現在怎樣？茹海爾的兒子說：已經破損了。烏馬爾說：你父親送他的那套可是永不會因歲月而毀損啊！烏馬爾所指當然是茹海爾不朽的詩文。

茹海爾吟詩嚴謹，經常不斷的修改，一首詩從成形到問世需時一年，故他的詩又稱之爲「茹海爾年詩」（Ḥawliyyāt Zuhayr）。而「年詩」一詞用於稱讚與茹海爾一樣謹慎吟詩的詩人所吟的詩，但歷史上似乎並無記載任何詩人和茹海爾一樣，一首詩需花上一年的詩間才發表。茹海爾的懸詩約六十節，吟於艾卜斯和儒卜顏兩部落停戰之後，內容在描述戰爭，稱頌調停者，並以一連串的格言結尾。文學批評家對茹海爾的詩評價極高，認爲他詩中表現出熱愛和平、眞理的精神。他的描寫詩尤爲細膩，詩集在1888年出版於荷蘭萊登，1905年在埃及再版。

（八）拉比德・本・剌比艾（Labīd bn Rabī'ah, 560-661）

拉比德是族中的顯貴和騎士。據傳他吟詩甚爲謹愼，不輕易公開。直至納比佳・儒卜亞尼對他說：「你有詩人的雙眼，吟詩來聽聽。」他於是吟了兩節詩，納比佳要求他再吟，於是他吟了整首懸詩。納比佳讚譽他是最佳的阿拉伯詩人。早年他吟誦讚頌佳薩西納國王的詩，他的詩集共蒐集六十一首詩，主題多元。西元629年在穆罕默德跟前信奉伊斯蘭，被列爲其門徒之一。他信奉伊斯蘭之後只吟過一節詩，此節詩眾說紛紜，然而他留下了千古名言：「除了阿拉之外，所有事物都是虛枉。」晚年他居住在庫法城。一日，庫法總督派人請他吟詩，他則誦讀《古蘭經》黃牛章。朗讀完畢時說：「自從我信奉伊斯蘭之後，阿拉以此經來代替我的詩。」此話傳到哈里發烏馬爾耳裡，感動得增加他的薪餉。巫麥亞家族執政後，哈里發穆艾維亞（Mu'āwiyah）原本要減少詩人薪水，拉比德說自己恐怕活不久，穆艾維亞感觸而批示發給他全薪。然而薪資尚未發下來，拉比德就過世了。他的伊斯蘭思想充分表現在詩中，認爲人類肉體終必毀壞，無論幸福或災禍，都是人類必經的過程，君子貴在能忍。他的睿智、持重表現在詩中，阿拉伯學者認爲他詩中的哲理較茹海爾深奧。拉比德對兄弟阿爾巴德的哀悼詩情感眞摯，令人留下深刻印象。

（九）阿厄夏．麥門．本．蓋斯（al-A'shā Maymūn bn Qays, 570-629）

阿厄夏是巴柯爾．本．瓦伊勒（Bakr bn Wā'il）族人，同時期的人們因爲他視力微弱而稱他爲「阿布．巴席爾」（Abū Baṣīr），意即「明眼之父」。阿拉伯人習慣以樂觀的反義詞，來表達祝福之意。他的綽號則是「阿厄夏」，意即瞎子，並以此聞名於世。其父蓋斯爲了避開炎夏的高溫躲到山洞裡，一塊大石頭掉下來堵住洞口，因此飢餓致死，人們就給他「餓死鬼」（qatīl al-jaw'）的綽號。阿厄夏由於身體的缺陷，迫使他不得不依賴吟詩維生，尤其吟讚頌詩，以求餬口。他的詩作數量勝過他之前的任何詩人。他一生遊走阿拉伯半島各地，曾吟讚頌詩讚美納几德的艾米爾族族長暨詩人艾米爾．本．突費勒（'Āmir bn aṭ-Ṭufayl）、葉門的阿斯瓦德．案西（al-Aswad al-'Ansī）、半島東部的郝扎．本．艾立．納舍剌尼（Hawdhah bn 'Alī an-Naṣrānī）等。他也曾吟一首讚頌穆罕默德的詩送往息加資，與穆罕默德對立的麥加多神教徒深恐此詩助長穆斯林的聲勢，而派人和他磋商，倘若他願意放棄在穆罕默德跟前吟誦這首詩，多神教徒願意用一百隻駱駝交換，阿厄夏答應而折回。孰知在回程中，他從駱駝上摔下而死，卒於西元629年。

阿厄夏的詩多長詩，詩藝傑出，亦擅長運用短詩韻，有時刻意使用波斯詞彙。他雖未信奉伊斯蘭，但詩中卻使用許多伊斯蘭詞彙。阿厄夏的讚頌詩甚是傑出，據說他曾路過一村，邂逅貧苦的穆哈立各．齊拉比（al-Muḥalliq al-Kilābī），此人雖窮困，卻仍慷慨解囊，款待阿厄夏。阿厄夏感念此人，吟詩讚美他的美德。穆哈立各的女兒原本都是老處女，自從阿厄夏讚美他後，一年之內全部出閣，足見阿厄夏在詩壇的地位。

（十）艾比德．本．阿卜剌舍（'Abīd bn al-Abraṣ, d.598）

艾比德是納几德阿薩德族的代言詩人。幼時家境非常窮困，以放牧維生，當他顯露詩才後，力爭上游，終於成爲部族裡的詩人與勇敢的騎士。西元500年，詩人伊姆魯俄．蓋斯之父金達國王胡几爾統治阿薩德族。艾比德經常和胡几爾王交際應酬，並和他把酒共歡，該部落因此得以藉機養精蓄銳。西元530年，阿薩德族人開始強盛，不願向金達王國繳稅，並拒絕此王國的人馬駐紮其族中。胡几爾憤而屠殺一群阿薩德族人，將一些阿薩德族人從納几德驅逐到紅海邊的提赫馬，但是在艾比德極力居中調停下，胡几爾態度逐漸緩和下來，讓被驅逐的阿薩德族人返回家園。

這些人返鄉後，加入對胡几爾的戰爭，終於殺死胡几爾。此後，艾比德經常往返息剌的馬納居剌王國，卻死於門居爾國王所設定「憂日」。

艾比德的誇耀、描寫、格言、哀悼詩很細緻，充滿對宇宙的凝視，對生命的探索，及對行善等道德觀的肯定。由於他非常長壽，且自幼便吟詩，故他的詩既有青春的熱情，也表現經驗與智慧的成熟。加息若則欣賞他的情詩，他留下來的詩數量很少，文學批評家伊本．薩拉姆因此在他的《詩人階層》中將他排在第四階層。

貳、浪人詩（sh‘r aṣ-ṣa‘ālīk）

蒙昧時期阿拉伯半島有一群人被他們的族人放逐，因不被容於部落中，而在沙漠中以搶劫財物維生，或因不滿部落習俗與傳統，而自我放逐，與社會脫節。這些人被稱之爲aṣ-ṣa‘ālīk，此詞單數型態爲：aṣ-ṣa‘alūk，其詞源aṣ-ṣa‘lakah，意爲「窮困」。事實上這些人不見得非常窮困，有時是因爲不滿富人斂財、吝嗇，奮起劫富濟貧，對抗貧窮，對生命也有異於當時主流社會的觀點。因此，部分現代學者認爲他們是最早的「社會主義者」，主張社會經濟的均衡。他們之中出現了一些詩人，屬於蒙昧時期的非主流詩人。他們的詩打破蒙昧時期八股的形式，不提廢墟等冗長的序言，簡短有力。主題圍繞著他們對社會的挑戰與不滿，對生命的期許，對自身勇氣、道德的肯定，想像力與情感都很豐富。這些詩人來自三種背景：以搶劫爲業者，如烏爾瓦．本．瓦爾德（‘Urwah bn al-Ward）；來自黑奴血統者，如軒法剌、塔阿巴拓．夏嵐（Ta’abbaṭa Sharran）；被部落驅逐者，如哈基資．阿資迪（Ḥājiz al-Azdī）。

一、緣起

浪人詩興起的背景不外乎：

1. 地理環境：自然環境造成某些地區與文明隔絕，譬如偏遠沙漠地區的居民與城市居民幾乎無法接觸，其思想與生活差異甚鉅。

2. 經濟因素：阿拉伯半島居民貧富懸殊，窮者無以維生；富者奢侈浪費。

3. 社會因素：部落社會的法規、習俗嚴厲，社會階級分明，上層社會是血統純正的阿拉伯人，其次才是結盟者與奴隸。前者高高在上，後者備受壓迫。

二、作品特色

浪人詩的詩人作品大多數未流傳到後世，今日僅能從《詩歌集》、《穆法大立亞特》、阿布．塔馬姆的《英雄詩集》、布賀土里的《英雄詩集》等原始資料中蒐集零星的詩節，往往無法集成冊。這些詩人較爲人所知者如塔阿巴拓．夏嵐、烏爾瓦．本．瓦爾德、軒法剌等。他們吟詩特性是用詞艱澀，若不求助於古籍的解釋，其意義很難理解，尤其是塔阿巴拓．夏嵐的詩。其次，他們都是即興吟詩，寫實、純樸、不矯作、無詩序，代表蒙昧時期一群豪放、冒險、孤獨、不受禮教約束者的心聲。詩中他們傾向吶喊，對貧窮、飢餓、放逐、蒙昧社會主流價值觀的抗議，甚至於盼望建造屬於他們的新社會，也傾向談論自然，如風、冷與熱、自然界動物等。這些詩人在沙漠中出沒，詩中充滿傲氣與特殊的價值觀，本書將之稱爲「浪人詩」，以符合其詩人的本質。譬如軒法剌所作的一首詩以Lām（拉姆）爲韻腳的詩，因其價值匪淺，堪稱爲此韻腳的阿拉伯詩代表作，已經單獨成書。後人將之稱爲《阿拉伯人的拉姆詩》（Lāmīyah al-‘Arab），至今仍爲學者們研究，以下是《阿拉伯人的拉姆詩》中的詩例：

我清晨便為卑微的食物奔波，
彷如枯瘦的棕色狼，
奔走在沙漠深處。[78]
他們是我的家人，
那兒沒有祕密會被揭露，
沒有罪犯因犯罪而被放棄。[79]

又如以下傲氣十足的詩節：

我娘親族人啊！
準備好你們的母駝，

---

[78] 詩人用棕色狼譬喻自己，乾枯無肉的狼爲了果腹，遊走在能致人於死地的沙漠深處。

[79] 「他們」指的是野獸，詩人比較人類社會和動物社會，寧願家人是野獸而非人類，因爲野獸會保守祕密、不會放棄彼此。

我可是對非你們的族類，
更為嚮往。
東西已備妥，
月夜裡，
母駝和行囊已綁好，
為需要準備。
遼闊的大地，是君子遠離傷害的庇護所，
孤野荒郊，是遠離妒恨者的避難處。
三寶相隨：
雄心、利劍、長弓。[80]

此詩中軒法剌選用「娘親族人」，乃因母親是阿拉伯人情感的寄託。他其實是要族人準備好他要離開的事實，而非準備好他們的旅程。其中隱含強烈的自尊，表達他若走了，族人就毫無地位可言，要他們有心理準備，且最好他們也趕快離開。此詩隱含：要小心謹慎，走對路。騎士若不注意母駝行徑，走岔了路，別人會對他說：綁好母駝的胸部。詩人更嚮往其他族類，指的是動物族類。因爲他曾告訴族人他犯了重罪，他族人將它宣揚出去，故他要族人準備離開他，他想要與動物爲伍。阿拉伯人說「爲需要準備」指的是：追求目標。「月夜」隱含的意義是：悄悄地離開，或是：不想隱藏。換言之，離開是不可免的，請你們準備吧！

《阿拉伯人的拉姆詩》長達六十九節，語言純正、意義細膩、修辭運用精湛、價值觀清晰。由於代表的是蒙昧時期另一股潮流，與伊姆魯俄．蓋斯懸詩所代表的主流詩截然不同，自古便爲學者所重視。許多學者爲此詩做注釋，譬如卡堤卜．塔卜里奇、撒馬可夏里（az-Zamakhsharī）、穆巴里德（al-Mubarrid）、伊本．夏加里（Ibn ash-Shajarī, d.1147）等。今日此首詩已經被翻譯成世界多種語文，如德文、英文、法文、波蘭文、義大利文等。

塔阿巴拓．夏嵐的詩中也充滿感官、樸素的描述，但意義、型態都顯得粗糙：

[80] ash-Shanfarā, 1993, p.13.

沒有任何東西比我更快，
套韁繩的沒法比，
山邊飛鳥亦然。
儘管愛人遠離，
我不會因思念、同情而喊：
哎呀！我的心！
我的倚恃是，
—倘若我還有依恃—
一個汲汲於榮耀，
眼明腳快的人，
在他的族裡追求榮耀。
在他的夥伴中，
呼聲洪亮，
迴盪不已。

三、著名的浪人詩詩人

（一）軒法剌（ash-Shanfarā, d.ca.70BH）

軒法剌即山比特．本．奧斯．阿資迪（Thābit bn Aws al-Azdī），是一位飛毛腿勇士。阿拉伯人以其跑得快而引為諺語：「比軒法剌還快」。彷如神話般的傳說圍繞著他的體力，譬如：他跑得比馬快；一跳達二十一步之遠，即八公尺半；他動作輕巧、精明幹練，經常單獨或和少數的流浪漢，徒步征戰。他的同伴如塔阿巴拓．夏嵐、艾米爾．本．阿可納斯（‘Āmir bn al-Akhnas）、艾姆爾．本．巴剌各（‘Amr bn Barrāq）、穆賽亞卜．本．艾拉斯、阿薩德．本．加比爾（Asad bn Jābir）等人。

軒法剌年幼時曾被北阿拉伯部落薩拉曼．本．穆弗里儿（Salāmān bn Mufrij）族的阿薩德．本．加比爾所俘，從此生活在此部落中。偶然在一次的談話中，知道了自己的身世，立即發誓報仇，揚言要殺死一百個薩拉曼人。當他殺死此族九十九人後，薩拉曼人設計引他上鉤，被薩拉曼族中巫賽德．本．加比爾逮殺。薩拉曼人殺死他以後，將他暴屍荒野。據說有一位薩拉曼人路過他的屍骨，狠狠踢軒法剌的枯骨一腳以洩憤，骨片刺入他腳中，發炎而死，完成了軒法剌殺此族一百人的心願。

他的詩中表現出貝都因人高尚的品德，對於物質他無所求，能忍受飢寒。他愛周遭的野獸勝過於族人。他認爲動物能保守祕密，善待鄰居，他死後甚至於願意讓野狼吞食屍體，不願待在狹窄的墳墓中，充分表現出游牧民族崇尚自由的天性。現實中他也如願以償，死後屍骨曝露在荒野中。軒法剌擅長用粗糙的言詞，表達細膩的意境。

（二）塔阿巴拓・夏嵐（Ta'abbaṭa Sharran, d.ca.530）

其本名是山比特・本・加比爾・法合米（Thābit bn Jābir al-Fahmī），法合姆族（Fahm）隸屬於蓋斯・靄蘭・穆大里亞部落（Qays 'Aylān al-Muḍarīyah）。塔阿巴拓・夏嵐較軒法剌年輕，膚色黝黑，因爲其母是阿比西尼亞人。有關他的傳說層出不窮，尤其是有關他的綽號「塔阿巴拓・夏嵐」的來源。在語言上此名字是一個動詞句的結構，意爲「他挾帶著惡」。據說他每次出門打仗都將劍挾帶在腋下，有一天有人問他母親塔阿巴拓・夏嵐的去向，母親說：「我不知道，但他挾帶著惡出去了。」話一傳出，別人從此稱他爲「塔阿巴拓・夏嵐」。傳說中他以視覺、聽覺靈敏著稱，經常獨自徒步作戰，健步如飛，能追逐馬兒、羚羊。他若感覺飢餓，便會追逐最肥美的羚羊，據說從不失手，用他的劍宰羚羊，燒烤來吃。當他母親再嫁後，夫妻經常因這個不馴的兒子而傷腦筋。繼父數次對他動殺念，詩人警覺到自己的處境，終生與繼父所屬的忽才勒及魯賈拉（Rujaylah）族爲敵。一般判斷他是被殺而死，又說是被蛇咬死。塔阿巴拓・夏嵐曾在詩中敘述他在忽才勒族遇到鬼，並將它挾帶在腋下的經驗，在阿拉伯詩裡非常稀有。對於以樸實爲特色的浪人詩而言，更令人不解，似乎是他對現實恐懼與缺乏安全感的反射，急欲掙脫忽才勒族的包袱。

塔阿巴拓・夏嵐極度愛好思想與行爲的自由，急欲掙脫部落的群體觀念與傳統桎梏，實踐個人的價值。他的詩大多描述他的鬥爭與流浪生涯，情感眞實，表現出強烈的個性與自尊。

（三）烏爾瓦・本・瓦爾德（'Urwah bn al-Ward, d.615）

烏爾瓦・本・瓦爾德是艾卜斯族人，其母是納合德（Nahd）族人，並非出身於阿拉伯著名部落。他是一位飽經戰爭的勇士，經常贊助流浪漢，而被稱爲「流浪者的烏爾瓦」。他誠實、信守諾言且很能自我節制。許多傳述認爲烏爾瓦比哈提姆．拓伊更慷慨，經常在災荒年支助窮人及弱勢者。因此人們稱他爲「窮人之父」。巫麥亞家族哈里發艾卜杜．馬立柯．本．馬爾萬（‘Abd al-Malik bn Marwān）便曾說：「誰若認爲哈提姆．拓伊是最慷慨的人，那就冤枉了烏爾瓦。」他開放的心靈感動許多執政者，穆艾維亞哈里發便曾表示倘若烏爾瓦有兒子，他願意讓女兒下嫁給他。烏爾瓦曾在戰役中俘虜一位齊納納族的女人，並於日後娶她爲妻子，育有子女。他的詩多流浪、誇耀的主題，也吟情詩。詩中表現出捨己爲人的犧牲精神，表達他的強盜行爲純粹爲了果腹，不畏懼死亡，言詞較其他浪人詩細緻。阿布．塔馬姆在他的《英雄詩集》中蒐集了五首他的詩。

參、跨蒙昧、伊斯蘭兩時期的詩與詩人

「穆卡底剌門」（al-mukhaḍramūn）意指生活在蒙昧時期及伊斯蘭時期兩時期之間的人。在聖訓學上，「穆卡底剌門」意指穆罕默德的門徒及其追隨者，其人數各說不一。文學史上，有些詩人跨越蒙昧、伊斯蘭兩時期，詩的特色也因時代的變動，在詩中表現兩種截然不同的思想與價值觀，他們被稱之爲「穆卡底剌門詩人」，著名者如哈珊．本．山比特、艾卜杜拉．本．剌瓦哈（‘Abd Allāh bn Rawwāḥah）、克厄卜．本．馬立柯（Ka‘b bn Mālik, d.ca.670）、漢薩俄、克厄卜．本．茹海爾（Ka‘b bn Zuhayr）、拉比德．本．剌比艾、胡太阿、納比佳．加厄迪等。

漢薩俄（al-Khansā’, 575-645）是「穆卡底剌門」詩人中擅長吟哀悼詩的女詩人，是蘇賴姆（Sulaym）族人。蘇賴姆族人故鄉在息加資北部與納几德之間。漢薩俄原名土馬弟爾．賓特．艾姆爾．夏里德（Tumāḍir bint ‘Amr ash-Sharīd），綽號「漢薩俄」。她嫁給剌瓦哈．蘇拉米（Rawwāḥah as-Sulamī）後，育有艾卜杜拉，接著再嫁，育有翟德、穆艾維亞、烏馬爾三子。

蒙昧時期漢薩俄的胞兄穆艾維亞及同父異母弟弟沙可爾皆被殺，她感觸極深，爲他們吟誦悼詩，直到因流淚過度而目盲。在穆斯林征服伊拉克的格迪西亞（al-Qādisīyah）戰役中，她的四個兒子全數犧牲。消息傳到她耳裡，她平靜地感謝

阿拉。一生最令漢薩俄難過的是沙可爾的死，因爲她丈夫是個極度慷慨，揮霍無度的人，將家產全數花光，她二度求助於沙可爾，沙可爾屢次都將自己的財產分一半給她。

伊斯蘭時期時，漢薩俄與族人一同晉見穆罕默德，在穆罕默德跟前吟詩，並與族人一起信奉伊斯蘭，穆罕默德對她的詩極爲稱讚。她信奉伊斯蘭之後，對兄弟的哀悼仍然不斷。漢薩俄年五十歲時，烏馬爾哈里發曾問她，她兄弟畢竟是異教徒，並非穆斯林，早已進入火獄，何故仍如此悲傷。她回答道，過去她爲兄弟的仇恨而哭，今日她爲兄弟入火獄而哭。

漢薩俄甚少吟誇耀詩，多吟哀悼詩。其悼詩意義細膩，情感眞實，結構縝密，具有濃厚的貝都因色彩。漢薩俄詩集於1897年出版於開羅，以後版本陸續有1908年的開羅版、1951年、1957年及1960年的貝魯特版等。

肆、其他詩人

一、穆赫勒希勒（al-Muhalhil, d.ca.530）

穆赫勒希勒是阿拉伯文學史上最早留下詩作的詩人，也是伊姆魯俄．蓋斯的舅舅，艾姆爾．本．庫勒束姆的外祖父。由於他性喜聲色，經常遊走女人之間，而被稱之爲「奇爾」（az-Zīr），意爲：「喜愛與女人暢談的人」。他哀悼其兄弟庫賴卜的詩流傳於世。庫賴卜是詩人兼族長，以勇氣著稱。當時人稱凡有雨降下之地，都是他的勢力範圍，任何人若想放牧，都須取得他的許可，足見其聲勢之盛。

二、艾姆爾．本．格米阿（‘Amr bn Qamī’ah, d. ca.538）

他是「大穆剌紀須」（al-Muraqqish al-Akbar）的侄兒，「小穆剌紀須」（al-Muraqqish al-Aṣghar）的叔父，拓剌法．本．艾卜德的叔公。他自幼失怙，由叔伯扶養長大。由於他長相英挺，嬸嬸愛慕他，遭他拒絕，嬸嬸惱羞成怒，爲報復反向他叔叔指控他對嬸嬸有非分之念，艾姆爾乃逃往馬納居剌尋求國王門居爾．本．馬俄．薩馬俄的庇護，並開始吟讚頌其叔叔的詩，訴說自己的清白，終於得到叔叔的諒解。他與伊姆魯俄．蓋斯交情甚篤，當伊姆魯俄．蓋斯前往羅馬尋求救援時，他亦隨行，然因年歲已長，不堪旅途勞頓，而死於途中。

三、大穆剌紀須（al-Muraqqish al-Akbar, ca.500-ca.552）

其名爲敖弗．本．薩厄德（'Awf bn Sa'd），出生於葉門，成長於伊拉克，其部族坐落在阿拉伯半島東部。他熟諳寫作，是佳薩西納國王的酒友及書記。巴蘇斯戰役發生時，其父是帶領部族戰爭的統帥。大穆剌紀須年輕時便愛上堂妹阿斯馬俄，情感非常堅定執著，爲了迎娶堂妹，接受叔叔設下的條件，離鄉背井去追求榮華富貴。然而當他成功地返回部落，準備迎娶阿斯馬俄時，卻發現阿斯馬俄已經嫁給一位富人，他所受的衝擊，包含被一連串欺騙等的人生境遇，令他無法承受，憂鬱而死。批評家將他列爲純情詩的詩人。其詩亦以情詩著名，多數詩都已遺失，在《穆法大立亞特》中蒐集了他十二首情詩、誇耀詩及描寫詩。

四、小穆剌紀須（al-Muraqqish al-Aṣghar, d.ca, 570）

其名爲剌比艾．本．蘇弗顏（Rabī'ah bn Sufyān），是大穆剌紀須的侄兒。他相貌英俊，愛上息剌王門居爾三世（al-Mundhir ath-Thālith）的女兒法堤馬，亦即艾姆爾．本．恆德之姊妹，兩人發生一段刻骨銘心的戀情，同時之間他也愛上法堤馬的婢女恆德。在詩中所表達的情感顯示他對恆德的愛甚過法堤馬。他對情感的表達非常類似巫麥亞時期的純情詩，往往抒發他的空虛、疏離、孤獨、離別的苦澀等悲觀的思想。對於情人他會塑造一個完美的的形象，象徵著他抓不住幸福的失落感。他也被歸類爲蒙昧時期純情詩的詩人。文學批評家們認爲他的詩勝過大穆剌紀須的詩，他尤其擅長酒詩、情詩、誇耀詩及描寫詩。《穆法大立亞特》中蒐集了他五首詩。

五、穆賽亞卜．本．艾拉斯（al-Musayyab bn 'Alas, 525-ca.580）

穆賽亞卜是懸詩詩人阿厄夏．麥門的舅舅，與息剌王艾姆爾．本．恆德同時期。他吟讚頌詩讚美阿拉伯人及波斯人，以求取賞賜，是巴柯爾族的詩人。在《阿拉伯人的語言》裡記載一段他與拓剌法的故事：當拓剌法聽到穆賽亞卜[81]吟誦下節詩：

[81] 此節詩亦被認爲是穆塔拉姆米斯所吟。

當憂患來臨時，
我或許假裝忘記，
騎上脖子上有紅色印記的
健壯公駝。

年齡尚幼卻熟諳駱駝的拓剌法不以爲然的說：「他把母駝變性成公駝了。」原因是只有母駝脖子上會有紅色印記。[82]文史學者根據這則小故事，認爲拓剌法自幼便已種下因伶牙俐齒而遭殃的悲慘命運的種子。穆賽亞卜的詩集由文學批評家阿米迪（al-Āmidī）闡釋，所擅長的是讚頌、哀悼及格言詩。

六、穆塔拉姆米斯（al-Mutalammis, d.ca.580）

其名爲加里爾．本．艾卜杜．烏撒（Jarīr bn ‘Abd al-‘Uzzā），是息剌王艾姆爾．本．恆德時期的詩人，也是他的酒友。文學史上有所謂的「穆塔拉姆米斯之信」事件。其典故是艾姆爾．本．恆德不滿穆塔拉姆米斯及其外甥拓剌法，即懸詩詩人之一，於是命他倆帶著兩封信給駐巴林總督，欺騙他們說信中談賞賜他倆之事。穆塔拉姆米斯半信半疑，請一位息剌的僕人幫忙拆信看內容，男僕說信中是要殺他，穆塔拉姆米斯便把信撕掉，丟到河裡，並逃往佳薩西納，而壽終於此。當時他曾警告拓剌法信的內容必定跟他的一樣，拓剌法不信，仍前往巴林而遭殺害。穆塔拉姆米斯以吟諷刺詩聞名，尤其是諷刺艾姆爾．本．恆德。伊本．薩拉姆將他列爲第七階層詩人，因爲他的詩數量很少。他的詩抒發流浪者的心聲，護衛人性的尊嚴及爭取自由的奮鬥，表現出特有的個人主義色彩。

七、奧斯．本．哈加爾（Aws bn Ḥajar, d.ca. 620）

他是巴林的塔米米族人，經常遊走於伊拉克及納几德地區，尤其是喜歡住在息剌城，與艾姆爾．本．恆德國王往來。他父親戰死於哈立馬戰役，因此經常慫恿同樣有喪父之痛的艾姆爾．本．恆德與佳薩西納作戰復仇，因爲艾姆爾．本．恆德之父門居爾．本．馬伐．薩馬伐是被佳薩西納戰士哈里史．本．加巴拉（al-Ḥārith bn

[82] Ibn Manẓūr, (ṣ-‘-r)

Jabalah）所殺。奧斯娶懸詩詩人茹海爾的母親，教育茹海爾，茹海爾並曾當過他的傳頌人。茹海爾吟詩謹愼便傳承自他的教誨。他的詩表達細膩，詞彙與意義之間非常協調。他以羚羊的頸子譬喻女人，尤其擅長描述弓、雲、雨、閃電等，也擅長吟哀悼、讚頌、描寫、格言詩。他非常長壽，伊斯蘭興起前才過世。文學批評家對他的詩都予以肯定，伊本・薩拉姆將他列在第二階層，文史學家阿舍馬邑甚至認爲奧斯的詩較茹海爾詩更佳。[83]

八、格斯・本・薩邑達（Qass bn Sā‘idah, d.ca.600）

格斯是伊亞德族（Iyād）人，是一位詩人、演說家及思想家，據說他是第一位拄著劍或手杖演說的人，也是第一位演說時說：「此之後」（ammā ba‘d）[84]的阿拉伯人，後人在撰寫書信或演講時，都會遵循此傳統，傳承至今。他曾經出使羅馬，羅馬皇帝對他禮遇有加。根據拓巴里的傳述，穆罕默德曾讚揚他信仰亞伯拉罕的宗教，是一神論者。他的兩位兄弟過世後，他親手埋葬他們，此後對生命傾向避世、苦行。他經常到烏克若市集宣揚禁欲的理念。[85]許多文史學者的用語溯源於格斯，譬如「由某人傳給某人」、「他是唯一的神，不被生，也不生。明日都回歸於他……」《古蘭經》中便有相同意義，不同文詞的經文。他的許多演講詞也都與伊斯蘭的思想相吻合。

九、突費勒・佳納維（Ṭufayl al-Ghanawī, d.ca.609）

他是佳尼族（Ghannī）人，此族從麥加附近的原居地不斷的遷徙，到今日沙烏地的哈伊勒城。佳尼族和太伇族經常發生戰爭，其中最著名的是穆哈加爾（al-Muḥajjar）戰役。後來佳尼族人殺死艾米爾族的烏爾瓦・剌哈勒（‘Urwah ar-Raḥḥāl），再度遷徙到東部的亞馬馬，最後回到伊拉克附近，而突費勒目睹這一連串事件，影響他的詩作甚深。文史學家阿舍馬邑曾說突費勒的詩勝過伊姆魯伇・蓋斯的詩，他以描寫馬聞名，人們甚至於認爲若想要學騎馬，就要吟誦突費勒的詩，並被稱之爲「馬的突費勒」（Ṭufayl al-Khayl）。

---

[83] az-Ziriklī, 1984, vol. 1, p.31.

[84] 阿拉伯演說或書信在感謝阿拉等前言之後，進入主題之前，都會以此詞句表達主題將開始。

[85] al-Jāḥiẓ, *Al-Bayān wa-t-Tabyīn*, (n.d.), vol.1, p.27.

十、哈提姆・拓伊（Ḥatim aṭ-Ṭā'ī, d.ca.607）

哈提姆被認為是阿拉伯史上最慷慨的人，有關他的豪氣傳說非常神奇。他除了是一位詩人，留下許多詩節之外，他的德行最為人所讚揚，「比哈提姆還慷慨」的諺語在讚美一個人極度慷慨，便是溯源於他的德行。他是太伊族族長，也是位文武雙全的騎士。他為人有求必應，經常自己窮困潦倒，卻還傾囊救濟別人，而被列為阿拉伯三凱之一，亦即他和赫里姆・本・西南、克厄卜・本・馬馬（Ka'b bn Māmah）。據說有一次客人聞名來訪，他的羊群正放牧在遠處，他二話不說，殺了自己最鍾愛的馬兒來款待客人。因他的個性過度海派，遭致妻兒無以維生，其妻曾因此休夫。有關他的慷慨事蹟歷史上有許多記載，其眞假已很難考證。

綜合上述，蒙昧詩大多是即興詩，沒有完整的組織、結構，也不能表達連貫的思想。大詩人皆是沙漠貝都因人，主題也多是沙漠生活，詩人會將焦點放在駱駝、廢墟上，情感眞誠、樸實，不做作，尤其在敘述戰役、緬懷過去的詩中。他們的描寫詩眞實、細膩，善用譬喻、隱喻。少數詩人曾到過波斯、伊拉克，而寫城市色彩的詩，如伊姆魯俄・蓋斯、阿厄夏、納比佳，而他們的詩也相對的較有深度、富有想像力。

蒙昧詩的形式死板，都以憶情人、悼屋宇為前言，再進入主題，一首詩主題不只一個，結尾喜歡用格言。音韻常運用長韻律，如拓維勒韻，採一節兩段式，同一首詩中的韻尾詞型相同，韻腳屬同一輔音和元音。詩中語言結構嚴謹，符合語言規則，也未受外來語表達的影響。伊斯蘭興起後，各族文明融合，詩中的外來詞彙或外來的表達方式漸增，語言學者也因此對語料擷取設限。今日我們讀蒙昧詩會發現其用詞與後期迥然不同。這些用詞在當時是各部落通用的語言，只因為蒙昧時期人們的生活重心非帳篷便是駱駝，政治、社會、宗教生活領域都與伊斯蘭興起後大不相同所致。

西元八世紀之後，伊斯蘭文明的發展達到巔峰，由於疆域的擴張，阿拉伯文學深受其他被征服的民族影響，純貝都因式的文學型態漸漸消失。然而，學者們咸認為蒙昧時期的詩奠定了阿拉伯文學的基礎，語言學者們更將蒙昧詩定為語言佐證的語料來源。文學批評者則承認蒙昧詩在文學上的重要地位，因為在語言上它地位形同古典語言詞典；音韻上，它包含大多數阿拉伯詩的韻律規則；形式上，它建立了傳統阿拉伯詩的長短格及一節兩段式的古詩形式，至今仍為詩人沿用。它同時是各類學門的專家，如歷史、地理、天文、醫藥、社會、語言學家等想了解伊斯蘭前阿拉伯世界的原始參考資料。從蒙昧詩中，我們或許會體會到阿拉伯民族重視血緣，豪邁不羈，慷慨好客，真誠樸實的傳統性格。更重要的是他們長期生活在遼闊的荒漠中所培養出來對大自然的愛；在大漠中對萬物的凝思後，所悟出積極樂觀的人生哲學。

第四節　蒙昧時期的散文

阿拉伯散文或故事，嚴格說來始於艾巴斯時期，在此之前的散文僅限於演講詞、勸誡詞、遺囑、諺語、格言、占卜文等，流傳至今的數量極少。小說則萌芽於艾巴斯時期，發展於近代。與詩歌相較，蒙昧時期的散文質與量著實微不足道。原因在於散文不像詩歌，可依靠著韻律，廣為流傳。在書寫不普遍的蒙昧時期，散文自然不易保存。此時的散文缺乏歷史、藝術價值，通常是口語式的演講詞，語氣緊湊，思想淺顯，反映貝都因人的道德標準與生活狀況。

壹、格言（al-Ḥikmah）

格言通常是生活經驗的成果，著名格言家如：阿柯束姆・本・晒菲・塔米米（Akthum bn Ṣayfī at-Tamīmī, d.630），其格言如：「欲速則不達」（Rubba 'ajalatin tahubbu raythan），又如：「禍從口出」（Maqtalu r-rajuli bayna fakkay-hi）。其他類似者如「人死在貪婪的閃光下」（Maṣāri'u r-rijāli taḥta burūqi aṭ-Ṭam'）、「最後的藥是燒烙」（Ākhiru d-dawā'i l-kay），意為不到最後不用猛藥。格言家艾米爾・艾德瓦尼（'Āmir al-'Adwānī）曾說「感情會蒙蔽理智」（al-'Aqlu nā'imum wa-l-hawā yaqẓān）。類似的格言如「偏愛傷正見」（Āfatu r-ra'yi l-hawā）。另外儒伊舍巴厄・艾德瓦尼、格斯・本・薩邑達、哈基卜・本・撒剌剌（Ḥājib bn Zarārah）、赫序姆・本・艾卜杜・馬納弗（Hāshim bn 'Abd Manāf）、艾卜杜・穆拓立卜・本・赫序姆（'Abd al-Muṭṭalib bn Hāshim）皆是格言佼佼者。

貳、諺語（al-mathal）

諺語與格言不同之處在於諺語可能不含道德觀，而是表現阿拉伯式的價值觀。阿拉伯人擅長使用諺語，史家將它匯集成書，分別有：阿布・希拉勒・哈珊．艾斯克里（Abū Hilāl al-Ḥasan al-'Askarī）的《成語彙編》（Jamharah al-Amthāl, 1004）、阿布．法底勒．麥達尼（Abū al-Faḍl al-Maydānī）的《成語集》（Majma' al-Amthāl, 1124）、撒馬可夏里的《阿拉伯成語集粹》（Al-Mustaqṣā fī Amthāl al-'Arab, 1144）等。格言和諺語都是以簡潔、中肯爲特色，唯諺語都有其眞實故事背景，流傳之後，用於譬喻類似的人、事、境。如「非每個黑色物都是椰棗；亦非每種白色物都是肥油。」：（mā kullu sawdā'a tamratun wa-lā kullu bayḍā'a shaḥmah），即「莫以偏概全」。「哪個女兒不戀父」（kull fatātin bi-abīhā mu'jabah）表達女兒天生愛父親。「比哈提姆還慷慨」（Akramu min Ḥātim）譬喻一個人很慷慨。「今夏妳無奶可喝」（aṣ-Ṣayfa ḍayya'ti l-laban），表示自己放棄的權利，是無法挽回的……等等。譬如「今夏妳無奶可喝」的典故源於一位年輕女子在夏天嫁給年事已高的老人，老人有許多的駱駝和羊群，夫妻倆享受著豐足的奶品。然而不久妻子對老人生厭，請求老人休妻，然後嫁給一位窮小子，既沒駱駝也沒羊。有一年的夏天，女人巧遇老人，向他要羊奶喝，老人拒絕，且說了這句話。又如「劍已用了，人已經殺了，責備有何意義？」（Sabaqa s-sayfu l-'adhl，意：覆水難收）。其典故是：有人派兒子去尋找失蹤的駱駝，兒子帶著劍到沙漠後就不再回來。有一日，父親和某人路過某地，此人說他曾經在此地殺死一個年輕人，拿走他的劍。此父看到此劍，知道是兒子的劍，便明白此人是殺死兒子的兇手，一氣之下殺死這兇手。事後有人問這父親爲何在禁月（陰曆一月、七月、十一月、十二月）殺人，這父親說了這句話，後來廣爲流傳。

參、演講詞（al-khuṭab）

演講詞是蒙昧時期無論和平或戰爭狀況下，都不可或缺的文學體。通常每一個部落都會有一位演說家爲部落代言。演說者在演講時，會站在高處，或騎在駱駝或馬上，眾人圍繞在一旁。演說者精於催促、說服群眾上戰場殺敵，或共同合作完成一項任務。有些演說家抱著使命感，致力於部族間的和平。各部落也會派遣演說家，帶領群眾到國王宮殿去，完成恭賀或哀悼的使命，演說者在此時便成爲部落的代言人。著名的演說家有格斯．本．薩邑達、阿柯東姆．本．晒菲．塔米米、艾姆爾．茹拜迪（‘Amr az-Zubaydī）。

通常每逢市集盛會時，他們會騎在駝背上或站在高處，揮著兵器演講。演說家必須同時兼顧聲調、內容，俾能收效。著名的演講詞如赫尼俄．本．格比沙（Hāni’ bn Qabīṣah）在著名的儒格爾戰役出征之前，鼓勵他的巴柯爾族人勇敢和波斯軍隊作戰的講詞：「巴柯爾族人啊！戰死比逃生好，畏懼不能逃過宿命。堅忍是勝利的因素，寧死勿苟活，迎向死亡勝過逃避死亡。胸口被刺比背部被刺來得高尚。巴柯爾族人啊！殺吧，死亡是不可避免的事。」[86]此戰役源自於波斯王對息剌王努厄曼．本．門居爾不願嫁女給他而惱怒，欲殺努厄曼，努厄曼求助於赫尼俄，並將財物、武器、家眷都託付給赫尼俄。波斯王逮捕努厄曼，並讓大象踩死他，前文所述白頭翁花的名稱便溯源於努厄曼。波斯王後來向赫尼俄索取努厄曼託付之財產，遭赫尼俄拒絕，於是波斯王發兵攻打巴柯爾族，爆發阿拉伯人與波斯人之間的第一場戰爭，阿拉伯人以寡敵眾，獲得勝利。

又如格斯．本．薩邑達的講詞：「人們啊！你們聽了要了解：誰活過就會死；誰死了就會逝去。來者已至；夜是黑的，天空有星辰，星星閃爍，海水盈溢。天空有訊息；地上有殷鑑。人們為何去而不返？他們是滿意而行，還是放棄而沉睡呢？」[87]

肆、訓囑（al-waṣāyā）

訓囑包含父親對兒子的遺囑、部落首長對族人的告誡、朋友的勸言等，以感情眞實為特徵。擅長此技者如儒伊舍巴厄．艾德瓦尼、努厄曼．艾卜迪（an-Nu‘mān al-‘Abdī）、奧斯．本．哈里山（Aws bn Ḥārithah）等。以下是儒伊舍巴厄．艾德瓦尼給他兒子的遺囑：「你要溫和對待身邊的族人，他們會愛你。對他們謙遜，他們會擁戴你。和顏悅色對待他們，他們會服從你。不要獨占東西，他們會擁護你。尊重他們的小孩，就如同尊重大人一般，那麼他們的大人會尊敬你，小孩會愛你。

[86] Abū ‘Alī al-Qālī, (n.d.), vol.1, p.92.

[87] Aḥmad Zakī Ṣafwat, p.13.（http://www.islamicbook.ws/adab/jmhrt-khtb-alarb-.pdf）2013/3/17瀏覽

愉悅的施予你的錢財，敬重你的鄰居，款待你的客人。維護自己的顏面，不要向人乞求。如此一來就備齊了你當首領的條件。」又如艾姆爾．本．庫勒束姆在死前的訓囑：「我的兒孫們！我活了祖先未曾活過的歲數，也必定會和他們一樣面臨死亡。我所斥責於人的，一定也曾被同樣的斥責過，若那是眞理就是眞理；若那是虛妄就是虛妄。誰罵人就會被罵。你們不要罵人，這樣對你們比較安全；要善待周圍的人，你們就會被讚美。倘若別人跟你談話，你們要領會；你們若對人談話，要簡潔，因爲言多就饒舌。最勇敢的人是攻擊時仁慈。最高尚的死是戰死。一個人若生氣時不省思，就不對；被責備時不設法圓融也不好。」

歷史上最著名的阿拉伯訓囑首推巫馬馬．賓特．哈里史（Umāmah Bint al-Ḥārith），在她女兒嫁給金達國王哈里史．本．艾姆爾（al-Ḥārith bn ‘Amr）時贈予女兒的勸誡，使她女兒從此有美滿成功的婚姻生活，因而流傳千古，至今仍是阿拉伯母親給女兒最好的嫁妝。以下是其中片段：「我的女兒啊！妳離開了出生之地，從妳父母的巢，走向一個妳不熟悉的窩，到一個妳不熟悉的丈夫那兒。他會是主宰妳的國王與守護者。因此，妳要做他的奴婢，他就會成爲妳的有求必應的奴僕。女兒啊！我賜給妳十個習慣，它們會是妳的寶藏和記憶：妳要心滿意足的陪伴他；要順從的與他相處；照料他眼睛所落之處；注意他鼻子所聞之處。不要讓他眼睛看到妳的醜陋，讓他鼻子所嗅到的妳都是香味。眼線液是最好的修飾；水是最好的香水。注意他進食的時間；他睡眠時要保持安靜；飢餓是火源，打擾睡眠是怒氣之源。維護他的家、他的錢財；照顧他、他的侍從、他的家人，因爲維護他的錢財就是尊重他，照顧他的家人和屬下就是善於管理。不要揭露他的祕密；不要忤逆他的命令。因爲妳一旦揭發他的祕密，妳就會擔心他欺騙妳，如果忤逆他的命令，就會激怒他。謹防在他傷心時表現高興；或他高興時妳表現憂傷。前者就是妳的缺失；後者是妳觸怒他。妳要非常尊重他，他才會非常尊重妳；要極力同意他，他才會與妳長相廝守。要知道妳必須寧願取悅他勝過取悅妳自己，將他的喜愛放在你的喜愛之上，否則妳不會得到妳所要的。」[88]

[88] at-Tūnjī, 1993, p.885.

伍、占卜韻詞（saj‘ al-kuhhān）

加息若述及蒙昧時期人們相信每位占卜師都有一個精靈，可預卜吉凶，人們也習慣在重要關卡求助於占卜師，甚至求助解決他們的紛爭，大者如部落之間的政治、社會、軍事問題，小者如一般生活上所遭遇的問題。人們在遠行、復仇、結婚等重要時刻，或甚至於解夢等都會請益於占卜師。占卜詞都帶韻，言詞簡短、曖昧，多指天、地、星、風、雲、鳥發誓之語，甚少直接回覆問題。占卜師大多數來自葉門，他們伺奉神殿，故社會地位崇高。相關傳述往往流於神話，譬如薩堤賀．本．剌比艾（Saṭīḥ bn Rabī‘ah）除了頭顱，全身無骨，他的臉在胸部裡等等。此外著名者尚有烏撒．薩立馬（‘Uzzā Salimah）、序各．安馬爾（Shiqq Anmār）、拓里法．愷爾（Ṭarīfah al-Khayr）；女性占卜師有夏厄山俄（ash-Sha‘thā’）、薩厄迪亞（as-Sa‘dīyah）、撒爾格俄（az-Zarqā’）等。

對於流傳至今日的蒙昧時期占卜詞，其眞僞仍待研究與釐清，許多蒙昧時期占卜詞甚至已經被證實是後人僞造的。其原因在艾巴斯時期異端言論猖獗，文人因爲政治或宗教立場，而僞造一些占卜詞，並與《古蘭經》相比較，而散布穆罕默德是占卜師等言論，因爲占卜詞押韻，與《古蘭經》文體相似。尤其因爲《古蘭經》中有些置於章節之首的詞彙，至今無法得知其眞正意義，與蒙昧時期占卜詞有相似之處。然而在文學上，占卜詞文義曖昧、模糊，組織鬆散，鮮少具文學價值。

陸、著名的散文家

一、儒伊舍巴厄．艾德瓦尼（Dhū al-Iṣba‘ al-‘Adwānī, d.600）

「儒伊舍巴厄」意爲「有指頭的人」，原因是他有一隻腳指被蛇咬斷。又有一說是他多了一根指頭。他是蒙昧時期的詩人、騎士、散文家，擅長於格言，在蒙昧時期擔任法官。

二、赫尼俄・本・格比沙（Hānī' bn Qabīṣah）

他是薛班（Shaybān）族族長，以勇敢、語言純正著名，擅長於講詞。他在一場與塔米米的「佳比太恩戰役」（Yawm al-Ghabīṭayn）中被俘擄，此戰役記載在巫麥亞詩人加里爾詩中。[89]他在伊斯蘭興起之前卒於庫法城。

[89] Yāqūt, (n.d.), vol.4, p.186.

第二章　穆罕默德與正統哈里發時期文學（570-661）

第一節　概論

壹、穆罕默德與正統哈里發（al-Khulafā' ar-Rāshidūn, 632-661）

穆罕默德的出生影響整部阿拉伯歷史。伊斯蘭統一阿拉伯世界，宗教思想深入民心，產生了新的價值觀，影響阿拉伯人各層面的生活，也影響文學甚鉅。

西元525年阿比西尼亞人占領葉門。570年（或571年），葉門軍隊包圍麥加，軍隊中有騎大象的戰士，當時的麥加人從未見過軍隊中有大象，於是稱這年為「象年」。穆罕默德出生於象年，《古蘭經》中便有描述這次戰役的經文。[1]

穆罕默德全名是穆罕默德．本．艾卜杜拉．本．艾卜杜．穆拓立卜．本．赫序姆（Muḥammad bn 'Abd Allāh bn Abd al-Muṭṭalib bn Hāshim），出生之前，其父艾卜杜拉至敘利亞經商，罹病客死異鄉。六歲時又失去母親阿米納（Āminah）。穆罕默德八歲以後放牧，十二歲便隨伯父出外經商。在從商的經歷裡，曾與基督徒、猶太等一神教徒接觸。二十五歲時娶四十歲富孀卡迪加．賓特．乎威立德（Khadījah bint Khuwaylid, d.620）為妻。穆罕默德四十歲時，亦即西元610年的陰曆九月二十七日在山洞裡受到天啓，從此展開宗教思想的傳教活動。他在麥加呼籲人們信仰唯一的阿拉，為時十三年，信徒不過七十人，其妻卡迪加是他第一位信徒。這些信徒長期生活在困境中，傳教活動始終無法順利推行。622年，他帶著信徒遷徙到亞史里卜（Yathrib）。當時該城居民大多數信奉猶太教，頗能接受一神教理念，而熱忱的歡迎穆斯林在此城定居。此後亞史里卜便改名為「阿拉使者之城」（Madīnah ar-Rasūl），久而久之，人們簡稱它為「麥地那」（al-Madīnah，意為：城市），穆斯林便在麥地那組成一個國家。後來麥加的居民與猶太教徒結盟，敵對穆斯林，展開一連串麥加與麥地那的戰役，穆斯林在巴德爾（Badr）、胡乃恩（Ḥunayn）等戰役都獲勝。630年一月，穆罕默德輕易地征服麥加，進城之後立即

---

[1] 「難道你不知道你的主怎麼處置大象的主人嗎？難道他沒有使他們的計謀變成無益嗎？他曾經派遣成群的鳥兒去傷他們，以黏土石射擊他們，使他們變成吃剩的乾草一般。」（105:1-5）

宣揚伊斯蘭精神。克厄巴從過去傳統多神教徒的聖地，轉爲後來伊斯蘭的聖地。麥加得以保持宗教中心的地位，也是伊斯蘭信仰和阿拉伯傳統的巧妙結合。632年，穆罕默德病逝於麥地那，也安葬於此。

後世許多學者研究穆罕默德的生平及他在歷史上的定位與貢獻，幾乎無一不肯定他對人類的卓越貢獻與價值，甚至於將他列爲世界最偉大的人物。若從他所處的蒙昧時期阿拉伯傳統觀念來看穆罕默德的奮鬥，或許更能洞悉他的價值與影響力。蒙昧時期阿拉伯各部落所執著的，或甚至於至今阿拉伯民族所堅持的，經常反映他們根深蒂固對「過去」強烈的依附感。相對地，對「現在」與「未來」有強烈的不安全感。這似乎是他們的歷史文明進程中所展現的特質。由於阿拉伯民族性對過去的依附，寧願生活在祖先的保護傘下，崇拜肉眼可見的神祉。這種依附在「過去」的性格，使得穆罕默德宣揚一神論的伊斯蘭，頻頻遭遇自己親人與部族的反抗，宣教過程經歷許多挫折與危機。而穆罕默德得以扭轉失敗的局勢，亦得益於麥地那猶太教徒對「過去」強烈的依附感，接受他們所熟悉的一神理論，轉而接受穆斯林對一神論的宣導。穆罕默德若非有過人的智慧與堅忍的毅力，無法結合兩種截然不同的思想於一個極端封閉與對過去依附感強烈的社會之中，而未發生毀滅性顛覆傳統之戰，成功的讓理念綿延至今，信徒數目持續激增，至二十一世紀已占世界人口四分之一。

穆罕默德過世之前並未指定繼承人，與他一起從麥加遷移到麥地那的「遷士」（al-muhājrūn）及在麥地那支助他的「輔士」（al-Anṣār）對於哈里發的人選發生了爭執。最後，穆斯林推舉出年長且德高望重的阿布．巴柯爾（Abū Bakr）爲哈里發。「哈里發」一詞出現在《古蘭經》中，意指阿拉在地球上所安排實踐阿拉規範的統治者，譬如：「當時，你的主對眾天神說：我必定在大地上設置一個代理人。」[2]亞當是第一位哈里發。又如「大衛啊！我確已任命你爲大地的代治者，你要以眞理統治人們。」[3]在世俗的政治體制中，「哈里發」一詞意指代理阿拉使者統治伊斯蘭政權的人，甚至是前任統治者的繼承人。

由於阿布．巴柯爾及後來三位哈里發是經由穆斯林選舉，以繼承穆罕默德遺志者，穆斯林因此認爲伊斯蘭早在此時便實施了民主選舉制度，歷史上被稱之爲「正

---

[2] 《古蘭經》2:30。

[3] 《古蘭經》38:26。

統哈里發」，他們分別是：

一、阿布・巴柯爾・席迪各（Abū Bakr aṣ-Ṣiddīq, r.632-634）

阿布・巴柯爾較穆罕默德年輕三歲，是第一位信奉伊斯蘭的男性，也是穆罕默德最喜愛與信任的男性穆斯林，在位僅兩年便過世。穆罕默德賜予他「忠貞者」（aṣ-Ṣiddīq）的尊稱，因爲他是最令他信任的人。穆罕默德從麥加逃往麥地那，一路上便是阿布・巴柯爾相隨，史學家將他列爲眾門徒之首。他不遺餘力的傳教，在麥加宣教期間，曾受盡多神教徒的凌辱。執掌哈里發之職後，他持續鼓勵阿拉伯人到世界各地傳播伊斯蘭，派軍遠征伊拉克、敘利亞、波斯、羅馬等地，任命卡立德・本・瓦立德爲大統帥，所到之處皆傳捷訊。阿布・巴柯爾將阿拉伯半島伊斯蘭版圖劃分爲十四個省，各省設置總督，並任用穆罕默德門徒掌理政府各部門事務，如任命烏馬爾・本・卡拓卜（'Umar bn al-Khaṭṭāb）掌管司法；阿布・烏拜達・加剌賀（Abū 'Ubaydah al-Jarrāḥ）掌管國庫；翟德・本・山比特（Zayd bn Thābit）掌管文書。阿布・巴柯爾另一重要功績是命翟德・本・山比特收集《古蘭經》，依據穆罕默德的遺訓編排。翟德・本・山比特曾說，此任務比移山還困難。

阿布・巴柯爾在位僅兩年三個月，臨終前諮詢穆罕默德門徒，將哈里發位傳給烏馬爾・本・卡拓卜，他死前最後的一句話是：「阿拉成全了我做爲一位穆斯林，讓我有福與正直的人爲伍。」[4]

二、烏馬爾・本・卡拓卜（r.634-644）

烏馬爾是古雷須族的貴族，蒙昧時期常擔任部落之間的調停者。早期他反伊斯蘭，甚至曾想殺穆罕默德。當他見過穆罕默德，並聽過一些《古蘭經》經文後，轉而信奉伊斯蘭。由於他是古雷須族的顯貴，穆斯林對他信奉伊斯蘭引以爲榮，讓陷於困境的穆斯林氣勢大增，也開始公然在麥加禁寺（al-Masjid al-Ḥarām）做禮拜。穆罕默德很尊重他，他曾經陪同穆罕默德參與所有的戰役。

穆罕默德去世之後，烏馬爾調停麥地那輔士和麥加遷士之間的分歧，擁護阿布・巴柯爾爲哈里發。阿布・巴柯爾任命烏馬爾掌管司法，烏馬爾以其公正無私著

[4] aṭ-Ṭabarī, *Tārīkh al-Umam wa-l-Mulūk*, 1997, vol.2, p.350.

稱，明辨眞僞，而有「明辨眞僞者」（al-Fārūq）的尊號。阿布．巴柯爾去世後，他被擁立爲哈里發。烏馬爾是第一位整理阿拉伯曆法，以伊斯蘭曆爲依據，伊斯蘭曆始於622年是他所下的命令。[5]他依據蒙昧時期所施行的曆法，根據月亮盈虧計算，單月三十天，雙月二十九天。第十二個月在閏年是三十天，每三十年有十一年是閏年。他也是伊斯蘭史上第一位被稱爲「眾信士之領袖」（amīr al-mu'minīn）者。[6]此後即使是家族世襲的哈里發，穆斯林亦稱他爲「眾信士之領袖」。根據傳述，此稱號的起因於一位穆斯林覲見烏馬爾，稱呼他：「眾信士之領袖」。烏馬爾說：「這是什麼稱謂？快別這麼說！」此人回答說：「你難道不是我們的領袖嗎？難道我們不是信士（虔信者）嗎？那你不就是眾信士領袖嗎？！」又有一說：有人稱烏馬爾爲「阿拉使者哈里發的哈里發」，烏馬爾對他說：「倘若我死了，你們不就得稱我的繼位者爲『阿拉使者哈里發的哈里發的哈里發』。既然我是領袖，你們是信士，那我就是眾信士的領袖了。」[7]

他在位時，征服伊拉克、波斯、大敘利亞、埃及、安納托利亞東部、亞美尼亞南部等地，將之併入伊斯蘭版圖，並統一伊斯蘭國家，建立行政體系，使得全國伊斯蘭化，日後所謂「伊斯蘭國家」（ad-Dawlah al-Islāmīyah）指的便是烏馬爾時期開始的伊斯蘭國家。烏馬爾解除卡立德．本．瓦立德在敘利亞大統帥的職務，另以阿布．烏拜達取代之。穆斯林軍隊再深入歐、亞各地，社會上因此產生許多戰士遠離親人出征的生離死別現象。波斯、羅馬人亦因烏馬爾摧毀他們的帝國，於西元644年派人暗殺他。

三、烏史曼．本．艾凡（'Uthmān bn 'Affān, r.644-656）

烏史曼之母是穆罕默德姑姑的女兒，他並前後娶兩位穆罕默德的女兒魯蓋亞（Ruqayyah）及巫姆．庫勒束姆（Umm Kulthūm），而被稱之爲「雙燈之主」（Dhū an-Nūrayn）。他在位期間伊斯蘭疆域持續擴張，直抵埃及、敘利亞。烏史曼並繼續蒐集《古蘭經》，由於穆罕默德門徒逐漸分散，受各地方言的影響，《古蘭經》出現許多不同的誦讀法。烏史曼深怕《古蘭經》的寫法會因此而分歧，故以

[5] aṭ-Ṭabarī, *Tārīkh al-Umam wa-l-Mulūk,* 1997, vol.2, pp.3-4.
[6] aṭ-Ṭabarī, *Tārīkh al-Umam wa-l-Mulūk,* 1997, vol.2, p.569.
[7] al-Jāḥiẓ, *At-Tāj fī Akhlāq al-Mulūk,* 1941, pp. 86-88.

古雷須族語文為標準，將《古蘭經》編排成今日的型態，故史上稱此為「烏史曼版本」。人們因為他所屬的巫麥亞族控制全國要職，起而反抗。西元656年，暴民圍攻他在麥地那的寓所，將他殺害，在位共十二年，享年八十二歲。

四、阿里・本・阿比・拓立卜（'Alī bn Abī aṭ-Ṭālib, r.656-661）

伊斯蘭第四位正統哈里發阿里是穆罕默德的女婿與堂弟，畢生奉獻於伊斯蘭。阿里之父阿布・拓立卜和穆罕默德的父親艾卜杜拉是同父同母兄弟。艾卜杜拉及穆罕默德的祖父過世之後，阿布・拓立卜成為穆罕默德的監護人。傳說中阿里誕生於克厄巴神殿中央，什葉派更說他是唯一誕生在克厄巴神殿的人。阿里是第一位信奉伊斯蘭的年輕人，後來娶穆罕默德女兒法堤馬為妻。他個性公正、寬厚並富文采。

烏史曼的死造成穆斯林的分裂與鬥爭。阿里因為被巫麥亞家族懷疑涉嫌參與烏史曼哈里發的謀殺案，與巫麥亞家族的敘利亞總督穆艾維亞歧見日深。阿里即位之後便將首都遷往伊拉克的庫法城。由於阿里在處理與穆艾維亞戰爭上，顯得過度仁慈與姑息，阿里的支持者乃分裂成：「阿里派」（al-'Alawīyūn）與「卡瓦里几派」（al-Khawārij）。「卡瓦里几派」依照詞意為「出走派」，因是從阿里派分裂出去而得名。卡瓦里几派認為阿里和穆艾維亞之爭純粹是政治鬥爭，故既反對穆艾維亞，也反對阿里。他們認為此二人和艾姆爾・本・艾舍（'Amr bn al-'Āṣ, d.664）都是製造穆斯林紛爭的禍源，理當除去，並在661年殺害阿里。阿里遭刺身亡後，支持者擁戴其子哈珊（Ḥasan）為哈里發。哈珊生性懦弱，自知非穆艾維亞對手，拱手讓位給支持穆罕默德遺孀艾伊夏（'Ā'ishah）的穆艾維亞。穆艾維亞建都大馬士革，而麥地那仍維持宗教中心的地位，繼續發展宗教，並奠定伊斯蘭學的基礎。

貳、社會變遷

正統哈里發時期，伊斯蘭疆域迅速擴張，征服敘利亞、波斯、埃及、北非等地。不到一個世紀之間，穆斯林的疆域從庇里牛斯山到帕米爾高原，阿拉伯文化產生劇烈的變化。參加聖戰的穆斯林遠征他地，多數定居在美索不達米亞，不再過游牧生活，少數穆斯林朝向西方擴散，遠到北非，甚至於到歐洲。人們帶著新信仰走出沙漠，移民到截然不同的新世界。聖戰最顯著的成果是同化異族，使他們信奉伊斯蘭，同時吸收異族的文明、思想。由於疆域的擴充，豐富了阿拉伯人的思想內涵，並融合他們所繼承的老祖宗文化，影響寫作的風格甚鉅。伊斯蘭早期的詩在型態上與蒙昧時期詩差異甚微，但在主題和意義上則差異甚大。穆斯林詩人不再吟誦偶像、復仇、酒頌、諷刺部落等主題的詩。在詞彙及結構上，伊斯蘭的影響力也與日俱增。

伊斯蘭引導穆斯林從事改革、重新組織他們的社會和家庭。最大的成果則是消滅部落主義，伊斯蘭代替了部落主義，消除社會階級，取消奴役制度，拉近貧富距離。教義上的課稅、捐贈及許多經濟措施，譬如禁止利息、濟貧、勞資雙方分擔風險、鼓勵開墾荒地給予賦稅減免、清楚劃分並明確保護私有財產與公有財產制度、遺產分配制度等，不僅意味著富人要濟貧，更近一步要貧窮者有權透過國家公權力的機制，從富者身上取得應有的權利，達到均富的理想。伊斯蘭所秉持的社會價值觀，除了消弭部落鬥爭、宣揚宗教社群團結之外，更體現在社會公義、人類平等與保護女性上。

參、伊斯蘭價值觀

伊斯蘭文化基本上是以伊斯蘭爲主體意識，並以漸進方式融合被征服民族或鄰近民族的傳統而形成的文化。此期阿拉伯社會狀況急遽改變，主要是因爲伊斯蘭所帶來的價值觀與蒙昧時期有顯著的不同。政教合一的制度之下，穆罕默德的言行成爲穆斯林行爲的準則，並據此奠定整個伊斯蘭社會的價值觀。

一、信仰價值

伊斯蘭對信仰者而言，是人類最後的宗教，穆罕默德是阿拉最後一位使者，《古蘭經》是阿拉啓示的經典。穆斯林不認同基督宗教的「三位一體」說，強調絕對的「一神」理論，認爲阿拉不生，也不被生。萬事萬物都是阿拉前定，死亡是定命，掌握在阿拉手裡，是從今生到後世的過渡階段，卻不是結束。每個靈魂在最後審判日都得甦醒，接受審判。深植穆斯林內心的宗教意識與教條、創造者與被創造者的聯繫等，都藉由行爲來表現。宗教對話對執著於教義的穆斯林而言，隱含的意義並不大，《古蘭經》對此有明文界定：「你說：不信道的人啊！我不崇拜你們所崇拜的。」[8]「捨伊斯蘭而尋求其他宗教的人，他所尋求的宗教絕不被接受，他在最後審判日是折損的人。」[9]

二、阿拉伯語言價值

阿拉伯語文是《古蘭經》語言，也是穆斯林自古引以爲傲的文化根本條件，《古蘭經》有如下經文：「這些是明確的天經經節，我確已降下阿拉伯文的《古蘭經》，希望你們了解。」[10]。穆斯林熱愛《古蘭經》語言，世界各地的穆斯林無論其母語爲何，誦讀《古蘭經》都必須使用阿拉伯語，《古蘭經》因此不得被字譯，僅能解釋其意義，因爲《古蘭經》是「奇蹟」，經文中包含許多唯有阿拉知道的語音文字，如「阿立弗・拉姆・米姆」[11]、「沙德」[12]，《古蘭經》的韻律與修辭等也都無法譯成其他的語文。在穆斯林的觀念裡，學習外語的重要性總是次於學習《古蘭經》語，今日阿拉伯各國基於此觀念，不遺餘力的傳播阿拉伯語。也因此阿拉伯語文自古至今未曾發生過語言革命，成爲語言學上的特殊現象。

三、物質生活價值

（一）伊斯蘭五功

1.唸（ash-shahādah）

信奉伊斯蘭第一步須眞誠、出聲、有意識的聲稱：「我宣誓阿拉是唯一的眞主，穆罕默德是阿拉的使者。」其涵義是阿拉是唯一的神；信奉阿拉的使者及阿拉的經書；穆罕默德是最後一位先知；相信最後審判日（Yawm al-Qiyāmah）；相信

[8] 《古蘭經》109:1,2。
[9] 《古蘭經》3:85。
[10] 《古蘭經》12:1,2。
[11] 《古蘭經》2:1。
[12] 《古蘭經》38:1。

天使的存在。

2.禮（aṣ-ṣalāh）

伊斯蘭價值的特點是將精神融入具體的物質生活中，將物質精神化，實踐在穆斯林每日的語言、生活作息中。每日五次面朝麥加方向（al-Qiblah）的禮拜：黎明禮（al-Fajr）、正午禮（aẓ-Ẓuhr）、午後時段之中間點的下午禮（al-‘Aṣr）、黃昏禮（al-Maghrib）、夜之始的夜禮（al-‘Ishā’），除了表現出紀律與意志力之外，更重要的是智慧與道德的昇華，代表敬畏阿拉的精神。做禮拜所應遵循的禮儀，包含執行禮拜應具備的條件、禮拜前的淨身、禮拜的種類、禮拜的時間、方向等，都表現出宗教與生活密切的結合，不僅是宗教功課，也是基本生活與思想。

3.齋（aṣ-ṣawm）

伊斯蘭曆九月（Ramaḍān）是齋月，爲期二十九日或三十日，自黎明至黃昏要禁止吃、喝、抽煙、噴香水、性行爲、射精、壞思想等。齋戒目的在自我克制、自我訓練、自我教育。女子月事或因生產流血不得齋戒，須於事後補齋。齋月不宜之行爲（makrūh）譬如在口中聚口水而後呑下、品嘗飮食而後吐出、嚼口香糖、與人打架或吵架、背後論人短、有欲望的碰觸配偶等。其實踐細節因教派的不同而有差異。

爲期一個月白晝不食、不飮、禁欲的伊斯蘭齋月（Ramaḍān）與期間的宗教活動，足以淨化一個穆斯林心靈，並加深他的宗教使命感，隨著他年歲的增長，對窮人無法果腹的憐憫心與同理心顯然會在內心不斷滋長，是伊斯蘭平等觀的另一種呈現方式。齋月過後的開齋節（‘Īd al-Fiṭr）仍以感謝、讚美阿拉的禮拜活動爲其核心活動，世俗民間的慶祝活動，對虔誠的穆斯林而言不在其形式，而在其背後的精神。

4.課（az-zakāh）

az-zakāh一詞源自古敘利亞語，其詞根意爲「淨化」或增加純淨度等。在宗教上，捐課的目的在淨化個人的財富，使之運用在有意義的善行，藉以淨化心靈，消除貪念、自私，獲致阿拉的祝福。同時可淨化收受恩惠的人，使之不致於忌妒和怨恨，反之能祝福貢獻者。az-zakāh是針對心理健全、有經濟能力的成年穆斯林自由人，無論男女所課的錢財，用以幫助特定族群，《古蘭經》便有下列經文：「賑款只歸屬於貧窮者、赤貧者、管理賑物者、欲使其心團結者、無力贖身者、無力償債者、爲主道工作者、旅途中貧困者。」[13]az-zakāh被視爲是建立伊斯蘭社會公平正義的經濟理念。當穆斯林的財產達到他的額度時，就必須繳交az-zakāh，若低於他的額度便無需繳。最低限度的額度是20mithqāl黃金，一個mithqāl等於4.25克，相當於85克純黃金。若是銀，則爲200dirham，相當於595克。其他財物則以等值計算。以一整個伊斯蘭曆年（354天）計算，若在這年中穆斯林的財產扣除債務之後達到額度，則需繳其財產2.5%。

伊斯蘭教義中類似az-zakāh的社會經濟措施，尚有「捐獻」（ṣadaqah）。穆罕默德曾說：「即使說好話都是做善事。」[14]每位穆斯林都有義務行善，物質的或精神的，甚至於不作惡都是行善。有財力的穆斯林可以依其意願奉獻「捐獻」，「捐獻」有別於「禮物」（hadīyah）。依據《古蘭經》、聖訓及穆斯林公議，送禮是合法且受鼓勵的行爲，送禮之目的在親近受禮者。若爲了親近阿拉而給予需要幫助者的，稱之爲「捐獻」，而非「禮物」。[15]

《古蘭經》有關「捐獻」的經文如：「如果你們公開的施捨，這是很好的；如果你們祕密的施濟貧民，這對於你們更好。這能消除你們的一部分罪惡。眞主是確知你們的行爲的」[16]、「正義是信眞主、信末日、信天神、信天經、信先知，並將所愛的財產施濟親戚、孤兒、貧民、旅客、乞丐和贖取奴隸，並謹守拜功。完納天課，履行約定，忍受窮困、患難和戰爭。」[17]明白指出「捐獻」是一種正義，[18]其動機是同情心、行善、要求阿拉的回報，不求「人」的回報。在聖訓裡一再顯示穆罕默德本人因其「先知本質」（an-nubuwwah）而不得接受捐獻，因爲「捐獻」的意義是虔信者給予需要者，且「無需回報」。聖訓提及當時若有人帶食物給穆罕默德，他會先問：「是捐獻還是禮物？」若是捐獻，他會要左右吃，自己不吃。若

---

[13] 《古蘭經》9:60。

[14] Muslim1009.

[15] Ibn Qudāmah, 1992, vol.8, pp.239-240.

[16] 《古蘭經》2:271。

[17] 《古蘭經》2:177。

[18] 牟斯（Marce Mauss）在《禮物》頁28中提到：「古老的餽贈倫理被提昇爲公義原則；因爲在神的旨意下供神之禮與不必要的犧牲都應交窮苦幼弱者。由此可知何以阿拉伯文sadaka一字原意公平，正義一就像希伯來文zedaqa一樣一後來竟延伸爲賑災之意。」事實上，阿拉伯文ṣadaqah（即牟斯所謂的sadaka）原意：爲求阿拉的報酬而施捨窮人或需要者。（Ibn Manẓūr, vol.10, p.196）該詞詞源ṣidq意爲：誠實，ṣadaqah是伊斯蘭之後源於此詞根的派生詞。或許前述牟斯之言指的是該節《古蘭經》經文中賦予的ṣadaqah意義。

是禮物，他才跟大夥兒一起吃。[19]穆罕默德非常謹守「捐獻」及「禮物」兩者的分際，聖訓中提及穆罕默德之妻艾伊夏的女僕巴里剌（Barīrah）送穆罕默德一塊肉。有人就對穆罕默德說：「這是別人捐獻給巴里剌的食物，你不吃捐獻之物吧！？」穆罕默德說：「對於巴里剌而言是捐獻，她轉送給我們，就是禮物，我就可以吃了。」[20]穆罕默德不接受捐獻，除了要表明本身並非屬於需要者之外，其原因應該還包含「捐獻」的特性在受禮者「無需回報」，穆罕默德一旦接受捐獻，便無法履行回報的權利與義務。

至於「禮物」，宗教學者認爲送禮的動機在表達愛、尊重、要求受禮者的回報與協助等。[21]上則聖訓中，穆罕默德之所以接受禮物，除了接受送禮者的情誼之外，尙因爲「禮物」背後所隱藏的回報義務。他接受此情誼，也得以回報此情誼，是義務，但也同時是獲取愛與尊重的權利。聖訓學者伊本．古達馬（Ibn Qudāmah）認爲送禮是一種「轉移所有權的契約」，與買賣關係是不一樣的。[22]與牟斯（Mauss）所謂：「收禮者、送禮者的一切都有一種類似所有權的權利存在」[23]不謀而合，且提早數世紀便提出。根據聖訓，穆罕默德對禮物的運用，增進了他的人際關係。他經常送禮，也鼓勵送禮，他曾說：「你們互相送禮，就彼此互愛」[24]，表達「愛」是送禮行爲的最佳「回饋」。此觀念也出現在許多文人的作品裡，譬如伊本．古泰巴曾說：「禮物可生愛、去除敵意。」[25]阿拉伯古詩亦有如下的詩句：

禮物之美，
如同魔法，
吸引人心。
讓怨恨者生愛，

[19] 即al-Bukhārī第2576則聖訓。al-Bukhārī, 1992, vol.3, p.183
[20] 即al-Bukhārī第2577則聖訓。al-Bukhārī, 1992, vol.3, p.183; al-‘Asqalānī, (n.d.), vol.5, p.203.
[21] Ibn Qudāmah, 1992, vol.8, pp.239-240.
[22] Ibn Qudāmah, 1992, vol.8, p.241.
[23] 牟斯，1984，頁23。
[24] al-Jāḥiẓ, (n.d.), vol.2, p.23.
[25] Ibn Qutaybah, 1925, vol.3, p.35.

使他親切。[26]

在行爲實踐上，譬如穆罕默德屢次宰羊，會將部分羊肉送去給妻子卡迪加的友人，維持互愛的關係。[27]穆罕默德最鍾愛的妻子艾伊夏曾問他：「我有兩個女鄰居，我的禮物要送給哪一個？」穆罕默德答道：「離妳屋門較近的那一個。」[28]當時人們若要送禮給穆罕默德，常會送到艾伊夏家，穆罕默德其餘的妻子都表不平，於是派遣穆罕默德女兒要求穆罕默德對待眾妻要公平。穆罕默德問道：「女兒，妳難道不愛我所愛？」此事件發展到最後，穆罕默德解釋：「她（艾伊夏）是阿布·巴柯爾的女兒啊！」[29]明白表達禮物分配要遵循「關係近」的原則，並以「愛」來分親疏。

5.朝（al-ḥajj）

朝聖的由來是根據《古蘭經》裡先知亞伯拉罕的事蹟，目的在喚起穆斯林的虔信。朝聖儀式的第一天，即伊斯蘭曆十二月八日，朝聖者穿著朝聖衣，從麥加前往東邊無人居住的鄉村米納（Minā）搭帳篷過夜。這些行爲其實都在呈現阿拉伯人的平等觀自古便領先其他民族，因爲眾穆斯林在朝聖時，不分貴賤貧富穿著同樣的朝聖衣，住同樣的地方，行相同的禮儀。穆斯林在這天會仿效穆罕默德朝聖時所做，多禱告、冥思。第二天離開米納往艾剌法特平原，行「佇立」（waqfah）禮。全天有兩場講道會，穆斯林藉此提醒自己「最後審判日」的來臨，此爲最重要的朝聖意義。有些朝聖者會到穆罕默德最後講道地「慈悲山」（Jabal ar-Raḥmah）。穆罕默德曾祈禱阿拉赦免那些到艾剌法特去佇立的朝聖者所犯的罪，因此朝聖者離開此地時，彷彿全身罪惡已洗清。黃昏時，朝聖者跑到穆資達立法（Muzdalifah）。穆資達立法在米納和艾剌法特半途中，朝聖者在此做一天最後兩次的禮拜，撿小石頭準備隔日用，並在此過夜。第三天，從穆資達立法到米納，對著白色柱子丟石頭。每根柱子丟七顆石頭。典故源自先知亞伯拉罕聽到阿拉命令他犧牲兒子伊斯馬邑勒時，撒旦曾經慫恿他違抗阿拉命令，該儀式便是在打擊撒旦。打擊撒旦之後要宰牲，將其肉分給窮人，可以留部分給自己，並脫掉朝聖衣，穿上普通衣。這一天

---

[26] Ibn Qutaybah, 1925, vol.3, p.35.

[27] al-Qummī, 1416H, vol.2, p.570.

[28] al-Bukhārī, 1992, vol.3, p.189.

[29] al-'Asqalānī, (n.d.), vol5, pp. 206-207.

便是全世界穆斯林共同慶祝的兩大伊斯蘭節日之一的「宰牲節」（ʻĪd al-Aḍḥā）。

（二）飲食

《古蘭經》經文云：「眾人啊！你們可以吃大地上所有合法而且佳美的食物，你們不要隨從惡魔的步伐，他確是你們的明敵。」[30]所謂的「合法的」（ḥalāl）與「禁止的」（ḥarām）是相對的名詞。許多肉類食物對穆斯林而言是被禁止的：「禁止你們吃自死的、血液、豬肉，以及非誦眞主之名而宰殺的、勒死的、跌死的、觸死的、野獸吃剩的，但宰後才死的則可以吃，禁止你們吃在神臺上宰殺的。」[31]「誠信的人們，喝酒、賭博、拜偶像、求籤是惡魔行爲的穢行，故當遠離，以便成功。」[32]換言之，汙穢之食是被禁止的；佳美潔淨之食是合法的，譬如水是潔淨的，食海水、河水、湖水的生物是合法的。但有些教派對某些海產，如螃蟹、貝殼類食物持不同的看法，認爲是非法的。

（三）服飾

一神教都排斥偶像與形象。《古蘭經》文更明白指出服飾原則：「你應當告訴衆信士男子，要俯首下視，遮其羞體，對他們是至潔的。阿拉是確知他們行爲的。你對女信士們說，要俯首下視，遮其羞體，莫露出首飾，除非是自然露出的。當令她們把頭紗垂在衣領上，不要露出裝飾，除非對她們的丈夫，或她們的父親，或她們丈夫的父親，或她們的兒子，或她們丈夫的兒子，或她們的兄弟，或她們兄弟的兒子，或她們姊妹的兒子，或她們的婦女，或她們的奴婢，或無性欲的男僕，或不懂婦女之事的孩童。叫她們不可用力踏腳，使人知道她們隱藏的首飾。」[33]其背後所代表的是貞潔、禁欲。《古蘭經》中並提到服飾具備的實質作用：「阿拉用他所創造的東西做你們的遮蔭，以群山做你們的隱匿處，以衣服供你們防暑，以盔甲供你們防禦創傷。」[34]「我教他替你們製造盔甲，保護你們免受戰爭的創傷。你們感

[30] 《古蘭經》2:168。
[31] 《古蘭經》5:3。
[32] 《古蘭經》5:90-91。
[33] 《古蘭經》24:30-31。
[34] 《古蘭經》16:81。

謝嗎？」[35]

伊斯蘭對服飾的規定在強調長度與寬度，無論男女穿著皆得寬鬆但不誇張，並得遮蓋「羞體」，男、女羞體的界定並不相同。這種穿著除了蘊含特殊的道德觀念之外，更具有地理背景與生活上的實際作用：方便游牧民族的活動與遷徙，在酷熱及晝夜溫差極大的沙漠性氣候中，頭巾和長及腳踝的伊斯蘭服飾可以遮蔽白晝炎熱的陽光，免於身體因曝曬而受傷害，夜晚也可避寒。寬鬆的長衫可以讓空氣在身體與衣服之間循環，令人感覺涼爽，遇到沙暴時，男、女的頭巾，尚能挪移阻擋風沙。宗教暨語言學家阿布・阿斯瓦德・杜阿立（Abū al-Aswad ad-Du'alī）曾針對阿拉伯人戴的纏頭巾所具備的功能說：「在戰爭時，它有保護作用，可防暑禦寒，座談間顯示尊嚴，意外時可護身，還可以增加高度。」[36]哈里發阿里・本・阿比・拓立卜說：「男人之美在其纏頭巾；女人之美在其鞋。」[37]阿拉伯人對人的審美觀之一是「高度」，男人藉著纏頭巾，女人藉著高跟鞋可以增高。當然纏頭巾還可以遮住禿頭、白髮、包紮傷口、綑綁囚犯、勒殺敵人、負載物品，旅行時可充當禮拜毯等作用，垂下來的部分尚可用來阻擋濁氣、風沙，保護眼睛、鼻子，復仇者或情報人員更用它來喬裝。

四、激進平等觀

伊斯蘭尋求政治、社會、經濟各層面的平等，從《古蘭經》下列經文可洞悉：「我在陶剌中對他們制定以命償命，以眼償眼，以鼻償鼻，以耳償耳，以牙還牙；一切創傷都要抵償」[38]。「凡是應當尊敬的事物都是互相抵償的。誰侵犯你們，你們可以相同的方法報復誰」[39]實際上，伊斯蘭「償還」的觀念不僅是以「報復」來爭取公平正義，更在正面的「回報他人的美意」，亦即償還「愛」。

伊斯蘭主張不分顏色、血統、貧富、貴賤，「眾穆斯林」一律平等。有關此觀念的《古蘭經》經文如：「人們啊！我創造你們有男有女，讓你們有各民族、

---

[35] 《古蘭經》21:80。
[36] *Al-Mawsū'ah al-Arabīyah al-'Ālamīyah*, 1999, vol.16, p.608.
[37] *Al-Mawsū'ah al-Arabīyah al-'Ālamīyah*, 1999, vol.16, p.608. .
[38] 《古蘭經》5:45。
[39] 《古蘭經》2:194。

各部落，使你們彼此相識。你們中最高貴的是最虔誠的人」[40]。故穆斯林不得有如魔鬼的分別心，如以下經文：「他說：我比他好，你用火創造我，你用泥土創造他。」[41]聖訓也說：「人類來自亞當，亞當塑自泥土，阿拉伯人不比外族人優越，白人不比黑人優越，唯有敬畏阿拉者有高下之分」、「我們沒有呼籲派別、沒有因派別而戰、沒有因派別而死。」因此，穆斯林皆兄弟，是一個無國界的「巫馬」（ummah）。

穆斯林強烈追求平等的觀念呈現在伊斯蘭禮儀中，譬如禮拜時沒有階級位置之分，齋戒時大家一樣挨餓，朝聖時穿一樣的朝聖衣，站在一樣的地方，住一樣的地方。捐課的目的更在使貧富的差距縮小，達到經濟平等的理想。

五、性別觀念

（一）男女互補關係

穆斯林男女關係是一種「互補關係」，而非競爭關係。「人」是一個整體，由陰、陽兩部分組成，其天賦與能力各不相同，權利與義務自然不應該相等。《古蘭經》說：「男人不像女人。」[42]兩者生理與心理結構都呈現互補的關係，所以結婚是必須的，男女結合才能成爲一個完整的個體。倘若兩者各自獨立，變成爭取「女權」或「男權」，兩者之間就成爲競爭的對手。男性生理的特徵適合扛起生活上的重擔，保護家庭、負責生計。女性生理上由於月經、懷孕、生育等都不同於男人，因此負責家庭內部的祥和。儘管角色與職責不同，但人性價值是平等的。伊斯蘭社會基於此種觀念，普遍重男輕女，因爲男人是源，《古蘭經》中提及「衆人啊！你們當敬畏你們的主，祂從一個人創造你們，祂把那個人的配偶造成與他同類，並且從他們倆創造出許多男人和女人。」[43]「男人是維護女人的，因爲眞主使他們比她們優越，又因爲他們所花費的財產。」[44]聖訓也提及要依照訓誡善待女人，因爲她是用彎曲的肋骨創造的，若要將它打直，它會斷掉，你若不碰它，它還是彎的，所

[40] 《古蘭經》49:13。
[41] 《古蘭經》7:12。
[42] 《古蘭經》3:36。
[43] 《古蘭經》4:1。
[44] 《古蘭經》4:34。

以要依照訓誡善待女人。

（二）女性角色

基本上，穆斯林婦女未婚者要有不被欺負、不被傷害的權利。已婚者要被丈夫尊重、保護。母親有被孝順的權利，男孩出生後哺乳為期三年，女孩哺乳一至二年。《古蘭經》明文規定：「做母親的，應當替欲哺滿乳期的人，哺乳自己的嬰兒兩周歲。做父親的，應當照例供給她們的衣食。每個人只依他的能力而受責成。不要使做母親的為自己的嬰兒而吃虧，也不要使做父親的為自己的嬰兒而吃虧。（如果做父親的死了，）繼承人應負同樣的責任。」[45]母親負責斷奶前的兒女教育，往往縱容兒子。父親幾乎無需插手幼兒的教育，男孩斷奶之後，父親才加入兒子的教育工作，女兒的教育則始終落在女性身上。母親的奶造就一個人的個性，至死任何事物都無法改變此事實。姊妹必須保持聯絡，阿姨地位等同母親，祖母要受兒女、孫兒女、親戚孝順、尊重，其要求不可拒絕。所有婦女享有受教、財產、休假、買賣權利，不應與男人交往。現代穆斯林社群有許多要求女性開放的聲音，對於天賦的差異，伊斯蘭社會往往表現出順服的態度與精神。

在財產分配上，《古蘭經》有以下經文：「男人對於雙親及親戚所留下來的具有權利，女人對於雙親及親戚所留下來的具有權利」[46]、「眞主為你們的子女而命令你們。一個男子，得兩個女子的分。如果亡人有兩個以上的女子，那麼，她們共得遺產的三分之二；如果只有一個女子，那麼，她得二分之一。如果亡人有子女，那麼，亡人的父母各得遺產的六分之一。如果他沒有子女，只有父母承受遺產，那麼，他母親得三分之一。如果他有幾個兄弟姐妹，那麼，他母親得六分之一，（這種分配）須在交付亡人所囑的遺贈或清償亡人所欠的債務之後。你們的父母和子女，誰對於你們是更有裨益的，你們不知道，這是從眞主降示的定制。」[47]「如果你們的妻室沒有子女，那麼，你們得受她們的遺產的二分之一。如果她們有子女，那麼，你們得受她們的遺產的四分之一。（這種分配）須在交付亡人所囑的遺贈或清償亡人所欠的債務之後。如果你們沒有子女，那麼，你們的妻室得你們遺產的四

---

[45] 《古蘭經》2:233。

[46] 《古蘭經》4:7。

[47] 《古蘭經》4:11。

分之一。如果你們有子女，那麼，她們得你們遺產的八分之一。（這種分配）須在交付亡人所囑的遺贈或清償亡人所欠的債務之後。如果被繼承的男子或女子，上無父母，下無子女，只有（同母異父的）一個弟兄和一個姐妹，那麼，他和她各得遺產的六分之一。」[48]

在工作權上，《古蘭經》中說：「妳們要安於室，妳們不要像蒙昧時期的女人一樣豔服出門」[49]聖訓則說：「女人是她丈夫家的牧者，負責她的家人。」[50]男主外，女主內成爲社會普遍的現象，女人自古至今的工作領域始終是受限制的。

（三）情愛觀念

《古蘭經》中由「愛」（al-ḥubb）衍生出的各種詞彙共出現八十四次，其意義都是指向宗教的愛，如愛阿拉、先知、經書、天使等。這些經文譬如：「你說：如果你們愛眞主，就當順從我。你們順從我，眞主就愛你們。」[51]亦即人對眞主的愛和眞主對人的愛，都以順從使者爲表徵。「你們要行善，眞主愛行善者。」[52]「眞主愛悔罪的人，眞主愛潔淨的人。」[53]「信道的人們！你們之中凡叛道的人，眞主將以祂愛的人，而他們也愛祂的人取代他們。」[54]《古蘭經》中明顯禁止婚姻外的愛情，譬如經文「信道的自由女和曾受天經的自由女對你們都是合法的……但你們應是貞潔的，不可是淫蕩的，也不可以是有情人的。」[55]「她們應當是貞節的，不可是淫蕩的，也不可以是有情人的。」[56]聖訓也說：「男女獨處，魔鬼是第三者。」[57]伊斯蘭提倡神聖莊嚴的夫妻眞愛，不認同「一見鍾情」的愛，凡婚前、婚後的男女獨處皆是欲望，學者因此禁止形象愛戀，認爲對至高者的愛與形象愛戀是無法並存的。

亞當、夏娃都是阿拉創造的，所以男女之愛是人類最初的愛，是情感的根

[48] 《古蘭經》4:12。
[49] 《古蘭經》33:33。
[50] Al-Bukhārī.
[51] 《古蘭經》3:31。
[52] 《古蘭經》2:195。
[53] 《古蘭經》2:222。
[54] 《古蘭經》5:54。
[55] 《古蘭經》4:5。
[56] 《古蘭經》4:25。
[57] Al-Musnad.

源，是天性。伊斯蘭也認同人類情感的本質是自發不能勉強的，對異性的愛慕是自然的。情感本質是無法自主，阿拉不會責成。然而婚前追求異性，並約會獨處都是違反教義。穆罕默德時常訓誡穆斯林要保護女人，[58]他擔心女方的聲譽因婚前的戀愛而受損，而曾催促一對情侶結婚。聖訓所呈現的穆罕默德愛情觀，與今日穆斯林宗教學者詮釋的愛情觀似乎有些距離，從下列聖訓中可洞悉一、二：「心靈有如徵召的軍隊。彼此熟識則和睦；彼此敵視則分歧」[59]、「我喜愛女人和美好事物，禮拜也讓我賞心悅目」[60]。又如穆罕默德對元配卡迪加的愛，直至她過世未曾改變。甚至聽到她妹妹的聲音彷如卡迪加的聲音，都會心跳。此外，穆罕穆德也不諱表達愛情，譬如他對艾伊夏說：「艾伊夏，我對妳的愛有如牢固的鈕扣閘。」有人問他：「您最愛的人是誰？」他說是艾伊夏；有人再問：「您最愛的男人是誰？」他回答是艾伊夏之父。他也說「兩情相悅，最好辦法是結婚。」[61]

六、婚姻觀

（一）婚姻的必要性

《古蘭經》強調結婚是必要的。有關結婚的規定譬如：「他的一種跡象是：從你們的同類中爲你們創造配偶，以便你們依戀她們，並且使你們互相愛悅，相互憐憫。對於會思維的人們，此中有許多跡象。」[62]「他從一個創造你們，使那人的配偶和他同類，以便他依戀她。」[63]「你們之中未婚的男女和你們善良的奴婢，你們應當讓他們互相配對。」[64]婚姻是面對人類男女愛戀天性的解決方式，也是深化這種愛戀的途徑。穆罕默德曾說：「年輕人能結婚就要結婚，因爲結婚會讓他低垂視線，保守他的謙遜。」「謙遜」是伊斯蘭很重要的道德觀。所以阿拉伯語慣用的「單身漢」（A‘zab）[65]一詞是使用人體缺陷的詞型，因爲不結婚在阿拉伯人的觀

---

[58] Ibn al-Athīr, 1972, vol.5, p.172.
[59] Ibn Ḥanbal.
[60] an-Nassā’ ī.
[61] Ibn Majah: 1847.
[62] 《古蘭經》30:21。
[63] 《古蘭經》7:189。
[64] 《古蘭經》24:32。
[65] 語言學者認爲此詞的使用是通用的錯誤，正確應該是‘Āzib。

念裡是一種缺陷。擇偶要如聖訓所言：「迎娶女人基於四點：其錢財、其名聲、其美貌、其信仰，你要娶有信仰的，雙手不至於一無所有。」[66]所謂的「婚姻自由」意指：若是閨女，家長要徵求她的意見；若是曾有過婚姻的女人，家長要尊重她自己的決定。女子自己若不同意可當眾聲稱，婚約便無效。

（二）多妻

《古蘭經》關於多妻的經文如下：「如果你們怕不能公平對待孤兒，那麼你們可以擇娶你們愛悅的女人，各娶兩妻、三妻、四妻，如果你們怕不能公平對待她們，那麼你們只可各娶一妻，或以你們的女奴為滿足，這是更近於公平。」[67]多妻制度有其時代背景，因為《古蘭經》明文嚴禁姦淫，以免損害個人與家族：「淫婦姦夫，你們應各打一百鞭。不要憐憫他們而減免眞主的刑罰，如果你們深信眞主和末日。叫一夥信士監視他們受刑。姦夫只得娶淫婦，或娶多神教徒；淫婦只得嫁姦夫，或嫁多神教徒，信道者不得娶她。凡告發貞節婦女，而不能舉出四個男人做見證者，你們應當打每個人八十鞭，並永遠不接受他們的見證。這等人是罪人。」[68]更為尋求女人孩童利益，讓寡婦、孤兒有男人照料。若女人有慢性疾病或不孕（若男人不孕，女人也可訴請離婚），男人也能藉多妻制維持家庭。對於男人生理上的需求，如在女人月事期、分娩期（四十天）禁房事，以及懷孕期間的等待，都可以因多妻制度而不致造成社會的亂象。此外男人生育年齡較長，社會觀念傾向多子嗣，多妻制對他們而言可以滿足社會需求。

（三）訓妻

「男人是維護女人的，因為眞主使他們比她們更優越，又因為他們所花費的財產。賢淑的婦女是服從的，是借眞主的保佑而守隱微的。你們怕她們悍拗的，可以勸誡她們，可以和他們同床異被，可以打她們，如果她們服從你們，那麼別再想法子欺負她們。」[69]但是丈夫打妻子，妻子可向娘家控訴，甚至可向法官控訴冤情。聖訓規定不可像打奴隸一般打妻子，然後又跟她同床。換言之，訓妻有其條件，若

[66] Muslim 1466.
[67] 《古蘭經》4:4。
[68] 《古蘭經》24:2,3,4。
[69] 《古蘭經》4:34。

打死妻子自然要付殺人償金。在全球化的現代，有關訓妻的教條逐漸被宗教學者及女性主義者所重視，許多學者紛紛作經文的闡釋。

（四）離婚

穆斯林夫妻無法相處並快樂的生活則可離婚，但在宗教上是屬於最下策的「合法」，不得已而爲之。男方掌控休妻權，但須遵循教義，《古蘭經》便規定：「盟誓不與妻子交接的人，當期待四個月，如果他們回心轉意，那麼眞主是至赦的，確是至慈的。」[70]「被休的婦女當等待三次月經。她們不得隱藏眞主在她們的子宮裡所創造的，倘若她們虔信眞主及末日。如果她們的丈夫在等待期間願意重修舊好，則有權挽回她們。她們當享受合法的權利，盡合法的義務，她們的丈夫比她們高一級。眞主是至高、至睿的。」[71]休妻的規定在穆斯林的觀念裡是解除不幸福婚姻、保護女人的措施，不休行經期的妻子及設定「等待期」可避免因感情衝動、暫時的生理需求所造成的遺憾，並解決日後單親扶養子女的困境。休妻之後必須妻子另嫁並再度被休之後才能復合：「若他休了她，則此後她不得爲他的妻子，直到她再嫁其他的丈夫。若後來的丈夫休了她，那麼他們倆人再復合是無妨的，倘若他們兩人認爲可以遵守眞主的法度。這是眞主爲理智的族群闡明的法度。」[72]

女人可主動提出離婚的要求，宗教上稱之爲「乎拉俄」（al-khula‘）。「乎拉俄」的法源除了上述的《古蘭經》文外，尚有以下經文：「休妻是兩次，然後要善意挽回，或好好的解放她們。你們不得取回你們給她們的任何東西，除非夫妻雙方怕不能遵守眞主的規定，倘若你們怕他們兩人不能遵守眞主的法度，則她以錢財贖身是無妨的。那是眞主的法度，你們不要違背，誰若違犯眞主的法度，那些人是不義者。」[73]聖訓的法源上，女子主動提請離婚源自山比特．本．蓋斯（Thābit bn Qays）的妻子對穆罕默德表示其夫並無宗教或道德上的缺失，但她對丈夫已經無愛意，深怕因此無法履行宗教義務。穆罕默德問她是否願意將丈夫給她的棗椰園歸還丈夫，她答應後，穆聖准許她離婚，並要她等待一次的月經期。[74]

---

[70] 《古蘭經》2:227。
[71] 《古蘭經》2:228。
[72] 《古蘭經》2:230。
[73] 《古蘭經》2:229。
[74] Al-Bukhārī 4867.

女人離婚出發點須是受丈夫虐待或心生厭倦、厭惡之情，害怕不能履行宗教上的婚姻義務，因而使丈夫喪失權利，或害怕丈夫厭惡，不能給予她應得的權利。「乎拉俄」的方式是妻子給予丈夫物質的補償，一般而言，其價值不超過聘禮及妻子因婚姻關係所獲得的利益。若超過其數目雖被允許，卻不被鼓勵。亦可以其他形式作為補償，譬如居住權、放棄孩子的撫育權或答應哺乳嬰兒兩年等。休夫再復合則必須從新簽婚約、給聘禮等。「乎拉俄」的精神意義在對婚姻基本元素「相愛」的認知，並賦予女人不致遭受傷害的權利。宗教學者將「乎拉俄」比喻為俘虜為了脫離擄獵者，不得已而為之。其爭議點則是：許多執行方式必須雙方都同意之後才得生效。此外，在二十一世紀的全球化下，難與各國法律協調。

七、道德觀與人際關係

伊斯蘭去蕪存菁的保留源自部落社會的價值，並加入伊斯蘭教義的價值。譬如保留蒙昧時期的待客之道：主人慷慨款待客人在阿拉伯文化裡是義務性的。主人必須由衷歡迎客人下榻家中，三天義務性的供應客人生活所需、提供最佳的飲食、緘口不問客人私事。三天後協助客人解決困難，包含傾囊相助、折損聲譽，必要時甚至拋棄生命等。穆罕默德曾說：「誰若誠信阿拉及最後審判日，就要日夜款待他的客人……款待客人三天，超過三天就算是捐獻。」[75]穆罕默德將款待客人三天是義務的傳統習俗法規化。他又說：「你們到別人那兒作客，當主人提供你們款待客人的義務時，你們要接受。若他們沒盡責，你們就索取身為客人應得的權利」[76]，明白規定款待客人的義務性，主人要慷慨好客並解決客人的困頓，保存部落民族的傳統。又如伊斯蘭強調維護人際關係，避免傷害人際關係：「莫相互忌妒、不相互仇恨、不相互阻礙、阿拉奴僕皆兄弟。」穆斯林要命人行善、禁人作惡，因為「阿拉監視你們。」[77]生、老、病、死都遵循一定法規。社會關係要「誠信者莫彼此相藐視。」[78]訊息傳遞上「不要盲從你所不知道的言行」[79]「當惡人告知你們一個消

[75] Muslim bn al-Ḥajjāj, 1998, p.719.

[76] Muslim bn al-Ḥajjāj, 1998, p.719.

[77] 《古蘭經》4:1。

[78] 《古蘭經》49:11,12。

[79] 《古蘭經》17:36。

息，你要弄清楚。」[80]要禁止傳遞醜事：「凡在誠信者之間傳遞醜事的人，在今生和後世必受痛苦懲罰。」[81]爲人要勇敢，懦弱是羞恥行爲，爲家人、朋友與族群可以犧牲生命。要維護個人與族群尊嚴，不受侮辱，尤其是維護女眷的貞潔。要照顧親人、與親人緊密聯繫，家族聚會幾乎是每星期的活動，且要維護集體利益，尤其是大家族或部落利益。

[80] 《古蘭經》49:6。
[81] 《古蘭經》24:19。

第二節　文學發展

壹、伊斯蘭對詩的立場

《古蘭經》與聖訓中有許多反對詩和詩人的篇章。《古蘭經》「詩人章」第二百二十四至二百二十七節對詩人頗有惡評：「詩人，迷路的人會追隨他們。你難道沒見到他們徬徨於山谷中嗎？不見他們說自己所不做的嗎？除非是那些歸信、做善事，多惦記阿拉，且在受人壓迫後自衛的人。不義的人即將知道自己要轉到哪個地方去。」聖訓中記載穆罕默德路過一位吟詩的詩人時說：「抓住這魔鬼，人的肚子塡滿膿瘡也強過塡詩。」[82]但他也曾說：「詩中有智慧。」[83]實際上，穆罕默德和他的門徒都聽詩，譬如穆罕默德聽女詩人漢薩俄的詩，並讚許她，也藉著詩人捍衛伊斯蘭。又如烏馬爾哈里發基於茹海爾的詩眞誠、正面，因而愛聽他的詩。[84]早年穆罕默德與古雷須族的一連串戰役中，詩曾是重要武器，如哈珊．本．山比特、艾卜杜拉．本．剌瓦哈、克厄卜．本．馬立柯等都是捍衛伊斯蘭的著名詩人。其中以哈珊．本．山比特的詩最爲成熟有力，他的一首捍衛穆罕默德，攻擊阿布．蘇弗顏．本．哈里史（Abū Sufyān bn al-Ḥārith）的詩中片段如下：

你諷刺穆罕默德，
我為他回應，
阿拉那兒有報酬。
你要攻擊他嗎？
你的水準遠不及他，
你倆中的邪惡者，
將為善良者犧牲。[85]

---

[82] Muslim bn al-Ḥajjāj, 1998, p.928.
[83] Ibn al-Athīr al-Jazarī, 1972, vol.5, p.164.
[84] *Al-Muwashshaḥ*, p.117.
[85] Shawqī Ḍayf, 1963, p.48.

另一方面，多神教徒也有他們自己的詩人，如艾卜杜拉・本・撒卜艾里（‘Abd Allāh bn az-Zab‘arī）、阿布・蘇弗顏・本・哈里史等。

大體而言，穆罕默德時期阿拉伯詩的數量很少，其原因不外是：

1. 詩的地位滑落，由於過去詩人常將詩作為博取賞賜的工具，此種詩作目的在穆罕默德時期不復存在，詩的地位就逐漸不如講詞。

2. 有些詩人仍信仰多神教，未信奉伊斯蘭，甚至有詩人諷刺穆罕默德，如阿布・蘇弗顏・本・哈里史、克厄卜・本・茹海爾[86]等人，穆罕默德因此命穆斯林不可傳述這些人的詩。

3. 許多詩人喜歡吟誦部落之間互相爭執的諷刺詩，常引發仇恨或敵意，穆罕默德及正統哈里發都禁止這種行為，部落主義消失，以伊斯蘭價值取代。

4. 人們心中充滿伊斯蘭的教條，也忙著聖戰，無暇顧及詩作。

因此，此時的詩仍然保存蒙昧時期的傳統形式而無變化。由於聖戰不斷，詩人甚少吟誦完整的詩，多數詩都呈現段落式，且傾向簡潔，並經常隨性而作，很少顧及意義、用詞、韻律等。伊斯蘭的新詞彙、價值、觀念紛紛出現在詩中。吟詩動機大多在表達與敵人在某立場、事件上的抗爭，出現許多穆斯林和多神教徒之間的爭辯詩。詩的形式基本上仍是承襲傳統，僅加入一些伊斯蘭的詞彙。詩的意義上，較為嚴肅，「文以載道」成為文學批評的尺度，也延續到後來的各時代。此期凡與真理吻合者便被認為是佳作；違背真理者則非佳作。譬如穆罕默德對伊姆魯俄・蓋斯的詩評語，認為他在俗世極盡尊榮，卻會在最後審判日引導詩人們入火獄。[87]因為從宗教尺度而言，無論他有多麼的傑出，他的詩中充滿藐視正道的言語，便失去價值。對於諷刺詩、誇耀詩或政爭詩，伊斯蘭持反對的立場，譬如哈里發烏馬爾拘禁胡太阿，便是因為他吟諷刺詩。烏馬爾並要求詩人要在詩中負起維護道德的責任，禁止荒淫、諷刺、攻訐的詩。基於此，他最欣賞蒙昧時期的詩人茹海爾。哈里發烏史曼則因大比俄・本・哈里史（Ḍābi’ bn al-Ḥārith, d.650）諷刺輔士而監禁他至死。因此，許多學者認為在伊斯蘭早期阿拉伯詩作明顯的銳減。

伊斯蘭早期詩的主題，圍繞在宗教及與宗教有關的人、事、境上。除了聖戰詩、歌頌穆罕默德詩之外，有許多哀悼穆斯林殉士的詩。此後伊斯蘭對詩的影響力

86 他未信奉伊斯蘭之前常吟詩攻擊伊斯蘭。

87 Ibn Qutaybah, 1998, vol.1, p.78.

逐漸顯現，甚至顯現在愛情詩中。

貳、詩的發展

此期由於國家致力於鞏固疆域，以及其他宗教政治因素，詩顯得較呆板，詩人較少吟讚頌個人的詩。讚頌詩樸實少誇張，諷刺詩亦然。多數詩人將熱忱轉移到宗教事務上，更由於「詩」在宗教上的定位仍處於模糊地帶，文人寧願將精力放置在講詞與書信上，而較少吟詩。當古雷須族多神教徒與穆斯林之間的鬥爭愈演愈烈時，多神教徒利用吟諷刺詩爲利劍，最甚者是艾卜杜拉·本·撒卜艾里、艾姆爾·本·艾舍、阿布·蘇弗顏·本·哈里史，他們都曾吟詩諷刺穆罕默德。穆罕默德因此說對輔士說：「那些用武器贊助阿拉使者的人，何不也使用他們的語言贊助他？」哈珊·本·山比特立即回應，並致力於護衛穆罕默德，克厄卜·本·馬立柯、艾卜杜拉·本·剌瓦哈等人亦加入此護衛陣營。形成另類的官式諷刺詩，而文學批評者似乎基於宗教因素，將此排除於諷刺詩之外。

總而言之，此期流傳到現代的詩多數是宗教詩、聖戰詩及哀悼聖戰犧牲的殉士詩。

一、讚頌詩

此期新興的主題是讚頌穆罕默德的詩，讚頌穆罕默德最著名的詩首推西元630年克厄卜·本·茹海爾在穆罕默德面前吟的〈斗篷頌〉（al-Burdah）。此首詩有描述情人的序言，流傳千古：

當他們遷徙，
離別的時刻，
蘇艾德活像一隻
眼神視而不見、
充滿鼻音、
眼簾烏黑的羚羊。

倘若她承諾屬實，
倘若與她分離的勸言被接受，
當她是高貴的朋友吧！
但她這個朋友，
血液裡摻雜著驚恐、愛戀、違背誓言、反覆無常。
她不會安於現狀，
如同魔鬼的衣服，
色彩千變萬化。
她不會遵循諾言，
如同篩子舀水。
不要讓她的誓言、
她的賜予誘惑，
希望和夢想會使人迷失。
史上大騙子烏爾古卜便是她的寫照，
她的承諾不過是無稽之談。

這段開場白充分反映阿拉伯古人對情人的特殊態度與感覺。情人在詩人的眼裡總是反覆無常，她的魅力、刁蠻令詩人神魂顛倒，增添詩人的愛意。該詩序充分表現「感官性愛情」的特點，顯然情詩的寫作自始較少受宗教的約束，也證明筆者前述所提阿拉伯情詩序言演變成一種「吟詩儀式」的可能性。

哈珊．本．山比特在信奉伊斯蘭之後，全心致力於宗教，他在奉穆罕默德命令，出征攻打麥加的多神教徒時，吟詩讚頌穆罕默德，並威脅多神教徒說：

若你們不見我們的馬兒揚起灰塵，
奔向麥加克達俄[88]，
阿拉會讓我們失去馬兒。
倘若你們不阻擋我們朝聖，

[88] 麥加之役穆斯林軍隊進軍的地方名。

讓我們征服麥加，
揭開陰罩。
你們得忍受刀劍相向，
阿拉會援助有志者。
基卜里勒天使是阿拉派來的使者，
他聖潔的靈魂無以倫比。
阿拉說：我派遣了一位僕人，
試煉人們，
宣揚真理。
我信賴他，
你們起來相信他吧！
但是你們卻說：
我們不起來，
我們不要。
阿拉說：我派遣了軍隊，
他們專門作戰，
是贊助者。

克厄卜．本．馬立柯的護衛詩如：

我們來到海浪中央，
他們有些戴鐵頭盔，
有些沒戴。
三千人，
而我們是精選三百，
頂多四百。
我們緩緩而行，
有如草原上沉著的獅群。

二、諷刺詩

哈珊·本·山比特及克厄卜·本·馬立柯擅長於吟詩諷刺古雷須族的多神教徒。他倆的諷刺詩焦點不在攻擊他們的多神思想、偶像崇拜等。而是將主題放在傳統諷刺詩的主題，攻擊他們的懦弱、血統、聲譽等傳統價值觀上。多神教詩人對穆斯林的攻擊，除了集中在不信阿拉之外，甚至會吟詩調戲穆罕默德家中的女眷及穆斯林女性。其中最令穆斯林痛恨者首推克厄卜·本·阿須剌弗（Ka'b bn al-Ashraf）。克厄卜是拓伊族的富人，外貌英俊，信奉猶太教。當他聽聞巴德爾戰役中穆斯林戰勝多神教徒時，即吟詩諷刺穆罕默德，讚頌多神教徒，並到古雷須族住處，吟詩哀悼戰死的族人，企圖激起部落仇恨，以對穆罕默德宣戰。當時阿布·蘇弗顏和一些多神教徒曾問克厄卜：「你喜歡我們的宗教還是穆罕默德的宗教？哪一個比較好？」他回答說：「你們的宗教比他們的宗教更是正道。」此故事出現在《古蘭經》裡：「難道你沒看見嗎？那些曾受一部分天經的人，深信偶像和惡魔，他們指著不信道的人說：這等人的道路比信道者的道路還要正當。」[89]

三、哀悼詩

哀悼詩的內容以哀悼殉士及對宗教有貢獻者爲主，哈珊·本·山比特在哀悼穆罕默德時說：

我的眼睛怎麼了？
不睡覺，
眼球彷彿塗著
灰色眼影。

埃曼·本·乎雷姆（Ayman bn Khuraym, d.ca.700）因哈里發烏史曼在朝聖月被殺而哀悼說：

他們在禁月犧牲了烏史曼，

[89] 《古蘭經》4:51。

他們宰了怎樣的牲品啊?
那些主導謀殺的人，
會遭罪孽，
會折損，
不會獲益。

哈珊在哀悼哈里發阿布．巴柯爾時吟道：

倘若你悲傷的憶及忠誠的弟兄，
你會想到你兄弟阿布．巴柯爾的作為。
他是第二個言行被讚美的人，
是第一位相信阿拉使者的男人。
山洞裡兩者之一，
在他爬上山時，
敵人環繞著他。
凡阿拉使者之愛，
都知道他是無人能比的。

四、戰爭詩

阿里和穆艾維亞的「席分」（Ṣiffīn）戰役發生後，許多詩人立場與阿里一致，但也有表明立場，支持穆艾維亞而責備阿里派的詩人，譬如乎翟馬．阿薩迪（Khuzaymah al-Asadī）對阿里派吟道：

八萬人，
烏史曼的宗教，
就是這些人的宗教，
他們的軍營，
由基卜里勒天使指揮。
你們活著是奴隸，

死後入火獄。

五、社會詩

社會詩的主題主要圍繞在社會議題上，尤其是社會正義、平民生活、社會弊病等。蒙昧時期並無明顯的社會詩主題出現，往往僅限於零散的詩節。伊斯蘭興起後，社會結構與秩序出現明顯的差異，奠定穩固的價值基礎，社會詩因之興起。在聖戰頻繁的正統哈里發時期，許多家庭因之離散，譬如詩人巫麥亞．本．胡爾閃（Umayyah bn Ḥurthān）經常參與聖戰，並要求當時的哈里發烏馬爾帶他遠征。後來巫麥亞定居麥地那，年歲老邁之後，他對烏馬爾表示無法再參與聖戰，其子齊拉卜（Kilāb）自告奮勇，願意代父從軍，巫麥亞非常疼愛齊拉卜，極端不捨，但是終究不能抵擋齊拉卜的強烈意願。日後巫麥亞因思念他遠征的兒子而幾乎哭瞎了眼睛，他們父子之間的親情，使得哈里發烏馬爾感動得哭泣，成為歷史上著名的父慈子孝的範例。一日，巫麥亞見到一隻鴿子呼喚雛鳥，不禁思念起兒子而吟道：

你丟下雙手顫抖的爹，
你娘連水都無法吞嚥。
漫長的思念，
傷心的飲泣，
無法期待你的歸來。

參、「薩儿厄」（saj‘）

《古蘭經》文體既非詩，亦非散文，文學上稱之為saj‘，亦即押韻散文。自西元610年至穆罕默德辭世二十三年中，穆罕默德不斷接受天啓，降世的經文共一百一十四章，每章經文長短不一。短章如第112章（Sūrah al-Ikhlāṣ）。長章如第2章（Sūrah al-Baqarah）、第3章（Sūrah Āl ‘Imrān）、第4章（Sūrah an-Nisā’）。《古蘭經》章節的安排並未遵循任何的邏輯次序，雖有長章在前，短章在後的現象，但亦非絕對的標準，仍有一些長章排在短章之後。《古蘭經》依降世地點分麥加與麥地那章。麥加九十二章，多數在穆罕默德遷徙前降世，內容包含宗教基礎，如信仰眞主、拋棄偶像。麥地那二十二章，多數在遷徙後降世，包含宗教儀式、處事的立法基礎等，反映當時阿拉伯人的精神生活、理想及審美觀。文體採押韻散文，風格莊嚴有力，扣人心弦，是阿拉伯語言學、文學、歷史，甚至於科學等的重要佐證文獻。

穆罕默德辭世之前，《古蘭經》並未匯集成冊。阿布．巴柯爾命人收集《古蘭經》，但那時所做的僅止於收集分散在各地的經文，及將一些牢記在門徒腦海裡的經文記錄下來。阿布．巴柯爾將蒐集《古蘭經》的任務託咐給翟德．本．山比特。此工作繼續移交予烏馬爾哈里發，然後再移交穆罕默德之妻，亦即烏馬爾哈里發之女哈弗沙．賓特．烏馬爾（Ḥafṣah bint ‘Umar）。烏史曼哈里發命人將之集匯成一冊，並謄寫成許多本，分送到伊斯蘭國家各地，與之相異的版本全數燒毀。至今發現最早的《古蘭經》手抄本是推溯到705年至715年之間，用早期麥加字體寫的善艾俄版本，以及推溯到八世紀末的薩馬爾干版本，其字體是庫法體。

肆、散文

此期散文簡短、樸實，數量較蒙昧時期豐富，可稱是前期的延續。除了聖訓外，尚有穆罕默德講詞、正統哈里發講詞、軍隊指揮講詞及一些語言、文學、歷史、故事的傳述。由於《古蘭經》的語言純正，表達動人，所以散文無形中受《古蘭經》影響甚鉅，但文藝散文在此期仍未萌芽。

一、聖訓

聖訓皆依照意義傳述，而非依照文字，其內容記載先知穆罕默德生平的言行，及穆罕默德命人書寫的書信與條約、文件。包含許多《古蘭經》的闡釋、限定伊斯蘭的教規範圍等。許多《古蘭經》簡潔提及的教義，需依靠聖訓補充或闡釋其意，譬如《古蘭經》經文述及五功中的禮拜和課捐，在聖訓中詳細的闡釋禮拜時間、禮拜方式、課捐的規則、分發等。穆罕默德在世時，曾鼓勵門徒傳述他的話予人們，也曾派遣使者到各處宣揚《古蘭經》和他的言行，並曾命人記載下來。唯當時他的門徒深恐與《古蘭經》混淆，而遲遲未有行動。穆罕默德在世時，唯有阿里及艾卜杜拉．本．艾姆爾．本．艾舍（‘Abd Allāh bn ‘Amr bn al-‘Āṣ, d.683）記載下來的一千則聖訓，稱之爲「沙迪格」（aṣ-Ṣādiqah），以及阿布．忽雷剌（Abū Hurayrah, d.676）傳述的一百三十八則聖訓。穆罕默德過世之後，門徒散布各地，積極宣揚他的理念。最著名的傳述者如：阿布．忽雷剌、穆罕默德遺孀艾伊夏、艾卜杜拉．本．烏馬爾（‘Abd Allāh bn ‘Umar, d.693）、艾卜杜拉．本．艾姆爾．本．艾舍、阿納斯．本．馬立柯（Anas bn Mālik, d.712）、伊本．艾巴斯（Ibn ‘Abbās, d.687）等。其口耳傳述方式譬如：「我聽某人說：某人告訴我說……」，一直追溯到源頭。這種行文方式存在於多數的阿拉伯古籍裡，是阿拉伯口述文學的特徵之一，譬如《詩歌集》的書寫方式便是如此，其目的在維持訊息的可靠性。有些聖訓在穆罕默德在世時就記載下來，譬如有關課捐的規定，是當時他寫給許多部族，爲他們解說這些教義而留下來，然而其數量非常稀少。

聖訓口耳相傳很久，常因阿里和穆艾維亞，或巫麥亞和艾巴斯家族的政爭等政治原因，出現許多僞造聖訓，也發生許多誤傳、謬傳，內容差異極大，狀況混亂，促使學者起而分辨眞僞。聖訓無論眞僞，對伊斯蘭世界文化的宣傳有極大的影響力。許多穆罕默德門徒因致力於注釋《古蘭經》或聖訓，建立了他們的學術地位。聖訓也因學者們的旅遊、遷徙，傳播遠方，使得聖訓的研究蔚爲風氣。西元八世紀，即伊斯蘭曆二世紀時，聖訓集結成冊。最著名的聖訓是馬立柯．本．阿納斯（Mālik bn Anas, d.795）所蒐集的《穆瓦拓俄》（Al-Muwaṭṭa’）。以下是一則聖訓的例子：「阿拉的使者說：穆斯林對穆斯林有六項權利。有人問：阿拉的使者，那是什麼？他說：如果遇見穆斯林，要問候他。如果邀約你，要答應他。如果求你指導，要給他勸言。如果他打噴嚏，然後感謝阿拉，你要求阿拉憐憫他。如果他生病，要去探望他。如果他去世，要跟隨出殯隊伍送他。」[90]

《古蘭經》和聖訓具有匡正阿拉伯語言，使用一些詞彙於新的意義上，保存語言，傳播及統一阿拉伯語文等作用。許多文人深受其影響，在詞彙、意義、思想及結構上，都引用《古蘭經》經文或聖訓，也開啓阿拉伯文學「文以載道」的觀念，並持續至今，幾乎無法突破。

[90] al-Bukhārī; Muslim: at-Tirmidhī; an-Nasā’ ī; Abū Dāwūd.

二、講詞

（一）講詞興盛的原因

1.領導的需求

由於伊斯蘭興起後，政治環境變化鉅大，統治者需要將政令傳達民間，導致演講詞非常發達。此期堪稱是阿拉伯文學史上講詞發展的巔峰時期，其地位猶如蒙昧時期詩的地位。穆罕默德受天啓，阿拉伯歷史上記載他本身是文盲，當時大多數民眾也是文盲，演講成爲傳達政見的方式。新宗教極需宣揚，一連串的聖戰亦依賴鼓舞人心的講詞來戰勝敵人，擴張伊斯蘭版圖，爲了宣揚伊斯蘭，穆罕默德自身便是一位傑出的演講家。正統哈里發及各地統帥與行政主官也需要宣揚政策，傳達命令。星期五及伊斯蘭節日的禮拜儀式更依靠講詞傳達教義與政令，所以中央與地方首長及在外將領都擅長於演講。其中哈里發阿里尤是最佳的演講者，他的講詞技巧勝過其他正統哈里發，文學價值甚高。此外，《古蘭經》對詩人的某些負面印象，使得穆斯林寧願藉著講詞表達思想，也不願將思想寄託在吟詩上。

2.哈里發「臣服儀式」（Bay‘ah）

穆罕默德時期開啓阿拉伯部落代表團到伊斯蘭領袖跟前宣示效忠與臣服的傳統，臣服儀式往往伴隨著有說服力講詞。這是一種類似民主選舉的傳統，個人或團體爲了表示對領袖的擁戴與服從，會到哈里發跟前表達他們支持哈里發的正面立場。執政者經過這種儀式，形同政權已經合法化，日後他的施政幾乎全憑執政者的良心，無法被監督。由於哈里發職位並非宗教根源與法則，而是世俗事務，由協商決定，環境往往決定一個政治的統治者是經由選舉、世襲或武力而取得該職位，即使是一個不義的領袖，穆斯林也得遵從他，他所需要的充其量僅是這種大眾擁護的儀式。至今如沙烏地阿拉伯仍沿用這種臣服儀式。

這些宣示效忠者的身分不限年齡、性別或背景，譬如艾卜杜拉．本．茹拜爾（‘Abd Allāh bn az-Zubayr, d.692）宣示擁戴穆罕默德時年僅七歲。此儀式反映伊斯蘭文明中個人參與政治的自由、執政者對於政權在宗教上的合法性及對黎民百姓感受的重視。《古蘭經》中便有相關經文：「那些對你宣示者便是對眞主宣示。眞主的手在他們的手之上。」[91]歷史學者伊本·焦奇曾經計算過當時宣示服從穆罕默德的女人有457位。[92]女性宣示擁戴時僅需以言詞表達。這種傳統一直在伊斯蘭國家傳承下去，許多優美的講詞亦經由此儀式，得以流傳到後代。

（二）講詞內容

誇耀、辯駁講詞自蒙昧時期便盛行，充滿部落情感。歷史上著名的爭辯詞如：拓里弗·本·艾席（Ṭarīf bn al-‘Āṣī）和哈里史·本·儒卜顏（al-Ḥārith bn Dhubyān）、艾米爾·本·突費勒和艾勒格馬的領導權爭辯詞。此外，尚有自蒙昧時期便存在的使節團講詞。到了伊斯蘭興起時，晉見穆罕默德的部落團體逐漸增加，使得此類講詞非常興盛，如：馬茲息几族、納合德族在穆罕默德跟前臣服儀式的演講詞。執政者的講詞則往往意義上剛柔並用，明顯呈現「公僕」及「以民爲本」的政治道德觀。以下是阿布·巴柯爾在就任哈里發之位時的講詞：「人們啊！我來領導你們，但我並非你們中最傑出的。倘若你們看到我是對的，就請幫助我。倘若我是錯的，就請糾正我。若我順服阿拉，你們再服從我。若我違背阿拉，就切勿服從我。對我而言，你們之間的強者，是我須給他權利的弱者。弱者，是我須拿取他權利的強者。這是我的話，我求阿拉寬恕我，也寬恕你們。」[93]由於此篇講詞是穆罕默德辭世之後的第一篇講詞，在文學上深具重要性。阿布·巴柯爾在此篇講詞中闡明執政者要具備公正、決心、謙虛及以民爲主的要素，人民對執政者有其權利和義務，語意受《古蘭經》和聖訓影響頗深。

講詞的內容也不同於蒙昧時期，其目的通常是在宣教、鼓勵聖戰。演講者常常引用《古蘭經》和聖訓，闡明伊斯蘭賦予人們的自由與界線。方式則和蒙昧時期大同小異，通常簡潔、短促，兼具不規則的押韻，並以讚美阿拉及其使者作爲開頭，結尾則如前例所示，會祈求阿拉的寬恕。穆罕默德本身在開始演講時會有制式的前言，會有如下表達：我們讚美阿拉、我們求助於阿拉、我們信仰阿拉、我們依賴阿拉、求他寬恕、對他懺悔、求他讓我們免於罪惡、若得阿拉引導就不會迷途、迷途者不被引導，演講最後見證阿拉是唯一的，沒有匹配的。

---

[91] 《古蘭經》48:10。

[92] Muḥammad al-Kattānī, 2008, vol.1, p.222.

[93] Ibn Qutaybah, 1925.`vol.2, p.234.

三、書信

此期書信以簡明、意義嚴肅、主題單一、不矯飾爲特點。穆罕默德給各國王及首領的信，都表達對於對方稱謂與權力的尊重，同時宣揚伊斯蘭精神，呈現寬容與和平的態度。正統哈里發會行書給各地總督、將領與司法官，做伊斯蘭公務指示。以下是穆罕默德的兩封信函：其一給波斯王；另一給穆斯林將軍卡立德．本．瓦立德。

（一）「阿拉使者穆罕默德致波斯國王。致上平安的祝福予遵循正道，信奉阿拉及其使者，見證阿拉是唯一的眞主，無其他的匹敵，見證穆罕默德是阿拉的僕人及使者的人。我向你呼籲至高阿拉的呼籲，因爲我是阿拉派遣到全體人們的使者，以便警示虔誠的世人，讓不信道者得到應得的懲罰。所以你要信道，你便會平安。」[94]

（二）「奉大仁大慈主之名：阿拉使者穆罕默德致卡立德．本．瓦立德。平安！讚美唯一的眞主。你託使者帶來的信，告知哈里史．本．克厄卜族人在開戰之前就信奉了伊斯蘭，回應了你對他們的呼籲，也立下阿拉是唯一眞主，穆罕默德是阿拉使者的證詞，阿拉以正道引導他們。你要去向他們報福音，警示他們。你請回來，讓他們的代表團也隨你而來。祝你平安，阿拉祝福、憐憫你！」[95]

該信函流傳至今，成爲書信的標準格式。亦即書信開頭要書寫：「奉大仁大慈主之名」。然後寫發信人及收件人，接著是問候語、讚美眞主之詞，然後進入信的主題，最後仍需要再問候。對於人稱代名詞的使用，在穆罕默德及正統哈里發時期都是平實的寫第一人稱單數代表「我」，第二人稱單數代表「你」。直到巫麥亞時期哈里發瓦立德．本．艾卜杜．馬立柯（al-Walīd bn‘Abd al-Malik）開始使用複數來代表「我」、「你」，第二人稱並有敬語之意，從此沿用至今。

（三）《修辭坦途》（Nahj al-Balāghah）：

學者們認爲《修辭坦途》是哈里發阿里所作，有些學者則將之歸於夏里弗．剌弟（ash-Sharīf ar-Raḍī, d.1015）的作品。由於其中的文筆有些與阿里生存的時代不吻合，故一般認爲部分內容並非阿里所作。《修辭坦途》是僅次於《古蘭經》、

---

[94] al-‘Asqalānī, *Fatḥ al-Bārī*, vol.12, p.246.

[95] ‘Abd al-Malik bn Hishām, vol.2, p.594.

聖訓的偉大作品，收集阿里的全部演說、命令、信函、格言、勸誡等文章，此收集工作完成於西元1009年。此書的價值包含其中深邃的宗教、哲學、文學、社會學思想。後人作了許多注釋本，如伊本．阿比．哈迪德（Ibn Abī al-Ḥadīd, d.1258）、穆罕默德．艾卜杜（Muḥammad ‘Abduh, d.1905）的解釋本，並曾在埃及、貝魯特、印度、伊朗等地多次發行。

四、批文

所謂「批文」（at-tawqī‘āt），意指哈里發或總督等，針對下屬或人民對某一事件提出的要求或申訴所作的批示。批文的特性在文詞簡潔、意義深遠、強而有力。批文興起於正統哈里發時期，並在巫麥亞及艾巴斯時期達到巔峰。批文經常引用《古蘭經》、聖訓、詩節、格言、諺語、流行語等，具有極高的文學價值，反映執政者的高超智慧與優雅的修辭水準。然而，歷代的批文並未受到應有的重視，多數散記在不同的文學作品中。蒐集批文較多的書籍如安達陸斯（al-Andalus）的作品《珍貴項鍊》（Al-‘Iqd al-Farīd）。《珍貴項鍊》中蒐集自烏馬爾哈里發至艾巴斯時期馬俄門（al-Ma’mūn）哈里發期間歷代哈里發、總督、阿米爾（al-Amīr）、將軍，甚至於波斯諸王的批文。又如十一世紀阿布．曼舒爾．山艾立比（Abū Manṣūr ath-Tha‘ālibī, d.1038）的作品亦蒐集許多批文。此期批文如阿布．巴柯爾對卡立德．本．瓦立德將軍上簽請求殺敵時的批文：「你接近死亡，便得以生存。」烏馬爾．本．卡拓卜給艾姆爾．本．艾舍的批文：「你想要哈里發如何對你，你就怎樣對你的子民。」

五、說書

說書主題通常是宗教性的，少數是英雄事蹟與時事。第一位在麥地那先知清眞寺說故事的是塔米姆．達里（Tamīm ad-Dārī），他說書的內容包含已毀滅的民族、猶太教、基督教、《古蘭經》的故事，偶爾也摻雜著神話。塔米姆是穆罕默德的門徒，曾參與《古蘭經》初期的蒐集工作，許多「六書」中的聖訓是出自於他的口述。說書者通常坐在清眞寺裡，聽故事的群眾圍在四周。說書後來演變成一種職業，可以領薪水。說書內容是事實摻雜想像，宗教故事摻雜神話，目的在警示眾人，鼓勵人行善、信仰阿拉、禁人爲惡。

六、文學批評

伊斯蘭帶給阿拉伯人新的價值觀，嚴禁狹隘的部落宗族主義。原本對部落的情感轉化爲對宗教、對阿拉、對穆罕默德的忠誠。伊斯蘭的出現也爆發了穆斯林和多神教徒激烈的鬥爭。詩背負著新時代的使命，要護衛新生的宗教，抵抗與它爲敵的多神教徒。詩的主題由蒙昧時期的誇耀、訴愛、標榜騎士精神、護衛部落榮耀，轉變成遵循伊斯蘭原則、護衛教義、駁斥異教言論。正統哈里發時期開啓文學批評的雛型，優良的詩必須具備反映宗教的新價值觀。對於詞彙和意義，則兩者並重。此點可由下列實例顯示之：哈里發阿布·巴柯爾批評納比佳的詩說：「他是他們之中的佼佼者，用韻最佳，深度最夠」。哈里發烏馬爾對左右說：「吟一首最好的詩來聽聽吧！」有人問道：「你是指誰的呢？」烏馬爾說：「茹海爾的。」此人說道：「憑什麼他是最好的詩人？」烏馬爾說：「因爲他吟詩從不拖泥帶水，不說生僻詞語，不讚美人，除非此人具備值得讚美的優點。」[96]茹海爾並因爲他的下節詩，被批評家稱之爲「詩人法官」：

判斷真理有三法，
誓言、控訴或明證。[97]

此期文學批評的角度是不屑矯作之文，喜愛表露眞性情的作品。穆罕默德便警告人莫矯作、莫胡言亂語。但整體而言，文學批評尚未成形，比起前期，並未有任何顯著的發展，批評者純粹在表達各人的喜惡，距離文學批評的基本形式尚有一段距離。

七、文字學與語言學

阿拉伯語保存了最古老的閃語語音，其證據是在今敘利亞西部出土，而追溯到西元前兩千多年的烏加里特語（Ugaritic）楔形文字中，包含了所有阿拉伯語的輔音。此外，標準阿拉伯語也是唯一完全寫出長元音的閃語，譬如同爲閃語系的希

---

[96] al-Jumaḥī, 1980, p.29.
[97] Ibn ar-Rashīq, (n.d.), vol.1, p.55.

伯來語或古敘利亞語，便很少寫出長元音。至於短元音、輕音以及疊音附號，則遲至西元七世紀，阿拉伯學者才制定出來。希伯來語亦效彷阿拉伯語，制定短元音符號。由於阿拉伯元音和輔音的書寫都遲至七、八世紀才底定，許多古老的書寫方式仍然存留至今，尤其存在古蘭經中。譬如有些書寫出來的長元音發音不存在；有些則是書寫上不存在，卻發長音；有些發音與書寫並不相同，凡此都是古語言的遺留。由於古老的阿拉伯字母並不加點，爲了區別寫法相同，發音卻不同的字母，常會以長元音來做區別。阿拉伯文字學便是在研究語音在各種不同情況的書寫方式，譬如hamzah的書寫方法非常複雜，將語音的同化作用呈現在書寫型態中，增加了阿拉伯語學習的困難度。

阿拉伯學者大多認爲此期的阿布．阿斯瓦德．杜阿立是阿拉伯語法學的創始人。傳記學者們提及語言法規制定的理由時，難免述及哈里發阿里曾命令阿布．阿斯瓦德寫些有益人們的文章，但起初阿布．阿斯瓦德並不在意。有一日，他聽到有人誦《古蘭經》道：Inna Allāha barī'un mina l-mushrikīna wa-rasūli-hi，原意：阿拉和祂的使者摒棄多神教徒，應該說：Inna Allāha barī'un mina l-mushrikīna wa-rasūla-hu。此錯誤發音的意義變爲：阿拉摒棄祂的使者與多神教徒。其中rasūli-hi（祂的使者）一詞讀成屬格音，把它連接到屬格的al-mushrikīna（多神教徒）。阿布．阿斯瓦德頗爲擔心《古蘭經》會因爲人們語法觀念的不足，而無法正確地傳達予人們，於是遵循阿里命令，制定語法。阿布．阿斯瓦德並命書記將整部《古蘭經》用紅筆標出每個元音，如果發a音，則在輔音上點紅點；發i音，則在輔音下點紅點；發u，則在輔音前點紅點；如果帶鼻音，就點兩點。對於輕音，他不做任何標記，因爲不標出符號，便視同元音不存在。其目的在教育穆斯林正確的誦讀《古蘭經》，以免曲解《古蘭經》意義。此後的麥地那和巴斯拉學者，持續作改良，而形成今日可以用同一顏色的筆標示出的語音符號。他們並增加許多其他符號，譬如表陰性的h、與長元音ا（ā）幾乎相同的ى（ā）、常與輔音alif結合的hamzah等。此舉貢獻最多者是艾巴斯時期的語言學大家卡立勒．本．阿賀馬德。阿布．阿斯瓦德的作品並未存留下來，單憑古學者轉述《目錄學》（Al-Fihrist）作者伊本．納迪姆（Ibn an-Nadīm, d.1047）曾見過阿布．阿斯瓦德的部分語法學手稿，實不足以了解當時語法學發展的狀況。然而古阿拉伯學者多持阿布．阿斯瓦德是阿拉伯語言法規的制定者的看法；部分現代阿拉伯學者及西方學者則持懷疑或否定的態度。

第三節　代表詩人與文人

（一）哈珊·本·山比特（Ḥassān bn Thābit, d.660）

哈珊是卡資剌儿·阿撒德（al-Khazraj al-Azad）部落的望族。他生於563年，或說590年，卒於麥地那。前半生在蒙昧時期，後半生在伊斯蘭時期。他擁有承傳自祖先的詩才，也傳予後代，他女兒賴拉便是一位傑出的女詩人。蒙昧時期他的部落與敵人戰爭不斷時，他是族人的舌劍。當時他們的敵人奧斯族（al-Aws）也出現兩位著名的詩人：蓋斯·本·卡堤姆（Qays bn al-Khaṭīm, d.620）、阿布·蓋斯·本·阿斯拉特（Abū Qays bn al-Aslat）。這期間哈珊常遊走於佳薩西納王國及馬納居剌王國等地區，得到王公貴族們豐厚的賜予。四處遊歷的經驗，讓他的詩中顯露廣博的知識，對各種社會型態與人性都有深刻的描繪。穆罕默德率信徒遷移至麥地那後，哈珊信奉伊斯蘭。當古雷須族詩人諷刺穆罕默德及其門徒時，他便挺身護衛，以純熟的詩技反諷。穆罕默德因此曾說，他的詩對敵人而言比利劍還鋒利。由於他與穆罕默德接觸頻繁，詩中充滿伊斯蘭思想。他篤信伊斯蘭後，曾想將蒙昧時期所有獲得的賜予歸還伊斯蘭國庫，但穆罕默德允許他接受。穆罕默德過世後，正統哈里發仍如往昔一般尊崇他，並多賞賜，晚年目盲。

他的詩分成蒙昧、伊斯蘭兩階段色彩。前者表現出極端的部落主義，甚至因其妻誇耀她的奧斯族人而休之。他在此期的詩主要是誇耀、諷刺詩，其次是讚美佳薩西納國王的詩。後期詩則是擔負宣教使命，經常駁斥多神教徒，因此他的諷刺詩早期是出自部落性的動機；後期則屬宗教性。他長期磨練詩技，吟詩達到爐火純青的境界。他諷刺所有敵對穆罕默德、支持多神教者，言詞犀利，諷刺對方的身體、人格缺陷。誇耀詩則誇耀自己的詩才、犀利的言語、家世、族人等，並以身爲穆罕默德的護衛者而傲。他的讚頌詩以穆罕默德、信士、伊斯蘭、正統哈里發爲對象，在詩中注入了蒙昧時期所未曾具有的新價值觀。隨著伊斯蘭疆域的擴張，穆斯林戰役的增加，他也吟詩哀悼殉士。

哈珊的詩結構緊湊，文筆細膩，語意清晰、平易近人。他的風格會因吟詩的目的而改變，也因蒙昧時期、伊斯蘭時期而有差異。伊斯蘭時期他所吟的辯駁詩，較他在蒙昧時期所吟的諷刺詩技巧更純熟，組織更有條理，他吟詩的風格中，語意上受《古蘭經》影響較多，由於他作詩的目的在宣教、駁斥多神教徒，故較少注重雅緻，片段詩也多於成首的詩。以致有些批評家認為他在伊斯蘭之後的詩缺少了豐富的意境與形式，但卻也祛除了蒙昧時期的粗曠，而顯得流暢與細膩。

（二）克厄卜・本・茹海爾（Ka'b bn Zuhayr, d.646）

克厄卜出生於詩人世家，其父是懸詩詩人茹海爾。克厄卜少時便渴望作詩，其父因自身作詩謹慎，唯恐克厄卜作詩不成熟，影響家族聲譽而阻止他，但卻始終積極的培養他儲備文學素養。克厄卜早期並未信奉伊斯蘭教。伊斯蘭曆七年，見其詩人兄長布賈爾入教，頗為不滿，曾吟詩攻擊穆罕默德，諷刺伊斯蘭。後來因為穆罕默德下令懲罰違抗伊斯蘭者，他聞風逃回穆翟納部落，最後終於信奉伊斯蘭。630年他前往麥地那，在穆罕默德面前行臣服儀式時吟〈蘇艾德離去了〉一詩共五十八節，頌揚穆罕默德。穆罕默德不僅因此原諒他，並脫下自己的斗篷贈送克厄卜，這首詩史稱〈斗篷頌〉。這件斗篷一直珍藏在克厄卜親戚家，巫麥亞時期首任哈里發穆艾維亞將它買下，此後在哈里發家族一直流傳下去，並傳到鄂圖曼帝國土耳其人手中。克厄卜信奉伊斯蘭後，便和穆罕默德的隨護詩人哈珊等人，一致攻擊麥加的多神教徒。

〈斗篷頌〉內容分為三部分：「納西卜」序言；讚頌穆罕默德，態度謙卑且戒慎恐懼；描寫駱駝。後來許多學者為這首詩寫了解釋本，著名者如伊本・杜雷德（Ibn Durayd）、塔卜里奇、伊本・希夏姆的解釋本。此詩被翻譯成拉丁、英、法、德、義等語文，並於世界各國出版。

（三）納比佳・加厄迪（an-Nābighah al-Ja'dī, d.ca.670）

他名為阿布・賴拉・哈珊・本・蓋斯（Abū Laylā Ḥassān bn Qays），是艾米爾・本・沙厄沙艾（'Āmir bn Ṣa'ṣa'ah）族的分支部落加厄達（Ja'dah）族人。此族居住在納几德南邊法拉几（al-Falaj）綠洲。他的綽號「納比佳」意為：傑出者，起因是他在蒙昧時期吟詩，後來銷聲匿跡一段時間，在伊斯蘭時期又再度吟詩。東山再起之後，其詩技一鳴驚人，而被冠以此綽號。納比佳・加厄迪適逢馬納居剌王國門居爾・本・穆哈里各（al-Mundhir bn Muḥarriq）國王在位時期，原本信仰多神，崇拜偶像，後來改信伊斯蘭，並帶領族人晉見穆罕默德，在穆罕默德跟前吟讚頌詩，穆罕默德頗為欣賞。他曾居住在麥地那一陣子，哈里發烏史曼時期，回到沙漠生活，經歷了波斯戰役。哈里發阿里時期，又經歷席分戰役。巫麥亞時期哈里發馬爾萬·本·哈克姆（Marwān bn al-Ḥakam）執政時期，他卒於波斯阿舍法含（Aṣfahān），死時已目盲，享年過百。

納比佳的詩自然，不矯作，但良莠不齊。擅長誇耀、諷刺、描寫詩，尤其擅長寫馬。

（四）胡太阿（al-Ḥuṭay'ah, 600-678）

胡太阿身材矮小，外貌醜陋，性格懦弱、吝嗇。有關他個性吝嗇的傳述非常多，今日許多他的故事，都改編成笑話，譬如：有陌生人來到他家，他正跟羊群在一起。陌生人跟他打招呼說：「羊主人……」，他立刻舉起棍子說：「這可是粗棍子。」此人說：「來者是客啊！」他說：「我這根棍子就是爲客人準備的。」客人即刻離去。[98]由於先天條件的劣勢，胡太阿感受到生活的苦澀，經常吟諷刺詩或讚頌詩。他曾吟詩諷刺哈里發阿布·巴柯爾，對伊斯蘭的忠誠度頗爲同時期的人所詬病。他更曾因爲諷刺詩而被哈里發烏馬爾囚禁。後來烏馬爾不忍胡太阿子女挨餓而釋放他，限制他不得再諷刺穆斯林。他亦頻頻讚頌部落首長，介入部落鬥爭，譬如他支持艾勒格馬，對抗艾米爾·本·突費勒。茹海爾見他頗有吟詩天分，經常教導他詩學，成爲茹海爾的學生。他的詩也因此如同茹海爾一般重視意義的精確度，對詩的要求也追求完美的呈現，他的讚頌詩水準不下於茹海爾。根據《詩歌集》的記載，胡太阿的死非常神奇。他先扮演批評家角色，將古詩人最優秀者列名，然後要求友人將他放在騾子背上，載著他走到斷氣爲止，其理由竟只是自古不曾有君子坐在騾背上過世。[99]

（五）蘇威德·本·阿比·克希勒·亞須庫里（Suwayd bn Abī Kāhil al-Yashkurī, d.ca.683）

蘇威德是跨蒙昧及伊斯蘭兩時期的詩人。其母原嫁儒卜顏族人，丈夫過世後改嫁，改嫁時她已懷有身孕，蘇威德出生後從繼父姓。因此當蘇威德對亞須庫里族有微言時，便自稱是儒卜顏族人。蘇威德的詩作精緻，水準高，傾向運用平易、不做作的詞彙，呈現當時感官、物質環境的影響，也著重韻律。他本身可能也熟諳散文

[98] al-Mubarrid, 1993, vol.3, p.1073.
[99] al-Aṣfahānī, (n.d.), vol.2, p.197.

寫作，甚得古代文學批評家如伊本．古泰巴等人的肯定。

（六）阿布．阿斯瓦德．杜阿立（Abū al-Aswad ad-Du'alī, ca.603-688）

阿布．阿斯瓦德生於伊斯蘭之前，卒於巴舍剌瘟疫流行期，其父因為反穆斯林而遭殺害。他本人信奉伊斯蘭之後，傾向阿里派，由於政治理念的不同而與穆艾維亞決裂。他的語言學術背景使他在正統哈里發時期備受尊崇，並受委託為《古蘭經》添加元音符號及蒐集聖訓等工作。後來的知名語言學者多數受教於他，也奠定日後西巴威合（Sībawayh）的理論基礎。

（七）艾卜杜拉．哈底剌米（'Abd Allāh al-Ḥaḍramī, 649-735）

艾卜杜拉精通宗教學、語言學，是第一位嘗試將哲學理論帶進語言研究，運用宗教學理論研究語言者。他呼籲當時的學者要善用「類比」，並曾著作探討阿拉伯語音「赫姆撒」（al-Hamzah）的書。

第三章　巫麥亞時期文學（661-750）

第一節　概論

由於伊斯蘭國家疆域的擴張，穆斯林生活穩定，商業、農業發達，王公、貴族、富賈都注重物質享受，人民物質生活大幅提升，許多奢侈品與娛樂設施引進上層社會，由於商業的繁榮，外族歌女和樂女活耀於娛樂界。大敘利亞及息加資地區的權貴們尤其沉湎於聲色，甚至於和良家婦女交往，風氣相當自由開放。有些詩人便在這種社會氛圍之下沉迷於享受，專注於吟誦情詩。文學與歌唱相互結合，以取悅娛樂者，並引進哈里發宮廷。伴隨而來的是為執政者服務的讚頌詩，以及諷刺敵人或譏諷吝於施予者的詩盛行。一般人民對物質逐漸重視，價值觀逐漸有別於伊斯蘭興起的初期。

壹、巫麥亞家族政權興衰

穆艾維亞打破過去阿拉伯政權民選的傳統，開創哈里發世襲制度。儘管他本人具備許多傑出領袖的特質與政績，在阿拉伯史學家的筆下，對他還是諸多貶責。更由於巫麥亞家族政權的取得，有許多不符合穆斯林的政教理念，或因政敵刻意喧染這種宗教道德上的不正當性，以致國家內部動盪不安，政爭非常嚴重，政權維持不到一百年便結束，遺族轉走西班牙，建立後巫麥亞政權。巫麥亞時期歷任哈里發的繼承，若非父子相傳，便是兄終弟及：

1. 穆艾維亞．本．阿比．蘇弗顏（Mu‘āwiyah bn Abī Sufyān, r.661-680）
2. 亞奇德．本．穆艾維亞（Yazīd bn Mu‘āwiyah, r.680-683）
3. 穆艾維亞．本．亞奇德（Mu‘āwiyah bn Yazīd, r.683-684）
4. 馬爾萬．本．哈克姆（Marwān bn al-Ḥakam, r.684-685）
5. 艾卜杜．馬立柯．本．馬爾萬（‘Abd al-Malik bn Marwān, r.685-705）
6. 瓦立德．本．艾卜杜．馬立柯（al-Walīd bn ‘Abd al-Malik, r.705-715）
7. 蘇賴曼．本．艾卜杜．馬立柯（Sulaymān bn ‘Abd al-Malik, r.715-717）
8. 烏馬爾．本．艾卜杜．艾奇資（‘Umar bn ‘Abd al-‘Azīz, r.717-720）

9. 亞奇德·本·艾卜杜·馬立柯（Yazīd bn‘Abd al-Malik, r.720-724）
10. 希夏姆·本·艾卜杜·馬立柯（Hishām bn ‘Abd al-Malik, r.724-743）
11. 瓦立德·本·亞奇德（al-Walīd bn Yazīd, r.743）
12. 亞奇德·本·瓦立德（Yazīd bn al-Walīd, r.744）
13. 伊卜剌希姆·本·瓦立德（Ibrāhīm bn al-Walīd, r.744）
14. 馬爾萬·本·穆罕默德（Marwān bn Muḥammad, r.744-750）

此期執政傑出的哈里發有穆艾維亞·本·阿比·蘇弗顏、艾卜杜·馬立柯·本·馬爾萬及瓦立德·本·艾卜杜·馬立柯。

穆艾維亞之父阿布·蘇弗顏所代表的是麥加貴族階層，早年反對穆罕默德甚烈，對穆斯林採取經濟迫害、人身攻擊及通婚歧視等激烈手段。穆罕默德爲此曾命令烏史曼率領當時爲數甚少的穆斯林，遷徙至阿比西尼亞，以避開阿布·蘇弗顏的宗教迫害，這是史上穆斯林第一次的遷徙。

巫麥亞家族起初在大馬士革，然後在西班牙安達陸斯地區掌控政權，保存了阿拉伯文化，提高了當地阿拉伯人的地位。巫麥亞家族沿襲前人的傳統，將子弟送往沙漠，學習正統阿拉伯語言、文學，並鼓勵學術，網羅有識之士，爲宮廷文學奠基。並將首都遷往大馬士革，模仿羅馬、波斯帝國，建造豪華宮殿，集中權力。在該家族的統治之下，高階層政治人物都是阿拉伯人。相對的，非阿拉伯人在此時期幾乎無地位可言。這種血統與社會階級的劃分，成爲標榜伊斯蘭主義的政敵攻擊之處。巫麥亞家族執政有許多爲阿拉伯史學者所詬病的負面作爲，譬如他們背棄伊斯蘭精神，不顧民意，將哈里發轉變成世襲制，不再傳予賢能者。他們極力排擠古雷須族，殘殺阿里後裔，不信任阿里派大本營的庫法人或巴舍剌人，並一再派遣酷吏管理該二座文化城。他們試圖在阿拉伯人中間製造紛爭，鼓勵部落主義，使用權謀、武力、金錢以鞏固政權，以致於穆艾維亞死後，戰事再起，政權逐漸衰微，終於一蹶不振。凡此對巫麥亞政權的負面評價，都反映興起於艾巴斯家族政權的阿拉伯歷史記載，是如何護衛艾巴斯政權的正當性，而記載對自己有利的歷史常是政客集權與扭轉價值的有力工具。

貳、政黨派系及其護衛詩人

許多西方學者認爲黨派在阿拉伯歷史上的形成，可推溯到正統哈里發烏史曼時期。至於究竟是宗教理念的分歧導致政治派別的產生，或因爲爭奪政權而導致宗教派別的產生，學者們各有其主張。最早出現在政治舞臺上的黨派無疑的是阿里派，政權的喪失令他們逐漸轉向宗教的深研，發展出獨自的宗教理論，由政治的分歧與鬥爭，轉向宗教思想的發展似乎較合乎邏輯。

一、阿里派

阿里家族事蹟在早期的集史者巴拉儒里（al-Balādhurī, d.892）的作品《顯貴世系》（Ansāb al-Ashrāf）中有詳細的描述。其後的史學家拓巴里亦在他的史書中鉅細靡遺的記載該家族的興亡，尤其是阿里之子胡賽恩（al-Ḥusayn, d.680）的革命史，其資料與巴拉儒里甚是相似，並未將重點放在阿里派的理念上。早期史學者對於阿里支派理念著墨較多的或許是馬斯烏迪（al-Mas'ūdī, d.956）的《黃金草原》（Murūj adh-Dhahab）。此書第三冊中提及伊馬米亞（al-Imāmīyah）、開薩尼亞（al-Kaysānīyah）、翟迪亞（az-Zaydīyah）等阿里各支派及其分支，甚至敘述十二伊馬姆的歷史。[1]馬斯烏迪其他的書籍中也詳細敘述這些支派，成爲阿里派思想發展的重要原始資料。阿布．法爾几．阿舍法赫尼的《拓立卜家族之死》（Maqātil aṭ-Ṭālibīyīn）敘述阿里家族成員之死，包含在巫麥亞時期、艾巴斯時期發生在此家族的事件及其與執政者之間的鬥爭過程。

阿里派堅稱穆罕默德辭世之前曾指定阿里爲繼承者，因此始終不承認巫麥亞政權。自從哈里發阿里之子胡賽恩在伊拉克克爾巴拉俄（Karbalā'）殉難之後，連續發生許多支持阿里家族的革命行動。其最初目的在爲胡賽恩報仇，巫麥亞家族採取殘酷鎮壓手段，再添增雙方無法彌補的仇恨，參與革命者成員背景逐漸複雜，擴大成爲反巫麥亞政權的勢力，最終成爲艾巴斯家族的合作夥伴，造成巫麥亞家族執政的致命傷。阿里派的支派最著名的有伊馬米亞、開薩尼亞、翟迪亞等。

阿里派詩人爲數眾多，但因爲畏懼巫麥亞家族的勢力，多數隱藏不露，有些

1 al-Mas'ūdī, 1986, vol.4, p.199.

甚至於屈服於權勢之下，吟詩讚頌巫麥亞家族，以維持生計，如法剌資達各（al-Farazdaq）。有些詩人則同時吟誦傾向巫麥亞家族及傾向阿里的詩，如庫麥特·本·翟德（al-Kumayt bn Zayd）、埃曼·本·乎雷姆。一般而言，此派詩人的詩作感情較前期細膩。

二、卡瓦里几派

卡瓦里几派興起於席分戰役之後阿里支持者的分裂，被許多學者視爲第一個破壞伊斯蘭團結的集團。卡瓦里几派成員多數是來自沙漠的大詩人或戰場上的勇士。他們熟背《古蘭經》，信仰甚爲堅定，不易動搖，也不爲五斗米折腰，對世俗物質生活傾向寡欲，卻充滿宗教戰鬥力。他們分爲兩支，其一在伊拉克，以巴舍剌城附近的巴拓伊賀（al-Baṭā'iḥ）爲其根據地；另一支在拓伊弗、葉門、亞馬馬地區。卡瓦里几派認爲穆斯林領導者不應分種族、顏色、世系等，應由有能力的虔信者擔任之，領導者必須完全依據阿拉的命令行事，並應討伐背信棄義、獨裁、無能的領導者。他們堅信阿拉對於服從者報酬的承諾，及對於叛逆者入火獄的懲罰。他們與伊拉克總督哈加几（al-Ḥajjāj）發生多次的戰爭，對抗巫麥亞政權直至政權殞落。卡瓦里几派不斷的發展，分成許多支派，最著名的有阿撒里格派（al-Azāriqah）、舒弗里亞派（aṣ-Ṣufrīyah）、納加達特派（an-Najadāt）、伊巴弟亞派（al-Ibāḍīyah）、拜赫西亞派（al-Bayhasīyah）等。巫麥亞家族的反對黨中以卡瓦里几革命最烈，尤其是以納菲厄·本·阿資剌各（Nāfi' bn Azraq, d.685）爲首的阿撒里格派，手段殘忍偏激，勢力範圍延伸至伊拉克茅席勒（al-Mauṣil）、伊朗、阿曼、葉門等地。

卡瓦里几派詩人的詩特點是語言純正、結構緊湊、思想明確、詞彙生僻。最著名的是堤里馬賀（aṭ-Ṭirimmāḥ）。

三、茹拜爾派（az-Zubayrīyūn）

茹拜爾派源自於艾卜杜拉·本·茹拜爾。艾卜杜拉的父親是穆罕默德的門徒，其母是哈里發阿布·巴柯爾女兒阿斯馬俄。艾卜杜拉出生於麥地那，是一位苦行的宗教學者。阿里兒子胡賽恩被殺害之後，他奮起對抗巫麥亞政權。阿里的擁護者擁立他爲哈里發，後來被哈加几衝進麥加克厄巴天房殺害，卒年七十餘。著名的歷史學家，如拓巴里、伊本·阿夕爾（Ibn al-Athīr）、伊本·克夕爾等人，基於艾卜杜拉在世時曾統轄多數伊斯蘭疆域，而將他列入哈里發之列。

茹拜爾派僅持續八年之久，詩人人數很少，詩作多數屬於傳統的英雄詩與諷刺詩，佼佼者如阿布．瓦几撒（Abū Wajzah, d.651）、伊斯馬邑勒．本．亞薩爾．納薩伊（Ismā‘īl bn Yasār an-Nassā’ī, d.ca.748）、烏拜德拉．本．蓋斯．魯蓋亞特（‘Ubayd Allāh bn Qays ar-Ruqayyāt, d.704）等。

四、巫麥亞派（al-Umawīyūn）

巫麥亞派詩人涵蓋許多不同黨派。除了原本支持巫麥亞政權或為巫麥亞家族所讚賞的詩人之外，大多數的茹拜爾派、阿里派詩人，因為對奪得哈里發政權無望，而轉向讚頌執政的巫麥亞家族。他們最顯著的特徵是擅長吟讚頌詩，但因為多數是為賞賜而作，情感的眞實性令人存疑。

第二節　詩的發展

巫麥亞時期由於戰役不斷，詩中經常出現對家鄉的緬懷，遊子的思鄉，描述軍營中的戰士，悼念聖戰而亡的弟兄，或描寫所見的異國文明。更由於國境內的革命不斷，詩人深受影響，有起而呼籲革命者，有反對者，各依所屬而作。巫麥亞時期的詩歌雖未完全脫離沙漠色彩，但由於疆域的擴張，相對的擴展詩的領域。詩漸漸向都市發展，麥加、麥地那、大馬士革、庫法、巴舍剌等城市，都出現了文學興盛的現象。詩人環境的改變，也影響詩的風格。換言之，蒙昧時期的詩人在服務部落；穆罕默德時期的詩人在服務宗教。到了巫麥亞時期，詩人支持黨派，詩成了政爭的工具。沒有政爭之處，詩歌成為沉湎於聲色人們的娛樂工具。詩在內容、風格上雖仍遵循古風，但由於《古蘭經》的影響，增加了許多格言和諺語；由於政爭頻繁，詩中充滿權勢感；由於人們生活奢靡，詩充滿了娛樂色彩，也顯得多元化。

綜觀巫麥亞時期的阿拉伯詩，特色主題可分為兩大類：一是教派與部落鬥爭詩；另一是愛情詩。前者包含宗教詩、諷刺詩、辯駁詩；後者包含純情詩、縱情詩及傳統情詩。

壹、詩的主題

由於伊斯蘭興起之初，詩明顯因為宗教因素而沒落，巫麥亞時期錯綜複雜的政治環境下，執政者必須鼓勵文學的發展，以轉移文人對政治的過度關切，更為了發展國家的人文思想，詩的地位再度提升。外族文明的刺激，伊斯蘭精神的深化，社會經濟的進步，部落主義的復活，政黨、教派的競爭，宮廷文學與民間文學的相互輝映等，都有助於詩的發展，詩的主題較蒙昧時期更多元，藝術水準較蒙昧時期更上一層。其特色顯現在後文陳述的諷刺詩及情詩之中。

一、讚頌詩

此期由於境內與境外的環境都改變，哈里發、貴族、顯赫的部落都競相保護與賞賜詩人，造成讚頌詩的發達，許多詩人便以此爲業。詩人對於執政者的形象，心中都存有一定的衡量尺度。詩人吟誦讚頌詩時，顯然都有擺脫傳統，意欲創新。讚頌詩中經常帶有部落或黨派色彩，但亦不乏爲求賞賜或維生而吟誦的讚頌詩。譬如法剌資達各讚頌巫麥亞家族最有資格繼承哈里發權位，他們的劍是阿拉打擊敵人的劍，反映此主題因時代背景而帶有濃厚的政治色彩。宗教也是此期讚頌詩中常出現的內容，譬如法剌資達各在歌頌正統哈里發阿里之孫翟德．艾比丁（Zayd al-'Ābidīn）時吟道：

麥加、天房和禁寺，
全都知道此人聲名，
他是真主最好的奴僕，
虔誠清廉受人敬仰。

二、誇耀詩

誇耀詩在此期經常與讚頌、諷刺主題相互結合，除了誇耀部族之外，也誇耀所屬之黨派、族群。加里爾和法剌資達各之間的辯駁詩便是此特色的例證。法剌資達各經常誇耀自己的部族繁衍興盛、擅長於戰鬥等，以自己顯貴的家世爲後盾，並藉以諷刺加里爾的卑微家世。各黨派詩人也各爲其支持的理念而吟誇耀、讚頌及諷刺敵對者的詩。譬如有「巫麥亞家族詩人」之稱的阿可拓勒（al-Akhṭal）讚頌巫麥亞家族，誇耀他們的政績，同時諷刺反對者。

伊斯馬邑勒．本．亞薩爾則將波斯民族主義表現在他的誇耀詩中：

我家世高貴，
榮耀無人能媲美。
我有劍一般的毒舌，
它護衛族人的榮譽。
他們是功績耀人的偉大領袖，
是戴著王冠的首領。

自我誇耀的詩仍沿襲過去的標準，譬如歷史對庫塞爾．艾撒（Kuthayr 'Azzah）的傳述，常圍繞著他其貌不揚的長相。哈里發艾卜杜．馬立柯．本．馬爾萬聞其詩作盛名而召見他時，因他的外貌而錯愕不已，庫塞爾頗為受傷的吟：

你見這瘦小的人而藐視他，
他的衣裳裡是一隻勇猛的獅子。
你喜愛俊男，
請試驗他，
他會顛覆你的錯覺。
孱弱的獅子最會吼，
最勇猛的獅子不會吼。

又如努晒卜（Nuṣayb）是息加資黑人，曾在詩裡談自己的膚色說：

儘管我的顏色黝黑，
卻如同麝香液，
品嘗者永不解渴。[2]

三、諷刺詩

諷刺詩經常為部落、黨派而吟，其內容幾無道德界限，譬如加里爾和法剌資達各之間的互諷，法剌資達各曾在一節詩中使用五個「驢子」來諷刺加里爾：

母驢和公驢之子啊！
母驢和公驢確是生出驢子啊！

庫塞爾在諷刺努晒卜的膚色時說：

[2] Shawqī Ḍayf, 1963, p.223.

我瞧見阿布．哈几納俄在人群中徬徨，
阿布．哈几納俄的顏色是野獸的顏色。[3]

《珍貴項鍊》提到阿拉伯諷刺詩節之「最」首推堤里馬賀諷刺法剌資達各的下一節詩：

倘若塔米姆族在戰場上，
看到跳蚤在蝨子背上，
都會倉皇而逃。[4]

四、描寫詩

此期的描寫詩較蒙昧時期的描寫詩想像力豐富，題材多元，詩人的觀察力更趨細微。譬如法剌資達各描寫他在沙漠夜晚生火烤羊，野狼來訪，他邀請野狼與他共享香噴噴的羊肉。以敘事的手法表達他寧願與忠誠的野獸為伍，而不願意與狡詐的人類為友，頗有蒙昧時期軒法剌之氣魄。阿可拓勒在描寫酒時吟道：

他們將酒酙入器皿裡，
偶然一瞥，
彷彿腐蝕的炭火。

五、哀悼詩

此期的哀悼詩基本上與蒙昧時期大同小異，唯增加了哀悼哈里發、軍事將領、總督、貴族等的詩。許多為賞賜而作的詩，情感往往不真實。下列詩句是賴拉．阿可亞立亞（Laylā al-Akhyalīyah）悼念情人陶巴．本．胡麥業爾（Tawbah bn al-Ḥumayyir, d.704）的詩句：

[3] Ibn ʻAbd Rabbih al-Andalusī, 1986, vol.3, p.458.
[4] Ibn ʻAbd Rabbih al-Andalusī, 1986, vol.1, p.145.

死亡對此君並非羞恥，
因其生時未曾卑賤。
生者縱然無恙，
卻不如墳中的死者不朽。

加里爾與法剌資達各曾經達成協議，當對手過世後，便不再諷刺死者。加里爾在哀悼法剌資達各的詩中說：

讓東、西方所有人類、精靈都為他而泣，
有個穆大爾族青年走了
活了九十年，
營建榮耀的年輕人，
他始終求福求榮。

六、酒詩

伊斯蘭興起之後，酒詩便幾乎絕跡，僅會在譬喻中使用，而這些通常是跨蒙昧時期及伊斯蘭時期的詩人，譬如克厄卜．本．茹海爾在「斗篷頌」裡，哈珊．本．山比特在穆斯林征服麥加的詩中，都運用於誇耀，以蒙昧時期人們對飲酒者的富貴地位爲出發點。根據他們在蒙昧時期對詠酒詩與飲酒的經驗，使他們在詩技上能純熟的運用而無傷大雅。巫麥亞時期因爲疆域擴張迅速，波斯、羅馬等外族文化逐漸融入阿拉伯文化之中，大量的戰利品擴展了穆斯林的眼界與物質欲望，奢靡之風盛行。許多遷士與輔士的後代子孫，深怕巫麥亞家族的迫害或報復，紛紛移居息加資地區，不問政事，沉湎於物質享受。由於宗教的約束力遠不如前期，酒詩再度復活。飲酒之風盛行於伊拉克、敘利亞與息加資地區，酒流行於城市，並有權貴之士贊助。巫麥亞家族對於這種風氣有時被迫實施逮捕、放逐等行動，但並無明顯抑制風氣的跡象。飲酒者絕大多數並未將其經驗以詩來抒發，但外教徒卻時常公開暢談。擅長於詠酒詩者如基督徒阿可拓勒，他在詩中描寫酒、醉等，其詩中的意象卻仍停留在蒙昧時期的狀態，未有太大的創新。然而，他仍被公認是此時期詠酒詩的翹楚，其詩譬如：

它令人死，
死後令人復活，
它的死甜美，
它的活更美，
令人感恩。

貳、詩的形式

巫麥亞時期許多詩人從沙漠遷徙到文化都市，期待接受更多的知識與訊息，譬如巴舍剌城便發展成爲詩人的城市。城市之間競相模仿，爭相成爲文化首都。此期仍盛行以口耳相傳的方式傳播詩歌，但許多詩開始被書寫下來，並明顯反映城市之風。詩的形式大體上雖維持蒙昧時期的傳統，卻呈現一些社會、文化改變所帶來的轉變：

1.「剌加資」格律盛行

蒙昧時期「剌加資」運用在描寫戰爭的主題，巫麥亞時期此格律除了描述阿里派戰爭之外，尙普遍運用在諷刺詩、政治詩、情詩及讚頌詩中。「剌加資」格律的運用在此期達到爐火純青的境界，尤以艾加几（al-‘Ajjāj）的「剌加資」最爲著稱。

2.情感貫穿全詩

巫麥亞時期一首詩的靈魂往往是貫穿全詩的情感，思想或事實都是次要的。吟詩的目的往往是要引起共鳴，引發聽者的情緒，故詩人往往用簡易而直接的方式，譬如敘事的手法、塑造一些美麗動人的想像，更伴隨歌唱等來安排整首詩。

3.段落式的詩盛行

由於此期詩人吟詩目的明確，段落式的短詩盛行，但亦不乏遵循傳統式的序言與多主題的詩。

4.韻律

此期的詩遵循傳統詩的格律，維持韻海、韻尾、韻腳的一致性，韻律上並未有明顯的發展。在情詩主題上，詩人常使用輕快簡單的韻律，以配合歌唱，呈現柔和的色彩。

5.詞彙

一般而言，巫麥亞時期的誇耀詩與諷刺詩使用的詞彙粗糙；情詩用詞細膩、優雅；讚頌詩與格言詩則常使用伊斯蘭詞彙。

第三節　諷刺詩與辯駁詩

壹、諷刺詩與辯駁詩盛行的原因

巫麥亞時期爲爭奪哈里發權位，地方教派林立，彼此相互攻訐，反對之聲起於息加資。自從阿里兒子胡賽恩逃至伊拉克後，伊拉克、息加資成爲反對黨的大本營。伊拉克同時有巴舍剌的卡瓦里几派、庫法的阿里派及由卡瓦里几派分出，主張賣（奉獻與犧牲）今生的自己，爲主道而戰，來順從阿拉的「書剌」派（ash-Shurrāh）。[5]

詩人在這些反對黨中扮演相當重要的角色，是誇耀、談判的主角。巫麥亞家族則網羅了許多護衛他們的詩人，在詩中攻擊敵人，表明唯有巫麥亞家族才是最有資格的哈里發繼承人。蒙昧時期部落之間諷刺詩的模式再度復活，除了因部落競爭而吟之外，範圍更擴大爲政黨、教派之間的攻防，影響當時的詩作甚深。巫麥亞時期諷刺詩詩人往往表現出心理不穩定，詩中透露政黨、教派的衝突，形成批評主義，而發展成辯駁詩。

讚頌巫麥亞家族的詩，譬如阿可拓勒所吟：

他們的祖先完美，
阿拉喜愛他們。
其他族人的祖先，
沒沒無名且無用。
您們是無以媲美的家族，
若論及勳績，
顧及人數。

---

[5] 卡瓦里几派形成的早期，其成員都是秉持書剌派的理念，隨著卡瓦里几派的分裂，執著於原始主張與戰鬥力者逐漸減少，這些少數被稱爲「書剌派」。

哈里發穆艾維亞之子亞奇德重用阿可拓勒，命他吟詩諷刺哈珊・本・山比特之子艾卜杜・刺賀曼（‘Abd ar-Raḥmān），事由是艾卜杜・刺賀曼對哈里發的妹妹巴爾馬拉（Barmalah）吟誦情詩，阿可拓勒在詩中因此攻擊輔士說：

古雷須族帶走了高尚與榮耀，
輔士們的纏頭巾下盡是卑微。

反對黨詩人譬如書刺詩人，從不曾和執政者妥協，堅持要奮鬥，主張爲信仰而殉身，認爲哈里發不應虧待古雷須族人，詩中充分表現出對世俗生活的藐視，但他們的詩作絕大多數都已遺失，詩例如下：

心靈對生命有何需求呢？
它只要活一會兒，
死亡就緊追隨，
我確知誰若僥倖逃過死亡，
人類會自己找上它。
誰若未在年輕時夭折，
年邁也會死。
死亡是一杯酒，
嚐酒的是人。

除了政黨之間的彼此諷刺之外，部落與私人之間的諷刺詩也非常興盛。譬如胡太阿精於諷刺詩，他在諷刺母親時說：

妳離我遠一點，
阿拉讓眾世界沒有妳而舒暢。
難道我不曾陳明對妳的怨恨？
妳卻無法理解。
阿拉會報復妳這老太婆，
讓妳備嘗兒女的忤逆。

妳的生一塌糊塗，
妳的死會讓正常人快活。

胡太阿甚至曾諷刺自己說：

我雙唇拒絕所有，
只想說壞話，
但卻不知要針對誰。
今天看到自己的臉，
醜陋的臉，
負載此臉的人更醜陋。[6]

另外，尚有受巫麥亞家族虐待的奴隸階層，其中有些奴隸認爲基於教義，他們與阿拉伯人之間的地位與財富應處於平等地位，因此常爲地位不平等而忿忿不平。有些奴隸則遵循伊斯蘭教義，將阿拉伯人視爲兄弟，也以阿拉伯人爲傲。巫麥亞時期政治詩多數是遵循蒙昧時期懸詩的模式，尤其在型態上採用多主題，譬如：悼廢墟、誇耀部落、諷刺敵人、描述狩獵等內容。

貳、部落之間的辯駁詩

一、緣起

「辯駁詩」（an-naqā'iḍ）單數型態an-naqīḍah，在蒙昧時期便出現在部落詩人之間的互諷，伊斯蘭興起後則出現在穆斯林詩人及多神教徒詩人之間的互諷。這類詩在巫麥亞時期更趨成熟，經常發生在兩部落或兩家族間，在互諷的詩人之間持續的進行。蒙昧時期的辯駁詩型態簡單，無須以相同的格律回應，且是即興而作，一旦彼此的對立關係消失，彼此的諷刺便停止。巫麥亞時期的辯駁詩不再是即興詩，

---

[6] al-Mubarrid, 1993, vol.2, p.727.

詩人們似乎厭倦了八股的讚美、諷刺手法，而傾向誇耀部族。其內容常是貶斥對手的缺點，譬如吝嗇、懦弱、背信、淫亂等，對於身體的缺陷則較少提及。此類主題可代表巫麥亞時期詩的特色，經常是求取王宮貴族賞賜的手段，當時詩人也樂於吟誦此種詩，求取競爭勝利的快感及尋求新意象的新鮮感。文學批評家甚至認爲，這時期詩人辯駁的對象甚少有眞實存在者，純粹只是對語言技巧的自我訓練。

「辯駁詩」盛行於巫麥亞時期，其原因是詩人們爲求王公貴族的賞賜，而彼此競爭激烈；或因不同黨派或敵對部落的詩人，爲各自的黨派和部落利益而爭；巫麥亞執政者鼓勵詩人彼此競爭，以轉移讀書人對政治的過度關切。對於新興的伊斯蘭國度而言，「辯駁詩」無疑是對伊斯蘭反鬥爭、倡導寬容與平等精神的一大挑戰。

二、辯駁詩的內容與形式

「辯駁詩」指的是某詩人就其對手詩人的某首詩，在意義上作反駁，諷刺對方所誇耀的事，將對方誇耀的內容反歸於自己。明顯地從過去隨興諷刺的層次，提升至複雜的藝術型態作品，其內容通常具備下列要素：

1. 提及蒙昧時期及伊斯蘭初期的阿拉伯戰役，包含詩人的部落及其敵族所參與的戰役。藉此反映詩人對於阿拉伯人的歷史涉獵至深。

2. 呈現廣博的阿拉伯世系、族譜知識，並對對手詩人的族譜深入探究，藉著揭發對手的祖先祕密，取得詩作競爭的勝利。

3. 詩人格外重視部落聲名的宣揚，在詩中經常提及部落的光榮史。

在型態上，兩首互諷的辯駁詩在韻海、韻腳上是一致的。譬如阿可拓勒的一首「巴西圖」韻、Rā'韻腳的詩中說道：

Khaffa l-qaṭīnu fa rāhū minka aw bakarū
wa-az'ajathum nawan fī ṣarfihā ghiyarū
僕人們匆匆，
清晨便離你而去，
波折不斷，
讓他們驚悸。

加里爾回辯道：

Qull li-ddiyāri saqā aṭlālaka l-maṭaru
qad hijati shawqan wa-mādhā tanfa'u dhdhikarū
告訴屋宇，
雨水滋潤了你的廢墟，
激起思念，
然而回憶何益？

又如法剌資達各說：

Inna lladhī samaka s-samā'a banā la-nā
baytan da'ā'imu-hu a'azzu wa-aṭwalū
把天穹升上去的祂，
為我們建造了一棟，
樑柱高聳尊貴的家。

加里爾以相同韻尾，不同的韻腳回答道：

Limani d-diyāru ka'anna-hā lam tuḥlalī
bayna l-kināsi wa-bayna ṭalḥi l-a'zalī
這些屋宇是誰的？
好似沒人住過嘛！
在齊納西，
在拓勒賀·阿厄撒立。

三、加里爾和法剌資達各的辯駁詩

巫麥亞時期最著名的辯駁詩人是塔米姆族的加里爾、法剌資達各，以及塔葛立卜族的阿可拓勒。

加里爾和法刺資達各兩人爆發一場文學史上絕無僅有的舌戰，互相對抗約四十五年之久。《加里爾與法刺資達各辯駁詩》（Naqā'iḍ Jarīr wa-l-Farazdaq）一書蒐集兩人的辯駁詩，於1905至1912年間出版於倫敦，共三冊，第三冊包含目錄。兩人的互諷起因是加里爾曾對穆加序厄（Mujāshi‘）部落的布靄史家族（al-Bu‘ayth）的女人口出穢言，法刺資達各出自這個家族，起而抗之。這場舌戰震驚「米爾巴德」（al-Mirbad）文場，成爲辯駁詩的精粹。米爾巴德文場距離巴舍剌城約三哩遠，蒙昧時期至正統哈里發時期，米爾巴德是駱駝買賣的商場。到了巫麥亞時期，法刺資達各和加里爾的辯駁詩在此進行，米爾巴德一舉成名，成爲著名的文場，也代替了蒙昧時期麥加的烏卡日市集，成爲阿拉伯文藝展示的場所。米爾巴德文場的繁榮狀況一直持續到伊斯蘭曆五世紀初爲止，其範圍較烏卡日市集大數十倍，享譽伊斯蘭世界，許多詩人與文人在此建立他們的學術聲譽。

加里爾在法刺資達各生前諷刺法刺資達各時，從未留情，譬如：

法刺資達各難道不是隻狐狸嗎？
他是在強壯獅子嘴角中的狐狸。
法刺資達各的母親生他出來，
是個蕩漢，
她生出猥瑣的矮子。

加里爾對法刺資達各總是誇耀自己出身名流頗爲不滿，最後終於讓他調查出法刺資達各的祖父是鐵匠，於是針對這個議題，諷刺法刺資達各說：

你是鐵匠，
兩代鐵匠之子。
莫忘記，
星辰已定，
你是鐵匠之子。
法刺資達各，
去打鐵吧！
法刺資達各的榮耀是打鐵。

四、辯駁詩的價值

由於辯駁詩是融合諷刺詩與誇耀詩的色彩，經常提及部落的歷史事件、世系、傳統習俗與社會狀況。爲了達致辯論的效力，詩的結構嚴謹，思想縝密，語言扎實，音韻正統且有技巧限制，在文學上的價值匪淺。

文學史學者烏馬爾．法魯可認爲辯駁詩的價值，在政治面上，描述了巫麥亞時期的黨派鬥爭，尤其是反對黨茹拜爾的支持者——蓋斯黨（al-Qaysīyūn）及支持巫麥亞家族的亞馬尼黨（al-Yamānīyūn）之間的鬥爭。然而，辯駁詩也記錄了中世紀阿拉伯人的民族精神及伊斯蘭在東方，如波斯、印度、中國等地區的擴展狀況。在社會層面上，辯駁詩部落色彩濃厚，可說是恢復了蒙昧詩的特色，譬如其中的誇耀、復仇等主題，都違反伊斯蘭的精神。但是辯駁詩中呈現當時社會階層狀態，譬如阿可拓勒諷刺農夫輔士，加里爾諷刺穆加序厄部族的鐵匠職業，因爲當時從事製造業者都是奴隸階層。又如加里爾本人喝酒，但卻諷刺法剌資達各違背教義喝酒。在語言層面上，辯駁詩保存了蒙昧時期純正的阿拉伯語言，詞彙豐富，甚至有些詞彙的使用較蒙昧時期更稀有。學者們認爲若沒有法剌資達各的詩，阿拉伯語三分之一，或甚至三分之二的詞彙會失傳。在文學層面上，辯駁詩保存了傳統詩的意義與形式，與蒙昧時期的懸詩，如出一轍。此外，辯駁詩幾乎與經院哲學的興起同步，但詩中卻不含任何這些新興思想的相關議題，頗耐人尋味。[7]

[7] ‘Umar Farūkh, 1984, vol.1, pp.363-366.

第四節　縱情詩與純情詩

蒙昧時期每首詩的序言都被情詩所占據。由於一首詩都非單一主題，故甚難分辨一首詩是否爲情詩或其他主題詩，吟詩背景成爲分辨此議題的重要依據。情人的形象本書已在蒙昧時期提過，感官的愉悅是情詩的支柱，情人「美」的描述是整首情詩的靈魂。而情人的身世、所屬部落等皆與「美麗」息息相關，此觀念亦承襲至今，成爲阿拉伯情詩的特性之一。顯赫的身世與財富是襯托出美與優雅的條件，因此情人的衣著、飾品、香精、銻石眼線液、侍奉左右的女婢、駝轎等是詩人經常描述的議題。換言之，阿拉伯情詩中，物質始終左右著精神，或是營造整首情詩氣氛的方式。

巫麥亞時期出現文學史上最令人矚目的愛情詩，有代表純情神聖的愛情，也有代表激情放蕩的愛情，巫麥亞時期甚至被稱之爲「情詩時期」。

蒙昧時期息加資地區是阿拉伯半島商業中心，伊斯蘭興起後更成爲伊斯蘭政治、思想中心。巫麥亞時期執政者爲鞏固權力的憂患意識，導致將政治、經濟重心逐漸轉移至大馬士革，而阿里派的反政權中心也轉移至伊拉克的庫法，息加資地區逐漸失去其地位。拓赫．胡賽恩認爲長久以來，以伊斯蘭發源地及阿拉伯文明中心爲傲的麥加、麥地那人目睹故鄉的衰微，百姓不再能參與公眾事務，內心不免產生強烈的失望與落寞感。該地區人們乃將心力轉移：居住在城市的富貴者將心靈寄託在娛樂、歌唱上來麻醉自我；居住在沙漠的貧窮者則將心靈寄託在新興的伊斯蘭宗教上。因此，息加資地區同時醞釀出代表城市的「縱情詩」和代表沙漠的烏茲里「純情詩」。[8]

拓赫．胡賽恩此一獨見引起學者們的回響，咸認爲時代的變遷與權力的失落，醞釀出這地區的情詩，並以「感官性愛情」及「精神性」或「貞潔愛情」來區別兩者。[9]縱情詩是「感官性愛情」，烏茲里情詩是「貞潔愛情」。學者們並因此追溯這兩種愛情之源，將蒙昧時期某些詩人，如伊姆魯俄．蓋斯歸之於感官性情詩

[8] Ṭāha Ḥusayn, 1962, vol.1, p.188.

[9] 譬如Shukrī Fayṣal, 1959, pp.234,235,237; al-Jawārī, 1956, p.61; Mūsā Sulaymān, 1947, p.25.

的詩人，強調他們的放縱與露骨；某些詩人，如案塔刺因其對堂妹艾卜拉的專情，而將之歸類於貞潔情詩的詩人，並一再強調這類詩人的含蓄與節制。許多學者更以此爲論點，將「烏茲里情詩」此一專有名詞賦予較廣的涵義，凡貞潔、忠誠、一生僅鍾愛一位女人的愛情通稱爲「烏茲里愛情」。基於此，他們認爲「烏茲里愛情」可能發生在任何時間與空間，如蒙昧時期的大穆刺紀須及其情人阿斯馬俄、小穆刺紀須[10]及其情人法堤馬、烏爾瓦．本．胡撒姆（'Urwah bn Ḥuzām, d.650）及其情人艾弗刺俄（'Afrā'）[11]、案塔刺及艾卜拉等情侶之間所吟誦的情詩，皆屬於烏茲里情詩。

壹、縱情詩（al-Ghazal al-Lāhī）

一、城市的情詩

縱情詩是代表麥加等城市地區的愛情詩。其興盛的原因在於詩壇中奢靡風氣漫布，城市中流行歌唱，爲躲避政治與黨派鬥爭，詩人寧願沉醉於情愛世界。麥加與麥地那地區更因爲聖地所在，所累積的財富與權貴無數，引進許多羅馬、波斯的歌妓與樂手，爲富人生活添增情趣。他們的愛情詩歌受羅馬、波斯詩歌的影響，掙脫過去傳統詩歌的束縛，使用輕快而平易近人的詞彙，適於歌唱譜曲的韻律，吟誦娛樂性的短詩。這種阿拉伯人前所未有的愛情詩盛行於當時風氣甚爲開放的麥加、麥地那、拓伊弗等三大城市。

基本上，縱情詩詩人都狂戀美女，刻意尋求愛情。一旦愛情消失了或發現更美的女人，便放棄舊人，追求新人。所以，在詩中他們不會始終依戀著一位女子，且大膽的描述情人的身體及肌膚之親的快感等露骨的情境，是伊斯蘭興起之後的一股享樂派思潮。他們喜歡運用故事手法吟誦情詩，敘述冒險的情愛遊戲與感覺，反映當時文明社會中的自由思想與風氣。縱情詩中不再以憑悼屋宇、廢墟來訴情，而傾向描述愛的感覺，呈現世俗的享樂。用詞優美，不使用貝都因詞彙、文筆平易近

[10] 阿拉伯俚語「比穆刺紀須還迷戀」（Atyam min al-Muraqqish），比喻一個人爲愛所困，便是源自於他的愛情故事。

[11] 烏爾瓦與艾弗刺俄是堂兄妹關係，他爲了籌聘金而前往葉門。返鄉後堂妹已經許配他人。

人，詩韻都選擇適合歌唱的輕快格律。這種對話式情詩源於蒙昧時期，盛行於巫麥亞時期，而沿襲至今。

這類詩人如亞奇德．本．穆艾維亞、艾爾基（al-'Arjī）、阿賀瓦舍（al-Aḥwaṣ）、烏馬爾．本．阿比．剌比艾等。許多這類詩人出自名門，譬如亞奇德是巫麥亞家族的哈里發、艾爾基是正統哈里發烏史曼之孫。他們通常生活優渥，喜好聲色，經常在朝聖時節吟詩，追求名門閨秀。精於這類詩者以烏馬爾．本．阿比．剌比艾爲首，其詩節奏輕鬆、活潑，深富俠骨風情。以下是他一首膾炙人口的情詩片段：

我的朋友想知道我是怎麼回事，
對我說：你是否喜歡剌巴巴的姊妹，
那個殺人成性的人？
我說：我對她的愛，
猶如你無法喝水時之愛水。
誰為我到東雷亞那兒去？
經書見證，
我實在無法承受她離我而去。
麝香液奪走我的理智，
你們且問她，
是什麼奪走了我？
他們偕同她出來，
有如野牛在五顆隨行星中搖曳，
隱藏在她兩腮下，
青春之水蘊藏其中。
她是勤修道士的象牙雕像，
雕塑在長老道臺旁邊。
然後，
他們說：你愛她嗎？
我說：很多啊！
如同星星、石頭、泥土的數目。

二、烏馬爾情詩的價值

烏馬爾被譽爲當時城市的情聖，他的情詩在述說自己是一位女人所傾慕的對象，愛戀城市女人，而女人會爲他而瘋狂。文學批評家們都認爲他的詩充滿了自戀的傾向，他讚頌的女人都是望族的美女，都具有高貴的氣質與優雅的形象，都被他塑造成情人的偶像。「愛」在他的眼中，是生命的樂園，是要享盡視覺、觸覺。儘管詩中的女人常常改變，並不影響他吟詩的眞實感情，實際上，他吟情詩是在表達對這唯一的「美」的感受，而這些詩中的情人幾乎都是在影射他自己。

貳、純情詩（al-Ghazal al-‘Udhrī）

在烏茲剌部落中出現代表阿拉伯貝都因人愛情的文學經驗，文學史上溯其地緣而稱之爲「烏茲里情詩」。該詩風也散布到其他部落中，如艾米爾部族，但都以「烏茲里情詩」通稱之。烏茲里情詩詩人皆終其一生爲同一位女人吟詩。[12]

巫麥亞時期阿拉伯半島上息加資地區的烏茲里情詩，在歷史上留下的詩人名字都附上所愛的女人名。最著名且文獻記載較多的詩人有加米勒．布塞納、蓋斯．陸卜納（Qays Lubnā）、蓋斯．賴拉（Qays Laylā）、庫塞爾．艾撒，其中布塞納、陸卜納、賴拉、艾撒分別是這些詩人的情人名字。

自古至今多數學者對此文學現象的研究著重其環境背景的溯源，主要的原始資料首推阿舍法赫尼的《詩歌集》，其次是伊本．古泰巴的《詩與詩人》（Ash-Shi‘r wa-sh-Shu‘arā’）及伊本．薩拉姆的《詩人階層》等。現代學者艾卜杜．格迪爾．格圖（‘Abd al-Qādir al-Qaṭṭ, d.2002）在其著作《前伊斯蘭與巫麥亞時期詩》（Fī ash-Shi‘r al-Islāmī wa-l-Umawī）一書中曾提及這是一場運動。[13]穆罕默德．巴陸息（Muḥammad Balūḥī）在其《阿拉伯現代文學批評中的烏茲里情詩》（Ash-Shi‘r al-‘Udhrī fī Ḍaw’ an-Naqd al-‘Arabī al-Ḥadīth）一書中對古書在此方面的記載存疑。

---

[12] 鄭慧慈，〈從阿拉伯原始文獻看歐茲里情詩的感官性〉，vol.1, No.1, pp.114-141.

[13] ‘Abd al-Qādir al-Qaṭṭ, 1979, P.72.

一、烏茲里情詩的起源

伊斯蘭興起後，文明的變遷影響人民的生活方式和思想模式，許多社會價值觀隨之而變，這種現象深刻反映在麥加、麥地那及其附近富庶谷地的息加資地區人們的思想中。他們無需為爭奪水草而和其他部落戰爭，該地區詩人因此不像其他部落詩人一般仍然遵循傳統，藉由吟唱誇耀詩，積極的向情人誇示自己的勇氣、家世等；反之，他們一方面保守著蒙昧時期詩人在部落中所享有的殊榮與沙漠詩人的特質；另一方面嘗試接受新文明所帶來的新觀念，不願意停留在蒙昧時期落伍思想中，並遊走於當時的大都市，如麥加、麥地那、大馬士革、開羅、伊拉克各都市以及沙漠之間。在思想極度矛盾與衝突，價值觀的急遽改變之下，產生詩人集體對政治與社會變革的自覺意識，醞釀出反部落禮教的審美理想。

絕大多數這些詩人終其一生僅吟誦情詩，[14]運用詩作表達因愛所遭受的痛苦與煎熬，對時代的變遷做出明確的反應，形成特殊的文學思潮。他們在詩中一方面對宗教表現順從，表達畏懼阿拉、禁欲、貞節等美德；另方面卻無法克制自己對情人的愛慕和渴望，反映出內心強烈的交戰。對於這種集體的心理現象，古籍的記載似乎將它歸因於「部落性格」。譬如：有一位烏茲剌族人被問及：「為何你們的心有如鳥兒的心，如此脆弱，有如鹽巴融於水裡，你們難道不會堅強嗎？」他答道：「因為我們會望進人的眼窩裡，而你們不會。」[15]又據傳述有人問烏茲剌人：「你是哪裡人？」此人答道：「我是來自一旦愛上人就會死的那一族。」另外有人問烏茲剌人：「你們的心是否是人們中最細膩的？」他答道：「是啊！我已經知道有三十個年輕人因愛而死呢！」又如加米勒在布塞納結婚後仍在布塞納女性眷屬的掩護之下，與她共度一夜。[16]對於傳統社會的女子而言，這種行為豈止是不貞？然而烏茲剌族人顯然對於「愛」有勝過「傳統禮教」的認知，宗教或傳統禮俗對詩人，甚至對於整個沙漠部落並無束縛力量。上則故事中，布塞納女性眷屬對「愛」有不同於一般阿拉伯社會傳統的價值觀。又如賴拉父親聽聞瘋子蓋斯的死訊後，與眾人一同去哀悼他，極其傷心的哭泣，後悔沒將女兒許配瘋子蓋斯，為自己對他的所作

[14] 唯庫塞爾吟誦其他主題的詩。

[15] Ḥannā al-Fakhūrī, 1991, vol.1, p.471.

[16] al-Aṣfahānī, (n.d.), vol.8, p.115.

所為感到遺憾，[17]也充分顯現該地區居民柔軟、善感的性格。

針對這種現象，現代學者法魯可認為這些詩人的個性軟弱，缺乏男子氣概，因此吟誦這種詩來補償個性上無法放膽享樂的缺憾。[18]蕭紀．代弗將此解釋為「伊斯蘭的影響」。因為伊斯蘭宗旨在淨化人的心靈、在免於一切罪惡，而城市的遊樂風氣尚未影響這個部落，詩人所秉持的是崇高的教義。這種「純潔」的愛火深藏在詩人的內心，最後變成心病，無法自拔。[19]

阿拉伯傳統詩特性的傳承，在阿拉伯文學裡始終非常鮮明。巫麥亞時期的烏茲里情詩在感官描寫上，是由蒙昧時期傳承而來，並無太大差異。但是在詩的形式與內容上卻獨樹一格，且對後來的情詩創作影響深遠。學者們以「感官」與「貞潔」來劃分情詩甚為勉強。就伊斯蘭社會標準而言，烏茲里情詩兼具兩者，是該時代的一股新思潮，是時間結合空間的特殊文學產物。

二、集體愛情經驗

這些愛情故事的主角皆經歷類似的愛情經驗。這些情人彼此相互吸引的最初原因顯然都建立在感官視覺的愉悅，譬如當時看見瘋子蓋斯的女孩都驚嘆他的俊美，主動要求他留下來聊天。瘋子蓋斯膚色白皙、身材修長、富魅力。[20]同樣的，賴拉的美貌也是維繫愛情的重點。加米勒在駱駝飲水的水源處遇見布塞納，布塞納令他心儀。在慶祝節日時，他與一群夥伴遇到裝扮後的布塞納，同行的友人察覺到他的眼神中對布塞納透露愛慕之意，事後加米勒興奮的為她吟詩：

倉促的分手，
但願未曾匆匆，
欣喜得淚流滿頰。
……
你無法再見布塞納，

[17] al-Aṣfahānī, (n.d.), vol.2, pp.90-91.
[18] Ḥannā al-Fakhūrī, 1991, vol.1, pp.367-368.
[19] Shawqī Ḍayf, 1963, P.359.
[20] al-Aṣfahānī, (n.d.), vol.2, p.23.

分別後重逢，
得遙望明年。

他們的實際戀愛過程都脫離不了「感官」的支撐，縱使如庫塞爾和艾撒，庫塞爾身材矮小，艾撒長相平凡，但彼此感官上卻也相互吸引。[21]曾經有人問庫塞爾：「你到底從艾撒那兒獲得了什麼？」他說：「事實上沒有啊！我只要抓住她的手，然後放在我的額頭上，我就心滿意足了」。[22]阿布·法拉賀·本·邑馬德（Abū al-Fallāḥ bn al-'Imād, d.1089）在《金砂》（Shadharāt adh-Dhahab）一書提及庫塞爾曾經藉著親吻艾撒時，將一顆貴重的珍珠送入她嘴裡。[23]我們可以從這些詩人的詩中找到許多感官性的文詞，如加米勒在修飾布塞納時使用味覺、嗅覺、觸覺與視覺來構詩：

你倆今兒個留下來，
代我問候齒甜體香的女孩。
你倆只稍停留，
縱使入土我仍感激涕零。
……
猶記離別的夜晚，
緊握她的手，
黑白分明的眼眸，
彷如滿月的臉蛋。

基本上，在阿拉伯古典文學裡，純精神性的愛情應該是不存在的，因為阿拉伯人的價值文化，幾乎都依賴感官而建立或發展出來。譬如「慷慨」是阿拉伯人處世的最高價值之一，因為沙漠生活困苦，經常可能因缺乏食物而失去性命。阿拉伯語中「慷慨」與「高貴」同詞源，一個「君子」（karīm）與「慷慨者」（karīm），

[21] Ibn al-'Imād al-Ḥanbalī, 1994, vol.1, pp.131-132.
[22] Khayr ad-Dīn az-Ziriklī, 1984, vol.5, p.219.
[23] Ibn al-'Imād al-Ḥanbalī, 1994, vol.1, p.131.

在語言上並無區別。了解生活在沙漠中首要目標是解決基本維生問題的人，很容易體會爲人慷慨便會是一位君子的道理。相對的，「吝嗇」便成爲可憎的人格缺憾。道德標準的二分法在古典文學中成爲普遍的概念，而烏茲里情詩詩人在這種文化傳承中，儘管他們都極力在詩中表達自己的節欲，卻無法脫離感官主導思想的族群性格。

烏茲里情詩中詩人都直呼情人的名諱，明顯違反部落社會的傳統，也導致愛情終歸失敗，譬如瘋子蓋斯的父親曾說：「他是我最疼愛的兒子，他愛上族裡的女孩，可是這女孩無法和他結婚，因爲自從他兩人的戀情傳開後，她父親就把她許配給別人了」。[24]瘋子蓋斯家人曾爲改善他的精神狀況挺身而出，集體向賴拉父親提親，甚至提出優厚聘金作爲條件，賴拉父親非常強硬的拒絕，並立即將女兒許配他人。

有些詩人眼見情人與他人結婚心靈受到極度創傷，譬如瘋子蓋斯求婚未能如願，賴拉隨後嫁給別人，[25]因此吟道：

瘋子，你的心怎麼啦？
因為愛一個無法得到的人而沮喪。
情和愛是心的兩條弦，
在我心中永駐。

瘋子蓋斯在賴拉家人阻止兩人的往來後，人們看見他赤裸著身體到處遊蕩，玩泥巴、石頭，甚至於和野獸、羚羊爲伍，同居共食。然而，一旦提及賴拉卻又恢復理智，能吟詩讚美賴拉而不出任何語言或韻律上的錯誤。他自己對此也曾吟詩記載：

一旦提及賴拉，
我就回神了，
腦海湧入的愛，

[24] al-Aṣfahānī, (n.d.), vol.2, p.21.
[25] al-Aṣfahānī, (n.d.), vol.2, p.15.

讓最珍奇的思維，
再度歸來。
他們說：正常啊！
他並沒有被精靈觸摸，
所謂瘋狂全是毀謗。
愛的證人是我雙眸的淚，
愛削去我的眉骨，
還有那肩膀上的肉。

瘋子蓋斯曾遇到賴拉丈夫，嫉妒得無法自控的吟道：

你的主見證，
清晨以前賴拉是否擁在你懷裡？
你曾否親吻她？
賴拉的瀏海，
是否像延命菊上的露珠，
閃爍在你跟前？

瘋子蓋斯瘋狂到兩手抓住炭火，兩隻手掌心肉被炭火燒焦剝落，直到昏厥，牙齒也咬斷了嘴唇。詩人內心除了嚴重受創之外，始終存有對愛情很高的期待，這種心理狀況造成詩人經常處於內心交戰的狀態，譬如庫塞爾的詩：

夜裡她若為我燃起燈火，
我便憂愁，
輾轉難眠過一宿。
我變成有兩顆心：
一顆是病懨懨的絕望心，
憂鬱不斷來探訪。
一顆是與她破鏡重圓的心，
更增妒者的憤怒。

烏茲里情詩集體思想趨向可歸納如下：

（一）打破八股的詩體，開創主題單一的情詩

烏茲里情詩詩體擺脫了傳統多主題詩體的束縛，每首詩僅有單一主題，不再吟誦冗長的序言，即使如庫塞爾的詩仍然難免描述廢墟、情人的故居，卻都迅速簡短的連接到主題，或將這些傳統序言的意義融入主題中，如加米勒的詩：

兩位好友啊，
你倆生平可曾見過
如我一般的被殺者
因愛慕兇手而哭泣？

詩人習慣使用輕快韻，加上平易卻不低俗的語言，而演變成民歌。

（二）使用記述、對話性的簡易文筆使得詩中意象清晰

詩的意境簡單樸實，不華麗、不矯飾，其情感純粹出自熱情，不諱言內心的任何細微感受，包含失望、哀悼等，[26]譬如加米勒的詩：

他們說：他中邪了，
想她想瘋了，
我發誓既未瘋，
也未中邪。
發誓絕不忘記妳，
只要太陽仍升起，
海市蜃樓仍在荒郊曠野誘惑人。
只要星星仍高掛天上，
樹枝仍長著酸棗葉。
布塞納，

[26] ‘Abd al-Qādir al-Qaṭṭ, 1979, P.145.

我心愛你之深，
如同酩酊醉漢熱愛酒。
……
我迷戀，
無法思念，
淚水溢滿襟。
呀！但願我知道，
是否須度過一個夜晚，
如同我們過去的夜晚，
直到破曉時光？
她施捨我們美言，
獻上嘴裡的蜜汁。
……
你倆請為我說情，
問候她，
願阿拉的瑞雨滋潤她。
請你倆向布塞納提及我，
看她是否會坦然，
或悄悄憶及我？
倘若她未曾切斷我們的情意，
沒有忘卻我過去的付出，
將會顯現思慕、離愁，
雙眼將溢滿淚水。
若她已背棄誓約，
聽信斥責、毀謗者之言，
她將會迴避。
我內心的她，
不曾欺騙、背棄啊！

透過對情人不斷的對談，來連貫整首詩，譬如瘋子蓋斯說：

固執非難的心啊！
若你有理智，
怎麼不清醒？
別再追求白皙的女子。
戀愛的人都醒了，
你也醒吧！
是你迷失了，
執著於賴拉。
有愛的都淡忘了愛情，
戒掉愛情，
而你還迷戀著賴拉。
我的心說：
我並沒有罵你，
你反倒急著責備我。
你的眼睛充滿斥責，
告訴你的心，
受難者的感受。
阿拉詛咒出賣朋友的，
我說：是啊！若你也曾如此，
就你除外吧！
我對她說：賴拉啊！
阿拉見證，
我最遵守諾言，
雖不曾有罪，
但假設我有罪，
賴拉呀！
寬恕是最美的。
若妳想跟我爭吵，
請便吧！
甚至若想殺我，

妳的判決最公允，
我的白晝太長了，
長得叫我厭倦，
枯竭的夜晚更是漫長。

（三）詞彙、譬喻格式化

烏茲里情詩中，情人的特徵大致可歸納如下：烏黑的頭髮、玫瑰色的雙頰、白晰細嫩的皮膚、迷人的雙眼、纖細的腰、如延命菊的牙齒、如羚羊的長頸、豐滿以致於走路困難的臀部、芬芳的玉體、羞澀的性格等，都不出貝都因人的審美觀，譬如瘋子蓋斯曾描述賴拉的五官與身材如下：

她的臉蛋若遇上圓月，
佳色猶勝。
上是彎彎月牙眉，
下是圓潤豐臀，
蘆葦腰纖細，
小腹緊縮，
玫瑰雙頰，
清晰的嘴，
雙腿細嫩豐勻，
貝齒工整，
牙齦光潤。

在另一首詩中他吟道：

徹底的白，
彷如夜空中的明月。
烏溜溜的黑眼珠，
無需畫上眼線液。

他們習慣使用特定詞彙，來象徵隱藏在內心的情感世界，如駱駝、羚羊、羔羊、鴿子、麻雀等需要安全或保護的柔弱動物，運用以描繪感情，譬如瘋子蓋斯的詩：

妳就像惡狼，
曾經飢渴的對羔羊說：
妳怕了，
你不就是去年無緣無故咒罵我的那隻羊嗎？
她說：我今年才出生啊！
……
妳又像麻雀的屠夫，
雙眼愛不釋捨的對他們哭泣。
賴拉！
妳別去看他的眼睛，
要看他的手在對麻雀做什麼。

瘋子蓋斯將情人比喻爲假慈悲的劊子手正在哭憐他的俎上肉，即詩人自己。又將她譬喻爲尋找藉口以吞食羔羊的惡狼，詩人本身是那隻聰明卻無奈的弱羔羊，情人的強勢與詩人的弱勢形成強烈的對比。詩人藉以譬喻自身的動物又如「鴿子」，譬如加米勒運用叢林裡因失去伴侶而哭號的鴿子，表達內心的脆弱、煎熬與矛盾：

叢林裡有個號喪者，
我怎麼卻不哭呢？
細腰的女孩已離我而去，
叢林的鴿子，
是否為失去伴侶而哭泣？
忍耐麼？我怎麼啦？
唯獨對布塞納我無法忍。

他們使用相似的詞彙、營造相似的意象，許多詩人的詩就難免大同小異，無法有鮮明的個性區別，令讀者混淆，許多詩節因此有被人杜撰之嫌。[27]譬如他們使用類似希臘神話中愛神的箭，來表達愛之深，如蓋斯說：

陸卜納的箭射入我心底，
百發百中。

庫塞爾也說：

她的箭射中你，
一旦中箭，
傷好不了。

加米勒說：

她用深藍色羽毛的箭射我，
沒傷到我皮，
卻傷了我心。

他們不同於前人，經常使用自然界詞彙，譬如投射在對「夜晚」的描述，意義格外鮮明，瘋子蓋斯便說：

賴拉怎麼啦？
夜晚不見她在我床上，
也沒有鳥兒帶來訊息。
有啊！
倘若帶著賴拉，
就有鳥兒會飛來，

[27] ʻAbd al-Qādir al-Qaṭṭ, 1979, pp.134, 143-145.

卻沒有驅策鳥兒的人。
我的白天和人們的一樣，
一旦夜晚來臨，
床就驅策我朝妳奔去。
我談天、充滿期待的度過白晝，
夜晚憂愁難眠。

「星辰」、「日」、「月」、「風」有表達思念、美、憂慮、煩惱等情緒的功能，也可能是引發詩人哭泣、思慕的外在因素，[28]譬如瘋子蓋斯的詩：

艾立亞高地風，
若席捲著乎扎馬風，
是否會吹到納几德來？
我是否將歲月消耗在
兩背脊瘦削、步伐快速的駱駝上？
我是否教歲月聆聽駱駝聲，
從肥沃的高地到深谷？

又如：

是否東風迎面吹來？
我是否思慕哈珊之母[29]的清涼貝齒？
她齒間的甜酒，
摻和夜末的露珠，
彷如少女一般。
我眼睛凝視著火，
如同看見雲端的閃電。

[28] ‘Abd al-Qādir al-Qaṭṭ, 1979, p.134.
[29] 賴拉另一個別號。

這些譬喻目的在象徵背後的理念世界，描寫詩人內心的感受。他們經常提及的主題有：離別、情人的影像、詩人的痛苦、吝嗇與矜持等，形成一種獨特的新形式。

（四）塑造介於幻想與現實的「愛情道德」

「烏茲里情詩」明顯表現出「文學爲愛情服務」的現實主義精神，在「敬畏阿拉」的前提下提升愛情的境界，強調這種愛是遠離肉體的情欲，譬如加米勒的詩：

我對阿拉，
不對人們，
訴說我愛她的苦。
被驚嚇的愛人，
難免牢騷滿腹。
妳難道不畏懼阿拉，
妳殺了一位，
順服、謙卑的人。

在實際愛情生活面及詩的外在意義上，烏茲里愛情與柏拉圖式的愛情有極大的差異，譬如加米勒的詩：

你們去訪她吧！
要常拜訪情人，
對戀愛者而言，
探訪情人何其容易！

他又吟：

我離去時，
她對我哭訴強忍的思慕。
她說：在這兒過一宿，

好讓我傾訴。

瘋子蓋斯也說：

我的心只愛艾米爾女孩，
她有個艾姆爾的綽號，
卻未曾生艾姆爾。
摸了她，我的手幾乎濕了，
在她的四肢孕育出綠葉。

（五）表現特殊價值觀

1.挑戰政權與社會禮教，反抗不合理的現實

遠自蒙昧時期阿拉伯詩人便常爲各種目的吟詩，其中最常見的是讚頌權貴以求取生計或財富。巫麥亞家族開啓政權世襲制度之後，由於政爭激烈，這種現象更爲明顯。加米勒在他的詩裡便提到當時哈里發馬爾萬要求加米勒吟詩讚頌他，被他拒絕。[30]在這些詩人的性格中顯然都具有反抗傳統的特質。

伊斯蘭社會中，政治甚少介入私人感情，僅在被動的狀況之下才會干預情人之間的事務，此特質至今依然。然而，巫麥亞家族政權似乎成爲詩人流離失所、被放逐、追殺的主因，烏茲里詩人如加米勒、蓋斯、瘋子蓋斯都遭遇政治的壓迫和威脅。對干涉詩人感情的執政官，詩人表現出毫不畏懼的精神。詩人「反權勢」的獨特性格洋溢在他們的詩句裡，譬如蓋斯在受官方威脅時吟道：

你們將她隔離，
毀謗者、王公威脅的言語，
杜絕我和她聯繫，
卻絕不能隔離我雙眼永遠的哭泣，

[30] al-Aṣfahānī, (n.d.), vol.8, p.132.

絕不能擁有我這瘋狂心的所有，
我向阿拉申訴，
我因愛遭受的折磨。

瘋子蓋斯也吟：

賴拉不已經被隔離了嗎？
總督立誓要我杜絕訪她，
他們威脅我，
最順從的竟是我父和她父。

當眾人都警告加米勒不可與布塞納私會時，他毫不畏懼的吟道：

即使有一千個嫉妒者想隔離布塞納，
人人都堅決要殺害我。
我也會白晝公然找她，
夜晚潛行會她，
即便打斷我的腿。

當哈里發馬爾萬警告加米勒要割斷他舌頭時，他吟道：

馬爾萬派人索取我的命，
割斷我的舌頭。
我的救星有駱駝，
大地有我的避難所，
只要我安上韁繩。

官方介入情感是此情詩獨特的現象，頗令後人不解，代弗認為此問題是古代傳述者誇大的杜撰。[31]部分學者也將這些解釋爲文人杜撰出來的插曲，藉以增添故事的淒美。頗耐人尋味的是：若這些故事情節是古人所杜撰，這些文人無疑在撰寫另一部反映巫麥亞時期民間思潮的作品，他們意欲塑造當時政權與詩人之間的角逐，表達巫麥亞政權因暴動不斷及阿里派的壓力之下，需極力護衛權勢。畢竟這些詩人無興趣於攀附權勢，對哈里發家族而言，毫無利益可言。詩人們也在暗示：官府藉著對詩人的干預來警示百姓，統治者才應是伊斯蘭世界的焦點，詩人不應藉情詩的流傳，搶走哈里發家族的光芒。這些傳述目的或許在凸顯政治介入感情，終致烏茲里詩人流傳千古，詩人獲得最後的勝利。

此外，詩人在詩中呈現露骨的言詞，嚴重違反傳統。譬如瘋子蓋斯在描述賴拉時使用的詩句：

她雙頰陳鋪血紅玫瑰，
眼睛一旦呵癢，
恢復成紫羅蘭。
我整夜對她傾訴。
……
對她說：
賜我一個吻，
讓我心得以痊癒。
她賣俏的說：
我為豐臀所苦，
無法負荷，
它一擺動，
便拉扯我的肢體。

瘋子蓋斯在詩中除了不斷呼喚賴拉之名外，有時候也以賴拉著名的別號，如「馬立柯之母」等來稱呼她，明顯在向眾人宣告賴拉的身分：

---

[31] Shawqī Ḍayf, 1963, p.360.

馬立柯之母啊！
儘管阿拉國度如此遼闊，
我卻僅有狹隘的一日。

又說：

我對賴拉的盼望，
白了我後腦杓，
讓我的心熱戀。
我的兩位朋友啊！
倘若夜的災禍降臨馬立柯之母，
請你倆為我尋找號喪人。

2.死亡觀

烏茲里情詩詩人經常提及死亡，擁抱死亡，明確表達對死亡的態度，顯然與前期詩人不同，譬如瘋子蓋斯在求婚絕望後曾吟道：

我要心安慰我，
它跟我說：
從今爾後你要絕望，
我不要你忍。
倘若你所愛遠離，
墳裡安眠是最美了！
當我們在米納高坡[32]時，
有人祈喚，
激起我心雀躍而不自知。
呼喚賴拉之名，

[32] 朝僅儀式中第一天穆斯林要從麥加往東邊無人居住的鄉村米納（Minā）搭帳篷過夜。

彷彿藉著賴拉，
使我心中的鳥兒飛翔。
以賴拉之名祈禱，
阿拉讓他在疾走[33]中迷路，
賴拉遠在荒漠間。[34]

又吟：

我感覺返回的愛要殺死我，
原本這愛對我是不足的。
沒有災難的愛不會好，
受難的人有如心弦被拔起。
斥責它的人如果說：等等吧！
愛會說：我要的不是這種話。
它經常碰上失望，
殺死我，
希望的微笑，
讓我活過來。

又吟：

我若因害怕失望而亡，
「希望」會救活我，
曾經多少次死後又復活。

他們在詩中賦予「死亡」新的概念，屬於伊斯蘭的思想，認爲死亡是掌握在阿拉手裡，譬如加米勒在詩中說：

[33] 指朝僅儀式中在馬爾瓦（al-Marwah）及沙法（aṣ-Ṣafā）之間的疾走（Sa'y）。
[34] al-Aṣfahānī, (n.d.),vol.2, p.22.

願神再賜我一次，
主將知道我多麼的感恩。
倘若她索取我的生命，我會獻上它、捨棄它，
若這是我能決定的話。

當加米勒父親受託於布塞納家族，力勸加米勒不要再迷戀時，加米勒說道：「倘若我能抹去對她的記憶，或抹去她在我眼裡的影像，我早就做了。但我沒辦法啊！這是我這一生必得遭受的，……」。[35]

詩人反映伊斯蘭的死亡觀，死亡是從今生到後世的過渡階段，卻不是結束，每個靈魂在最後審判日都得甦醒，接受審判。死亡是新生命的開始，是「希望」之地，譬如加米勒的詩：

主啊！我依賴祢！
布塞納在今世離我如此遙遠，
但可不要在最後審判日啊！
求祢在我死後讓我與她為鄰，
若她與我的墳為鄰，
死亡會多麼美好！

三、烏茲里情詩的價值與影響

（一）記載阿拉伯式的自由戀愛

詩人勇敢傳達阿拉伯人內心深處的愛情觀，詩人與情人之間幾乎是無視禮教的戀愛、約會。儘管他們認同「貞潔」是眞正愛情的基礎，但是他們眼中的「貞潔」尺度顯然不同於傳統社會所下的定義。

文壇上「烏茲里愛情」已經成爲歷代詩人在寫作情詩時的典範，詩中或多或少會出現「烏茲里情詩」的意義和詞彙，譬如穆塔納比（al-Mutanabbī）在西元957年

[35] al-Aṣfahānī, (n.d.),vol.8, pp.129-130.

吟的詩：

你病夠了，
將死亡看成良藥，
死亡成了希望。

又如現代詩人伊卜剌希姆．伊姆提亞資（Ibrāhīm Imtiyāz）的詩：

我對真理的愛戀，
不分日夜，
如同瘋子蓋斯之愛戀賴拉。
蓋斯嘗盡分離，
我自幼至今未曾嘗到分離。

（二）顯現伊斯蘭對情詩認同的尺度

宗教學者們在解釋詩人談情愛，對情人傾訴情愫時，都認爲最寬的尺度是詩中不得影射某位特定的情人，[36]該尺度如前述早已存在蒙昧時期的傳統價值裡。而烏茲里情詩彷彿在探測宗教寬容度的底限，反映新時代的情詩型態，表現出宗教未束縛愛情的現象，也奠定日後情詩中宗教尺度的基礎，譬如瘋子蓋斯爲愛也能讚美魔鬼的行爲：

對妳的愛讓我忘卻甘醇餟飲，
妳的愛讓我到處哭泣，
妳的愛讓我忘了禮拜。
沒有讚頌阿拉，
沒有誦讀《古蘭經》。

---

[36] Mustafā ‘Alyān在敘利亞伊斯蘭文學協會以題爲〈前伊斯蘭時期與烏茲里情詩〉（Al-Islāmīyah wa-sh-Shi‘r Al-‘Udhrī）的講詞，參見http://www. odabasham.net/show. php? sid= 462

瘋子又吟：

魔鬼的行為多美，
倘若祂作魔法愛她。

瘋子蓋斯更使用「愛酒人」來譬喻愛：

我用賴拉來醫治我對賴拉的愛，
如同飲酒人用酒來治病。

烏茲里情詩詩人也會提到情人虔誠的做禮拜及伊斯蘭的節慶等。瘋子蓋斯的父親帶著他到麥加朝聖，囑咐瘋子蓋斯祈求阿拉讓他逃脫迷戀賴拉的深淵。同時間，瘋子蓋斯卻虔誠的祈求阿拉增加他對賴拉的愛戀。[37]他曾吟以下著名的詩：

一夜一夜的數著夜晚，
我曾活過無需遍數夜晚的歲月。
只見自己一旦做完禮拜，
奔向她，
將禮拜堂拋諸腦後，
我怎是多神思想？
無奈對她的愛，
如同哽在喉嚨的刺，
讓大夫束手無策。

儘管宗教已經深入他們的生活中，但對他們的「愛情」並未形成束縛，而是他們精神寄託的對象。再觀前述許多露骨的烏茲里情詩在人們口中傳述，卻未遭致宗教人士的禁令，這些現象同時也出現在後來各時代的情詩中，譬如艾巴斯時期阿

[37] al-Aṣahānī, (n.d.), vol.2, p.22.

布．努瓦斯（Abū Nuwās）、巴夏爾．本．布爾德（Bashshār bn Burd）的情詩。阿拉伯歷史上鮮少純粹因情詩逾越宗教尺度而遭受懲罰的詩人，世代阿拉伯情詩因而得以自由發展。烏茲里情詩極可能是伊斯蘭興起後，詩人在情詩中公開戀情、逾越宗教尺度的開創者。

第五節　代表詩人

（一）蓋斯．陸卜納（Qays Lubnā, 625-680）

原名蓋斯．本．儒雷賀（Qays bn Dhurayḥ），是麥地那詩人，其母是正統哈里發阿里兒子胡賽恩的奶媽，因此他與胡賽恩形同兄弟。蓋斯在一次的旅行中，認識了陸卜納，一見鍾情，並隨即向她求婚。陸卜納父親原本不肯答應他們的婚事，最後被他的癡情感動而完婚。然而婚後不久，蓋斯父親便逼迫蓋斯休妻，他在親情與愛情無法兩全之下休妻，從此落入痛苦深淵，仍私下與陸卜納來往。陸卜納父親將她許配別人，並報知哈里發穆艾維亞，警告蓋斯若再與陸卜納聯繫，將取他性命，蓋斯終致消瘦、憔悴，為愛而死。[38]

（二）蓋斯．賴拉（Qays Laylā, 645-688）

原名蓋斯．本．穆絡瓦賀（Qays bn al-Mulawwaḥ），又稱「瘋子蓋斯」，納几德人，與賴拉是青梅竹馬。他經常在納几德、息加資、大敘利亞等地到處遊蕩。由於無法與賴拉結合而憂鬱、瘋狂，行為怪異，經常與動物為伍，最後死在石頭堆裡，屍體被人運回鄉埋葬。有些學者，如文史學家阿舍馬邑認為他是一位不存在的人物。伊斯蘭曆二世紀阿拉伯文豪加息若認為，阿拉伯人只要在詩中見到有「賴拉」的名字，便將它歸之於瘋子蓋斯的詩。[39]鑑於口述文學的特性，其事實眞相已無法得知。

（三）加米勒．布塞納（Jamīl Buthaynah, d.701）

原名加米勒．本．艾卜杜拉（Jamīl bn ‘Abd Allāh ），出生於息加資區的古剌窪地（Wādī al-Qurā）。年輕時愛上堂妹布塞納，彼此相愛甚篤，而被稱為「加米勒．布塞納」。加米勒吟許多情詩讚頌布塞納，招致女方家人不悅，極力反對他們交往。當他向女方提親時，自然失望而返。此後，加米勒經常偷偷潛入布塞納家中與她幽會，女方家族得知消息，準備群集捉拿他，並隨即將布塞納許配他人。加米

---

[38] ‘Umar Farūkh, 1984, vol.1, pp.424-425.

[39] al-Aṣfahānī, (n.d.),vol.2, p.8.

勒因此吟詩諷刺布塞納家人，且與布塞納藕斷絲連。女方家人求助於麥地那總督，揚言要殺加米勒，加米勒只得走避葉門、敘利亞、埃及等地，最後卒於埃及。[40]

加米勒在詩中表現對布塞納的愛，是他生命中唯一的需求。他細膩的描述純美、專情的愛，情感眞實不矯作。然而詩中也很明顯的能看到伊斯蘭的影響，譬如會提到情人虔誠的做禮拜，提到伊斯蘭的節慶等。

（四）賴拉．阿可亞立亞（Laylā al-Akhyalīyah, d.ca.704）

全名賴拉．賓特．艾卜杜拉．本．剌哈勒（Laylā bint ‘Abd Allāh bn ar-Raḥḥāl）。她姿色秀麗，語言純正，熟悉歷史事件，熟悉阿拉伯人的世系，並傳述詩文。陶巴．本．胡麥業爾愛戀她，吟詩讚美她，詩文流傳於坊間。因此當陶巴向她家人提親時，家人斷然拒絕。陶巴繼續探訪賴拉，終致女方家長求助執政官，威脅他若再訪賴拉，其家人可殺之。賴拉在家人的安排下，嫁給阿德拉厄（al-Adla‘）族人。儘管如此，賴拉仍然吟詩讚美陶巴。陶巴因爲經常參與戰爭，死於戰爭中。陶巴死後，賴拉吟許多詩哀悼他，終其一生都生活在淚水與哀傷中。她較陶巴多活約十年。

許多批評家將賴拉與漢薩俄列於相同地位。語文學家穆巴里德認爲此二女詩人強過許多男詩人。文史學家阿舍馬邑認爲賴拉勝過漢薩俄。

賴拉的詩結構緊湊，言語純正、文筆優雅柔美，充滿女性的溫婉與眞情，擅長吟悼詩，尤其是哀悼陶巴、哈里發烏史曼的詩，也曾吟讚美伊拉克總督哈加几的詩及少數的誇耀詩。她與納比佳．加厄迪之間曾彼此互諷。

（五）阿可拓勒（al-Akhṭal, 642-710）

阿可拓勒生於基督教家庭，自幼失母，其父是塔葛立卜族的窮人，繼母經常虐待他。成長背景屬於純貝都因式，自幼便吟誦諷刺詩，爲伊拉克地區剌比艾族顯貴吟讚頌詩。其綽號「胡謅者」（al-Akhṭal）源於他伶牙俐齒或他的輕率。但許多學者認爲他在言語上很節制，也一直維持貝都因式生活，甚至於在宮廷裡也穿著貝都因衣服，唯獨嗜好飲酒，常常飲酒尋求作詩靈感。他擅長諷刺，熟諳論爭方式，對哈里發表現出絕對的忠誠。他曾娶妻，育有許多子女，因彼此不合，休妻另娶，卻

---

[40] al-Aṣfahānī, (n.d.),vol.8, pp.90-154; al-Jumaḥī, 1980, p.203.

常懷念前妻。

他的諷刺詩大多護衛巫麥亞家族及自己的族人，亦精於政治性的讚頌詩、詠酒詩及描寫大自然，如幼發拉底河、野驢、雲、雨、狩獵等。他的詠酒詩是他所有詩中最雅緻的，常常在各種主題中提到酒，認爲酒對身心都是享受。他較弱的是哀悼詩。他的詩除了文學上的地位之外，更是記載當時政治狀況的文獻，由於他本身也參與許多戰役，對巫麥亞時期的政爭、戰役、社會狀況有詳細的記載。

（六）烏馬爾・本・阿比・剌比艾（'Umar bn Abī Rabī'ah, 644-712）

烏馬爾是生於麥地那的古雷須族人，由於他生於正統哈里發烏馬爾過世的那夜，故取名爲「烏馬爾」。他的家族從商，家境富裕，經常遊走於息加資、伊拉克、大敘利亞、葉門地區，結交社會名流。自幼研習詩書，通曉《古蘭經》、聖訓、宗教、文學等。他外貌英俊，談吐優雅，一生多數沉迷於玩樂，詩中充滿對名門望族女子的愛慕，是一位詩壇情聖。當時社會高層女子紛紛以能被烏馬爾追求或讚頌爲榮，並蔚爲時尚。烏馬爾詩中追求過許多名女人，如哈里發烏馬爾・本・艾卜杜・艾奇資的妻子法堤馬・賓特・艾卜杜・馬立柯（Fāṭimah bint 'Abd al-Malik）、瓦立德・本・烏特巴・本・阿比・蘇弗顏太太拉巴巴（Labābah）、艾伊夏・賓特・拓勒哈（'Ā'ishah bint Ṭalḥah），以及恆德・賓特・哈里史・馬里（Hind bint al-Ḥārith al-Marī）、東雷亞・賓特・艾立・本・哈里史（ath-Thurayyā bint 'Alī bn al-Ḥārith）等都是當時王宮貴族女眷。烏馬爾因爲對朝聖的女人吟情詩，[41]遭哈里發放逐到葉門海域紅海南部的達合拉柯（Dahlak）小島，在一次的海上戰役中，船隻著火，溺水而死。達合拉柯是巫麥亞政權以來，伊斯蘭政府急於鼓勵移民的島嶼，是當時海上貿易的中途島，因其氣候炎熱，也是執政者放逐異議與叛亂份子的地方。

烏馬爾的詩詞彙優美、平易近人，常常呈現對話或故事型態，讓人有反璞歸眞之感。由於他吟誦的情詩，都想適合譜曲歌唱，故不吟誦長詩。有些文學批評家認爲他缺乏思考和想像力，他的詩往往在描寫現實經驗，細膩的描寫事件的過程是他的長處，詩中透露出他追求「美」的內心世界。

[41] 對此，史學者說法不一。許多傳述指向這位女子是法堤馬・賓特・艾卜杜・馬立柯，並提及烏馬爾與法堤馬有一段情。

（七）艾加几（al-‘Ajjāj, d.715）

全名阿布．夏厄山俄．艾加几．本．魯俄巴（Abū ash-Sha‘thā’ al-‘Ajjāj bn Ru’bah），別號「阿布．夏厄山俄」，即「夏厄山俄之父」。夏厄山俄是他的女兒名字。艾加几出生於巴舍剌，他在巴舍剌認識聖訓傳述家阿布．忽雷剌，聽聞他敘述許多的聖訓，他也在詩中讚美阿布．忽雷剌。艾加几除了女兒外，有兩個兒子，即名詩人魯俄巴．剌基資（Ru’bah ar-Rājiz, d.762）和古拓米（al-Quṭāmī, d.719）。

艾加几所吟的剌加資詩很著名，加息若認爲他的剌加資是詩人中首屈一指的。穆爾塔大．茹拜迪（al-Murtaḍā az-Zubaydī, d.1790）甚至認爲他是最佳的詩人。艾加几擅長於描寫沙漠及沙漠動物，特別是駱駝。語言學者常用他的詩例作爲佐證。他擅長誇耀、讚頌詩，詩中充滿伊斯蘭詞彙。

（八）堤里馬賀．本．哈齊姆（aṭ-Ṭirimmāḥ bn Ḥakīm, d.718）

「堤里馬賀」意爲：身材修長者。遷徙年（622）之前他生於大敘利亞地區，隨著聖戰軍隊來到庫法，學習「書剌」學。他與庫麥特是至交，然而庫麥特是什葉派「尼撒爾派」（Nizārī），而堤里馬賀源於葉門格賀覃部落，是屬於卡瓦里几派。

堤里馬賀從事教學，一生窮苦清高，不曾爲求俸祿而吟詩。他詩作雖佳，卻因是混血兒，詩中充滿奇異的詞彙，不爲語言學者所採證。其詩主題大多是誇耀、辯駁，有時會用阿拉姆語吟詩，擅長描寫牛、鴕鳥等，其諷刺詩犀利刻薄，但因語意多誇張、重複而文學價值銳減。

（九）阿賀瓦舍（al-Aḥwaṣ, d.723）

「阿賀瓦舍」意爲：瞇瞇眼，生於麥地那，個性懦弱，傾向無神論主張。據傳穆罕默德的曾孫女蘇開納．賓特．胡賽恩（Sukaynah bint al-Ḥusayn）有一次誇耀其曾祖父，阿賀瓦舍也藉著誇耀自己的祖父來和她競爭，哈里發瓦立德．本．艾卜杜．馬立柯乃派當時駐麥地那的總督烏馬爾．本．艾卜杜．艾奇資鞭打他。此後阿賀瓦舍轉而讚頌瓦立德，瓦立德晚期，阿賀瓦舍因吟諷刺詩激怒麥地那法官，待蘇賴曼．本．艾卜杜．馬立柯登上哈里發位後，阿賀瓦舍再吟詩貶責哈里發，遭放逐至達合拉柯小島五年。

（十）庫塞爾・艾撒（Kuthayr ‘Azzah, 660-723）

原名庫塞爾・乎撒邑（Kuthayr al-Khuzā‘ī），麥地那詩人。他與情人艾撒的愛情故事名聞遐邇，文史家將他列為純情詩詩人之列。他幼年失父，家族委以放牧工作。在一次詢問駱駝水源的機會，邂逅艾撒，發展出兩人的愛情故事。如同其他純情詩詩人一樣，艾撒嫁給別人，並移居埃及。此後庫塞爾經常居住在埃及。庫塞爾極受哈里發艾卜杜・馬立柯的賞識，死於麥地那。[42]

庫塞爾因為生活在政治紛亂的時期，他的詩也因權勢而搖擺，時而讚頌巫麥亞家族，時而讚頌穆罕默德家族。他並相信靈魂輪迴說，認為靈魂會轉移成較高等或較低位階的形體。伊本・薩拉姆的《詩人階層》將庫塞爾的詩列為第一階層，與加里爾、法剌資達各、阿可拓勒同等級。

（十一）努晒卜・本・剌巴賀（Nuṣayb bn Rabāḥ, d.726）

努晒卜原本是麥加附近的奴隸，因展現詩才，獲得釋放。他擅長於吟讚頌詩和情詩，讚頌對象首先是艾卜杜・艾奇資・本・馬爾萬。艾卜杜・艾奇資過世後，繼續讚頌蘇賴曼・本・艾卜杜・馬立柯等人。努晒卜因出身卑微，儘管其詩水準頗高，在當時詩壇仍受到一些詩人的歧視與忌妒，譬如法剌資達各就針對他而吟：

最爛的詩是奴隸所吟。

努晒卜情詩傾向純情詩色彩，因為品德高尚，廣結善緣，深獲文壇界支持。

（十二）法剌資達各（al-Farazdaq, 642-732）

法剌資達各全名阿布・菲剌斯・本・佳立卜・本・沙厄沙艾（Abū Firās bn Ghālib bn Ṣa‘ṣa‘ah）。綽號「法剌資達各」原意是「烤焦的大餅」，因為他臉大、貌醜而得此稱呼。法剌資達各出生於巴舍剌，其父穆加序厄・本・達里姆（Mujāshi‘ bn Dārim）是塔米姆族名流。法剌資達各的成長屬於貝都因式，行為放蕩不羈，曾多次休妻，並一度強娶詩中提到的女子，生了約十個子女。該女子求助於他的勁敵詩人加里爾，而再度休妻。他對自己的家世非常自豪，因言語尖銳，未

[42] al-Aṣfahānī, (n.d.), vol.12, pp.174-192; Ibn Qutaybah, 1925, vol.2, pp.144-145; Ibn al-‘Imād al-Ḥanbalī, 1994, vol.1, p.131.

獲巫麥亞家族信任，更因和巴舍剌總督奇亞德·本·阿比合（Ziyād bn Abīh）之間有嫌隙，被迫由巴舍剌流亡至麥地那、葉門、巴林、巴勒斯坦、大馬士革、魯沙法（ar-Ruṣāfah）等地。奇亞德死後，他吟詩攻擊奇亞德，並攻擊哀悼奇亞德的人。隨後他又讚頌艾卜杜拉·本·茹拜爾派，與當時許多穆斯林一樣尊稱艾卜杜拉為「哈里發」。待茹拜爾派失敗後，又反過來諷刺他們。他曾諷刺哈加儿，又因畏懼他的威勢轉而道歉，並承認巫麥亞家族的權利。哈加儿死後，曾在墳前哀悼他，隨之又諷刺他，反而支持哈加儿的敵人蘇賴曼·本·艾卜杜·馬立柯。瓦立德時期，他在一次朝聖時讚頌阿里之孫翟德·艾比丁，顯現對巫麥亞家族的不忠而被囚禁。後來又讚美蘇賴曼·艾卜杜·馬立柯，稱他為「救世主」（al-Mahdī）。凡此可見他行事多變，政治立場不定，感情不專，一生也因之動盪不安。

法剌資達各吟詩深富想像力，對人、事、物觀察入微，且擅長於描寫，他的描寫詩堪稱巫麥亞時期第一人。他詩風傾向貝都因式，粗曠有力，尤其在詩中保存了許多蒙昧時期艱澀的詞彙，內容並兼具歷史價值。1870年在巴黎出版法剌資達各部分詩集，1990年第二部分再出版，此後於埃及、黎巴嫩相繼出版。法剌資達各吟詩主題包含所有蒙昧詩的主題：讚美、哀悼、誇耀、諷刺、描寫、愛情等，文筆渾厚。

（十三）加里爾（Jarīr, 653-733）

加里爾全名阿布·哈資剌·加里爾·本·艾堤亞·本·胡才法（Abū Ḥazrah Jarīr bn ʻAṭīyah bn Ḥudhayfah），生於亞馬馬，其父貧賤無聞，自小幫忙父親放羊及駱駝，過著窮苦的貝都因生活。加里爾的詩作生涯始於穆艾維亞時期，以刺加資韻奠基。他因讚美哈里發亞奇德·本·穆艾維亞而屢獲賞賜，然後返回亞馬馬。當巫麥亞家族和艾卜杜拉·本·茹拜爾家族之間的政爭愈演愈烈時，加里爾支持艾卜杜拉·本·茹拜爾，諷刺支持巫麥亞政權的亞馬尼黨，彼此之間的諷刺、爭執非常火烈。加里爾在比須爾·本·馬爾萬（Bishr bn Marwān, d.694）統治庫法時期，前往巴舍剌。當時巴舍剌是政治及詩人活動中心。此間認識哈加儿的堂兄弟哈克姆·本·埃尤卜（al-Ḥakam bn Ayyūb），哈克姆介紹他認識哈加儿。哈加儿極力慫恿哈里發艾卜杜·馬立柯聽加里爾的詩。此後，加里爾在艾卜杜·馬立柯跟前頗受賞賜，也列入巫麥亞派詩人之列。但他在蘇賴曼及烏馬爾·本·艾卜杜·艾奇資時期卻諷刺巫麥亞家族。起因是他慫恿瓦立德將哈里發位傳給兒子艾卜杜·艾奇資·

本．瓦立德（'Abd al-'Azīz bn al-Walīd）而非弟弟蘇賴曼。後來因爲傾向苦行的哈里發烏馬爾．本．艾卜杜．艾奇資不獎賞詩人，加里爾轉而讚美亞奇德．本．艾卜杜．馬立柯、希夏姆．本．艾卜杜．馬立柯。加里爾卒於法剌資達各死後六個月至一年間。

加里爾、法剌資達各及阿可拓勒的詩，堪稱此期的傑出代表作。相較於另外兩人，加里爾的情詩較爲細膩，文詞較柔美，韻律運用較爲豐富。加里爾詩集於1935年出版於開羅，主題包含諷刺、哀悼、愛情及讚頌等。

（十四）儒魯姆馬（Dhū ar-Rummah, 696-735）

儒魯姆馬原名凱蘭．本．烏各巴（Ghaylān bn 'Uqbah）。他出生於沙漠中，因曾描寫帳篷繫樁腳的短繩，而被稱爲「儒魯姆馬」，意爲：有短繩者。他遊走庫法、巴舍剌等地，語言也染上城市的色彩。他的身材瘦小、黝黑，圓臉、髮稀，長相醜陋，但行事規矩，信仰虔誠，從事教學，擅長情詩，與其情人麥亞（Mayyah）的愛情故事家喻戶曉。詩中充滿生僻詞彙與譬喻，因此被語言學者重視。然而他的諷刺、誇耀詩顯得較爲拙劣。

阿布．艾姆爾．本．艾拉俄曾說：「詩始於伊姆魯俄．蓋斯，終於儒魯姆馬」，給予儒魯姆馬的詩甚高的評價。文學批評家認爲儒魯姆馬的詩是代表阿拉伯詩從寫實性語言進展到象徵性語言；從傳統到革新；從沙漠色彩到城市色彩的里程碑。

（十五）庫麥特．本．翟德．阿薩迪（al-Kumayt bn Zayd al-Asadī, 680-744）

庫麥特出生於庫法，是一位虔誠的什葉派信徒，卻吟詩讚頌巫麥亞家族。他一生性格充滿矛盾。成長過程受到貝都因文化和城市文化雙重影響，雖有聽障卻具備豐富的知識，以教書爲業。庫法總督卡立德．本．艾卜杜拉（Khālid bn 'Abd Allāh）曾因他的政治立場而監禁他。庫麥特逃獄後，隨即吟詩讚美卡立德。總督換人後，新總督與他不合，派人殺害他。

庫麥特是一位演說家、語言學家、文學家、傳述學家、詩人。他以吟讚頌穆罕默德及其家族的詩著名，情感眞實動人，此類詩即「赫序米亞特」（al-Hāshimīyāt），其歷史價值勝過文學價值，代表著伊斯蘭曆一、二世紀初從什葉派出走者的思想。在他的「赫序米亞特」尚未公諸於世時，曾吟誦給法剌資達各聽，準備若詩文不佳，就不公開。法剌資達各給他的評價是：「前人所不及；今人所不能。」他行詩的形式屬於貝都因式，主題卻帶有思辯性內涵，傾向時代化且政治性頗高。他喜歡用生僻詞彙，以致於他的詩評價受到影響，也呈現阿拉伯人對與阿拉伯語神聖不可侵犯的語言價值觀。

第六節　巫麥亞時期散文

巫麥亞家族執政期間社會上充滿研究的風氣，尤其是宗教學者之間探討教義、教法的思想活動頻繁，刺激了文人的思考。執政者為爭取人民的認同，也為了改善與地方官員的關係，講詞與書信格外興盛。宗教理論與教派之間的歧異更促進辯駁文的興起。這種明顯的改變顯然與伊斯蘭的傳播有直接的關係，阿拉伯人從居無定所的沙漠生活發展出定居的伊斯蘭文明生活。許多文明發展的因素都在阿拉伯半島發酵，阿拉伯人在文學與思想上亦向前邁進一大步。

此期散文作品雖不像蒙昧時期的即興而作，但文筆不做作，簡潔且流暢。更因外族文學的流通，阿拉伯文人開始注重文筆的清晰與邏輯性的分段，並實際運用在條約的簽訂與書信的往來。

壹、講詞

此期因內亂不斷、政爭激烈，演講詞的實質作用相對提升，有政治、宗教、辯駁講詞等。伊斯蘭興起時的使團講詞仍然保存，如艾姆爾．本．安沙里（'Amr bn al-Anṣārī）、亞奇德．本．蓋斯（Yazīd bn Qays）等人在穆艾維亞跟前的演講詞。講詞使用範圍擴大，演講者也不限於哈里發或親王，許多平常百姓也從事演講職業。此期著名的講詞首推〈無頭詞〉（al-Khuṭbah al-Batrā'），由於該文的開頭並無讚頌眞主的語詞，故稱之為「無頭詞」，亦或許因為它的文詞強而有力，而得此名稱。該篇講詞主旨在鎮壓一切暴動，要人們順從政府，語氣充滿威嚇，如：「溺斃人者應被溺斃；燒死人者被燒死；誰鑿開別人的房屋，我們就鑿開他的胸膛」等嚴厲的表達。以下是〈無頭詞〉中較為溫和的一段譯文：「人們啊！我成為你們的領導，以阿拉賜予我的權力，統治、護衛你們。以阿拉賜予我的財富，保衛你們。你們有義務服從我，我也有義務以公正來領導你們。你們可進諫言，換取我們的公義與財富。你們須知我無論如何的缺失，在以下三方面絕不缺失：若有夜訪者，我不會拒絕他的要求；不會拒絕急需施予者；不會叫你們的親人集軍滯留於異鄉。所以請你們祈求阿拉匡正你們的領導者，因爲他是引導你們的人，也是你們的庇護者。他若正直，你們才得正直。」

此期著名的演說家有：

（一）奇亞德．本．阿比合（Ziyād bn Abīh, 622-673）

奇亞德年輕時即顯現卓越的才能，曾平定波斯暴動。哈里發阿里去世後，他拒絕與穆艾維亞合作，而固守在波斯城堡中。穆艾維亞極力籠絡他，任命他爲伊拉克總督。當時伊拉克動盪不安，在奇亞德的恩威並施下，臣服於巫麥亞政府。奇亞德擔任巴舍剌總督時的演講詞〈無頭詞〉有如今日的內閣宣言。

（二）哈加几．本．尤蘇弗．山格菲（al-Ḥajjāj bnYūsuf ath-Thaqafī, 661-714）

哈加几出生於今日沙烏地阿拉伯拓伊弗，後來或許因爲厭惡茹拜爾在拓伊弗的統治而遷居大馬士革。原本從事教職，後來投筆從戎，帶兵有方。西元692年帶兵攻入麥加，殺死與巫麥亞家族抗衡且勢力強大的茹拜爾派領袖息加資王艾卜杜拉．本．茹拜爾。隨後統治伊拉克二十年，採嚴刑峻罰治理動盪的伊拉克，殺人如麻，勢力範圍抵達息加資、巴林、呼羅珊、葉門等地。他處理公事嚴酷，然而他的行政能力傑出，完成許多建樹，譬如規畫建造瓦西圖（Wāsiṭ）城爲其首都。哈加几私下爲人慷慨大方，喜愛結交文人，經常獎勵文人。哈加几自身學識豐富，亦勤於著作，他的講詞內容與形式都強而有力，著重修辭，由於內容常充滿恐嚇，讓聽者不寒而慄，而自成一格。

貳、書信

正統哈里發烏馬爾時期，伊斯蘭國家增設稅收、封存局，負責對哈里發信件登記、彌封，除收件人外，不得拆封。此期公文書信則通常是中央與地方政府之間往來的信函，也出現許多民間的一般書信。

此期擅長書信者首推艾卜杜．哈米德．本．亞賀亞（'Abd Ḥamīd bn Yaḥyā, d.750），俗稱「大艾卜杜．哈米德」以別於哈里發蘇賴曼．艾卜杜．馬立柯的書記「小艾卜杜．哈米德」。大艾卜杜．哈米德是波斯人，或可能是阿拉姆人，居住在敘利亞。他原本教導兒童，後來跟隨他姊夫學習寫作，成爲哈里發的首席書記，創立「章節藝術散文」（an-nathr al-fannī at-tafṣīlī）。他所創立的學派稱之爲「哈米迪亞學派」（al-madrasah al-ḥamīdīyah）。他的弟子如伊本．穆格法厄（Ibn al-Muqaffa‘）、薩合勒．本．赫崙（Sahl bn Harūn）皆是艾巴斯時期的散文大家。此學派散文特點是：

1. 愼選詞彙、文筆清晰。
2. 作品多爲長篇散文。
3. 著重音韻。
4. 文筆具備邏輯條理。

艾卜杜．哈米德的書信主題包含政治性及文學性，大約一千篇，共約兩萬行，長短不一。他曾感慨人們沉迷於西洋棋，而荒廢工作，並寫了一封信，呼籲人們切勿玩物喪志。

他給作家的一封信被視爲是作家指南，以下是其中的片段：「文人作家們，你們要彼此在各文藝領域競爭，要精確了解宗教。你們首先要了解阿拉的書、遺產學、阿拉伯語文，因爲這些會匡正你們的語言。然後你們要寫好書法，因爲它能裝飾你們的寫作。要傳述詩，知道稀有的詩句及其意義。了解阿拉伯人與外族的戰役，及其故事與歷史……」。

參、文學批評

巫麥亞時期許多哈里發和王公貴族或因個人喜好，或爲推展文學，常在宮廷中聚集各路文人，彼此交換心得。吟出佳作者，往往獲得大量的賞賜。這種文學座談種類繁多，也出現在社會各階層中，主題常涉及文學批評，對文學批評的發展具有很大影響力，但此期尚未建立批評的準則。文人開始談論詩人作品的優劣，或文人本身對某位詩人作品的好惡，範圍局限在私人的品味與關注。譬如朱馬息在他的《詩人階層》一書中提及：哈里發穆艾維亞時期，胡太阿在麥地那總督薩邑德．本．艾舍（Sa‘īd bn al-‘Āṣ）的座談會上，針對法剌資達各讚頌薩邑德的詩，表達自己的意見。他說法剌資達各的詩勝過任何詩人，甚至於勝過胡太阿自己的詩。[43]

女性文人在這領域中也占重要角色，譬如正統哈里發阿里孫女蘇開納曾對庫塞爾．艾撒說：「你曾吟：

崎山間牧場泥土芬芳，
露水散吐橘花香，
總不及艾撒羅衫，
深夜裡的芳香，
香木燃出的火香。

你爲何不像伊姆．蓋斯所吟：

你倆不見，
每當我深夜造訪，
總覺她不噴自香。」

文學批評尺度仍是臨興、迅速、簡潔的，且只對一、兩節詩作評論。許多批評者並未站在客觀的立場，未經深入研究，純粹表達私人的好惡。在意境上，此期的文學批評仍遵循蒙昧、伊斯蘭前期的舊徑，偶爾會涉及一些對想像力的評論。譬如詩人烏馬爾．本．阿比．剌比艾到麥地那和阿賀瓦舍、庫塞爾．艾撒等人相會對吟。庫塞爾對烏馬爾說：你啊！如果不對女人訴愛，則必是一位好詩人。因你對女人談愛之後，把她甩一邊，反過來對自己訴愛。你有一句名言：

她挺直嬌軀，
緊追我足跡。
輕問繞天房者，
烏馬爾在哪裡？

---

[43] 'Umar Farūkh, 1984, vol.1, pp.377-378.

瞧！你難道沒把詩寫壞了嗎？形容女人應該是羞澀的、吝於給愛的、善於拒絕的啊！

經後人對烏馬爾．本．阿比．剌比艾的研究，認為庫塞爾上述的批評言詞非常中肯。然而也反映出阿拉伯人對情詩及情人的標準，採取一成不變的態度。

肆、語言學

阿拉伯字母次序，原本遵循古腓尼基二十二個字母次序，亦即：'、b、j、d、h、w、z、ḥ、ṭ、y、k、l、m、n、s、'、f、ṣ、q、r、sh、t，加上其他古閃語的語音而排列如下：'、b、j、d、h、w、z、ḥ、ṭ、y、k、l、m、n、s、'、f、ṣ、q、r、sh、t、th、kh、dh、ḍ、ẓ、gh，分別是傳說中下列神祉或國王的名字：Abjad、Hawwaz、Ḥuṭṭy、Kalamun、Sa'faṣ、Qurashat、Thakhadh、Ḍaẓagh。[44]這些是西元七、八世紀阿拉伯語言學者為了區分型態相同，發音不同的字母，而將阿拉伯字母加點，而有b、t、th的一點、兩點、三點的型態，或無點的s與三點的sh……等現象。一般認為為阿拉伯字母加點工作是納舍爾．本．艾席姆（Naṣr bn 'Āṣim, d.708）奉伊拉克總督哈加几之命完成，其原因是伊拉克人們在誦讀《古蘭經》時，出現許多錯誤的語音，哈加几深恐此錯誤延續下去，故命學者們糾正此語言現象。納舍爾更進一步將型態類似字母的排序集中在一起，字母次序於是變更為目前的狀況。前者字母次序的排列，稱之為at-tartīb al-abjadī，今日使用在類似中文的「甲、乙、丙、丁……」的次序。後者稱之為at-tartīb al-hijā'ī，或at-tartīb al-alifbā'ī，使用在詞典等正式的字母排序中。

除了字母的排序之外，此期語言學仍處於醞釀的階段，據後人的記載，此期語言學者曾經著作一些語法書籍，然而這些書籍並未流傳下來。但基本的語法規則已經運用熟練，為艾巴斯時期興盛的的語言學奠定基礎。

---

[44] 傳說中他們的首領是Kalamun。後人認為他們是《古蘭經》中「遮雲日」（Yawm aẓ-Ẓullah）故事裡先知書藹卜族（Shu'ayb）的族人，該族因拜偶像且做生意偷斤減兩，阿拉將氣溫升至酷熱，並遣雲朵在天空。該族人見天空有雲朵，故群出酷熱的家，擠在雲朵下，阿拉降下火焰毀滅該族。參見《古蘭經》11:84,87。

伍、宗教學

巫麥亞時期掀起一股注釋《古蘭經》及傳述聖訓的風潮，並持續到此後的各朝代。宗教學者們致力於奠定教法理論，興起許多伊斯蘭神學派，如「穆爾基阿派」（al-Murji'ah）主張穆斯林即便犯大罪，亦不致達到不信道的程度。反之，不信道者即便服從亦無益。罪惡再嚴重亦不足以祛除信仰，穆斯林不得被處以「不信道」的判決，一切都得等待復活日眞主的審判。又如「加卜里亞派」（al-Jabrīyah），主張人類所有行爲都是眞主所創造的，猶如眞主創造物體一般。「格達里亞派」（al-Qadarīyah）主張人類意志是自由的，有能力掌控自己的行爲。各學派之間的辯論激發思想的發展，尤其是在巫麥亞末期波斯哲學思想的輸入，啓發阿拉伯人的宗教哲學思想。

陸、歷史

早期的歷史記載有幾種型態，其一是記載聖訓的傳述推溯方式；其二則是對某一歷史事件的完整面貌的陳述，並加以解說，摻雜詩文、世系、講詞等，即「阿可巴爾」（al-akhbār）；其三是結合前面兩者。而許多這時期的「集史者」（al-akhbārīyūn）在阿拉伯歷史記載上具有重要的地位。「阿可巴爾」是阿拉伯歷史的原始型態，透過集史者對各部落的研究或蒐集自其他民族的史料，將歷史事件呈現出來。但由於集史者往往無法通盤得知大局狀態，而流於片面或片段的訊息，甚至有謬誤的傳述。早期「阿可巴爾」與傳記、文學等相互摻雜呈現，呈現傾向柔性的文學體陳述方式，因此早期有些歷史的著作被列入文學的範疇，或更適合被稱之爲「文史」著作。另一方面文學性的著作也出現摻入正史、野史及軼事，成爲介於嚴肅與娛樂性之間的膾炙人口之作。

許多中世紀文獻裡提及哈里發穆艾維亞喜歡聽阿拉伯人及外族人的歷史，經常徹夜聽說書者傳述史實，並曾將一位葉門人瑞說書者烏拜德．本．夏里亞（'Ubayd bn Sharīyah）延攬至大馬士革，聽他敘述歷史事件，命人記載這些歷史事件，完成二書：《諸王與前人故事》（Al-Mulūk wa-Akhbār al-Māḍīn）、《諺語》

（Al-Amthāl）。艾卜杜拉・本・茹拜爾的兄弟烏爾瓦・本・茹拜爾（‘Urwah bn az-Zubayr）便是此期著名的史學者。哈里發烏馬爾・本・艾卜杜・艾奇資命令傳述學者艾席姆・本・烏馬爾（‘Āṣim bn ‘Umar）坐鎮於麥地那清眞寺，爲人們講述前人的事蹟，尤其是穆罕默德的生平。比須爾・本・馬爾萬則著作《薛班與波斯王阿努夏爾萬》（Shaybān ma‘ Kasrā Anūsharwān）。基本上，此期的歷史研究仍處於口述階段，歷史事件仍靠口耳相傳。歷史的記載晚至伊斯蘭曆二世紀末才興起。

第四章　艾巴斯時期文學（750-1258）

第一節　概論

「艾巴斯」一詞源自穆罕默德的穆斯林叔叔艾巴斯，此名稱反映出艾巴斯家族政權初創期是以宗教爲號召力，藉以籠絡質疑巫麥亞家族政權正當性的阿拉伯穆斯林各黨派，尤其是阿里派。政權籌畫的初期並得到普遍的支持，尤其是波斯勢力的協助。因此，凡呼羅珊和庫法都是艾巴斯家族奠基的大本營。

艾巴斯家族政權始於西元750年，終於西元1258年蒙古人占領巴格達爲止，共經歷三十七位哈里發的統治。這是一般歷史學者的分代法。實際上，從穆塔瓦齊勒（al-Mutawakkil）哈里發時期，政權就已經落入外族手裡。國家無論在哪一方面，都不再由艾巴斯家族掌控，並曾一度小王國林立，有些國王並非阿拉伯人，有些非阿拉伯勢力深入巴格達，嚴格來說艾巴斯政權已經有名無實。所幸艾巴斯文學不似它的政權一般一蹶不振，尚能持續到蒙古人占領巴格達。

壹、政治背景

推翻巫麥亞政權之前，艾巴斯家族爲了達到政治目的，除了籠絡外族穆斯林之外，當時巫麥亞政權的最大反對黨阿里派也成爲他們的助力。同是先知家族的口號的確發生極大的作用，他們也爲了籠絡阿里派，而將政治中心設在阿里派的大本營——庫法。當阿里派警覺到無政治利益時，大勢已定，艾巴斯家族開始肅清功臣。而素尼派與什葉派之爭，便在此時期開始正式浮上政治與思想之爭的舞臺。什葉派並因中央政府的勢衰，成功的在各地建立獨立的什葉派政權，首度實踐什葉派的政治與宗教理念。

儘管艾巴斯家族寫下了阿拉伯歷史上最輝煌的一頁，但政權結構上的優點也同時伏下他們的致命傷：多元文化帶來思想的提升，同時也醞釀出反阿拉伯、反政府的思潮，反抗運動此起彼落。國家幅員廣大，行政制度化，呈現高文明現象，同時也因鞭長莫及，各地總督或請求自治，或逕自宣布獨立，中央政府勢力逐漸衰退，甚至淪爲外族魁儡，泛伊斯蘭的思想也因此逐漸在阿拉伯人經驗的累積中鞏固，開啓往後以伊斯蘭爲核心的歷史。

此期在政權上可略分爲如下階段：

一、艾巴斯家族中央集權時期（750-847）

此階段從阿布．艾巴斯．薩法賀（Abū al-'Abbās as-Saffāḥ）至穆塔瓦齊勒，約一世紀之久。哈里發權力達到巔峰，薩法賀以薩珊王朝時期的大城市安巴爾城（al-Anbār）爲首都，建築宮殿，再度繁榮該城，百姓則稱它爲「阿布．艾巴斯城」。哈里發曼舒爾（al-Manṣūr）則擴建巴格達，立爲艾巴斯政權首都，從此開展巴格達的輝煌史。國家版圖東達印度，西抵非洲突尼西亞，社會相對穩定與繁榮，思想成就亦同步提升並蓬勃發展。

（一）哈里發世系

1. 阿布．艾巴斯．薩法賀（Abū al-'Abbās as-Saffāḥ, r.750-754）
2. 阿布．加厄法爾．曼舒爾（Abū Ja'far al-Manṣūr, r.754-776）
3. 馬合迪（al-Mahdī, r.776-785）
4. 赫迪（al-Hādī, r.785-786）
5. 赫崙．剌序德（Hārūn ar-Rashīd, r.786-809）
6. 阿民（al-Amīn, r.809-813）
7. 馬俄門（al-Ma'mūn, r.813-833）
8. 穆厄塔席姆（al-Mu'taṣim, r.833-842）
9. 瓦夕各（al-Wāthiq, r.842-847）
10. 穆塔瓦齊勒（al-Mutawakkil, r.847-861）

薩法賀是穆罕默德家族的後裔。他名正言順的結合赫序米家族及非阿拉伯人，如波斯人等，起來反對巫麥亞政權，對外宣稱巫麥亞家族疏忽宗教，理應討伐。他並且以伊拉克作爲根據地，以釋奴爲基礎，呼籲要建立一個屬於全體穆斯林的國家。

艾巴斯政權賦予波斯人崇高的地位，他們的職位包含大臣、軍事將領、總督、書記官等。在波斯大臣的輔佐下，哈里發宮廷彷如波斯王宮一般豪華。薩法賀哈里發在位四年，西元754年去世，由其同父異母兄長阿布．加厄法爾．曼舒爾繼位。曼舒爾繼位較薩法賀晚，因曼舒爾母親是女奴，地位相對較低。西元762年，曼舒爾移都到面對波斯的巴格達城，目的在遠離阿里派的權力中心——庫法城。

巴格達位於巴比倫北邊九十公里，底格里斯河貫穿其中。古巴比倫漢摩拉比時期，巴格達是一座鄉村，西元前十四世紀的泥版上便出現以「巴格達迪」（Baghdadī）為名的鄉村。「巴格達」一詞有人認為是取自波斯語，或阿拉姆語。哈里發曼舒爾積極建設巴格達，使它成為迦勒底、波斯、阿拉姆文明的匯聚處，並稱它為「和平之屋」（Dār as-Salām），此名稱源自《古蘭經》對天堂的稱呼：「眞主召人到和平之屋，並引導其所欲引導的人走上正道。」[1]艾巴斯家族的錢幣便印著「和平之屋」的城名，百姓則稱它為「曼舒爾城」。哈里發曼舒爾建都於此的原因不外乎此城東有底格里斯河，西有幼發拉底河，具軍事防衛地利。在經濟上，它居於東西伊斯蘭疆域之中間位置，南北介於茅席勒與巴舍剌之間，位於東西南北商業交通樞紐。此外，它的自然景觀甚佳，是兩河之間的平原，靠近幼發拉底河河谷。

赫崙．剌序德及馬俄門時期，哈里發的權力達到巔峰，伊斯蘭疆域從印度邊境，延伸到西北非。赫崙．剌序德的三子：阿民、馬俄門、穆厄塔席姆相繼為哈里發。剌序德曾劃分阿民、馬俄門兩個兒子的勢力範圍。因為阿民母親茹拜達（Zubaydah, d.831）是阿拉伯人，而立阿民為巴格達及以西地區的國王，統治伊拉克及大敘利亞地區。另因馬俄門母親是波斯人，而立馬俄門為東方王，統治波斯。馬俄門出生於「哈里發之夜」，[2]較阿民年長半年，由於是波斯妾所生，加上阿民之母茹拜達的堅持，所以剌序德指定阿民先繼位。卻因為他非常欣賞馬俄門，而下令阿民之後由馬俄門繼位。剌序德並將呼羅珊賜給馬俄門，使之行政獨立，讓阿民和馬俄門各自擁有軍隊。當剌序德死訊傳出時，兄弟倆曾彼此較勁，馬俄門發現支持阿民者眾多時，立即表示順從的立場。據伊本．克夕爾的說法，馬俄門遣人送給阿民許多禮物，包含呼羅珊的寶物、麝香、坐騎等，以示效忠。[3]史學家對剌序德分割版圖予兒子們之舉皆不以為然，認為是爆發兄弟政爭的主因，畢竟阿民喪失了立自己兒子為哈里發的權利。此段阿拉伯宮廷史充滿複雜的種族、政治鬥爭。

剌序德所開創的阿拉伯政治、人文盛世，其背後反映二股女人的勢力。其一是

---

[1] 《古蘭經》10:25。

[2] 阿拉伯史學家稱此夜為「哈里發之夜」，乃因他出生時正值哈里發赫迪被殺，馬俄門之父剌序德繼位。

[3] Ibn Kathīr, 2003, vol.14, p.52.

其母愷茹嵐（al-Khayzurān），她出身柏柏裔女奴，曾被貝都因人賣到麥加市集，然後轉賣到宮廷，被剌序德之父馬合迪哈里發看中，娶之爲妻。愷茹嵐經常參與政事，鼓勵學術，賞賜學者，引領宮廷時尚，並違反阿拉伯傳統，扶立其子赫迪、剌序德相繼爲哈里發。另一股勢力是他的妻子茹拜達，她幾乎是剌序德的政治代理人，更是他戰爭和朝聖的夥伴，協助剌序德獎勵學術，使得詩人、文人寫作風氣空前興盛。她建築巴格達到麥加的朝聖道路、沿途興建清眞寺、水井、人工河渠等。此道路連結庫法、今沙烏地格席姆（al-Qaṣīm）、哈伊勒、麥地那、麥加，世人稱之爲「茹拜達道」（Darb Zubaydah）。政治上，她協助剌序德消弭波斯大臣家族「巴剌米克」（al-Barāmikah）勢力，鞏固哈里發政權，卻引發波斯民族主義聲勢的高漲。阿民、馬俄門兩兄弟的權位之爭，便因強大的波斯勢力介入，發生阿拉伯史上激烈的內戰，巴格達、巴舍剌等文化城烽火連天，長達五個月，許多詩人傷感而作悼城詩。阿里派更趁機發動革命，勢力遍及巴格達以外的伊拉克各地、息加資、葉門、伊朗南部等。西元813年阿民被殺，年僅二十三歲。阿民生母茹拜達得知噩耗，強忍喪子之痛，祝賀馬俄門繼位。馬俄門統治全國後，仍尊崇扶養他長大的茹拜達。

（二）革命運動

艾巴斯中央集權階段出現許多反對運動，重要者如下：

1.剌萬迪亞（ar-Rāwandīyah）運動

剌萬達教源自於波斯阿舍法含附近的鄉村剌萬德（Rāwand）。他們崇拜曼舒爾哈里發，認爲他是給予人們糧餉的神。曼舒爾飭令消弭這種思想，明白告知曼舒爾只是一位哈里發，是阿拉的奴僕。剌萬迪亞信徒因此由愛轉恨，認爲曼舒爾不值得他們的尊崇，必須消滅。西元758年六百位剌萬迪亞信徒起來暴動，攻向當時首都安巴爾的哈里發宮殿，曼舒爾積極抗暴，表現得非常勇敢，感動當時一些反對他的人一起加入他的陣營，因禍得福，鞏固了政權。

2.孝巴茲（Sunbādh）運動

孝巴茲是開國元勳阿布．穆斯立姆（Abū Muslim）的追隨者。曼舒爾爲了剷除異己，殺死阿布．穆斯立姆之後，孝巴茲立志爲阿布．穆斯立姆報仇，並於西元754年付諸行動，被曼舒爾派大軍平息，孝巴茲被殺。

3.乎剌米亞運動（al-Khurramīyah）

該政教運動興起於波斯，領袖巴巴柯·乎剌米（Bābak al-Khurramī）。乎剌米亞派在馬俄門哈里發時期曾敞開門戶，讓羅馬人攻打艾巴斯軍隊，穆斯林軍隊死傷嚴重，該運動持續二十年之久，傷及艾巴斯政權的元氣。穆厄塔席姆哈里發時期派遣阿弗遜（Afshīn）平定。然而卻再興起一段消弭阿弗遜勢力之政治鬥爭，被稱之爲「阿弗遜之災」（Nakbah al-Afshīn）。

4.阿里派運動

自從阿里派意識到被艾巴斯家族利用，失去建立政權的可能性後，阿里派各支派便積極的付諸反政府行動，其中以翟迪亞派的勢力最大。他們認爲伊斯蘭政教主權應該由穆罕默德女兒法堤馬的子孫繼承。阿里派各支派的組織嚴密，行動規畫縝密，並成功地在各地建立政權，譬如在摩洛哥建阿達里薩政權（al-Adārisah），在葉門建立翟迪亞政府（898-1962）。

二、土耳其軍閥時期（861-945）

前一階段是波斯人影響政治、社會、文化的時期，這一階段則是土耳其人影響政治的時期。833年哈里發穆厄塔席姆在位時，爲削減波斯人的力量，引進許多土耳其人，將他們組織成軍。由於這些土軍在巴格達與阿拉伯人、波斯人交惡，穆厄塔席姆便命人在巴格達北方四十公里處的薩馬剌俄城（Sāmarrā'）建築宮殿，並移軍該城，哈里發宮殿也遷移至此城長達五十八年之久。由於穆厄塔席姆的母親是土耳其人，權力由波斯人轉到土耳其人手中。穆厄塔席姆任內，土耳其軍隊勢力增長，軍隊領袖控制著哈里發。甚至於861年穆塔瓦齊勒哈里發之子門塔席爾·比拉（al-Muntaṣir bi-Allāh）與土耳其軍人密謀殺死穆塔瓦齊勒，奪得哈里發之位。哈里發穆厄塔米德（al-Mu'tamid）再度還都巴格達，巴格達恢復其繁榮景觀。儘管此階段外籍傭軍跋扈，艾巴斯哈里發仍舊維持名分上基本的尊嚴，且土耳其人對於阿拉伯文化與思想的影響非常有限。

此階段的艾巴斯家族哈里發世系如下：

1. 門塔席爾·比拉（al-Muntaṣir bi-Allāh, r.861-862）
2. 穆斯塔殷（al-Musta'īn, r.862-866）
3. 穆厄塔資·比拉（al-Mu'tazz bi-Allāh, r.866-869）

4. 穆合塔迪．比拉（al-Muhtadī bi-Allāh, r.869-870）
5. 穆厄塔米德．艾拉拉（al-Mu‘tamid ‘alā Allāh, r.870-892）
6. 穆厄塔弟德．比拉（al-Mu‘taḍid bi-Allāh, r.892-902）
7. 穆柯塔菲．比拉（al-Muktafī bi-Allāh, r.902-908）
8. 穆各塔迪爾．比拉（al-Muqtadir bi-Allāh, r.908-932）
9. 格希爾．比拉（al-Qāhir bi-Allāh, r.932-934）
10. 剌弟．比拉（ar-Rāḍī bi-Allāh, r.934-940）
11. 穆塔紀．比拉（al-Muttaqī bi-Allāh, r.940-944）
12. 穆斯塔柯菲．比拉（al-Mustakfī bi-Allāh, r.944-945）

此階段發生反政府的黑奴革命運動，其領袖是一位波斯人，或說是巴林的艾卜杜．蓋斯（‘Abd al-Qays）族人。初期他的追隨者非常有限，到巴舍剌後開始宣揚理念，遭到官府的注意而逃到巴格達，受到源自東非的低層黑奴擁戴，視他爲神，期待他拯救被壓迫的奴隸，免於地主的剝削。他對外僞稱是阿里的後代，其眞正目的在對抗艾巴斯政權，亦參與許多對抗艾巴斯家族的戰役，估計因此死傷一百多萬人，最後被穆瓦法各（al-Muwaffaq）平定，詩人伊本．魯米（Ibn ar-Rūmī）因此在詩中歌頌穆瓦法各的功勳。許多史學者認爲他們的理念屬於卡瓦里几的阿撒里格支派。

另一具影響力的反政府運動是格剌米拓運動（Thawrah al-Qarāmiṭah）。此派宣揚社會主義經濟制度，呼籲追隨者以耶路薩冷爲朝拜方向，放棄許多宗教儀式，並准許信徒喝酒，承諾將救贖窮人，使他們免於富人和地主的壓迫。他們白色的旗幟上寫著《古蘭經》經文：「我要把恩典賞賜給大地上受欺負的人，我要以他們爲表率，我要以他們爲繼承者。」[4]穆柯塔菲．比拉哈里發曾經舉軍討伐，然而此派的教義基礎建立在什葉派上，勢力非常龐大，至今依然存在沙烏地阿拉伯的東部地區。

三、布威合家族（al-Buwayhī）及諸國分立時期（945-1055）

此階段的艾巴斯家族哈里發世系如下：

---

[4] 《古蘭經》28:5。

1. 穆堤厄·立拉（al-Muṭī‘ li-Allāh, r.945-974）
2. 拓伊厄·立拉（aṭ-Ṭā’i‘ li-Allāh, r.974-991）
3. 格迪爾·比拉（al-Qādir bi-Allāh, r.991-1031）
4. 格伊姆·比阿姆爾拉（al-Qā’im bi-Amr Allāh, r.1031-1075）

艾巴斯家族失勢後，各地總督自立為王，形成小國林立的狀況，下列是當時著名的王國：

（一）薩曼王國（ad-Dawlah as-Sāmānīyah, 880-999）

艾巴斯哈里發曾任命波斯的納舍爾·本·阿賀馬德（Naṣr bn Aḥmad）管轄呼羅珊北部地區。納舍爾的兄弟伊斯馬邑勒（d.907）繼位之後，積極發展學術，拓展伊斯蘭疆土，留下許多人文成就。薩曼王國對伊斯蘭文明的貢獻甚大，始終與艾巴斯家族保持友好合作的關係，積極促使附近區域人們信奉伊斯蘭，並將拓巴里的史書翻譯成波斯文。史學家們認為薩曼王國民風善良、持守傳統道德。

（二）哈姆丹王國（ad-Dawlah al-Ḥamdānīyah, 929-1003）

此王國分成茅席勒及哈拉卜（Ḥalab）兩公國。哈拉卜最著名的國王是賽弗·道拉（Sayf ad-Dawlah）。此王國在文壇上出現過幾位傑出的詩人，如與賽弗·道拉私交甚篤的穆塔納比及王室成員阿布·菲剌斯·哈姆達尼（Abū Firās al-Ḥamdānī）等。

（三）布威合王國（ad-Dawlah al-Buwayhīyah, 933-ca.1066）

歷史學者對布威合王國的建立各持不同的看法，但多數認為是波斯戴拉姆（ad-Daylam）人所建。布威合王國曾與薩曼人發生幾次戰役，945年入侵巴格達，將土耳其人趕到茅席勒，輕易的坐鎮巴格達，終致控制哈里發及巴格達政權。在星期五的禮拜中，基於政治考量同時提及哈里發及王國布威合家族國王的名字，以表尊崇。哈里發從此名存實亡，甚至連他的輔佐大臣都被撤除，哈里發純領薪資維生。布威合家族控制政權時，將政治中心遷移到波斯序剌資城（Shīrāz），巴格達暫時失去其政治重要性。諸國王的宗教理念傾向什葉派，傾向法堤馬王國（ad-Dawlah al-Fāṭimīyah）的宗教理念，也因此興起素尼派與什葉派之爭，範圍遍及布威合家族統治的版圖，犧牲許多性命。布威合政權對羅馬的立場則非常軟弱，對羅馬人頻頻在邊界騷動視而不見，而導致人命的損失與城市的破壞，引起宗教界的不滿。布威合家族最著名的國王是艾度德．道拉（‘Aḍud ad-Dawlah, d.983），他自稱「王中王」（Malik al-Mulūk），他之後的布威合國王也繼承此稱號。艾度德．道拉的建樹非常宏偉，包含建築清眞寺、住宅、城牆、以花朵綠化巴格達城市、免除朝聖駝隊的徵稅、開鑿朝聖者到麥加路上的水井、支薪給宗教領袖和講道者、徹底殲滅路上打劫的強盜，保障人民的安全等。

四、塞爾柱土耳其時期（1055-1193）

此階段的艾巴斯家族哈里發世系如下：

1. 穆各塔迪．比阿姆爾拉（al-Muqtadī bi-Amr Allāh, r.1075-1095）
2. 穆斯塔若希爾．比拉（al-Mustaẓhir bi-Allāh, r.1095-1118）
3. 穆斯塔爾序德．比拉（al-Mustarshid bi-Allāh, r.1118-1135）
4. 剌序德（ar-Rāshid, r.1135-1136）
5. 穆各塔菲．立阿姆爾拉（al-Muqtafī li-Amr Allāh, r.1136-1160）
6. 穆斯坦基德．比拉（al-Mustanjid bi-Allāh, r.1160-1170）
7. 穆斯塔弟俄．比拉（al-Mustaḍī’ bi-Allāh, r.1170-1180）

1055年塞爾柱土耳其人應艾巴斯哈里發要求，協助對抗什葉派的暴動，趁機消滅布威合在伊拉克的勢力，控制艾巴斯政權。巴格達又恢復其重要性，名義上自稱是其保護者，仍尊崇艾巴斯哈里發，將伊斯蘭版圖向小亞細亞擴張，也延續艾巴斯政權的生命兩個多世紀。十一世紀末塞爾柱王國經歷與十字軍的艱困戰爭，內部並開始分裂，塞爾柱蘇丹若對哈里發不滿便撤其位，另立哈里發。至十二世紀末終於一蹶不振，艾巴斯家族哈里發求助於花剌子模，以國土作爲交換條件，花剌子模人將塞爾柱土耳其人趕出呼羅珊及伊拉克地區。在安那托利亞的塞爾柱土耳其人勢力則維持到十四世紀。塞爾柱土耳其人掌權期間，出現一位傑出的政治家尼查姆．穆勒柯（Niẓām al-Mulk, d.1092），在他任職大臣期間，不僅擴張版圖，戰勝拜占庭，穩固伊斯蘭聖地，完備行政與軍事體制，並廣建學校，宣揚素尼學派理念，但他卻不幸被什葉伊斯馬邑勒派（al-Ismā‘īlīyah）支派組織「哈夏匈」（al-Ḥashshāshūn）所殺害。「哈夏匈」是十一至十三世紀活耀於波斯、敘利亞山區的暗殺組織。此組織創始人哈珊．本．沙巴賀（Ḥasan bn aṣ-Ṣabbaḥ, d.1124）因政治理念的歧異，於1081年離開開羅到波斯北部山區，得到群衆的支持，而組織此一以暗殺爲手段的團體。英文Assassins一詞便推溯到該組織名稱。

五、艾巴斯家族的殞落（1193-1258）

此階段的艾巴斯家族哈里發世系如下：

1. 納席爾．立丁拉（an-Nāṣir li-Dīn Allāh, r.1180-1225）
2. 查希爾．比阿姆爾拉（aẓ-Ẓāhir bi-Amr Allāh, r.1225-1226）
3. 穆斯坦席爾．比拉（al-Mustanṣir bi-Allāh, r.1226-1242 ）
4. 穆斯塔厄席姆．比拉（al-Musta'ṣim bi-Allāh, r.1242-1258）

艾巴斯家族政權從初期哈里發掌控約百年之後，落入土耳其、波斯再到土耳其人的手裡，長期間處於非阿拉伯的穆斯林掌政的狀態，大多數哈里發是魁儡政權。這期間尚有許多實際上已經獨立的其他小王國的分立狀態，譬如埃及的伊可序德王國（ad-Dawlah al-Ikhshīdīyah）、法堤馬王國，呼羅珊的拓希爾家族（Banū Ṭāhir）政權，波斯的薩曼王國等。1136年穆各塔菲哈里發時期，巴格達政治實權再度回到艾巴斯家族哈里發身上，非常諷刺地形同獨立於塞爾柱政權之下。哈里發納席爾長時間的統治期間，曾一度欲振興國勢，當時其轄區狀況遠較其他獨立王國平和，然而國家氣數已盡，無法起死回生。哈里發穆斯坦席爾．比拉致力於文化建設，除了辦學校之外，廣設貧民招待所，解放奴隸。哈里發穆斯塔厄席姆時期政權終於落入蒙古人手裡，穆斯塔厄席姆經歷十字軍東征、埃尤比家族（al-Ayyūbī）政權的結束，及自己家族政權的毀滅。

綜觀整個艾巴斯家族史，非阿拉伯的穆斯林統治或許並非國家殞落的主要因素，此起彼落的反政府運動與革命、分歧的宗教派別的鬥爭、安逸奢糜的統治者生活及對外來侵略的輕忽態度，都是將國家導向滅亡的因素。

貳、行政體制

正統哈里發時期伊斯蘭國家的行政組織便逐漸建立，譬如烏馬爾哈里發依據軍人的階級、世系、宗教貢獻度等，區分軍人薪餉，成立「軍機部」（Dīwān al-Jund or Dīwān al-'Aṭā'）。巫麥亞家族哈里發穆艾維亞模仿波斯王位世襲制，並成立玉璽部、文書部等。艾巴斯家族執政時，波斯文明對艾巴斯人的影響更鉅，所有王國事務幾乎都仿效薩珊王朝，行政體制如出一轍。除了哈里發是一國的政治和宗教領袖之外，國家的行政體系如下：

一、大臣職（al-wizārah）

艾巴斯家族的「大臣」（al-wazīr），是哈里發的最高顧問，也是哈里發和百姓之間的橋樑。大臣代理哈里發掌管各地總督的任命及政府的稅收，擁有內政及軍事權力。「大臣」一詞在《古蘭經》中意為「助理」。在艾巴斯家族執政之前，這種職務由「書記」（kātib or mushīr）擔任，並未建立制度。大臣制取自波斯，始於薩法賀哈里發。艾巴斯政權下，經常任用波斯人為大臣。最有名的大臣家族出現在曼舒爾哈里發所任用的「巴剌米克家族」。赫崙．剌序德尊此家族大臣亞賀亞．本．卡立德（Yaḥyā bn Khālid）為父，並賦予他任用與裁撤的人事權。亞賀亞之子法底勒（al-Faḍl）較赫崙．剌序德早出生七天，法底勒母親哺乳赫崙．剌序德，赫崙．剌序德母親也哺乳法底勒，在教法上有兄弟之誼。亞賀亞在政事上亦經常請示愷茹嵐。法底勒則是其父亞賀亞行政上的左右手，且管轄許多省區，包含呼羅珊、亞美尼亞，兩個家族關係至為親密。[5]赫崙．剌序德最喜歡的是法底勒的兄弟加厄法爾（Ja‘far），加厄法爾生性愛好玩樂，注重外表形象。赫崙．剌序德常與他共商國事，曾在發行的錢幣上，把加厄法爾的名字放在在哈里發名字旁邊。

「巴剌米克家族之災」是艾巴斯時期的重大事件，影響深遠。由於史學者對於這事件記載非常分歧，常因本身立場而有不同的描述，事實已經很難判定。事件的起因在於該家族勢力高漲，掌控國家甚多的資源，造成阿拉伯人與波斯人的歧見日深，彼此互相鬥爭。阿民、馬俄門兩兄弟背後便是隱藏著阿拉伯勢力與波斯勢力的角逐。阿拉伯勢力背後的支持者是代表哈里發家族的阿民母親茹拜達；波斯勢力的支持者便是巴剌米克家族。在阿民五歲時阿拉伯勢力得到勝利，阿民被立為哈里發儲君。在巴剌米克家族的影響之下，波斯母親生的馬俄門得以獲得阿民之後的哈里發儲位。並在赫崙．剌序德死後擁有東方阿拉伯自治權。赫崙．剌序德甚至於帶著兩個兒子到麥加朝聖，立下字據，要兩兄弟彼此忠誠，要求阿民承諾，給予馬俄門東方疆域各方面的自治權，然後將字據掛在克厄巴上面表示神聖。至於剌序德後來為何消弭巴剌米克家族勢力，史學家有許多不同的說法，茹拜達的影響力介入應是無庸置疑的。803年剌序德以迅雷不及掩耳的方式，拘捕巴剌米克家族所有成員，或殺、或拘禁、或流放，並沒收他們所有的財產，解除他們的職務，亞賀亞和法底

[5] aṭ-Ṭabarī, 1997, vol.8, p.233.

勒死於獄中，其他在獄中的巴剌米克家族人直到阿民繼位後才得釋放。此事件影響非常深遠，包含日後波斯民族主義的高漲，及阿民與馬俄門兩兄弟的內戰。

有波斯血統的哈里發馬俄門，再度任用波斯薩合勒家族（Sahl）為大臣，最著名的是綽號「雙頭之父」（Dhū ar-Riyāsatayn，意：劍與筆的領袖）的法底勒．本．薩合勒（al-Faḍl bn Sahl）。法底勒之父薩合勒原本是祆教徒，後來改信伊斯蘭。無論是薩合勒家族或其前的巴剌米克家族，都積極鼓勵文人翻譯薩珊王朝的波斯作品，努力將波斯文化傳到阿拉伯半島，影響阿拉伯文學甚鉅。

二、總督（al-wulāh）

總督是中央政府派駐各地，管理派駐地的行政、軍事、收稅並將之繳納國庫。總督得任命其境內的稅務官、法官、郵政官等，這些官員的職務與總督職共進退。艾巴斯家族政權衰弱時，許多總督各自獨立，成為小國國王，甚至於自鑄錢幣。

三、迪萬（ad-Dīwān）

迪萬意指中央政府各專屬部會，重要者如下：

1. 軍機部：負責軍人的軍籍、軍眷、軍備、糧餉等。

2. 國庫（Bayt al-Māl）：國境各省設有「稅務局」（Dīwān al-Kharāj），[6]將稅收運用在每一省的開支上，餘額繳還巴格達國庫。政府也雇用波斯稅務員在呼羅珊、伊拉克地區收取稅金。曼舒爾時期，國庫及掌管軍人薪餉的「軍機部」都由波斯大臣卡立德．本．巴爾馬柯（Khālid bn Barmak）負責。哈里發的開支設有專門部門負責。

3. 財務部（Dīwān an-Nafaqāt）：負責國家的開支。統治階層的預算來自戰爭的戰利品、俘虜的贖金及土地稅收，赫崙．剌序德哈里發時代的國庫存款達七千萬金幣，統治階層有動用國庫的優先權。

4. 文書部（Dīwān ar-Rasā'il）：負責撰寫哈里發文書等政治文件及刊物的發行。阿拉伯文學的興盛，與政府的「文書部」組織有密切的關係。

---

[6] Dīwān al-Kharāj原指徵收農作物收成的稅務單位。伊斯蘭每個時代這個部門的定義都有差異。

5. 封印部（Dīwān al-Khātim）：負責校對和封印哈里發的文書。

6. 簽署部（Dīwān at-Tawqī‘）：負責審理上訴、申訴文件，這些文件被稱為「紀沙舍」（al-qiṣaṣ）。哈里發及大臣通常會批上簡短的文詞，稱之爲「陶紀艾特」（at-tawqī‘āt），即「批文」之意。

7. 農稼部（Dīwān al-Akarah）：負責建築、橋梁、灌溉等。

8. 郵政部（Dīwān al-Barīd）：阿拉伯郵政制度約始於巫麥亞時期第一位哈里發穆艾維時代，當時郵政總局設在伊拉克巴舍剌城，全國設立九百多個郵政據點，郵件藉由快馬、驢、專人傳遞。到了阿巴斯赫崙．剌序德時期，郵局的任務漸趨複雜，郵局負責中央與地方文書往來，郵務員任務類似今日的特派員或情報員，擔負全國各地情報蒐集的責任，負責提供王國的各地消息、事件。他們將各地首長、軍事領袖、法官、稅務員、警察等的訊息與動態，提供給哈里發。中央政府藉此掌控各地方政府官員、百姓與異議者的實際情況。為爭取時效，利用駿馬傳遞消息。傳遞人或情報員沿途描繪驛站、路線圖，做全面性的紀錄。因此，有關王國東、西方各地的地理、經濟情況的著作相繼出現，刺激了此期地理學及歷史學的研究。到了埃及奴隸王朝時期，發展出「空運」，藉由信鴿傳遞訊息，一封信謄寫兩份，為保證信件送達，由前後出發的兩隻信鴿攜帶。信鴿的外貌往往在牠的嘴上塗上顏色，或剪掉部分羽毛，以茲分辨，各地高處以放煙霧做信號。空運信件往往避免冗長，僅書寫日期與主旨。

四、司法與警安

設置法官掌司法，卻常因哈里發的教派立場而變更法律。警察長負責國家安全，並任用女子做調查工作，以維護國安。

參、社會、文化狀況

一、多元文化景象

（一）「書烏比亞」（ash-Shuʻūbīyah）與「異端」（az-zandaqah）

自從外族人定居於阿拉伯城市之後，他們深切體會自身血統所處的劣勢，也逐漸的傾向阿拉伯化，尤其透過大規模的通婚，形成泛阿拉伯的觀念，穆斯林的凝聚力逐漸克服了狹隘的民族觀念。血統問題卻因巴剌米克家族勢力被消弭，而一度被挑起。

波斯民族主義的活動早自伊斯蘭出現時便隱藏在宗教鬥爭中，猶太教、基督教與祆教徒的活動，始終存在伊斯蘭政權的背後。部分穆斯林學者認爲這些企圖顛覆伊斯蘭的思想已經披上伊斯蘭的外衣，隱藏在一些伊斯蘭教派之中，散布異端思想。他們所影射的自然是什葉極端派思想。波斯祆教徒活動在巫麥亞家族的強制操控與打壓之下，對政治社會並無法有太大的影響。直至艾巴斯曼舒爾時期異教徒活動頻繁，曼舒爾嚴格加以取締，並處決其宗教領袖和一些祆教徒。

曼舒爾任內最重要的事件是任用波斯人卡立德．本．巴爾馬柯爲相。此後其子亞賀亞及其孫法底勒、加厄法爾等相繼承襲首相之位。西元803年哈里發赫崙．剌序德消弭波斯大臣的勢力，被征服民族的「書烏比亞」民族主義風潮浮上檯面。「書烏比亞」代表當時被阿拉伯人所征服的民族心聲，認爲阿拉伯人是一群沒有文明，依靠放牧維生的沙漠民族，不如羅馬、波斯人的制度化與文明水準。此名詞最早出現在加息若的名著《說明與闡釋》一書中，認爲「書烏比亞」與「異端」相互依附，敵對阿拉伯人及伊斯蘭。「書烏比亞」的興盛，顯然是外族對阿拉伯穆斯林的反撲，譬如波斯人所爭取的不再僅是過去宣傳的「平等」，而是近一步認爲波斯人優於阿拉伯人的理念。這理念實踐在許多政治活動之中，譬如阿民與其兄馬俄門的哈里發權位爭奪戰中，波斯人將此意識型態轉爲政爭活動，協助馬俄門成功的奪得政權。

阿拉伯文獻中的「異端」源自於阿拉伯人與外族共處之後，阿拉伯穆斯林對這些民族信仰的評價。反映阿拉伯穆斯林對外教徒或改信後的外教徒某種程度的不信任與排斥，並經常被執政者或政客利用爲排除異己的手段。早在馬合迪哈里發時期便設置專門機構，執行剷除異端的行動。哈里發對於「異端」大多採取極端的手段，輕則監禁，重則砍頭、釘死。被視爲異端思想的文人，譬如伊本．穆格法厄、巴夏爾．本．布爾德、沙立賀．本．艾卜杜．古杜斯（Ṣāliḥ bn ‘Abd al-Quddūs, d.783）等人，大多難逃悲慘的命運。

（二）宮廷文化

一般而言，在文學上，薩法賀與曼舒爾兩位哈里發時期，宮廷詩並不發達，巴舍剌與庫法兩城仍是文化、學術之都。詩人中有阿拉伯人，也有外族人。至赫崙．剌序德及馬俄門時期，學術迅速發展，宮廷呈現各種不同文化色彩。詩人、聲樂匠、酒友、狗、公雞飼養者經常往返於宮廷中，娛樂方式也非常多元。由於此期阿拉伯人得以和各不同文明的民族相互切蹉，思想相對顯得活潑、具創意。哈里發對外，出手闊氣，譬如赫崙．剌序德帶阿民、馬俄門二子到麥地那，三人分別賞賜居民共一百零五萬金幣，連史學家都爲之稱奇。[7]又如馬俄門收到羅馬皇帝禮物時，對左右說：「加倍回送他禮物，讓他了解伊斯蘭的高貴及阿拉對我們的恩澤」[8]。馬俄門回報的目的除了在鞏固一段和諧的關係外，主要在博得穆斯林更高的尊榮與地位。大臣們鼓勵學術，用金錢、財富賞賜文人，譬如巴剌米克波斯大臣家族經常賞賜詩人，動輒千金。伊本．古達馬更直言：「文人都喜愛禮物。」[9]詩人爲了名利，樂意維持與高官的關係，某種程度上吟詩成名，變成了他們的人生目標。

阿巴斯時期高階層生活極爲奢侈，宮殿建築與擺設華麗精緻，各階級都有其特殊穿著，高官都有穿戴纏頭巾的習俗，譬如四大法學派宗師都纏頭巾。土耳其蘇丹的纏頭巾用三根鳥羽毛及寶石裝飾，宰相的纏頭巾則插兩根鳥羽毛。[10]許多服飾禮俗源自波斯，哈里發曼舒爾創先讓大臣們穿著波斯宗教學者的綠袍、小帽，並命他的隨從戴長帽。[11]哈里發穆厄塔席姆喜歡戴各種顏色的長帽，稱之爲「穆厄塔席姆帽」（al-Mu‘taṣimīyāt），並時常讓他的將官穿著鑲有寶石的金縷衣，[12]詩人、歌手穿絲、綢、刺繡的衣服，[13]宮廷的穿著禮俗，顯然有許多世俗化的狀況，如普遍

[7] aṭ-Ṭabarī, 1997, vol.9, p.650.

[8] as-Suyūṭī, 1952, P.166. http://www.islamicbook.ws/tarekh/tarikh-alkhlfa-.pdf.（2012/07/15瀏覽）

[9] Ibn Qudāmah, 1992, vol.8, p.239.

[10] Al-Mawsū‘ah al-Arabīyah al-‘Ālamīyah, 1999, vol.16, p.611.

[11] al-Aṣfahānī, (n.d.), vol.10, p. 236.

[12] al-Mas‘ūdī, 1986, vol.4, pp.62-66.

[13] al-Aṣfahānī, (n.d.), vol.6, p.293; al-Jāḥiẓ, (n.d.), *Al-Bayān wa-t-Tabyīn*, vol.3, p.115.

流行使用香精，如麝香、琥珀精油、水仙花精油等。高官女眷流行薰香，女僕與守衛服侍左右。社會風氣注重喜慶排場，譬如馬俄門哈里發迎娶哈珊．本．薩合勒（al-Ḥasan bn Sahl）之女時耗費龐大驚人。在飲食上講究精緻食品，食器不乏金銀器皿，據說馬俄門哈里發每日的飲食耗費六千金幣。哈里發宮殿經常設夜宴，每位哈里發少不了酒友，夜宴的活動內容包含詩歌、軼聞及笑話，文人競相卯足智慧以求創新。

（三）社會階級

由於伊斯蘭版圖擴充，戰爭頻繁，擄獲許多戰俘，另有買自東非、南歐、中亞、印度等地的奴隸，社會上因而盛行奴隸買賣，絕大多數是黑奴，亦不乏來自歐洲的白奴。巴格達有一條街道稱之爲「奴隸街」，設有專人管理奴隸買賣。奴隸的工作有耕種、手工業、宮廷與住家奴僕等。女奴的數目遠比男奴多，許多男人對女奴的興趣較自由女高。更有些哈里發具有特殊癖好，譬如阿民哈里發喜歡女扮男裝的宮女，穆厄塔席姆哈里發喜歡土耳其男奴。有些詩人如阿布．努瓦斯亦有此愛好，並吟誦戀童詩。

在奴隸階層之上有商業與製造業階層，他們靠各自專精的手藝與技術維生，譬如香水商、建築商、鐵匠、木匠、染匠等，由於上階層的奢華，使他們因而獲利致富。

上層社會的結構自然是哈里發家族、官員與其周遭的醫師、詩人、文人、藝術家等。爲滿足上階層的娛樂生活，原本盛行在息加資地區的歌手被引進巴格達，哈里發並帶動此風氣，譬如赫崙．剌序德哈里發要求伊卜剌希姆．茅席立（Ibrāhīm al-Mawṣilī, d.806）、伊斯馬邑勒．本．加米厄（Ismā‘īl bn Jāmi‘）等歌手爲他選一百首歌。伊卜剌希姆．茅席立是當時歌唱界的翹楚，結合藝術貢獻與財富來源，幾乎是每位藝術家的夢想。詩受歌唱影響至深，尤其是增加了詩的格律，詩人爲服務娛樂界而改變風格，最明顯的是詩韻變短而輕快，語言平易、清柔，意象豐富。

二、學術機構建設

（一）智慧宮（Bayt al-Ḥikmah）

此期波斯、印度、希臘的書籍紛紛流傳到阿拉伯人手裡，擴展了阿拉伯人的視野，文學發展盛況堪稱空前。馬俄門建設的「智慧宮」是以赫崙．剌序德所建的「智庫」（Khizānah al-Ḥikmah）為基礎，對學術的貢獻甚大。馬俄門在智慧宮內設立翻譯館，引進大批希臘、羅馬的書籍，網羅各地翻譯家翻譯這些書籍，帶動文藝、科學的發展。智慧宮中尚有天文臺、圖書館、創作館等，研究各領域學術，可說是今日大學的前身。從九世紀到十三世紀的阿拉伯人文、科學發展，皆與此宮有密切的關係。智慧宮於1258年被蒙古人所毀，二十世紀伊拉克總統沙達姆．胡賽恩（Ṣaddām Ḥusayn）時期，曾模仿舊宮再建。

馬俄門的思想深受外族的影響，《古蘭經》被造說源自此時。他派出大批智慧宮學者，以科學方式，測量北極的緯度等，證實希臘學者主張的「地球球狀說」。馬俄門也是阿拉伯史上唯一什葉派思想的哈里發，他的名言如：「人有三種：如午餐之人，不得缺少；如藥物之人，生病時需要他；如疾病之人，令人厭惡。」「誰教我一字，我就是他的奴僕。」即：一日為師，終身為僕等，至今流傳在阿拉伯人口中。

穆塔瓦齊勒哈里發在位期間，極力扭轉素尼派思想的頹勢，並強化素尼派的勢力與地位，消弭《古蘭經》被造說的思潮，獎勵學術。歷史學者因自身政治、宗教的立場，在評價哈里發時也持不同的角度，但穆塔瓦齊勒任內發生中東地區大規模的地震，所有高聳的建築幾乎全毀，死傷無數，致使執政者疲於奔命，難有重大的建樹。

（二）尼查姆學院（al-Madrasah an-Niẓāmīyah）

當塞爾柱土耳其人控制艾巴斯政權時，尼查姆．穆勒柯於1065年創立的尼查姆學院，帶動巴格達的發展與繁榮，許多具規模的宮殿和建築紛紛出現。尼查姆學院除了設立在巴格達之外，尚遍設於許多伊斯蘭城市，譬如伊拉克的茅席勒、巴舍剌、波斯的阿舍法含、尼薩布爾（Nīsābūr）等城市。實際上，在尼查姆學院之前便有數所著名的伊斯蘭學校已經設立。尼查姆學院的聲名建立在其優良的師資、教學方法及教材上。尼查姆．穆勒柯時常親自慎選有實力的專業學者為教師，規畫教學目標與方法，充實學校設備，提供學生宿舍。有些文獻記載此校學生宿舍中，每個人有一個房間。尼查姆．穆勒柯並重視營造學習環境、充實圖書設備等。因此得以網羅許多當代知名的學者，如哲學家阿布．哈米德．佳撒立（Abū Ḥāmid al-Ghazzālī, d.1111）任教。學者們也都以在此學校任教為榮，甚至於許多其他學派的學者因爲此校屬於夏菲邑學派（madhhab ash-Shāfi'ī），而自願轉變爲夏菲邑學派。

（三）穆斯坦席里亞學院（al-Madrasah al-Mustanṣirīyah）

穆斯坦席里亞學院是哈里發穆斯坦席爾·比拉所創立，是最早的四大法學學院。學院建於巴格達城東底格里斯河畔，學校的開幕由哈里發親自主持。哈里發並命人充實其圖書館，四周圍著房間，是伊斯蘭學校的典型建築。此學院建於1227年，歷時五年才完成。學生修習的科目非常多，包含哲學、宗教法學、聖訓、《古蘭經》及實驗科學，如醫學、數學、藥學等。校園裡設備齊全，除了教室外，有食堂、宿舍、醫院、清眞寺、澡堂、八萬冊藏書的圖書館、研討屋等。

第二節　詩的發展

艾巴斯文學又稱爲「混合文學」（al-Adab al-Muwallad）或「新文學」（al-Adab al-Muḥdath）。前者因爲許多文人是阿拉伯與外人的混血，或是阿拉伯化的外族人，故稱之爲「穆瓦拉德」。後者因艾巴斯人對於蒙昧、巫麥亞文人而言是現代人。從文學角度來看，他們的文筆、風格也混合傳統阿拉伯式與新時代的新興風格，含有新題材、新意義、新詞彙，甚至於新形式，如詠酒詩、多韻腳的四行詩（ar-rubbā‘īyāt）、五行詩（al-mukhammasāt）等。此期外族統治者對阿拉伯語文的重視並不亞於阿拉伯統治者。他們創辦學校，教育窮人，大量謄寫書籍，廣爲流傳。此期阿拉伯語言中的新詞彙包含：

1.混合詞（al-alfāẓ al-muwalladah）

使用阿拉伯舊詞彙來表達新時代的意義，如：ista‘raḍa一詞在蒙昧時期意爲：用劍殺。到了艾巴斯時期意爲：呈現一件事物的各個不同面。

2.阿化詞（al-alfāẓ al-mu‘arrabah）

將外來詞彙用阿拉伯語型態表達，如iqlīm（省）源於希臘字kalīmā，andhazāh原爲波斯字，變成阿拉伯字handasah（工程）。

3.借詞（al-alfāẓ ad-dakhīlah）

有些外來語起初被阿拉伯人直接引用，經過一段時間，便成爲阿拉伯詞彙，如al-wabā’意爲：瘟疫；al-‘unṣur意爲：種族；al-hay’ah意爲：形式、組織；al-falak意爲：天文。這些皆是借詞演變而來。

絕大多數的外來新詞彙源自波斯文，譬如ibrīq（水壺）、fayrūz（綠松石）、yāqūt（紅寶石）、misk（麝香）、banafsaj（紫羅蘭）、‘anbar（琥珀）、ṣandal（檀木）、fulful（胡椒）、sawsan（百合）、zanjabīl（薑）等。有些則來自希臘、羅馬，如biṭāqah（卡片）、firdaws（樂園）、biṭrīq（將軍）、qanṭarah（拱橋）等。

壹、詩人的類型

基本上阿拉伯詩自古至今並無太大的改變。艾巴斯時期阿拉伯詩混合了外族的思想與文化，的確大放異彩。然而，若要將之區分學派，似乎還構不成條件。古文史學者阿舍馬邑曾努力將之區分，譬如前文所述，將蒙昧時期的茹海爾．本．阿比．蘇勒馬類型的詩人稱之為「詩奴」，許多阿拉伯文學批評家跟進，彼此相惜這種論調，將阿拉伯詩人分成兩種類型：其一是作詩靠不斷的修正者，如茹海爾、納比佳．儒卜亞尼。另一類是依賴天分的，如：拓剌法、案塔剌、漢薩俄等。前者詩的價值在於對意義的重視、對於修辭的要求；後者的價值則在它本身所表達的意義，但往往疏忽結構層面。在巫麥亞時期，阿可拓勒屬於前者；烏馬爾．本．阿比．剌比艾屬於後者。艾巴斯家族重視依靠天分、靈感吟詩的詩人，如巴夏爾．本．布爾德、阿布．努瓦斯、伊本．魯米。

由於艾巴斯時期大多數依靠天分、靈感吟詩的詩人都重意義、輕形式，而被稱之為「巴格達學派」（al-Madhhab al-Baghdādī）。有些詩人則傾向使用優雅的文詞，這些人原都成長於大馬士革，然後移居到巴格達發展，譬如阿布．塔馬姆、布賀土里；或是較喜歡居住在大馬士革，譬如穆塔納比、阿布．菲剌斯、馬艾里（al-Ma‘arrī）。他們的詩被稱做「敘利亞學派」（al-madhhab ash-Shāmī）。敘利亞學派在艾巴斯盛世廣為流行，其原因是艾巴斯早期的詩中充滿異教思想，較傾向波斯思想，頗受波斯官員賞識。當赫崙．剌序德消弭「巴剌米克」波斯大臣家族勢力時，社會興起一陣復古風潮，王公貴族都鼓勵恢復傳統詩的風格，敘利亞學派因之風行。

敘利亞學派特點在於：

1. 仍然吟誦舊主題的詩，如情詩詩序。

2. 擅長吟誇耀詩，誇耀阿拉伯人。無論詩人本身是否阿拉伯人，阿拉伯詩人如穆塔納比、布賀土里；波斯詩人如穆斯立姆．本．瓦立德（Muslim bn al-Walīd）；羅馬詩人如阿布．塔馬姆。

3. 常吟英雄詩，無論詩人是否為騎士，如穆塔納比、阿布．菲剌斯；或不諳戰事的詩人，如布賀土里。

4. 用詞艱澀、意義較為矯作。

5. 詩中氣氛嚴肅，此派詩人甚少吟詼諧的詩。

由於此期的政治、社會、思想、文化現象都異於蒙昧時期及前伊斯蘭時期，詩的特性也自然相去甚遠。此期詩歌從寧靜的沙漠轉向喧譁的城市發展。從阿拉伯式的持重，轉向嬉戲、輕鬆。從文學、政治的聚會所，轉向歌舞聲色場所。這都對詩歌的主題、藝術、內容、思想、風格、詩韻產生重大的影響。基本上，艾巴斯詩人吟誦的主題與過去並無不同，仍是讚頌詩、諷刺詩、誇耀詩、哀悼詩、情詩、詠酒詩、描寫詩、格言詩等，但他們的詩顯得更細膩、深遠，也更講究修辭，同時也反映當時的生活，如宮廷、酒友集會、宴會、花園、軍隊、沙漠、雷、電、雨、駱駝等，都是描寫的對象。

貳、詩的主題

一、舊主題的革新

艾巴斯時期詩歌中沒落或消失的傳統主題之一是政治詩，原因是政治環境不再需要它，政治詩只在什葉派和艾巴斯人之間，及在波斯民族主義者和阿拉伯人之間的宗教鬥爭中還有些微殘餘。此外，巫麥亞時期的烏茲里純情詩不復存在，誇耀詩、激情詩也沒落。一般詩的主題如下：

（一）讚頌詩

舊社會中人們所尊崇的道德仍是此期詩人讚頌的標準，如慷慨、寬容、英雄氣概、貞節、勇氣等。此期並增加許多對哈里發的讚頌詩，如對他所制訂的制度、為民求福祉及敬畏阿拉的美德等，堪稱諸主題中摻入最多新意者。如阿布‧塔馬姆在讚美穆厄塔席姆哈里發時說：

穆厄塔席姆奉阿拉之名責罰，
景仰阿拉，
愛慕阿拉。

布賀土里讚美哈里發穆塔瓦齊勒時說：

違背您命令的人，
是阿拉的背叛者。
否定您權力的人，
會惹來罪孽。

讚頌哈里發時，詩人往往從爲民福祉、公正、遵循教義等伊斯蘭意義切入，目的在反映詩人對執政者的期待，塑造執政者完美道德的標準。讚頌詩亦常記載哈里發執政所發生的重大事件，譬如對外戰爭等，成爲史學家的原始參考資料。

有時詩人所讚美的內容並非事實，純粹在反映人們的期待。「巴剌米克」大臣家族是詩人讚頌的新對象，如有詩人讚美亞賀亞．巴爾馬柯時吟道：

王者會傷害，
會施予利益。
我看巴剌米克家族，
不傷人，
僅會利人。

艾巴斯家族的讚頌詩中也描述許多戰役，尤其是穆斯林與羅馬、土耳其人之間的戰爭。這些詩成爲後代歷史學家所引證的史料，如拓巴里的史書中引用許多此期詩人的詩做依據。當時的詩有如今日的報紙，意義、型態上都有明顯的發展。往昔描述廢墟、愛情、沙漠中使用駱駝遷徙等詩的開場白；此期變成描述宮廷、花園、河中行船、酒會等。最著名的讚頌詩是穆塔納比讚頌賽弗．道拉的詩。他讚美賽弗．道拉的世系、勇氣、慷慨，形容他是偉大的穆斯林領袖，護衛穆斯林領土、聖地等：

每個人在他的時代裡，
有他熟悉的事。
賽弗．道拉習慣於征戰，
他是大海，
一旦平靜，

你儘管潛入採珠。
但若它起浪，
千萬得小心。

（二）誇耀詩

此期因部落色彩較淡薄，較少吟誦部落型的誇耀詩，誇耀的主題圍繞在高尚品德、阿拉伯氣度、廉恥心等。有些詩人、釋奴在詩中會以其外族血統爲傲，如巴夏爾．本．布爾德、阿布．努瓦斯。巴夏爾．本．布爾德在誇耀時，甚至以他的目盲爲傲：

我打從娘胎就瞎，
我的聰穎來自目盲。
我有超群的思想，
是知識的寶庫。

也有以阿拉伯血統爲傲者，如法合爾．本．馬立柯（Fahr bn Mālik）、布賀士里等。夏里弗．剌弟在誇耀他的祖先時說：

你非常熟知我的過去與現在。
倘若不知，
儘管問。
我的族人是王者，
我有王者特質，
我的全身上下，
你儘管剖開。

最著名的誇耀詩人是伊本．穆厄塔資、夏里弗．剌弟、穆塔納比、阿布．菲剌斯等。如穆塔納比說：

我——
瞎子都能看到我的文雅，
我能教聾子聽到我的言語。
我睡覺時眼簾盡是冷僻詩意，
人們可是得為它掙扎，
徹夜不眠。
馬兒、夜晚、曠野
都認識我，
還有劍、矛、紙、筆。

最細膩的誇耀詩首推阿布·菲剌斯的〈羅馬記事〉（Rūmīyāt），描述他在戰爭中被俘虜到羅馬的情形。詩中他誇耀自己勇氣，如：

我在戰場上被俘，
戰場中伴我者並非赤手空拳，
吾馬非幼馬，
馬主非初出茅廬者。
倘若我的族人努力，
將憶及我，
在黑夜裡，
會尋找圓月。
倘若有人占了我的位子，
他們以他滿足。
倘若黃金用罄，
礦砂也無法昂貴。
吾等可非平庸之輩，
是領袖，
無論生者、逝者，
皆無法媲美。

（三）諷刺詩

由於此期社會多元化，部落主義不再盛行，辯駁詩隨之沒落。諷刺詩的主題正好與誇耀詩相反，旨在揭露個人及社會的缺點與弊端。被嘲諷的對象特質往往是卑賤、沒出息。諷刺詩在此期也是詩人謀生的手段，詩中毫不留情的用尖酸刻薄的言詞挖苦人，極少有溫文爾雅的詞句，諷刺詩明顯的向深處、廣處發展。著名的詩人是巴夏爾．本．布爾德、迪厄比勒．本．乎撒邑（Di'bil bn al-Khuzā'ī）、布賀土里、伊本．魯米等。其中以迪厄比勒、伊本．魯米最精於此技，如伊本．魯米在諷刺一位吝嗇的人說：

邑薩對自己都吝嗇，
夭壽不久長，
倘若能夠，
他會用一個鼻孔呼吸。

欣賞伊本．魯米的詩，會感覺到他以諷刺身體的缺點爲樂。他在罵一位叫艾姆爾的人說：

艾姆爾，
你的臉很長，
狗兒的臉也長。
狗兒忠誠，
你狡詐，
你比起牠可卑下。
牠能保護牲畜，
你既無能保護，
也無能攻擊。
你是壞家族的子孫，
他們的故事可長呢！
他們的臉對萬物而言是警示，

他們的頸子是被揍擊的鼓。

穆塔納比在無法從伊可序德王國黑人國王克夫爾・伊可序迪（Kāfūr al-Ikhshīdī, d.968）那兒得到所求之後，諷刺克夫爾的黑奴身世說：

別買奴隸，
除非把棍子也買下來，
奴隸污穢又無用。

文豪加息若的幽默，顯現在他自我諷刺的散文裡，因而有詩人根據他的自嘲而諷刺他說：

倘若豬再毀容，
也不會比加息若醜。
他本身是地獄的代表，
是目擊者眼裡的眼屎。

巴夏爾在諷刺哈里發馬合迪及大臣亞厄古卜・本・達伍德（Ya'qūb bn Dāwūd）時說：

巫麥亞族人啊！
醒來吧！
你們沉睡太久了
現在哈里發是亞厄古卜・本・達伍德。
族人啊！
你們的繼承權已失去，
快去尋找阿拉遴選的繼承人，
在皮袋和杖棍之間。

（四）哀悼詩

每當有哈里發、大臣、軍事領袖過世，艾巴斯詩人都會吟詩哀悼，敘述他們的功績，表達人們失去他們的遺憾。最著名的哀悼詩是阿布・塔馬姆哀悼穆罕默德・本・哈米德・拓伊（Muḥammad bn Ḥamīd aṭ-Ṭā'ī）在戰役中被殺的詩，以下是其片段：

災禍無窮，
情勢嚴峻，
淚水不禁溢滿眼眶。
穆罕默德之後，
理想都已死去。
在被刺被殺後，
年輕人著著實實身亡，
儘管未能打勝戰，
卻勝利了。

此期也不乏哀悼家人、朋友的詩，最著名的是伊本・魯米藉由對雙眼的談話，哀悼他早逝兒子，詩中充滿了父愛眞情：

你倆哭泣能治癒人，
儘管於事無補，
就施捨吧！
我這兒有個像你們一樣的人剛過世。
死亡的信鴿奪走了我的次子。
阿拉呀！
牠怎能選擇項鍊的墜子？
我正欣賞到他優雅的氣度，
看到他成熟的行為，
死亡卻掩埋了他，

使得我想看他，
咫尺天涯，
天涯咫尺。

另有伊本．翟亞特（Ibn az-Zayyāt）藉由形容他兒子失母之痛，哀悼死去的妻子：

難道沒人看到，
這個和母親分離的孩子，
在瞌睡之後，
他雙眼搶先，
看見每個母親和她的兒子，
在夜裡安詳的睡。
他在床上孤獨的過夜，
心跳不安，
滿心紊亂。
別責罵我哭，
你們都看見，
我是用淚水療傷。

當哈里發家族阿民和馬俄門發生權位鬥爭時，巴格達城祝融肆虐，阿拉伯文學史上首次出現哀悼城市的詩。其中以伊本．魯米悼巴舍刺城的詩最著名：

淚水傾流，
趕走我雙眸甜美的睡意。
巴舍剌的遭遇，
如此劇烈的劫難之後，
還能睡嗎？
異族公然摧毀伊斯蘭禁寺後，
還有睡意嗎？

（五）情詩

此期大多數情詩流於露骨，詩人不忌諱提到私密的情欲，且加以張揚渲染。由於當時社會外族女奴的存在，各種娛樂場所紛紛設立，更助長這種趨勢。詩人甚至對外族男童調情，出現戀童詩，如阿布．努瓦斯的戀童詩：

我沒犯錯，
他卻疏遠我。
留下我
獨自消瘦，
倘若他留下過夜，
害怕分離，
怕火上加炭，
便可纏綿永恆，
至海枯石爛。
願阿拉賜我倆，
長長久久，
永不分離。

此期鍾情於一位女人的詩人數目甚少，流傳下來的詩也有限，最著名者爲艾巴斯．本．阿賀納弗（al-‘Abbās bn al-Aḥnaf）及其情人富資（Fawz）、穆厄馬勒．本．加米勒（al-Mu‘mal bn Jamīl）及其情人翟納卜等。他們和烏茲里情詩詩人的愛情經驗有以下差異：

1. 他們的情人多半是婢女，不似烏茲里情詩詩人之情人都是自由人。[14]

2. 他們不再直呼情人眞實名字，似乎是畏於前期經驗，企圖給自己的愛情成功的機會，也恢復蒙昧時期傳統習慣，使用假名描述情人。

3. 缺少烏茲里情詩詩人僅寫情詩不涉及其他主題詩的特色，除了情詩之外，他們也寫其他主題的詩，如讚頌詩等。

---

[14] 學者之間對於阿巴斯的情人是否爲女婢存有爭議，參見Yūsuf Bakkār, 1981, pp.262-274.

兩者的共同點在情詩的內容和語言形式相似，對於情人肉體美的描述較爲含蓄，譬如艾巴斯說：

她完美，
臉龐完美，
除她之外無所謂美。
人們每月僅見月牙一次，
我每日清晨在她臉上看見月牙。

艾巴斯修飾情人美若天仙時說：

誰在問富資長相，
你若沒看過她，
就瞧瞧月亮。
她彷彿曾住在天堂，
來到人間的奇蹟。
阿拉不曾在人間創造可與她比擬的，
她應不是人類吧？！

又說：

薩魯[15]她既沒虐待人也未壓迫人，
她說：誰若將我把圓月比，
可就冤枉囉！
圓月沒有烏黑大眼，
更無優美文詞可令人消瘦。[16]

---

[15] 女性專有名詞「薩魯」其詞面意義爲「霸道者」，此處是雙關語。
[16] Ibn al-Aḥnaf, 1954, P.253.

艾巴斯在敘述其對情人富資的情愫時說：

主啊！
莫讓忌妒者幸災樂禍，
富資和我的家人派來的探子，
我們之間有什麼可懷疑的，
為何要監視？
像她像我
都不會使壞啊！

因此，艾巴斯時期的情詩存留一股烏茲里情詩思潮的餘溫：情人感官的魅力引導著情愛、使用記述文筆及相似的詞彙、表達死亡是希望的泉源等，譬如穆厄馬勒對其情人翟納卜吟的詩：

我死了，
因愛傷痛，
死亡真美好！
死亡已到臨，
今天你們就蒞臨我的死所，
在我墳前叫喊：
女人的殺手啊！……

（六）描寫詩

此期描寫詩偏重對新文明現象的描述，尤其是對節慶、歌手、娛樂、宮廷建築的描寫，如水池、噴泉、食品、花園、雕樑畫棟等。如布賀土里描寫哈里發的池塘時吟道：

急流湧入它，
彷如脫韁的馬兒。

彷彿從鑄塊流出的白銀，
流在水道上。
當夜晚星星出現在它四周，
你會以為天空嵌在裡頭。

至於傳統對動物的描寫或對大自然的描寫，作品也非常多，然而都添增新時代意義。譬如交通工具的描述，從過去描寫母駝，轉變成描寫船隻，新的交通工具給予舒適、安全的感覺，反映時代的經濟成長。

二、新主題

此期受各民族融合的影響，思想層次提升，許多舊主題詩也因此展現新面貌。

（一）苦行詩（az-zuhd）

伊斯蘭早期詩受《古蘭經》影響甚鉅，詩中常呼籲人們莫過度迷戀今生，莫忘死亡和最後審判日。但堪稱苦行詩者，卻遲至艾巴斯家族執政後才出現，可說是對當時奢糜、異端的回應。苦行詩旨在遠離俗世食、衣、住、行的享樂，以求接近阿拉。其中阿布．艾塔希亞（Abū al-'Atāhiyah）被公認是此類詩的代表詩人。他所有的詩作，幾乎都是呼籲人們畏懼阿拉，遠離塵世。他的苦行出自於他的死亡觀，他用剌加資格律，寫了一首長達四千節的苦行格言詩，稱之爲〈俚語〉（Dhāt al-Amthāl），享譽詩壇。以下是此首詩的片段：

倘若事物失去了，
它是多麼的遙遠！
倘若事物存在，
它是多麼的近！
活人靠死人的遺產生存，
房屋靠廢墟而長存。

（二）哲理詩

此期出現哲理詩，擅長此類詩者首推阿布．艾拉俄．馬艾里（Abū al-‘Alā’ al-Ma‘arrī）的哲理詩，他企圖用分析的眼光探討宇宙萬物，如：

夏天，
你只需要遮羞的衣裳，
入了冬，
只需一件粗衣。
我的行程無需錢財，
出外流浪，
身無分文。
不求糧餉，
我主給了我充足的食糧。
倘若有人賜食，
我明瞭那不是我的權利。

阿布．塔馬姆下列詩意，呈現他對生活的凝視：

若真主要闡揚被掩蓋的德行，
就會賜予它忌妒的舌頭。
若非有火的燃燒，
亦無法得知檀木的芳香。

（三）蘇菲詩

艾巴斯家族政權末期，蘇菲詩脫離苦行詩而獨立。蘇菲主義（at-taṣawwuf）學者們傾向述說神愛、棄絕塵世、苦修等，把愛情由物質昇華到精神境界，表達對眞主特質的冥想，如哈拉几（al-Ḥallāj, d.922）、阿布．哈珊．努里（Abū al-Ḥasan an-Nūrī）的詩：

多少的悲傷，
苦得令人哽咽，
我令此心也傷，
對哭泣者肅然。
你有理讓我哭泣，
讓我毀滅，
我因你而哭，
或得與你相會。

（四）社會詩（ash-shi‘r al-ijtimā‘ī）

社會詩在描述當代人的生活和他們所承受的不幸。代表詩人有加賀查．巴爾馬齊（Jaḥẓah al-Barmakī）、阿布．夏馬各馬各（Abū ash-Shamaqmaq）、阿布．菲爾敖恩．薩西（Abū Fir‘awn as-Sāsī）、薩里．剌法俄（as-Sarrī ar-Raffā’）等，譬如加賀查．巴爾馬齊（Jaḥẓah al-Barmakī）在描述他生活的不幸時吟道：

瑪瑙般的椰棗汁，
我滿足了，
無需美酒。
有粗麵粉，
無需白麵。
有狹窄的陋屋，
無需華美的宮殿。

阿布．夏馬各馬各在描述當時窮人的困境時說：

開齋節到了，
我們的孩子沒椰棗，
也沒米。
他們原有一隻羊，

已被宰，
就沒了羊奶。
倘若見到高處有大餅，
一定急急躍上。
倘若他們能跳，
絕不錯過。
只是……
飢餓的人怎麼跳？

（五）詠酒詩

遠自蒙昧時期阿拉伯詩人便吟酒詩。伊斯蘭早期及巫麥亞時期，由於宗教、社會價值觀的因素，酒詩並不流行。艾巴斯時期僧院、教堂供應酒，酒詩昇華到將酒擬人化。詩中透露酒是詩人們的最愛，是迷人的情人或情婦。在描寫酒時，詩人會將對女人的讚美習慣與傳統，用來讚美酒。譬如用羚羊的頸子來修飾酒瓶。由於伊斯蘭教條的禁忌，詩人往往為自己飲酒違紀而爭辯，試圖將自己的行為合法化，而有所謂的「卡姆爾」（khamr）與「納比茲」（nabīdh）之爭。在酒與宗教之間，詩人的立場往往表現得非常矛盾，會顧忌宗教的限制，想得到阿拉的寬恕；另一方面又由衷歌頌酒，無法克制它的誘惑。

酒詩也有不同的內涵，其中包含誇耀自己及族人，描寫酒杯、酒瓶、酒色、酒香、斟酒人、酒友等主題。通常宮廷詩人在描寫酒時會將它擬人化，如同描述女人一般。譬如將它的香醇比喻為情人的唾液；酒瓶比喻為女人纖細的腰等。對於只求溫飽的貧窮詩人，酒一瓶難求，描寫酒時，自然將之放置在蜂蜜、盛宴的菜餚等美食地位。

艾巴斯時期詩人會上酒館飲酒，成群的歌妓、美女伴酒是稀鬆平常的事。著名的詩人阿布．努瓦斯甚至喜歡男歌妓伴酒。飲酒自然也有酒規，譬如執酒杯要優雅、高尚；酒友彼此要相互節制；不說大話；飲酒不多話；踏出酒館要忘記醉言醉語。蒙昧時期哈珊．本．山比特、阿厄夏常用鮮血來形容酒的顏色；艾巴斯詩人則常用「琥珀」、「火焰」來修飾酒的顏色，反映不同的社會環境。不同的譬喻代表不同種類的酒。酒友經常是酒量驚人，但總比不上自視甚高的詩人。阿布．努瓦斯愛酒的程度，甚至於將酒當作哺乳他的母親，是生命的祕密，堪稱阿拉伯文學史上最擅長寫詠酒詩者。文壇上因此傳說：若將歷代阿拉伯詩的酒詩放在秤的一端，另一端放阿布．努瓦斯的酒詩，則阿布．努瓦斯的酒詩會沉下去。他的酒詩如：

老酒生輝，
杯中閃爍如紅火，
如明亮星辰，
如十五夜圓月。
若置於漆夜裡，
幽暗頓除，
為飲君子帶來歡樂，
不再憂愁。
它生出繽紛的珍珠，
水將它整齊的排列。
我未品嚐，
僅在它面前，
對杯細語。

除了阿布．努瓦斯之外，伊本．穆厄塔資、穆斯立姆．本．瓦立德等人的詠酒詩都有新的創意。

（六）故事詩

此期思想領域提升，詩人的創意無限，並自己創作詩的藝術，如故事詩、傳記詩等詩體，都是前人未曾嘗試過的。第一位做此嘗試的是沙弗萬．安沙里（Ṣafwān al-Anṣārī, d.796），他曾吟詩描述大地的恩澤及其中隱藏的寶藏、金屬等。又如阿班．本．艾卜杜．哈米德（Abān bn ‘Abd al-Ḥamīd, d.815）吟歷史、故事、宗教詩，也曾將兩隻狐狸的寓言故事《克立拉與迪姆納》（Kalīlah wa-Dimnah）寫成一首一萬四千節的詩，其詩首如下：

這是一部文學與災難的書，
它被稱作克立拉與迪姆納。

書中有明證也有智慧，
是印度人的傑作。
他們描述世界文學，
用野獸的言語說故事。
智者明瞭它的優點，
愚者喜歡它的趣味。

阿舍馬邑作一首長詩，敘述諸王和已消失的民族；馬艾丹．序邑（Ma'addān ash-Shī'ī）作一首什葉派教義的長詩，都是佳作。此外，尚有艾立．本．加合姆（'Alī bn al-Jahm, d.863）、伊本．穆厄塔資、伊本．杜雷德（Ibn Durayd, d.933）等都是佼佼者。

參、詩的型態

一、詩序的改變

艾巴斯詩人掀起一股反傳統的新思潮。蒙昧時期以來詩人所遵循的序言，讓生活於多元文化的艾巴斯詩人難以沉默，而主張簡化序言，甚至刪除不合乎艾巴斯時期社會環境的詩序。此期許多詩人不會在詩序裡悼屋宇、憶舊人，轉而描述豪華的宮廷等時代的象徵。阿布．努瓦斯和巴夏爾．本．布爾德尤其反對傳統的序言，代之以頌酒或描繪宮廷、花園，譬如阿布．努瓦斯表現出他厭惡過去詩序的傳統而吟：

讓南風刮走廢墟，
讓災難為大地歲月而泣，
讓強壯的駱駝騎士有他的土地，
讓公駝、母駝一齊奔馳在這塊土地上。
莫和貝都因人生活，
他們生活枯燥乏味，

我這兒可非沙漠生活，
這是沒有奶酪的日子。
是波斯王宮，
哪來的貝都因？
哪有牲畜圈欄？

阿布．努瓦斯並語帶諷刺地吟：

告訴站在廢墟前哭泣的人說：
倘若他坐著哭，
難道會有損傷嗎？

然而，我們可以發現儘管這些被稱之爲革新派的詩人，吟詩時難免保存傳統的餘溫，譬如生長並遊走在城市之間的詩人巴夏爾．本．布爾德在讚美哈里發哈迪的詩中，情詩序言占了二十八節，讚頌主體詩只有十節，且看他說[17]：

法爾伍和基納卜兩地間的屋宇，
歲月已經將它抹去。
……
我呼喚，
是否會有回應，
活人的屋裡沒半個人影，
僅留千錘百煉的爐火墊石。

以豪放不羈且反傳統詩風爲著的阿布．努瓦斯也說：

[17] Bashshār bn Burd, 1993, p.45.

在殘垣頹壁前，
我哭了很久，
徘徊　痛苦，
良久，
我好似喚回流浪的人兒，
時而在前，
忽覺在後。

此期詩人保存序言中對廢墟與情人的描述，似乎在緬懷原始的眞與樸實的愛。蕭紀．代弗在解釋蒙昧時期傳統阿拉伯詩的序言，持續發生在未曾生活在沙漠中的後代宮廷詩人的詩中時說道：「他們把它視爲一種象徵，所謂的廢墟，意指逝去的愛情；所謂的沙漠之旅，意指人生的旅程。」[18]或許這便是「吟詩儀式」的心理層面。

二、多韻腳詩盛行

此外，一首詩中不再像從前採用多主題，而經常只提一個主題。此期阿拉伯詩明顯的由每節的獨立性，轉爲每首詩的獨立性。由於歌唱盛行，詩韻常用輕快韻，也傾向於吟誦短韻詩，並選擇適合歌唱的優美詞彙。詩韻也相對革新，其中尤以阿布．艾塔希亞最熱中於創造新的韻律。他曾說：「我比韻律還大。」表達他在此方面不受限制的自在與創意。一首詩也不一定只有一種韻腳。反之，出現多韻腳詩，即一節詩的兩段有相同的韻腳，一首詩中各節詩的韻腳卻不同。這種詩通常採剌加資格律，隨著教學詩的出現而興盛。此外，尙出現四行詩，即由四段組成的詩，第一、二、四段詩韻腳相同，第三段不見得相同。四行詩源自於波斯，到了十二世紀波斯詩人烏馬爾．愷亞姆（'Umar al-Khayyām, d.1131）使用波斯文，將之發展到巔峰。阿布．努瓦斯、阿布．艾塔希亞、巴夏爾．本．布爾德等常吟這種詩，如巴夏爾．本．布爾德對他的女婢吟下列詩節，簡易有趣，至今人人能朗朗上口，並譜爲兒歌：

---

[18] Shawqī Ḍayf, 1976, p.163.

麗巴是個家庭主婦，
她把醋倒進油裡，
她有十隻母雞，
還有一隻聲音姣好的公雞。

除了四行詩外，五行詩也盛行於艾巴斯時期。亦即一首詩中以五段相同韻海的詩爲單位，第五段的韻腳與前四段不同，不同的五行詩都有相同的韻海。但第一至第四段的韻腳，和前面五行詩的第一至第四段韻腳不同。而第五段韻腳，與前面五行詩的第五段相同，如：

監視的人目不轉睛，
為的是要我遠離，
臉頰採擷玫瑰，眼尾攝人魂。
我的監視者的日子開始了。
陶醉在那美麗的烏黑明眸裡。
＊＊＊＊
慎防親吻、擁抱，
監視者眼睛會厭倦嗎？
我的眼皮對它的兄弟說：
你別和我碰面，
我和你之間相隔一里。

其中第五段「陶醉在那美麗的烏黑明眸裡。」和「我和你之間相隔一里。」韻腳相同。詩人吟誦五行詩往往基於娛樂目的，譬如巴夏爾．本．布爾德、比須爾．本．穆厄塔馬爾（Bishr bn al-Mu‘tamar）、伊本．穆厄塔資等人，比須爾．本．穆厄塔馬爾更是箇中好手。

艾巴斯早期詩人的吟詩風格平易近人，後來漸漸趨向複雜化。尤其是擅長於修辭的詩人，他們文筆優雅、重視詞藻，如穆斯立姆．本．瓦立德是第一位注重修辭上的「巴迪厄」（al-Badī‘）的詩人，他的弟子阿布．塔馬姆繼之。「巴迪厄」是修辭學中專精於詞藻的修飾，譬如雙關語、派生詞、類音異義等。阿布．巴柯爾·舒立（Abū Bakr aṣ-Ṣūlī, d.946）是當時新興的「巴迪厄修辭學派」（Madrasah al-Badī‘）主導人之一。許多學者認爲該學派的創始人是巴夏爾·本·布爾德及穆斯立姆·本·瓦立德，到了阿布·塔馬姆時達到成熟階段。但許多同時期學者認爲阿布·塔馬姆的作品過度誇張，舒立極力爲阿布·塔馬姆辯護。許多詩人注重文飾的程度甚至達到矯揉做作，而失去美感。該現象與艾巴斯時期人們的奢華生活相互輝映，譬如宮廷中的帷帳、圖畫、門窗、牆壁、屋頂等，無不著重雕飾、鑲嵌，服飾、薰香、飲食等更講求品味。由於哈里發重金獎勵文人，著名的文人都家財萬貫，生活的奢靡，也影響文學著重矯飾、修辭。

肆、詩的創新

詩人創新的範圍並不廣，詩仍受傳統束縛很深，未能引起本質的變革，未能產生新的藝術理念。巴夏爾·本·布爾德被認爲是創新派的領袖，無論在詩技、意義、文筆上都試圖打破傳統，緊接著阿布·努瓦斯，他將詠酒詩發揮得淋漓盡致。此派詩的特徵是文詞細膩、優美。由於社會、文明進步，過去不符合當代文明的用詞逐漸消失，代之而起的是新文明詞藻。但許多傳統主題的詩仍然沿用，如讚頌、誇耀、戰爭詩等。詩歌主題多樣化，形式大多保存傳統，仍採用一節兩段式。此期並流行歌唱詩，如阿布·努瓦斯、穆堤厄·本·埃亞斯（Muṭī‘ bn Ayyās, d.785）擅長於作詩供歌姬彈唱。歌唱詩遵循詩人自己創造的格律，阿布·艾拉俄·馬艾里曾說，艾巴斯時期詩人創造了「穆各塔大卜」、「穆大里厄」（al-muḍāri‘）、「卡巴卜」（al-khabab）等韻海，以因應歌唱旋律的需要。也創造由「巴西圖」（al-basīṭ）韻海所衍生的「馬瓦立亞」（al-mawāliyā or al-mawwāl）韻，每四段押同一韻腳。

艾巴斯時期詩人運用各種修辭的技巧吟詩，意義明顯的多樣化。譬如馬艾里運用譬喻（at-tashbīh）修辭法形容夜晚時說：

這樣的夜晚，
彷如白晝一般美，
儘管它穿著黑色的禮服。

老人星彷如愛的腮幫，
又像情人撲通跳動的心。

又如穆塔納比在形容羅馬使者覲見賽弗．道拉時的狀況，運用借代（al-Isti‘ārah）：

他走在地毯上，
不知是往海裡走，
還是登上圓月？

迪厄比勒也運用此技說：

薩拉馬，
別驚訝！
有個男人，
頭上白髮在竊笑，
他卻在哭。

艾巴斯詩人擅長於詞彙修飾，是史所未有的現象。他們擅長於運用「堤巴各」（aṭ-Ṭibāq）、「基納斯」（al-Jinās）等修辭技巧，尤其是穆斯立姆．本．瓦立德、阿布．塔馬姆。他們也在詩中注入音樂，並重視韻律。此外，使用外來語於詩中的現象漸增，尤其是喜愛使用波斯語，譬如阿布．努瓦斯、伊本．魯米、馬艾里的詩便是如此。有些詩人寫作違反語法規則，即使是詩技精湛的伊本．魯米、穆塔納比等人亦難免如此，以致於語法學者將詩語料佐證的標準設定在伊斯蘭曆150年以前的詩。但由於新文明產生許多新語彙，即使詩人們想維護傳統語言，卻也無法抵抗語言的時代性和外來語的影響力。

第三節　學術活動與成果

壹、學術興起及其原因

此期上自哈里發、下至平民百姓，都投入知識的攝取與傳播，人文素養晉升。散文繼承巫麥亞時期的藝術形式，在新文化的發展條件下，成果幾乎超過詩歌。在意義、思想、文筆、主題上都有相當的進展，著作也是空前的豐富。一般作者的言詞簡易、優美，擺脫了傳統沙漠貝都因的色彩；阿拉伯人與外族的融合，促使新文明誕生，新文化語言、哲學思想發達。凡此，都使散文層次向上提升，並廣為傳播。

綜觀造成學術興盛的原因，首先是翻譯活動盛行，他們生活的環境得以吸取許多外族文化，如波斯、希臘、印度、古敘利亞等文化。「智慧宮」中便包含翻譯館，大量翻譯外文作品。除哈里發鼓勵翻譯外，尚有大臣，如「巴剌米克」家族成員也積極推動翻譯活動，培養許多翻譯家。擅長翻譯的文人，譬如伊本．穆格法厄、胡乃恩．本．伊斯哈各（Ḥunayn bn Isḥāq, d.873）、薩合勒．本．赫崙等。此期著名的翻譯故事如《克立拉與迪姆納》、《一千零一夜》的原始版等。非阿拉伯文化、習俗透過伊斯蘭的傳播，被引進阿拉伯語中，如伊本．穆格法厄的《大禮》（Al-Adab al-Kabīr）與《小禮》（Al-Adab aṣ-Ṣaghīr）便是闡揚波斯社會禮俗、道德的代表。其內容類似孔子的《論語》，強調君臣之間、一般百姓之間的倫理。

此外，民族主義運動及其反對理論，都刺激了寫作，譬如語言暨傳述學者阿布．烏拜達．馬厄馬爾（Abū ‘Ubaydah Ma‘mar, d.824）和薩合勒．本．赫崙等人，都著作有關波斯優點和阿拉伯人缺點的書。而加息若在《說明與闡釋》一書中，便極力護衛阿拉伯人。伊本．古泰巴．迪納瓦里在他的眾多著作中亦然。

此期重視語言、宗教及一般學術，因此產生許多語言、修辭、文學批評作品，促使散文寫作提升。最重要的散文作品，如加息若的《說明與闡釋》、語言學家穆巴里德的《語文大全》（Al-Kāmil fī al-Adab wa-l-Lughah）、伊本．古泰巴的《作家素養》（Adab al-Kātib）、阿布．艾立．格立（Abū ‘Alī al-Qālī, d.967）的《珍奇》（an-Nawādir），被伊本．卡勒敦譽為「阿拉伯語文學入門不可不讀的四部書」。[19]。此外伊斯蘭神學在此期興起，穆厄塔奇拉學派（al-Mu'tazilah）參與了宗教哲學思想活動。希臘哲學理論滲入阿拉伯思想中，穆厄塔奇拉學派和伊斯蘭神學家們都重視「學術原理學」（'Ilm al-Uṣūl），奠定學者們的邏輯思考基礎，並根據此原理制定散文修辭的規則，在《說明與闡釋》一書中，便收集了伊斯蘭神學家對文學家的期盼，勾畫阿拉伯學術同源的現象。

艾巴斯時期也出現前所未有的地理巨著，如加息若的《列國與奇聞》（Al-Amṣār wa-'Ajā'ib al-Buldān）。書中提及麥加、古雷須族、麥地那、巴舍剌的特徵及其居民個性、環境的影響等。阿賀馬德・亞厄古比（Aḥmad al-Ya'qūbī, d.897）受加息若的影響，寫了《列國》（Al-Buldān）一書。他並效彷加息若，寫了一部《動物誌》（Al-Ḥayawān）。拓巴里則寫了一部史書，取名為《民族與諸王史》（Tārīkh al-Umam wa-l-Mulūk），是最早的阿拉伯編年史巨著，今日簡稱為《拓巴里史書》（Tārīkh aṭ-Ṭabarī）。此後阿拉伯歷史學者仿效此書，紛紛從事編年史編撰，並以《拓巴里史書》為依據。

阿巴斯政府設立文書部，凡能在寫作、修辭上有傑出表現的文人，都有機會進入此部門服務。書記官對此期的散文創作理論、修辭根源研究、書寫技巧等都參與鑽研，以便寫出華麗、中肯的文章，當作哈里發的演講詞。他們的作品往往充滿修辭、押韻，如伊本・穆格法厄、薩合勒・本・赫崙等人的作品便是。當諸小國興起後，小國王或貴族都競相網羅文學家加入他們的文學座談，促使文學書寫藝術精進，並快速發展。主政者往往聘請文學家做他們的大臣，如伊本・艾米德（Ibn al-'Amīd, d.970）、沙息卜・本・艾巴德（aṣ-Ṣāḥib bn 'Abbād, d.995）、伊本・翟亞特等都是著名的文人大臣。哈里發、王公時常厚賞作家，使文人在社會中享有崇高的地位，為一般大眾所嚮往。此外，清真寺、大臣、王公宮殿中學術座談普遍。主題包含《古蘭經》、聖訓、語言、文學、歷史等，以致於圖書館、書店普設，促進寫作風氣的興盛。

[19] Ibn Khaldūn, 1986, p.343.

貳、艾巴斯散文的內容與主題

艾巴斯散文主題與形式非常多元，除了藝術散文之外，尚包含科學、哲學、宗教、語言、地理、歷史等學術著作。某些方面它仍是傳統阿拉伯散文的延續，某些則顯然是此期的創新，譬如薩合勒・本・赫崙、加息若的文章、穆厄塔奇拉學派的爭辯散文（munāẓarāt）、巴迪厄・撒曼・赫馬扎尼（Badī‘ az-Zamān al-Hamadhānī, d.1007）的「馬格馬」（maqāmāt）等。

一、講詞、勸誡、爭辯文

由於政府極力爭取人們的支持，政治性講詞在艾巴斯初期仍占重要地位。著名的演講者有薩法賀、曼舒爾、赫崙・剌序德、馬合迪等哈里發。艾巴斯家族掌控一切權力後，講詞逐漸沒落，官方文書、學術、文學的爭辯代替了演說。一般演講只有在禮拜五的清眞寺裡才能聽到。

宗教勸誡詞在艾巴斯家族初期仍很興盛，精於此技者亦多數是哈里發。但勸誡詞隨即在哈里發之間沒落，僅盛行於巴格達、巴舍剌、庫法、大馬士革等地清眞寺的學者之間。精於此技者有：哈里發曼舒爾時期的艾姆爾・本・烏拜德（‘Amr bn ‘Ubayd, d.761）、馬合迪時期的沙立賀・本・艾卜杜・古杜斯、赫崙・剌序德時期的伊本・薩馬柯（Ibn as-Sammāk, d.799）。這些勸誡者大多是持宗教苦行戒律的人，對於塵世的享樂甚少欲望，生活純粹爲了修行，伊本・薩馬柯的名言便呈現這種思維：「塵世所有很稀少，過去所剩很少，剩下來屬於你的更少，你所擁有的少量只會留下更少。」他們爲了吸引人們遵循他們的行爲，自伊斯蘭早期的說書者塔米姆・達里、巫麥亞時期的哈珊・巴舍里（al-Ḥasan al-Baṣrī, d.728）便常使用故事文體來傳述，尤其講述伊斯蘭宗教故事及穆罕默德的言行。此期的說書不同於過去，往往是對年輕學子說一些有趣的軼聞和故事。著名的說書家是穆薩・本・賽亞爾（Mūsā bn Sayyār）。加息若對穆薩的評價是：穆薩讀《古蘭經》，會使用阿拉伯語對阿拉伯人解釋《古蘭經》；使用波斯語對波斯人解釋《古蘭經》。卻不知他到底對哪一種語言較精通？表達穆薩精通雙語的能力。此期的爭辯文主題，包含宗教教義、哲學。參與辯論的通常是宗教學家、經院學者、各學派人士，在哈里發、大臣、清眞寺、私人座談會中進行。最著名的是穆厄塔奇拉學派和其他不同派別的穆斯林的思想辯論，他們也與異教徒，如猶太教、祆教徒辯論。最著名的爭辯者是艾姆爾．本．烏拜德、阿布．忽才勒．艾拉弗（Abū al-Hudhayl al-‘Allāf, d.849）、伊卜剌希姆．納查姆（Ibrāhīm an-Naẓẓām, d.ca.845）、加息若等。

二、書信

（一）官方書信

官方書信通常是發自文書部的信函，內容包含祝賀凱旋歸來、履薪、對哈里發的擁戴、各地總督和軍事將領的書信、哈里發致各地總督的行政命令以及總督、將領、政府官員等的訓矚等。此期的書信地位猶如過去的講詞一般興盛。各領域，譬如司法、稅務、軍事等，都有專業的書記。

（二）表情誼書信、文藝書信

內容通常是致謝、責備、哀悼、恭賀、說服等。譬如伊本．古泰巴提及某人送他的友人一個黑奴，受禮者在感謝信上寫道：「倘若你知道比『一』還小的數目字，或比黑色還糟糕的顏色，你一定會把它送給我」。[20]言語中顯然對禮物不甚滿意，忍不住調侃送禮的友人。又如阿布．亥顏．陶息迪（Abū Ḥayyān at-Tawḥīdī）的《友情與朋友》（Aṣ-Ṣadāqah wa-ṣ-Ṣadīq），表現作者淵博的知識與文學涵養。

三、故事（al-qiṣṣah）

嚴格說，在艾巴斯時期之前故事文體是不存在的。此期由於波斯人信奉伊斯蘭，而將波斯故事翻譯成阿拉伯文。首先有伊本．穆格法厄將印度寓言《克立拉與迪姆納》翻譯成阿文，以後陸陸續續出現其他的翻譯作品，如初稿翻譯自波斯文的阿拉伯民間文學《一千零一夜》等。

（一）《克立拉與迪姆納》

該書名是兩隻狐狸的名字，原本是一位印度哲學家爲印度王所作。時間要推溯到亞歷山大大帝東征印度之後。故事以寓言方式，表達君王應有的智慧及禮儀、一般人的進退之禮。此書著作後八個世紀，波斯王得知它的價值匪淺，派遣王國的醫

[20] Ibn Qutaybah, 1925, vol.3, p.35.

療長到印度取得，並將它翻譯成波斯文。再隔兩百年後，才由伊本．穆格法厄將它翻譯爲阿拉伯文。然而後來印度、波斯文版本都遺失，僅留阿拉伯文版。此後《克立拉與迪姆納》陸續從阿拉伯文被譯成其他東、西方語言。阿拉伯文版自十九世紀起，便再版多次。阿班．本．艾卜杜．哈米德將此書改寫成詩。隨後有薩合勒．本．努巴可特（Sahl bn Nūbakht, d.961）、比須爾．本．穆厄塔馬爾等人也模仿如此作詩。

（二）《一千零一夜》

1.起源

阿拉伯歷史學家馬斯烏迪在他的《黃金草原》，以及目錄學家伊本．納迪姆在他的《目錄學》中都提及：《一千零一夜》原爲波斯文，名爲《一千則神話》（Hazār Afsānah）。此書原由一百個故事組成，每個故事包含許多小故事，說故事者是薩珊某國王的大臣之女夏合剌撒德（Shahrazād）。故事起源於該國王被太太背叛，因此他每個夜晚在與新娶的王后行房之後，便殺掉她。夏合剌撒德得知後，要求父親將自己許配給國王，試圖改掉他的惡行。她嫁給國王後，每夜說故事給國王聽，在天亮前都未完成故事情節，且停頓在最精采的地方，等候隔天晚上再繼續。這樣過了一千零一個夜晚，她生了三個小孩。在第一千零一夜晚，國王佩服她的智慧，請求她繼續留下來撫育小孩，並與她繼續共同生活。[21]

《一千零一夜》在八世紀末或九世紀初，被翻譯爲阿拉伯文，添增了一半的篇幅。且隨著時代不斷的再增加，直到十六世紀成書，書中展現出阿拉伯文化特殊的風格。有些考證學者認爲該書源於印度或希臘，[22]所以有印度故事、波斯故事、希臘故事、中國故事，以及赫崙．剌序德時期的伊斯蘭故事。有些故事甚至是與史實相符合的歷史事件，也有表現開羅生活的特色和埃及人個性的埃及伊斯蘭故事。

換言之，此書第一部分相當古老，是源於印度或波斯，時間可推溯到西元三世紀，即波斯的薩珊王朝時期（224-652AD）。印度的《五卷書》也是在薩珊王朝時期引進波斯，遲至八世紀才翻譯成阿拉伯文。《一千零一夜》中，這古老部分

---

[21] 有關此書結局有許多不同的說法，此乃其一。

[22] 馬斯烏迪認爲《一千零一夜》是源自印度。Macdonald認爲它源於波斯。Langlés認爲源於印度、希臘或波斯。al-Mas‘ūdī, 1986, vol.4, pp.89-90.

又可分爲兩類：其中一類是幻想故事及誇張故事，目的在愉悅讀者；另一類則是以警惕世人爲目的。無疑的，這類是印度故事，譬如〈毛驢、牛和農夫的故事〉（Ḥikāyah al-Ḥimār wa-th-Thawr ma‘ Ṣāḥib az-Zar‘）、〈商人與魔鬼的故事〉（Ḥikāyah at-Tājir ma‘ al-‘Ifrīt）、〈漁夫與魔鬼的故事〉（Ḥikāyah aṣ-Ṣayyād ma‘ al-‘Ifrīt）及一些有關飛禽、動物和人的寓言等。學者們根據印度傳統的民間故事與這些故事情節的雷同及其故事發生的背景，推斷是源於印度。

第二部分是伊拉克的阿拉伯故事。時間推溯到艾巴斯家族哈里發赫崙·剌序德及其子馬俄門時期。這些故事以巴格達爲中心，現實感很強，也是《一千零一夜》開始成書時期。如〈赫崙·剌序德及哈里發們的故事〉（Ḥikāyah Hārūn ar-Rashīd wa-l-Khulafā’）、〈赫崙·剌序德、加厄法爾、婢女及阿布·尤蘇弗教長的故事〉（Ḥikāyah Hārūn ar-Rashīd wa-Ja‘far wa-l-Jāriyah wa-l-Imām Abī Yūsuf）。此書在艾巴斯時期經過蒐集流傳在民間的故事、歷史事件、名人境遇等，多次的篩選、再創作，完成主幹結構。

第三部分是埃及的阿拉伯故事，此部分書寫水準參差不齊，內容反映埃及、大敘利亞地區的社會生活與風土人情。時間約是法堤馬王國時期及馬姆陸柯時期所流傳的故事。此外還有其他不同民族，如猶太、土耳其、希臘、羅馬和古埃及的故事，如〈哈西卜·克里姆丁的故事〉（Ḥikāyah Ḥāsib Karīm ad-Dīn）是猶太民間故事；〈艾奇資和艾奇撒的故事〉（Ḥikāyah‘Azīz wa-‘Azīzah）可能是源於土耳其。伊本·薩邑德·安達陸西（Ibn Sa‘īd al-Andalusī, d.1286）在他的《詩飾》（Al-Muḥallā bi-Ash‘ār）中提及伊斯蘭曆五、六世紀時《一千零一夜》在埃及是家喻戶曉的故事。

流傳至今日的《一千零一夜》型態共有兩百六十四個故事，分成一千零一個夜晚講說。Gildmeister認爲阿拉伯人不喜歡以零結尾的數字，Littmann則認爲加一的觀念源自於土耳其人。其實，我們在現今阿拉伯社會生活語言中，阿拉伯人爲了表示誇張或肯定，常在數字後面加上一。《一千零一夜》著作的目的顯然在愉悅讀者。數世紀以來故事的傳述，皆根據一個版本不斷的增減，直到這些故事受到矚目才底定，並保存於各出版社中。今日埃及布拉各（Būlāq）版本的《一千零一夜》有四冊，約兩千頁。《一千零一夜》著名的研究者蘇海爾·格勒馬維（Suhayr al-

Qalmāwī）在她出版的博士論文《一千零一夜研究》[23]中認爲，《一千零一夜》最後定型的埃及版本抄錄者可能是一位埃及人。此人對該書作了刪減與增編，重新編排，但其編排並未貫穿全書，以致於該書的風格並不統一，故事常有重複，有的故事應講而未講，他本人應該稱不上是傑出的作家。全書文筆雖達到某種程度的協調，但可以明顯的看出巴格達故事部分的文筆、結構較爲優美，較多韻文。一部分的埃及故事文筆非常拙劣，街坊粗俗的語言流露。大體上，全書的文筆平易近人，表達直接，樸實坦率，不矯揉做作，深具魅力，仍能明顯的分辨各民族文學不同的行書特色。印度故事環環相扣，大故事中包含小故事，如〈夏合剌亞爾國王及其兄弟夏合·撒曼的故事〉（Ḥikāyah al-Malik Shahrayār wa-Akhīh Shāh Zamān）。波斯故事將一個故事分章節，如：〈夏合里曼國王的兒子格馬爾·撒曼的故事〉（Ḥikāyah al-Malik Qamar az-Zamān Ibn al-Malik Shahrimān）。阿拉伯故事則每一個故事都獨立，不和前後故事有關連，如：〈艾立·本·巴克爾和夏姆斯·納赫爾的故事〉（Ḥikāyah ‘Alī bn Bakkār wa-Shams an-Nahār），表現出樸質的文學結構特性。

2.《一千零一夜》的文學價值

(1)《一千零一夜》方法上採用「連串插入式」結構，即大故事套小故事，小故事再套更小的故事，使得整個結構，有如大樹不斷的生枝。故事可以不斷的講下去，添增讀者的閱讀欲望。書中使用民間語言，穿插一千四百多首詩，其中一百七十多首詩是有作者的。說書的人因應情節的需要，會邊說邊吟唱。這種說、唱、彈的藝術表達，自古便是說故事的特色。技巧上運用鮮明的對比手法，凸顯故事人物性格，譬如美與醜、善與惡、忠厚與狡猾、貧與富，使得讀者或聽眾內心產生強烈的感覺。故事內容往往結合浪漫主義和現實主義，藝術虛構發揮最大的功用。

(2) 此書是阿拉伯民間文學的代表作：它是不同時代、不同背景的故事集成，由阿拉伯人結合各民族語言與智慧而成。它並融合不同作者的智慧與喜好。波斯故事部分具有印度、中國色彩，以豐富的幻想著稱，經常提及神奇的動物、魚類以及充滿巨蛇、寶石的溪流、谷地。阿拉伯巴格達故事部分則是一連串的愛情故事，並

[23] 此書由拓赫·胡賽恩寫序文，文中讚譽有加。

鋪陳伊斯蘭色彩，以豐富的想像力、動人的言詞勾畫出赫崙·剌序德及馬俄門哈里發時期的巴格達文明。開羅故事焦點放在開羅生活，埃及人的幽默和習性。全書也涉及猶太人的主題，譬如所羅門王的精靈、赫魯特（Hārūt）和馬魯特（Mārūt）[24]的法術等。可說是一部各民族跨越數世紀，共同創作的經典巨著。在阿拉伯文學史上，它是民間文學的代表作。阿拉伯文學從游牧民族的沙漠文學發展到巫麥亞、艾巴斯的宮廷文學，幾乎都以詩爲主。而《一千零一夜》將大量的詩節穿插在故事中，呈現出阿拉伯傳統文學對民間文學的影響。

(3) 影響阿拉伯與世界文學甚鉅：許多作家、詩人從充滿幻想的《一千零一夜》中獲取靈感，讓現代文學增添嶄新的內容。在詩歌方面，譬如〈夏合剌撒德之歌〉（Ughniyah Shahrazād）、〈夏合剌撒德之夜〉（Layālī Shahrazād）、〈二十世紀的夏合剌撒德〉（Shahrazād al-Qarn al-'Ishrīn）、〈辛巴達的旅行〉（Riḥlah as-Sindbād）等都是《一千零一夜》的故事題材。戲劇方面譬如陶菲各·哈齊姆（Tawfīq al-Ḥakīm）所作《夏合剌撒德》、《阿里巴巴》（'Alī Bābā）、《所羅門戒指》（Khātim Sulaymān）等。小說方面譬如哈珊·穆舍拓法（Ḥasan Muṣṭafā, 1933-）的《一千零一夜》、拓赫·胡賽恩的《夏合剌撒德之夢》（Aḥlām Shahrazād）、拓赫·胡賽恩和陶菲各·哈齊姆合著的《著魔的宮殿》（Al-Qaṣr al-Masḥūr）、納基卜·馬賀夫若（Najīb Maḥfūẓ）的《一千零一夜之夜》（Layālī Alf Laylah wa-Laylah）等。這些新作都爲《一千零一夜》添增新的色彩和意涵。受《一千零一夜》影響的世界文學，譬如格林童話、《基度山恩仇記》、《魯濱遜漂流記》、十七世紀西班牙Calderón de la Barca的戲劇《人生是夢》，十九世紀俄國Николай Андреевич Римский-Корсаков的《夏合剌撒德》芭蕾舞劇等。

(4) 《一千零一夜》是一部中古社會和歷史的百科全書：記載著中古世紀東方社會的現象，提及許多社會階層，如國王、宰相、軍人、商人、漁夫、裁縫師、理髮師、挑夫、小偷等。書中有聖戰、殺戮、奴隸買賣、一般家居生活、駱駝商隊、海中航行、旅行者的冒險、各種宗教人士的故事，如伊斯蘭、猶太、基督、祆教等。商場在此書中占有相當的篇幅。每個行業都是祖孫代代相傳，不接受外人，且彼此相繫，類似今日的行會，譬如染紡業者及其相處之道等。書中也記載社會小角

[24] 在《古蘭經》中（2:102）此爲巴比倫兩位天神，經注學者在解釋時有許多不同的意見。

落中的漁夫、樵夫，藉著這些階層來諷刺達官顯要，甚至於使低階層市井小民成爲統治者。書中更頻頻談及節慶、喜宴，留下各時代的社會景觀，譬如他們在節日中到花園、田裡飲酒、歌唱、騎馬、划船。統治者的婚禮期間會大赦犯人，人們會裝飾商店來慶祝。一般婚禮中也會薰香、飲酒、遍灑玫瑰水，如〈努爾丁和夏姆斯丁的故事〉（Ḥikāyah Nūr ad-Dīn wa-Shams ad-Dīn）便提及這些現象。書中並提及許多當時的遊戲，如西洋棋等。全書充滿伊斯蘭色彩，對宗教信仰有深刻的描繪，也對非伊斯蘭信仰有些微的藐視。其中尙有明顯的什葉派色彩，原因自然是什葉各分支教派在數世紀中，對統一阿拉伯思想具有實質的影響。

此書也不諱提及社會腐敗面，譬如〈拓希爾．本．艾拉俄的故事〉（Ḥikāyah Ṭāhir bn al-‘Alā’）中提到的聲色文化。有些故事則提及小偷的絕技，他們有些絕活純粹使用來賣弄，而非爲了聚財。如：〈艾拉丁．阿布．夏馬特的故事〉（Ḥikāyah ‘Alā’ ad-Dīn Abī ash-Shāmāt ）。

3.故事例

以下是譯自《一千零一夜》的〈腳伕與姑娘的故事〉（Ḥikāyah al-Ḥammāl ma‘ al-Banāt），可以代表阿拉伯巴格達故事的色彩：

哈里發赫崙．刺序德問第二個姑娘，她身上的傷痕是怎麼回事？姑娘開始講述自己的故事：我父親死後留給我一大筆財產，我過了一陣子舒適的生活。後來嫁給一個很不錯的人，共同生活了一整年，他卻去世了，我因此繼承了八萬金幣。有一天，我閒坐在家，突然有個老太婆走進來，面沉眼凸、漏齒涕流，脖頸歪斜，誠如詩人所說：

伊卜立斯魔王遇上妖婆，
妖婆暗授招數，
僅用一根蛛絲，
駕馭千匹騾馬。

老太婆進門知道是我，便說：「我膝下有個孤女，今晚幫她舉行婚禮。因爲只有阿拉和她同在，她憂心忡忡，所以我來妳這兒，想請妳賞光出席婚禮。」說罷，哭了起來，並親吻我的腳，使我心生憐憫的說：「好吧！」她說：「那就請妳準備一下。晚上我來接妳。」她親吻我的手之後，便先行離去。我起身準備，不久她回來接我，跟我說：「親愛的夫人，城裡的女士們都出席了，我告訴她們說妳要來，她們都很高興，正等著妳呢！」我準備妥當後就帶著丫鬟跟著她。我們來到一條微風吹拂的街道，看見一戶大理石建築的拱形大門，裡面是從地上直通雲霄的高聳宮殿。老婆婆敲敲門，進門一看，但見長廊上鋪著地毯，掛滿燭燈，燈光燦亮，珠寶懸掛廊中。順著長廊走到大廳，廳內鋪著無與倫比的華麗絲毯，燈火通明。廳堂中央擺著鑲嵌著珠寶的雪花石床，床上掛著布幔。只見一位如閉月羞花的少女走出布幔，對我說：「這位姊姊，歡迎妳，你能來，讓我感覺很窩心，很溫暖。」接著便吟道：

家宅若有靈，
知道何人來訪，
肯定快樂無比。
它會親吻訪客的腳，
高呼：
歡迎慷慨高貴的人。

少女坐下，對我說：「姊姊，我有一個哥哥，他曾數次在婚禮中見到妳。哥哥比我貌美，他打從心底愛上你，所以賞給這位老太太一些錢，要她把妳找來，老太太想出這個妙計，讓哥哥可以和你見面。我哥哥想依照阿拉及使者的法規迎娶妳。想想只要合法，就沒什麼丟人的。」我聽罷，心想自己已經困在這屋子裡，便對她說：「好吧！」姑娘很是高興地拍拍手，門應聲而開，走出一位如圓月般俊美的青年，正如詩人所云：

塑造他的萬能真主，
賜予他俊貌。
他舉世無雙的美貌，
萬物無不傾心、
他雙頰上寫著：
俊男唯此一人。

我對他一見鍾情。他坐下，但見一位法官帶著四位證人進來，問安後也坐下，然後爲我和這位年輕人證婚後便離去。年輕人轉頭對我說：「恭喜我們的喜夜。」又說：「親愛的，我對妳有個要求。」我說：「什麼要求？」他站起來，拿起一本《古蘭經》說：「妳要對我發誓，除了我之外，妳不會對別人傾心。」我依他發了誓，他欣喜地擁抱我，我全心的愛著他。大家爲我們準備了宴席，我們吃飽喝足後，夜晚他帶我到床上相擁共眠。這樣快樂幸福得過了一個月。有一天，我請求他讓我上街買布料，他應允後，我便更衣，帶著老婆婆上街，走進一家布莊。老婆婆認識這家布莊老闆，她跟我說：「這年輕小伙子小時候爸爸就死了，留下很多錢給他。」然後跟老闆說：「拿你店裡最好的布料給這位姑娘看。」他說：「是！」老婆婆開始對我稱讚這個老闆。我說：「妳不需要稱讚他，我只是來向他買東西的，買了就回家。」

老闆拿出我要的布料，我給他錢，他卻拒絕收我的錢，他說：「這是今天我送妳們的。」我對老婆婆說：「假使他不要錢，就把布料還給他。」老闆說：「阿拉見證，我分文不取，所有東西都是送妳的禮物，只求能親妳一下。親妳一下比我店裡所有東西都值得。」老婆婆說：「親一下做什麼？」然後又對我說：「孩子啊！我聽這年輕人說，親妳一下，就可以拿走妳要的東西，好像不會怎樣吧？」我對她說：「我可是對丈夫立下了誓言啊！」她說：「讓他親一下，妳不需做什麼，然後就可以拿回這些銀兩。」老婆婆一再慫恿我，然後用包袱蓋住我的頭。我同意之後，就閉上眼睛，用衣角遮住，以免被人看到。老闆在衣角下把嘴貼近我的臉頰，突然狠狠地咬了我一口，咬破我的臉頰的肉。我頓時暈厥過去。老婆婆抱著我，我甦醒過來時，發現店門已經關了。老婆婆很難過的說：「我們回家吧，我去弄一些藥給妳敷這傷口，很快就會好起來。」良久我才能起身，憂心忡忡，內心非常恐懼。好不容易回到家，丈夫看見我生病的模樣，問說：「夫人，這趟出門發生什麼事？」我說：「不好啊！」他說：「妳臉頰上的傷口是怎麼一回事？怎麼會傷在最嫩的地方？」我說：「今天你答應我出門買布，被馱著乾柴的駱駝擦傷了，刮破我的面紗，弄傷了我的臉。城裡的路很窄啊！」他說：「趕明兒的，我去找執政官，要他絞死城裡所有的樵夫。」我說：「看在阿拉的份上，不要責怪任何人，是我騎著驢子時，驢子驚嚇到，把我摔到地上，剛好有根棍子戳傷我的臉。」他說：「那我明天去找加厄法爾．巴爾馬柯，告訴他這件事，讓他把全城的驢子都殺光。」我說：「難道爲了我，就得把所有人都殺死？我發生這件事全是阿拉的旨意啊！」他說：「這件事一定得這麼做。」他對我態度嚴厲，然後起身大聲吆喝，七個黑奴走進來，把我從床上拉下來，扔到屋裡，他命令其中一位奴僕抓住我的肩膀，坐在我頭上。命令另一位坐在我的膝蓋上，抓住我的腳。第三個奴僕拿著劍進來說：「我用劍把她砍成兩半，每個人各拿一塊，丟到底格里斯河去餵魚，這是背叛情感的報應。」接著他吟道：

若有人想分享我的愛，
我的心會抑制愛，
讓情感毀滅。
我對心說：
尊嚴已死。
和敵人分享愛情，
最是無益。

他命令黑奴說：「殺了她！」黑奴拔出劍說：「妳先唸證詞吧！想想看你還有什麼需求，就留下遺言吧！」我抬起頭，看看自己變得卑微又無助，不禁潸然淚下，吟誦道：

你居住在我心中，
盤踞下來，
受創的眼皮難以安眠。
你住在我心和我眼之間，
心無法忘卻，
淚無法隱藏，
你曾山盟海誓，
擁有我心，
卻毀了誓言，
毫不眷顧我的情，
我的渴念。
你是否能歷經災難之後，

全身而退呢？
看在阿拉份上，
有一事相求，
請在我墓碑刻上：
此乃情癡。
願有受情傷者，
走過情人墓，
能生憐憫。

我吟罷，淚如雨注，丈夫聽了我的詩句，看見我哭，更加生氣，便吟道：

我拋棄心所愛，
犯罪導致拋棄。
我倆之間的愛出現第三者，
我心忠誠，
無法容忍參與者。

他吟罷，我哭著求情。這時候老婆婆突然闖進來，一股腦跪在年輕人的腳前親吻他的腳說：「孩子啊！看在我養育你的份上，就原諒這女孩吧！她沒有犯下需要這樣嚴懲的罪過。你還年輕，我眞擔心她詛咒你。」老婆婆哭著苦苦哀求，他終於說：「我原諒她，但我一定要在她身上留下終身抹不去的痕跡。」於是命令奴僕扒下我的衣服，用榲桲樹棍抽打我，打在我背上、腰上，打得我昏死過去，求生無望。最後命奴僕在夜晚把我拖回我從前的家。他們遵照主人的意思做了。我獨自養傷，復原以後，身體就留下你現在所看到的，如同鞭子打過的痕跡。我繼續養傷四個月，回到被打的那棟房子去，只見殘垣頹壁，街道從頭到尾都毀壞了，不知究竟……。

從這篇故事中可察覺到濃厚的伊斯蘭及阿拉伯傳統文化的色彩：

(1) 陌生人彼此以兄弟姊妹相稱，表現東方禮儀觀念。

(2) 愛情滋生於視覺，普通的會面便能令人墮入情網，即便是遍覽佳麗的王子也不例外，是典型的阿拉伯式愛情。

(3) 艾巴斯文學經常描寫建築物、裝潢、物品、器具，如故事中敘述：「我們來到一條微風吹拂的街道，看見一戶大理石建築的拱形大門，裡面是從地上直通雲霄的高聳宮殿。老婆婆敲敲門，進門一看，但見長廊上鋪著地毯，掛滿燭燈，燈光燦亮，珠寶懸掛廊中。順著長廊走到大廳，廳內鋪著無與倫比的華麗絲毯，燈火通明。廳堂中央擺著鑲嵌著珠寶的雪花石床，床上掛著布幔。」

(4) 東方傳統保守思想表露無遺，描寫細膩。

(5) 故事中的婚禮遵循伊斯蘭法規，譬如法官帶著四位證人證婚，和對著《古蘭經》發誓等。強調肯定語氣時，都會以阿拉做見證，臨死之前再宣告證詞，以減輕最後審判日的罪孽。

(6) 故事中男主角揚言要去向執政者舉發，也提到要去向艾巴斯時期著名的波斯大臣加厄法爾．巴爾馬柯控訴，顯然身分非凡。在主幹故事的結局裡揭開謎底，此男主角原來是赫崙．剌序德的兒子阿民。運用現實中的歷史人物，編撰幻想動人的故事，使得故事更令人著迷。

(7) 故事裡老婆婆是個重要角色，她面惡心善，卻愚昧無知，種下女主角悲慘的命運，在臨死關頭卻也救了她。她對男主角說：「我眞擔心她詛咒你」。留給讀者對於那棟美輪美奐的宮殿，爲何後來會變成殘垣頹壁的想像空間。開放的結局在《一千零一夜》的故事裡非常普遍。

(8) 對女人的不貞、不莊重，在傳統阿拉伯人的習俗中，丈夫、父、兄都可能殺死她。在伊斯蘭的教義中，反而能視不貞程度定懲罰。故事裡老婆婆也說：「她沒有犯下需要這樣處罰的罪過」，在一千零一夜的故事裡，常常顧及宗教尺度。

（三）其他故事作品

除了《一千零一夜》之外，尚有許多描寫蒙昧時期阿拉伯部落戰役、伊斯蘭早期愛情的故事書出現。如伊斯蘭曆四世紀尤蘇弗．本．伊斯馬邑勒（Yūsuf bn Ismā‘īl）傳詩人寫了案塔剌的故事書，反映蒙昧時期的生活習俗、禮儀、價值觀、愛情觀等，頗獲好評。此外有伊本．伊斯哈各的《巴柯爾與塔葛立卜族》（Bakr wa-Taghlib）等書。有關烏茲里情詩的詩人故事書也很多，如《加米勒．布塞納》、《蓋斯．陸卜納》、《蓋斯．賴拉》，也有人類和精靈的愛情故事書。

艾巴斯家族政權末期，出現一些表達科學、哲學思想的故事書，如伊斯蘭曆四世紀精誠兄弟會（Ikhwān aṣ-Ṣafā）作的《人與動物》（Al-Insān wa-l-Ḥayawān）

一書，是人類與動物之間的爭辯詞，書中包含許多有關對大自然、人類及動物優點的學術對談。此類書最著名的是伊斯蘭曆五世紀阿布．艾拉俄．馬艾里所作的《寬恕篇》（Risālah al-Ghufrān）一書，書中包含對許多蒙昧、早期伊斯蘭的詩人、文人、說書者、語言學者的批評、異教徒的軼事等。由於阿布．艾拉俄．馬艾里在此書裡，表達他對其前詩人、文人、語言學家作品及對阿拉伯學術問題的討論與看法，並結合創意故事的手法，堪稱阿拉伯文學史上偉大的文學批評作品。學者們咸認爲此書甚至影響義大利文人但丁（Dante, d.1321）的《神曲》（La Divina Commedia），及英國米爾頓（John Milton, d.1674）的《失樂園》（Paradise Lost）。

四、馬格馬

此期出現前所未有，運用語言技巧，著重修辭、押韻，以行乞、教育、讚頌、諷刺、詼諧、文學批判、描繪社會現象爲主題的馬格馬。al-Maqāmāt是al-Maqāmah的複數，意即「座談」，因爲它是在眾人集會的座談中述說給群眾聽，包含許多短篇故事，有歷史事件、格言、諺語、創作書信、文學、語言笑話等。作者往往爲了要達到目的，創造故事的主角，主角是無所不知，有問必答。創始人是巴迪厄．撒曼．赫馬扎尼。[25]他留下五十篇馬格馬作品，故事中的主角是阿布．法特賀．伊斯侃達里（Abū al-Fatḥ al-Iskandarī），說書者是邑薩．本．希夏姆（'Īsā bn Hishām）。繼之是哈里里（al-Ḥarīrī, d.1122），同樣作五十篇著名的馬格馬。故事中的主角是阿布．翟德．薩魯基（Abū Zayd as-Sarūjī），說書者是哈里史．本．忽馬姆（al-Ḥārith bn Humām）。其後有許多學者模仿哈里里的馬格馬，如撒馬可夏里等。

al-Maqāmah在蒙昧時期意爲「部落社會」，在巫麥亞時期指的是哈里發座談中的苦行故事。伊本．古泰巴與撒馬可夏里認爲「馬格馬」的意義是修道者或勸戒者在哈里發跟前所發表的講詞或勸誡詞，伊斯蘭曆三世紀，人們所謂的al-Maqāmah指的是文學性的對談。隨後轉變成這種融合散文與詩，反映時代潮流，盛行於伊斯蘭曆四世紀的特殊文體。而最早提及此詞的文學專有名詞意義者是巴迪厄．撒曼．赫馬扎尼。馬格馬代表兩種潮流：其一是通俗文學；其二是精緻文學。前者因爲在伊

[25] 又說是伊本．杜雷德，參見Zakī Mubārak, 1934, vol.1, p.198.

斯蘭曆四世紀時，有許多生活困苦、悲慘的人，飢餓、疾病、死亡時時圍繞著他們，文人將這種狀況反映在馬格馬中，描述這群人的生活，爲生存而欺騙、乞討。伊斯蘭曆四世紀時，這群社會中下層人士的信條是「爲達目的不擇手段」，他們之中出現一些文人、詩人，表達他們的心聲。巴迪厄．撒曼．赫馬扎尼的〈薩薩尼亞的馬格馬〉（al-Maqāmah as-Sāsānīyah）便屬於此類。至於精緻文學的代表人物有伊本．艾米德、阿布．巴柯爾．卡瓦里資米（Abū Bakr al-Khawārizmī, d.993）、阿布．伊斯哈各．沙比（Abū Isḥāq aṣ-Ṣābī, d.994）、沙息卜．本．艾巴德。他們認爲文章就是以修飾爲目標，他們的馬格馬的作品具有下列特色：

1. 文筆充滿文飾和押韻。
2. 爲了表達意義，運用細緻的詞彙和語句。
3. 運用對話，添增內容的生動度。
4. 混合詩與散文文體。

五、學術作品

巫麥亞時期這類作品幾乎不存在或未流傳後世，僅止於一些零星的語言學作品，唯一的《伊本．艾巴斯的古蘭經注釋》（Tafsīr Ibn 'Abbās）一書尚屬於作者存疑的作品。艾巴斯時期著作興盛，在哈里發曼舒爾時期政治情況穩定，宗教學者開始蒐集語言、宗教知識，翻譯家們也翻譯波斯、希臘等地的哲學、醫學、天文學等各領域的學術作品。哈里發及大臣給予學術最大的支持與鼓勵，以致於作品林立。

（一）文學批評

巫麥亞時期聚存了阿拉伯文化的遺產，艾巴斯時期則將這些遺產記載在史冊中，文明達到巔峰，阿拉伯文化得以往深處、廣處發展。文學批評的內涵與方向也擴大，學派紛起，並分成兩階段發展：

1.文學批評著作階段

此期出現一些著名的文學批評家及其著作：

(1)《阿舍馬邑亞特》

艾卜杜．馬立柯．阿舍馬邑所著，此書共蒐集七十一位語言涵養雄厚的詩人一百九十五首詩作。

(2)《詩人階層》

伊本·薩拉姆·朱馬息所著。此書中將蒙昧時期詩人及伊斯蘭前期詩人，個別分爲十個階層，每階層包含四位詩人。在編輯中，他兼顧詩人的藝術水準、詩派、年代與地區等。此書未提及任何艾巴斯時期的詩人，因爲作者認爲艾巴斯時期的阿拉伯語言受外族文化的影響，已失去它的純正性，其詩自然也無法作爲語言的根據。這種將語言純正理論作爲文學批評尺度，自古至今都存在阿拉伯文學批評裡。

(3)《英雄詩集》

此爲阿布·塔馬姆的作品，他依據自己的評斷，蒐集自蒙昧時期以來約四千節的佳作詩，依據主題編排，分爲十章，第一章內容最豐富篇幅最長，稱之爲「英雄詩」，此書因此而得名。阿布·塔馬姆在蒐集佳詩之外，尙訂正他認爲不妥當的詞彙，此點遭致許多學者的垢病，但是後來學者對此書的評價非常高，並有二十餘部闡釋此書的書籍，最著名的如阿賀馬德·本·穆罕默德·馬爾茹紀及卡堤卜·塔卜里奇的闡釋書。

(4)《作家素養》

伊本·古泰巴所著，提供作家身分須知的理論與實踐，包含作家必須具備的語言與文化知識，譬如避免語言的錯誤、珍惜讀者的時間、表達思想的技巧等。此書被史學家伊本·卡勒敦在他的名著《歷史導論》（Muqaddimah at-Tārīkh）列爲阿拉伯語文學入門必讀之四部書之一。此書中許多篇幅在匡正當時人們的語言，指出通用錯誤，並引經據典呈現詞彙原始的意義，譬如：「人們以爲al-‘irḍ意指一個人的父母祖先，倘若有人說：『某人污辱我的‘irḍ』便以爲他所指的是污辱我父母祖先與家人的榮譽。其實不然，一個人的‘irḍ指的是他自己的榮譽。誰若污辱某人的‘irḍ，便是污辱此人的榮譽。穆罕默德先知在敘述天堂的人時，便說：『他們不小便、不大便，而是從他們的a‘rāḍ中流出如麝香的汗。』他指的是他們的身體。」[26]

(5)《詩與詩人》

伊本·古泰巴的所著，此書批評的尺度是作品的優良程度，並未因時代而對古詩或新詩有所偏見。

[26] Ibn Qutaybah, 1985, pp.30-31.

(6)布賀土里的《英雄詩集》

此書中蒐集蒙昧時期、前伊斯蘭時期及巫麥亞時期六百位詩人的詩作，並分為一百七十四章。布賀土里並未選取情詩等不合乎禮教的詩於此書中。他所選的同一首詩有時會分散在不同的章節裡，致使章節劃分過於瑣碎。此書與阿布·塔馬姆的《英雄詩集》常被做比較，而處於劣勢。

(7)《詩評》

此書為古達馬·本·加厄法爾所著。

(8)《阿布·塔馬姆及布賀土里之比較》（Al-Muwāzanah bayna Abī Tamām wa-l-Buḥturī）

哈珊·本·比須爾·阿米迪（al-Ḥasan bn Bishr al-Āmidī, d.987）所作，作者將阿布·塔馬姆及布賀土里的詩，依據主題一一比較，而偏愛布賀土里。他認為布賀土里行詩率性，符合作者口味。書中並比較阿布·塔馬姆及其他詩人的詩。

(9)《穆塔納比及其對手間的仲裁》（Al-Wisāṭah bayna al-Mutanabbī wa-Khuṣūmih）

艾立·本·艾卜杜·艾奇資·朱爾加尼（‘Alī bn ‘Abd al-‘Azīz al-Jurjānī）所著。作者袒護穆塔納比，並向穆塔納比的對手們解釋穆氏未曾使用生僻詞彙，亦未曾犯過詞義上的錯誤。

2.受修辭學影響的文學批評著作階段

(1)伊本·剌序各·蓋剌瓦尼

著《佳詩之柱》（Al-‘Umdah fī Maḥāsin ash-Shi‘r），對前人的批評觀念融會貫通，並加以發揚闡釋。

(2)艾卜杜·格希爾·朱爾加尼（‘Abd al-Qāhir al-Jurjānī, d.1078）

朱爾加尼著《修辭祕密》（Asrār al-Balāghah），探討修辭學中的「闡釋學」（‘Ilm al-Bayān）；著《雄辯指南》（Dalā’il al-I‘jāz），探討「語意學」（‘Ilm al-Ma‘ānī），作者在二書中都提出觀念性的理論，並將之應用於文學作品中。

(3)薩克齊（as-Sakkākī, d.1228）

著《學術之鑰》（Al-Miftāḥ）。全書分為三部分：第一部分是詞法學，第二部分是句法學，第三部分是修辭學。修辭學部分包含語意學及闡釋學。此書之後的研究者，漸漸由文學批評轉移到對修辭學的研究，該現象一直持續到阿拉伯現代文藝復興初期。

綜觀此期在詩歌方面的文學批評所探討的議題，大致可歸納爲：

① 詩的歸屬問題：伊本・薩拉姆在他的《詩人階層》一書中探討此問題。他認爲阿拉伯人在伊斯蘭政權穩定之後重拾詩藝時，有些部落的族人緬懷過去該族的光榮史，便模仿其族詩人的口吻吟詩，導致部分不誠實的傳述者，會將這些詩歸屬於模仿者或其他的詩人。伊本・薩拉姆揭開這問題的嚴重性，他的書成爲此問題的可靠史料。

② 詞藻與意義的問題：詩是詞藻與意義的結合。文學批評者對此問題的態度分爲：重視詞藻甚於意義者，如加息若；重視意義甚於詞藻者，如艾卜杜・格希爾；兩者同等重視者，如伊本・剌序各。

③ 抄襲問題：此問題和詞藻、意義問題相關聯。所謂「抄襲」無非是抄襲前人的詞藻或意義。意義包含一般意義及個別意義，一般意義是大眾的共識，但若是引用他人的個別意義，便是抄襲。批評家們便致力於揭發這類的抄襲。

一般而言，阿拉伯文學批評家非常重視詞藻，時常批評詩人的用詞。他們也重視詩人吟詩是否合乎詞法或句法規則，譬如詞型有無根據，格位有無錯誤等。在此期卡立勒・本・阿賀馬德創韻律學之後，批評家也同時注重詩人在韻律、韻腳上有無出韻。對於古人所認爲是「自然錯誤」者，則列之爲「必要」（aḍ-ḍarūrah），若詩中有「必要」的狀況發生，並不影響詩的水準。有些學者也潛心研究修辭學，作爲文學批評的尺度。譬如阿布・哈珊・艾拉維（Abū al-Ḥasan al-'Alawī）便認爲詩人應避免使用曖昧的暗示；應使用近乎事實的隱喻，以及配合意境的假借。他們也重視詩境的創新，如阿布・哈提姆・薩基斯塔尼（Abū Ḥātim as-Sajistānī, d.1157）要求阿舍馬邑比較巴夏爾和馬爾萬・本・阿比・哈弗沙（Marwān bn Abī Ḥafṣah）兩人誰較優秀，阿舍馬邑認爲巴夏爾較優秀，因爲巴夏爾走前人未走過的路，馬爾萬則走古人的路線。表達出「創新」是重要的評量尺度。

阿拉伯散文批評始於文字記載時期。伊本・古泰巴的《作家素養》一書中提及作家要文以載道，應該避免使用方言、俗語及拗口字音，莫將詞句複雜化，莫使用生僻詞句，莫食古不化等。作家並要注意寫作對象，莫對低層說高層話，反之亦然。伊斯蘭曆三世紀是文學批評記載時期。此時語言、語法、韻律學者共同參與了文學批評的行列，將專業知識注入文學批評的尺度設定中，每一學門都有其專精的學者。此外；由於學術領域的擴展，主觀的、隨興的文學批評匿跡。代之而起的是系統性、邏輯化的文學批評。伊斯蘭曆四世紀之後的文學批評，基本上仍遵循三世紀所奠定的基礎。

（二）宗教學

1.《古蘭經》注釋

拓巴里的《古蘭經注釋總匯》（Jāmi‘ al-Bayān fī Tafsīr al-Qur’ān）是第一部具有威信的《古蘭經》注釋，今日簡稱之爲《拓巴里的注釋》（Tafsīr aṭ-Ṭabarī）。撒馬可夏里的《揭示》（Al-Kashshāf）是穆厄塔奇拉學派的注經書，在許多理念上都持守穆厄塔奇拉學派的原則，譬如犯大罪者若不悔改，便永居火獄中，又如理智可以判斷善與惡等。《揭示》在注經學上具有甚高的價值，因爲此書著重《古蘭經》經文修辭的呈現，讀者得以深切感受到《古蘭經》的優美。

2.聖訓

自從異教徒不斷批評穆罕默德，哈里發曼舒爾便命令教長馬立柯．本．阿納斯蒐集聖訓，馬立柯花費約四十年時間，寫了不朽之作《穆瓦拓俄》一書。書中蒐集了一千八百四十三則聖訓，堪稱在《古蘭經》之後最偉大的宗教學作品。此後便出現著名的素尼派聖訓「六書」：

(1) 穆罕默德．布卡里（Muḥammad al-Bukhārī, d.870）的《布卡里聖訓實錄》（Ṣaḥīḥ al-Bukhārī）蒐集七千多則聖訓，其中三千則聖訓是以不同方式敘述的重複內容。《布卡里聖訓實錄》依照教法主題編排，起於啓示篇、信仰篇，終於一神篇。作者在書中呈現他對教法深厚的理解，並依據自己的法學觀作章節的分類與同一則聖訓的分布，其篩選聖訓的標準嚴謹，成爲其後聖訓學者的楷模，也出現數十部闡釋此書的作品。

(2) 穆斯立姆．古薛里（Muslim al-Qushayrī, d.875）的《穆斯立姆聖訓實錄》（Ṣaḥīḥ Muslim），穆斯立姆花費十五年的時間蒐集並篩選出可靠的聖訓，其價值僅次於《布卡里聖訓實錄》。

(3) 伊本．馬加（Ibn Mājah, d.887）的《伊本．馬加教律》（Sunan Ibn Mājah）。

(4) 阿布．達伍德（Abū Dāwūd, d.889）的《阿布．達伍德教律》（Sunan Abī Dāwūd）。

(5) 納薩伊（an-Nassā'ī, d.915）的《納薩伊教律》（Sunan an-Nassā'ī）。

(6) 提爾米居（at-Tirmidhī, d.892）的《總匯》（Al-Jāmi‘）。

3.宗教法

《穆瓦拓俄》是第一部宗教法學著作，隨之是阿布．哈尼法（Abū Ḥanīfah, d.767）的《大律》（Al-Fiqh al-Akbar）、夏菲邑（ash-Shāfi‘ī, d.819）的《母律》（Al-Umm）、伊本．罕巴勒（Ibn Ḥanbal, d.855）的《穆斯納德》（Al-Musnad）。此四部作品是伊斯蘭四大教法的核心作品，後來的宗教法學理論都承襲此四部作品作闡釋。著名的宗教法學書籍有：《夏菲邑法學總論》（Al-Ḥāwī al-Kabīr fī al-Fiqh ash-Shāfi‘ī）作者馬瓦爾迪（al-Māwardī, d.1058）、《宗教學復興》（Iḥyā' ‘Ulūm ad-Dīn）作者阿布．哈米德．佳撒立。

（三）哲學和邏輯學

由於智慧宮的建造，希臘哲學思想在艾巴斯時期人文界備受重視，並影響文人的哲學思想。相對的，在經過此期文人的研究融合後，產生的哲學理論再度回饋西方，影響了西方的哲學思想。伊斯蘭哲學因此在世界哲學史上扮演承先啓後的重要角色。此期哲學發展分爲：

1.純伊斯蘭哲學

此期宗教學有了新的發展，人們有能力發現問題，或提出前輩們存於腦中的問題，不再限於《古蘭經》或聖訓的例證，而是開始運用證據作爲理論的佐證，並藉做反駁其敵對理論。宗教學發展到所謂的「伊斯蘭神學」（‘ilm al-kalām），即純伊斯蘭哲學。伊斯蘭神學家致力於探討伊斯蘭神學問題，訂定規則、原理。宗教學與伊斯蘭神學融合，產生了許多的學術原理（al-Uṣūl），後來便成爲理論的根基。如類比（analogy）、究因（al-‘illah）、闡釋（at-ta'wīl）等。隨著學術的多元而有記載的必要，伊斯蘭學者乃紛紛著作聖訓、宗教學、注經學等領域專業書籍。

(1)穆厄塔奇拉學派

穆厄塔奇拉學派思想起源於巫麥亞時期，甚至於更早的正統哈里發時期，流行於艾巴斯時期。此學派名稱來源眾說紛紜，許多學者認爲是源於此學派始祖瓦席勒．本．艾拓俄．佳撒勒（Wāṣil bn ‘Aṭā' al-Ghazzāl）與其師哈珊．巴舍里在穆斯林犯下大罪的問題上產生意見爭執後，另立門戶，而被稱之爲「穆厄塔奇拉學派」亦即「分離派」。因此穆厄塔奇拉學派強調思想自由，認爲學生可以在某個論點與其師相左而自立支派。基於此，加息若學派自成一派、阿布．赫序姆．朱卜巴伊（Abū Hāshim al-Jubbā'ī, d.933）也自成一派，以此類推，穆厄塔奇拉學派形成許多支派。瓦席勒．本．艾拓俄．佳撒勒的思想基礎建立在兩個基礎上：其一是他認爲人的意志是自由的，可以自己決定自己的行爲。其二是相信《古蘭經》被造說。

此外，穆厄塔奇拉學派思想有五大原則：

① 阿拉唯一論（at-tawḥīd）：此學派不同於其他學者的論點，在於強調阿拉的本體便是至能至知，否定在其本體之外有人格化的德性，這才是所謂的「獨一」。他們否定阿拉永恆不變的論點，而強調阿拉的創造性與永恆活動性。

② 阿拉公正論（al-'adl）：認爲人具有自由意識，可以選擇自己的行爲，理性是判斷善惡的準則，是人類行爲意志自由的前提。阿拉的公正在於依據人類行爲的善惡而決定賞罰，所以此派否定「前定論」。

③ 中間地位論（al-manzilah bayna al-manzilatayn）：此學派認爲犯大罪的穆斯林其地位介於信士與瀆神者之間。

④ 承諾與威嚇（al-wa'd wa-l-wa'īd）：承諾行善的信仰者死後必得報酬，威嚇瀆神者的背離眞理，死後必受火獄之苦，主張阿拉的寬恕論次於公正論。

⑤ 去惡揚善論（al-amr bi-l-ma'rūf wa-n-nahy 'an al-munkar）：善與惡經常因主觀認知而有誤差，故穆斯林應省思觀察自己，理性的意志自由尙需顧及群體，創造公平和睦的社會。因此，若執政者背離正道行惡，穆斯林得以劍抗之。

穆厄塔奇拉學者可說是阿拉伯史上最早研究伊斯蘭神學者。在馬俄門哈里發時期，由於哈里發本身奉行此學派，穆厄塔奇拉思想發展達到巔峰，直至穆塔瓦齊勒哈里發支持素尼派才被消弭。什葉派的布威合家族掌權時，穆厄塔奇拉學派再度復活。此後穆厄塔奇拉學派大多是以獨立學派出現在各時代，有時隱藏在素尼阿須艾里學派或什葉派中。現代有些純理性主義學者也奉行穆厄塔奇拉思想，穆厄塔奇拉學派似乎再度復活。

(2)阿須艾里學派

在穆厄塔奇拉學派與素尼派之間產生分歧後，伊斯蘭神學理論更趨鞏固，阿布．哈珊．阿須艾里（Abū al-Ḥasan al-Ash‘arī, d.936）[27]發展出理智論證，使許多人追隨他，被稱之爲「阿須艾里學派」（al-Ash‘arīyūn），是素尼派的一支，稱得上是素尼派思想轉型的里程碑。他們相信伊斯蘭教義之源在「天啓」（al-waḥy），深信穆罕默德的先知本質及穆罕默德門徒所建立的信念，此觀點與穆厄塔奇拉學派有差異。他們在闡釋教義上，引用邏輯證據來與對手爭辯，借用許多其他民族，尤其是希臘的哲學翻譯作品作爲理論基礎。在處理《古蘭經》一些譬喻詞彙上他們也運用邏輯上的「闡釋」，重視將語言學理論運用在《古蘭經》及聖訓意義的解釋上，因此遭到許多「聖訓派」（Ahl al-Ḥadīth）[28]學者的批評。

阿須艾里學派著名的哲學家及其作品如佳撒立的《哲學家宗旨》（Maqāṣid al-Falāsifah）、《邏輯尺度》（Mi‘yār al-‘Ulūm fī al-Manṭiq）以及法可爾丁．剌奇（Fakhr ad-Dīn ar-Rāzī, d.1210）的《古蘭經》注釋《廣釋》（At-Tafsīr, al-Kabīr）。

2.亞里斯多德學派

此學派融會貫通希臘哲學理論，尤其是亞里斯多德的哲學理論，並留下許多作品，影響西方哲學甚鉅，在艾巴斯時期人文界卻常被視爲異端學說。其代表人物及著作如亞厄古卜．金迪（Ya‘qūb al-Kindī, d.873）的《亞里斯多德的神學論》（Ilāhīyāt Arusṭū）、法剌比（al-Fārābī, d.950）的《邏輯緒論》（At-Tawṭi’ah fī al-Manṭiq）、伊本．西納（Ibn Sīnā）的《指示與警示》（Al-Ishārāt wa-t-Tanbīhāt）。伊本．西納在哲學上，對法剌比所提出的「可存在、必存在」理論，再增加「自身可存在，對他者必存在」。他的宗教哲學理論可說是法拉比理論的延伸，認爲世界是古早就存在的，不是被創造的，反對肉體在最後審判日會隨著靈魂復甦。他認爲阿拉知道的是大原則而非小細節，認爲靈性是來自於上面，不願意，但無可選擇的和身體結合，漸漸習慣而與身體共存，並忘記過去自己的歷史，最後又會回到它來的地方，如此完成它的旅程。但它會降世就是阿拉的智慧。它來時一無所知，回去時明瞭所有的眞理，然而它只存在一段時間。佳撒立在《哲學家的反駁》（Tahāfut al-Falāsifah）一書裡，反駁伊本．西納的下列論點：世界古老論、肉體不復甦論、阿拉不知細物論。

---

[27] 即阿布．穆薩．阿敘艾里（Abū Mūsā al-Ash‘arī），是穆罕默德的門徒，被派至葉門，以溫和、善良著稱。
[28] 「聖訓派」是素尼派的一支，主張獨尊穆罕默德聖訓，許多學者認爲「聖訓派」並未發展出獨立的理論。

十世紀末，在波斯布威合家族掌控巴格達期間，巴舍剌掀起「精誠兄弟會」運動。精誠兄弟會是西元十世紀在巴舍剌的阿拉伯穆斯林哲學家團體，其名稱來源在於成員都彼此肝膽相照，合作無間，並隱藏其首領姓名，在阿拉伯史上實屬稀有。隱藏其首領姓名或許是爲了躲避政治或宗教迫害，因爲該學派提倡心靈與理智的訓練及思想的自由。他們將人的本質分成：熱、冷、乾、溼；宇宙萬物因素分成火、風、水、土；物質的結構分成：礦物、人、植物、動物。認爲人類擁有理智，最能與其同類達成合作共識，建構合作哲學。他們主張對知識不要有偏見，因此結合伊斯蘭教條與當時盛行的希臘、波斯、印度哲學，撰寫許多地球科學、天文學作品，在各地知識界傳播，影響深遠。其中心思想呈現在五十篇的論文裡，另有一篇是摘要總論，猶如一部百科全書，始於數學，而後是邏輯學、自然科學……等，終結於宗教。許多穆斯林學者思想上的的分歧與探討的主題都溯源自這些論文。精誠兄弟會成員的思想內容則可溯源於新柏拉圖主義（Neo-Platonism），他們也是代表阿拉伯穆斯林哲學與科學的思想家。

3.神祕主義哲學

蘇菲主義之別於一般哲學，在於它以淨化心靈來尋求眞理，並藉以接近神。蘇菲主義者認爲心靈的本質是純淨的，卻因爲與本體結合而遭受物質汙染，被利用以達到動物性的目標。心靈本身是嚮往自由，須脫離被奴役的環境，追求原始的純淨，如此才能獲得眞知，接近阿拉。因此，此學派認爲知識的來源是「心」而非「理智」。

阿拉伯史上蘇菲主義經過許多歷程，最初與苦行主義幾乎無區別。學者們對「蘇菲」一詞的語言詞根亦有許多不同的意見，對於此派的生活態度與方式也未有確切的界定。一般認爲蘇菲主義早在西元前三世紀左右便興起於伊拉克、敘利亞、埃及等中東地區。蘇菲主義發展歷程中一股潮流與東方中國、印度的宗教思想融合，另一股潮流則是與希臘、波斯的哲學斯思想融合，形成獨特的哲學理論，最後漸漸走上神祕、極端的思想路線。而伊斯蘭的蘇菲主義始祖一般推斷是是巴舍剌清眞寺講道的哈珊．巴舍里，但是阿賀馬德．本．泰米亞（Aḥmad bn Taymīyah, d.1328）等學者們認爲伊斯蘭史上第一位被稱爲蘇菲主義者（aṣ-ṣūfī）是經常穿著粗毛（ṣūf）袍子，來往於庫法清眞寺的什葉派阿布．赫序姆．庫菲（Abū Hāshim al-Kūfī, d.767）。蘇菲主義在伊斯蘭國度內的發展，經歷波斯苦行主義者及翻譯活動盛行之後希臘哲學思想摻入的影響，在伊斯蘭曆三世紀達到思想巔峰，並盛行於伊拉克、波斯、北非和西北非地區。蘇菲主義者的行儀方式非常多，今日的蘇菲主義百科便記載六百多種方式。許多西方學者對蘇菲思想所蘊含的神祕性甚感興趣，尤其透過對十三世紀穆斯林詩人加拉勒丁．魯米（Jalāl ad-Dīn ar-Rūmī, d.1273）的研究，正面的詮釋蘇菲主義。魯米曾透過三十六小時不斷的旋轉而成道，後人將他所創的旋轉舞發揚光大，成爲結合宗教與藝術的特殊美學。蘇菲主義者將這種舞蹈追溯到聖訓，將人體的律動與精神結合，運用行星與太陽轉動的原理，呈現對眞主無限的愛。形式上結合音樂與紀念眞主的震撼（聲音）以及舞蹈（行動），右手掌托向天，與造物者交流，左手掌指向地，達致天人合一。

（四）語言學

阿拉伯語言學起源於巴舍剌，庫法學者則受教於巴舍剌學者。所謂的「語言成熟階段」亦完成於巴舍剌。不過，庫法學者也有獨特的理論和貢獻。儘管阿拉伯學者們都認爲阿拉伯語言學的興起是爲了服務穆斯林對於宗教的了解，並因此傳述許多語言學興起之初，發生在清眞寺穆斯林讀經所犯的語言錯誤，或語言學者阿布．阿斯瓦德．杜阿立的女兒所犯的錯誤，或當時朝野說話時所犯的錯誤。這些故事的傳述，無非是在強調伊斯蘭興起之初，宗教護衛者無論在朝或在野者的憂心，宗教的價值凌駕於任何其他學術之上，而阿拉伯語言價值是宗教價值的一環。阿拉伯學者大多數否認阿拉伯語言學的發展受到希臘語言學的影響，但卻承認語言學是運用宗教學理論。宗教學或語言學所強調的是引自哲學的「學術原理學」。這些學術原理的運用，促使各學術領域蓬勃發展，而語言學更是緊接宗教學的受益者。艾巴斯時期這些學術原理運用在語言學上的狀況達到巔峰，圍繞著這些理論的探討所達致的成果，使得阿拉伯語言學繼希臘語言學之後，成爲世界語言學發展的接棒者。

1.「純正理論」

阿拉伯語言學者們認爲所有藉以佐證的語料引用，必須遵循幾項先決條件：

(1) 《古蘭經》。

(2) 聖訓。

(3) 從伊斯蘭前150年至伊斯蘭曆150年的阿拉伯詩歌與散文，包含蒙昧時期、伊斯蘭早期、巫麥亞時期及艾巴斯早期的詩與散文。

(4) 純正血統阿拉伯人的語言，亦即貝都因阿拉伯人的語言。

《古蘭經》的純正性被置於首位，包含出自於可以引證的學者不同的誦讀法，如穆罕默德門徒及其追隨者的傳述，其純正性可被承認。聖訓的記載晚於《古蘭經》，若是可靠的聖訓，則其純正性被視為等同《古蘭經》。然而，在語言學始祖西巴威合的《書》裡僅引用八則聖訓，其他伊斯蘭曆二世紀至四世紀的語言學家，無論是巴舍剌學者或是庫法學者，皆較少引用聖訓作為語法的佐證。或許這現象可以證明早期的語言學界，對於聖訓的傳述是秉持著一定謹慎的態度，譬如卡立勒·本·阿賀馬德便坦言不諱他本人對此點的疑慮。[29]其原因或許是聖訓乃依據意義傳述，而非一字一句按照穆罕默德當時說話的詞句記載下來。此外，什葉派對於聖訓可取的內容有其限制，或許也影響學者們的佐證行為。伊斯蘭曆四世紀之後，語言學者對於聖訓的引用就非常普遍，譬如安達陸斯的語言學者伊本·馬立柯（Ibn Mālik）、伊本·卡魯弗（Ibn Kharūf, d.1212）及更晚期的伊本·艾紀勒（Ibn 'Aqīl）等人，其原因在於聖訓「六書」公信力的建立。

至於詩、散文與語言，除了限定三百年的時間之外，還有其他的限制。實際上，語言學者對於時間上的引證限制並未完全遵守，許多語言學者採用伊斯蘭曆二世紀之後的詩作佐證，而其學術權威並未受損。語言學者並認為引證的詩不得出自於未知的作者。然而語言大師西巴威合在他的《書》裡引用過一千零五十節詩，其中五十節卻是作者不明的詩。因此，一般判斷設此限制是在西巴威合之後，或許是在馬奇尼（al-Māzinī, d.863）之後。空間上的限制，語言學者認為塔米姆、忽才勒、阿薩德、蓋斯、部分齊納納、部分太俄等部落語言是純正阿拉伯語言，未受其他部落或民族的語言「汙染」。但從語言學作品中，他們所採用的語料有些並非來自這些所謂的純正部落語言，甚至於也引證自部分都市語言，如麥加、麥地那、息剌、巴舍剌、庫法、巴林、葉門的城市等。

阿拉伯語言學純正理論的發展自艾巴斯時期奠定其基礎之後，流傳一千多年，至今阿拉伯語言學仍堅守著這些理念。對於一般認為語言無所謂純正與不純正，語言會因時間與空間而變化的世界語言學者而言，的確是不可思議的現象。

2.阿拉伯語言學原理

學術原理的運用，始於伊斯蘭曆四世紀。宗教學者依據這些理論，來歸納及

[29] Ibn Fāris, Aṣ-Ṣāḥibī fī Fiqh al-Lughah, p.63.

制定宗教法規，任何宗教法規的制定與佐證都要遵循這種方法。緊接著，宗教學的原理便運用在阿拉伯語言學上。經由實驗、歸納規則，到產生語言理論，其方法有三：經驗法（as-Samā‘）、類比法（al-Qiyās）、公議法（al-Ijmā‘）。伊本．安巴里認爲公議法應以「伊斯提舍哈卜」（al-Istiṣḥāb）代替。若合乎前文所述的擷取純正語料的方法與條件，語料便合乎經驗法則，而將這些語料依據三個原則篩選與研究：其一是「伊斯提舍哈卜」，亦即在無任何因素影響之下，維持其「原置」（aṣl al-waḍ‘）狀態，譬如單數、主格、陽性、名詞句起語的已知性、名詞的變格性、動詞的定格性、定格符號是靜符、雙靜符不相連、名詞不得有雙已知或雙陰性符號、正次與偏次不得指同一本體等，都是「原置」，無需闡述原因。反之，若脫離了「原置」，則須提出證據，譬如複數、受格、陰性、起語的未知、定格的名詞、變格的動詞等皆需要有原因。經由「伊斯提舍哈卜」所建立的觀念，成爲語言學研究者的基本素養，其內容幾乎涵蓋所有語言基礎概念，也是由依賴感覺的經驗法，邁向理智思考的階段。透過「原置」的觀念而延生出「作用詞」（al-‘āmil）的理論。動詞是原置的作用詞。「原置」會因爲「使用強勢」（kathrah al-isti‘māl）而失去其強制力。

其二是進行類比。類比的條件要有兩個具有相似處之物的存在，其目的在比較兩者，讓「支」與「源」獲得平等地位。宗教學者運用此方法於制定法規，譬如禁止飲酒是由禁止其源「卡姆爾」，即葡萄酒，類比爲禁止所有致醉的飲料，如發酵的椰棗汁「納比茲」等。阿拉伯人將類比法運用在語言學上，其靈感來自於「原置」與分支的概念。因此語言學上的類比有四個因素：源、分支、原因、規則。類比的基本條件必須是類比自阿拉伯語言，而非外來語或不存在的語言。第一位發展類比法的語言學者是艾卜杜拉．哈底剌米。[30]伊本．晉尼（Ibn Jinnī）及其師阿布．艾立．法里西（Abū ‘Ālī al-Fārisī, d.987）靈活運用類比法，後者甚至於曾說：「我即便在語言上錯五十個問題，也不會犯錯一個類比問題。」[31]他們選擇合乎純正語言標準的語料，歸納出語音、詞型、結構、倒置、省略、增加等語言各層面的規則。並將類比分成「必須」、「可以」和「禁止」三層次。語言學者們對類比語料的選擇，設限於伊斯蘭曆150年之前的城市語言及伊斯蘭曆四世紀之前的沙漠語

[30] al-Jumaḥī, 1980, p.14.

[31] Muḥammad ‘Īd, p.77.

言。這種時間、空間範圍內的語言，都是類比的依據。基本上，他們不贊同對稀有狀況的語料進行類比，譬如有詩人在詩中省略動詞詞尾，添加表示強調的輔音n。這種省略是無法推理運用在其他動詞上，因爲他們認爲既然添加這個n是表達強調，「強調」應只能延長，不能省略。有些學者也對弱勢方言或少數方言作類比，以致於語言規則繁多且複雜，更不乏許多矛盾的產生。基本上，這時期的的語言學者對語言的基本特質並不在意，常疏忽語言是反映社會、時代，是不斷改變、更新，每個地區、時代都有它語言的獨特性。巴舍剌學派學者甚至經過類比而創造出許多新的詞彙。庫法學者相對較重視經驗法，重視使用的語言。

艾巴斯時期各領域學術逐漸獨立，走向專精路線，有專攻《古蘭經》解釋、聖訓解釋、阿拉伯語言的學者。語言學在這時期與其他的學術分家，根植在人們的生活中，並取材於口述或筆記的文章。語法學也脫離其他的語言學門獨立，語法記載成書，並蓬勃發展。

3.綜合上述，此期的語言學研究特徵如下

(1) 出現了語言作用詞理論：語言的格位變化在於作用詞的存在，作用詞可能是實存的或抽象的。在此期之前，語言學家會將尾音符號，歸因於它與其他語音之間的關係，或結構現象的關係所產生。

(2) 語言類比理論成熟：發展自宗教哲學理論，而成熟於西巴威合、伊本．晉尼手中。然而類比的過度運用，造成語言學上許多未決的問題。

(3) 究因理論成熟：這是亞里斯多德哲學理論應用到宗教學、伊斯蘭神學、語言學中所產生的論點，探討並解析語言現象。語言學者們的著作中充滿這方面的探討，更出現各派之間的爭論。

(4) 對蒙昧時期及伊斯蘭早期的作品，在取材印證上的分量相當，並對經驗用法設限。經驗用法的尺度往往因學派的不同而異，巴舍剌學派對此設限較庫法學派嚴格，並各執其原則。

艾巴斯時期的語言學著作非常豐富，奠定阿拉伯人在世界語言學上的地位。其中西巴威合的《書》一千餘年來始終被阿拉伯人所推崇、闡釋，至今仍爲該領域的理論依據，爲學者們所研究。其內容包含語音、音韻、詞法、句法、結構學。《書》中西巴威合匯整阿拉伯語言學思想，尤其是其師卡立勒．本．阿賀馬德的思想，更建立自己的理論。穆巴里德的語言學著作《摘介》（Al-Muqtaḍab），堪稱

是對西巴威合《書》的最佳闡釋書。卡立勒的《靄恩》（Al-‘Ayn）是第一部阿拉伯語音學書籍，在此部詞典的前言裡，精確地描繪阿拉伯輔音和元音的發音部位、音長等。令後世利用聲譜儀測試阿拉伯語音的學者們嘖嘖讚嘆。

（五）傳記、歷史、地理

巫麥亞時期，穆罕默德生平故事盛行於清眞寺的說書活動中。艾巴斯時期，第一部流傳到今日的《先知傳記》成書，作者伊本．希夏姆。伊本．伊斯哈各的《阿拉使者傳記》雖著作於其前，卻未流傳下來。亞古特．哈馬維的《文學家詞典》，是傳記學上的重要原始文獻，蒐集約八百位各階層及各領域的文人。

1. 《詩歌集》

《詩歌集》是阿拉伯文學最原始而完整的文獻記載，書中所提到的詩人，包含蒙昧時期、伊斯蘭早期、巫麥亞時期、阿巴斯時期的詩人。後世對此書的評價大多認同此書是阿拉伯歷史、文學、音樂的百科書，是記載阿拉伯文明最偉大的原始文獻。其名稱來自於作者原本將著書的基礎放在哈里發赫崙．剌序德的御用歌手伊卜剌希姆．茅席立所選的一百首歌上。作者加入一些故事加以整理。他為愉悅讀者，而選擇了許多迷人、有趣的背景故事和詩，其初衷並非歷史性的，娛樂性質較高，也惟恐題材枯燥，而捨去一些有價值的史實。伊本．卡勒敦在《歷史導論》裡，對此書的評價是：它是代表阿拉伯人的文集。其中網羅了過去所有阿拉伯人在詩、歷史、歌唱及其他領域的藝術集錦，它是文人追求的最高目標。[32]

作者阿布．法爾几．阿舍法赫尼將此書分成三部分：

(1) 歌手伊卜剌希姆．茅席立為哈里發赫崙．剌序德選出的一百首歌及一些歌手唱給哈里發瓦夕各聽的歌。

(2) 哈里發及其近親的詩歌和背景故事。

(3) 阿舍法赫尼本人所選的歷代詩歌。

阿舍法赫尼是古雷須族人，其家世可溯源至巫麥亞時期的哈里發馬爾萬．本．哈克姆。他本人是當代著名的傳記學者及詩人，出生於波斯阿舍法含城，但發跡於巴格達。他的興趣多元，曾經閱讀各領域的書籍，並背誦許多歷史、語言、文

[32] Ibn Khaldūn, 1986, p.343.

學、醫學、天文等知識。他師承當代大師級學者，如文史學家拓巴里、伊本·安巴里、小阿可法須（al-Akhfash al-Aṣghar, d.927），因此對於阿拉伯戰役及世系有深入的研究。他雖然撰寫很多詩和散文，但唯有《詩歌集》以及依據年代記述自穆罕默德時期以來阿布·拓立卜家族殉士的《拓立卜家族之死》兩部書流傳下來。

阿舍法赫尼潛心於《詩歌集》的著作長達五十年左右，蒐集約數百位阿拉伯詩人的生平，完稿之後將它送給在哈姆達尼國王賽弗·道拉。賽弗·道拉以一千金幣回報。當時的學者兼布威合政權的大臣沙息卜·本·艾巴德認爲，對於《詩歌集》這部書而言，一千金幣過於廉價。據說沙息卜習慣在遠行時帶著三十隻駱駝負載書籍隨行，自從《詩歌集》出現之後，他每次遠行僅帶此部書。此書在巴格達出現之前，安達陸斯的哈里發便以一千金幣向阿舍法赫尼購買，阿舍法赫尼送去的是修正版。由於書中蒐集從蒙昧時期至西元九世紀的詩、詩人吟詩背景及詩人生活紀錄，此書成爲蒙昧時期、伊斯蘭早期、巫麥亞時期及艾巴斯盛世的社會狀況、思想背景的原始參考文獻。書中細膩的記載阿拉伯社會生活各層面的訊息，尤其是記載完整的阿拉伯各場戰役、世系、水源、動物、樹木、貝都因風俗習慣、女人的生活、品德、教養及軼事，甚具文學、文化研究價值。

阿拉伯學者們對於該書中所記載的許多事件存疑，認爲有些故事是作者杜撰的。但是現代出版的《詩歌集》並未將這些杜撰部分刪除，仍然以原貌出現。許多歷史學者對於阿舍法赫尼在《詩歌集》中的立場違反伊斯蘭教義很不以爲然，譬如伊本·焦奇在他的《諸民族與諸王史》（Al-Muntaẓam fī Tārīkh al-Mulūk wa-l-Umam）一書中說：「他在書裡表現出放蕩，對飲酒表現不在乎。或許他是在詮釋他自己吧！誰若去看《詩歌集》都會覺得它很糟、很爛。」[33]又如《巴格達史》（Tārīkh Baghdād）的作者卡堤卜·巴葛達迪（al-Khaṭīb al-Baghdādī, d.1072）轉述別人的話認爲他是最不誠實的人，他會買一些文稿，然後據此撰書。伊本·泰米亞等人對這部書也都有惡評。《詩歌集》寫至波斯布威合家族掌政之前的穆厄塔迪德·比拉哈里發爲止。持負面批評的學者們認爲，這是阿舍法赫尼的伎倆，不願繼續寫布威合家族時代的詩人，以免因爲記載一些不利於政權的訊息而得罪當權者，所以布威合家族執政者艾度德·道拉才會對《詩歌集》愛不釋手。

[33] Ibn al-Jawzī, 1987, vol.6, pp.40-41.

總覽全書，阿舍法赫尼對於歷史背景有其獨特的處理方式，他將所有相關訊息集於一處，並表達他個人的觀點，故同一事件會出現許多重複或相互矛盾的訊息。阿舍法赫尼對於詩人的個性，會鉅細靡遺地經由各個詩人的生活點滴去呈現，而作者似乎都抱持一個目的，那便是赤裸的呈現一些人性的陰暗面，尤其是「欺騙」與「叛逆」。或許是這種負面的呈現，觸犯了穆斯林對於巴格達伊斯蘭文明的榮譽感，招致許多對他負面的評價。此外，他對於詩人的選擇，也呈現他個人特殊的觀點，譬如被文學批評家公認是偉大詩人的阿布・努瓦斯及伊本・魯米便完全被阿舍法赫尼所忽略。對於阿舍法赫尼在此書中許多不合邏輯的選擇與編排，至今未見任何研究者做深入的研究及重新編排與整理。

《詩歌集》最重要、可靠的版本是1927年開始陸續出版的「埃及圖書館」（Dār al-Kutub al-Miṣrīyah）版。該版本自1927年開始出版《詩歌集》的第一冊，共十六冊，以後陸續有各種版本出現。今日最通行的是貝魯特版，共有二十四冊。無論阿拉伯學者如何給予此書負面評價，但不爭的事實是今日學者們從事阿拉伯古代人文研究時，這部書總是無法或缺的原始資料。

2. 阿拉伯歷史自八世紀後葉進入文字記載階段，歷史學者的著作範圍包含一般綜合性歷史、宗教史、世系史、部落史、城市史、諸王史等。艾巴斯時期哈里發和巫麥亞時期的哈里發一樣，都愛聽歷史事件，激發阿拉伯學者撰寫許多歷史著作，內容非常豐富。歷代哈里發都注重歷史的撰寫，主要是基於政治及宗教目的，甚至視爲鞏固政權的方式之一，譬如哈里發曼舒爾便刻意召請伊本・伊斯哈各爲其子馬合迪著作史書，規定撰寫範圍從亞當、夏娃創世紀，寫至當時的年代。伊本・伊斯哈各奉命完成後，曼舒爾嫌書太過巨大，命他再寫簡本。當時對歷史著作內容的共識是要包含執政者及其相關訊息、國家的興衰及其原因、宗教學者及其理念與派別、苦行者的勸誡、對俗世有益的思想等。除了哈里發與王公貴族外，學者們都視歷史爲其專業領域的一環，譬如在其作品裡引述傳述學者提供的歷史事件。許多學者的專業都可定位爲「文史」，而非單純的文學、哲學、歷史或宗教。阿拉伯歷史最早的型態便是「阿可巴爾」，亦即蒐集各地的「訊息」，包含發生過的事件、英雄事蹟、故事、部落訊息、神話等，經口耳相傳，被傳述學者及史學者引用在他們的書籍裡。伊斯蘭曆一世紀時庫法出現許多「阿可巴爾」的傳述者。拓巴里的《民族與諸王史》中便蒐集許多早期的「阿可巴爾」。著名的「阿可巴爾」集史者，如重視伊拉克地區訊息的阿布・米可納弗（Abū Mikhnaf, d.773or 774），重視息加資地區的瓦紀迪（al-Wāqidī, d.822），以及重視呼羅珊、印度、波斯地區訊息的馬達伊尼（al-Madā'inī, d.840）。此外，有些集史者專注於世系的傳述，譬如巴拉儒里的作品篇幅長達二十冊，而且並未完成。集史者中馬達伊尼被學者公認爲最具權威的「阿可巴爾」傳述者，其傳述的「阿可巴爾」都經過求證，而具高度可靠性。

艾巴斯時期伊拉克地區及同時期的阿拉伯西部史學家的作品都重視序言，如拓巴里的《民族與諸王史》、伊本．阿夕爾的《歷史大全》（Al-Kāmil fī at-Tārīkh）、伊本．焦奇的《諸民族與諸王史》等書的序言，以及安達陸斯的《伊本．卡勒敦史書》篇幅長達一冊的序言《歷史導論》等，都具有頗高的價值。伊本．阿夕爾《歷史大全》被認爲是可靠、清晰、廣博的史書，是從亞當時期到伊斯蘭曆628年的編年史，全書分成十二冊。該書前半部參考拓巴里的史書，唯在阿拉伯戰役上著墨很多。而此書價值在後半部，伊本．阿夕爾以歷史的見證者，敘述十字軍東征的歷史，格外珍貴。除了上述史書之外的歷史名著，尚有卡堤卜．巴葛達迪的《巴格達史》、巴拉居里的《諸國開拓史》（Futūḥ al-Buldān ）、瓦紀迪的《敘利亞開拓史》（Futūḥ ash-Shām ）、伊本．艾薩齊爾（Ibn 'Asākir, d.1176）的《大馬士革史》（Tārīkh Dimashq）。

以下是拓巴里的《民族與諸王史》第一篇文章譯文：

「何謂時間（az-zamān）？

阿布．加厄法爾說：時間是夜晚與白晝的時光。這可能意味的是：長的時段或短時段。阿拉伯人會說：『我在哈加几當阿米爾的時間來過你這兒。』而『哈加几當阿米爾的時間』指的是：『當哈加几是阿米爾時』。你會說：『我在摘棗時間（zamān）來到你這兒。』而『摘棗時間』指的是摘棗時刻（waqt）。他們也說：『我在哈加几當阿米爾的那些時間（azmān）來過你這兒。』使用az-zamān的複數。他們要的是把每個他當阿米爾的時刻（waqt）都當作一個時間（zamān）。譬如吟拉加資韻詩人所云：

寒冬來臨，
我的衣衫襤褸，
那破爛的衣裳，
（我兒）陶瓦格都譏笑。

詩人將衣衫描述爲「破布堆」（akhlāq）。他是用「穿破」（ikhlāq）來描述衣服的每一塊布（因此用複數）。就如同他們說：「荒蕪（sabāsib）之地」（使用複數是一樣的）。

他們使用zaman於zamān之處，譬如蓋斯．本．山厄拉巴（Qays bn Tha‘labah）族的阿厄夏所吟：

我曾潛居伊拉克好一陣子，
深居簡出，毫無所求。

此處他使用zaman，其意是zamān。因爲zamān如前所述，表夜晚及白晝的時光。」[34]

3. 地理著作如亞古特．哈馬維的《地名詞典》（Mu‘jam al-Buldān）、伊本．焦奇的《路徑與遺跡簡紀》（Mukhtaṣar as-Sayr wa-l-Āthār）。

（六）自然科學與發明

穆斯林在世界醫學史上扮演承先啓後的重要角色。最著名的醫師暨科學家伊本．西納曾著數學、醫學、哲學等超過百部作品，並發明空氣溫度計。其作品中最具盛名者首推《醫典》（Kitāb al-Qānūn），被翻譯爲世界各種語言，直至西元十七世紀歐洲許多大學還研習此書。穆斯林醫師阿布．巴柯爾．剌奇（Abū Bakr ar-Rāzī, d.923）並提出醫、藥分離制度。馬俄門哈里發時期，藥品須接受管制與監控，藥劑師成爲專門職業。其後的穆厄塔席姆哈里發並設立藥劑師執照制度。學者們致力於藥學研究，設立學校教導學子配藥的知識與技術，第一間藥房於西元1224年設在巴格達。

天文方面，八世紀什葉派學者法剌奇（al-Farāzī, d.777）發明銅星盤。十一世紀拜魯尼（al-Bayrūnī, d.1048）發明陰陽曆計算儀。物理學上有光學之父伊本．海山姆（Ibn Haytham, d.1040）將理論付諸實踐，發現照相機原理。拉丁文的照相機camera obscura即「暗房」，便源於他的敘述。有孔折射亦是他的理論，換言之，

[34] aṭ-Ṭabarī, vol.1, p.22.

他發明了照相機的前身。十二世紀加撒里（al-Jazarī, d.1206）發明機器人，替哈里發做禮拜前淨身服務。化學上，八世紀加比爾．本．亥顏（Jābir bn Ḥayyān, d.815）操作蒸餾、液化、鍛燒等，用植物製造香水。此期阿拉伯人發現約兩千種化學材料，發明蒸餾器。十二世紀穆斯林科學家艾卜杜．剌賀曼．卡奇尼（'Abd ar-Raḥmān al-Khazīnī）發明液體量器及重量的秤。

現在阿拉伯世界使用的數字與世界通用的「阿拉伯數字」不同，可溯源至西元七世紀印度學者的一本名爲《不朽》的天文學與數學書籍，書中內容包含數字的開創。西元八世紀時印度天文學家出使艾巴斯哈里發曼舒爾宮廷時，攜帶此書贈予。哈里發命人翻譯此書，並經過修改，成爲今日阿拉伯人所使用的數字，阿拉伯人稱之爲「印度阿拉伯數字」或「東阿拉伯數字」。九世紀穆斯林科學家花剌子密（Algoritmi）根據角度的數目來制定數字的型態。譬如數字1有一個角，2有兩個角，一直到9有九個角，0則無角。現在世人所稱的「阿拉伯數字」，阿拉伯人稱之爲「西阿拉伯數字」，西方人引自當時阿拉伯人統治的安達陸斯（今日的西班牙）。

參、艾巴斯時期散文特性

基本上，阿拉伯文學批評家對於散文的優劣標準，始終未能建立系統。評論的角度似乎僅止於所謂「冗長」、「做作」、「細膩」、「平易」、「簡潔」等。艾巴斯散文特性不同於前期者可歸納如下：

一、意義與形式上的變化

艾巴斯散文多樣化，書寫本身提升爲藝術，如伊本．穆格法厄和加息若的作品。散文內容包含宗教、歷史、文學、語言、哲學、地理、醫學、數學、天文、化學等領域；散文型態包括故事、書信、講詞、爭辯文、馬格馬、批評，寫作目的類似作詩，包含讚美、哀悼、誇耀、譴責、諷刺、抒情、描寫等。此外，艾巴斯文人的用詞簡易、清晰，語言平易近人，大量使用科學、宗教學、語言學、韻律學等專有名詞。艾巴斯後期民族複雜，散文書寫常使用外來語，尤其是食物、衣飾、家具及擺飾品等名稱。文人經常擷取《古蘭經》、聖訓、詩中的文筆，音樂也滲入散文中，使句子長度和音韻都很協調。文人表達的意義較前期深遠、細膩、有系統、富邏輯觀念，思想廣度與深度都提升。

二、書寫方式多元化

（一）伊本・穆格法厄風格

伊本・穆格法厄在寫作上重視意義的表達，較不重視詞彙的精美。他承襲其師艾卜杜・哈米德的理論，在書寫時遵循邏輯方法，縝密的區分各個章節與主題，主題與內容緊密的連結。爲了清晰的表達意義，往往拉長句子，大量的使用連繫詞，譬如連接詞、介系詞、關係代名詞、副詞、人稱代名詞等。但意義上卻強調要簡潔，不拖泥帶水。詞彙的選擇上，著重簡易、不生僻。此風格的代表文人如哈珊・本・薩合勒、薩合勒・本・赫崙等。

（二）加息若風格

加息若的寫作風格影響艾巴斯文人甚鉅。他主張寫實，認爲任何的詞彙美化，都會失去原本的意義與風味。他的博學也爲寫作注入新的生命，主題涉及人類社會、動植物、思想、價值觀等各層面。他寫作無需顧及詞彙的優美、或意境的修飾，卻能自然的勾畫動人的畫面。他行文的特點在脫離正在探討的主題，天馬行空的談論後，再度回到主題，其目的在活潑文筆、使讀者不感覺無趣或枯燥。面對任何的議題，他常會以研究、探討的態度去處理，並適度的注入詼諧的氣氛。他的闡述理論盛行了數世紀，代表文人如伊本・古泰巴、阿布・亥顏・陶息迪等。

（三）伊本・艾米德風格

有韻散文與詞彙修飾是此派的最大特徵。在艾巴斯時期之前，散文押韻非常盛行，譬如講詞、《古蘭經》等，但都屬於自然而非刻意的。遵循伊本・艾米德風格的文人對押韻特別注重，且是刻意而爲，代表十世紀至艾巴斯結束的一股散文風潮，遭致許多文人針對此的批評。代表文人如沙息卜・本・艾巴德、阿布・巴克爾・卡瓦里資米、巴迪厄・撒曼・赫馬扎尼等。

（四）馬艾里風格

阿布．艾拉俄．馬艾里的思想曾掀起一股風潮，學者絡繹不絕的登門求教於他。他的《章節與目的》（Al-Fuṣūl wa-l-Ghāyāt）和《寬恕篇》都是崇拜者效彷的作品，影響文人非常深遠。《章節與目的》是一部警戒與勸世的書，文筆稍嫌矯作、複雜。《寬恕篇》則是一封寫給伊本．格里賀（Ibn al-Qāriḥ）的信。信中分兩部分，其一是伊本．格里賀到天上旅遊，有樂園、天堂、地獄。另一部分是在回覆伊本．格里賀的信。作者在此書中的角色是文學、語言、歷史、宗教的批評者，思想遼闊，批評中不忘語帶諷刺、詼諧，表現深度思想與高超的藝術水準。此風格富創意與想像力，但是文筆傾向矯作、糾結，其影響力以思想性爲主，探討宇宙、生命的意義、死亡等，誠實的自剖、嘲諷，形成特殊的寫作內容與方式。

三、敘述重複的現象

文人在文史作品中，呈現應用修辭學上的「重複」作爲強調訊息正確性的普遍現象。這種重複往往爲了強調某些人、地點、時間、語言等，抑或忠實於傳述者，將整段敘述記載下來。重複成爲阿拉伯中世紀一種書寫的潮流，而不被列爲寫作的缺點。此現象出現在《古蘭經》、聖訓六書及一些文史書籍中，《詩歌集》中尤其多。十五世紀蘇尤堤（as-Suyūṭī）對於「重複」有其見解：「重複比強調更上一層，它是優美的純正語言。其益處是確證，語言一旦重複，便表示確證了。因此在《古蘭經》中，眞主重複祂藉以警示的故事。」[35]

[35] as-Suyūṭī, *Al-Itqān fī 'Ulūm al-Qur'ān*, vol.1, p.62.

第四節　艾巴斯代表詩人

（一）巴夏爾・本・布爾德（Bashshār bn Burd, 714-784）

巴夏爾生於巴舍剌，天生失明。父親是波斯人，幼時失怙。自幼便表現出敏銳的作詩天分。他十歲時開始吟詩，大半生都生活在巴舍剌，因爲成長於阿拉伯人社群裡，思想深受影響。在巴舍剌學術氣氛的薰陶下，他才氣橫溢。然而，他天性桀傲不馴，個性放蕩不羈，喜好批評、諷刺、攻擊。西元720年他曾諷刺詩人加里爾，加里爾刻意躲避他、貶責他。巴夏爾在巫麥亞時期並不得志，也得不到同儕的認同，但時常出席巴舍剌學者們的座談，認識許多大學者，其中與穆厄塔奇拉思想派的始祖瓦席勒・本・艾拓俄關係最密切，也因爲作詩讚頌權貴而致富。然而不久他豪放不羈與叛逆的個性顯現在詩作中，也認識艾卜達（'Abdah），爲她寫情意綿綿的情詩，情感大膽而露骨。凡此行爲都令當代學者們唾棄，斥爲異端，終於在西元744年被逐出巴舍剌。他輾轉投靠巫麥亞家族親王，但並未受重視。744年曾寫一首詩讚頌伊拉克總督伊本・忽拜剌（Ibn Hubayrah），頗獲賞識，巴夏爾於是移居到庫法，直到伊本・忽拜剌在750年被殺。

巴夏爾在艾巴斯時期的詩大放光彩。哈里發薩法賀及曼舒爾因爲忙於奠定國基，無暇照顧詩人，但巴夏爾頗受薩法賀的波斯大臣卡立德・本・巴爾馬柯的欣賞。哈里發馬合迪時期，他恃寵而驕，寫詩諷刺馬合迪及其大臣亞厄古卜，而被有心人指控爲祆教異端。他的情詩，因爲描寫肉體，充滿情愛，也被指控爲淫蕩，招致殺身之禍，782年在巴舍剌被殺。

巴夏爾生活於阿拉伯與波斯文化之間，同時兼具古典風格與革新思想。詩中融合詼諧與嚴肅，擅長創新詩意，思想非常奔放，言詞優美，詼諧開朗，堪稱革新詩人的代表。他的誇耀、愛情、諷刺、格言詩是同時代詩人中的前鋒，開拓了詩人的視野，並將詩與現實結合，可以說是阿拉伯詩的一大創新。

（二）阿布・努瓦斯（Abū Nuwās, 757-813）

阿布・努瓦斯深受東西方學者的高度評價，許多批評家認爲他是艾巴斯時期最偉大的詩人，其詩作豐富，甚具研究價值。

1.生平

阿布・努瓦斯出生於波斯西南方乎奇斯坦（Khūzistān）的一座名爲阿合瓦資（al-Ahwāz）的村落。父親是阿拉伯人，曾於巫麥亞家族的軍隊服務。阿布・努瓦斯幼兒時父親便過世。六歲時，波斯人的母親將他從波斯帶到巴舍剌，在香料商人家中幫傭。一位個性豪放的庫法詩人見到他清秀文雅，便帶他回庫法，教他寫詩，其詩才、天分因此被引發出來。隨後，阿布・努瓦斯離開庫法前往巴舍剌求知，但過著玩世不恭的生活。由於他出身貧寒，始終努力追求族群的認同，有許多資料顯示他的虛榮心來自自卑感，使他數度想隱瞞自己的身世，[36]最後得到哈克姆（Ḥakam）阿拉伯部落的認同，企圖藉由他的諷刺詩，抵禦南方阿拉伯敵對部落的勢力。基本上，阿布・努瓦斯並非一位民族主義者，因爲他本身喜歡城市的喧譁，不喜貝都因式的生活，並曾諷刺貝都因生活。

阿布・努瓦斯在巴舍剌遇到他一輩子最愛的女人基南（Jinān），從此對她非常的思慕。三十歲時，他離開巴舍剌，前往巴格達，正值赫崙・剌序德時期，他開始和艾巴斯家族的王公們飲酒作樂。當時宮廷中有一群和阿布・努瓦斯一樣玩世不恭的詩人，形成伊斯蘭曆二世紀宮廷中的玩樂派詩人。阿布・努瓦斯並將他在巴格達的奢華生活都記載在詩中。

阿布・努瓦斯透過大臣，結識哈里發赫崙・剌序德，吟詩讚美剌序德戰勝羅馬帝國，並成爲赫崙・剌序德的酒友，《一千零一夜》中也出現他與赫崙・剌序德的故事。然而阿布・努瓦斯並不與赫崙・剌序德一起出征，也不出現在節慶中。赫崙・剌序德的官方詩人是馬爾萬・本・阿比・哈弗沙。在「巴剌米克之災」後，阿布・努瓦斯和哈里發赫崙・剌序德哈里發的關係起了變化。起因於阿布・努瓦斯吟很多詩讚頌巴剌米克家族。此外，他酗酒、放蕩的行爲及潛意識中的無神思想成了赫崙・剌序德的負擔。尤其阿布・努瓦斯曾經肆無忌憚的批判穆罕默德所屬的古雷須族，引發哈里發的不悅。阿布・努瓦斯見勢不妙，轉走埃及，極力讚頌以慷慨著名的埃及官員卡席卜・本・艾卜杜・哈米德（al-Khaṣīb bn ‘Abd al-Ḥamīd）。當阿布・努瓦斯再度回到巴格達時，赫崙・剌序德便藉口他讚頌卡席卜的詩及他的酒詩

[36] 譬如伊本・卡立侃（Ibn khallikān, d.1282）提及阿布・努瓦斯曾說：我的文采讓我無需家世。伊本・曼如爾・米舍里（Ibn Manẓūr al-Miṣrī）曾說阿布・努瓦斯常隱瞞自己的身世和母親的姓名，以防他人諷刺他。

而將他囚禁。在他失寵之後，曾與他玩樂的朋友都紛紛棄他而去。這些人生經驗，讓他認爲接受「愛」就是接受施捨。

西元809年赫崙．剌序德過世時，阿布．努瓦斯仍被囚禁在獄中。哈里發阿民執政後放他出獄，並任用他爲御用詩人及酒友，度過他一生最得意的時光。不久由於阿民與馬俄門的政爭，阿布．努瓦斯玩世不恭的態度遭來眾臣的非議，要求他吟一些經世致用之作，阿民也對他下禁酒令，更因爲他揮霍過度，變得一貧如洗，對生活逐漸感到絕望，也眞心懺悔他往昔放蕩的行爲。813年，在哈里發阿民被殺後不久，阿布．努瓦斯便過世。

2.主題

阿布．努瓦斯的詩大概包含下列主題：

(1) 苦行詩：批評家們認爲苦行詩是阿布．努瓦斯的精品著作，表現出他的人生體驗，眞誠而不做作。由於這類詩作於他的晚年，表現出細膩、成熟的風格。

(2) 詠酒詩：描寫酒齡、酒色、酒味、酒瓶、斟酒人、酒友，甚至於酒品等，充滿感官的享受、愉悅的氣氛與高水準的藝術。

(3) 情詩：藝術水準很高，但純屬造作出來的情感，尤其是對歌妓、女婢的調情詩及戀童詩，總少不了肉體的描述。

(4) 狩獵詩：他擅長運用修辭技巧，敘述他伴隨王公們的狩獵經驗，描寫田野景象。

(5) 諷刺詩：經常諷刺阿拉伯人，尤其是貝都因人及他們的沙漠生活，豪放而不矯作。

3.阿布．努瓦斯行詩特色

阿布．努瓦斯相貌堂皇，氣宇非凡，風流倜儻且情感細膩，人文素養極高，屬於艾巴斯時期享樂派詩人。他從不諱言自己崇尚玩樂、愛酒、愛女人的率眞個性，即使在晚年寫苦行詩，也呈現眞摯的情感。他行詩能把握主題，以直覺作爲主軸，音樂引導詞彙，故顯得非常流暢，表現開放的時代性。

（三）阿布．艾塔希亞（Abū al-‘Atāhiyah, 748-826）

由於艾巴斯時期政治、經濟的富裕景象，帶給詩人們浪漫、奢華、縱情聲色的空間。相對的，有些詩人在物質享受之外，會感受到心靈的空虛，傾向以苦行來追求性靈的充實，阿布．艾塔希亞便是這類型的詩人。他生於庫法附近的小鎮靄恩．塔姆爾（‘Ayn at-Tamr）。早年家境貧窮，以賣陶瓷維生，無法出席學者座談，因此他不喜富人或統治階層。在馬合迪執政初期，阿布．艾塔希亞曾到巴格達，寫詩讚頌馬合迪，獲得賞賜，生活環境稍微改善。此間他愛上馬合迪的婢女烏特巴（‘Utbah），開始寫情詩。馬合迪也極力想促成，但烏特巴拒絕，使得阿布．艾塔希亞從此寫苦行詩，不再寫讚頌詩或情詩。「阿布．艾塔希亞」之綽號，意爲：白痴之父，源自於哈里發馬合迪責罵他對烏特巴的癡情。烏特巴過世後，阿布．艾塔希亞除了寫許多詩哀悼她，更從此改變詩風，成爲一位嚴肅的苦行詩人。強調敬畏阿拉、捨棄俗世的誘惑，追求最後審判日的樂園。

阿布．艾塔希亞的詩風近乎白話，有時會使用街坊語言，不合乎語法規則。雖然經常引用《古蘭經》文，但意義上跳脫傳統的阿拉伯式，格局呈現中古世紀的精神。他的苦行詩平易近人，文學批評家甚至認爲他的文筆過於脆弱，但也因此平常人都能琅琅上口。現代研究者對於他的苦行，都執懷疑的態度，認爲他的誠實度有問題。因爲他是位出名的吝嗇鬼，甚至對自己、對家人都吝嗇，且生性愛玩樂，即使在他寫苦行詩之後，仍然如此。甚至有些學者將他歸類於異端思想。相較之下，學者認爲阿布．努瓦斯後期的苦行詩比他的苦行詩更誠實。

（四）穆斯立姆．本．瓦立德（Muslim bn al-Walīd, d.813）

穆斯立姆生長於庫法，在巴剌米克事件之前抵達巴格達，輾轉認識哈里發剌序德。由於穆斯立姆說話無心，且有些傲慢，得罪剌序德，因而與剌序德不再聯繫。法底勒．本．薩合勒任宰相之前，他結識法底勒，法底勒任宰相後，穆斯立姆開始寫詩讚頌他，法底勒任命他掌理朱爾姜（Jurjān）的郵政，直到813年去世爲止。

穆斯立姆的詩作堪稱艾巴斯時期的佼佼者，詩文結構緊湊，意義精確、不矯作。批評家認爲他是第一位運用「巴迪厄」修辭技巧的人。實際上，他並非運用此技的第一位詩人，[37]只是他經常運用，尤其是使用在他的諷刺詩、情詩、哀悼詩中。有些學者認爲他的酒詩可以媲美阿布．努瓦斯。他的詩集稱之爲「美女之奴」（Ṣarī‘ al-Ghawānī），1875年於荷蘭萊登出版。龐貝版出現於西元1885年；開羅版

[37] 第一位運用「巴迪厄」修辭者是伊本．穆厄塔資。

出現於西元1907、1911年。

（五）艾巴斯・本・阿賀納弗（al-'Abbās bn al-Aḥnaf, 750-809）

艾巴斯外貌英挺，口齒伶俐，語言純正，品德高尚。一般推斷艾巴斯成長於巴格達。他的詩平易近人，文詞優美，適合歌唱。主題僅限於描寫詩及情詩，加息若因此讚賞他吟詩主題專精。他與富資的愛情故事家喻戶曉，文學批評家們更將他的情詩媲美巫麥亞時期情聖烏馬爾・本・阿比・剌比艾的詩。哈里發剌序德出征外地，如呼羅珊、亞美尼亞時，都曾帶他隨行，享年約六十。他的詩集於1954年出版於開羅。

（六）阿布・塔馬姆・拓伊（Abū Tamām at-Ṭā'ī, 804-846）

阿布・塔馬姆出生於敘利亞的鄉村加西姆（Jāsim）一戶基督教羅馬家族，其父山杜斯（Thadūs）爲他取名爲哈比卜（Ḥabīb）。後來山杜斯帶著家人由加西姆遷徙到大馬士革開酒館，並送哈比卜到絲綢商店工作。在此，哈比卜感受到穆斯林的善良，漸漸想遠離他的基督教家庭，於是從大馬士革遷徙到息姆舍（Ḥimṣ）。他在息姆舍讚頌烏泰巴・本・艾卜杜・克里姆・拓伊（'Utaybah bn 'Abd al-Karīm at-Ṭā'ī）家族，而被冠以此家族的姓，稱之爲阿布・塔馬姆・拓伊。他在息姆舍也認識詩人迪柯・晉恩（Dīk al-Jinn, d.849），跟他習得哀悼詩。

823年阿布・塔馬姆遷徙到埃及，在開羅的艾姆爾・本・艾舍清眞寺工作，並旁聽寺裡學者們的講座，開始他的詩人生涯。825年，埃及爆發種族之爭，阿布・塔馬姆避回大馬士革。隔年，哈里發馬俄門由羅馬戰役回程中，路過大馬士革，阿布・塔馬姆寫詩讚頌他。然而馬俄門因阿布・塔馬姆傾向阿里派，而不欣賞他。阿布・塔馬姆也心生畏懼，轉走敘利亞北部、伊拉克北部及亞美尼亞，而多數時間居住在茅席勒。833年馬俄門去世，當時阿布・塔馬姆的詩已經享盛名，哈里發穆厄塔席姆因此延攬他入宮。阿布・塔馬姆在巴格達待了短暫時間，便前往呼羅珊，吟詩讚頌呼羅珊總督艾卜杜拉・本・拓希爾（'Abd Allāh bn Ṭāhir）。838年他和哈里發穆厄塔席姆參與「艾穆里亞」（'Amūrīyah）戰役。穆厄塔席姆回到薩馬剌俄時，阿布・塔馬姆吟一首題爲〈劍比書眞實〉（As-Sayf Aṣdaq Inbā' min al-Kutub）的詩，阿布・塔馬姆去世後葬在茅席勒。

（七）布賀土里（al-Buḥturī, 821-897）

阿布．烏巴達．瓦立德．本．烏拜德．布賀土里（Abū ‘Ubādah al-Walīd bn ‘Ubayd al-Buḥturī）生於哈拉卜，是純阿拉伯血統的太伢族人，時常往返大敘利亞各地，依靠寫讚頌詩維生。布賀土里在息姆舍認識阿布．塔馬姆，並獻詩予他，當時許多詩人也紛紛呈詩予阿布．塔馬姆評判。阿布．塔馬姆獨鍾布賀土里，對他說：「你是詩吟得最好的詩人。」布賀土里隨即對他訴窮，阿布．塔馬姆乃將布賀土里引薦給馬艾剌．努厄曼家族（Ma‘arrah an-Nu‘mān）。布賀土里開始讚頌此家族，該家族以每年四千銀幣年薪聘用他。阿布．塔馬姆死後，布賀土里曾一度落魄，後來因讚美哈里發穆塔瓦齊勒及其大臣而屢獲賞賜。然而，因爲後來的哈里發都是傀儡政權，獲利不多，於是返回大馬士革，卒於曼比几（Manbij）。

（八）伊本．魯米（Ibn ar-Rūmī, 836-896）

伊本．魯米是羅馬、波斯的混血，祖先遷徙到巴格達。他年少失怙，父親遺產龐大，卻揮霍殆盡，並以文維生，詩名傳遍文界，屬於穆塔納比等級的詩人。伊本．魯米命運多舛，譬如作物遭蝗蟲災害，住屋遭搶等災禍不斷。三十歲時，母親、長兄，緊接著妻子、三個兒子相繼過世。詩中呈現出無限哀戚，也顯露悲觀、憤世嫉俗、諷刺的色彩。文學批評家常將他不幸的遭遇與他不健康的個性做連結，也讚嘆他將文學作品中的「意義」發揮到極盡，能活用最生僻的意義。他的諷刺詩是上乘之作，描寫大自然的詩更超越當時的詩人。他的格言詩呈現他特殊的人生體驗。他的悼兒詩及悼巴舍剌城詩享譽詩壇。當時大臣格西姆．本．艾卜杜拉（al-Qāsim bn ‘Abd Allāh）因恐伊本．魯米吟詩諷刺他，而在食物中下毒，伊本．魯米中毒身亡。歷史記載伊本．魯米自覺將死時，站起身來，大臣問他：「你去哪兒？」他回答道：「到你送我去的地方。」，大臣說：「請幫我問候我父親。」他說：「可是我並非到火獄去。」完成他人生最後一次的言語諷刺，爲他悲劇的一生畫下淒美的句點。他死後葬在巴格達。

伊本．魯米的詩集經由阿布．巴柯爾．舒立收集，1917年出版第一冊，全書共五百頁，主題包含讚頌、諷刺、哀悼、情詩、描寫、誇耀等。

（九）穆塔納比（al-Mutanabbī, 915-965）

穆塔納比是歷史上阿拉伯人最推崇的詩人，出生於庫法。格剌米拓人（al-

Qarāmiṭah）統治庫法時，他離開庫法到薩馬瓦沙漠，與貝都因人相處兩年，再返回庫法。十三歲時穆塔納比到巴格達，又到敘利亞，想藉吟詩求取俸祿。但天不從人願，而轉走沙漠，呼籲人們革命。他自稱是先知，人們便跟隨他，後來被息姆舍總督帶兵平定，穆塔納比因此被監禁在息姆舍兩年之久。其綽號「穆塔納比」意為「假先知」，典故便出自於此。出獄後他遊走敘利亞各地，遇到巴德爾·本·艾馬爾（Badr bn ‘Ammār）將軍，備受禮遇。由於革命期間與貝都因人相處的經驗，培養出純正阿拉伯語能力。穆塔納比個性剛烈，終致離開巴德爾將軍。後來轉為讚頌國王賽弗·道拉·哈姆達尼，兩人非常契合，遭人忌妒，屢向賽弗·道拉進讒言。有一次，他在賽弗·道拉面前與著名的語言學家伊本·卡拉威合（Ibn Khālawayh, d.980）爭辯時，後者氣憤之餘，竟用鑰匙攻擊穆塔納比的頭，賽弗·道拉卻未在此時道義相挺。穆塔納比嚴重受屈辱而離開，前往大馬士革，再轉往開羅。埃及伊可序德王國黑人國王克夫爾·伊可序迪召請他入宮，穆塔納比開始寫詩讚頌他，但此君無誠信，經常允諾而不實踐，終致穆塔納比氣憤離去，開始諷刺他，甚至諷刺他的膚色，穆塔納比因此再度返回巴格達。此後往返於伊拉克和波斯之間，偶爾讚頌波斯布威合家族，在一次返鄉路上被殺。

穆塔納比的死因非常戲劇化，由於他讚「王中王」艾度德·道拉，獲得優厚的賞賜。艾度德·道拉派人問穆塔納比：「艾度德·道拉或賽弗·道拉，哪一位的賞賜較為優渥？」穆塔納比回答說：「艾度德·道拉賞賜較多，但那是做作。賽弗·道拉較少，但出於自然。」艾度德·道拉非常生氣，乃派遣曾被穆塔納比諷刺為「大鼻子」的法提柯·阿薩迪（Fātik al-Asadī）處理。法提柯藉機在穆塔納比跟兒子、僕人在水源處的樹下休息吃午飯時，派人殺他們。穆塔納比原本想率眾逃走，他僕人卻跟他說：「你不是曾吟詩說：

『馬兒、夜晚、曠野
都認識我，
還有劍、矛、紙、筆。』嗎？」

穆塔納比頓時無言以對，只得轉回頭殺敵，最後不敵被殺。詩壇上將此節詩視為殺死穆塔納比的詩。

（十）艾卜杜拉・本・穆厄塔資（‘Abd Allāh bn al-Mu‘tazz, 861-908）

伊本・穆厄塔資生活的年代，正值土耳其人控制哈里發的時期。一連串的政治風暴，讓他傾向遠離政治，潛心於學術，吟詩著書。他師承當代著名的語言和文學家，如巴舍剌學派語文學家穆巴里德、庫法學派語言學家阿布・艾巴斯・山厄拉卜（Abū al-‘Abbās Tha‘lab, d.904）、文學家阿舍馬邑等人。他不僅是一位詩人，亦是一位文學家及文學批評家，其作品如《新詩人階層》（Ṭabaqāt ash-Shu‘arā’ al-Muḥdathīn）、《諸王詩》（Ash‘ār al-Mulūk）、《修辭學》（Kitāb al-Badī‘）、《歌曲總匯》（Al-Jāmi‘ fī al-Ghinā’）等。他擅長於意義的創新，語言純正，結構簡單，譬喻運用純熟。經常描寫酒、珠寶、月牙、星辰等。

伊本・穆厄塔資在政壇上是艾巴斯家族的「一日哈里發」，哈里發穆厄塔資之子。土耳其人罷黜穆各塔迪爾後，擁立他爲哈里發，穆各塔迪爾擁護者將穆各塔迪爾從監獄中救出，並將伊本・穆厄塔資凌虐至死。

（十一）阿布・艾拉俄・馬艾里（Abū al-‘Alā’ al-Ma‘arrī, 973-1058）

馬艾里出生於敘利亞馬艾剌（al-Ma‘arrah），是純正的阿拉伯人。三歲時因罹患天花而目盲。父親教導他基本知識後，他便旅行到各地求知，曾到哈拉卜遍訪圖書館及學者，也到巴格達參與學者座談。當他得知母親臥病，立即趕回馬艾剌，惜未能見到母親最後一面，常引以爲憾。此後馬艾里潛心於著作與學術研究，留下的著作約達七十部，詩作主題有讚頌、誇耀、哀悼、描寫。他情感細膩，傾向悲觀主義，見到的世界往往是腐化的，但詩中卻常提及善，認爲只有離群索居的生活中才有美與善。

馬艾里除了是一位詩人，也是一位傑出的作家，馬艾里自稱是被俘虜的人質，意思是他將自己困在家中，困在盲人世界裡，而最難堪的是將靈魂捆綁在軀體中，是三個監獄的囚犯。他的著作使他聲名大噪，學者、學子紛紛慕名而來，備受敬仰。

第五節　作家代表

（一）艾卜杜拉・本・穆格法厄（'Abd Allāh bn al-Muqaffa', 724-759）

伊本・穆格法厄之父是波斯祆教徒，在巫麥亞時期爲伊拉克總督哈加几掌稅務，因帳務不清被哈加几砍斷手，而被稱爲「穆蓋法」（意：收縮的）。伊本・穆格法厄以其知書達禮、高尚品德爲著，通曉波斯、印度及阿拉伯文化，曾用波斯文著作許多有關波斯諸王歷史、波斯禮俗文化的書籍，其中綜合波斯、希臘及阿拉伯智慧的《大禮》、《小禮》成爲經典之作，翻譯作品首推印度寓言《克立拉與迪姆納》，卒年未足四十。其死因源於他爲曼舒爾及曼舒爾叔叔艾卜杜拉・本・艾立（'Abd Allāh bn 'Alī）寫的一紙約定書，他過度縝密的設下條件，如：「若違反規定，則其妻妾休之，其奴僕釋放之，……」等言詞，惹惱曼舒爾，命人殺他。當時與他有嫌隙的巴舍剌總督召喚他，一抵達立即拘禁他，將他身體肢解，丟入鍋裡烹煮。應證當時語言學家卡立勒・本・阿賀馬德對他的評價：「他的知識勝過於他的智慧。」

（二）邑薩・本・烏馬爾（'Īsā bn 'Umar, d.766）

邑薩出生於哈里發烏馬爾時期，卒於艾巴斯哈里發曼舒爾時代。他受教於語言大師，曾經完成許多語法學章節，與西巴威合的《書》章節範圍相似，據傳他曾著作《總匯》（Al-Jāmi'）、《補遺》（Al-Ikmāl）兩部語法學書，但未流傳下來。西巴威合在《書》中頻頻引述邑薩的見解，譬如偕同受詞、絕對受詞、呼喚詞、狀況受詞、褒貶動詞、所除名詞、主動名詞、連接詞、所屬名詞、半變尾名詞及語音議題等。

（三）卡立勒・本・阿賀馬德（al-Khalīl bn Aḥmad, 718-786）

卡立勒是一位阿拉伯人所敬重的智者，個性安貧樂道，精通語言、文學、宗教、歷史、數學等各領域的學者。他制訂阿拉伯「韻律學」（'Ilm al-'Arūḍ）、編撰阿拉伯第一部詞典，亦同時是第一部阿拉伯語音學書籍《艾恩》，深深影響其學生西巴威合。

（四）西巴威合（Sībawayh, 765-796）

西巴威合出生於波斯序剌資，是阿拉伯語言史上最具影響力的語言學家，但有關他的生平記載卻很少。他的《書》被譽爲「語言學的古蘭經」，是第一部完整的阿拉伯語言學書籍。他曾應庫法學派的始祖齊薩伊（al-Kisā'ī, d.805）之邀參與庫法學者的座談會，會中遭受學術冤屈而鬱卒，死於返鄉途中，享年三十餘。

（五）阿布・翟德・安沙里（Abū Zayd al-Anṣārī, d.830）

安沙里是一位具權威性的傳述學者、文學家、語言學家，許多著名的學者都受教於他，譬如西巴威合、阿舍馬邑等。西巴威合在他的《書》中若稱「可信賴者告訴我……」（akhbaranī ath-thiqah），指的便是安沙里。他著作許多詞彙學的書，譬如《駱駝》（Al-Ibil）、《雨》（Al-Maṭar）、《水》（Al-Miyāh）等。在傳述學上居領導地位，許多歷史學者都採用他的傳述。他去世於巴舍剌，享年近百歲，或說超過百歲。

（六）艾卜杜・馬立柯・阿舍馬邑（'Abd Mālik al-Aṣma'ī, 740-831）

阿舍馬邑出生於巴舍剌，發跡於巴格達，卒於巴舍剌，於哈里發剌序德時期享盛名，是阿拉伯文學史上的指標性人物。他個性誠實且虔誠，除了是一位具權威性的傳述學者之外，更是一位文學家、語言學家。由於他豐富的知識而頗受哈里發的賞賜，剌序德甚至稱他爲「詩魔」（Shayṭān ash-Shi'r），任命他爲阿民、馬俄門的教師。他的著作豐富，著有許多詞彙學的書籍，在詩學上以《阿舍馬邑亞特》留名千古，堪稱是一位傑出的文學批評與鑑賞家。

（七）伊斯哈各・茅席立（Isḥāq al-Mawṣilī, 767-867）

伊斯哈各是艾巴斯時期最著名的音樂家，曾到巴格達拜名師學音樂及歌唱，更深入涉獵文學、語言、宗教、歷史等，其音樂及歌唱上的造詣是艾巴斯時期之冠。由於他精通詩學，得以將音樂的旋律與詩的韻律做整合。在學理上他屬於傳統音樂派，與當時新興的音樂革新派時常有衝突。一生與數位著名的哈里發都有深入的接觸，如剌序德、馬俄門、穆厄塔席姆、瓦夕各、穆塔瓦齊勒等。

（八）加息若（al-Jāḥiẓ, 775-868）

加息若名爲阿布・烏史曼・艾姆爾・本・巴賀爾（Abū 'Uthmān 'Amr bn

Baḥr），西元775年出生於巴舍刺，由於他雙眼突出，被稱之為「加息若」，意即「眼球突出者」。他生性風趣、詼諧，客觀冷靜，是個現實主義者。幼年貧困，靠賣大餅、魚維生，經常往來於私塾，學習一些語法、宗教法、數學、《古蘭經》、詩詞等。稍長，常到清真寺傾聽學者們的座談，學了許多語法、宗教法，並旁聽伊斯蘭神學者的辯論，也前往米爾巴德文場，習得上乘的雄辯術。由於這種優越的學術環境，使他得以與同時期的大學者往來，如阿舍馬邑、阿可法須、阿布．烏拜達等人。他也接觸穆厄塔奇拉學派學者，如阿布．忽才勒．艾拉弗、比須爾．本．穆厄塔馬爾、束馬馬．本．阿須剌斯（Thumāmah bn Ashras, d.840）等，在穆厄塔奇拉學派中自成一格。他求學精神驚人，常向書店借書，或甚至夜宿書店，每日讀一至二本書。819年到巴格達，哈里發馬俄門閱讀過加息若的《權位之書》（Kitāb at-Tāj fī Akhlāq al-Mulūk），頗為欣賞，將文書部交給他掌管，但加息若只任職三天，便回家著書、寫作。他深入學術圈，參與各種學術活動，知識領域涉及天文、數學、生物、史地、哲學、宗教等，足跡遍布阿拉伯半島及北非各地，阿拉伯人稱他為「百科全書」。

當穆厄塔席姆哈里發將宮殿遷徙到薩馬剌俄後，加息若來到此地，和詩人大臣伊本．翟亞特私交甚篤，也結交許多學者。這段期間，他寫了《動物誌》（Al-Ḥayawān）送給伊本．翟亞特，後者賞給他五千金幣。哈里發穆厄塔席姆去世後，瓦夕各繼位，派大臣阿賀馬德．本．阿比．達伍德（Aḥmad bn Abī Dāwūd, d.888）羈押加息若。其因是過去在哈里發穆厄塔席姆時代，加息若曾幫助伊本．翟亞特，反對當時擔任法官的伊本．阿比．達伍德，批評他不懂伊斯蘭法。其中緣由是伊本．阿比．達伍德反對加息若所屬的穆厄塔奇拉學派思想，並殺害伊本．翟亞特。加息若被捕後，憑其詼諧的本性，化險為夷，得到伊本．阿比．達伍德的赦免。隨後，加息若並贈送伊本．阿比．達伍德他著名的著作《說明與闡釋》一書，獲贈五千金幣。

哈里發穆塔瓦齊勒時期，加息若與大臣法特賀．本．卡甘（al-Fatḥ bn Khāqān）私交甚篤，後者屢次想幫他與哈里發牽線，但穆塔瓦齊勒對他並無興趣。此段期間加息若遍遊薩馬剌俄、大馬士革、安拓齊亞（Anṭākiyah）等地，加息若寫作使用詞彙量豐富，屬阿拉伯史上第一人。在哈里發穆塔瓦齊勒和宰相法特賀被殺之前，加息若返回巴舍刺定居。加息若晚年癱瘓七年之久，行動不便，然對閱讀的熱愛絲毫未減，思想始終活潑清晰，他的博學吸引了許多各地求知的訪客，

868年在閱讀時，被塌下來的書堆壓死。

加息若作品豐富，曾著三百六十餘部書，著名者如《說明與闡釋》、《方圓》（Risālah fī at-Tarbī‘ wa-t-Tadwīr）、《吝嗇鬼》（Al-Bukhalā’）。加息若的文筆非常特異，章節隨喜而作，與文藝散文不同。在加息若之後的散文學者逐漸開創出新的散文體，摒棄傳統的押韻書名、篇名與文體，融合學術文體與藝術文體，能表達各種具體及抽象的意義。

（九）穆巴里德（al-Mubarrid, 825-898）

穆巴里德不僅在語言學上有許多著作，在文學、修辭學、文學批評上也是一位具有影響力的學者。歷史上的傳記學者咸認爲他是一位記憶力強、博學、有眞知灼見的學者，是繼他的語言學老師馬奇尼之後的語言學大師。儘管他與許多任哈里發同時期，卻僅與穆塔瓦齊勒有往來，並流傳一些趣聞。他與庫法語言學者山厄拉卜之間的互諷，猶如巫麥亞時期詩壇上加里爾和法剌資達各一般，也是當時文壇大事。他的著作《語文大全》、《摘介》等，都是語文學上的經典之作。

（十）穆罕默德·本·加里爾·拓巴里（Muḥammad bn Jarīr aṭ-Ṭabarī, 838-923）

拓巴里是位深具權威性的歷史學及宗教學家。他的宗教學理論屬於夏菲邑派，後來自創理論，不同於當時的主流。當時罕巴立教派思想幾乎遍布伊拉克，拓巴里和罕巴立教派領袖交惡，導致學者們對他的撻伐，汙衊他是什葉派，將他與當時名字也叫做「伊本·加里爾」的什葉派學者混淆。此舉使得他被孤立在有限的空間裡，與外界隔絕，直到去世爲止。他的《民族與諸王史》及《古蘭經注釋總匯》已經成爲阿拉伯史書與注經學書籍的典範，後來阿拉伯史書都以他的史書爲主要資料來源，並效法他以編年史爲撰寫方式。尤其他著書的客觀態度與誠實的品德，令他成爲一位阿拉伯學術史上極具權威性的學者，上述二部鉅著也因此被翻譯成英文。

（十一）伊本·晉尼（Ibn Jinnī, 933-1002）

伊本·晉尼是詞法學與音韻學家，羅馬裔，早年便移居巴格達，並卒於巴格達。他追隨其師阿布·艾立·法里西長達四十年，兩人被列爲巴格達語言學派的代表人物。他與穆塔納比情誼甚篤，是穆塔納比詩的最佳闡釋者。他的語音學和音韻學理論精密、純熟，語言學者們常比較現代西方語言學和他的語言學理論，頗受學界尊崇。他的著作豐富，尤其是《特性》（Al-Khaṣā'iṣ）、《語言解析祕密》（Sirr Ṣinā'ah al-I'rāb）享譽語言學界。

（十二）阿布・亥顏・陶息迪（Abū Ḥayyān at-Tawḥīdī, 923-1023）

阿布・亥顏出生於巴格達，據說他父親在巴格達賣一種稱爲「陶息德」（tawḥīd）的椰棗，故稱之爲「陶息迪」。阿布・亥顏父親早逝，以從事賣紙、謄寫維生，盡嘗人情冷暖，此職業奠定他遍讀各領域書籍的博學基礎，著作非常豐富多元。他可以稱是蘇菲主義的哲學家及文學家，絕大多數的生命在巴格達度過，但卒於波斯。

（十三）伊本・西納（Ibn Sīnā, 980-1037）

伊本・西納是波斯裔，自幼接受完整的教育。由於他資質優異，涉獵各領域的知識，包含天文、物理、生物、醫學、數學、邏輯、文學等，堪稱一位百科全書型的大師。他貫通所有領域的學術，整合醫學、邏輯、物理、生物學，是往後數百年最具權威的醫學大師，鉅著《醫典》享譽全球，被稱爲「現代醫學之父」及「醫王」。

伊本・西納堪稱是中世紀偉大的國際級思想家，在哲學領域的理論，代表著東、西宗教哲學思想的融合與分歧，對世界學術傳承貢獻匪淺。他重要的宗教哲學著作如《指示與警示》、《痊癒論》（Ash-Shifā'）、《拯救論》（An-Najāh）等，具有獨特創新的思想。在宗教上，他常被列爲什葉的伊斯馬邑勒派，許多古阿拉伯宗教學者視他爲異端。批評他的學者包含伊本・蓋業姆、扎赫比（adh-Dhahabī, d.1348）、伊本・泰米亞、伊本・克夕爾。夏菲邑認爲他談及的神學、預言、律法等思想是取自於無神論的假穆斯林思想，尤其是什葉的伊斯馬邑勒派及穆厄塔奇拉學派。他也認爲伊本・西納誠如他自己所述，因爲其家人、父親、兄弟是無神論者，所以才涉入哲學，且認爲他在臨死之前已經向阿拉懺悔。伊本・泰米亞曾詳述他的思想建立淵源，譬如認爲他結合希臘哲學、走伊斯馬邑勒無神論的思想路線，並摻雜蘇菲主義的言論，傾向於精誠兄弟會的思想派，既非穆斯林，亦非基督徒或猶太教徒。伊本・蓋業姆甚至稱他爲「無神論首領」（Imām al-Mulḥidīn）。

（十四）撒馬可夏里（az-Zamakhsharī, 1070-1143）

撒馬可夏里是穆厄塔奇拉學派思想的領袖之一，著作豐富，部分著作以波斯文書寫，但其阿拉伯文勝過波斯文，思想上也反對波斯民族主義。他最著名的著作是《修辭根基》（Asās al-Balāghah）及堪稱注入完整的穆厄塔奇拉學派思想於《古蘭經》注釋中的《揭示》。他的足跡遍布各地，所到之處皆吸引許多文人競相求教，曾爲研究而居住在巴格達，卒於花剌子模。

（十五）伊本．焦奇（Ibn al-Jawzī, 1117-1201）

「焦奇」的稱號源自於他家的核桃（jawz）樹，據說他故鄉唯有這棵核桃樹，因之被稱爲「核桃之子」（Ibn al-Jawzī）。他出生在巴格達的製銅商家族，自幼失怙，但家人培養他追求學術。他經常廢寢忘食，離群索居，以節省時間求學。他認爲一個有智慧的人會給他自己的身體養料。他曾建學校，設圖書館，教育子弟。思想上，他是位罕巴立派宗教學者、歷史學家、演說家、語言學家。他歷史學上的鉅著《諸民族與諸王史》，是第一部結合歷史事件及傳記的作品，成爲日後歷史學家仿效的著書方式。伊本．焦奇晚年遭受迫害，被放逐長達五年，爲其子所救，卒於巴格達。

（十六）亞古特．哈馬維（Yāqūt al-Ḥamawī, 1179-ca.1228）

亞古特是一位詩人、散文家、地理學家及旅行家，其不朽著作《地名詞典》至今仍是具權威性的地理文獻。他出生於敘利亞，其父被羅馬人俘虜，娶羅馬女子而生下亞古特。因此亞古特有「羅馬仔」（ar-Rūmī）的稱號。他經常往返清眞寺，受教長的鼓勵，學習阿拉伯語文及宗教，奠定他的學術基礎。爲了累積從商知識，他往返阿拉伯半島各地及波斯，每到一處，都會將當地的地理位置、古蹟、景觀、城鎭、傳說、風土民情及重要人物等詳細記載。後來在巴格達開一間小店，爲文人謄寫書籍，並在店裡擺設書架，夜晚在店裡閱讀。他在哈拉卜五年期間領國庫薪餉，寫了《地名詞典》的初稿。他在文學上的另一部巨著是《文學家詞典》，由於此書中遺漏一些重要學者，後人推斷亞古特並未書寫完成。

（十七）伊本．阿夕爾．加撒里（Ibn al-Athīr al-Jazarī, 1160-1233）

伊本．阿夕爾出生於敘利亞北邊伊本．烏馬爾（Ibn ‘Umar）島，自幼熟背

《古蘭經》，並受閱讀和寫作的教育。搬遷到伊拉克茅席勒之後，更接受聖訓的教育，藉著朝聖的機會到巴格達，認識許多學者，隨後搬到大馬士革，此後遊走於伊拉克與敘利亞之間，其學識不斷接受各地學者刺激與切磋，奠定雄厚的文史訓練與基礎，並潛心投入著作，是一位權威性史學家與聖訓學家，熟悉阿拉伯世系與戰役，完成許多經典之作，其中最著名者如《歷史大全》及《使者聖訓根源總匯》（Jāmi‘ al-Uṣūl fī Aḥādīth ar-Rasūl）。

第五章　阿拉伯西部與諸王國時期文學（711-1798）

第一節　概論

壹、安達陸斯的伊斯蘭化

一、巫麥亞時期與後巫麥亞時期

「安達陸斯」一詞是穆斯林爲此地區所取的名字，位於歐洲的西南部，北鄰法國，南是直布羅陀海峽（Jabal Ṭāriq）及部分的地中海，西邊是大西洋，有許多河流注入大西洋及地中海，範圍包括西班牙、葡萄牙、直布羅陀，此名稱與西班牙南部八省的安塔盧西亞（Andalucía）名稱的界定不同。

以「安達陸斯」作爲文學史區分名稱，似乎不適當，然而許多文學史作者皆如此使用。原因是阿拉伯文明在此地的發展維持約八百年，時間上涵蓋大部分阿拉伯人中古世紀的歷史，即：部分的巫麥亞時期、艾巴斯時期、馬姆陸柯王國時期（al-'Aṣr al-Mamlūkī）。政治上，安達陸斯政權是獨立的。此外，此區域文學有濃厚的地域色彩，有別於阿拉伯文學的主流型態。有些文學史作者將此地的文學發展納入艾巴斯時期，稱之爲艾巴斯時期的西部文學。

七世紀中葉阿拉伯人陸續征服北非的埃及、利比亞、突尼西亞。西元666年穆斯林將軍烏各巴．本．納菲厄（'Uqbah bn Nāfi', d.683）率軍征服摩洛哥地區。670年烏各巴在今日的突尼西亞建築「蓋剌萬」（Qayrawān）軍營，以遠離受拜占庭威脅的沿海地區，及受柏柏人威脅的山區，並在營中建築清眞寺。「蓋剌萬」一詞源自波斯文，意爲「軍營」，烏各巴以此取名，便是想將它發展成日後伊斯蘭軍隊永久的營地及糧倉。此營區逐漸擴大成爲伊斯蘭國家重要的文化城，至今留有許多著名的古蹟。

705年巫麥亞哈里發瓦立德指派穆薩．本．努晒爾（Mūsā bn Nuṣayr, d.716）掌管摩洛哥地區，將阿拉伯政權擴張至北非，更遣人到西班牙探訊。當時西班牙有專制政府、原始居民、猶太人等，社會各階層分歧，但土地富庶。西元711年穆薩．本．努晒爾派拓里各．本．奇亞德（Ṭāriq bn Ziyād, d.720）率領第一支遠征安達陸斯的穆斯林軍隊，其成員絕大多數是柏柏人，攻下「直布羅陀」。「直布羅陀」（Gibraltar）一詞便取自拓里各之名。當時在安達陸斯的古圖（al-Qūṭ）王國中薩卜塔（Sabtah）城主尤勒顏（Yulyān）因其岳父原爲古圖國王，爲報復新王陸扎里各（Ludharīq）篡奪其岳父的王位，而主動向穆薩．本．努晒爾提出合作意願，引進穆斯林軍隊攻打古圖，結果拓里各以寡敵眾，征服了安達陸斯。

拓里各出生於阿爾及利亞，在安達陸斯戰役中，率領一萬兩千人的穆斯林部隊，征服古圖國王的四萬人軍隊，攻下當時的安達陸斯首都突賴突拉（Ṭulayṭulah），將伊斯蘭版圖擴張到西班牙。拓里各趁勝征服許多附近地區，成果豐碩。穆薩．本．努晒爾也與拓里各在突賴突拉會合，安達陸斯西北部以外的地區全數被征服。穆薩治理安達陸斯地區，原本欲讓穆斯林的地位凌駕於當地西班牙人之上。孰料穆斯林與西班牙人大規模混血，融入西班牙人樂天派的生活方式與態度，安達陸斯社會狀態因此有別於阿拉伯東方地區的穆斯林社會。

隨後，哈里發瓦立德召穆薩．本．努晒爾返回大馬士革。穆薩臨行前安排自己的三個兒子分別治理安達陸斯及北非各地。當穆薩抵達巴勒斯坦的拓巴里亞（Ṭabarīyah）時，巫麥亞哈里發儲君蘇賴曼派使者請他暫緩行程，因爲哈里發瓦立德已經病危，希望他等候蘇賴曼登基之後再進城，穆薩並未遵從，而繼續其行程。蘇賴曼繼位之後，其政黨傾向與過去數位哈里發皆不同。蘇賴曼是亞馬尼黨，其前哈里發都屬於蓋斯黨。因此，對過去開疆拓土的功臣大將都百般凌辱。他更挾怨監禁穆薩，並殺死穆薩的兒子，716年穆薩含恨而亡。

巫麥亞政權時期，大馬士革中央政府派遣總督治理安達陸斯至755年，此期間安達陸斯享有所有強國的特色。大馬士革的巫麥亞政權最後一位哈里發馬爾萬．穆罕默德被殺後，其遺族艾卜杜．剌賀曼．本．希夏姆（‘Abd ar-Raḥmān bn Hishām, d.788）由於其母是柏柏人，獲得北非柏柏人之助，歷經曲折困頓的逃亡過程，得以倖免於艾巴斯家族之害，輾轉抵達安達陸斯，755年被擁立爲「阿米爾」，建都哥多華（Cardoba）。因爲他是第一位進入安達陸斯的巫麥亞家族成員，而有「登客艾卜杜．剌賀曼」（‘Abd ar-Raḥmān ad-Dākhil）的綽號。艾卜杜．剌賀曼集結支持者，召募四萬柏柏人從軍。東方巴格達哈里發曼舒爾曾派軍討伐，但軍隊潰敗，指揮官被殺，此後伊斯蘭政權便分立爲東方的巴格達與西方的哥多華雙雄對峙的狀態。安達陸斯地區的巫麥亞政權，從755年到1031年是歷史上的「後巫麥亞時期」。其中從755年到929年是阿米爾時期；929年艾卜杜．剌賀曼三世（‘Abd ar-Raḥmān ath-Thālith, d.961）執政時期，將「阿米爾」頭銜改爲「哈里發」，故從929年到1031年是哈里發時期。後巫麥亞時期也是安達陸斯政治、人文發展的黃金時期，哥多華足以媲美巴格達。對於艾巴斯政權的敵人而言，哥多華成爲最佳庇護所，因爲安達陸斯並無大規模的政治鬥爭，亦無什葉派的宗教活動。艾卜杜．剌賀曼積極建築宮殿、清眞寺，振興吏治，人潮急速湧進，形成一個嶄新的社會。「哥多華清眞寺」即今日被列爲世界級古蹟的天主教教堂Catedral de Nuestra Señora dela，其建築史悠久。首先它是多神廟，後來改成教堂，784年艾卜杜．剌賀曼在此蓋清眞寺。艾卜杜．剌賀曼爲了將它建築成安達陸斯最宏偉的清眞寺，刻意從安達陸斯境內各地，甚至於從境外運來建材，寺樑堅固而得以保存至今。其建築形式模仿麥地那的先知清眞寺，其莊嚴則可媲美麥加克厄巴，而被稱爲伊斯蘭世界西部地區的「克厄巴」。西班牙人收復領土之後，該寺再被改建成教堂。

此期間出現一位伊斯蘭史上偉大的常勝將軍曼舒爾．本．阿比．艾米爾（al-Manṣūr bn Abī ‘Āmir, d.1002），其祖先早年和拓里各．本．奇亞德來到安達陸斯。由於巫麥亞哈里發穆阿亞德．比拉（al-Mu’ayyad bi-Allāh, d.1013）即位時尚是個孩童，無法治理國家。在哈里發之母和前哈里發婢女的協助下，穆阿亞德．比拉哈里發被迫禪位給當時已經名聞遐邇的強將曼舒爾，曼舒爾因此成爲政壇的實際統治者。他一生經歷五十四場戰役，未曾打過敗仗，尤其是對抗基督徒的戰役。他每年出征兩次，分別稱之爲「冬征」與「夏征」。每一場戰役勝利後，他會將戰袍上的灰塵蒐集在一個瓶子裡，命人在他死後與他同葬。這位偉大的將軍成爲阿拉伯史上的傳奇人物，他的事蹟至今仍是家喻戶曉的故事。除了戰績之外，他的政績亦爲人所樂道，他鼓勵學術、發展貿易和工業、建設撒希剌（az-Zāhirah）城、增建「哥多華清眞寺」。他在位期間吏治清明，社會安定，國庫充實，未發生過任何政變或暴動，他的時代堪稱是安達陸斯的鼎盛時期。

二、小國分立時期（1009-1141）

1012年以後巫麥亞中央政權逐漸瓦解，安達陸斯地區小國林立，有柏柏國、阿拉伯國、釋奴國，國家四分五裂，共約二十個小國，著名的小國有：

1. 哥多華的加合瓦爾家族政權（Banū Jahwar, 1031-1070）。
2. 夏堤巴（Shāṭibah）的艾米爾家族政權（Banū ‘Āmir, 1021-1065）。
3. 西班牙東北部的薩爾古撒（Zaragoza）的忽德家族政權（Banū Hūd, 1039-1110）。

4. 西班牙南部馬拉格（Mālaqah）的哈穆德家族政權（Banū Ḥamūd, 1035-1057）。

5. 塞維利亞（Sevilla）的艾巴德家族政權（Banū ‘Abbād, 1023-1091）。

6. 突賴突拉的儒奴家族政權（Banū Dhī an-Nūn, 1036-1085）。該阿拉伯家族統治突賴突拉期間，與胡德家族、艾巴德家族征戰不已，分別與基督教政權結盟，彼此鬥爭，終至滅亡。

政治上各小國彼此不合睦，經常求助於外族，終於讓外族有機可乘，使這些國家俯首稱臣。諸小國統治約一百年後，政治衰敗，西班牙人入侵。這些小國在建設、文學、藝術上都彼此激烈的競爭，統治者也競相鼓勵詩人、作家、歌手、哲學家、學者。有些國家統治者本身就是詩人或文人，對文學的發展更是不遺餘力，各小國文學因此興盛。

三、穆剌比屯（al-Murābiṭūn）時期

穆剌比屯柏柏人的政權首都在北非摩洛哥的馬剌齊須（Marākish）。小國分立時期統治塞維利亞艾巴德家族的穆厄塔米德．本．艾巴德（al-Mu‘tamid bn ‘Abbād）因西方人Alfonso VI見穆斯林各小國國力衰微，派遣使者威脅穆厄塔米德割讓一些城市。由於當時塞維利亞是諸小國中最強大的國家，此舉迫使穆厄塔米德轉向北非穆剌比屯的尤蘇弗．本．塔夏分（Yūsuf bn Tāshafīn, d.1106）王求助，導致穆剌比屯入主安達陸斯六十年。當時尤蘇弗向穆厄塔米德開出的條件是將西班牙南部的Algeciras作爲他的作戰據點。該戰役發生於安達陸斯南部平原「撒拉格」（az-Zallāqah），稱之爲「薩拉格之役」，尤蘇弗獲得勝利，不僅擊退西方人，也團結安達陸斯的穆斯林勢力，奠定穆斯林在安達陸斯政權的穩固性。尤蘇弗個性儉樸、虔誠、勇敢，行政能力卓越。他自西元1091年起，十年中慢慢將安達陸斯地區各小國納入柏柏人的統治下，也延長此區域的伊斯蘭政權壽命一百年之久。由於西方人畏於尤蘇弗的強勢，放棄安達陸斯，將勢力轉向阿拉伯東方地區，而有西元1096年的十字軍東征。

尤蘇弗與巴格達哈里發建立非常友好的關係，他謙稱自己是「穆斯林的阿米爾」（amīr al-muslimīn），以別於巴格達哈里發的「眾信士之領袖」。尤蘇弗頗受安達陸斯人民的愛戴，甚至許多阿拉伯東方地區的學者因爲當時的巴格達政治混

亂，而支持尤蘇弗的幹練有爲。在史學家的評斷中，他是阿拉伯西方地區的英雄，將安達陸斯的小國全數併入摩洛哥穆剌比屯政權中，被譽爲「穆剌比屯雄獅」，地位不減於阿拉伯東方的抗十字軍英雄沙拉賀丁．埃尤比（Ṣalāḥ ad-Dīn al-Ayyūbī, d.1193）。

穆剌比屯人對於城牆與城堡的建築非常熱中，如馬剌齊須與哥多華城牆的建築便出自他們。尤蘇弗曾擴建「格剌維尹清眞寺」（Jāmi‘ al-Qarawīyīn）。許多學者更認爲阿爾及爾著名的「大寺」（al-Jāmi‘ al-Kabīr）亦建於此時。然而，他們的勢力並未遍及整個阿拉伯西方地區。當時突尼西亞和阿爾及利亞北部是隸屬於翟里亞國（ad-Dawlah az-Zayrīyah, 971-1152），利比亞隸屬於埃及法堤馬國。阿爾及利亞則屬於哈姆馬德國（Dawlah Banī Ḥammād, 1007-1152），哈姆馬德國統治阿爾及利亞、君士坦丁堡，時常與穆剌比屯人發生戰爭。

四、穆瓦息敦（al-Muwaḥḥidūn）時期

西元1146年，穆剌比屯人被摩洛哥穆瓦息敦人所征服。穆瓦息敦人領袖穆罕默德．本．土穆爾特（Muḥammad bn Tūmurt, d.1128）曾到過埃及、麥加、巴格達等地，受學者佳撒立影響頗深，主張根據《古蘭經》、聖訓統一伊斯蘭世界，並在他知識之旅的各據點，如亞歷山卓、的黎波里等地宣揚他的理念。當他回到阿拉伯西部後，追隨者日增，人們稱他們爲「穆瓦息敦派」（意即：統一派），不屬於從前所創立的任何宗教派別，強調阿拉的獨一性。阿拉是超越方向與方位的，誰若認爲阿拉是在某方位，則等同將他形體化，一旦阿拉被形體化，便是視祂爲被造物，形同偶像。持這種思想的人會永居火獄。反之，堅信阿拉的獨一性者會進天堂。他本人則被尊稱爲馬合迪．本．土穆爾特（al-Mahdī bn Tūmurt），並溯其家世至穆罕默德先知之孫胡賽恩。穆瓦息敦派或許可以定位爲對抗穆剌比屯政權的政治改革運動。

穆罕默德．本．土穆爾特未滿五十便去世，其追隨者艾卜杜．穆俄民（‘Abd al-Mu’min, d.1163）繼之統治穆瓦息敦人，終於征服穆剌比屯人。艾卜杜．穆俄民去世時，摩洛哥及安達陸斯地區已經納入穆瓦息敦的版圖，首都馬剌齊須。艾卜杜．穆俄民之孫曼舒爾．穆瓦息迪（al-Manṣūr al-Muwaḥḥidī, d.1199）是穆瓦息敦著名的國王，與對抗十字軍的阿拉伯英雄沙拉賀丁．埃尤比同時代。十字軍東征時，

沙拉賀丁．埃尤比曾經求助於他，當時他正忙於安達陸斯戰役，無法出兵援助。1194年十字軍攻打安達陸斯沿海，同年曼舒爾．穆瓦息迪與十字軍對戰，大挫十字軍。1199年曼舒爾．穆瓦息迪去世，其子穆罕默德．納席爾（Muḥammad an-Nāṣir, d.1213）繼位。西班牙人持續在安達陸斯興戰，1212年穆罕默德．納席爾在烏格卜（al-‘Uqāb）戰役中挫敗。其子尤蘇弗．門塔席爾（Yūsuf al-Muntaṣir, d.1224）又在阿比．達尼斯城（Qaṣr Abī Dānis）[1]戰役中大敗，穆斯林在安達陸斯的勢力終於逐漸減弱。1269年穆瓦息敦被馬霖族（Banū Marīn）所滅，1232年穆斯林退居至佳爾納拓。

穆瓦息敦國的行政、司法組織、軍隊、艦隊都大幅擴充，軍隊人數達五十萬，並擁有四百艘軍船。穆瓦息敦社會分成三階層：馬合迪．本．土穆爾特、馬合迪的追隨者及一般民眾。統治者被稱爲「賽業德」（as-Sayyid）。他們也鼓勵文學、藝術、哲學的研究，並設立非常多的科學專校及圖書館。當時著名的哲學家有伊本．突費勒（Ibn aṭ-Ṭufayl）、伊本．魯須德（Ibn Rushd）。伊本．魯須德的理論影響了中世紀歐洲的哲學家和思想家。

在摩洛哥的穆瓦息敦人勢微後，馬霖族興起，馬霖族是定居在摩洛哥東部及東南部的部族，十三世紀初仍是以放牧維生的沙漠貝都因部落。1244年占據許多摩洛哥城市，隨即積極建軍，擴充版圖，建立馬霖王國（1244-1465）。最著名的領袖是亞厄古卜．曼舒爾．馬里尼（Ya‘qūb al-Manṣūr al-Marīnī, d.1286），曾經多次舉軍援助安達魯斯的阿賀馬爾王國（Dawlah Banī al-Aḥmar, 1232-1492），1260年將西班牙人趕出薩拉，解除西班牙人的威脅。馬霖國十四世紀建築許多宮殿、學校及清眞寺。

五、阿賀馬爾王國

1232年，阿拉伯血統的穆罕默德．本．尤蘇弗．本．納舍爾（Muḥammad bn Yūsuf bn Naṣr, d.1273）在佳爾納拓建立阿賀馬爾王國，延續穆斯林在安達陸斯的政權，在西班牙的阿拉伯裔或其他的穆斯林因爲此國王的英明聲譽而紛紛投靠於他。阿賀馬爾家族統治至西元1492年，穆斯林終於退出西班牙。繼穆罕默德．本．尤蘇

[1] 位於大西洋岸的河邊。

弗・本・納舍爾之位的國王穆罕默德二世（d.1302）對於維持穆斯林政權的主張是求助於摩洛哥的馬霖家族，效法過去安達陸斯政權求助於穆剌比屯人的做法。其策略的確成功地迫使西班牙人求和。其後著名的阿賀馬爾國王是阿布・瓦立德・伊斯馬邑勒（Abū al-Walīd Ismā‘īl, d.1325）。他在位時亦效法前人借助於馬霖家族的軍事力量，再度戰勝西班牙人。十五世紀初，阿賀馬爾政權開始衰微，宮廷陷入政爭，有時甚至求助於外族人以解決內鬥，更由於經常伸出援手的馬霖家族勢力滅亡，西班牙人終於征服阿賀馬爾家族。穆斯林政權隕落時，最後一位國王小阿布・艾卜杜拉（Abū ‘Abd Allāh aṣ-Ṣaghīr, d.1527）交出「紅宮」（Qaṣr al-Ḥamrā’），並被放逐到偏遠地。當他和家人登上山丘，他對紅宮望最後一眼時，其母嚴厲的吟道：

你身為國王，
像女流一般哭吧！
你不像男人般的護衛王位。

這個道別處至今仍被阿拉伯人稱做「末代阿拉伯人的嘆息」（Zafrah al-‘Arabī al-Akhīr），其西班牙地名則爲Suspiro del Moro（摩爾人的嘆息）。[2]小阿布・艾卜杜拉在放逐地短暫停留後，便前往摩洛哥居住，度過餘生。穆斯林自阿賀馬爾家族亡國之後，仍不停地抗爭，直至十七世紀初才完全遷移，這期間共遷出約三百萬人。

阿賀馬爾家族統治時期，版圖包含安達陸斯南部許多城市，如馬拉迦城等。穆罕默德・本・尤蘇弗在史學家的評斷裡是位明君，他開源節流，開礦以增加國家財源，鼓勵農耕，拓展與歐洲和阿拉伯國家的貿易，建設學校，建築伊斯蘭藝術史上著名的「紅宮」，佳爾納拓成爲安達陸斯的伊斯蘭文明中心。「紅宮」的建築師是歐洲享有盛譽的名家，十四世紀時曾增加其部分的建築。此宮殿建築特點是運用許多伊斯蘭式的裝飾，譬如使用《古蘭經》經文、詩人的詩節、地毯等來美化建築物，成爲詩人、文人、作家聚會之處。

[2] 該則歷史故事的正確性，現代學者經過考證而存疑。

六、安達陸斯社會

安達陸斯社會的居民種族多元，包含阿拉伯人、柏柏人、西班牙當地土著等，阿拉伯人是來自不同部族的移民。居民宗教信仰各自不同，有穆斯林、基督宗教徒、猶太教徒等，語言、風俗習慣自然也有差異。阿拉伯語成爲安達陸斯的官方語言，各民族漸漸融合，都彼此用阿拉伯語溝通，並認同阿拉伯文化。安達陸斯社會階層劃分爲二：

（一）穆斯林：包含阿拉伯人、柏柏人、改信伊斯蘭的安達陸斯基督宗教徒。

（二）非穆斯林：包含阿拉伯化的基督宗教徒，他們學習並使用阿拉伯語文。另外還有外族人，如當地使用拉丁文的原住民基督宗教徒、羅馬人、其他歐洲人和猶太人。他們必須依據伊斯蘭法繳納人丁稅。

一般人民愛好自由與休閒，注重穿著與秩序，寬容不極端，愛好音樂、歌唱、舞蹈和飲酒，個性普遍開朗、詼諧。

安達陸斯有許多河流穿越其中，形成肥沃的綠地。此自然環境除了適合農耕，百姓在和平時期得以享受富足的生活之外，也醞釀出自由思想的環境，百姓凝聚力勝過相斥力，最明顯的證據是許多基督宗教徒及猶太教徒在政圈中得以居高位。女人相對的也較東方巴格達女人享有更多的自由，女詩人的情感能自由的表達。

穆斯林統治此地爲時八世紀之久，國勢時強時弱，持續至西元1492年才喪失該版圖。大環境中穆斯林與西方人的戰爭、人民的流動與遷徙等，都影響這時期的文學創作，明顯有別於其他時期，譬如哀悼王國與城市的悼詩及旅遊文學的興盛。當時文學、藝術、科學都蓬勃發展，首都哥多華可媲美艾巴斯政權之下的巴格達。執政者對於學術的發展不遺餘力，尤其對阿拉伯語言和文學格外重視。他們延攬東方巴格達的學者來教育百姓，宗教學者在阿米爾或哈里發及百姓心裡的地位非常崇高。女人的地位幾與男人平等，受教育的女子衆多。哥多華的東郊有一百七十位女子每日用庫法書法體謄寫《古蘭經》，十一世紀著名的才女伊須剌各．蘇威達俄（Ishrāq as-Suwaydā'）便熟背整部穆巴里德的《語文大全》、阿布．艾立．格立的《手札》（Al-Amālī）。許多權貴子弟都受教於女教師，譬如伊本．哈資姆（Ibn Ḥazm）的啓蒙老師便是女人，曾教他《古蘭經》、聖訓、書法等。

哥多華的清眞寺、公共澡堂，旅館、街道、學校等非常普及。音樂家暨文史學家伊斯哈各．茅席立的歌手徒弟奇爾亞卜（Ziryāb, d.ca.845）[3]由巴格達引進許多艾巴斯人的流行時尚，呈現在宴席、聚會中。哈克姆．本．艾卜杜．剌賀曼（al-Ḥakam bn ‘Abd ar-Raḥmān, d.961）時代，哥多華的學校數目達二十七所。哈克姆派遣科學團到巴格達，並攜帶許多書籍返回。當時宮廷書庫中收集書籍四十萬冊，據傳當時哈克姆買一部《詩歌集》，價格高達一千金幣。繼哈克姆之後統治安達陸斯的哈基卜．曼舒爾（al-Ḥājib al-Manṣūr）熱愛哲學，鼓勵文學，籠絡學者，親近詩人。曼舒爾死後，國政衰微，哈里發無能，最終結束哥多華最後一任哈里發希夏姆三世（Hishām ath-Thālith, d.1036）的政權。

（三）奇爾亞卜風潮：

奇爾亞卜是一位傑出的藝術家，他在歌唱上的成就延伸出西班牙Flamenco歌唱風格，由於法國、德國等歐洲音樂家經常到西班牙聽音樂，深受安達陸斯的阿拉伯音樂影響。隨著這些音樂家將安達陸斯音樂帶進歐洲，歐洲音樂亦深受安達陸斯音樂的影響。奇爾亞卜的天分不僅在表現在歌唱上，還表現在他對物質的品味上，凡衣飾、佳餚的鑑賞力都帶動當時的安達陸斯社會的時尚。他脫俗的談吐、餐桌的禮儀、穿著、舉止都是歷史學者津津樂道的議題。他用食優雅，在餐桌上會擺許多餐巾，有擦嘴的、擦手的、擦額頭的、擦脖子的。他使女人知道手巾要有各種不同的顏色、質料和香味。在用餐禮儀上，他講究餐桌的擺設，譬如餐盤的款式與擺設，呈上餐點的次序等。他要人們先上熱湯，然後才是肉類，肉類要用各種上等香料烹調。吃完主餐才上甜點。甜點的烹調要使用諸如蜂蜜、杏仁果、核桃等堅果類，作成塡充類甜點，或用揉麵添加水果、榛果等堅果類作成「派」。黑鳥並鼓勵人們善加利用高級的玻璃餐具取代金、銀製品，達到雅致與經濟效果。用細皮革面的桌布取代布質桌巾，清洗容易而不留污漬。他並將用餐的方式傳到歐洲：先喝湯，再用主餐，主餐是肉、魚等，然後再吃水果和甜點。在衣著上，他提倡簡單、協調與優雅。他並將西洋棋、Shahmat遊戲傳到歐洲。

黑鳥引領的風潮幾乎包含所有的生活面，他要人們懂得保養皮膚，身上不能有汗味。身上不必要且有礙觀瞻的毛髮要除去，牙齒要清潔，並創先使用類似今日

[3] 乃艾立．本．納菲厄（‘Alī bn Nāfi‘）之綽號，「奇爾亞卜」意爲「黑鳥」，因其歌聲悅耳，膚色黑而得名。他是一位文史學者，也是哈里發剌序德的酒友。

牙膏的清潔膏清潔牙齒。他和家人並領先設計剪頭髮的技術，發明吹頭髮成型的風潮。對於瀏海、兩鬢、額頭與頭髮長度的比例都有創新的觀念。

對於衣著，黑鳥認爲人們穿衣服要與季節的變化協調。夏季在安達陸斯從六月到十月，應該穿著白色棉紗質料；秋季要穿著襯裡的花色衣裳；冬季要穿著毛料；春季則穿不襯裡的絲綢質料，至今此觀念仍存在於歐洲。他並教導人們如何洗去白色衣服上面的污漬，包含使用鹽巴等。

貳、諸王國時期政治與社會狀態

一、埃及與敘利亞政治發展

（一）伊可序德王國（ad-Dawlah al-Ikhshīdīyah, 935-969）

「伊可序德」一詞乃艾巴斯哈里發賜予駐埃及的土耳其裔總督穆罕默德．本．拓葛几．伊可序德（Muḥammad bn Ṭaghj al-Ikhshīd, d.946）的稱號，在土耳其方言裡，此詞意爲「王中之王」。哈里發賦予他最大任務是對抗在埃及的法堤馬政權。935年伊本．拓葛几在埃及宣布獨立。940年艾巴斯哈里發派兵討伐，伊本．拓葛几戰勝，勢力不斷的擴張。944年艾巴斯哈里發穆塔紀．比拉曾經求助於伊可序德，相約於伊拉克見面，伊可序德仍以君臣之禮對待穆塔紀．比拉，並邀請他移居埃及，被哈里發拒絕。945年在哈拉卜附近與哈馬丹王國發生戰爭，伊可序德險勝，雙方簽下和平協定，劃分版圖並聯姻，伊可序德移居大馬士革。伊可序德死時，其子年幼，由黑人克夫爾．伊可序迪攝政，克夫爾喜好文藝，也企圖發展文學。伊可序德王國最盛時，版圖包含埃及、敘利亞及巴勒斯坦，最後被法堤馬王國所滅。伊可序德王國在935年便將巴勒斯坦納入版圖，耶路撒冷也在他們的統治下人文建設提升，文化與商業活動興盛，許多國王也埋葬於此。該國擅長於工程建設，如建設鑄造錢幣工廠，對於軍事工程甚爲重視，建造許多軍事防禦堡壘與城牆，如迦薩堡、艾斯格蘭堡（Ḥiṣn ‘Asqalān）等。

（二）法堤馬王國（909-1171）

法堤馬王國溯源於什葉派的伊斯馬邑勒支派。伊斯馬邑勒派支持者經過一百多年的政治、社會運動，於909年宣布哈里發權位。二十年後，在安達陸斯的巫麥亞家族也宣布哈里發權位，使得當時的伊斯蘭世界有艾巴斯、巫麥亞和法堤馬政權的三個哈里發同時存在，前二者是素尼派，後者是什葉派。法堤馬王國崛起之時，艾巴斯家族勢力已經式微，王國統治的版圖包含埃及、敘利亞、突尼西亞等地區，曾一度統治西西里島、利比亞、阿爾及利亞和摩洛哥。此王國最大的事件是在969年征服伊可序德王國，將埃及納入版圖。973年將首都東遷至開羅。由於法堤馬王國自第一位哈里發艾卜杜拉．馬合迪（'Abd Allāh al-Mahdī, d.934）以來，每位統治者都願意擔負振興什葉派版圖的使命，將革新伊斯蘭視爲重要的任務，故他們在統治埃及時的作爲，遠勝過伊可序德王國的國王所作。法堤馬王國於1171年被埃尤比家族所滅，埃及政權從什葉派轉爲素尼派。

（三）贊齊時期（al-'Ahd az-Zankī, 1127-1183）

伊斯蘭曆四世紀之後，阿拉伯穆斯林遭遇許多事故，終致政治、軍事衰微，分裂成諸小國，使得歐洲基督徒有機可趁，於西元十一世紀末組成十字軍侵犯伊斯蘭世界。這些戰役持續至西元1291年。十字軍打著保護耶穌墳墓及升天教堂（Church of the Holy Sepulcher），開拓通往此教堂通路的口號，戰火遍及大敘利亞及埃及各地。十字軍東征初期以征服伊斯蘭版圖爲目的，企圖將穆斯林趕出各地海岸。他們占領所有大敘利亞海岸、西奈半島一半的海岸，讓當時控制艾巴斯政權的塞爾柱土耳其人及阿拉伯人的勢力，退出地中海東岸。此時的伊斯蘭世界呈四分五裂的狀態，各小國皆各自爲己利而奮鬥，彼此戰爭不斷，以致於外教入侵時，毫無抵抗力量。當時流行於大敘利亞、伊拉克等地的什葉極端派「巴堤尼亞派」（al-Bāṭinīyah）的支派組織「哈夏匈」，致力於暗殺素尼派人士及政客，甚至於暗殺了入主艾巴斯政權的塞爾柱土耳其著名的改革家大臣尼查姆．穆勒柯，並曾企圖暗殺對抗十字軍的穆斯林英雄沙拉賀丁．埃尤比未遂。

歷史學者對於巴堤尼亞教派的出現各說不一，大致在伊斯蘭曆三世紀左右。由於此派信徒極力隱藏自己的身分，爲了吸收教徒而在任何宗教信徒之前僞裝對異教的認同。他們的信仰，譬如否認天堂地獄說，否認最後審判日的甦醒與再生，實際上已經脫離了伊斯蘭的基本教義。對於阿拉的獨一性，他們也持傾向二元論的論調。該派信徒的恐怖活動令歷代學者皆嚴加痛斥，認爲此教派並非屬於伊斯蘭，其行爲較猶太教徒或祆教徒對穆斯林更具威脅性。

1098年十字軍首先征服安拓齊亞等地，1099年占領耶路撒冷，並在地中海東岸建立公國，著名的公國如下：

1. 耶路撒冷公國：是第一次十字軍東征時西方人建立的公國，由紅海北邊的阿卡巴灣延伸至貝魯特，包含巴勒斯坦、黎巴嫩、約旦、敘利亞及西奈半島，是十字軍所建立的最大公國。贊齊及沙拉賀丁．埃尤比時期，疆域擴充，包含大敘利亞地區、埃及和息加資地區，此公國因此失去耶路撒冷及許多城市。時間上該公國持續至1291年被馬姆陸柯王國所滅。居民信仰的宗教多元，包含伊斯蘭、基督宗教及猶太教等，社會生活受西歐影響極深。

2. 安拓齊亞公國：1098年十字軍在該地建立公國，並持續統治至1268年，才被埃及馬姆陸柯王國納入版圖。

3. 剌赫（ar-Rahā）公國：剌赫位於敘利亞西北邊，此地文明推溯到巴比倫與亞述時期，許多帝國曾經統治此地，而有悠久的珍貴遺產。剌赫公國是1098年十字軍在中東建立的第一個公國。1144年被邑馬德丁．贊齊（‘Imād ad-Dīn Zankī, d.1146）所征服。

4. 的黎波里公國：位於貝魯特北邊。首都的黎波里在1109年十字軍統治下，全力發展人文，建築著名的圖書館「學術館」（Dār al-‘Ilm），收藏巨量的手抄本，可媲美巴格達的珍藏。1289年爲埃及馬姆陸柯王國所征服，納入其版圖。

1127年塞爾柱人邑馬德丁．贊齊在伊拉克茅席勒趁機組織軍隊，建立公國，對抗十字軍，後來攻下剌赫。邑馬德丁．贊齊被十字軍殺害後，其子努爾丁．贊齊（Nūr ad-Dīn Zankī, d.1174）繼續統一伊拉克北部、敘利亞和埃及一部分，征服了安拓齊亞公國，並多次攻擊耶路撒冷。雖然努爾丁致力於統一伊斯蘭世界，但他的繼承人在敘利亞地區相互鬥爭，甚至於求助西方人，致使西方人覬覦此區。1168年十字軍抵達開羅，當時統治埃及的法堤馬王國式微，交付百萬金幣，請走十字軍，同時求助於努爾丁。努爾丁派遣阿薩德丁．序爾庫合（Asad ad-Dīn Shīrkūh, d.1169）[4]前往埃及輔助。阿薩德丁去世後，其姪兒沙拉賀丁．埃尤比再度爲統一而努力，終於收復耶路撒冷，成爲此期的大事件。法堤馬王國的什葉派政權因此落入埃尤比家族手中，結束了兩百多年的統治，留下許多人文的成果。

---

[4] 「序爾庫合」在庫德語中意爲「山獅」。

（四）埃尤比時期（al-'Ahd al-Ayyūbī, 1183-1341）

沙拉賀丁．埃尤比的家族源自於庫德人的知名部落，其祖父時代遷徙到巴格達，再定居於今日伊拉克提柯里特（Tikrīt），祖父卒於此地，而沙拉賀丁也出生於此。沙拉賀丁出生當年或隔年，其父便帶著家人遷到茅席勒。努爾丁．贊齊尤其依賴阿薩德丁．序爾庫合，並請求沙拉賀丁父親及沙拉賀丁爲他做事。沙拉賀丁除了深受其叔叔的重用外，更得以向努爾丁．贊齊學習處事方法，爲他日後的偉業建立基礎。

沙拉賀丁領導穆斯林對抗十字軍的過程異常艱辛，詩人們因此競相讚頌沙拉賀丁事蹟，在伊斯蘭世界興起很大的迴響。至今在埃及仍留有他建築的軍事堡壘及引尼羅河入堡壘的人工水道遺跡，其工程之浩大可見當時戰爭之激烈。後人另外在敘利亞及約旦等地建築沙拉賀丁城堡。

沙拉賀丁．埃尤比去世後，埃尤比家族彼此互鬥，再使王國四分五裂。沙拉賀丁的兄弟艾迪勒國王（al-Malik al-'Ādil, d.1218）再度團結穆斯林，將十字軍逐出埃及達米亞圖（Damiyāṭ）。艾迪勒去世後，在埃及、敘利亞的沙拉賀丁．埃尤比的後代繼承人克米勒國王（al-Malik al-Kāmil, d.1238）繼續領導穆斯林與十字軍作戰，十字軍強求穆斯林交出耶路撒冷，爲期十年。此事件大傷士氣，又因爲克米勒國王和兄弟之間的內鬥，導致有利用西方人打自己人的情形。1249年最後一位在埃及的埃尤比國王沙立賀．納几姆丁．埃尤卜（aṣ-Ṣāliḥ Najm ad-Dīn Ayyūb, d.1249）去世，宮廷易主，結束埃尤比家族在埃及的政權。

埃尤比家族政權分布於埃及、敘利亞和葉門，都各自獨立。蒙古人在毀滅巴格達的艾巴斯政權之後，便繼續西征，於1260年消滅在大馬士革及哈拉卜的埃尤比政權。1262年馬姆陸柯王國消滅敘利亞息姆舍的埃尤比政權。而葉門的的埃尤比政權則維持到1341年。

（五）馬姆陸柯王國時期（1250-1517）

艾巴斯末期由於政治、社會狀況混亂。自十字軍東征時期至1798年法國人入侵埃及，其間埃及經歷數個王國的統治，戰亂不斷，但文化的發展仍然強勁，學者警覺時勢的嚴峻，勇敢擔負起時代使命，著書立說，力挽狂瀾，發展出所謂的「埃及學派」。大量百科全書的著作出現在埃及和大敘利亞地區，影響後世甚爲深遠。

1.海島馬姆陸柯王國（al-Mamālīk al-Baḥrīyah, 1250-1382）

「馬姆陸柯」一詞起因於埃尤比家族統治者大批購買非伊斯蘭國度的奴隸（mamlūk），以充實軍隊。他們有計畫的訓練這些奴隸，通常是孩童時期便接受與外界隔離的嚴格軍事訓練，有過必罰，並教導他們阿拉伯語文、宗教知識、伊斯蘭教法學與《古蘭經》等，因此這些奴隸都是知書達禮的知識份子，並具備很高的忠誠度。他們多數是土耳其人，有些則是塞加西亞人（Charkas）、歐洲人、塔塔兒人。他們被集中訓練成爲一流的戰士，精通戰術、騎術。統治者凡事都仰賴他們，也讓他們和統治者一樣，居住在開羅尼羅河的勞大島（Jazīrah ar-Rawḍah）。他們與統治者的關係並不像主人與奴僕的關係，而是彷如親人一般親近，他們也以老師、學生之禮相對待。埃及軍隊主要成員便是這些奴隸。他們在十字軍東征、蒙古入侵期間，立下許多汗馬功勞。

馬姆陸柯王國時期始於1249年沙立賀國王的去世，沙立賀之妻夏加剌．杜爾（Shajarah ad-Durr）爲了穩定國政與軍心，她隱瞞丈夫逝世的訊息。不讓鬚眉的她，扛起大任，率領王國對抗當年由法王路易九世率領的十字軍，使之敗北，路易九世被俘，馬姆陸柯王國因此統治埃及、敘利亞，能繼續與十字軍作戰。夏加剌．杜爾在歷史上是一位傳奇性人物，許多的故事和小說圍繞著她一生的遭遇。她原是沙立賀買進宮的女奴，本性聰慧機靈，由於秀外慧中脫穎而出。她是一位傑出的政治家，擅長縝密的軍事謀畫，使軍民合作無間，王公貴族彼此和諧。沙立賀在世時，夫妻鶼鰈情深，凡政、軍之事都與她磋商，訓練她成爲優秀的政治與軍事人才。

埃及政圈擁立夏加剌．杜爾爲國王，她執政期間名義上雖僅八十天，但在她實際執政影響之下的埃及政府體恤民間疾苦，凡民之所欲都是她諮詢眾臣，付諸執行的目標，其政策和措施顯現一位智者、仁者的胸懷。由於民安，故人文興盛，許多著名的詩人便出現在此時，譬如與沙立賀國王甚爲親近的詩人比赫俄丁．茹海爾（Bihā' ad-Dīn Zuhayr, d.1258）。她的建樹譬如每年到麥加的朝聖團帶著克厄巴天房外罩、物資給麥加人們，並讓軍隊護送朝聖者，至今此傳統仍在埃及流傳。然而，許多朝官因爲女性爲王有違傳統，而心懷不滿。譬如由埃尤比家族納席爾國王（al-Malik an-Nāṣir, d.1261）統治的敘利亞，便藉此發兵，兩軍交戰，最後言和。夏加剌．杜爾的執政未能順利，她面對的是傳統對女性地位與女性空間的限制，她企圖解決這個問題，再嫁其夫的屬下，並讓位給新夫穆邑資（al-Mu'izz, d.1257），便是所謂「海島馬姆陸柯王國」。當時夏加剌．杜爾開出的條件是穆邑資國王必須和前妻及其子脫離關係，藉此解決艾巴斯政權的反對及埃及境內的異議雙重障礙。然而穆邑資權位穩固之後，欲娶茅席勒王之女，夏加剌．杜爾痛不欲生，設計殺死丈夫，引來穆邑資之子的報復，導致她的殺身之禍。

海島馬姆陸柯王國得名於他們所居住的勞大島，四周有尼羅河圍繞。最著名的領袖是領導靄恩．加陸特（'Ayn Jālūt）戰役的賽弗丁．古圖資（Sayf ad-Dīn al-Quṭz, d.1260）、1260年繼位的拓希爾．拜巴爾斯（aṭ-Ṭāhir Baybars, d.1277）、驅逐蒙古人出敘利亞的曼舒爾．格拉翁（al-Manṣūr Qalāwūn, d.1290）、征服十字軍收復艾克（'Akā）的阿須剌弗．卡立勒（al-Ashraf Khalīl, d.1293）等。

此時馬姆陸柯王國要面對的不僅是西方的十字軍，還有來自東方的蒙古人。這些蒙古軍來自西伯利亞南部，1258年由成吉思汗之孫旭烈兀領導，勢如破竹，攻陷巴格達，殺死哈里發。蒙古人侵占巴格達，烽火連天約四十日，他們任由軍隊在巴格達作惡，將巴格達古籍丟入底格里斯河，河流被書墨染成黑色長達三天之久，他們更大肆摧毀伊斯蘭建築。巴格達自此失去它的地位，阿拉伯文明中心西移至開羅。蒙古人持續橫掃大敘利亞地區，阿拉伯穆斯林的文明遺產消失殆盡。馬姆陸柯王國在此嚴峻的狀況下，正值年幼國王繼位，無法擔負對抗蒙古人的重責，而商議由驍勇善戰的賽弗丁．古圖資執政。爲求穆斯林的統一，1260年從東方的巴格達帶來艾巴斯家族後裔，扶持他爲哈里發，故艾巴斯的哈里發之名在埃及一直持續到馬姆陸柯王國結束爲止。1260年九月賽弗丁．古圖資領軍，在巴勒斯坦靄恩．加陸特大勝蒙古人，將蒙古人驅逐出敘利亞，大挫蒙古人西征的氣勢，並將埃尤比家族所建立的公國全數併入王國版圖中。此戰役是伊斯蘭史上重要一役，當時蒙古人勢如破竹，穆斯林幾乎是聞風喪膽。賽弗丁．古圖資在主戰的過程中遭遇國內的反對聲浪，他對阿米爾們的一席講詞流傳千古：「穆斯林的阿米爾們啊！你們長期食用國庫的錢財，卻厭惡征戰，我是要向前征戰的，誰若選擇聖戰，就陪伴我。誰若不選擇這樣，就回家吧！眞主是看著的。」出征前，他哭著對將軍們敘述蒙古人的殘酷行爲，並要求他們爲主道而捐軀，將軍們都感動淚下。凱旋歸來的途中，賽弗丁．古圖資卻遭阿米爾們殺害。

2.山塔馬姆陸柯王國（al-Mamālīk al-Burjīyah, 1382-1517）

山塔馬姆陸柯王國是索卡西亞人（Circassian）政權，得名於他們在開羅居住在城堡中。此王國第一位領袖是索卡西亞人拓希爾・巴爾古各（aṭ-Ṭāhir Barqūq, d.1399），巴爾古各原本是埃及軍人，熟諳戰略而頻頻高升，最後坐上王位。他是一位受人民愛戴的明君，在位期間曾一度被政敵囚禁並放逐，在朋友的支助下復位。他在位期間收復蒙古人所占領的敘利亞和伊拉克地區，包含巴格達。十五世紀時，山塔馬姆陸柯王國所轄疆域達到巔峰。山塔馬姆陸柯王國最後一位是阿須剌弗・突曼（al-Ashraf Ṭūmān, d.1517）。1517年馬姆陸柯王國因鄂圖曼土耳其蘇丹薩立姆（Salīm, d.1520）征服埃及而結束統治。

二、大摩洛哥政治發展

（一）魯斯塔米亞王國（ad-Dawlah ar-Rustamīyah, 776-909）

伊斯蘭早在巫麥亞時期就傳入摩洛哥，當時摩洛哥居民是柏柏人。艾巴斯時期柏柏人與巴格達哈里發政權格格不入，因此反對艾巴斯政權的什葉派及卡瓦里几派紛紛聚集在此。其中卡瓦里几派支派的伊巴弟亞派、阿撒里格派、舒弗里亞派都轉移到摩洛哥地區發展。伊巴弟亞派在巫麥亞時期由卡瓦里几派獨立而出，首領艾卜杜拉・本・伊巴底（'Abd Allāh bn Ibāḍ, d.708）是庫法人，爲對抗巫麥亞政權而遷徙到息加賓。伊巴弟亞派在伊拉克興起之後，逐漸往阿曼、葉門以及北非散布。八世紀伊巴弟亞派掌控北非中部地區，建立了「魯斯塔米亞王國」。魯斯塔米亞王國建國者是艾卜杜拉・剌賀曼・本・魯斯塔姆（'Abd ar-Raḥmān bn Rustam, d.787），首都在今日阿爾及利亞的泰雅特（Tiaret）。根據伊本・卡勒敦的說法艾卜杜拉・剌賀曼・本・魯斯塔姆是格迪西亞戰役波斯將軍的後裔，因其學養而被選爲領袖。其子艾卜杜・瓦赫卜（'Abd al-Wahhāb, d.823）繼他被選爲領袖，因違反伊巴弟亞派對領袖不世襲的理念，而引發一場暴動。然而艾卜杜拉・瓦赫卜是一位能幹的首領，在位期間與安達陸斯聯盟對抗阿葛拉比亞王國（ad-Dawlah al-Aghlabīyah），國家貿易非常繁榮。魯斯塔米亞王國在阿葛拉比亞王國被法堤馬王國消滅後也亡國，分散成爲零星的小勢力。

（二）「阿葛拉比亞王國」（800-909）

突尼西亞的政治因爲卡瓦里几派活躍而非常不穩定。艾巴斯時期曼舒爾哈里發曾派遣總督管理蓋剌萬，殺死卡瓦里几派首領阿布．卡拓卜．艾卜杜．阿厄拉（Abū al-Khaṭṭāb ‘Abd al-A‘lā, d.761）。哈里發赫崙．剌序德派遣文人伊卜剌希姆．本．阿葛拉卜（Ibrāhīm bn al-Aghlab, d.812）擔任蓋剌萬總督，伊卜剌希姆懇請赫崙．剌序德給予自治權，便在突尼西亞建「阿葛拉比亞國」，是第一個從艾巴斯政權中獨立出來的王國，疆域從埃及邊境到摩洛哥北部瓦立立（Walīlī），並建立強大的海軍，征服附近的沿海都市，驅逐拜占庭人在北非沿海的勢力。在內政方面，阿葛拉比亞國無論在經濟、文化的建設上都有很大的成果，然亦頗受宗教與種族鬥爭之苦，於909年爲法堤馬什葉派所滅。

（三）阿達里薩王國（Dawlah al-Adārisah, 789-974）

艾巴斯哈里發赫迪時期，阿里的後裔伊德里斯．艾卜杜拉（Idrīs ‘Abd Allāh, d.791）起義，遭艾巴斯軍隊剿滅。伊德里斯與一些首領在失敗之後，逃往瓦立立，受到柏柏穆斯林的擁戴，建立阿達里薩政權，也是史上第一個什葉派政權。摩洛哥素尼派的柏柏人不遺餘力的支持阿達里薩政權，因爲當時什葉派與素尼派的特徵尚未明顯化，王國得以維持約兩百年之久。但是阿達里薩王國的國力始終因爲被法堤馬王國、阿葛拉比亞王國及安達陸斯政權所包圍，並受制於柏柏人，而無法強盛。伊德里斯二世時，移都現今摩洛哥的法斯城（Fās）。859年該王國在法斯城建世界最古老的大學「格剌維尹大學」（Jāmi‘ah al-Qarawīyīn）。

（四）哈弗舍王國（ad-Dawlah al-Ḥafṣīyah, 1228-1573）

穆瓦息敦王國派遣的突尼西亞總督艾卜杜．瓦息德．哈弗席（‘Abd al-Wāḥid al-Ḥafṣī）於1221年去世，1236年其子阿布．撒柯里亞．亞賀亞．本．艾卜杜．瓦息德（Abū Zakrīyā Yaḥyā bn ‘Abd al-Wāḥid, d.1249）宣布脫離穆瓦息敦王國獨立，建都突尼斯，並隨即鑄造王國的錢幣，率大軍征服沿海地區的柏柏部落，與附近國家簽定和平條約，援助受困的友邦。阿布．撒柯里亞被認爲是哈弗舍政權最偉大的領袖，在突尼西亞建格沙巴（al-Qaṣabah）清眞寺、艾塔霖市集（Sūq al-‘Attārīn），以及許多其他清眞寺、學校。格沙巴清眞寺是非洲地區著名的清眞寺，屬於穆瓦息敦式的建築。十六世紀鄂圖曼時期將木製燈塔改爲大理石，成爲素尼罕巴立派清眞寺。阿布．撒柯里亞去世後，其子繼位，於1270年大挫十字軍的第八次東征，並採用哈里發「眾信士之領袖」的稱號。此後子孫互鬥，哈弗舍家族勢微。十四世紀末至十五世紀末曾再度興盛，突尼斯成爲重要的商業城。十六世紀納入鄂圖曼土耳其政權版圖。

三、鄂圖曼土耳其前期政治發展（1517-1798）

鄂圖曼土耳其人從十六世紀初至二十世紀初（1517-1917）統治阿拉伯世界。1798年拿破崙攻入埃及，造成阿拉伯世界普遍的覺醒，人文發展逐漸復甦，許多阿拉伯文學史學者將1517年至1798年稱之爲阿拉伯「文學衰退時期」（'Aṣr ar-Rukūd wa-l-Humūd）。

鄂圖曼土耳其帝國在十三世紀建立於安那托利亞，取代塞爾柱土耳其。1453年在穆罕默德二世（Muḥammad ath-Thānī, d.1481）[5]領導下，征服君士坦丁堡，消滅超過十一個世紀的拜占庭帝國政權，從此稱君士坦丁堡爲「伊斯坦堡」，許多史學家更將「中世紀」與「現代」以此事件來作分野，穆罕默德二世被冠以「征服者」（al-Fātiḥ）的稱謂。歐洲政治、宗教的鬥爭情勢，使得擁有強大軍事力量的鄂圖曼土耳其帝國版圖得以順利地擴張。鄂圖曼土耳其進而於1516年征服埃及、敘利亞，擊潰馬姆陸柯王國。爲求政治、宗教權力，將艾巴斯家族哈里發穆塔瓦齊勒．艾拉拉．本．穆斯塔姆西柯由埃及帶到伊斯坦堡，並卒於此地。名存實亡的艾巴斯哈里發早自塞爾柱人入主巴格達時，便賜予土耳其統治者「蘇丹」的封號，鄂圖曼時期的帝王沿用此稱謂。人們對鄂圖曼土耳其哈里發有數種稱呼：其一是「麥加、麥地那、耶路撒冷之王」；其二是「兩聖城守護者」；其三是沿用過去對阿拉伯哈里發的稱謂：「眾信士之領袖」。阿拉伯其他地區陸續被鄂圖曼帝國征服，1518年征服阿爾及利亞，1534年征服突尼西亞，1538年征服亞丁，最後於1551年征服葉門。薩立姆蘇丹在埃及、敘利亞設置「巴夏」（Bāshā）職位，代替他管理二地。巴夏就如往昔一般在管轄境內收稅、治理國家，不同的是他們每年得繳稅給中央政府，並承認鄂圖曼帝國的主權。百姓在此種雙重政權下，生活疾苦，貪污橫行。

---

[5] 「穆罕默德二世」的稱謂，源自於伊斯蘭的先知穆罕默德聖訓中有一則符合此事件的預言，其內文如下：「先知說，君士坦丁堡一定會被征服，其阿米爾是最好的王；其軍隊是最佳軍隊。」（Al-Musnad18189）

四、諸王國時期社會人文狀況

十字軍東征時期，無論在伊拉克、大敘利亞或埃及地區，居民種族繁多，有阿拉伯人、土耳其人、波斯人、庫德人、羅馬人、亞美尼亞人等。而土耳其人和庫德人在政治上的影響力，勝過阿拉伯人。社會上更充滿分歧的教派，其中什葉的分支非常多。極端主義盛行，教派之間鬥爭激烈，如伊斯馬邑勒派、哈夏匈派、法堤馬派、素尼派。由於什葉派極端主義者視伊拉克及大敘利亞地區的政權爲素尼政權，故當十字軍東征時，他們的立場偏向十字軍。甚至因爲內鬥，而借用西方人力量，消滅自己人。伊斯蘭世界各角落戰火不斷，社會產生一些變化，各種社會、道德敗象產生。有些是前所未有的，有些則是在此期才趨嚴重。戰爭奪去人民的財富，經濟疲弱，人們對生死觀念逐漸傾向迷信，將戰火歸因於阿拉降禍予人類，藉以分離他們，故開始對死者敬仰、祈求。貧窮者因地震、水災（1295年），飽受瘟疫之苦，如1348年開羅城在兩個月內死亡人數約九十萬人。另一方面，阿拉伯人與其他血統的穆斯林大規模的通婚。一般百姓的血統、宗教信仰、語言及生活習慣非常多元，尤其是在統治階層的宮殿中表露無遺。絕大多數百姓是穆斯林，基督教徒、猶太教徒及其他非穆斯林只需繳交人丁稅，便可受政府保護，享有自己族群的生活方式。

贊齊、埃尤比家族及馬姆陸柯王國統治者都是穆斯林。他們維護《古蘭經》、聖訓及伊斯蘭傳統，努爾丁．贊齊首創「古蘭經研討屋」、「聖訓研討屋」。他們在各城市內建設學校，重視教育及清眞寺中公、私立圖書館的建設。十四世紀前後，大馬士革的學校數目達到一百五十餘所。他們鼓勵學者及學習者，發給薪資，賜予禮物，延攬學者入宮，參與政策論談等。對於任何階層與種族都給予教育機會，並給予學者薪餉，然而這些現象僅限於大城市。許多學者因此從安達陸斯、北非與巴格達等地遷徙至開羅及敘利亞，譬如伊本．烏舍夫爾（Ibn ‘Uṣfūr, d.1270）、伊本．卡立侃、伊本．卡勒敦等。伊本．卡勒敦談及埃及便曾說，埃及是世界之母，是伊斯蘭的殿堂、知識的泉源。[6]

開羅、大馬士革在埃尤比及馬姆陸柯王國時期是伊斯蘭文化、思想的中心，聚集來自各地的學者。由於阿拉伯人大多遠離政治、軍事圈，而寧願從事農耕、

---

6 Ibn Khaldūn, 1986, p.245.

製造業及人文工作，而馬姆陸柯統治階層則是以強權統治，並將阿拉伯語定為官方語言，廣設學校、圖書館及清真寺，將鼓勵文人視為個人榮譽的象徵。「創作部」（Dīwān al-Inshā'）網羅許多文人，王室高官大宅中亦經常舉辦文學座談。麥加、麥地那的宗教、文化亦頗為興盛，語言、歷史、地理、宗教、哲學、醫學、物理都蓬勃發展。然而，從文人所遺留的作品顯示他們的作品雖然豐富，卻止於闡釋或擷取前人作品，甚少有創意或歸納出獨特的理論。《古蘭經》注釋的翹楚如邑資丁．本．艾布杜．薩拉姆（'Izz ad-Dīn bn 'Abd as-Salām, d.1262）、伊本．克夕爾、伊本．哈加爾．艾斯格拉尼（Ibn Ḥajar al-'Asqalānī, d.1448）、蘇尤堤。聖訓學者如伊本．艾薩齊爾、門居里（al-Mundhirī, d.1258）。宗教學者如伊本．焦奇、伊本．古達馬、伊本．達紀各．邑德（Ibn Daqīq al-'Īd, d.1302）。語法學者伊本．馬立柯、伊本．哈基卜（Ibn al-Ḥājib）、伊本．艾紀勒、伊本．曼如爾．米舍里。歷史學者如伊本．焦奇、蘇尤堤。傳記學者如伊本．卡立侃、亞古特、伊本．夏齊爾（Ibn Shākir）等。

在語言使用上，伊拉克與波斯地區使用波斯語，土耳其人使用土耳其各地方言。外籍傭兵因為自幼接受阿拉伯語文教育，故能使用各種不同的方言及阿拉伯語，他們使用阿拉伯語的機會，時常是基於宗教上的需求。此背景之下使得此期的阿拉伯語摻雜著土耳其、波斯語或其他語言。有些領導人因為不諳阿拉伯詩，而將詩人趕出埃及，詩人數量相對較少。留在國內的詩人與一般百姓一樣，錢財要報官，否則會被抄家。此期的詩由於上述因素，傾向於簡易，語言則混雜著各國方言，並注重文飾，而少深遠的意涵，文學藝術水準相對低落。

鄂圖曼政府時期社會階層分為統治階層、學者、一般百姓。政府遵循伊斯蘭法律，建設清真寺、宗教學校，重視朝聖事務，修護麥加、麥地那及耶路撒冷聖地。中央政府重視學者，學者社會地位崇高，備受政府禮遇，可免納稅及服兵役，可直接對官員表達抗議，當政府與百姓發生衝突時，學者成為兩者之間的橋樑。若是大學者，政府甚至允許他們干預政治。熟諳阿拉伯語文的阿拉伯人因為熟悉《古蘭經》和聖訓，地位崇高，尤其借重素尼學派學者教育土耳其學子，將宗教思想深植人心。凡此措施對於阿拉伯學者正面的影響是得以和非阿拉伯的穆斯林學者切磋交流，並因學者得以自由遷徙，知識之旅的機會相對增加。然而，鄂圖曼政府對於學術發展卻是著重發展伊斯坦堡，譬如在伊斯坦堡大興學校及清真寺，將埃及圖書館遷移至伊斯坦堡，並遴選學者、工程師、建築師等各行業的佼佼者到伊斯坦堡，阿拉伯世界因此建設停頓、文明落後。社會上因普遍無知而出現許多迷信、傳說，道德逐漸敗壞，人們相信巫術，也出現許多這方面的著作。

阿拉伯文學在鄂圖曼政權的政治與社會環境之下，主題都在反映貧窮、黑暗、暴力、道德低落等腐敗的現象。阿拉伯語和土耳其語是官方語言，也是一般人交談的語言，街坊則用阿拉伯方言夾雜土耳其語的破碎語言。尤其在埃及與大敘利亞地區，土耳其語、波斯語甚至遍布在街坊百姓中。十六世紀阿拉伯知識份子競相學習土耳其和波斯語文，除了因為生活上方便之外，亦在吸取土耳其與波斯的文化和思想。由於阿拉伯語文的沒落，阿拉伯文作品變得空洞無意義，缺乏情感及想像力。文人作品中充斥著方言、外來語，阿拉伯語文空前的沒落。一般人毫無古典基礎，有時為了要表達心中的思念、哀悼、慶賀，卻無法為之，需利用抄襲方式，借用書中的文句，故此期出現很多所謂「書寫大全」的書籍，以教育人們寫作，如馬爾邑．本．尤蘇弗（Mar'ī bn Yūsuf, d.1621）的《創作藝術與書信特質》（Badī' al-Inshā' wa-ṣ-Ṣifāt fī al-Kitābāt wa-l-Murāsalāt）等書。

詩的情況和散文雷同，多抄襲，少創作。一般詩人擅長於文字遊戲，譬如作所謂的「日期詩」。文人、詩人也因政府將原有的文書部撤除，為生計而轉任他職，如紙匠、屠夫、鐵匠、鞋匠、裁縫師等依靠技術、勞力維生的職業。一般文人的作品思想膚淺、缺乏創意、詞藻隨便，並夾雜方言。傳統八股思想籠罩著文人，文學批評家的品味自然也跟著降低。

儘管多數學者否定鄂圖曼政權下阿拉伯文學的價值，但是1965年穆罕默德．齊拉尼（Muḥammad Kīlānī, d.1998）出版《鄂圖曼政權下的埃及文學》（Al-Adab al-Miṣrī fī Ẓill al-Ḥukm al-'Uthmānī）及烏馬爾．穆薩．巴夏（'Umar Mūsā Bāshā, 1925-）所作《鄂圖曼時期阿拉伯文學史》（Tārīkh al-Adab al-'Arabī fī al-'Aṣr al-'Uthmānī），都明確表達肯定此期阿拉伯文學發展的觀點。

無論鄂圖曼時期阿拉伯文學價值如何，阿拉伯世界在鄂圖曼政權下所呈現的經濟蕭條與社會風氣萎靡的景象，以及文明中心由阿拉伯地區轉移至伊斯坦堡等土耳其地區，的確影響此期阿拉伯文學的發展。更甚者，今日大多數文人作品仍無法跳脫傳統保守的文以載道的思維，尤其是深受宗教的束縛，文人動輒得咎，「異端」的罪名輕易便加諸文人等，凡此都與鄂圖曼時期阿拉伯人長期的被統治所造成思想的呆板化與停滯，無法趕上世界人文發展的腳步有極大的關係。

（一）民俗節慶

法堤馬諸王重視節慶的娛樂活動。他們的節日非常多，除了伊斯蘭兩大節日：開齋節與宰牲節之外，王國尚慶祝或紀念許多宗教節日，如齋戒月第一天、齋月三個星期五、伊斯蘭曆除夕與新年、穆罕默德誕辰、四薪火日（伊斯蘭曆七月一日、七月十五日、八月一日、八月十五日）。此外，由於法堤馬王國是什葉派政權，故許多什葉派紀念日都舉行宗教儀式，譬如每年伊斯蘭曆一月十日的「艾書剌俄殤日」（Ḥuzn ‘Ashūrā’）、三月五日的「胡賽恩殤日」（Ḥuzn al-Ḥusayn）、六月二十日的「法堤馬女士誕辰」、七月十三日的「阿里誕辰」等。民俗節日如「破灣節」（Yawm Kasr al-Khalīj），這日百姓爭相出門，觀賞尼羅河景，民眾可以見到前來觀禮的哈里發。今日埃及民間許多習俗便是法堤馬時期流傳下來。

（二）格剌維尹大學

格剌維尹大學是阿達里薩王國所建，在伊斯蘭文明史上的地位可媲美埃及的阿資赫爾（al-Azhar）大學。許多西方人曾在此受教，如教宗西爾維斯特二世（Gerbert d’Aurillac, d.1003）便曾在此求學，也是唯一熟諳阿拉伯語文的教宗。此校不僅教授宗教學科，還有其他人文與科學領域學科，阿拉伯學術圈有一句名言：「學問誕生於麥地那，培育於麥加，研磨於埃及，篩選於法斯。」法斯城指的便是格剌維尹大學。學子包含男女老幼百姓及政府各界人士，因此也培養出許多女性的文人、科學家及政治家。該校宗教學內容集中在素尼派的馬立柯學派。教師薪餉由政府給付，政府並控管該校的教學計畫與教材。

（三）阿資赫爾大學

法堤馬王國努力建設埃及，施行經濟開放制度，使得埃及成爲當時伊斯蘭世界貿易最繁榮的地區。更由於採取宗教寬容制度，以及對素尼派穆斯林的不信任，使得大批的猶太教徒與基督教徒移居至埃及。政府將開羅的阿資赫爾清眞寺（Jāmi‘ al-Azhar）提升爲大學，成爲世界最古老的大學之一。阿資赫爾大學教授什葉派理論、宗教學、語言、醫學等，建築大型圖書館，蒐集大量各領域書籍手抄本。學校提供學生宿舍及治裝費。除了阿資赫爾清眞寺之外，其他清眞寺亦是文化活動的場所。哈里發與王公貴族都鼓勵學術，文風鼎盛。

（四）智慧館（Dār al-Ḥikmah）

法堤馬王國於1005年在開羅建設「智慧館」，網羅宗教學者及自然科學等領域人才。根據馬各里奇（al-Maqrīzī）的敘述，「智慧館」內有四十個大書櫃，每個櫃子可容納一萬八千冊書，藏書中有許多珍貴的手抄本，如拓巴里親筆書寫的史書、卡立勒．本．阿賀馬德親筆寫的阿拉伯第一部詞典《靄恩》。此館開放學子閱覽，並舉辦學者辯論會，執政者與會，給予賞賜。「智慧館」在法堤馬王國時期曾因蘇丹軍人與土耳其軍人之間的鬥爭而被燒毀大半，鄂圖曼時期將其中的藏書搬遷到土耳其收藏。此外，法堤馬王國的大臣也會在他們的寓所網羅學者，並聘專人謄寫書籍，尤其是《古蘭經》、聖訓、文學、醫學等書籍。法堤馬王國由於圖書普及、學術活動頻繁，開羅逐漸成爲學者駐足、學子求學之地。更由於執政者賞賜優渥，詩人甚爲活躍，尤其是什葉派詩人的讚頌詩甚多，其他學術領域，如醫學、哲學、自然科學成果亦甚輝煌。遺憾的是埃尤比家族在政權替換時，燒毀了大多數此期的書籍及文化產物。

第二節　阿拉伯西部與諸王國時期詩的發展

壹、安達陸斯詩風的改變

安達陸斯詩的發展可分成三個階段：

1. 自征服安達陸斯至巫麥亞總督時期：這階段的阿拉伯詩經常是貝都因式的，詞彙豐富卻粗糙，並局限於傳統的格式與主題，不講求詩的技巧，對於現實狀態較少涉獵，思想較為浮面。這種早期色彩的代表詩人如登客艾卜杜・剌賀曼、哈克姆・本・希夏姆。

2. 至伊斯蘭曆第四世紀：詩人傾向模仿阿拉伯東方風格，優秀的詩人與東方巴格達幾無分別，譬如伊本・艾卜杜・剌比合、伊本・書海德（Ibn Shuhayd）、伊本・赫尼俄（Ibn Hāni'）的作品。

3. 伊斯蘭曆第五世紀：詩風介於傳統與革新之間，代表詩人如伊本・翟敦（Ibn Zaydūn）、伊本・艾馬爾（Ibn ‘Ammār, d.1086）。

4. 伊斯蘭曆六世紀及其後時期的純安達陸斯色彩時期，代表詩人如伊本・艾卜敦（Ibn ‘Abdūn, d.1132）、伊本・卡法加（Ibn Khafājah）、立珊丁・本・卡堤卜（Lisān ad-Dīn bn al-Khaṭīb）等。

安達陸斯的傳統詩可以說是經過守舊、革新再審思的歷程。在革新階段的傳統詩，仿效阿拉伯東方詩人穆斯立姆・本・瓦立德及阿布・艾塔希亞的方式，企圖丟棄傳統的包袱，以全新面貌的主題吟詩，呈現的則是故事型態，內容大多傾向娛樂或嘲弄性質，形式則運用短格律、輕柔韻腳及簡易的詞彙。這類詩人如佳撒勒（al-Ghazāl）。當詩人們警覺到過度的革新所造成與傳統的斷層時，一股結合復古與革新的詩潮便出現。這股風潮主張維護傳統詩的格式，包含適當韻律的運用、正統的詞彙、價值觀的呈現。革新部分則在內容、意義、意象等。這方面他們師承阿拉伯東方的穆塔納比、阿布・塔馬姆、布賀土里等大詩人。安達陸斯這類詩人如伊本・艾卜杜・剌比合、伊本・赫尼俄、尤蘇弗・剌馬迪（Yūsuf ar-Ramādī, d.1012）等。

安達陸斯的阿拉伯詩人首度與拉丁民族、柏柏人、猶太人共同生活在同一塊土地上，伊斯蘭、猶太教與基督教三個一神教信徒共同切磋，阿拉伯語、西班牙語、柏柏人的阿馬齊格語（Tamazirte）、加泰羅尼亞語（Catalunya）等多語文的共存，使得他們逐漸形成共生共榮的寬厚思想與性格。因此，安達陸斯的詩與阿拉伯傳統詩大不相同。其特點是思想清晰、文筆平易近人，甚少生僻、複雜的思想，選用華麗詞彙，尤其是在描寫大自然的詩文上。詩人也不限於職業詩人，一般百姓及執政階層、醫師等都愛好吟詩，詩歌成為全民的嗜好。

安達陸斯初期，韻律上往往遵循一首詩中韻律單一性的傳統。後來創作彩詩，創造新的韻律，多韻腳詩因此盛行。此外，「黑鳥」奇爾亞卜因為支持阿民，深怕馬俄門對他不利，加上馬俄門取得政權時國家經濟狀況不佳，登位之後連續二十個月未曾聽過歌，[7]或誠如一般史學者說是為了躲避巴格達老師伊斯哈各．茅席立的忌妒，而走避阿拉伯西方。[8]他將阿拉伯東方音樂傳入安達陸斯，安達陸斯的音樂和歌唱因此更普及，上自哈里發、王公貴族，下至販夫走卒都喜愛聽歌，娛樂場所也遍布全國。奇爾亞卜本人發明了一些樂器，並在魯特琴「烏德」（‘ūd）上增加一條弦，從原本四條弦變成五條。撥弦器從原來的木製變成老鷹羽毛代替。奇爾亞卜的八個子女都是歌手，再招收一些其他的歌手，成立世界第一所音樂專校，教導音樂、歌唱及其方法與規則，帶動安達陸斯音樂的興盛，也促進了詩的發展。許多阿拉伯東方歌妓也將巴格達宮廷音樂帶到西方的安達陸斯，著名的歌妓如格馬爾（Qamar）、艾几法俄（al-‘Ajfā’）。

詩在安達陸斯是文學的主體，詩人的地位崇高，往往因為詩作傑出，而得以入朝為官，並得為王室、貴族的座上賓。詩人往往也專注於一種主題上，使得其作品成果更為豐碩、精美。

後巫麥亞時期的安達陸斯，因為統治者鼓勵文學，文人不僅使用標準阿拉伯語文寫作，有些也使用希伯來文，更有猶太詩人從事希伯來詩的寫作。一般詩人極力效法阿拉伯東方詩人的寫作主題、技巧等，譬如情詩、苦行詩、蘇菲詩、誇耀詩、悼詩、讚頌詩、諷刺詩、格言詩等。這些傳統詩中，他們多數仍然以傳統「佇立廢墟」、「憶舊情人」為詩序，有些詩人以描述自然景觀為前言。讚頌詩往往是謀生

7 Ibn ‘Abd Rabbih, 1986, vol.7, p.29.

8 其起因是哈里發赫崙．剌序德命伊斯哈各．茅席立找一位歌聲好的人進宮，伊斯哈各找奇爾亞卜進宮。赫崙．剌序德對奇爾亞卜的歌聲讚嘆不已，命伊斯哈各尊崇奇爾亞卜。伊斯哈各為此極為忌妒，給奇爾亞卜兩條路：遠離巴格達或死，奇爾亞卜因此遠走安達陸斯，成為執政者的親密酒友。Ibn Khaldūn, 1986, p.766; al-Maqarrī, 1968, vol.4, p.118.

的工具，或作爲取得王公獎賞的方式，最誇張的詩句如伊本·赫尼俄在讚美法堤馬時代哈里發的詩：

他是這世界存在的原因，
世界因他而被創造，
萬物皆源於他。
天使下凡贊助他，
早晨、夜晚非他不從。

他們也嘗試新的主題，如史詩及哀悼城市、哀悼毀滅的王國、哀悼逝去的伊斯蘭政權的詩。又如在安達陸斯小國分立時期，打油詩非常興盛。詩人喜歡半認眞、半玩笑的吟詩，與同期的苦行詩，形成強烈的對比。又如他們描寫海上戰爭、花園、建築物，尤其是相競描寫安達陸斯的自然景觀，內容豐富而多變，譬如伊本·卡法加說：

安達陸斯絕美，
美若天堂。
其晨光之美，
有如晶瑩玉齒，
黑夜，
彷如唇底的幽暗。

詩人受到當時政治環境的影響而吟「求援詩」。安達陸斯最著名的詩人有：伊本·艾卜杜·剌比合、伊本·赫尼俄·伊勒比里、茹拜迪（az-Zubaydī, d.989）、伊本·阿比·撒馬寧（Ibn Abī Zamanīn, d.1007）、伊本·伊德里斯·加奇里（Ibn Idrīs al-Jazīrī, d.1003）。後巫麥亞公國時期的著名詩人有：伊本·書海德、伊本·哈資姆。他倆目睹巫麥亞哈里發的殞落，在哥多華爲宮廷哭泣。公國時期諸國競相鼓勵文學，吟詩風氣興盛，著名者有塞維利亞的國王穆厄塔米德·本·艾巴德、伊本·翟敦等。

此外，在摩洛哥地區的阿拉伯詩深受安達陸斯及巴格達的影響，發展得較晚，其特色是主題涉及國內、外戰爭、保衛伊斯蘭國境、描述聖戰等。

貳、北非與敘利亞詩的型態

一、一節兩段式的傳統詩

此期詩人多數吟誦傳統詩，風格如出一轍。詩人甚少是職業詩人，吟詩互相模仿，彷彿出自同一學派。每首詩長短不一，內容奇特，譬如描寫食品、衣服、住宅，哭訴貧困等。形式上，有些詩不含傳統的序言，傾向段落式的詩節。多數仍沿襲傳統序言，憶情人，悼廢墟，往往從第一節詩就能洞悉其內容，意義膚淺，充滿外來語及方言。其顯著的特色則在宗教詩的普及，尤其是蘇菲詩。吟詩的目的，常是在喚醒人們的關懷，呼籲人們參與聖戰等。以下便是一位感嘆生不逢時的詩人所吟：

我是卑微的一代，
稱頌政權，
因為我得讓金錢無虞。
我之前的阿布．塔馬姆、
伊本．赫尼俄何曾如此？

二、彩詩

許多詩人吟誦安達陸斯流行的彩詩，譬如埃及的加馬勒丁．本．努巴塔合（Jamāl ad-Dīn bn Nubātah, d.1366）、伊本．達尼亞勒（Ibn Dāniyāl, d.1310）等。彩詩主題非常多元。

三、撒加勒（az-zajal）

此期詩人延續安達陸斯「撒加勒」的詩風，用當時方言配合歌唱，吟唱於各種場合。精於此類詩的詩人如沙菲丁．息立（Ṣafī ad-Dīn al-Ḥillī, d.1349）、阿姆夏堤（al-Amshāṭī）等。

四、四行詩

十字軍東征時期流行吟頌四行詩，此種詩引自波斯，最常見的格律是：fa‘ilun mutafā‘ilun fa‘ūlun fa‘ilun。此期詩的文詞普遍傾向大量運用修辭，譬如雙關、引用、排比、感嘆、對比等，以致呈現不自然與做作，最終甚至造成文飾是目的而非手段。整首詩的意義簡單易懂，但因運用過多的修辭而顯得生澀、不諧和，失去詩的美感。

參、阿拉伯西部與諸王國時期詩的主題

十字軍東征時期至馬姆陸柯王國時期，王公貴族基本上會鼓勵詩人及文人，並開放其宮殿、住宅當作文人的聚會所及座談處，文學上出現所謂「埃及學派」。權貴者的鼓勵是因為政府「創作部」需要人才，故刺激文人寫作技巧的發展。「詩」扮演指導人們的角色，鼓勵人們參與聖戰，喚醒他們的士氣。涉獵的主題範圍包含所有傳統主題，如讚美、愛情、諷刺、描寫、誇耀等，唯詩中語言與藝術水準普遍低落。詩人亦因上層社會普遍缺乏古典語言的素養，其作品多數因哀悼或恭賀慶典而作。

一、情詩

安達陸斯詩人喜愛彷古，以情詩為序言，或吟主題獨立的情詩。此期情詩因自然景觀的多元及生活型態的活潑化，產生許多正面的作用。詩人尤其擅長於對感官的描述，情人對象因所處環境而顯得多樣化，譬如對女基督宗教徒吟情詩，詩中提及十字架、修道士、僧侶等。情詩中的情人有金髮、水仙花的眼睛、玫瑰的雙頰、蘆葦般纖細的身材、葡萄汁般的唾液等特質，將譬喻運用到極致。感官的情詩頗為興盛，但也不乏吟誦純情詩的詩人，譬如伊本．法爾几（Ibn Farj, d.970）。詩人對情人真情流露，伴隨自然不矯作的歌聲而出時，往往讓情詩達到感人肺腑的效果，譬如伊本．翟敦對其情人瓦拉達．賓特．穆斯塔柯菲（Wallādah bint al-Mustakfī）所吟的情詩：

分離代替了團圓，
我們甜美的相聚，
讓別離取代了。
離別的早晨可不是已降臨?
死亡向我們道早安，
報喪人帶領我們走向死亡。
誰去告訴為我們穿上悲傷衣裳的人，
他們傷心而去，
歲月不滅，
我們卻已毀？
時光，
仍因他們伴隨，
讓我們笑，
卻回頭讓我們哭。

擅長於吟情詩的安達陸斯詩人又如伊本·書海德、伊本·薩合勒·伊須比立（Ibn Sahl al-Ishbīlī, d.1251）等。

北非諸王國時期情詩依循傳統，詩人會在其他主題詩的序言中表達對情人的思念，描述分離時的情景，甚至於因此哭泣。譬如序赫卜丁·馬賀穆德（Shihāb ad-Dīn Maḥmūd）的詩：

她見到我時，
我是如此消瘦，
我的淚水溢滿臉頰。
她說：這是病啊！
我說：妳說的是。

但也不乏將情詩以單一主題呈現者。對於吟頌純情詩的詩人，他們會記取傳統經驗的教訓，對於情人的身分與名聲極端維護。他們力圖創新，對於與情人的分離多所著墨，感情處理較爲成熟，卻無法跳脫傳統的詞彙與意義，譬如對情人見面的經驗、分離時的痛苦與折磨、監視者與忌妒者的描述等。

至於對女人身體的描述亦與傳統詩大同小異，譬如圓月一般的臉蛋、白皙的肌膚、黑夜一般的長髮、瞌睡的眼皮、野牛般的大眼、纖細的腰、中等的身高、美酒一般的唾液、箭一般的眼神、弓一般的眉毛等。情人的個性承襲傳統的描述，通常是殘酷、難以捉摸。譬如沙菲丁．息立：

脆弱的眼皮，
你讓我強壯的心脆弱了。
不要讓你的雙眸對抗我心，
因為這兩位脆弱者會戰勝強壯者。

有些情詩會以藍眼睛或小眼睛來描述外族人，也出現一些非傳統女人的名字，並敘述夢中情人的幻象與身影，頗具有時代色彩。

二、教學詩

此期出現將教材以詩的型態吟出，最著名的是伊本．馬立柯的《千節詩》（Al-Alfīyah）。他將語法規則用一千節詩表達出來，充滿創意。後人寫了許多解釋本，來闡釋此書的意義。以下是《千節詩》中對動詞格位的描述：

倘若沒有受格或祈使格作用詞，
你要將現在式動詞主格化，
譬如「你快樂」（tas‘adu）。

三、讚頌詩

多數的讚頌詩遵循阿拉伯古風，重視詩序及結尾。其序言往往描寫自然景觀或酒。有些詩人則直接吟唱讚頌的主題，省略冗長的序言。另有一類讚頌詩人，會到被讚頌者的跟前，先吟一段序言，再進入讚頌的主題。讚頌對象往往是統治者和王公貴族。讚頌內容則是勇氣、慷慨、忠誠、爲伊斯蘭奉獻等美德。此期擅長於吟讚頌詩的詩人如伊本．翟敦、伊本．赫尼俄、伊本．哈姆迪斯（Ibn Ḥamdīs, d.1133）、伊本·達剌儿·格斯拓立（Ibn Darrāj al-Qasṭalī）等。以下是立珊丁·本·卡堤卜讚頌佳爾納拓阿米爾的彩詩片段：

安達陸斯時代的子民啊！
一旦瑞雨降臨，
必滋潤你。
過去得見此時代，
只在夢裡，
在私竊裡。

安達陸斯後巫麥亞時期阿米爾接見佳撒勒時，曾以一句詩讚美他的英俊：

羚羊帶著牠的善與美來了。

佳撒勒為了回報他而吟：

阿米爾玩笑開尊口，
稱佳撒勒善良貌美，
超過七十歲老翁，
何來美貌？

在十字軍東征時期及馬姆陸柯王國時期，由於職業詩人數量甚少，詩人幾乎無法藉由吟讚頌詩而獲利。故出現許多讚頌對抗十字軍或蒙古人的穆斯林戰士與將領的詩、亦有許多讚頌馬姆陸柯國王德政與品德的詩，詩人情感顯得眞實。詩的形式恢復傳統的序言與格律。布晒里（al-Būṣayrī）便曾吟：

他淨化地表，
不再有敗壞者。
他為路人鋪平道路，
免於傷害。

瞎子走在上面，
不會跌倒。
你在國土裡向東行、向西行，
多少的過路者讚頌他？！

四、諷刺詩

由於在安達陸斯幾無黨爭或種族鬥爭，政治性諷刺詩幾乎不存在。諷刺詩人在吟詩攻擊時毫不留情，有些流於尖酸刻薄，甚至出現詩人諷刺自己的詩，其詩句較巫麥亞時期著名的忽太阿諷刺自己還讓人感覺不堪，譬如伊本．哈資門（Ibn Ḥazmūn, d.1217）：

我望著鏡裡的臉，
活像愛玩的老太婆。
想嘲笑，
就瞧瞧我的長相，
肯定有你可嘲弄之處。
彷彿我的鈕扣上有破洞，
對著宇宙呼叫：
低下頭，不要看我！

五、聖戰詩

北非由於戰爭不斷，疾病流行，生活困苦，經濟蕭條及外族的入侵，導致這種詩盛行，表現在讚頌先知、哀悼戰士及苦行詩中。這類詩的內容往往包含先知的奇蹟與品德、先知的家族、麥地那聖地、正統哈里發等。

十字軍時期聖戰詩在文學上占有重要地位，其特點是沒有談愛情的序言，詩的內涵深受《古蘭經》、前人詩作的影響，擅長運用修辭技巧，如假借、譬喻等。

基於時代、宗教的需求，統治者鼓勵詩人們多吟聖戰詩。聖戰詩中描寫戰場、武器、戰果、勝利、勇士、英雄，哀悼烈士，鼓吹聖戰，呼籲伊斯蘭統一、解放聖地及其他阿拉伯疆域。在這種詩中，詩人往往竭盡全力，擔負時代使命，情感眞實，卻有表達矯作之憾。擅長聖戰詩的詩人如敘利亞的伊本．蓋薩剌尼（Ibn al-Qaysarānī, d.1153）、伊本．薩艾提（Ibn as-Sā‘ātī, d.1207）及序赫卜丁．馬賀穆德。詩人們在詩中描述許多著名的戰役，如剌赫戰役、達米亞圖戰役、艾克戰役，以及沙拉賀丁．埃尤比領導的穆斯林軍與十字軍的息亭（Ḥiṭṭīn）戰役等。馬姆陸柯時期詩人對於基督宗教徒及蒙古人的侵略，也在詩中表達伊斯蘭的榮耀及穆斯林的英勇。埃及詩人穆賀業丁．本．艾卜杜．查希爾（Muḥyī ad-Dīn bn ‘Abd aẓ-Ẓāhir, d.1292）在描述對蒙古人的戰爭時吟道：

多神教軍隊各路人馬聚集，
以為我們無法戰勝他們。
他們來到幼發拉底河畔，
殊不知駿馬躍進。
真主的軍隊蜂擁而來，
戰爭之日，
各路英雄出奇湧出。
我們築起鐵壩游向他們，
敵人無孔可入。

北非與敘利亞聖戰詩內容往往包含讚頌出征者、描寫戰場、強調敵人的罪行、恭賀勝利、描述人們對於勝利的喜悅等。

六、蘇菲詩與宗教詩

蘇菲詩起源於宗教詩。宗教詩從伊斯蘭早期讚頌穆罕默德的詩，隨著伊斯蘭社會精神面的發展，逐漸出現傾向靈性描述的苦行詩，主張摒棄世俗的虛華，追求後世的報酬及愉悅眞主。在精神面上，苦行詩顯然較原始的宗教詩更勝一籌。蘇菲詩人較苦行詩人生活更簡樸，詩的內容多數傾向象徵主義。

最早在詩裡提及眞主之愛的是在巴舍剌蘇菲主義「神愛派」的創始者剌比艾．艾達維亞（Rābi‘ah al-‘Adawīyah, d.796），她坎坷的人生境遇，成就她對眞主清純無瑕的愛，她的名言，譬如她在回答是否討厭魔鬼的時候說：「我對眞主的愛，讓我無暇去討厭魔鬼」，又如：「隱藏你們的優點，就如隱藏你們的缺點一樣。」

蘇菲主義者必須拋棄今世的欲求，求取來生的報酬，才得見所愛的阿拉。蘇菲主義詩人與文人都有自己的專有名詞及詞彙，都使用譬喻和假借來完成他們一貫的象徵目標。他們的目標一致，都在表達情感、愛。許多蘇菲思想是無法單純運用感官及理智來表達，必須依賴象徵來協助完成。基於此，在蘇菲詩人的詩裡，「眞主愛」會以物質性的女人之愛或酒之愛來表達；「愛」本身以酒愛來象徵，而「被愛者」——阿拉，則以女人象徵之。蘇菲詩裡混合兩種典型的阿拉伯愛情詩：精神性與感官性。譬如借酒詩中的「醉」表達最後審判日的恐怖情境所引發的「痲痺」和極端痛苦後的反應。

安達陸斯著名的蘇菲詩人「大長老」（ash-Shaykh al-Akbar）穆賀業丁．本．艾剌比（Muḥyī ad-Dīn bn ‘Arabī, d.1240）創蘇菲「大法」（aṭ-Ṭarīqah al-Akbarīyah），即沉默、飢餓、隔離、熬夜，並要感謝恩賜、忍耐災禍、滿意定命。他的詩如：

世上無人知道我的存在，
唯有那一位，
讚頌無益於他的。
他能處置、統御我們，
他是選擇者，
隨欲而為。

有「教主」（Quṭb ad-Dīn）之稱的伊本．薩卜殷（Ibn Sab‘īn, d.1269）享譽歐洲，創立「非論」（al-Laysīyah）[9]，經常抨擊遵循亞里斯多德理論的哲學家，如伊本．西納等人，他的蘇菲詩表達他受伊本．艾剌比影響，其中心思想是：「唯有眞主，多餘的皆是幻想」。

北非的宗教、蘇菲詩盛行，許多蘇菲詩人師承巴格達正統的素尼蘇菲詩人朱

[9] 即「萬物非主，唯有眞主」。

乃德（al-Junayd, d.909）的思想，埃及的伊本．法里底（Ibn al-Fāriḍ, d.1235）、伊本．艾拓俄（Ibn 'Aṭā', d.1309）等都是箇中翹楚。伊本．法里底以寫神愛詩著名，而有「情人之王」（Sulṭān al-'Āshiqīn）之稱，以下是伊本．法里底詩的片段：

心告訴我，
你毀了我，
我的靈魂為你犧牲，
你知道否？
我沒有愛夠你，
縱使我未解決悲傷，
卻是一位忠誠的實踐者。
怎麼只剩下靈魂，
為所愛而奉獻自己並不過分。
倘若你滿意這靈魂，
一定會救贖我。
倘若你沒救我，
真會令人絕望，
使我無法入眠者！
賜我病痛的衣裳者！
毀我者！
祈求你憐憫我殘生，
憐憫這疲竭的身軀，
這病懨懨的心吧！

最著名的宗教詩是布哂里的〈斗蓬頌〉（al-Burdah），其中詩句如：

先知本性多麼高貴！
他完善、喜悅，
高尚品德更裝飾他。
他出生血統優良，

徹頭徹尾都典雅。
伊斯蘭的族群啊！
他是我們的福音，
我們有個屹立不搖的保護者。
當呼喚者要我們服從，
我們是擁有至高使者的高貴民族。
誰若贊助阿拉使者，
獅子在叢林遇見他，
都氣急敗壞。

布晒里在文學史上被譽爲是「巴迪邑亞特」（al-Badī'īyāt）之父。「巴迪邑亞特」指的是讚頌先知穆罕默德之詩，通常採用巴西圖格律，其韻腳則多數採發i音的「米姆」（mīm），一首「巴迪邑亞特」往往超過五十節。

（一）〈斗蓬頌〉

布晒里的〈斗蓬頌〉全詩共一百六十二節，名稱由來根據作者布晒里本人的敘述是他半身不遂後所作。他祈求阿拉治癒他的病，反覆的吟誦該首詩，哭泣並不斷祈禱。睡著後，在夢中見到穆罕默德用手撫摸他的傷處，並將一件斗篷披在他身上，醒來後發現自己能站起來走出家門。這首〈斗蓬頌〉尚有許多其他的名稱，至今時常在宗教節日被吟誦，也出現許多闡釋本，最著名的是伊卜剌希姆．巴朱里（Ibrāhīm al-Bājūrī, d.1860）的《巴朱里的斗蓬頌注釋》（Ḥāshiyah al-Bājūrī 'alā al-Burdah）。〈斗蓬頌〉被翻譯成印度文、波斯文、土耳其文、德文、法文、英文等世界語文，其詩文筆簡潔、沉穩。

（二）〈大塔伊亞〉（At-Tā'īyah Al-Kubrā）

〈大塔伊亞〉是伊本．法里底一首以Tā'爲韻腳的蘇菲詩，其名稱在區別於他另一首以Tā'爲韻腳，長一百零三節的〈小塔伊亞〉（At-Tā'īyah aṣ-Ṣughrah）。〈大塔伊亞〉長達七百六十節，享譽詩壇。該首詩中表現出成熟的人生經驗和哲學思想，純熟的運用譬喻和假借，詩中許多詞彙使用在非其原始意義上，呈現蘇菲主義者的特殊文筆，象徵手法非常明顯，表現他內心的熱誠和十足的靈氣。以下是

〈大塔伊亞〉中的片段：

我在愛的宗教裡，
我的家人是愛的家人，
他們喜愛我的恥辱，
他們以我的缺點為榮。
除妳之外，
誰若因此惱怒，
就請便！
只要我的族人滿意我。
……
我所做的眾禮拜，
是對她禮拜，
我看到她也對我做禮拜。
我倆是一個禮拜者，
每位都對他的實體膜拜，
每一叩首都是聚體。
除了我自己，
沒有人對我禮拜，
我每一次的跪拜，
都不曾對「他」者。

七、社會詩

塞維利亞國王詩人穆厄塔米德．本．艾巴德入獄後，其妻偕女兒來探監，他見女兒赤著腳，衣衫襤褸，有感而發，吟了一首感人肺腑的詩流傳千古，以下是這首詩的片段：

過去每逢過節，
你是那麼的快樂，

你的節日曾是那麼榮盛。
看見你的女兒們穿著破舊衣衫，
餓著，
她們的衣裳下，
你看到了窮苦。
高尚的節日裡，
她們活得如此卑微。
她們赤著腳，
踏在泥土裡，
抱怨沒了鞋子，
過去曾那麼的豐裕。
髒污的手，
彷彿沒碰過麝香、樟腦。
連乾旱都嫌棄的臉頰，
過去是讓玫瑰水淹沒著。
如今讓悲傷的急流穿越。

馬姆陸柯王國時期因爲了解詩的權貴很少，許多詩人因此選擇沉默。以下詩句道盡詩人的心聲：

我對誰吐訴心聲？
有的是無知者，
不解詩意；
有的則是優秀者，
卻總難逃妒忌。

另有詩人吟道：

他們說：你拒絕吟詩，
我說：因為我的時代裡，

少了公正。
讚頌詩無法有攢錢的喜悅，
諷刺詩無法讓我接近國王。

布晒里在過節前夕，見子女無衣可穿，無食物可吃，便對一位權貴吟了一首長達六、七十節的詩，以下是此詩的片段：

對您訴說我們的窘境，
我們是貧窮的一群。
擁有的極為稀少，
家眷一籮筐。
年關已近，
他們無麥、
無大餅可吃。

詩人阿布．胡賽恩．加撒爾（Abū al-Ḥusayn al-Jazzār, d.1273）淪爲屠夫，在描述他的貧困生活時吟道：

我有一件夾克，
歷經數十載，
洗過千百遍。
別問我在哪兒買，
自從我用澱粉洗過後，
它日日與歲月戰鬥。

伊本．達尼亞勒在描述他的破舊衣裳時吟道：

我有一件衣服，
你們會看到各種顏色的補丁，
彷彿戴勝鳥的羽毛。

由於馬姆陸柯王國時期，詩人地位低微，友人建議布晒里學習算術謀生，他不諳此領域而拒絕，並因此吟詩道：

你們別責備我，
就責備算術吧！
我與它毫無淵源。
別人買賣有道，
我對兩者無緣。
除寫作外，
皆非我所願。

八、哀悼詩

安達陸斯詩人與東方巴格達的詩人所吟的悼詩很相似。他們常用格言作爲序言。安達陸斯出現阿拉伯文學史上較爲罕見的主題是哀悼逝去的王國、文明都市的殞落、被敵人占據的伊斯蘭城市等，此類詩較阿拉伯東方的悼詩更精美。詩人哀悼伊斯蘭版圖的喪失時，哀痛之情如喪考妣，哀悼詩中往往包含許多對社會弊病大膽的批判，呼籲恢復阿拉伯歷史榮耀等思想。譬如阿布．巴格俄．崙迪（Abū al-Baqā' ar-Rundī）在目睹伊斯蘭勢力衰微，城市逐漸落入西班牙人之手時，哀痛而吟的悼亡國詩，至今仍享盛譽，以下是這首詩的片段：

佳爾納拓何在？
那學術之屋，
曾經多少學者在此發跡。
息姆舍何在？
那純淨的地方，
它甘甜的水，
如此的盈滿。

阿布．巴格俄在哀悼伊斯蘭城市時會呈現對宇宙的凝視：

每件事物一旦完美後，
總會有缺憾，
人因此無需為舒適的生活而喜悅，
國家亦如是。
歲月會讓人喜悅，
也讓人罹難，
屋宇不為任何人而存在，
也不會永不變化。
戴皇冠的葉門王如今何在？
他們的皇冠呢？

蕭紀·代弗將阿拉伯哀悼詩分成三類：「努德巴」（an-nudbah）、「塔俄賓」（at-ta'bīn）、「艾撒俄」（al-'azā'）等。[10]「努德巴」是用於哀悼親人、好友，伴隨哭泣、哀號，由於聲調哀戚，頗能感動眾人。「塔俄賓」通常是詩人在正式場合吟誦來哀悼有地位的人，往往缺少真實感情，而流於形式。「艾撒俄」則是一種冷靜富有哲理的哀悼，通常在表達對人生、宇宙的沉思，能觸動內心深處的共鳴。由於各王國時期戰爭不斷，爲穆斯林社群捐軀者無數，哀悼詩往往與讚頌詩連結，稱頌死者的勇氣與智慧等。更由於伊斯蘭史上蒙古人對穆斯林的蹂躪是前所未有的殘酷，許多城市的殞落與淪陷刺激全體穆斯林的心，故興起哀悼城市的「艾撒俄」詩風。譬如塔紀丁·本·阿比·亞斯爾（Taqī ad-Dīn bn Abī al-Yasr, d.1273）哀悼巴格達毀於蒙古人之手的詩。蒙古人也在敘利亞許多地區大肆屠殺，尤其是哈拉卜死屍堆積街頭，其狀況猶如巴格達，許多詩人紛紛吟哀悼敘利亞城市的詩，譬如哈拉卜詩人的詩：

他們摧毀真主大多數的屋宇，
撕毀最榮耀的書籍。
妳的國家就這樣毀滅，

[10] Shawqī Ḍayf, Ar-Rithā', p.12.

人民在害怕與恐懼中。
而妳最大的災難是，
良家婦女被擄，
像太陽一般的妙齡女孩，
只有爸媽才能看到的女孩，
敵人讓她暴露在戲弄者手裡。

九、描寫詩

安達陸斯詩人擅長描寫自然景觀。安達陸斯的描寫詩在著作量與技巧上，都勝過東方的巴格達。譬如逃至安達陸斯的巫麥亞哈里發艾卜杜·剌賀曼描寫當地的椰棗樹時，譬喻它與自己一樣，皆是離鄉背井的異鄉人。又如穆瓦息敦時期的詩人伊本·薩法爾·馬里尼（Ibn Safar al-Marīnī）描寫安達陸斯是人間仙境，認爲唯有安達陸斯是樂園，其他皆是沙漠。此期自然也出現許多描寫酒、斟酒人、噴泉等的即興詩。如伊本·哈姆迪斯描寫宮廷中由雕像嘴裡噴水的噴泉。描寫詩中經常運用譬喻、假借等修辭，充滿想像力，如伊本·薩合勒描寫大自然的色彩時，文筆細膩無比。在描寫詩中大自然常用女人來譬喻。最擅長描寫大自然的詩人首推伊本·卡法加，他的詩如：

安達陸斯人真棒！
水 蔭 河 樹，
你們的家園盡是不朽的天堂，
若你們選擇，
我也要。

凡是花園、鳥、河流、果樹、雲、雷、電、彩虹、大海等都逃不過詩人的眼睛。譬如穆厄塔米德·本·艾巴德在描寫白色素馨花時吟道：

它在枝頭，
彷如綠絲袍上的銀幣。

描寫詩在阿拉伯文學中一向是技巧純熟、文筆樸實。北非詩人的描寫詩對於肉眼所見或心裡所思都有相關的涉獵。大多數詩人對戰爭的描述都不遺餘力，也出現一些對大自然、市集、饗宴、市景、狩獵的描述。有些詩人描述內心的痛苦、遊子思鄉之情和生命的無常等。譬如納瓦基・夏菲邑（an-Nawājī ash-Shāfi‘ī, d.1455）在描寫靠枕時吟：

它是心靈與生命的愉悅，
令朋友舒坦。
它令多少酒友舒適的倚靠？
當所有的頭揚起時，
它卻謙遜。

十、苦行詩

安達陸斯苦行詩較東方巴格達更興盛，其意義更廣、更深，因爲許多詩人到了晚年悔恨過去的荒唐，改而祈求阿拉寬恕。擅長於吟苦行詩的詩人如：伊本・哈姆迪斯、伊本・艾卜杜・剌比合、佳撒勒。譬如伊本・艾卜杜・剌比合吟：

那些用後世買今生，
用安逸買艱苦，
他們的買賣虧了。
玩樂的人啊！
他頭上的白髮在哀嚎，
髮蒼蒼後，
等待的是什麼？

佳撒勒的苦行詩譬如：

我看有錢人家，
死了就用巨石蓋墳墓。

只想向窮人炫耀，
即使已在墳裡。
泥土腐蝕這個那個
富人又能勝過窮人幾許？

肆、詩的型態

阿拉伯詩依據韻尾可分爲三類：

一、「剌加資」

一首巫爾朱撒詩可能每段都押韻，整首詩皆然，也可能一節中的兩段押同一韻腳，但每節卻押不同韻。

二、「格席達」

即傳統阿拉伯詩，由許多節詩組成，有相同的韻尾和韻腳的傳統詩。由於在蒙昧時期文學的章節中有詳細的敘述，於此不再贅述。

三、「穆薩姆馬圖」（al-musammaṭ）

每首詩包含許多不同的韻腳，如五行詩便屬此類，凡此皆起源於蒙昧時期，實際上此期的彩詩便類似穆薩姆馬圖。

安達陸斯詩體以剌加資韻海最盛行，它除了運用在宗教、語言、歷史的寫作上，也用在表達情感，直到阿拉伯人在安達陸斯的政權結束爲止。著名的剌加資詩人如亞賀亞．賈亞尼（Yaḥyā al-Jayyānī），他所吟描述安達陸斯歸併爲伊斯蘭國土的詩享譽詩壇；又如塔馬姆．本．艾米爾．本．艾勒格馬（Tamām bn ‘Āmir bn ‘Alqamah, d.896）的征服安達陸斯史詩；伊本．艾卜杜．剌比合的哀悼艾卜杜．剌賀曼詩和韻律學詩；立珊丁．本．卡堤卜的伊斯蘭阿拉伯東方及安達陸斯史詩；阿布．穆拓里弗．阿沙姆（Abū al-Muṭarrif al-Aṣamm）的詩等。阿布．穆拓里弗同時是一位語言學者。伊本．馬立柯的《千節詩》將語法規則用一千節詩表達出來，充滿創意。以上都是使用每段押韻的剌加賚詩。剌馬迪描寫大自然及酒的剌加賚也頗具盛名，譬如他說：

狂風及豐沛的雨，
咖啡[11]，
一點一點的飲，
在年輕人間環繞。
柔美，
如他們的品德，
天際雲彩有，
細雨，
降下，
如同被篩的白銀碎片。

伍、文學衰退時期詩的發展狀況

鄂圖曼統治前期阿拉伯詩的主題非常貧乏，詩人們仍傾向寫傳統的主題，但內容八股，傾向矯作，其程度反映在許多缺乏創意，言不及義的主題流行於文人之間，譬如詩人普遍喜愛謎語詩，其原因在於當時詩人受教育程度不高，無法善用修辭，轉而注重文字遊戲，自然也因其娛樂性頗高而盛行。著名的詩人有序赫卜．卡法基（ash-Shihāb al-Khafājī）、伊本．納哈斯．哈拉比（Ibn an-Naḥḥās al-Ḥalabī）、艾卜杜．佳尼．納布陸西（'Abd al-Ghanī an-Nābulusī）等。

一、描寫詩

鄂圖曼前期的詩人寫此主題往往文筆矯作，如艾卜杜．加立勒．馬瓦希比（'Abd al-Jalīl al-Mawāhibī, d.1707）將噴泉譬喻為老人的頭髮，此種譬喻明顯模仿

[11] 即「酒」。

前人，了無創意：

瞧那噴泉，
編織了兩鬢白髮的老人頭，
髮絲散亂，
老是往兩旁傾斜。

二、讚頌詩

鄂圖曼前期讚頌詩內容與馬姆陸柯時期大同小異，詩人往往為了獲得賞賜，不惜寫出乞討的詩句，文意較為鬆散。亦不乏如馬姆陸柯時期讚頌學者、法官的詩文，以下是善艾尼（aṣ-Ṣan‘ānī, d.1768）稱頌法官的讚頌詩：

他是光耀的法官，
如同太陽，
然而陽光不恆久。
感謝真主，
我們的世界因其光芒而燦爛。

三、哀悼詩

鄂圖曼時期初期，許多詩人吟誦哀悼馬姆陸柯王國的殞落，記述當時戰爭歷史，文詞卻顯得不自然。其他的哀悼詩往往缺乏眞實情感，意義誇張，如阿布·瓦法俄·馬各迪西（Abū al-Wafā’ al-Maqdisī）的詩句：

歲月啊！
那忠誠　高貴　純潔之父在哪裡？
他的祖先，
是疾病的良藥。

四、詠酒詩

鄂圖曼時期人們飲酒普遍，也是時尚與地位的象徵。由於人們經驗到生命的無常，社會上掀起一股及時享樂的人生觀，許多富人家中經常歌舞不斷，伴隨著賓客飲酒作樂。

五、日期詩

謎語詩出現在鄂圖曼時期，詩人使用一個詞或數個詞，來表示詩人所要記載的年代。其方法是每個字母代表一個數字，詩人設定的那個詞或數個詞所包含的字母，將之加總，便是詩人所要的年代。譬如某詩人在哀悼另一位詩人時吟：

我問詩：你有朋友嗎？
杜勒納加維已住進墳墓裡。
他大叫一聲昏倒在地，
也住進旁邊的墳墓裡。
於是我告訴索詩的人：
省省吧！
我已經記載下來：
「在他之後，詩已死亡」。

此詩中，詩人所要的年代在「在他之後，詩已死亡」一句裡的字母加總。此句所包含的阿拉伯字母的數字總和為1123，即被哀悼的詩人逝世的年代，是伊斯蘭曆1123年。

「日期詩」創始人是大馬士革詩人艾卜杜．刺賀曼．納賀拉維（‘Abd ar-Raḥmān an-Naḥlāwī, d.1749）。納賀拉維精通文學、歷史，將詩和歷史結合於文學中。但也有學者認為這種詩在他之前便存在，唯不盛行。納賀拉維作詩方法是依據字母次序，每個字母代表一個數字。當他要表達數字之前，先吟「記載下日期」，最後將此詞句之後所吟的詩句字母加總，便是詩人所要的日期。以下是字母對照數字表：

’	1	ḥ	8	s	60	t	400
b	2	ṭ	9	‘	70	th	500
j	3	y	10	f	80	kh	600
d	4	k	20	ṣ	90	dh	700
h	5	l	30	q	100	ḍ	800
w	6	m	40	r	200	ẓ	900
z	7	n	50	sh	300	gh	1000

六、表情詩

這種詩在描述詩人和被稱頌者，及詩人和他朋友之間的關係，目的包含恭賀、道歉、責備、抱怨、表達情誼等社會人際關係，感情經常很牽強。其中最常見的是互訪詩，譬如詩人訪友不遇，便寄詩給他，有人也回以詩句。如艾卜杜拉．夏卜剌維（‘Abd Allāh ash-Shabrāwī）給他老師的詩中說：

我的罪可大，
因你的寬容得救。
我為此道歉，
惜能力如此，
也因此發生。
我羞愧得丟下身旁的貴賓。
你如此寬宏，
希望破碎的心復原，
阿拉見證，
我心唯善，
口卻笨拙，
無能道歉。

七、樹狀詩與編織詩

樹狀詩出現在鄂圖曼時期，是一種如樹枝般分枝的詩，詩句重重相疊。作此詩方法是先寫一節代表主幹的詩句，然後由此節詩中的每一個詞由左、右兩邊分支出與主幹同韻海的詩節，直到整首詩呈樹形。每個分支詩節都和主幹詩節的韻尾、韻腳相同。這類詩出現在十七世紀，這也充分顯示此期詩人技窮的窘態。詩的文筆鬆散，意義隨便、架構脆弱，主因在大多數的詩人語文能力薄弱。樹狀詩的作者經常使用華麗的詞藻，詩中摻雜方言，甚至爲了方言，還創造新的格律。他們多數擅長文字遊戲，如多樣化的編織術，亦即將每節詩的第一個字母拼成詩人所要表達的字，譬如若詩人想要讚美穆罕默德，他會將Muḥammad一詞的輔音，即m、ḥ、m、d分拆，放在四節詩的詩首，讀者從型態便可知他所讚美者是Muḥammad。以下是樹狀詩例：

[12]

[12] https://www.google.com.tw/search?q=%D8%A7%D9%84%D8%AA%D8%B4%D8%AC%D9%8A%D8%B1+%D8%A7%D9%84%D8%B4%D8%B9%D8%B1%D9%8A&source=lnms&tbm=isch&sa=X&ei=Q0-uU7SsKYPPkwXL3IHQCg&ved=0CAYQ_AUoAQ&biw=1024&bih=482#facrc=_&imgrc=9d-atU67aCNI8M%253A%3BJv0bCRvPl6ywlM%3Bhttp%253A%252F%252Fs.alriyadh.com%252F2010%252F04%252F17%252Fimg%252F174427118993.jpg%3Bhttp%253A%252F%252Fwww.alriyadh.com%252F517070%3B580%3B624（2014年1月25日瀏覽）

第三節　彩詩（al-muwashshaḥāt）

壹、彩詩的起源

安達陸斯時期盛行彩詩，「彩詩」是一種西元九世紀發展出來爲歌唱而作的新詩體，以順應社會生活狀況，有些遵循古詩韻，有些則否。根據詩人伊本・薩納俄・穆勒柯（Ibn Sanā' al-Mulk）在他的著作《彩詩風格》（Dār aṭ-Ṭirāz fī 'Amal al-Muwashshaḥāt）所述，彩詩共有一百八十種詩韻。彩詩的出現顯然是針對傳統詩格律、內容的僵化與八股的革命。

「彩詩」名稱取自女人鑲珠寶的飾帶「維夏賀」（al-wishāḥ），因爲這種詩以文飾爲特色。至於其起源於阿拉伯語或希伯來語，則學者們有不同的意見。一般學者認爲第一位吟阿拉伯「彩詩」的詩人是穆格達姆・格卜里（Muqaddam al-Qabrī, d.912），他被視爲詩學的革命先驅，讓詩人擺脫傳統詩韻的桎梏，影響了後來「撒加勒」詩的興起。但他的作品主題與特性仍然非常傳統，且未流傳下來。第一位有彩詩創作流傳的詩人是十一世紀初的烏巴達・本・馬俄・薩馬俄（'Ubādah bn Mā' as-Samā', d.1030），著有《安達陸斯詩人訊息》（Akhbār Shu'arā' al-Andalus）。著名的彩詩詩人如伊本・艾卜杜・剌比合、立珊丁・本・卡堤卜、伊本・薩合勒、伊本・艾席姆・佳爾納堤（Ibn 'Āṣim al-Gharnāṭī, d.1426）、伊本・翟敦、伊本・艾卜敦等。最早用彩詩格式吟蘇菲詩的詩人是穆賀業丁・本・艾剌比。伊本・薩納俄・穆勒柯將彩詩推廣於埃及和敘利亞。最享盛譽的彩詩著作是曾擔任佳爾納拓的大臣立珊丁・本・卡堤卜所作〈瑞雨滋潤你〉（Jādak al-Ghayth），此詩充滿情感，意象豐富，思想具創意。

基本上，阿拉伯歷史對於彩詩的緣起記載非常少，阿拉伯文學批評者也常將彩詩排除在阿拉伯詩之外。反之，希伯來詩史中，卻將這種詩歸之於正統詩。彩詩的起源，至今仍缺乏可考的文獻記載，尤其是其吟唱的樂器、如何吟唱、源自民間或官方等都待考證。有些學者認爲彩詩的興起，是一種阿拉伯文學革命，訴求的是解脫傳統詩的桎梏，反映文人嚮往自然無拘束的詩韻，順應安達陸斯自由環境的精神。以正統語言吟頌的彩詩後來發展成「撒加勒」方言詩，兩者都傳到阿拉伯東方，盛行於埃及和敘利亞。

貳、彩詩結構

1. 詩首（al-maṭla‘）或「馬茲赫卜」（al-madhhab）：即彩詩的第一組詩節，可能由一個以上的「辜舍恩」（al-ghuṣn）所組成。各「辜舍恩」可能壓相同的韻腳，也可以不同。一首彩詩不一定要有詩首。若有詩首，則稱之爲「全彩」（al-muwashshaḥ at-tāmm），若無，稱之爲「半彩」（Aqra‘）。

2. 「道爾」（ad-dawr）：緊接著詩首之後三個以上的詩節稱之。若彩詩是「半彩」，則「道爾」會呈現在一首彩詩的開頭。「道爾」的各詩節遵循同樣的韻律，壓一樣的韻尾。一首彩詩的各個「道爾」包含的詩節數目要相同。「道爾」與詩首的格律要相同，但韻尾不可相同。

3. 「西姆圖」（as-simṭ）：即每個「道爾」所包含的詩節，可能是一段式，也可以是兩段式。

4. 「古弗勒」（al-qufl）：緊接著「道爾」的詩節稱之。在「全彩」的彩詩裡，「古弗勒」與詩首在各方面是完全一樣的。

5. 「拜特」（al-bayt）：與傳統「格席達」中的「詩節」（al-bayt）定義不同。彩詩中的「拜特」，指的是「道爾」和其後的「古弗勒」的組合。

6. 「辜舍恩」（al-ghuṣn）：詩首或「古弗勒」所包含的詩節。整首彩詩的各個「辜舍恩」數目、押韻等要協調一致。

7. 「卡爾加」（al-kharjah）：每首彩詩的最後一個「古弗勒」稱之爲「卡爾加」（al-kharjah），其意是「安達陸斯的阿拉伯方言」。彩詩若無「古弗勒」及「卡爾加」就無法稱爲彩詩。所謂安達陸斯的阿拉伯方言，是混合當地西班牙語和阿拉伯語，猶如今日摩洛哥的阿拉伯方言一般，混合了柏柏語、法語和阿拉伯語。其原因是阿拉伯人在血統與文化生活上都與西班牙當地居民融合。

有關「卡爾加」的起源，學者們有許多不同的意見。西方的東方學學者，如西班牙學者Ribera及Garcia Gomez認爲彩詩是起源於羅馬詩，西班牙人自古就吟唱此種詩，證據就在「卡爾加」仍然維持原來的型態。根據這派學者的說法，彩詩溯源於羅馬奧維德（Ovid, 43BC-17or18AD）的《情詩》（Ars Amatoria）型態，在九、十世紀再度復興，安達陸斯地區受到此風潮影響，而吟此型態的詩。許多學者傾向卡爾加是由女人吟唱，有別於整首詩。以下是彩詩詩例：

詩首　日伴月兒　酒與酒友
道爾　斟滿酒杯　將金杯頻傳　園裡盡是歡笑
古弗勒　微風吹拂　為河流披上衣裳
道爾　東西天際　如手抽眾劍　電光閃閃
古弗勒　烏雲涕泣　惹笑了花兒
道爾　我可不是有個主兒管我　占據了
古弗勒　若非淚水暴露了祕密　我可是守口如瓶
道爾　我如何能守密而我淚如洪水　有火燃燒
古弗勒　誰曾看過炭火在海中潛浮
道爾　誰若因見過他荒唐　責備我痴傻　我倒為他歌唱
卡爾加　或許他情有可原　而你卻僅責斥

參、撒加勒方言詩

彩詩吟起來流暢，詞藻華麗，一般人便沿用，並用他們的城市語言作詩，不理會阿拉伯標準語言的變尾規則，形成新的詩技，稱之爲「撒加勒」。撒加勒的盛行可歸功於有「小格資曼」之稱的阿布．巴柯爾．穆罕默德．本．格資曼（Abū Bakr Muḥammad bn Qazmān, d.1160）。儘管在安達陸斯有人比他更早吟誦此種詩，但直到他才將撒加勒之美顯現出來，其意義才完善表現。「小格資曼」原本是以標準阿拉伯語吟詩，但當他察覺到自己不可能達到阿拉伯前人的成就，發覺到諸小國及穆剌比屯人時期，多數王族不諳阿拉伯語文，無法欣賞傳統詩時，便開始吟這種簡單的方言詩體，來迎合王公的口味。

許多阿拉伯學者認爲蒙昧時期阿拉伯人便吟撒加勒，其狀況是一群詩人聚在一起，樂器伴奏而吟，是一種即興口語詩，當時最擅長此技者包含女詩人漢薩俄。

「撒加勒」因此有廣義的意指地方性方言即興伴樂吟唱的「方言詩」，以及狹義的意指十二世紀盛行於安達陸斯的方言詩。後來許多阿拉伯地區的方言詩，應是源自於安達陸斯的方言詩。

安達陸斯的撒加勒便是以安達陸斯方言吟誦的文雅方言詩。這種詩技是為了因應安達陸斯詩人有限的阿拉伯語文能力，卻熱中於吟詩的需求。撒加勒詩體使他們得以各自衡量能力，運用他們的詞彙表達思想。安達陸斯特殊的政治、社會背景，更促使撒加勒詩體迅速發展，小格資曼成為這時代撒加勒詩的翹楚。主題上，他的詩頗似阿布・努瓦斯的詩，傾向享樂主義，經常描寫酒、女人等，其詩集融合了阿拉伯文化及西班牙文化，使用許多拉丁詞彙。世界各地的東方學學者都肯定他的詩才，不斷的考證並研究他的詩集，尤其是其中的韻律。有些東方學學者甚至於認為，他使用的詩韻源自歐洲拉丁文詩韻。小格資曼的詩如：

花園三寶，
你可到處可見。
微風、綠意和小鳥。
聞吧！
逛吧！
聽吧！

安達陸斯的「撒加勒」可視為彩詩的一種，是僅次於彩詩的流行詩歌。兩者的不同在於彩詩除了「卡爾加」之外，皆是變尾音的標準阿拉伯語，整首詩除了卡爾加用方言或西班牙語之外，其餘都是標準阿拉伯語。撒加勒則是沒有變尾現象的方言詩，語言上混合標準語和方言，純粹運用於歌唱。撒加勒的韻尾多樣化，韻律新穎，不同於任何其他的民間詩歌。當時巴格達文人稱撒加勒為「息加資詩」（al-ḥijāzī），其主題除了傳統詩的主題之外，尚有一些專屬於撒加勒的主題，且有時代、地域、環境之別，譬如蘇菲詩人吟唱撒加勒，其主題圍繞著訓誡、哲理。最早用「撒加勒」吟蘇菲詩的詩人是夏須塔里（ash-Shashtarī, d.1269）。夏須塔里因經常旅行，他的「撒加勒」蘇菲詩盛行於阿拉伯東方。馬姆陸柯王國時期詩人吟唱撒加勒，主題常描述庭園、情愛、筵席。現代人吟唱撒加勒詩，主題往往涉及殖民主義與社會變遷，政治、社會問題成為撒加勒的重要議題。一首撒加勒常常會同時討論兩個以上的主題，譬如酒詩常與愛情詩、描寫大自然的詩同時存在一首詩裡，單一主題的撒加勒很稀少。其型態與彩詩一樣，分爲詩首、道爾、西姆圖、古弗勒、辜舍恩、卡爾加等。韻律上仍遵循傳統詩韻，並由傳統詩韻衍生出新的韻律。

今日許多研究者認爲安達陸斯所發展出來的「撒加勒」方言詩傳到歐洲，影響歐洲的民俗音樂，譬如Rondo便是是靠韻律而譜成的音樂。彩詩和「撒加勒」兩者更影響了後來的歐洲文學，如十一世紀法國南部Troubadures流浪歌手、西班牙北部的吟遊詩人（Juglares）及義大利的宗教詩，甚至西班牙節日所唱的Villancico也是延續安達陸斯「撒加勒」的詩風。Troubadures一詞便是來自於阿拉伯語的「拓爾卜」（ṭarb）和「道爾」兩詞的結合。許多歐洲樂器引自安達陸斯，並保留原來阿拉伯語的名字，如魯特琴‘ūd和狀似胡琴的rebaba。

第四節　散文的發展

壹、散文發展概況

由於後巫麥亞政權的安達陸斯王公們，將安達陸斯視爲他們在大馬士革政權的延續，在觀念上，常將阿拉伯東方文明視爲模範，所以在文學特色上，與艾巴斯家族所統治的東方，並無太大的差異。譬如伊本·艾卜杜·剌比合的《珍貴項鍊》，若非因爲書中提及哥多華的文明，讀者從文筆上實無法察覺它是安達陸斯的作品。然而，在安達陸斯極盛時期，文學的特色便顯現。整體觀之，安達陸斯文學在阿拉伯文學史上具有特殊的意義，它表達的是思想的創新、文筆簡易流暢及文體上的特殊風格。

安達陸斯散文的發展歷程如同詩的發展一樣。文人到阿拉伯東方取經，仿古著作，並聘請巴格達學者至清眞寺講學，如《手札》作者阿布·艾立·格立、創意歌手奇爾亞卜等便從巴格達移民安達陸斯。阿布·艾立·格立被當時儲君重用於著書，作品豐富，成爲安達陸斯的大師。基本上，此期出現許多學術作品，但相對於此期年代持續長久，散文就其量而言，或許算不上發展興盛，但其品質，尤其是哲學方面的成果，卻頗受矚目，其思想巔峰可以伊本·卡勒敦的史學觀爲代表。傳統上，阿拉伯詩人寫詩，文人寫散文，故詩人（ash-shu‘rā’）與文人（al-udabā’）領域清楚分隔。安達陸斯的詩人亦寫散文，文人亦寫詩，譬如伊本·翟敦、伊本·書海德、立珊丁·本·卡堤卜等人都精通兩者。

安達陸斯散文發展狀況概述如下：

1. 書信、講詞、辯駁、批評、語言、文學、歷史、宗教等散文，爲了保持其可靠性，都建立在傳述上。後巫麥亞初期安達陸斯散文內容僅限於講詞、書信、勸誡詞，因爲作家來自阿拉伯東方，仍然維持著傳統藝術水準，文學呈現出構思較爲粗糙，傾向反映部落生活，主題圍繞著戰爭與政爭。當安達陸斯政權極力發展文學與學術時，政府派遣團體到阿拉伯東方，擷取成熟的文學、科學思想。學而優則仕的觀念普及於社會，寫作成爲事業高升的途徑。在王公的眼裡，散文地位提升，一般學者也相競成爲散文家，然而許多著作水準仍不及東方巴格達。穆瓦息敦人及穆剌比屯人統治時期，寫作開始沒落，成為華麗、矯作的技藝。

2. 由於阿拉伯人習慣在作品中引證《古蘭經》、聖訓、詩等，所以許多安達陸斯的文人在寫作方法上並無異於阿拉伯東方的散文。如宗教學者門居爾．巴陸堤（Mundhir al-Balūṭī, d.966）的講詞、伊本．布爾德．阿柯巴爾（Ibn Burd al-Akbar, d.1027）的勸誡詞、伊本．書海德的書信等，有特色的作家甚少。然而，相對於阿拉伯東方巴格達，安達陸斯一些文人仍然有努力打破傳統，塑造自己風格的傾向。尤其是打破行文引用《古蘭經》、聖訓的傳統。譬如這些文人的講詞會隨性、自然、不押韻、意義清新且生動。文藝散文也較充滿想像力，寫作主題多元化，譬如伊本．翟敦的諷刺性書信《嚴肅與詼諧》（Al-Jiddīyah wa-l-Hazalīyah）。此外，安達陸斯人對於性別的觀點較為開放，也培養許多思想不同於巴格達的學者，譬如伊本．哈資姆在《鴿之環：愛與戀人》（Ṭawq al-Ḥamāmah fī al-Ulfah wa-l-Ulāf）裡表達對於「愛」截然不同於前人的觀點，談及「愛」及其意義、目的和原因，明顯擺脫前人八股的情詩與哭悼廢墟的傳統。書中敘述許多愛情故事與詩，以心理分析的方式闡釋愛，呈現作者成熟的思想。歐洲人認為這是人類史上第一部分析愛的書籍，在他之前並無任何阿拉伯學者敢用心理分析的方式，來闡釋愛的因素與現象，因而被譯成世界各種語言。諸如此之作品讓這時代大放異彩。

貳、散文形式

十字軍與馬姆陸柯王國時期由於執政者的禮賢下士，著重歷史、傳記的著作，散文主題多元，出現許多文學、歷史、社會、政治的百科全書，形成所謂的「埃及學派」。埃及學派的特徵在反映當時政治與社會的狀況，文人行文思想結構緊湊，文筆簡潔、自然少矯作，傾向使用詞彙於其具體意義上，少用隱喻，尤其是在純學術文章中。譬如蘇尤堤的文筆，雖未能達到加息若、伊本．穆格法厄的寫作水準，卻也無牽強、華麗的用詞。但此期也不乏延續「格弟．法弟勒（al-Qāḍī al-Fāḍil, d.1199）學派」的色彩，著重詞彙的修飾。

鄂圖曼時期，阿拉伯散文作品僅限於官方書信、一般書信、笑話、韻文、注釋、補遺、爭辯文等。作品中的可信度很低，多誇張、錯誤，以矯作的飾文來解文人之渴。文人的狀況與詩人幾乎相同，以空洞的文字遊戲，作爲寫作的目的。由於土耳其人的信仰屬於哈尼法派，幾乎所有的宗教學書籍都屬於此派思想。書籍中更充滿迷信、鬼神及不符合伊斯蘭價值的觀念。然而，此期也出現許多集合各領域知識的百科全書。阿拉伯散文型態，無疑是過去講詞與書信的延伸。文人寫作最初注重押韻，隨著報章雜誌的盛行，文人喜愛在報章雜誌發表文章，談論政治及社會問題，逐漸邁向思想的深度與廣度，主題也多元化，更難得的是立場逐漸趨於客觀。

一、講詞

在安達陸斯初期的演講是以戰鬥爲目的，往往鼓勵穆斯林爲宗教而戰，爲聖戰而堅忍，意義眞實淺顯，少做作，如拓里各・本・奇亞德、奇亞德・本・阿比合的講詞。拓里各・本・奇亞德在安達陸斯戰役的講詞成爲講詞的經典之作。

當安達陸斯學術發展普及，講詞主題便逐漸增加，並重視講詞的文飾、押韻。在柏柏國王時期，講詞地位沒落，僅侷限於清眞寺中的勸誡詞。精於講詞者有後巫麥亞時期的大臣瓦立德・本・艾卜杜・剌賀曼（al-Walīd bn ʻAbd ar-Raḥmān, d.885）、穆剌比屯人時期的艾卜杜拉・法卡爾（ʻAbd Allāh al-Fakhkhār）等。然而這時期流傳下來的講詞著作，只有散記在其他作品中的片段。以下是拓里各・本・奇亞德的部分講詞：

「人們啊！哪兒有逃路？大海在你們後頭，敵人在你們前頭。阿拉見證，你們僅能誠實和堅忍。要知道你們在此海島上狀況，較落入惡人手中的孤兒更爲艱困。你們僅能從敵人手裡尋求你們的糧食。倘若你們缺糧的歲月拖久了，卻始終無法實踐大業，你們的力量就消失。他們畏懼你們的心，就轉變成侵略你們的膽量。」[13]

北非與大敘利亞地區戰爭講詞因戰事頻繁而興盛，這種講詞通常是帶韻散文，宗教意識強烈，情感眞實。如敘利亞穆賀業丁・本・撒齊丁（Muḥyī ad-Dīn bn Zakī ad-Dīn, d.1201）的講詞。最著名的戰爭講詞是馬姆陸柯王國賽弗丁・古圖資領軍出征蒙古之前，在埃及對穆斯林阿米爾們的講詞。另外尚有宗教講詞，採用傳統方式：首先演講者先讚頌阿拉，然後來一段對大眾的講詞，稍作休息後，接著發表第二段講詞，是對哈里發、統治者的話。最後是對所有穆斯林的話，文筆和戰爭講

[13] al-Maqarrī, 1968, vol.1, pp.240-241.

詞相同。其中包含故事、警戒語，言詞簡易，較少做作。至於教學講詞是這時代新興的散文體，是宗教學者、學者們在教學季節裡，在清眞寺、學校中所作的講詞。辯爭講詞則是爲自己辯護的講詞。

二、書信

伊斯蘭曆一世紀時，散文主題有限，文筆簡潔，少有華麗之文。哈里發和諸小王國時期，由阿拉伯東方引進許多散文作品。安達陸斯文明生活多元化之後，無韻散文的主題也相對增多，分爲官方散文和文學散文兩種。前者主題是與官方的通信，如恭賀勝利等內容。後者則包含許多主題，如辯駁、討論、幻想故事等，寫作目的在表達道歉、思念、讚美、諷刺、哀悼、描寫、求憐等。其中描述性散文最多，描寫大自然的美。最著名的文學家如伊本・翟敦、伊本・艾卜敦、伊本・書海德、伊本・伊德里斯・加奇里、伊本・卡法加、伊本・卡堤卜等。

文筆技巧上，安達陸斯如同東方的巴格達一樣，著重詞彙運用技巧以及句尾押韻。書信中常用成語、歷史、科學、《古蘭經》經文來引證。但後期的文人則流於矯作的押韻，運用華麗的詞藻及無意義的重複來裝飾文章，譬如伊本・翟敦央求伊本・加合瓦爾（Ibn Jahwar, d.1043）憐憫時說：

「陛下，我鍾愛的主人，我仰賴的主人，我熟悉的人，提拔我的人……」頗讓人乍舌。

官方書信（ar-rasā'il ad-dīwānīyah）是政府單位往來的書信，撰寫這些書信的書記在北非社會上地位崇高，相當於大臣之位，著名者有穆賀業丁・本・艾卜杜・查希爾和其子法特賀丁（Fatḥ ad-Dīn）、序赫卜丁・馬賀穆德、格勒格軒迪（al-Qalqashandī, d.1418）等。沙拉賀丁・埃尤比收復耶路撒冷的戰役曾令伊斯蘭世界舉世歡騰，沙拉賀丁本人也爲此事件寫許多信件寄送到各地王宮貴族，由當代著名的作家大臣格弟・法弟勒代筆。沙拉賀丁・埃尤比曾經讚嘆格弟・法弟勒的文筆，並說自己並沒有用軍隊征服敵人，而是格弟・法弟勒用筆征服的。這些代筆信件中最著名的是寫給巴格達的哈里發納席爾・立丁拉的信。此信除了具有文學價値外，尙具有歷史意義，因爲它記載了當時的政治、社會、戰爭狀況，展現「格弟・法弟勒學派」的書寫特徵，也代表此時的文學特徵。其中最重要特色是透過譬喻、假借等修辭技巧，使用擬人化，譬如使用同義詞，以達致押韻、擬人的效果。文筆深受《古蘭經》影響，情感眞實，呈現出濃厚的宗教色彩。格弟．法弟勒培養許多著名的文人，傳承他的書寫風格，譬如邑馬德丁．阿舍法赫尼（'Imād ad-Dīn al-Aṣfahānī, d.1201）行文非常重視意義上或型態上的修辭，尤其是頻頻運用「巴迪厄」修辭學。格弟．法弟勒另外一位學生伊本．阿夕爾是著名的文史學家，但伊本．阿夕爾非常反對格弟．法弟勒的風格，尤其因爲過度重視修辭，導致嚴重的矯飾，違反寫作的宗旨。

另外尚有文人作家之間的書信，內容是一般生活喜怒哀樂、描述大自然、聚會及生活具體事務。

三、馬格馬

馬格馬分爲兩種型態：傳統與現代。傳統的仍依循東方巴格達赫馬扎尼的風格。小國分立時期馬格馬非常興盛。到了穆剌比屯時期，阿拉伯東方哈里里的馬格馬出現，許多安達陸斯的文人到巴格達學習其風格，返回安達陸斯後教授人們，哈里里的學生因此影響安達陸斯馬格馬的創作及其批注。第一位寫馬格馬的安達陸斯文人是有「雙首相」（Dhū al-Wizāratayn）之稱的伊本．阿比．卡沙勒（Ibn Abī al-Khaṣṣāl）。此外如伊本．夏剌弗．蓋剌瓦尼（Ibn Sharaf al-Qayrawānī）及阿布．拓希爾．薩剌古斯堤（Abū Ṭāhir as-Saraquṣṭī）都是箇中好手。薩剌古斯堤的馬格馬作品多達五十篇，多數在敘述小國的殞落及柏柏政權的入主安達陸斯，充滿悲觀的思想，是安達陸斯最具代表性的馬格馬作品。他的《陸茹米亞馬格馬集》（Al-Maqāmāt al-Luzūmīyah）頗具有文學價值。此書或稱《薩剌古斯堤馬格馬集》，內容在反映薩剌古斯堤個人的生活狀況。他所使用的韻尾，深受巴格達詩人阿布．艾拉俄．馬艾里的影響。他在馬格馬裡，企圖反映當時整個社會型態與價值觀，並注入社會改革意識，詼諧中帶著批評。其內容譬如人與人之間的關係、友誼的價值、慷慨及待客之道、各職業所存在的問題、社會的需求等，他並試圖探索問題的原因，理出可能的解決方案。這些馬格馬深具歷史價值，因爲他記載了安達陸斯的社會狀況、政治對社會生活的影響、小國的殞落、穆剌比屯的主政、血腥的戰爭所造成的貧窮與不安等。

多數作家都寫這種文體，但北非的馬格馬純粹是故事，而無說書者，段落很短。有些作家運用這種文體寫宗教殷鑑、歷史事件，或雜記其憂傷、快樂之事，或書寫一些娛樂、社會現象等。其文筆運用巴迪厄修辭而少矯作，著名的馬格馬作者有詩人夏卜．查里弗（ash-Shābb aẓ-Ẓarīf, d.1289）、烏馬爾．本．瓦爾迪（‘Umar bn al-Wardī）、沙拉賀丁．沙法迪（Ṣalāḥ ad-Dīn aṣ-Ṣafadī, d.1363）等。

四、抒情散文、民間故事及戲劇

作家抒發自己情感之作很普遍，如兄弟、朋友之情、生活雜記、旅遊小品等。文筆有華麗多文飾，亦有平易近人者。民間故事充滿宗教的警示，鼓勵人們聖戰，呼籲人們遵守教義，遠離犯罪，譬如邑資丁．馬各迪西（‘Izz ad-Dīn al-Maqdisī, d.1280）的《揭開花鳥祕密》（Kashf al-Asrār ‘an Ḥukm aṭ-Ṭuyūr wa-l-Azhār）。伊本．達尼亞勒創作阿拉伯最早的皮影劇，混合詩與散文，《一千零一夜》也在此時繼續其中的埃及故事篇章。

五、傳記

此期的傳記文學作品包含自傳與傳記。譬如立珊丁．本．卡堤卜寫自傳及其父親的傳記、伊本．阿巴爾（Ibn al-Abbār, d.1260）的《補遺》（At-Takmilah）也是他及他父親的傳記。伊本．薩邑德．安達陸西所作的詩人傳記集，包含作者去世之前阿拉伯東西方各地的詩人傳記，唯現今出版的僅有此部書的一小部分。

六、文學創作

文學創作是此期出現的新主題，最著名者如伊本．書海德在1030年所作的《精靈與魔鬼》（At-Tawābi‘ wa-z-Zawābi‘）。此書談及精靈世界，書名靈感出自阿拉伯人傳統觀念中，每位詩人皆有一位跟隨他的精靈，與馬艾里的《寬恕篇》手法雷同，唯此書較馬艾里的《寬恕篇》爲早，按後者作於1031年至1033年間，或許後者便是受前者影響。

《精靈與魔鬼》是一篇作者寫給他的朋友阿布．巴柯爾．本．哈資姆（Abū Bakr bn Ḥazm）的文學書信。書中主角旅行到精靈世界，遇到許多魔鬼學者及詩人，主角跟他們談及許多文學問題。全書充滿幻想，包含下列主題：1.與詩人的座談：主角遇到蒙昧、巫麥亞及艾巴斯等時期的詩人，包括伊姆魯．蓋斯、拓剌法、阿布．塔馬姆、布賀土里、阿布．努瓦斯、穆塔納比等人。他不認爲伊斯蘭初期有偉大的詩人，所以並沒有提及任何該階段的詩人。當他與這些詩人對話時，都是切入該詩人最擅長的主題。2.與文人的座談：他以加息若爲首，接著是艾卜杜．哈米德及巴迪厄．撒曼。3.文學批評。此書除了是充滿創意與想像的故事外，顯然這也是一部表現作者文學觀點的文學批評佳作。

七、遊記

由於安達陸斯的人民在境內與境外的流動和遷徙非常頻繁，刺激遊記文學的發展。在境內流動的文人譬如立珊丁．本．卡堤卜，其遊歷與遷徙的經驗讓他得以撰寫《佳爾納拓史》。許多文人與藝術家遊走於阿拉伯東方和安達陸斯之間，促進阿拉伯東西方的文化交流，譬如「黑鳥」奇爾亞卜、阿布．艾立．格立。在境外遊歷的如伊本．朱拜爾（Ibn Jubayr, d.1217）、伊本．巴突拓（Ibn Baṭṭūṭah, d.1377）、伊本．卡勒敦、伊本．馬基德（Ibn Mājid, d.1500）。後四人都曾寫遊記，其中伊本．朱拜爾及伊本．巴突拓是阿拉伯史上最偉大的旅行家，後者更勝於前者。伊本．馬基德則是偉大的航海家。伊本．卡勒敦則同時是偉大的史學家。

（一）《伊本．巴突拓遊記》

伊本．巴突拓出生於摩洛哥，生活優裕。然而，他生長的時代卻值蒙古人在伊拉克地區大肆蹂躪，伊斯蘭國家兵慌馬亂，社會經濟蕭條的困頓時期。1325年他至麥加朝覲，時年二十二歲，此後便經常遊歷各國，旅程約十二萬公里，費時二十四年，遍訪土耳其、摩洛哥、埃及、安達陸斯、蘇丹、敘利亞、尼泊爾、印度、蘇門答臘、中國、爪哇、西班牙等地。1346年更遊歷中國泉州、廣州、杭州。因此，他的遊記中也敘述中國的政治體制、民間習俗和工藝技術，如術士及陶器、紙幣製造等。歐洲人將他列爲中世紀世界四大旅遊家之一，與馬可波羅（Marco Polo）、鄂多力克（Odoric von Pordenone）、尼歌羅．康提（Nicolo de Conti）齊名。而後二者的旅程遠不及伊本．巴突拓。他著一部《異國與奇旅珍奇見聞錄》（Tuḥfah an-Naẓẓār fī Gharā'ib al-Amṣār wa-'Ajā'ib al-Asfār），今日簡稱爲《伊本．巴突拓遊記》。由於此書是代表當時伊斯蘭世界研究的原始參考資料，1808年被德國人Seetzen帶到歐洲，收藏在Gotha圖書館，1818年被翻譯成德文。日後此書陸續被翻譯成各國語文，成爲中世紀伊斯蘭世界地理、民情重要的歷史文獻。以下譯自《伊本．巴突拓遊記》中對中國文化的描述：「中國有很多的糖，足以媲美埃及，且更勝之。還有葡萄和水梨。我本以爲大馬士革的水梨無以倫比，直到看見中國的水梨。中國還有很棒的西瓜，很像花剌子密和阿舍法含的西瓜。所有在我們國家有的水果，在中國都有，且更勝之。在中國有很多小麥，我從未見過這麼好的小麥，還有扁豆和雞豆也是一樣。」[14]對古中國人的宗教描述如下：「中國人是異教徒，膜拜偶像。他們像印度人一樣焚燒屍體。中國皇帝是成吉思汗的塔塔兒人後裔。每一個中國城市都有屬於穆斯林的居住區，他們在城裡的清眞寺做聚禮和其他的禮拜，他們可敬可佩。中國的異教徒吃豬肉和狗肉，且在市場裡販賣。他們生活得優渥，飲食和服飾卻大同小異。你可看到家財萬貫的大商人身著粗棉外袍……他們每個人都拄著枴杖走路，並稱那是他們的第三隻腳。他們有很多的絲，因爲蟲（意指：蠶）吃植物的果實，無須太多的飼料，因此產量很多，是貧窮人的衣服。倘若沒有商人，絲也就沒有價值了，一件棉衣要用很多的絲衣才能買得到……」[15]

（二）《伊本・朱拜爾遊記》

伊本・朱拜爾是一位旅行家也是一位詩人、作家。其祖先早年便移民到安達陸斯。自幼受教於其父及其他著名的學者，精通語言學、宗教學、文學、會計等。穆瓦息敦時期他遷徙到佳爾納拓任官。有一日，佳爾納拓阿米爾召他入宮，阿米爾喝酒時也逼伊本・朱拜爾喝了七杯酒。爲此，伊本・朱拜爾決定朝聖以贖罪。他在1183年自佳爾納拓啓程，乘船經由直布羅陀海峽至摩洛哥北岸，沿途停留許多城市如亞力山卓、開羅、麥加、麥地那、巴格達、茅席勒、哈拉卜、大馬士革及西西里島等。1186年伊本・朱拜爾記載其所見所聞成爲遊記，絕大多數的篇幅在描寫伊斯蘭世界。

八、學術書籍與百科全書

安達陸斯人民愛好求知，許多王公鼓勵學術，獎勵文人，譬如艾卜杜・剌賀曼・納席爾（‘Abd ar-Raḥmān an-Nāṣir）因爲鼓勵各領域學術與著作，吸引許多人移民到安達陸斯。安達陸斯初期並無學術著作，直至受東方艾巴斯文學的影響，才逐漸出現語言、自然、哲學、數學、地理、歷史等領域的著作。

[14] Ibn Baṭṭūṭah, p.629.

[15] Ibn Baṭṭūṭah, p.630.

（一）文史著作

中世紀阿拉伯歷史著作的普遍特點往往摻雜文學的色彩，有些著作既非純歷史，亦非純文學，內容包含史實、軼事、傳記、文人與政治人物動態等，或許能稱之爲「文史」。此期的歷史與文史著作豐富，重要者如下：

1. 伊本．艾卜杜．剌比合所作《珍貴項鍊》。此書著作於安達陸斯最繁榮的時代。書中內涵豐富，包含詩、散文、講詞、訓囑、語言、韻律學、教法學、聖訓、歷史、軼事及當時安達陸斯流行的座談，包含詼諧趣事等。作者將全書分爲二十五章，包含社會、歷史、文學等主題。每章視爲項鍊中不同的寶石，以寶石名稱之，譬如「珍珠章：統治者」、「珊瑚章：王者對談」、「紅寶石章：學術與文學」等，全書完成有如一串項鍊，此書因此稱之，是一部不朽的阿拉伯文史原始資料。此書最早的埃及布拉各版本出版於1875年。此後在摩洛哥發現許多該書的手抄本，由學者們從事考證。以下是《珍貴項鍊》一書前言的片段：「每一階層的人，每一族群的菁英，都曾暢談文學，也都曾深入探討學術。他們深入探究原因與結果，盡心盡力將前人遺留的智慧結晶的內容與意義做篩選，如此，精選出來的仍需再作精選。」[16]

2. 伊本．亥顏．古爾突比（Ibn Ḥayyān al-Qurṭubī）的安達陸斯歷史《摘錄》（Al-Muqtabas）、《艾米里亞國歷史》（Akhbār ad-Dawlah al-‘Āmirīyah）[17]及基督宗教的西班牙史……等史書合併稱之爲《巨史》（At-Tarīkh al-Kabīr）。許多學者認爲他的史書是記載中世紀西班牙的伊斯蘭史最珍貴的文獻之一。

3. 伊本．卡甘（Ibn Khaqān, d.1134）所作的《黃金項鍊》（Qadā’id al-‘Iqyān），記載摩洛哥詩人的生平事蹟。

4. 艾立．本．巴薩姆（‘Alī bn Bassām, d.1147）所作的《半島寶藏》（Adh-Dhakhīrah fī Maḥāsin al-Jazīrah）。作者將此書分爲三部分：其一是哥多華及其周遭的地區人們，包含三十四位詩人、文人、政治人物、歷史學者的傳記，譬如伊本．書海德、伊本．哈資姆、伊本．翟敦等。其二是安達陸斯西部到沿海地區的文人和政治首領，譬如塞維利亞艾巴德家族的穆厄塔米德．本．艾巴德的執政史。其三是

[16] Ibn ‘Abd Rabbih al-Andalusī, 1986, vol.1, pp20-21.
[17] 此書並未流傳下來。

安達陸斯東部的詩人、文人、政治人物，譬如伊本．阿比．卡沙勒、伊本．卡法加。

5. 敘利亞伊本．卡立侃的《名人與時代之子之逝》（Wafayāt al-A‘yān wa-Anbā’ al-Abnā’ az-Zamān）是一部學者、作家、國王、名人的傳記，由敘利亞史學者伊本．夏齊爾．克特比（Ibn Shākir al-Katbī, d.1363）寫補遺，命名為《偉人之逝》（Fawāt al-Wafayāt）。

6. 撒柯里亞．本．穆罕默德．格資維尼（Zakrīyā bn Muḥammad al-Qazwīnī, d.1283）的《奇妙萬物及奇異事物》（‘Ajā’ib al-Makhlūqāt wa-Gharā’ib al-Mawjūdāt）分成兩部，前部有關星辰、四季的運轉，後部有關地球、風、海、動植物。另有一部歷史著作《遺跡及人類的歷史》（Āthār al-Bilād wa-Akhbār al-‘Ibād）。

7. 伊本．克夕爾的史書《歷史的始與終》（Al-Bidāyah wa-n-Nihāyah fī at-Tārīkh）以編年史方式書寫自創世紀起的阿拉伯歷史，在史學上享盛譽。

8. 立珊丁．本．卡堤卜的《佳爾納拓史》（Al-Iḥāṭah fī Tārīkh Gharnāṭah），詳述佳爾納拓城市自阿拉伯人征服安達陸斯，至西班牙入主期間的地理、社會、人文景觀與發展，敘述五百多位重要的政治人物、詩人、思想家與文人。全書依據字母編排，有別於阿拉伯傳統的編年史。作者在書中坦承他模仿卡堤卜．巴葛達迪的《巴格達史》及伊本．艾薩齊爾的《大馬士革史》。

9. 伊本．卡勒敦史書：共三書，七冊，第一冊最有名，名為《歷史導論》，其中包含哲學、歷史、社會，批評前人的缺點，描述各民族由鄉村到文明，社會、宗教、經濟、科學、藝術的發展，各國的興起和衰微等。此書文筆緊湊，思想邏輯化，平易近人不做作，也闡釋歷史理論基礎，呈現歷史的價值。

(1)伊本．卡勒敦的史學觀

伊本．卡勒敦認為，歷史在表象上是記載各民族在各世代的訊息，內涵的是永恆而古老的智慧與價值。所以他處理歷史事件傾向闡明緣由和結果的關係及循環，創立歷史是遵循一定循環的歷史哲學理論，影響歐洲史學甚深。他將歷史視為藝術與哲學，注入靈魂與智慧，尤其著重人文社會議題的凝視，與一般史學者全部取材於前人的手法截然不同。他認為探討歷史的目的，在經由事件的因果找尋其規律性，而研究歷史的方法必須連結古今，個別事件必須與歷史發展作連結。橫向的社會、政治現象要與經濟發展做連結，縱橫的研究才得客觀判斷事實，分辨眞僞，探究出來攏去脈。因此在歷史學上首度提出「因果論」、「相似論」及「可能性論」。經由這些理論規則去研究歷史發展，辨別一些傳說的可能性與眞僞。他也認爲前人在撰寫歷史時，並未遵循邏輯的思考與方法，不探究事件的原由，處理歷史事件常未經考證，缺乏批評的角色與立場。在他的史書中對早期的歷史學者如拓巴里、伊本．阿夕爾、馬斯烏迪等所敘述的歷史事件作考證，提出許多不同的看法。

10. 埃及史學者塔紀丁．阿賀馬德．馬各里奇（Taqī ad-Dīn Aḥmad al-Maqrīzī, d.1441）的《遺跡與路徑殷鑑》（Al-Mawā‘iẓ wa-l-I‘tibār fi Dhikr al-Khiṭaṭ wa-l-Āthār），即《馬各里奇路徑》（Khiṭaṭ al-Maqrīzī）。此書蒐集埃及的故事、地理、文明，曾再版多次，十九世紀末便翻譯成法文。另有一部《諸國見聞》（As-Sulūk fī Ma‘rifah Duwal al-Mulūk）是伊斯蘭曆557至844年的埃及歷史。《錢幣概論》（Nabdhah al-‘Uqūd fī Umūr an-Nuqūd）一書談及古幣及伊斯蘭錢幣。《花園採集錄》（Janā al-Azhār min ar-Rawḍah al-Mi‘ṭār）則是一部地理書。

11. 伊本．艾剌卜夏合（Ibn ‘Arabshāh, d.1450）是《帖木兒傳奇》（‘Ajā’ib al-Maqdūr fī Nawā’ib Tīmūr）的作者，敘述帖木兒．蘭柯（Tīmūr Lank）的戰績，另著《哈里發趣聞與機智者玩笑》（Fākihah al-Khulafā’ wa-Mufākahah aẓ-Ẓurafā’）一書，以寓言方式反映帝王生活，並討論政治體制問題。

（二）哲學

安達陸斯哲學思想單純的屬於馬立柯學派，不像阿拉伯東方世界學派複雜。換言之，我們能在安達陸斯詩人的作品中發現類似穆塔納比、阿布．努瓦斯等人的思想，但卻找不到阿布．艾拉俄．馬艾里的思想。在哲學思想的創新中，譬如伊本．哈資姆的哲學作品《鴿之環：愛與戀人》，運用心理學方式解析「愛」。此期並出現了一些國際級的哲學家，譬如伊本．魯須德，他以Averroes的拉丁名字聞名於西方，不僅詮釋了亞里斯多德的理論，並在伊斯蘭宗教哲學領域有極大貢獻，許多學者認爲現代伊斯蘭世俗主義便溯源於他的「魯須德學派」（ar-Rushdīyah）。安達陸斯哲學著作影響世界哲學甚深，至今仍爲國際學者所研究。譬如伊本．突費勒繼伊本．西納所作的哲學著作《亥也．本．亞各詹》（Ḥayy bn Yaqẓān）探討人類與宗教、大自然的關係。

亥也．本．亞各詹是阿拉伯偉大的哲學家伊本．西納在獄中所寫的書中創造出來的人物。伊本．西納透過這個人物，闡明他的哲學思想，分析人類和宇宙、宗教之間的關係，具有象徵意義。以下是伊本・西納和伊本・突費勒的《亥也・本・亞各詹》個別的內涵：

1.伊本・西納的《亥也・本・亞各詹》

故事敘述一群人出遊，邂逅故事的主角亥也・本・亞各詹，亥也是一個童顏鶴髮，強壯而面貌莊嚴的老翁。故事象徵著人類找尋智慧，認識宇宙的真理。主角象徵的是人類的理性，而這群陪伴主角的人象徵的是人類的感官、秉性和欲望。儘管後者的惡，前者還是需要後者的伴隨，並隨時想要引導他們去尋找真理。

2.伊本・突費勒的《亥也・本・亞各詹》

伊本・突費勒沿用伊本・西納前述故事的人物名字，敘述不一樣的哲學觀念。故事中亥也・本・亞各詹獨自生活在一座孤島上，其母是印度群島中一座島嶼國王的姊妹，其父是其母的親戚，名爲亞各詹。由於國王反對他的父母親結婚，故他母親產下他之後把他放在一個木箱裡，隨海水漂流到一座小島，被一隻羚羊扶養長大。羚羊死後，他將「媽媽」解剖，找尋媽媽死亡的原因。於是他透過感官與經驗，建構了他的「認識」。接著他認識了「火」、「天空」。三十五歲的時候，他透過思考，歸納出「心靈」與「軀體」是分離的，且渴望著「自存」的創造者。最後他歸納出「快樂」是建立在永遠見到「自存」的創造者。亥也獲得了這個智慧，便離開小島去教育人類，但是人們無法接受他，繼續他們形式的信仰。亥也的改革希望破滅，發現許多人類如同不會說話的動物一般。所以他向人們道歉，告訴他們自己跟他們是一樣的，也是主張形式的信仰，最後他離開人們，回到小島上。

伊本・突費勒在這個故事中欲表達的是宗教與哲學殊途同歸，主角亥也是尋找知識的「理智」，當他開始找尋時，「理智」猶如一張白紙，最後他領悟的是伊斯蘭的真理，而這真理只有一個，是宗教與哲學共有的。

（三）宗教學

安達陸斯時期伊卜剌希姆・本・穆薩・夏堤比（Ibrāhīm bn Mūsā ash-Shāṭibī, d.1388）在宗教學上的成就斐然，亦是安達陸斯的宗教學者的導師，最著名的著作是關於學術原理學與教法學的書《教法學原理》（Al-Muwāfaqāt fī Uṣūl al-Fiqh）及《執著》（Al-I'tiṣām），探討宗教的新興思想的面向與面對態度，代表夏堤比在宗教學上的創意。

埃尤比時期伊本·古達馬留下罕巴里學派不朽之作《支柱》（Al-'Umdah）及精闢的闡釋聖訓的巨書《豐足》（Al-Mughnī）。馬姆陸柯王國阿賀馬德·本·泰米亞作數百部書，最著名的是：《人與眞主之聚合》（Al-Jam' bayna al-'Aql wa-n-Naql）、《眞理與虛枉分野篇》（Risālah al-Furqān bayna al-Ḥaqq wa-l-Bāṭil）、《長篇書信集》（Majmū'ah ar-Rasā'il al-Kubrā）。穆罕默德·本·蓋業姆·焦奇亞（Muḥammad bn Qayyim al-Jawzīyah, d.1350）有關聖訓的書《來世糧食》（Kitāb Zād al-Ma'ād）及其他宗教學書籍，如《古蘭經與修辭學裨益》（Kitāb Fawā'id al-Mushawwaq ilā 'Ilm al-Qur'ān wa-'Ilm al-Bayān）、《定命》（Kitāb al-Qadr）、《天堂之鑰》（Miftāḥ Dār as-Sa'ādah）等。敘利亞伊本·克夕爾所著《古蘭經注釋》（Tafsīr al-Qurān）文筆簡潔，意義豐富。其特色是用《古蘭經》經文、聖訓、穆罕默德門徒及其追隨者的言詞來注釋經文，並重視經文的溯源、降世原因和誦讀法，至今仍然受宗教學者所推崇，被認爲是僅次於拓巴里注釋本的《古蘭經》注釋。

（四）語言學

語法學作品主要在闡釋阿拉伯東方地區的語言學著作，譬如伊本·馬立柯的《千節詩》，伊本·西達（Ibn Sīdah, d.1065）的詞典學作品《特性》（Al-Mukhaṣṣaṣ）是以詞彙的意義編排的詞典巨著。作者依據相似的詞彙意義作邏輯性的編排，分爲人類、動物、自然、植物……等章，每一章再分節，譬如女人、衣著、食物、疾病、武器、馬、駱駝、羊、野獸……等，並清晰的解釋同義詞之間的細微區別。伊本·烏舍夫爾的《詞法學之趣》（Al-Mumti' al-Kabīr fī at-Taṣrīf）是詞法學脫離句法學獨立之後，安達陸斯的詞法學經典之作。

埃及伊本·哈基卜句法學上的《充足》（Al-Kāfiyah）、詞法學上的《癒療》（As-Shāfiyah）是語言學上的重要著作。蘇尤堤的《語言學術的光輝》（Al-Muzhir fī 'Ulūm al-Lughah wa-Anwā'ihā）是語言學上的名著。他的《泉湧》（Ham' al-Hawāmi'）、《類似與同等》（Al-Ashbāh wa-n-Naẓā'ir）等都享盛譽。

（五）文學批評

安達陸斯文學批評的主要內容在闡釋前人作品，著名的批評學者有：艾卜杜·克里姆·納合夏立，他被認爲是第一位阿拉伯西方地區的文學批評家，可惜他的作品只有《詩作欣賞》（Al-Mumti' fī Ṣan'ah ash-Shi'r）的簡易本流傳下來。納合夏立在此書中對「詩」的定義，有別於阿拉伯東方學者的界定。巴格達文學批評家們通常以型態來定義詩，認爲詩是「有押韻、有韻腳」等。納合夏立則認爲詩最大的特性是「敏銳的領悟」。因此，他的學生伊本．刺序各．蓋刺瓦尼在定義「詩人」時便說：「詩人之所以稱之爲詩人，乃因他能感覺別人所無法感覺的。」[18]此一定義成爲今日阿拉伯詞典中對「詩人」一詞的解釋。納合夏立認爲「詩」優於「散文」，因爲詩更能撼動人心。然而他也提出所謂「道德標準論」，認爲最優秀的詩是苦行、勸戒等主題的詩，最劣等的則是諷刺詩及以詩爲工具謀取利益的詩。伊本．書海德則根據個人的感覺，表達文學批評的立場。

（六）科學

安達陸斯著名的「現代外科之父」撒合刺維（az-Zahrāwī, d.1013）以Albucasis聞名於西方世界。撒合刺維領先世界，完成許多成功的眼睛及其他身體部位的外科手術。對於生產、難產處理方式、子宮外孕、流產治療方式等婦女疾病，留下珍貴的研究資料，並發明許多外科手術儀器，譬如摘除死胎的儀器等，創先使用羊腸線（或說貓腸線）於外科手術中。他畢生的學識與經驗都留在一部不朽的著作《藥典》（At-Taṣrīf Li-man ‘Ajiza ‘an at-Ta’līf）裡。馬姆陸柯時期也出現許多科學散文，譬如醫學、數學、自然科學等。此種散文普遍文筆清晰，極少文飾，譬如精通文學、宗教學的埃及動物學者克馬勒丁．達米里（Kamāl ad-Dīn ad-Damīrī, d.1405）的《動物生活》（Ḥayāh al-Ḥayawān）。

（七）百科全書

馬姆陸柯王國出現許多巨書，內容包含各種不同領域的知識，故被稱之爲「百科全書時期」。這些百科全書往往由一個專業領域延伸而成，譬如聖訓與教法學方面有阿賀馬德．本．泰米亞所著《教法釋疑集匯》（Majmū‘ al-Fatāwā），共三十七冊。詞典學上有伊本．曼如爾．米舍里的《阿拉伯人的語言》，此部巨書中提及大量的人名、地名、歷史事件，至今仍爲阿拉伯學者必備的詞典與參考文獻，幾乎可說是一部可靠的百科全書。費魯資．阿巴居（al-Fayrūz Ābādhī, d.1414）的《詞海》（Al-Qāmūs al-Muḥīṭ），其編排方式與《阿拉伯人的語言》相同，曾

[18] Ibn ar-Rashīq, (n.d.), vol.1, p.116.

一度是學者們研究的重要原始資料。文學上如伊本．息加．哈馬維（Ibn Ḥijjah al-Ḥamawī, d.1432）的《文學寶藏》（Khizānah al-Adab）。歷史學如序赫卜丁．努威里（Shihāb ad-Dīn an-Nuwayrī）的《阿拉伯文學藝術精華》（Nihāyah al-Arab fī Funūn al-Adab），此書分爲五種領域：人類、天與天文、動物、植物及歷史。歷史部分是全書的精華，內容包含埃及的法堤馬時期、埃尤比家族時期、敘利亞、十字軍東征時期，直到作者去世之前的馬姆陸柯王國的歷史。文筆兼顧語意的清晰、自然及優美的修辭。敘利亞歷史學者伊本．法底勒．艾姆里（Ibn Faḍl Allah al-‘Amrī, d.1349）的《列國見聞錄》（Masālik al-Abṣār fī Mamālik al-Amṣār），共二十餘冊。格勒格軒迪的《盲人寫作曙光》（Ṣubḥ al-A‘shā fī Ṣinā‘ah al-Inshā’）有前言、結論及十章有關歷史、地理、動物學、自然、詩等的文章，文筆優美而自然流暢，是一部巨大的百科全書，格勒格軒迪將埃及創作部的文獻都蒐集在此書中。內容譬如埃及創作部的歷史、地理、綽號、尊稱、王公書信、郵政與信鴿……等，共有兩千五百個專有名詞。他對知識的溯源很重視，譬如談及戰爭他便提到第一位騎馬的人是伊斯馬邑勒，第一位使用盔甲的是大衛王……等。

格勒格軒迪非常聰明，記憶力過人，曾掌理文書部，他另有兩部著名的著作：《阿拉伯部落學精華》（Nihāyah al-Arab fī Ma‘rifah Qabā’il al-‘Arab）及《阿拉伯世代部落導論》（Qalā’id al-Jumān fī at-Ta‘rīf bi-Qabā’il ‘Arab az-Zamān）等。

學者們究其大量出現百科全書的原因，多認爲是阿拉伯文人有感於蒙古人焚燒、丟毀阿拉伯古籍，憂慮古人的學術因此斷層，紛紛將儲存腦海裡的知識傾囊而出，形同回饋阿拉伯歷史遺產的作爲。如此一來，難免會有記憶不完整或無法考證的狀況，作品的學術權威性自然較爲低落。

第五節　著名的詩人與作家簡介

壹、安達陸斯與各王國時期具代表性詩人與作家

（一）佳撒勒（al-Ghazāl, 772-864）

即亞賀亞・賈亞尼，出生於賈顏（Jayyān），因其外貌非常英俊，而得「佳撒勒」的綽號，其意為「羚羊」。他在哥多華求學，年輕時喜愛遊樂，曾經歷五位巫麥亞的阿米爾。因為他通曉數種語言，曾出使拜占庭等地，簽訂重要協約，是一位傑出的外交人才。他擅長寫情詩、諷刺詩。六十歲時他的人生觀改變，傾向苦行。

（二）伊本・艾卜杜・剌比合（Ibn ‘Abd Rabbih, 860-940）

他出生於哥多華，年輕時便致力於求知，熱愛音樂、醫學，但大多時間沉浸在文學、歷史、詩的閱讀與寫作上。他一生中經歷四位哈里發，都曾寫詩讚頌他們。他讚頌艾卜杜・剌賀曼・納席爾的詩長達四百四十節，以撰寫歷史故事的型態寫出。他與許多阿拉伯文人一般，年邁時悔悟年少的輕狂，而傾向苦行。他的詩作大多已遺失，散文以《珍貴項鍊》著稱。

（三）伊本・赫尼俄（Ibn Hāni’, 938-973）

即阿布・格西姆・穆罕默德・本・赫尼俄（Abū al-Qāsim Muḥammad bn Hāni’）。他出生於塞維利亞的鄉村，自幼喜愛文學、詩。後來定居於伊勒比剌（Ilbīrah），讚頌塞維利亞城主，而獲得恩寵。但因信仰法堤馬派，傾向研究哲學，而不談宗教，被塞維利亞人視為偽信者。城主為了平息輿論，勸他自行離去。他因此前往摩洛哥地區，讚頌領導者穆邑資，過著優渥的生活。當穆邑資前往埃及之後，他本欲追隨他去埃及，卻不幸死於途中。伊本・赫尼俄的詩中充滿阿拉伯東方之聲，有獨特的風格，企圖表現出穆塔納比、阿布・塔馬姆等東方巴格達大詩人的水準，故有「西方穆塔納比」的稱號。

（四）伊本・達剌几・格斯拓立（Ibn Darrāj al-Qasṭalī, 958-1030）

伊本・達剌几是安達陸斯的格斯拓拉（Qasṭalah）人，與統治者曼舒爾往來甚

密，甚受曼舒爾恩寵，引發旁人的嫉妒，屢次在國王面前批評他的文學能力。然而曼舒爾並不爲讒言所影響，伊本．達剌几繼續讚頌王公、大臣。哥多華暴動時期，他落魄得一貧如洗，無人相助，最後投靠薩爾古撒的門居爾．本．亞賀亞（al-Mundhir bn Yaḥyā）。

伊本．達剌几的詩著重語意，也有「西方穆塔納比」之稱。他讚頌諸王的詩稱爲「蘇勒拓尼亞」（Sulṭānīyah），稱頌王公的詩稱爲「赫序米亞特」。許多文學批評家認爲他融合傳統與創新，足以媲美東方巴格達的大詩人，是最優秀的安達陸斯詩人。然而現代文史學者阿賀馬德．阿民（Aḥmad Amīn, d.1954）在他的《伊斯蘭正午史》（Ẓuhr al-Islām）裡比較穆塔納比與伊本．達剌几，認爲後者在許多方面都遠不及前者，僅能稱爲前者的學徒輩水準。

（五）阿賀馬德．本．書海德（Aḥmad bn Shuhayd, 992-1034）

伊本．書海德是安達陸斯著名的詩人與作家，其著作《精靈與魔鬼》可說是阿布．艾拉俄．馬艾里《寬恕篇》的前言。伊本．書海德寫此書來反駁他的對手，顯示他在寫作領域中的地位。他在書中幻想自己是一個精靈，飛到靈異世界，會晤各時代的詩人、文人，如伊姆．蓋斯、拓剌法、阿布．塔馬姆、加息若等人。他深邃的思想增添了此書的價值。

（六）艾立．本．哈資姆．古爾突比（'Alī bn Ḥazm al-Qurṭubī, 994-1063）

伊本．哈資姆是一位精通各領域學術的宗教學者、文人、詩人，著作非常豐富。許多學者認爲他是繼拓巴里之後，著作最豐富的宗教學者，然而因爲其思想經常創新，違反傳統及眾學者之見而被詬病。他著有許多反駁基督教、猶太教、什葉派、出走派理論的著作。他強調邏輯上「類比」的不可靠，呼籲證據要依據《古蘭經》、聖訓及穆罕默德門徒的公議。其著作《鴿之環：愛與戀人》享譽國際。此外他也領先世人著作了比較宗教學的書籍。

（七）伊本．夏剌弗．蓋剌瓦尼（Ibn Sharaf al-Qayrawānī, 999-1067）

伊本．夏剌弗是位傑出的詩人及散文家，生於蓋剌萬。他曾深研伊斯蘭法，是蓋剌萬最重要的詩人，後來輾轉遷徙到安達陸斯，並卒於突賴突拉。他的作品能顯現獨特的風格與個人的特質，其酒詩甚至得以媲美阿布．努瓦斯，其馬格馬作品充滿創意，1983年他的詩集在開羅出版。

（八）伊本．翟敦（Ibn Zaydūn, 1003-1070）

伊本．翟敦的家族與巫麥亞詩人烏馬爾．本．阿比．剌比艾一樣，屬於馬可茹姆（Makhzūm）部落。他是哥多華人，家境富裕，自小接受良好的教育，且天生具備詩才。他的詩、文俱佳，是安達陸斯具創新的詩人。他處於伊本．加合瓦爾國王統治時期，官至宰相，曾因出使塞維利亞，讓哥多華國王伊本．加合瓦爾認爲他偏袒塞維利亞國王穆厄塔弟德（al-Mu'taḍid）而監禁他。爲此，他曾寫文情並茂的書信給伊本．加合瓦爾。然而國王身邊的讒言不斷，無法取得寬恕。因此，他逃出監獄，在哥多華郊外隱姓埋名許久。後來前往塞維利亞，穆厄塔弟德任命他爲首相，將國家事務交託給他。哥多華併入塞維利亞國的疆土之後，伊本．翟敦的地位相對更高。

伊本．翟敦年輕時，經常出席哈里發詩人女兒瓦拉達．賓特．穆斯塔柯菲在自宅中舉辦的文學座談，因此與瓦拉達譜出戀曲，成爲詩壇大事。唯伊本．翟敦入獄期間，他的政治敵手伊本．艾卜杜斯（Ibn 'Abdūs）全力追求瓦拉達，儘管伊本．翟敦不停的寫情詩，瓦拉達因距離的隔閡，而和伊本．艾卜杜斯交往。雖然後來瓦拉達回到伊本．翟敦身邊，但兩人之間可能因爲瓦拉達吃其女僕之醋或因政治因素，而未結爲連理。伊本．翟敦寫給瓦拉達的情詩，成爲文學史上不朽之作。他流傳下來的作品有詩集及一些書信。

（九）伊本．亥顏．古爾突比（Ibn Ḥayyān al-Qurṭubī, 987-1076）

伊本．亥顏祖先是西班牙人，其父是當時著名的會計與測量專家，與曼舒爾．本．阿比．艾米爾關係良好，曼舒爾重視其財政長才，任用他在朝爲官。在此家庭環境之下，他傾其所學及工作經驗教育兒子，終能培養兒子成爲一位學識淵博的學者。伊本．亥顏是一位著名的歷史學家，在他的著作裡有許多寶貴的訊息與知識是得自於其父的實際工作經驗。

（十）穆厄塔米德．本．艾巴德（al-Mu'tamid bn 'Abbād, 1040-1095）

穆厄塔米德是塞維利亞國王，三十歲便登基，能文善武，個性慷慨、勇敢。

他酷愛文學，甚至僅任用詩人爲大臣、書記。其詩多描寫酒、大自然及情詩。其妻伊厄提馬德．剌米齊亞（I'timād ar-Ramīkīyah）也是一位詩人。他曾浪漫的企圖將整個國家變成詩人國度，許多詩人也慕名而來。政治上，他因求助於北非尤蘇弗．本．塔夏分，後者聽聞有關他的奢侈生活後，將他囚禁於摩洛哥，落魄至身無分文，死於獄中。

（十一）伊本．卡法加（Ibn Khafājah, 1058-1137）

伊本．卡法加成長於安達陸斯自然景觀最優美的小鎮，自幼在書香世家接受良好的教育，因此早年就涉獵文學，精於詩與散文，主題包含哀悼、描寫、讚頌等。他尤其擅長於描繪大自然的河流和花朵，將大自然擬人化，會訴苦、會說話。他對大自然的愛好異於一般人，經常在花園裡聚集人們，大家就因此稱呼他是「花園」（al-Jinān）。其文筆重修辭與押韻，對於假借、譬喻、雙關語能運用自如，但因爲太重視文飾，有些作品難免顯得矯作。

（十二）阿布．拓希爾．薩剌古斯堤（Abū Ṭāhir as-Saraqusṭī, d.1143）

薩剌古斯堤是安達陸斯最具代表性的馬格馬作家，曾模仿哈里里，著五十篇馬格馬，即前文所述的《陸茹米亞馬格馬集》。

（十三）伊本．阿比．卡沙勒（Ibn Abī al-Khaṣṣāl, 1073-1146）

伊本．阿比．卡沙勒曾居住在哥多華、佳爾納拓、法斯等重要都市，是一位詩人及散文家，也是第一位寫馬格馬的安達陸斯文人。他熟諳宗教學、政治與歷史，並從政爲官，位居安達陸斯的首相。其作品雖然深受哈里里的影響，但在意義與型態上都具有獨特的風格。他的馬格馬較哈里里的作品更長，內容情節更複雜，充滿各種意象。伊本．阿比．卡沙勒更將這種特性運用在他的書信寫作中。他的著作非常豐富，其詩及散文集出版爲五冊。

（十四）阿布．巴柯爾．本．突費勒（Abū Bakr bn aṭ-Ṭufayl, 1105-1185）

伊本．突費勒出生於佳爾納拓附近的城市，是一位傑出的文學家、哲學家、醫生、天文學家及法學家。曾任穆瓦息敦政權時期的御醫、大臣，與哲學家伊本．魯須德私交甚篤。阿拉伯歷史上他是一位偉大的理性主義哲學家，其著作豐富，惜僅

《亥也．本．亞各詹》一書流傳至今，此書是反映其科學、哲學思想的故事書。

（十五）伊本．魯須德（Ibn Rushd, 1126-1198）

他出生於哥多華，其父任職法官，訓練伊本．魯須德研讀法學，立意培養他成爲法官。他興趣多元，深研哲學、宗教學、醫學、天文學、物理學等，尤其對亞里斯多德的哲學研究深入，曾將亞氏的哲學翻譯爲阿拉伯文，被公認是亞氏哲學最佳詮釋者，學界因此尊稱他「闡釋者」。他一生致力於研究和著作，未曾一日廢棄閱讀與寫作。據傳他僅在父親過世之夜及他結婚之夜停止讀書，因而被稱爲「伊斯蘭的智慧」（al-‘Aql al-Islāmī）。他因爲思想傾向理性思考，曾反駁佳撒立的理論，而作《再反駁》（Tahāfut at-Tahāfut）。在許多宗教議題上違背主流思想，而被指爲異端，流放到哥多華邊陲猶太小鎮，他所有哲學作品遭到焚燒。被釋放之後，他遷徙到摩洛哥地區，直至辭世。他的作品受到西方人的重視，翻譯成各種語文，影響世界文明甚鉅。他的宗教理論，譬如認爲靈魂分成二類：人與神之靈，人的靈魂是會毀滅的。他肯定地球是球狀說，認爲安達陸斯穆斯林文明的沒落，原因在於女人地位的落後。

（十六）伊本．薩納俄．穆勒柯（Ibn Sanā’ al-Mulk, 1155-1212）

伊本．薩納俄家境富裕，自二十歲便開始吟詩，精通詩學與散文。他學習許多外語，尤其熟諳波斯文。他曾吟誦很長的詩哀悼父母親及情人。著有詩集、書信全集、《彩詩風格》及《加息若動物誌簡述》（Mukhtaṣar al-Ḥayawān lil-Jāḥiẓ）。《彩詩風格》一書是阿拉伯史上第一部寫彩詩規則及其韻律的書，猶如艾巴斯時期卡立勒．本．阿賀馬德創韻律學一般具有價值。此書於1949年校對完畢，並出版於貝魯特，1969年他的詩集出版。伊本．薩納俄死後葬於開羅。

（十七）伊本．古達馬（Ibn Qudāmah, 1147-1223）

即穆瓦法各丁．艾卜杜拉（Muwaffaq ad-Dīn ‘Abdullah），出生於巴勒斯坦，正值十字軍占領巴勒斯坦時期。伊本．古達馬十歲時隨同家人遷徙到大馬士革，求教於當地宗教學者。然後前往巴格達，時常與宗教學者切磋，成爲當時罕巴立學派教長。沙拉賀丁．埃尤比與十字軍對抗期間，伊本．古達馬加入聖戰。他一生允文允武，達成穆斯林所認同的伊斯蘭最高生命價值，死後被葬在大馬士革。在宗教學上，他留下《支柱》及《豐足》等巨書。

（十八）伊本・哈基卜（Ibn al-Ḥājib, 1175-1249）

伊本・哈基卜之父是阿米爾的侍從（ḥājib），故而得「伊本・哈基卜」（侍從之子）之稱號。他的血統是庫德人，出生於埃及，並於開羅學習文學和宗教法學。後來到大馬士革求學，再回埃及教書，卒於埃及亞歷山卓。他最重要的成就是語言學及伊斯蘭法學。他作品的特色是對前人思想做精闢的摘要，如《充足》、《癒療》都享盛譽，後來的語言學者紛紛對這兩部書作闡釋。

（十九）夏剌弗丁・安沙里（Sharaf ad-Dīn al-Anṣārī, 1190-1264）

夏剌弗丁是一位宗教學者及詩人，出生於大馬士革，後因戰亂而遷徙，足跡遍布各大城市，而得請益各地知名學者。他與埃尤比家族關係非常密切，爲人樂觀正直。他吟詩的主題多元，有讚頌、情詩、苦行詩，詞彙豐富、語言正統。由於他精通巴迪厄修辭學，運用純熟，詩文柔順細膩，在當時詩壇獨樹一格，備受推崇。

（二十）伊本・馬立柯（Ibn Mālik, 1203-1274）

他出生於安達陸斯，後來轉向東方敘利亞發展，語言學師承伊本・哈基卜，是一位語法學者。他的語法學著作《千節詩》，將所有的阿拉伯語法規則以詩體陳述，同樣的以三千節詩著作《豐足與療癒》（Al-Kāfiyah ash-Shāfiyah），成爲具創意的寫作方式，後人競相作此二部書的闡釋書。

（二十一）阿布・巴格俄・崙迪（Abū al-Baqā' ar-Rundī, 1204-1285）

歷史對阿布・巴格俄生平的記載甚少。他一生多數的歲月是在故鄉崙達（Runda）度過，生活的時代正值伊斯蘭城市相繼淪爲基督城市的艱困時期，擅長於情詩、讚頌詩、描寫詩、苦行詩，被認爲是安達陸斯最有才能的詩人。

（二十二）布晒里（al-Būṣayrī, 1212-1296）

布晒里出生於埃及，去世於開羅，精於寫作及文學。少時師承阿布・艾巴斯・穆爾西（Abū al-'Abbās al-Mursī）等人，而有蘇菲主義者的傾向。他曾居住在耶路撒冷十年，居住麥加十三年，潛心於《古蘭經》研究。返回埃及之後，開設私塾，從事教學工作。他的書法遠近馳名，據說每星期求教於他的學生約一千名。布晒里遍讀聖經、舊約及許多猶太教的經典。常常駁斥這些經典中違反伊斯蘭的理念。他文筆平易近人，甚少矯作。他雖然是一位宗教學者，聲名卻是建立在他讚頌穆罕默德的〈斗蓬頌〉。

（二十三）伊本·曼如爾·米舍里（Ibn Manẓūr al-Miṣrī, 1232-1311）

伊本·曼如爾出生於埃及，曾在的黎波里任職法官，因此有「非洲仔」（al-Ifrīqī）的稱號。他精通詩與散文，尤其擅長寫作，曾寫《詩歌集》及《珍貴項鍊》的摘要本。其不朽的著作是阿拉伯語詞典鉅著《阿拉伯人的語言》。

（二十四）序赫卜丁·馬賀穆德（Shihāb ad-Dīn Maḥmūd, 1246-1325）

序赫卜丁出生於哈拉卜，自幼資質優異，個性沉著、冷靜、謙虛。他熟諳教法學、語文學，曾掌管「創作部」，著作豐富。他對執政者的的讚頌詩，記載了許多當代的穆斯林歷史，尤其是描述穆斯林對西方人與蒙古人等外族的勝利戰。

（二十五）序赫卜丁·努威里（Shihāb ad-Dīn an-Nuwayrī, 1278-1333）

努威里是馬姆陸柯王國時期埃及的歷史、文學、宗教學者。年輕時參加過多次戰役，曾在埃及阿賫赫爾清眞寺求學，也擔任過各種行政職務及抄寫員。他的書法秀麗，曾謄寫《布卡里聖訓實錄》，以一千金幣售出。由於他厭倦行政工作，轉而潛心於閱讀與寫作。他的鉅著《阿拉伯文學藝術精華》，共三十冊，探討文學、歷史的各種主題，其手抄本珍藏在伊斯坦堡，十八世紀被翻譯成拉丁文。

（二十六）烏馬爾·本·瓦爾迪（'Umar bn al-Wardī, 1289-1348）

伊本·瓦爾迪求學於大馬士革、哈拉卜等地，是一位語言、文學、宗教、歷史、動物、植物學學者，著作多元。他曾在多處任職法官，後來致力於著作及教學，卒於瘟疫。他在語言學上的著作，如《伊本·馬立柯千節詩注釋》（Sharḥ Alfīyah Ibn Mālik）。其詩作以長達七十七節的格言詩〈伊本·瓦爾迪的拉米亞〉（Lāmīyah Ibn al-Wardī）最著名。此首詩內容包含宗教、道德、文學、政治、社會及人生經驗等，詩中的詞彙簡易，意義優美，表現出成熟的思想。此外，他也寫關於各學術領域的書信、韻文及刺加賫的詩。

（二十七）穆罕默德・本・夏姆斯丁（Muḥammad bn Shams ad-Dīn, 1287-1366）

即加馬勒丁・本・努巴塔合，而以「伊本・努巴塔合」聞名於詩壇。他生於開羅書香世家，後來轉至敘利亞發展，卒於開羅。1905年其詩集在埃及出版，主題涵蓋甚廣，如情詩、讚頌詩、哀悼詩、描寫詩、祝賀詩等。他並著有蒙昧時期及前伊斯蘭時期詩人的傳記等散文著作。晚年感慨人生無常，亦因經歷妻兒過世，而傾向苦行。他的文筆華麗，極爲重視詞藻，導致意義重複，缺乏創意，並經常發生語法錯誤的現象。儘管如此，他仍是當代的箇中翹楚。他另一已出版的著作《伊本・翟敦書信闡釋》（Sharḥ al-'Uyūn fī Sharḥ Risālah Ibn Zaydūn），解釋透過瓦拉達・賓特・穆斯塔柯菲口述的伊本・翟敦書信。此書呈現了伊本・努巴塔合不同於前人，如伊本・薩拉姆・朱馬息、伊本・古泰巴等人的文學批評觀點。

（二十八）伊本・艾紀勒・烏蓋立（Ibn 'Aqīl al-'Uqaylī, 1298-1367）

伊本・艾紀勒出生於大敘利亞北邊幼發拉底河畔，後來遷徙到開羅。他向阿布・亥顏學習語言學、韻律學、經注學。他的著作包含經注學、修辭學等，最著名的是語法學的《伊本・馬立柯千節詩注釋》（Sharḥ Alfīyah Ibn Mālik），至今仍爲阿拉伯各大學語法學用書。

（二十九）伊斯馬邑勒・本・烏馬爾・本・克夕爾（Ismā'īl bn 'Umar bn Kathīr, 1301-1373）

伊本・克夕爾自幼失怙，其父是一位演說家，他由胞兄扶養長大。七歲時隨兄長到大馬士革求學，從此定居在大馬士革，並卒於此。他熱愛大馬士革，曾經寫敘利亞史，感情流露在此書中。他過目不忘，記憶力驚人，十一歲熟背《古蘭經》，據說他寫書大多憑他過人的記憶力。宗教上他堅持要遵循《古蘭經》、聖訓，排斥新興的「異端」。當時的學者分爲兩派，一派主張創新；另一派護衛傳統，他和阿賀馬德・本・泰米亞理念相同，屬於遵循伊斯蘭教義，護衛傳統者。他的《古蘭經注釋》和史書《歷史的始與終》在學術上享有盛譽。

（三十）立珊丁・本・卡堤卜（Lisān ad-Dīn bn al-Khaṭīb, 1313-1374）

伊本・卡堤卜畢業於摩洛哥格刺維尹大學，能文善武，大半生生活在佳爾納拓，從政後，官位高至大臣。後因政爭被以異端之名監禁，最後被暗殺於獄中。伊本．卡堤卜是安達陸斯時期傑出的政治思想家、詩人、作家、哲學家、歷史學家、醫師。其詩作被刻在佳爾納拓的「紅宮」牆上。他的著作非常多元，包含文學、歷史、哲學、宗教、地理、醫學等。他對當代穆斯林及基督宗教徒統治者的建言書，至今仍是歷史學者的研究主題。書中提出的政策，曾爲當時西班牙國王所實踐。

（三十一）伊本．卡勒敦（Ibn Khaldūn, 1332-1406）

伊本．卡勒敦是一位國際級史學、哲學大師。他出生於哈弗舍政權下的突尼西亞，父親是一位語言學者，他本人又曾在著名的學府翟土納清眞寺（Jāmi‘ Zaytūnah）求學，奠定宗教、語言的基礎。他的際遇使他奔走在北非與安達陸斯統治者之間，介入政爭甚深，他的政治立場時常搖擺不定，大多是被任命爲法官。他在隱居四年內著作了一部不朽的史書，影響世界學術至鉅。他另外尙寫自傳，名爲《認識伊本．卡勒敦》（At-Ta‘rīf bi-bn Khaldūn）。

（三十二）加拉勒丁．蘇尤堤（Jalāl ad-Dīn as-Suyūṭī, 1445-1505）

「蘇尤堤」的稱號，源自其家人居住在埃及「阿蘇尤堤」（Asuyūṭī）。因爲他母親在書堆中產下他，而另有「書之子」（Ibn al-Kutub）的稱謂。其父在阿蘇尤堤任職法官，後來遷徙到開羅任教職。蘇尤堤拜師百餘人，勤學多聞，曾經遍遊阿拉伯半島各地，以擷取第一手知識。他所涉獵的知識非常廣博，精通伊斯蘭法學、歷史學、語言學、文學等，且留下各領域的著作，可說是阿拉伯文壇中著作最豐富的文人，但其作品絕大多數是蒐集前人的成果，且有不夠謹愼之憾。據傳述學者的記載，蘇尤堤的著作多達六百餘部。流傳至今的著作如《語言學術的光輝》、《泉湧》、《類似與同等》及薩菲邑派教法學上相同書名的《類似與同等》等都是知名的著作。

（三十三）伊本．納哈斯．哈拉比（Ibn an-Naḥḥās al-Ḥalabī, d.1642）

即法特賀拉（Fatḥ Allah），而非十三世紀同名的語法學家伊本．納哈斯．赫拉比（d.1299）。「哈拉比」（al-Ḥalabī）的稱謂來自於他的出生地哈拉卜。又因爲他居住在麥地那多年，而被稱之爲「麥地那仔」（al-Madanī）。他自幼吟詩，擅長於自創奇特的意義，詞彙的選用純熟、富技巧。他因爲長相英俊而自信過人，且交往一些酒肉朋友，然而後來罹患疾病，失去光鮮的容貌，朋友紛紛棄他而去，轉而過苦行的生活。他的詩有許多在稱讚、誇耀自己的美貌，也抒發自己是時代「異鄉人」的情懷，文筆流暢、不矯作，異於該時期其他詩人的作品。

（三十四）序赫卜・卡法基（ash-Shihāb al-Khafājī, 1569-1659）

序赫卜是埃及人，在開羅受教育，遊歷過許多地方，曾在伊斯坦堡任官，後在埃及擔任法官，是鄂圖曼時期傑出的語言、宗教、文學、科學家。著名的作品有：

1. 《阿拉伯外來語詳解》（Shifā' al-Ghalīl bi-mā fī Kalām al-'Arab min ad-Dakhīl）是一部語言著作。

2. 《專家錯誤粹選一書注釋》（Sharḥ Durrah al-Ghawwāṣ fī Awhām al-Khawāṣṣ）是一部批評哈里里語言著作的作品。

3. 《文人書香》（Rayḥānah al-Udabā'）是一部當代文人傳記。

4. 《講座風格》（Ṭirāz al-Majālis），是一部語言、文學著作，也是他的代表作。序赫卜堪稱此期最傑出的文人，其詩特點是語言純正，行詩行文皆重視修辭，有時難免矯作，甚至於為了美化文詞，不惜犧牲意義。

（三十五）尤蘇弗・巴迪邑（Yūsuf al-Badī'ī, d.1662）

巴迪邑生於大馬士革，定居於哈拉卜，晚年於茅席勒任法官職。他最具知名度的作品是《穆塔納比傳記》（Aṣ-Ṣubḥ al-Munbī 'an Ḥaythīyah al-Mutanabbī）。此書中他以文學批評家的角度，蒐集豐富的穆塔納比生平事蹟，尤其是從穆塔納比同時期的文人作品中擷取，被認為是具有高價值的穆塔納比傳記。此外尚著有其他的詩作與散文作品。

（三十六）伊本・納紀卜・胡賽尼（Ibn an-Naqīb al-Ḥusaynī, 1638-1670）

伊本・納紀卜是大馬士革詩人，英年早逝，享年僅三十三歲。其父是當時知名的學者，也是他的啓蒙老師，經常在家中舉辦文人座談會。他生命雖短暫，卻熟研《古蘭經》、聖訓及歷史，精通土耳其文和波斯文，並曾翻譯這兩種語文的詩為阿拉伯文。學者對他的詩評價很高，認為他具天分且富於想像。他的詩集中包含許多傳統的主題，譬如描寫大馬士革自然景觀的詩，彷如一幅畫作，頗具好評，象徵著他對「美」與「眞」的嚮往。

（三十七）伊本・馬厄土各・茅薩維（Ibn Ma'tūq al-Mawsawī, 1616-1676）

伊本・馬厄土各出生於巴舍剌，是一位什葉派文人及詩人，擅長於寫宗教詩。他的詩集第一首便是讚頌穆罕默德的詩，寫作時間在他到麥加與麥地那的宗教之旅期間。他作詩非常謹愼，一再修改，直到整首詩呈現縝密的結構為止。他的詩集有很大的篇幅在讚頌穆罕默德及其家族，其中一首甚至長達百節。亦有許多哀悼正統哈里發阿里之子胡賽恩及其家族的詩。

（三十八）艾卜杜・格迪爾・巴葛達迪（'Abd al-Qādir al-Baghdādī, 1620-1682）

艾卜杜・格迪爾是序赫卜・卡法基的學生，居住在開羅。序赫卜過世之後將藏書全數遺留給他，其中的文學、語言書籍對他影響很深，加上他自己的收藏，據說他收藏的詩集便有千部之多。他精通阿拉伯語、波斯語、土耳其語。早年他在巴格達求學，後來前往大馬士革，再前往埃及阿資赫爾學習宗教，卒於埃及。他最著名的著作是《文學寶藏與阿拉伯人語言精華》（Khizānah al-Adab wa-lubb lubāb lisān al-'Arab），此書中蒐集阿拉伯文學、語言領域的各類知識，猶如語文百科全書。書中文筆謹愼，並具備獨特的著作風格，是鄂圖曼前期傑出的著作。

（三十九）艾布杜・佳尼・納布陸西（'Abd al-Ghanī an-Nābulusī, 1641-1730）

他出生於大馬士革，並卒於此，是一位詩人、宗教學者，曾遊歷許多阿拉伯地區，如埃及、巴勒斯坦、息加資地區等。著作非常豐富，包含宗教學及數部詩集等，譬如《律法祕密》（Asrār ash-Sharī'ah）、《耶路薩冷遊記》（Al-Ḥaḍrah al-Unsīyah fī ar-Riḥlah al-Qudsīyah），後者記述他從大馬士革到巴勒斯坦兩個月的遊記。

（四十）穆罕默德・塔赫納維（Muḥammad at-Tahānawī, d.1745）

塔赫納維是印度人，他的學識多元，是一位宗教、文學、歷史、哲學、天文學者。他的知名度源於他的著作《藝術與科學專有名詞詞典》（Kashshāf Iṣṭilāḥāt al-Funūn wa-l-‘Ulūm），是第一部涵蓋所有領域專有名詞的詞典，也是一部百科全書，全書以字母次序排列，並解釋該詞在波斯文中的意義。

（四十一）艾卜杜拉·夏卜剌維（‘Abd Allāh ash-Shabrāwī, 1681-1758）

夏卜剌維是一位夏菲邑派學者，幼年受教於阿資赫爾的教長卡剌序（al-Kharāshī）等人，宗教思想傾向對外教的寬容，引發極端者的撻伐。文學則受教於當時著名的詩人哈珊．巴德里（Ḥasan al-Badrī）等人。因此他既是一位宗教學者，亦是詩人與作家。他的作品包含詩集和韻律學。他有一首情詩被譜成曲，經現代著名的女歌星「東方之星」巫姆．庫勒東姆唱成爲膾炙人口的歌曲，此詩的開頭是：

你是希望，
是要求，
是期待，
是渴盼。

貳、女詩人

許多近現代學者研究安達陸斯的女人地位，咸認爲她們的狀況與阿拉伯東方女人狀況大不相同。根據許多原始文獻顯示她們享有非常多的自由，許多女人受高深教育，出現女學者、藝術家、醫師、科學家等各領域的佼佼者，並教育王公貴族子弟。譬如伊本．哈資姆在《鴿之環：愛與戀人》裡便提到他見過很多女人，熟知她們不爲人知的祕密，因爲他在她們的屋裡成長。早年他除了女人之外不認識別人，直到長大成人。她們教他《古蘭經》，吟詩給他聽，教他書法。換言之，安達陸斯女人參與了整個時代的繁榮與文明的興盛。安達陸斯開放的社會及各城市自由的人文風氣，使得她們不僅可以自由行動，譬如前述穆厄塔米德．本．艾巴德的女眷可以到監獄探監；可以到公共場所，譬如學術座談會、商場、公園；可以去做星期五的禮拜，禮拜之後相約逛街，享受假日等；更能與男人相競爭，狀況與阿拉伯東方婦女明顯不同。她們吟詩的主題比阿拉伯東方女詩人的範圍更廣，譬如情詩、讚頌詩、哀悼詩、苦行詩、描寫詩等，男詩人所吟的主題她們幾乎都曾涉入。然而，儘管古籍記載此期的女詩人數量很多，卻甚少留存她們的作品或她們詳細的生平事蹟，多數都是有關詩人家族及她們與哈里發或王公之間的互動篇章。著名的女詩人如下：

（一）艾几法俄（al-‘Ajfā’）、剌弟亞（Rāḍiyah）等婢女[19]

當時巴格達、開羅、大馬士革的宮廷，流行販賣能歌善舞的婢女，此習俗也流傳到安達陸斯。不同的是在安達陸斯這種婢女價格較爲昂貴，有專人訓練具潛力的婢女吟詩，以愉悅王公貴族，但她們的詩作往往因奴隸卑微的地位而遺失，其父親及家族名字也不見於史書上。

（二）哈薩納．塔米米亞（Ḥassānah at-Tamīmīyah）

哈薩納是最早在安達陸斯土生土長的女詩人之一，其父也是詩人，著名的作品是讚頌安達陸斯的阿米爾哈克姆．本．希夏姆（d.822）及其子艾卜杜．剌賀曼（d.852）的詩。哈克姆因爲欣賞她的讚頌詩而命人支付她薪餉。艾卜杜．剌賀曼即位之後沒收她的財產，停止她的薪餉。哈薩納吟詩向他抱怨，並示出哈克姆的親筆字據，艾卜杜．剌賀曼因此歸還她的財產，並優渥的賞賜她，她則以讚頌詩回報於艾卜杜．剌賀曼。

（三）瓦拉達．賓特．穆斯塔柯菲（Wallādah bint al-Mustakfī）

瓦拉達堪稱此期最著名的女詩人，她是安達陸斯哈里發穆斯塔克菲之女。有關她的記載也相對的較爲豐富。其家族源自於巫麥亞哈里發後裔，其父是安達陸斯巫麥亞家族最後一位哈里發，在歷史上的評價是嚴酷、無情，但對獨生女瓦拉達的教育卻異常重視。瓦拉達經常出席詩人之間的座談，談吐優雅，率性、詼諧，但性情急躁，愛好自由。在她十六歲時，父親過世，此後經常在家裡舉辦文人座談會，其詩技、學識、聰穎遠近馳名。她與伊本．翟敦的戀愛故事是情詩史上的重要事件。她終身未嫁，較伊本．翟敦多活約二十年。

---

[19] 阿拉伯傳統上女性的年齡往往不被記載，故其生卒年難以考證，至今仍有許多地區保留此傳統。

其他著名的安達陸斯女詩人如下：

1. 來自巴格達的歌手格馬爾（Qamar），她被當作禮物獻給伊卜剌希姆．本．哈加几（Ibrāhīm bn al-Ḥajjāj）。

2. 以吟誦即興詩讚頌國王而著名的艾伊夏．賓特．阿賀馬德．古爾突比亞（‘Ā’ishah bint Aḥmad al-Qurṭubīyah）。

3. 安達陸斯第一位作愛情詩的女詩人哈弗沙．賓特．哈姆敦．息加里亞（Ḥafṣah bint Ḥamdūn al-Ḥijārīyah），她非常富有，吟詩風格大膽。

4. 以讚頌哥多華哈里發穆罕默德的詩而著名的馬爾亞姆．賓特．亞厄古卜．安沙里（Maryam bint Ya‘qūb al-Anṣārī）。

第六章　阿拉伯現代與當代文學（1798-）

第一節　概論

十六世紀至十八世紀，中東與中亞地區的勢力劃分爲鄂圖曼土耳其帝國、波斯沙法維帝國（Safavid Dynasty, 1501-1736）及蒙古蒙兀兒帝國（Mughal Empire, 1526-1857），皆是伊斯蘭版圖。西方勢力崛起之後，這些帝國逐漸沒落，伊斯蘭世界面臨重大危機。1798年拿破崙大砲攻擊埃及，摧毀了阿拉伯人的疆土，震撼埃及人的心，也種下了阿拉伯文藝復興的種子。阿拉伯人見識到新文明的新事物，造成普遍意識的覺醒。歐洲控制伊斯蘭世界的經濟與政治企圖心從此舉顯現，導致第一次世界大戰的產生，也摧毀了伊斯蘭世界一統的狀態，塑造出許多殖民小國。二十世紀中葉，阿拉伯國家紛紛獨立之後，各地區經濟狀況參差不齊。富者如海灣合作理事國，經濟能力幾近世界之首。窮者如索馬利亞、茅利塔尼亞，幾近世界之末。阿拉伯文學充分反映這些時代的衝擊，掀起一股無法抵擋的復興思潮，究其因可歸納如下：

壹、西風東進

經歷三個世紀在土耳其、馬姆陸柯王國的統治下，阿拉伯世界籠罩在腐敗、無知、壓迫之下。西方見機派遣傳教士，傳播西方文化和教育。1798年拿破崙占領埃及，引進許多宗教團體、傳教士，在他們所設立的各級學校，傳播英、法文化及思想，尤其在黎巴嫩、敘利亞兩地最爲明顯。拿破崙也同時帶來一群專家，爲歐洲文明在中東扎根，創立兩所學校、兩份報紙、劇院、圖書館、印刷廠、化學工廠、天文臺等。雖然拿破崙入侵只維持兩年，便被英國與鄂圖曼土耳其聯軍擊敗，但卻揭開阿拉伯人的眼界。埃及人擁立鄂圖曼土耳其的阿爾巴尼亞裔軍人穆罕默德．艾立（Muḥammad 'Alī, d.1849）巴夏爲埃及總督，徹底消滅埃及的馬姆陸柯人，手段兇殘，但其往後的建樹，影響現代埃及至深，被認爲是現代埃及的奠基者，有「埃及之尊」（'Azīz Miṣr）的稱號。他本身是位傑出的軍事家，運用拿破崙法軍的作戰方式訓練軍隊，引進歐洲軍隊組織建軍。他的軍隊不僅對抗鄂圖曼土耳其、英國及阿拉伯半島的瓦赫比教派（al-Wahhābīyūn），勢力範圍抵達蘇丹、衣索匹亞、安那托利亞、大敘利亞等地，幾乎消滅鄂圖曼土耳其帝國。經濟上更振興工業、商業與農業。文化上他鼓勵人們學習西方文明，積極興辦學校、設立印刷廠、派遣團體到西方學習。東方第一家報社Al-Waqā'i' al-Miṣrīyah（埃及大事）因而設立。穆罕默德．艾立之後的執政者並未持續進行西化，直到其孫伊斯馬邑勒（d.1879）才繼續此重責。

蘇伊士運河的開發是此期的大事，也是促使英國占據埃及的主因。運河開通後，歐洲參訪埃及的人潮不斷湧進，也疏通埃及到歐洲的路。隨著西方團體的進入，交通與通訊網日漸發達，方便了知識文化的傳播，逐漸消弭無知及文盲的社會腐敗現象。伊斯馬邑勒的執政，增進了埃及的自主觀念。埃及的輿論、民族意識崛起，埃及人有機會得以在報章批評政府及外族的統治。自1882年陶菲各（Tawfīq）時期的革命，直到第二次世界大戰，埃及人經常暴動，迫使英國終於簽定1936年的協定。凡此，都顯示埃及人民族意識的高漲與民主觀念的成形。

貳、派遣團、翻譯活動

穆罕默德．艾立巴夏治理埃及時期，除了在政治、軍事、經濟上有傲人的成就之外，在文化上他更是大舉興建學校，引進法國學者，從事教學、著作工作。這些學校的學生畢業後，政府便派遣他們負笈法國繼續學業。1826年是留學團鼎盛時期，派遣團爲數四十四人。以後大多數的留學生，都出自阿資赫爾大學，留學生返回埃及之後便從事翻譯、教學工作，其中的佼佼者譬如里法厄．拓合拓維（Rifā'ah aṭ-Ṭahṭāwī, d.1873）。里法厄．拓合拓維爲因應穆罕默德．艾立建軍的需求，翻譯許多軍事書籍，並從事著作，將法國的思想帶到埃及，影響埃及人至深。

由於阿拉伯人認識了歐洲世界，政府極力延攬專業教師、學者、工業人士，因此翻譯工作變成取得現代知識的必要途徑。里法厄．拓合拓維於1835年創辦「語言專校」（Madrasah al-Alsun），教授法、阿、土、波斯、義、英等語文。該校的畢業生翻譯了數百部小說、戲劇及其他書籍，對文學發展貢獻很大。伊斯馬邑勒時期更引進大批的敘利亞、摩洛哥翻譯員。十九世紀末葉，貝魯特和突尼斯設立翻譯學校，阿拉伯學者與西方傳教士們相互切磋，影響了新文學運動。此後，翻譯西方小說與戲劇蔚爲風氣，促進了阿拉伯文學、藝術的發展。作家因此更重視思想的表達、文筆的正確性及修辭的運用，傳統冗長的序言不復存在。在大敘利亞與埃及學者合作下，許多西方小說戲劇、書籍被翻譯成阿拉伯文。

參、振興教育

鄂圖曼政權統治前期，教育場所僅限於私塾及阿資赫爾大學，教學內容則是《古蘭經》、誦經學、數學等。穆罕默德．艾立在1820年建立初級戰爭學校，教師皆是法國人。隨之又因軍隊需要醫師解決軍人健康問題，於是在1826年建醫學院，聘請西方教師，遴選阿資赫爾的資優生就讀。穆罕默德．艾立更認爲國家的建設首靠工程，因此特別著重工程學院的教育，便在埃及設立第一所工程學校。藥學院、工程學院、護理學院……等專業領域的教育機構亦紛紛設立。各級教育效法中世紀學校制度，皆免收學費，政府提供食、衣、住、行費用，給予學生生活費。穆罕默德．艾立之後，執政者停止這些優惠，甚至於停學。伊斯馬邑勒時期，除恢復學校上課外，並增加法學院。伊斯馬邑勒企圖使埃及歐化，再度派遣留學團到歐洲，恢復並增設法律學校。伊斯馬邑勒時期的小學總數達四十所，伊斯馬邑勒夫人於1873年設立第一所女子學校，成立之初，招收兩百位女生。伊斯馬邑勒時期各級學校最著名的是1871年創立的「學術院」（Dār al-‘Ulūm），成立之初僅招收三十二位學生。「學術院」對阿拉伯語言、文學復興有密切關係，其師資來自阿資赫爾的畢業生，創館者是有「教育之父」（Abū at-Ta‘līm）之稱的艾立．穆巴剌柯（‘Alī Mubārak, d.1893）。1885年「語言專校」併入「學術院」，「學術院」直至二十世紀中葉仍是阿拉伯語言、文學及伊斯蘭研究領域頂尖人才的匯集處，其畢業生服務於全國人文界。1980年併入開羅大學，成爲該大學的一個學院，以句法學、詞法學、韻律學、文學批評、伊斯蘭法學、伊斯蘭哲學等科系爲主。

至於伊斯蘭曆四世紀便設立的阿資赫爾，原本僅教授阿拉伯語、《古蘭經》等。阿拉伯文藝復興初期，該校增設現代新科學的課程教育。1936年改成大學之後，包含宗教學及阿拉伯語文兩個學院，1961年增設許多現代科學領域的學院。今日阿資赫爾大學逐漸沒落，與現代化的大學無法競爭，唯在宗教學上的研究仍具有其學術權威性。1908年「埃及大學」（al-Jāmi'ah al-Miṣrīyah）創立，即今日「開羅大學」的前身，包含許多學院與主修。早年各阿拉伯國家大學的師資多數來自於開羅大學，開羅大學在奠定現代阿拉伯大學學術基礎上有極大的貢獻。開羅大學成立之後，埃及各大學就紛紛成立。

敘利亞在教育興盛期之前，便曾設立許多學校，譬如古老的巫麥亞清真寺（al-Jāmi' al-Umawī）便是最大的宗教學校。這些學校授課內容，大多單屬於某個教派，如哈尼法派學校（al-Madrasah al-Ḥanafīyah）、夏菲邑派學校（al-Madrasah ash-Shāfi'īyah）、馬立柯派學校（al-Madrasah al-Mālikīyah）等，教授《古蘭經》、聖訓等宗教學。此外，尚有醫學院、藥學院、法學院。但是在土耳其統治前期，這些學校都一概關閉。阿拉伯文藝復興時期，大馬士革各級學校恢復上課，並增設牙醫學院、理學院、工學院、商學院、農學院等。1923年合併大馬士革各學院，設立「敘利亞大學」，即今日「大馬士革大學」的前身。敘利亞北部的哈拉卜也隨之開課，後來成立「哈拉卜大學」。由於敘利亞大學教授們受土耳其教育，往往需要將一些科學專有名詞翻譯成阿拉伯語，興起研究阿拉伯古典學術的風潮，譬如研究伊本．西納的醫學專有名詞的風潮。

黎巴嫩於十九世紀便設立許多教會學校，1860年並設立「英國學校」（al-Madrasah al-Injilīzīyah），是黎巴嫩第一所女子學校，緊接著設立女子學院和修女學校。1863年阿拉伯文藝復興運動先驅布圖魯斯．布斯塔尼（Buṭrus al-Bustānī, d.1883）在貝魯特西邊城外設立「國家學校」（al-Madrasah al-Waṭanīyah），標榜著宗教自由、教育自由，吸引許多各地學子湧進。而黎巴嫩最著名的兩所學院，其一是1866年美國人設立的「美國學院」（al-Kulīyah al-Amrīkīyah），1920年改爲「貝魯特美國大學」（American University of Beirut）。該校教學原本使用阿拉伯語，後來改爲英語。其二是1874年耶穌會士團設立的「耶穌學院」（al-Kulīyah al-Yasū'īyah）。該校重視語言、文學、歷史、地理及宣教等人文教育，印刷手抄本，編撰詞典。該校原本以阿拉伯語教授，後來改爲法語。黎巴嫩最早的伊斯蘭學校則在1880年設立。

肆、印刷、報業

最早出版阿拉伯古籍的地方是君士坦丁堡的印刷廠，出版許多宗教、語言、哲學書籍。拿破崙軍隊從法國帶來的印刷機，雖然立意在記錄法國的戰役，但對於教育的傳播、文化知識的普及有很大的貢獻。穆罕默德．艾立巴夏在1815年派團到義大利米蘭學習印刷術，1822年便以拿破崙的印刷廠爲核心，設立布拉各國立印刷廠，制定規章，印刷的書籍以宗教、語言、文學的數量較多。敘利亞第一家印刷廠於1832年成立，但僅出版宗教書籍。著名的出版社有1834年成立的美國印刷廠（al-Maṭba'ah al-Amrīkīyah）、1848年的耶穌會士印刷廠（Maṭba'ah al-Abā' al-Yasū'īyīn），兩者皆在貝魯特。二十世紀的阿拉伯世界印刷業興盛，出版大量書籍。然而智慧財產權問題甚爲嚴重，出版品的素質參差不齊，至二十一世紀仍未有明顯的進步。

埃及人因法國的法文報紙，而認識何謂「報紙」。布拉各印刷廠設立後，穆罕默德．艾立巴夏便創辦Jurnāl al-Khudaywī（總督報），是1828年興辦的Al-Waqā'i' al-Miṣrīyah報的前身。該報起初用阿拉伯文、土耳其文兩種語文發行，最後只發行阿文版。當時該報內容皆是政府的新聞，不含民眾意見，報社總編輯便是穆罕默德．艾立巴夏本人，繼之有當時的文豪哈珊．艾塔爾（Ḥasan 'Aṭṭār, d.1835）、阿賀馬德．序德亞各（Aḥmad ash-Shidyāq, d.1887）及里法厄．拓合拓維等人。伊斯馬邑勒巴夏時期，恢復此報的發行。政治性報紙如Nuzhah al-Afkār（思潮之旅）。

大敘利亞地區在土耳其統治前期便認識報紙。敘利亞的政治性報紙較埃及更早出現。1855年哈拉卜人在伊斯坦堡創立Mir'āh al-Aḥwāl（時事鏡）報，但因發行人刊登一些批評土耳其政府的言論而僅維持一年餘。由於1828年創辦的Al-Waqā'i' al-Miṣrīyah報是官方報，所以許多學者認爲Mir'āh al-Aḥwāl才是第一份阿拉伯文報紙。隨之是1858年貝魯特的Ḥadīqah al-Akhbār（新聞園地）報，維持到1909年。1865年敘利亞大馬士革發行Jarīdah Sūriyā（敘利亞報），刺激敘利亞各城市紛紛創報。

雜誌創辦上，較著名的如伊斯馬邑勒巴夏時期創立Majallah Rawḍah al-Madāris（學校園地雜誌），由里法厄．拓合拓維督導，以重整古籍、宣揚現代化知識、思想爲宗旨。1865年創立名爲Al-Ya'sūb（蜂王）的醫學月刊雜誌，此雜誌旨在蒐集醫學專有名詞，但因財政問題，於1877年停刊。1876年在貝魯特發行雜誌Al-Muqtaṭaf（集錦），1886年轉至開羅發行，內容在表達學者、思想家、文人的政治、社會、文學觀點，1952年停刊。1892年朱爾几·翟丹（Jūrj Zaydān, d.1914）創辦Al-Hilāl（弦月）月刊雜誌，此雜誌經歷幾度起落，至今猶存。1906年穆罕默德·艾立巴夏創辦Al-Muqtabas（採擷）月刊雜誌，原來著重文史思想，後來成爲政治性報紙。1933年發行文學雜誌Ar-Risālah，許多著名的文人參與，維持二十餘年，內容包含政治、文學、宗教。1945年在開羅發行文學思想性雜誌Al-Kātib al-Miṣrī（埃及作家），參與編輯者包含東西方學者，拓赫·胡賽恩擔任總編輯，學術水準極高，惜於1948年便停刊。大馬士革發行著重阿拉伯語文的Majallah al-Majma‘ al-‘Ilmī al-‘Arabī（阿拉伯學術協會期刊），後來稱爲Majallah Majma‘ al-Lughah al-‘Arabīyah bi-Dimashq（大馬士革阿拉伯語協會期刊）。同時亦發行Majallah ar-Rābiṭah al-Adabīyah（文學協會期刊），但此期刊載第九期時，被法國人停刊。1923年阿賀馬德·夏齊爾（Aḥmad Shākir）創辦Majallah al-Mizān，屬於文學批評、現代文藝思潮的雜誌。以後陸續出現許多傳統、新潮的文藝報章雜誌，如：1927年al-Ḥadīth雜誌，1959年敘利亞政府下令停刊，發行保守性較高的Majallah ath-Thaqāfah（文化）雜誌，結合古典和現代，但不久便又停刊。

基本上，報章雜誌上的文章在十九世紀與二十世紀有很大的發展。十九世紀報章雜誌的語言仍然傾向重視修辭與押韻，文筆做作不自然。二十世紀的語言則明顯清晰、簡潔，具邏輯脈絡。今日阿拉伯世界的報章雜誌種類與數量都非常多，譬如截至本書截稿爲止，埃及便有上百家的政治性、經濟性、宗教性、文學思想性、藝術性、體育性、兒童性及一般性報章雜誌。

報章雜誌解決許多當代人的思想、政治、經濟、社會問題，這是古文學中所未曾出現的現象，文學成爲表達個人與社會需要的工具。其中所用的語言簡單，矯作的文詞幾乎匿跡，久而久之形成大眾語言，使得文人逐漸跳脫韻文、浮誇的桎梏。更由於報章雜誌中盛行筆戰，造成文學運動興盛，也因此產生許多學派，建立各自的理論基礎。讀者視報章雜誌爲時代燈塔，可以反映社會問題，無異於公眾學校，讓人們認識自己民族的過去和未來，得以了解東西方的思想潮流，擴展了阿拉伯人的視野。報章雜誌的廣泛發行卻造成語言上的重要問題。問題的來源在於一般記者的阿拉伯語文能力鮮有傑出者，大眾語言盛行，護衛語言正統性的學者強烈呼籲維護《古蘭經》語言，並相競著作諸如「通用錯誤」等的書籍，形成現代阿拉伯各國學術界的特殊現象。

伍、圖書館

十九世紀末葉，阿拉伯世界出現一些著名的圖書館。1870年艾立·穆巴剌柯規畫建立「總督圖書屋」（Dār al-Kutub al-Khudaywīyah），亦即後來的「埃及圖書館」。此書屋蒐集阿拉伯各地區的阿拉伯古籍與珍貴手抄本，開放予一般民眾閱覽書籍，「埃及圖書屋」成為學者們駐足之處。此後不停的擴充，成為今日的「民族圖書文獻館」（Dār al-Kutub wa-l-Wathā'iq al-Qawmīyah），屬於世界級的手抄本中心，其中收藏的手抄本價值匪淺，譬如年代推溯到伊斯蘭曆二世紀的《古蘭經》，經文中元音符號仍以點標示，尚未將元音標於輔音之上，代表阿拉伯語音符號製作的最初階段，珍貴無比。

二十世紀圖書館遍布各地，其中最具盛名的是前述的開羅「埃及圖書屋」，以及大馬士革自十三世紀便建立的「查希里亞圖書館」（al-Maktabah aẓ-Ẓāhirīyah）。查希里亞圖書館原本是哈尼法及夏菲邑學派的學校，十九世紀末葉蒐集各圖書館的書籍與手抄本，並不斷的擴充書籍量，成為阿拉伯世界著名的圖書館。此外，尚有突尼斯的「翟土納圖書館」（Maktabah az-Zaytūnah），今日其書籍已經移至突尼西亞國家圖書館。摩洛哥法斯城的「格剌維尹書庫」（Khizānah al-Qarawīyīn）原本是支援格剌維尹清真寺教學用書的小圖書館，十四世紀中葉建造成具規模、有制度的圖書館，蒐集許多珍貴的文獻，並不斷的擴充。麥地那的「艾里弗·息柯馬特圖書館」（Maktabah 'Ārif Ḥikmat）建於十九世紀中葉，以蒐集大量珍貴的手抄本為著。1978年大馬士革設立「阿薩德國立圖書館」（Maktabah al-Asad al-Waṭanīyah），收藏許多珍貴的書籍和文獻。

此外，阿拉伯各國尚有許多著名的私人圖書館，最著名的是阿賀馬德·泰穆爾（Aḥmad Taymūr）的「泰穆爾書庫」（al-Khizānah at-Taymūrīyah）、阿賀馬德·撒齊（Aḥmad Zakī, d.1955）的「撒齊書庫」（al-Khizānah az-Zakīyah），後者收藏許多東方學學者著作的英文、德文及法文圖書。

陸、學術協會、文學協會

第一所學術協會是拿破崙在1798年所建的「埃及學術協會」（al-Majma‘ al-‘Ilmī al-Miṣrī），其主要任務在傳播文明、研究埃及歷史。該協會分成五部門：數學、自然、經濟、文學、藝術，埃及人民受益於此協會甚多。2011年12月在埃及民眾與軍隊衝突中，此協會被一場大火燒毀約二十萬部珍貴的書籍、手抄本、地圖等，其中包含一部保存約兩百年的《埃及描繪》（Description de l'Egypte）原版之一。該部書是拿破崙入侵埃及時，各領域專家對埃及的描述。

1919年，大馬士革設立「阿拉伯學術協會」（al-Majma‘ al-‘Ilmī al-‘Arabī），1958年改名爲「阿拉伯語協會」（Majma‘ al-Lughah al-‘Arabīyah），是阿拉伯世界第一所「阿拉伯語協會」。此協會的成立與阿拉伯世界當時的政治大環境有極爲密切的關係，協會成員致力於復興語言、文學，處理新的專有名詞、糾正通用錯誤、重整古籍、翻譯現代科學知識，網羅東西著名的學者，在學術史上具有特殊意義。此協會的創始人是穆罕默德·庫爾德·艾立（Muḥammad Kurd ‘Alī, d.1953），最初成員共有八人，另外七人是：阿民·蘇威德（Amīn Suwayd）、薩邑德·克爾米（Sa‘īd al-Karmī）、阿尼斯·薩陸姆（Anīs Salūm）、艾卜杜·格迪爾·馬葛里比（‘Abd al-Qādir al-Maghribī）、邑薩·伊斯侃達爾·馬厄陸弗（‘Īsā Iskandar al-Ma‘lūf）、拓希爾·加撒伊里（Ṭāhir al-Jazā’irī）、邑資丁·艾拉姆丁（‘Izz ad-Dīn ‘Alam ad-Dīn）等大師。1921年該協會發行《阿拉伯語協會雜誌》。大馬士革「阿拉伯語協會」發展過程中曾經一度與開羅「阿拉伯語協會」合併，但爲期很短便恢復各自的運作。

此外，有許多社團組織成立，如1868年在埃及創立的「學術學會」（Jama‘īyah al-Ma‘ārif），透過著書、印刷、發行，以弘揚文化，即今日的「埃及學術理事會」（Majlis al-Ma‘ārif al-Miṣrī）。1875年創立「地理協會」（al-Jam‘īyah al-Jughrāfīyah），內設圖書館，並發行年刊。1932年開羅創立「阿拉伯語協會」（Majma‘ al-Lughah al-‘Arabīyah），原歸屬於教育部，其設立目的在護衛阿拉伯語言的正確性。1934年此協會正式運作，第一任會長是穆罕默德·陶菲各·剌弗厄特（Muḥammad Tawfīq Raf‘at, d.1944）。協會規章上規定成員二十人，其中十人選自埃及當代阿拉伯語巨擘，另外十人則選自埃及以外精通阿拉伯語文及阿拉伯學術之人士，並發行具權威地位的學術季刊《學術協會雜誌》，該協會至今仍是阿拉伯語文界最具學術權威的組織。今日除了埃及、敘利亞之外，約旦、伊拉克、蘇丹、摩洛哥也設立阿拉伯語協會，唯其學術地位遠不及開羅的「阿拉伯語協會」。

阿拉伯世界亦紛紛成立許多文學、政治、科學學會。1847年敘利亞領先於貝魯特成立「敘利亞學會」（al-Jam'īyah as-Surīyah），其目標在宣揚學術、提升文學與藝術，成員超過五十人，包含布圖魯斯．布斯塔尼等學者。接著貝魯特成立「敘利亞學術學會」（al-Jam'īyah al-'Ilmīyah as-Surīyah），成員一百五十人。1868年埃及穆罕默德．艾里弗（Maḥammad 'Ārif）成立「教育學會」（Jama'īyah al-Ma'ārif），宗旨在宣揚文化、復興傳統，該學會出版許多宗教、歷史、文學書籍，成員六百六十人，包含阿賀馬德．序德亞各等人。令人矚目的是「埃及女青年學會」（Jama'īyah Miṣr al-Fatāh）的成立，目的在處理女子教育及文學問題。此學會帶動許多社會上女性問題的探討。

柒、東方學（al-Istishrāq）

學者對於東方學的興起，有許多不同的意見。有些阿拉伯學者將之推溯到伊斯蘭興起之前穆罕默德與納几嵐基督宗教徒的接觸；有些推溯到安達陸斯時期穆斯林與基督宗教徒的接觸；有些則推溯到十字軍東征時期，基督宗教徒學習伊斯蘭各領域學術，企圖統治穆斯林等。然而，實際出現專門機構，研究伊斯蘭世界，並出版有關的作品，則始於十六世紀英國、義大利、葡萄牙學者們的努力。十七世紀歐洲設立許多阿拉伯語文講座，如1632年英國劍橋大學、1638年牛津大學。由於東、西方本是一個模糊的界定，中世紀伊斯蘭思想與西方基督宗教思想，代表兩個差異性極大的指標，以致於在伊斯蘭世界許多地區，「東方學」成爲一個負面勝於正面意義的名詞。

十九世紀初，西方國家開始對阿拉伯國家殖民，也促使他們的學者學習東方語言，研究東方宗教、歷史、文學，設立學校，教導東方語言、歷史、文化，其中不乏純以熱愛學術研究、追求事實爲目的的學者。這種學習東方語言、文化的現象，其實始於安達陸斯時期的西方宗教人士前往安達陸斯，學習阿拉伯人的哲學與其他學術。

現代的東方學內容包括蒐集、保存阿拉伯書籍手抄本，以致於許多阿拉伯學者若欲考證古籍，必須到西方圖書館索取手抄本。在西方及亞洲國家大城市中設立學習東方語言、文學的專校，任務在發表論文、印刷、考證書籍、召開學術會議，使得東、西方學者聚於一堂，討論東方學術。

然而，東方學學者中亦不乏肯定阿拉伯人對世界學術的貢獻，並著書闡釋這些傳承關係的學者，譬如法國東方學學者，承認湯瑪士．阿奎那（Thomas Aquinas）的哲學理論是取自阿拉伯哲學家伊本．魯須德。許多東方學學者的論點，也建立在阿拉伯現代學者的觀點上；反之亦然，譬如拓赫．胡賽恩對蒙昧時期詩的杜撰說，便深受東方學學者馬爾古流斯（David Samuel Margoliouth）的影響。由於阿拉伯學者與東方學學者之間的理念差異，刺激了思想運動，阿拉伯文人著作因此興盛，譬如穆罕默德．佳撒立（Muḥammad al-Ghazālī, d.1996）因此寫了《護衛禮教與宗教法學》（Difā‘ ‘an al-‘Aqīdah wa-sh-Sharī‘ah）一書。

換言之，東方學的正面意義可包含東方學學者對於古籍的考證、出版的貢獻。他們依照專長，分工合著《伊斯蘭百科全書》（Dā’irah al-Ma‘ārif al-Islāmīyah），並以學術方法研究、解決語言、文學、歷史問題，阿拉伯學者受其影響，開始重視研究方法。東方學的負面意義則是某些東方學學者的理論混淆了阿拉伯人所尊崇的歷史、文學事實。某些學者會無知或故意的模糊伊斯蘭教義，造成東西思想的衝突，或甚至衍生出政治問題，形成國際情勢的不安。今日阿拉伯國家感受到東方學學者的力量，逐漸開放對話的空間，也大量派遣優秀學子至西方研讀相關學術，深入了解西方思維，拉近彼此之間的思想距離。

捌、改革運動

自土耳其政權統治阿拉伯世界之後，阿拉伯政治動盪不安，社會問題也相對增多。土耳其統治者重視戰爭勝過維持內政，沉迷於征戰勝過鼓勵學術，阿拉伯世界連帶疲弱不堪。西方殖民阿拉伯地區時，阿拉伯人開始模仿西方生活方式，改革運動逐漸興盛。主題包含女人問題，呼籲女人受教育，主張解放婦女，並撰文呼籲女人揭開面紗、參與工作、表達思想等。里法艾．拓合拓維在〈女子教育〉一文裡說：「女子教育可增進她們的教養與智慧，她們因此可以參與男人的談論，並表達意見，她們在男人心中的地位因之提升……。」著名的社會改革者尚有埃及的格西姆·阿民（Qāsim Amīn, d.1908），他曾在法國學習法律，建立自己對穆斯林社會自由的主張，並在報章雜誌闡明他的理念。他認爲許多埃及社會上的陋習並非來自於宗教，穆斯林社會要改變必須從女人受教育著手，因爲世世代代的女人都在影響著人們。他除了從事法律事業外，終身奉獻於解放女性的運動。1898年出版《女性解放》（Taḥrīr al-Mar'ah），1900年出版《新女性》（Al-Mar'ah al-Jadīdah）。詩人、小說家也將這種社會問題呈現在作品中，呼籲女人要恪守伊斯蘭教義，也呼籲女子教育，女人要對社會盡義務、爭取女人的社會地位等。此外，一般的社會問題，如無知、貧窮、疾病等都是文人討論的問題。

土耳其統治阿拉伯世界的末期，伊斯蘭意識遠勝過民族、國家意識，穆斯林並不否認鄂圖曼哈里發政權的合法性；反之，一致對抗西方的殖民。當鄂圖曼政權被迫迎戰蘇聯、歐洲時，阿拉伯穆斯林在軍事、財力、文學上傾向支持土耳其人，因爲對多數阿拉伯穆斯林而言，這是另一場十字軍之戰。文學中，這種宗教意識甚爲明顯，譬如穆罕默德·艾卜杜結合政治和宗教，常在Al-Waqā'i' al-Miṣrīyah報中談論國家主義等主題。又如阿賀馬德·穆哈剌姆（Aḥmad Muḥarram, d.1945）的詩：

誰阻止幼獅自豪或跳躍？
劍一旦抽出卻打不中，
其價值何在？

哈菲若·伊卜剌希姆（Ḥāfiẓ Ibrāhīm）也吟：

眾信士的領袖啊！
你不朽，
除你之外，
宇宙無所謂不朽。

哈菲若·伊卜剌希姆在另一首詩中，讚美伊斯蘭早期正統哈里發烏馬爾的清廉時說：

波斯王使者驚訝，
他看到烏馬爾哈里發，
樸實無飾，
身處平民之間。
他屢見波斯帝王，
受士兵及警衛圍牆保護。
看到烏馬爾沉睡著，
流露出無比高貴的氣質。
在大樹下，
泥土上，
裹著飽經歲月，
破舊的斗蓬。
在他眼裡，
掌握世界的波斯帝王所大化的，
都微不足道。
他說出這句真理，
世世代代因而相傳：
「你因公正而心安，
你能高枕無憂。」

阿拉伯世界最著名的改革運動如下：

（一）納几德的穆罕默德．艾卜杜．瓦赫卜（Muḥammad ‘Abd al-Wahhāb, d.1791）運動：艾卜杜．瓦赫卜是素尼學派的改革家，自幼受完整的宗教教育，加上他勤奮好學、思想敏捷，記憶力過人，著書無數。此派認爲穆斯林無須全然倚賴素尼四大法學派思想，更應倚賴的是《古蘭經》經文與聖訓，主張淨化所有的宗教儀式。此派發動許多戰爭，建立最早的沙烏地阿拉伯政權，版圖從敘利亞延伸到阿曼，影響力深遠，至今包含沙烏地阿拉伯的許多伊斯蘭國家仍然遵循他的理念。

（二）突尼西亞的愷爾丁．土尼西（Khayr ad-Dīn at-Tūnisī, d.1889）運動：土尼西是一位被販賣到突尼西亞的奴隸，幸運的被主人栽培成傑出的軍人。土尼西在突尼西亞對抗專制政權，從事海軍服裝改革、修改與外國訂定的合約及組織部會等重要的改革。並將他的改革理念寫成著名的《王國精確資訊》（Aqwam al-Masālik fī Ma‘rifah Aḥwāl al-Mamālik）一書。

（三）埃及加馬勒丁．阿弗佳尼（Jamāl ad-Dīn al-Afghānī, d.1897）的泛伊斯蘭思想運動：阿弗佳尼是阿富汗人，通曉阿拉伯語及波斯語，曾接受傳統伊斯蘭教育，並受西方思想的影響，建立他的思維模式。他一生奔波於東西方各國，在土耳其、伊朗、埃及、伊拉克等地區的經歷坎坷，其中心思想在統一伊斯蘭世界，解放穆斯林免於被殖民與被利用，爲泛伊斯蘭主義奠定基礎。他認爲基本的宗教改革方式是完全遵循《古蘭經》與聖訓，若宗教文獻與科學相左，便應以開放的態度解釋清楚，才得與西方文明相抗衡。他並提倡所謂的「伊斯蘭社會主義」，遭致許多人將他列爲異端，他的思想對伊朗人民影響力甚鉅。

（四）敘利亞的艾卜杜．剌賀曼．克瓦齊比（‘Abd ar-Raḥmān al-Kawākibī, d.1902）運動：克瓦齊比對抗專制政權，奔走於中國與非洲之間，呼籲阿拉伯民族覺醒，起來反抗土耳其政權，主張唯有自覺、自強、反迷信，才得進步。

（五）埃及哈珊．班納（Ḥasan al-Bannā, d.1949）的伊斯蘭運動：1928年創立「穆斯林兄弟會」（al-Ikhwān al-Muslimūn），呼籲阿拉是目標、使者是模範、《古蘭經》是憲法、聖戰是手段、爲主道死亡是理想，是典型的伊斯蘭原教旨主義（Islamic Fundamentalism）。他們認爲阿拉伯國家必須進行政治、經濟、社會全方位改革，以對抗西方殖民主義與干預，在阿拉伯國家各地得到迴響，穆斯林兄弟會並支持許多伊斯蘭組織，如巴勒斯坦的哈馬斯（Ḥamās）。

（六）素馨花革命運動：2010年12月17日突尼西亞青年穆罕默德．布艾奇資（Muḥammad al-Bū‘azīz, d.2011）因水果攤位推車被警察取締沒收，激烈抗議自焚，激起人民群起訴求政治與經濟改革，爆發突尼西亞內部嚴重的經濟、社會革命。由於突尼西亞到處種植素馨花，街道上有許多素馨花小販，以至於外國人誤以爲素馨花是突尼西亞的國花，而稱此次革命爲「素馨花革命」（Thawrah al-Yāsamīn）。素馨花屬於茉莉科，不知情的華人便翻譯爲「茉莉花革命」。此次革命造成統治突尼西亞二十三年的本．艾立（Bn ‘Alī, 1936-）總統流亡海外。此思潮迅速蔓延到所有阿拉伯國家，依序影響阿爾及利亞、黎巴嫩、約旦、茅利塔尼亞、阿曼、沙烏地阿拉伯、埃及、葉門、蘇丹、伊拉克、巴林、利比亞、科威特、摩洛哥、撒哈拉、敘利亞。

革命由經濟改革、自由民主的訴求，演變成紛亂的政治鬥爭局面。政府幸運者自動改革，不幸運的統治者被罷黜或甚至死亡。譬如2011年1月25日埃及人民暴動。2月21日，執政埃及三十年的穆巴拉克（Mubārak, 1928-）下臺。此思潮的正面影響是阿拉伯國家重新省思統治者與被統治者、國家與社會、宗教與國家關係。此過程中宗教意外呈現低調的現象。然而，直至本書截稿日爲止，阿拉伯國家在革命之後卻依舊動盪不安，譬如埃及軍隊發動政變，埃及穆斯林兄弟會支持的新總統穆罕默德．穆爾西（Muḥammad Mursī, 1951-），儘管是埃及首位人民直選的文人總統，任職一年又三天，便遭軍方罷黜且被軟禁。2013年8月22日釋放被罷黜總統穆巴拉克，2014年11月法院判決穆巴拉克謀殺示威者罪名不成立。利比亞過渡時期國家委員會六十一席僅二席女性委員，委員會主席並宣布恢復多妻制。突尼西亞新政府標榜給女性平等權，然而選舉中女性被邊緣化。蘇丹自2011年7月南蘇丹宣布分離之後，便限制報章雜誌的言論自由。顯然此波革命並未帶來民主與和平，各國陷入新舊勢力鬥爭的動盪局面，流血犧牲者多過於戰爭，如敘利亞至今死亡無數，數百萬人流離失所。

綜觀這一、兩百年來阿拉伯世界從不曾間斷的政治、宗教改革，其成果相當微薄。究其因無非是政治難以清明、經濟過度壟斷、宗教派系鬥爭激烈、思想開放度不夠、無法記取歷史教訓等積習過深。

第二節　現代阿拉伯詩的發展

壹、復古與革新

阿拉伯現代詩在型態及內容上，都有長足的發展。每首詩單一的主題，已經成爲必然的現象。現代詩的詩體不拘，脫離八股的誇耀、英雄詩等，而有故事詩、戲劇詩、自由詩及散文詩等代表時代色彩的主題與形式，詩人不再使用生澀的詞彙，許多詩人喜好象徵性譬喻。內容上，詩人喜好現代民族、社會、政治問題等主題。在想像上，也不再模仿古人。譬如巴德爾．夏齊爾．賽亞卜（Badr Shākir as-Sayyāb, d.1964）的〈雨頌〉（Unshūdah al-Maṭar）令人有耳目一新的感覺：

妳的雙眸是封齋飯時刻的
兩座棗椰樹林，
是月兒將離去的兩座涼臺。
妳的雙眸歡笑時，
足讓葡萄園孕育綠葉。

一、詩的特色

十九世紀阿拉伯文藝復興之後，阿拉伯詩無論是型態或意義上，都受到西方，尤其是法國的影響甚鉅。所謂現代阿拉伯詩派，便是建立在西方詩派的基礎上。復古時期阿拉伯詩所遵循的，仍維持土耳其統治前期的標準，主題限於讚頌、哀悼、恭賀等。詩人常模仿古詩的表達方式，遵循前人的腳步，以表達正確、理性、文以載道、描述人類的自然天性、尊重語言和藝術規則等爲其特性。詩傾向多樣化，不會遵循單一書寫形式，而其共同特點則是保存著阿拉伯傳統詩的價值觀，增添時代色彩，不遵循前人詩序的傳統，即使偶爾爲之，也限於讚頌、描寫詩。有少數詩人仍遵循古詩型態與主題的書寫，譬如寫讚頌詩等傳統主題，但讚頌詩從昔日稱頌王公貴族，漸漸轉向讚頌國家英雄。諷刺詩成爲詩人座談時的語文遊戲，常圍繞在對一般社會生活有關的批評。哀悼詩不再哀悼高官權貴，而是哀悼國家英雄、義士。愛情詩從描繪感官的美，轉而描繪內在美，抒發眞實的情感。描寫詩不侷限於描述大自然，而是描述大自然在詩人內心昇華後的形象，另外也描寫解放戰爭及戰爭的犧牲者等。型態上，詩人保存一首詩中格律的獨一性，甚少違反此規則。

隨著政治、社會、思想環境的改變，有些詩人具有對新文化的敏感度，無論主題或詩韻都具有創新性。但多數的詩人對於帶有革新種子，卻仍守舊的方式並不以爲然。他們呼籲去除病態的傳統，回到正統的根，那才是正確的文學復興。這些詩人呼籲恢復阿拉伯古典詩的榮耀，抵禦外國政治、文化的侵略。他們印刷中世紀歷史、文學作品，以求將傳統寶藏呈現在阿拉伯人面前。「埃及圖書屋」的建立，幫助他們實踐此一理想。該圖書館蒐集原本散置於私宅與清眞寺的圖書，除了集中保管古人遺產、給予學子方便之外，並積極發行古典詩集。詩人同時具有阿拉伯文化知識和西方文化知識，擁有能力和學識，尤其具備法國知識文化背景。他們熱情，有進取心，有遠大的理想，崇高的價值觀，認爲自己能實踐更理想的生活。對於詩的內涵，他們認爲寫詩目的在反映人類內心世界，詩人應該反求諸己，探尋自己的思想、感情、現實生活中眞實的情緒。形式上，他們認爲一首詩是一個活生生的個體，其中每一部分都有它特殊的職責，認爲詩的結構單靠情感支撐是不夠的，還要和人類的理智、心靈說話。他們重視詩人的內心世界，及對這個世界的凝視、思維，故經常談及眞理、宇宙的祕密，而導致談論許多哲學事務。譬如艾巴斯．艾格德（‘Abbās al-‘Aqqād）在他一首名爲〈寒冷的頂峰〉（al-Qimmah al-Bāridah）的詩裡，認爲知識是山峰，人若達到頂峰，就會失去對未知世界思慕的熱誠，也便是處於寒冷的頂點。此外，他們著重感官的主題，由感覺進入內心世界，對顏色、形狀等並無興趣，而是藉著物質外觀，探討對內在精神的影響。換言之，經由感覺歸納出不朽的定理，解釋生命的眞諦。

二、詩的主題

具有創新力的詩人時常批評守舊派將古詩當作模範，批評守舊派在慶典、節日作詩，認爲詩在表達內心眞實的情感，若有所爲而作，言詞、意義都難逃矯作。尤其讓他們詬病的是守舊派的讚頌詩、愛情詩、誇耀詩、哭悼屋宇的序言等。他們也批評守舊派不重視一首詩的單一性，在詩中沒有鮮明的個性等，認爲文學是自我的發洩及表達。一般而言，他們詩的主題大致如下：

1. 歷史詩：試圖連結阿拉伯人的過去和現在，喚起人們了解過去歷史的光榮，以建立民族信心，抵抗外族的殖民。

2. 愛國詩：闡揚阿拉伯民族的優點，護衛國土與政治自主權。

3. 宗教詩：呼籲依據伊斯蘭精神，從事政治、社會的改革。詩人們著重於伊斯蘭史及對聖人的讚美等。

4. 教育詩：旨在糾正人們的品德，但文筆動人，不落於死板。

這些立場鮮明的詩人如馬賀穆德．巴魯迪（Maḥmūd al-Bārūdī）、伊斯馬邑勒．沙卜里（Ismā‘īl Ṣabrī, d.1923）、阿賀馬德．蕭紀（Aḥmad Shawqī）、加米勒．撒赫維（Jamīl az-Zahāwī, d.1936）、哈菲若．伊卜剌希姆、穆罕默德．本．烏塞民（Muḥammad bn ‘Uthaymīn, d.1943）、魯沙菲（ar-Ruṣāfī, d.1945）、伊卜剌希姆．馬奇尼（Ibrāhīm al-Māzinī, d.1949）、卡立勒．穆圖嵐（Khalīl Muṭrān, d.1949）、艾卜杜．剌賀曼．書柯里（‘Abd ar-Raḥmān Shukrī, d.1958）、艾巴斯．艾格德等。

貳、浪漫主義詩

浪漫主義興起於歐洲，其社會背景是針對理性世界的失望，對資本主義社會的不滿，而產生解決社會矛盾的期待。浪漫主義文學是西方近代文學重要的思潮，打破數千年歐洲文壇古典主義的戒律，強調從內心世界出發，熱烈追求理想中的世界。在英國拜倫（Byron, d.1824）與雪萊（Shelley, d.1822）、法國的雨果（Hugo, d.1885）時期，浪漫主義達到巔峰，其影響層面既廣且深，甚至於到二十世紀的現代主義，都可以說是「新浪漫主義」。

二十世紀四十年代，阿拉伯詩人之間長達二十年之久的守舊與復古之爭幾乎已結束。浪漫主義隨著來自西方的文人，傳播到阿拉伯世界，其興起主要原因是文人對於政治革新的期待與文學革新的渴望，試圖掙脫長期的桎梏與壓迫，爭取人性的尊嚴。此派思想較為鮮明者是移民到美洲的詩人所屬的「移民文學」（Adab al-Mahjar）及「阿波羅學派」（Madrasah Abūlū），然而他們的作品仍然帶有濃厚的東方色彩，譬如紀伯倫．卡立勒．紀伯倫（Jibrān Khalīl Jibrān）的作品便充滿東方人的冥想與神祕特質。

一、移民詩（ash-Shi'r al-Mahjarī）

十九世紀中葉土耳其專制政權下，造成阿拉伯世界一股移民潮，敘利亞、黎巴嫩的阿拉伯人紛紛前往美洲移民，原因或爲了爭取更多的自由或爲了獲得更好的生活條件，有些基督宗教徒因爲受到鄂圖曼土耳其政府的壓迫而移民西方。他們通常在新的國度從商，以維持生計，同時創辦報章雜誌，彼此聯繫頻繁，相互切磋。他們融合阿拉伯文化及新國度文化，深受當時西方盛行的浪漫主義的影響，產生阿拉伯「移民文學」，堪稱是阿拉伯浪漫主義文學的代表。

「移民詩」指的是定居在美洲的阿拉伯僑民所創作的詩。他們大多數來自大敘利亞國家，並信奉基督宗教。這些詩人的僑居地，分成北美地區及中南美地區。前者多數在紐約，作品深受美國文學影響，被稱之爲「北派」，譬如紀伯倫、伊立亞．阿布．馬弟（Īliyā Abū Māḍī）、麥卡伊勒．努讇馬（Maykhā'īl Nu'aymah, d.1988）等人屬之。後者主要在阿根廷、巴西，思想較爲保守，稱之爲「南派」，譬如夏菲各．馬厄陸弗（Shafīq al-Ma'lūf, d.1977）、米夏勒．馬厄陸弗（Mīshāl al-Ma'lūf, d.1942）等人屬之。南、北兩派都各自成立「筆會」，發行報章雜誌。由於北派在作品中所呈現的多數是西方思想，而被許多阿拉伯文學批評家所詬病，然而對阿拉伯現代詩的影響力遠勝於南派。相對上，南派較能維護阿拉伯傳統思想。1933年南派在巴西成立「安達陸斯聯盟」（al-'Uṣbah al-Andalusīyah）筆會，因此受到阿拉伯文壇的重視。移民詩內容包含愛國、冥想及詼諧等主題。譬如下列是旅居委內瑞拉、阿根廷的敘利亞從商詩人朱爾几．晒達賀（Jūrj Ṣaydaḥ, d.1978）的詩句：

每個獲得的勝利，
都用阿拉伯符號寫下。
祖先的言行傳述它，
冰潔的心靈，
激發出高風亮節。

又如北派詩人伊立亞·阿布·馬弟在其詩集《溪流》（Al-Jadāwil）中以〈荒郊〉爲題的詩：

我心厭倦群居生活，
甚至厭及親友。
鬱悶在心中漫步，
連人們的飲食都感不悅。
厭惡謊言穿著誠實的外衣，
恨誠實為謊言所掩。
憎惡美麗面罩下的惡，
又恨千面下的善。
憎惡膜拜眾神者，
又恨背棄眾主者。
憎惡如偶像般傲立的人，
又恨那偶像膜拜者。
憎惡駕馭駿馬者，
又恨那乘騎稚馬者。
人們彷如毒蛇般沉默，
又如蒼蠅般歌唱。
它不顧長者的名言，
又藐視年輕人的一切。
它說：
出城到荒郊去！
那兒可免除痛苦。
夜是修士，
星星是我燭，
大地是我禮拜所。
天空是我的書，
讀著未曾過目的章節。
流水誦讀我的禱詞，

林中東風唱出我的歌。
夕陽下的金葉是我的酒杯。
叫我的蜜酒，
流自黎明的眼眶，
落在草上，
彷如晶瑩的水銀。
讓夜的手，
為我畫上眼線，
夜的夢，
擁抱我的眼簾。
叫清晨的嘴，
親吻我的額頭，
它的芬香，
噴灑我的長袍。
讓我如烏鴉，
我的餐食在田裡，
我徘徊，
居住山腳下。
荒郊一刻，
勝過宮廷萬年。
啊！我的心！
它使我沉迷甜美誘人的詞藻。
我厭倦了宮殿，
厭倦拱頂下的人。
我逃出大廈，
我的手拂去皮膚、衣裳裡，
大廈的塵埃。
我伴著心走……
黃昏已為山丘染上金黃。
晨曦引著我倆……

夜晚我們教星光當嚮導，
深林裡，
我們度過美麗時光，
在河岸
草邊
有時在陽光的披紗裡。
有時如微風嬉戲山谷中……
有時如溪流……
在陰鬱的高山上
在山中的光明裡，
我那厭倦大廈的心，
厭倦了深林……
沉寂的森林。
我身於其中，
自由、獨立，
卻好似潛行在地道裡。
荒郊生活告訴我，
無論到哪裡，
總在土裡。
我將永遠是樊籠裡
欲望的奴僕，
意願的俘虜
原以為荒郊裡，
我已孤獨，
人們卻盡在我衣裳裡。

阿布．馬弟應用一連串的譬喻，勾畫出大自然的動態。譬如他將寧靜的夜，比喻爲潛修的道士；星星譬喻爲禮拜時使用的燭火；大地的祥和、無爭，比喻爲他的禮拜堂。大自然在他內心是至善、至美的。他描寫大自然的技巧與他人不同。艾巴斯時期詩人描寫大自然是以隱喻的方式爲之，或爲譏諷，或爲讚美，經常是有所指而作。阿布·馬弟則是描寫大自然本身，是無所指的。他將大自然視爲有理性的人類，對大自然說話。在他的〈生活哲學〉（Falsafah al-Ḥayāh）一詩裡，他表明：「心中不存美的人，則不見宇宙有美。」，又說：「抱怨者啊！你生甚麼病？美化自己，則宇宙便是美的。」要人們只看美的一面。《荒郊》中，他在結尾時回到都市裡，無非因爲發覺他內心崇尚的大自然，竟也有令他不悅的一面。而都市裡自然也有令他嚮往的一面。他只要拋棄成見，則都市和荒郊一樣，是美的。畢竟都市的弊病也是一種「自然」。追求名利、重視物質是人類的天性，既是天性，也不失爲「自然」，故他心安理得的回來。讀者或許對於結尾他的回歸都市，有美中不足的遺憾。但他誠實、坦率的揮上一筆，是現實，也是樂觀的幽默。

二、「阿波羅學派」

一般人認爲「阿波羅學派」創始於1932年，名稱取自希臘神話太陽神阿波羅，象徵光明與愛。阿波羅學派出版《阿波羅雜誌》，創始者是埃及詩人阿賀馬德·撒齊。代表人物尚有伊卜剌希姆·納基（Ibrahīm Nājī, d.1953）、艾立·馬賀穆德·拓赫（'Alī Maḥmūd Ṭāha, d.1949）等，他們在詩中注入詩人的創意，描述個人困頓生活的經驗，並呈現廣博的知識，爲當時受西方教育的文人開闢空間。

阿拉伯浪漫主義文學派的特點，在掙脫古典主義的理智與束縛，重視愛，談論女人。在創作中他們對大自然細語，讚頌大自然，融入大自然中，將它擬人化。大自然在他們的眼裡，是純潔的，是模範世界的象徵。他們對海、夜晚、月亮等說話，對它們傾訴痛苦和哀傷。在作品裡他們緬懷快樂的時光，逃離痛苦的現實生活，到大自然去寄託他們的心靈。他們描寫痛苦的現實，如貧窮、疾病、無知等主題。他們認爲生活應是完美無缺的，現實生活一旦不符合這理想，便難保持沉默。此外，「沉思」是一種解釋世界的眞理、生命的意義，如善與惡、不朽與毀滅、生與死等現象的方式。型態上他們富有創意，擅用修辭，文筆流暢、意義清晰，擅長使用象徵性的詞彙，尤其在爲一首詩取名時最爲明顯。他們的詩韻多樣化，格律多元化，也傾向使用輕快韻。

參、自由詩

一、自由詩的興起

所謂「自由詩」（Shiʻr al-Ḥurr）是第二次世界大戰後，受西方影響而產生的詩體。自由詩派傾向現實主義，是針對浪漫主義的不切實際而興起。由於解放運動出現於各個阿拉伯國家，許多文人、領袖鼓吹人們起來對抗殖民者，思想傾向革新。更爲了快速表達忙碌生活中的事件、問題，呼籲文人擺脫傳統詩的型態，譬如擺脫韻海、單一韻腳的束縛，使得思想、感情更容易表達。此外，這時代詩人的才能與往昔詩人不同，他們通常純唸書，而不背詩，寫這種無束縛的詩，相對較爲容易。自由詩的型態、主題都與過去不同，傾向探討國家問題，如政治解放運動、抗敵意識等。

阿拉伯自由詩的發展可推溯到1921年伊拉克報紙上發表的〈我死之後〉（Baʻda Mawtī）。1926年，沙烏地阿拉伯詩人穆罕默德・艾瓦德（Muḥammad ʻAwwād, d.1980）發表一首脫離傳統格律的詩。1947年伊拉克女詩人納奇柯・馬拉伊克（Nāzik al-Malā'ikah, d.2007）發表的〈霍亂〉（al-Kūlayrā）一詩，被認爲是第一首成熟的阿拉伯自由詩，納奇柯成爲自由詩的先驅。她呼籲詩人要脫離傳統詩韻的束縛，以「音步」（tafʻīlah）爲單位，建立新型態的詩節。1947年發表的另一首自由詩是巴德爾・夏齊爾・賽亞卜所寫的〈那是愛嗎？〉（Hal Kāna Ḥubban）。納奇柯・馬拉伊克與巴德爾・夏齊爾・賽亞卜兩人在其詩作中屢屢運用隱喻與暗示的手法呈現思想與觀念，可以說是阿拉伯詩人中，象徵主義的先鋒。阿拉伯自由詩的領導者尚有艾卜杜・巴西圖・舒菲（ʻAbd al-Bāsiṭ aṣ-Ṣūfī, d.1960）、沙拉賀・艾卜杜・沙布爾（Ṣalāḥ ʻAbd aṣ-Ṣabūr, d.1981）、馬賀穆德・伊斯馬邑勒（Maḥmūd Ismāʻīl, d.1983）等。阿布・格西姆・夏比（Abū al-Qāsim ash-Shābbī, d.1934）、卡立勒・穆圖嵐、巴德爾・夏齊爾・賽亞卜、烏馬爾・阿布・里夏（ʻUmar Abū Rīshah, d.1990）、納奇柯等都是寫自由詩的著名詩人。他們主張「人」是經驗的主角，探討日常生活、政治、社會、心理問題，譬如貧窮、疾病、落後，並呼籲人們邁向更高層次的生活。1947年納奇柯・馬拉伊克的詩集《夜的戀人》（ʻĀshiqah al-Layl）、1968年的《月之樹》（Shajarah al-Qamar）便是自由詩的代表作品。

二、自由詩型態

基本上自由詩仍要押韻，藉此以別於散文。其押韻規則採取單一音步，每行的音步數目通常不同，呈單段式，長短不一，完全憑詩人的感受而作，與傳統詩遵循同一格律完全不同，堪稱是阿拉伯詩革命性的創新。換言之，傳統詩型態上以「節」爲單位，自由詩則以「音步」爲單位。詩人依據格律，而決定詩的韻尾，並非完全無韻尾，與傳統整首詩單一韻尾的現象不同。在意義上，自由詩著重象徵，並使用傳統神話或故事的價值觀，來表達詩人的思想價值。依據納奇柯的創新，一首自由詩各行可以下列型態爲例子：

Fā'ilātun Fā'ilātun Fā'ilātun Fā'ilātun
Fā'ilātun Fā'ilātun
Fā'ilātun Fā'ilātun Fā'ilātun
Fā'ilātun
Fā'ilātun Fā'ilātun Fā'ilātun
Fā'ilātun Fā'ilātun

每一行稱之爲「夏拓爾」（shaṭar）或「薩拓爾」（saṭar），不再稱「拜特」（bayt）。自由詩的韻律亦不再遵循艾巴斯時期卡立勒・本・阿賀馬德所制定的傳統詩韻律，而是足以表達詩人吟詩情緒的韻律。無可否認的是自由詩的型態讓各種主題都能容易的表達，富韌性，並更能表達複雜的多元化社會思想。

肆、散文詩（Qaṣīdah an-Nathr）

阿拉伯散文詩可溯源到1924年阿民・雷哈尼（Amīn ar-Rayḥānī, d.1940）、紀伯倫發表的詩，以及穆舍拓法・沙迪各・剌菲邑（Muṣṭafā Ṣādiq ar-Rāfi'ī, d.1937）的《悲篇》（Rasā'l al-Aḥzān）。阿拉伯散文詩的興起幾乎與自由詩同時，儘管其想像力、情感都如自由詩一般豐富，但因在它不遵循任何格律規則，彷如韻文，讓詩壇保守者所詬病。早期的散文詩如穆罕默德・穆尼爾・剌姆奇（Muḥammad Munīr Ramzī, d.1945）純浪漫主義思想的詩：

我的女神啊，
夜如此深沉，
卻因我的痛苦而狹隘。
我含淚對它訴說憂愁，
在沉默的宣禮中送出我的歌，
然而它的回音蕩漾在我心中，
心將它覆蓋。

著名的散文詩詩人除了前述的移民文學翹楚之外，尚有艾立．阿賀馬德．薩邑德（‘Alī Aḥmad Sa‘īd）、馬賀穆德．達爾維須（Maḥmūd Darwīsh, d.2008）等人。

由於散文詩發展的最初階段是透過報章雜誌發表，受到年輕詩人的喜好，且因詩人們藉此型態表達深邃的思想，逐漸形成一股不可抵擋的風潮，受到人們的肯定。散文詩人們也企圖在現代潮流裡，尋找屬於這種解放一切束縛的詩所應得的地位。傳統阿拉伯詩的格律與主題束縛了詩人們的思想表達，自由詩的音步型態，未嘗不是散文詩人們所認爲的束縛。對於傳統或群眾認知的詩所應具備的詩條件，顯然因爲散文詩的盛行，有了更進一步的詮釋，散文詩並非散文，因爲詩人無須遵循闡明思想的義務，反之，它具備詩所需的靈魂，包含音韻和詞句的協調、優美的象徵及意象等。它的條件則是要文詞洗鍊、熱切，且將肉眼所見和內心所思，巧妙的和語文做連結。

第三節　現代詩的主題

壹、傳統主題

阿拉伯現代詩無論是在復古革新時期、浪漫主義時期或是自由詩時期，其主題仍無法完全跳脫傳統主題的束縛，但詩人在詩中往往加入時代色彩，綜觀其主題可分為：

一、描寫詩

「描寫」是任何時代都能歷久彌新的傳統阿拉伯詩。沙漠生活的描寫詩猶如一幅畫，描繪出感官的景象，如駱駝、馬、帳篷、劍、飛鳥；都市生活的詩人們則描寫文明的產物，如花園、宮廷、花鳥、飾品，自古以來阿拉伯描寫詩皆不出此範圍。現代詩人描寫花園、樹木、河流、海洋等，對於時代的問題也加以描述，譬如對解放運動及殉士的著墨等，漸漸注入許多的想像，猶如一幅畫外的意境。精於此主題創作的詩人，首推阿賀馬德．蕭紀。

二、讚頌詩

阿拉伯文藝復興初期詩人們遵循前人的方式吟讚頌詩。後來的發展傾向讚頌人的精神面特質，譬如寬宏、高尚、節欲、遠見、豐富的經驗等。詩人對於因場合而寫讚頌詩的詩人，皆不苟同。然而，對於國家領袖的讚頌，以及對所屬教派領袖的讚頌仍然普遍。同樣的，讚頌先知穆罕默德的詩歷久不衰，也因此延伸出對於宗教場所的讚頌詩，譬如阿賀馬德．蕭紀曾經讚頌埃及的阿資赫爾清真寺。

三、哀悼詩

阿拉伯文藝復興時期的哀悼詩非常多面，詩人哀悼學者、執政者、親戚、城市、國家及各種人、事、物等。尤其是對宗教人士、國家民族英雄及對被占領的土地，如巴勒斯坦城市的哀悼。擅長哀悼詩的詩人如阿賀馬德．蕭紀曾哀悼土耳其城市、哀悼哈里發政權；哈菲若．伊卜剌希姆寫了許多詩悼念先知穆罕默德；卡立勒．穆圖嵐哀悼一朵枯萎的花。阿賀馬德．蕭紀在哀悼父親時吟道：

爸爸！
死亡是一杯苦澀的酒，
人不會品嘗兩次。
你是怎麼度過那一刻？
任何事物在它之前、之後，
都容易。
你是一口氣喝下死亡嗎？
還是你在這口中喝下了兩次？

四、情詩

情詩的發展非常興盛，也多創新。在描述痛苦、悲傷及悲觀情緒上，詩人較前人琢磨更為深入，不僅跳脫傳統詩對於外在美的佇足，更探索內在美的祕密。傳統對於情人感官與精神，或縱情、純情的議題幾乎不復存在。創作情詩的佼佼者如伊卜剌希姆．納基、艾卜杜．剌賀曼．書柯里、尼撒爾．格巴尼（Nizār Qabbānī）。譬如尼撒爾．格巴尼的情詩：

我見證，
沒有女人待我如兩個月的嬰兒，
只有妳……
給我麻雀的奶、
花朵和玩具，
只有妳……
我見證，
沒有女人像大海般的慷慨待我，
像詩一般的高雅，
寵我，
如妳……

毀掉我，
如妳……
我見證，
沒有女人讓我的童年，
延伸五十載，
只有妳。

五、諷刺詩

詩人較少寫諷刺詩，該主題局限在諷刺阿拉伯民族及伊斯蘭的敵人，譬如諷刺殖民者。對個人的諷刺詩，則仍然將重點放在對方品德的缺陷上。譬如伊拉克裔詩人阿賀馬德．馬拓爾（Aḥmad Maṭar, 1954-）的詩句：

我是否要文雅的
對殺我的兇手說：
對不起，
我的血傷了你的雙手?
我是否得禮貌的對惡犬說，
兄弟，請用你的犬齒，
啃食我的肢體殘骸？

貳、時代主題

一、愛國詩

現代詩人寫詩，多少都涉及此方面的主題，尤其是在1948年以阿戰爭之後，出現的「抗暴詩」（Shi'r al-Muqāwamah）。愛國詩中描述國人的痛苦、希望、對敵人與殖民者的痛恨與諷刺，甚至對國人醉生夢死的諷刺等，譬如魯沙菲在諷刺同胞時說：

同胞！
別說話，
說話是宗教禁止的。
沉睡吧！莫清醒！
唯有睡覺能勝利。

又如抗暴詩詩人伊卜剌希姆．突甘（Ibrāhīm Ṭūqān, d.1941）說：

拭乾你的淚，
哭號無益，
啜泣無益。
站起身來，
不要抱怨歲月，
唯有懶鬼才抱怨。
認真地上路，
不要管路況如何。
有盼望的人不曾迷失，
因為他的智慧是嚮導。
絕不，
只要是睿智的目標，
沒有人會絕望。

擅長於愛國詩的詩人尚有阿賀馬德．蕭紀、魯沙菲、哈菲若．伊卜剌希姆等。

二、社會詩

社會詩曾經出現在艾巴斯時期之後的時代中，現代詩人對此主題的著墨很多。他們呼籲社會改革，談論社會問題，譬如貧窮、無知、疾病、迷信、欺詐等問題，並特別重視婦女及發揚伊斯蘭精神的問題。最著名的社會詩詩人是哈菲若．伊卜剌希姆、阿賀馬德・蕭紀、馬賀穆德・巴魯迪等。如哈菲若在抱怨貧窮時吟道：

我們的活人身無分文，
死人卻享有千萬元。

三、歷史及教育詩

歷史詩敘述阿拉伯歷史光榮，主旨在加強民族自信心，如阿賀馬德・蕭紀的《阿拉伯國家及伊斯蘭偉人》（Duwal al-ʻArab wa-ʻUẓamāʼ al-Islām），全書以「剌加賚」格律詩行書。由於教育詩的嚴肅性，逐漸與多元文化的社會不相容，隨著科技進步，教育詩變少。譬如阿賀馬德・蕭紀在上述書中談及阿拉伯語文時說：

像陽光般的悠久，
是昨日、今日、明日之子。
……
莫將洋人混阿拉伯人，
像烏鴉
—阿拉保佑你—
跳著走。

四、抒情詩

此為受西方文學影響的新興主題詩，主旨在舒發內心的憂愁、痛苦與理想，多數傾向悲觀的思想，譬如艾卜杜・剌賀曼・書柯里、伊卜剌希姆・馬奇尼等便擅長於此類詩作。

五、伊斯蘭宣教詩

詩中呈現純伊斯蘭思想的詩稱之為「宣教詩」。這時期的伊斯蘭宗教詩範圍較古詩廣泛，內容深受阿拉伯各地伊斯蘭運動的影響，如穆罕默德・艾卜杜・瓦赫卜運動。詩人如胡賽恩・本・佳納姆（Ḥusayn bn Ghannām, d.1810）等。該詩主題包含談論伊斯蘭的節慶、儀式、五功、聖地、穆罕默德言行等。詩中往往呼籲宗教道德，回憶伊斯蘭歷史榮耀。著名的詩人如阿賀馬德．蕭紀、馬賀穆德．艾里弗（Maḥmūd ʻĀrif, d.2010）等。

參、其他體裁

一、史詩（al-malḥamah）

一般學者認爲阿拉伯史詩是源自西方文學。安達陸斯時期雖有詩人嘗試撰寫史詩，但其作品離史詩的定義仍有一段距離。阿拉伯史詩取材於阿拉伯歷史事實及影響人心的歷史人物故事，最著名的阿拉伯史詩如卡立德．法爾几（Khālid al-Farj, d.1954）記述艾卜杜．艾奇賫（ʻAbd al-ʻAzīz, d.1953）國王傳記的《最美的故事》（Aḥsan al-Qiṣaṣ）、阿賀馬德．蕭紀的《阿拉伯國家及伊斯蘭偉人》與《尼羅河谷大事》（Kibār al-Ḥawādith fī Wādī an-Nīl）、阿賀馬德．穆哈剌姆根據史實而作的《伊斯蘭光榮史》（Dīwān Majd al-Islām）、烏馬爾．阿布．里夏的《伊斯蘭英雄史詩》（al-Malāḥim al-Buṭūlīyah fī at-Tārīkh al-Islāmī）、夏菲各．馬厄陸弗的《仙境》（ʻAbqar）等。

二、歌唱詩

透過歌唱，隨著旋律，詩更能表達詩人的情感，讓詩意更深入聽者內心。這種詩的主題有宗教詩、愛情詩、抒情詩、社會詩、愛國詩等。宗教性歌唱詩譬如歌頌伊斯蘭節慶、讚美穆罕默德、宣揚教義。愛國詩如呼籲統一國家、對抗殖民、對抗猶太政權等。社會詩如呼籲提升女人地位、對抗貧窮、哀訴弱勢者的心聲等。抒情詩如歌頌愛情、訴說思慕，精於此詩技者如伊斯馬邑勒．沙卜里、阿賀馬德．剌米（Aḥmad Rāmī, d.1981）。

三、戲劇詩

戲劇詩源自於希臘，透過劇中人物吟出詩句。阿拉伯傳統文學中並無戲劇詩存在，直至二十世紀才出現。阿賀馬德．蕭紀以他二百六十四節的埃及史詩開創此風，他在晚年創作六部詩劇，包含根據歷史人物故事編撰的戲劇詩，如著名的阿拉伯烏茲里情詩詩人《瘋子・賴拉》（Majnūn Laylā）、蒙昧時期詩人《案塔剌》，以及當代創作主題，如《忽達女士》（As-Sitt Hudā）。其他的戲劇詩創作者艾奇資・阿巴查（‘Azīz Abāẓah, d.1973）的許多作品如《蓋斯・陸卜納》、《艾巴薩》（Al-‘Abbāsah）、《夏合爾亞爾》（Shahr Yār）、《夏加剌・杜爾》等歷史人物及民間故事劇。

第四節　散文與學術

由於鄂圖曼帝國的統治下，貧窮、無知瀰漫整個阿拉伯世界，瘟疫與疾病橫行，社會迷信之風漫布，有志之士紛紛呼籲改革。第一次世界大戰爆發後，阿拉伯各地區尋求自主與獨立，而與西方站在同一陣線，對抗腐敗的鄂圖曼政權。然而事與願違，結果造成西方的殖民及阿拉伯世界的分裂，阿拉伯人與其悠久傳統之間出現嚴重的斷層。而最棘手的阿拉伯問題，首推巴勒斯坦問題。巴勒斯坦位於阿拉伯世界的中心，同時是伊斯蘭、猶太、基督宗教的聖地，對於穆斯林而言，耶路撒冷不僅是伊斯蘭剛興起時，全體穆斯林最先朝拜的方向，也是穆罕默德夜行神遊之地。該聖城落入外族之手，自然威脅到穆斯林整體的榮耀，歷史上沙拉賀丁．埃尤比與十字軍對抗，奪回耶路撒冷，成爲阿拉伯人心目中不朽的英雄便是明證。諸如此之政治與宗教事件，對現代散文內容與主題，都有很大的影響力。大體而言，現代散文的主題，大多圍繞在擺脫外族的奴役、對抗西方殖民、呼籲伊斯蘭世界團結、對抗分裂主義及討論巴勒斯坦問題等。

壹、阿拉伯世界各區域的人文發展

一、埃及

拿破崙軍隊將西方文明帶到埃及，也帶來許多專才，設立「埃及學術協會」，由四十多位學者著作一部《埃及描繪》，成爲拿破崙時期埃及全貌的珍貴文獻。法國人帶來第一部阿拉伯文印刷機，印製書籍、報章、刊物，也引進化學實驗室。拿破崙建立埃及行政體制、設立部會，埃及人因此得以接觸西方物質與思想文明。穆罕默德．艾立巴夏藉西方的制度建設國家，延攬外籍教授。外籍專家絕大多數是法國人，藉以建立強大的軍隊。他也派遣奴隸軍團子弟到義大利學習軍法、戰略。因此他任內得將蘇丹併入版圖，軍隊並深入大敘利亞國家和安那托利亞，若非西方國家介入，幾乎能消滅鄂圖曼政權。

1826年穆罕默德．艾立巴夏設立醫學校、醫院。在此之前，人們都用傳統治療法，更經常靠迷信的方式去醫治疾病。爲了方便阿拉伯人吸收科學知識，穆罕默德·艾立巴夏引進許多摩洛哥、敘利亞的翻譯者，並重視工程、醫藥、護理學校的設立。穆罕默德·艾立巴夏陸續派遣團體出國進修，派團到法國學習科學、技術，其中包含他自己的家人。派外團體總數達到十一個，促進了埃及的現代化。另一方面，歐洲人也紛紛抵達埃及，建學校、設公司，學習阿拉伯歷史、文學，培養日後的東方學學者。

十九世紀埃及文藝復興運動中，翻譯運動對阿拉伯文學的發展功不可沒，但整體上阿拉伯散文尚處於注重型態與修辭的傳統風格，二十世紀才超越這些傳統形式與思想，漸趨成熟。二十世紀末葉，凡小說、戲劇、散文的成果皆令人刮目相看。由於政治背景日趨複雜化，阿拉伯散文經常談論阿拉伯民族議題，譬如薩堤厄·哈舍里（Sāṭi‘ al-Ḥaṣrī, d.1967）、艾卜杜·剌賀曼·克瓦齊比等。文學爭辯文盛行，許多文人參與筆戰，討論時代問題。此外，散文中的伊斯蘭色彩濃厚，甚至於呼籲伊斯蘭聯盟討論穆斯林團結等議題，譬如散文家曼法陸堤著名的《觀點》；阿賀馬德·阿民的史書《伊斯蘭黎明史》（Fajr al-Islām）、《伊斯蘭晨史》（Ḍaḥā al-Islām）、《伊斯蘭正午史》；艾格德的《古蘭經中的人類》（Al-Insān fī al-Qur’ān）等。文人盛行寫報章雜誌文章，談論現代人切身的問題，並探討社會問題，如文盲、貧窮、疾病與女權等問題。由於報章雜誌文章有其特殊的表達方式，自然影響文人寫作風格。社會的多元化刺激下，文學出現「阿拉伯創作學派」，著重高藝術水準的創作，其代表人物如拓赫·胡賽恩、曼法陸堤、阿民·雷哈尼等。也出現新的寫作文體，如戲劇、小說、論文、廣播文、札記等。

近現代散文受外文的影響，語言上出現新的表達方式，譬如「太陽底下沒有新鮮事」（Lā jadīd taḥta sh-shams），也出現新的複合詞，如Dar‘amī溯源於「學術院」（Dār al-‘Ulūm）、ṭaḥsanī溯源於文豪「拓赫·胡賽恩」。外來語和方言普遍出現在文學作品中，尤其是小說和戲劇，反映殖民時期外族語文對阿拉伯語文的影響。

二、大敘利亞地區

大敘利亞地區和埃及一樣，受鄂圖曼土耳其帝國的控制遠較大摩洛哥地區或阿拉伯海灣國家爲甚，鄂圖曼土耳其帝國的影響力，持續到第一次世界大戰。十九世紀穆罕默德·艾立巴夏兩次出征大敘利亞國家，加速該區的西化，對該區域的文學與思想的發展有很深的影響。馬德哈特巴夏（Madḥat Bāsha）統治大敘利亞時，設立了八所小學和一座兵工廠。外國團體也在此設立私校，教授法文、英文、阿拉伯文。歐洲、埃及之風鼓勵了大敘利亞文藝復興運動的蓬勃發展，使得許多敘利亞文人競相移民至埃及、巴黎、倫敦、美國等地。第一次世界大戰結束後，土耳其人退出大敘利亞國家，阿拉伯政府建立。第一位敘利亞國王費沙勒·本·胡賽恩（Fayṣal bn al-Ḥusayn, d.1933）致力於教科書的阿拉伯化，採用阿拉伯語爲官方語言。當時教育部長薩堤厄·哈舍里對此貢獻尤多。哈舍里本人出生於葉門，在土耳其受教育，是阿拉伯民族運動的先鋒，1920年追隨費沙勒國王到伊拉克繼續領導許多改革運動，他的世俗化思想對伊拉克教育的發展影響至深。

穆罕默德·艾立巴夏也致力於推廣阿拉伯語，創立「阿拉伯學術協會」，因此東、西方的科學、人文領域學者紛紛湧入。然而在1919年戰役後，敘利亞、黎巴嫩落入法國人之手。一連串的革命，如1920年、1922年、1925年的革命便發生了，敘利亞終於在1946年趕走法國人。不同的殖民國，有不同的命運，政治情勢刺激了文人的思維，時代使命感湧現，紛紛呼籲解放阿拉伯國家。二十世紀中葉，阿拉伯各地區爆發解放運動，建立獨立的阿拉伯國家。然而1948年、1967年的以阿戰爭，造成許多巴勒斯坦人失去家園，巴勒斯坦的「抗暴文學」因此異於其他阿拉伯文學。

黎巴嫩的文學復興受西方傳教士影響甚深，十九世紀傳教士的活動非常活躍，促進黎巴嫩的西化，也刺激文人的思想與視野。黎巴嫩學者布圖魯斯·布斯塔尼便是文學運動的先驅，除了前文所提布斯塔尼積極於創辦學校，提升教育水準之外，更創辦雜誌，著作教科書、現代阿拉伯詞典及阿拉伯文百科全書，是一位教育家、文學家及歷史學家。他的百科全書及《大詞海》（Mu‘jam Muḥīṭ al-Muḥīṭ）兩者都是第一部以現代方法編撰的阿拉伯文百科全書及詞典。《大詞海》的價值在於作者取材謹慎，並加入現代化的科技名詞、現代方言，以三詞根依循字母次序編排，文筆簡易清晰。

自法國入侵埃及至二十一世紀的現代，阿拉伯文學復甦狀況在埃及、大敘利亞國家、阿拉伯海灣國家及北非法語區國家有顯著的成就。儘管思想理論的創新與卓越仍嫌不足，寫作的型態與思想仍難跳脫傳統的束縛，國家主義、領袖崇拜及宗教束縛仍然引領著文學潮流，然而部分阿拉伯國家政府的鼓勵及阿拉伯世界逐漸全球化的趨勢，阿拉伯文學正逐漸脫胎換骨。

三、伊拉克

伊拉克在鄂圖曼土耳其人的統治之下，一直和埃及、敘利亞脫節，但復興之風隨著鄂圖曼土耳其的各種運動，悄悄滲入伊拉克。伊拉克有志之士與其他阿拉伯國家的知識份子密切聯繫，主張伸張正義，要求改革。伊拉克文學也隨著革新，跳脫被孤立的命運。第一次世界大戰後，英國人入主伊拉克，境內發生許多革命，詩人們創作許多時代新主題，如呼籲革命、反抗殖民、解放婦女等，著名的詩人有穆罕默德．巴席爾（Muḥammad al-Baṣīr, d.1974）、愷里．含達維（Khayrī al-Handāwī, d.1957）、穆罕默德．夏比比（Muḥammad ash-Shabībī, d.1965）；著名的思想家與教育家有馬賀穆德．書柯里（Maḥmūd Shukrī, d.1924）等。1921年建立伊拉克王國，費沙勒登基爲國王，伊拉克政治的自主，激發了文人藉筆桿表達愛國思想。沙達姆．胡賽恩總統執政後，無止盡的戰爭和暴動影響文學的發展至今，文人的思想表達受到極大的限制。

四、阿拉伯灣國家

「阿拉伯灣」亦即西方所稱的「波斯灣」。海灣合作理事國（GCC）在阿拉伯文藝復興的起步上，落後其他阿拉伯國家，無論是思想、政治的改革都不及埃及、敘利亞。阿拉伯文藝復興的種子經由伊拉克，從北到南傳播到海灣各國。十八世紀中葉納几德的穆罕默德．艾卜杜．瓦赫卜運動引導著阿拉伯灣地區人們的思想，文學現象亦因此異於其他阿拉伯國家。直至十九世紀阿拉伯灣國家的文學內容主要仍止於闡釋性、摘要性、蒐集歸納性質，鮮見創造性文學。

石油的出現，改變了此區人們的政治、經濟、社會生活。海灣國家依靠其經濟力量，急起直追，終致在許多方面超過其他阿拉伯國家，甚至領先世界。許多來自其他國家的阿拉伯人、外國人也參與此地區的發展，過程中深受此區域傳統、習慣等文化的吸引，產生文化的融合，改變海灣地區人們的生活。海灣各國的學術、文學成就，逐漸和其他阿拉伯國家相互呼應。至二十一世紀，海灣各國成爲阿拉伯國家的許多領域的學術領導者，如沙烏地阿拉伯「費瑟國王伊斯蘭研究中心」（KF-CRIS）在國際學術的聲望，已超越其他阿拉伯國家學術機構的地位。沙烏地紹德國王大學（King Saud University）也成爲阿拉伯世界各大學排名的首位，其中的進步顯然與海灣各國的經濟和政治力量息息相關，文學便反映這種思想的變化。

五、大摩洛哥國家

大摩洛哥國家指的是今日的摩洛哥、阿爾及利亞、利比亞、突尼西亞、茅利塔尼亞等國。十六世紀大摩洛哥國家名義上雖歸屬於鄂圖曼土耳其統轄，實際上突尼西亞於1790年便完全獨立，1881年被法國占領。1830年法國占領阿爾及利亞，並視阿爾及利亞爲法國領土的一部分，直至1962年獨立爲止。摩洛哥則不曾受鄂圖曼土耳其統治，1901到1904被法國占領，1912部分摩洛哥被西班牙統治。

十九世紀此區的文學運動內容、型態上都帶有阿拉伯世界東方的文學色彩。在內容上，討論當代重要的社會問題；型態上則受歐洲文學影響，日漸脫離阿拉伯傳統色彩，並重視修辭、文飾。一般而言，六十年代以前，摩洛哥地區文學遵循東方的傳統，此後文人觸角增廣，可與其他阿拉伯世界文人抗衡，譬如相對於阿拉伯東方文學先鋒埃及詩人馬賀穆德．巴魯迪，阿爾及利亞國父艾卜杜．格迪爾．加撒伊里（‘Abd al-Qādir al-Jazā’irī, d.1883）可以說是阿拉伯西方的文學先鋒。兩者都曾經涉入戰場，具有共同經驗，代表阿拉伯現代文學復興學派。巴魯迪因參與阿拉伯革命，被放逐到小島上，艾卜杜．格迪爾則流浪到法國。兩人都深受傳統文學薰陶，但也都有具有創新的思想，巴魯迪在詩中就曾說：

我走著別人不以為然的路，
每個人對他所努力，
都有各自的方向。

十九世紀末至二十世紀初，殖民主義國家滲入此區之後，產生思想、文化、社會、政治的變化，人們開始致力於宗教改革，重視教育，派遣團體至歐洲及東方學習。此地區的文學運動，受益於改革運動人士的反西方殖民運動。他們用書寫、演講喚醒人民，揭發民眾的無知，宣揚宗教理論。最著名的改革家有：摩洛哥的艾拉勒．法西（‘Allāl al-Fāsī, d.1974）、阿爾及利亞的艾卜杜．哈米德．本．巴迪斯（‘Abd al-Ḥamīd bn Bādīs, d.1940）、穆罕默德．巴序爾．伊卜剌希米（Muḥammad al-Bashīr al-Ibrāhīmī, d.1965）。

阿爾及利亞被法國殖民百餘年，曾經發動大規模的阿化運動，大肆鼓吹人民脫離法國的「文化殖民」。二十世紀三、四十年代，由於阿爾及利亞人與法國殖民者的衝突，阿爾及利亞的講詞突破了桎梏，不再使用押韻及矯作文詞，而朝向簡潔的表達。「講詞」這種古老的阿拉伯散文主題，在阿爾及利亞繼續存在的原因，無非是爲了對抗法國殖民。外國人在阿爾及利亞人民的眼裡，仍然是異教徒對伊斯蘭國家的侵略。講詞主題中，自然少不了《古蘭經》經文及聖訓。阿爾及利亞獨立之後，講詞著作急遽減少，主題也傾向表達人民的思想與原則。阿爾及利亞的書信發展，經歷兩個階段：其一顯然是遵循傳統格式，以感謝、讚美阿拉及其使者爲序言。其二是以簡明的表達爲目的，不作太多的修飾與穿插韻文等，主題多爲社會問題、戰爭與和平、日常生活等議題。

阿爾及利亞的文學從艾卜杜．格迪爾起，便掙脫了束縛，朝向自由邁進，且脫離過去阿拉伯文學的八股與呆板。由於文人與外界接觸頻繁，文學的表達發展迅速。儘管阿拉伯語在此地區的使用狀況並不佳，卻足以表達作家們的感受，並出現新的文藝散文型態。第二次世界大戰之後，亦即二十世紀四十年代之後，阿爾及利亞文人開始用法文書寫阿拉伯文學，他們精通法文甚過阿拉伯文，法文書寫可以完全表達他們的思想。當時阿爾及利亞的文盲達90%，若不用法文書寫，他們作品幾乎無人問津，用法文書寫，能保證他們的讀者源，並將他們的思想傳至歐洲，甚至有用法文寫作，而得到法國文學大獎的文人，如穆罕默德．迪卜（Muḥammad Dīb, d.2003）在1994得獎。許多文人最後放棄法文寫作，在語言複雜混亂的環境之下，選擇用阿拉伯方言寫作，譬如克提卜．亞辛（Kātib Yāsīn, d.1989）即使放棄了法文，也不用阿拉伯正統語文寫作，其原因是他們認爲正統語言在他們的社會裡，是已經廢棄的語言，日常生活根本不被使用。阿爾及利亞文人對於《古蘭經》語言的看法，顯然有別於亞洲阿拉伯國家的文人，茅陸德．馬厄馬里（Mawlūd Maʻmarī, d.1989）在他的著作裡，對此觀念更直言不諱。

摩洛哥境內的語言有五種：古典阿拉伯語、現代阿拉伯語、摩洛哥方言、柏柏語、西方語言（法、英）。法國開始殖民摩洛哥之後，摩洛哥成爲雙語國家，法語逐漸成爲摩國的「文化語言」。凡是科技等知識性作品，幾乎都用法文書寫，經濟領域亦然。許多公家機關也使用法語，約八成的文件都用法文書寫。許多阿拉伯作家也用英文書寫，以便將小區域性問題，呈現在世人面前，促進摩洛哥和國際接軌。摩洛哥法語盛行尙有其歷史因素，是代表自1912年到摩國獨立爲止，法國對摩洛哥的控制權，也代表法國和摩國不可切割的關係。譬如摩洛哥進入歐洲共同市場的媒介便是法文。然而，這種現象卻難以抹煞阿拉伯傳統的自尊心，譬如摩洛哥詩人拓希爾·本·加倫（aṭ-Ṭāhir bn Jalūn, 1944-）於七十年代出現在文壇上，後來從事小說創作。他雖然以法文書寫，且在巴黎出版，但其小說人物和事件都是發生在摩洛哥。他在小說中討論許多民族問題，也捍衛阿拉伯人。他認爲摩洛哥人愈靠近出生地，就愈擁有機會對整個世界說話，更有機會讓大家了解他們，因此他們的根就更明顯，那就是阿拉伯摩洛哥的根。這些話或許也表達了所有用法文寫作的阿拉伯文人的心聲。

相較之下，突尼西亞較重視阿拉伯語文教育，其原因或許是突尼斯距離學術之都開羅較近，並擁有阿拉伯古老的翟土納（az-Zaytūnah）大學，學術使命感較高，突國文人以阿拉伯文寫作的現象相對較多，也較爲重視阿拉伯語文教育，但其文學中使用的阿拉伯文仍然明顯與西亞阿拉伯國家有差距。

大體而言，二十世紀下半葉，北非地區阿拉伯人的法文書寫，往往帶著新的使命。他們利用法文傳達思想到西方。法國在美國強權壓力之下，急欲籠絡使用法語的國家，甚至與之合作。法語的角色逐漸從與當地母語相斥、相爭的關係，轉變爲互補的關係。因此，此區阿拉伯語始終無法盛行，文人甚至認爲阿拉伯語並非伊斯蘭五功之一，即使語言不統一，也不會妨礙政治、經濟的統一，畢竟伊斯蘭世界有許多國家並非使用阿拉伯語言，就如同歐盟各國並無統一的語言，但政治、經濟卻能統一是一樣的道理。北非大摩洛哥地區的語文現象，可將之歸納爲：英文是他們的科技工具；法文是人文藝術工具；阿文則擔負著文化傳承的使命。此觀念顯然與海灣國家或大敘利亞國家的文人觀念相距甚遠，後者的文人幾乎都執著於標準阿拉伯語爲《古蘭經》語的神聖不可侵犯性，呼籲使用標準阿拉伯語幾乎是知識份子的責任。許多文人甚至因今日網路語文多數使用英文而憂心忡忡，唯恐阿拉伯語文因而沒落或被取代。大摩洛哥國家與西亞阿拉伯國家地域的隔閡，加上西方國家在此區域的影響力，顯然已經造成難以挽回的阿拉伯東、西部思想的差距。

貳、戲劇

一、阿拉伯戲劇的起源

阿拉伯學者認爲最早的阿拉伯戲劇，可能是艾巴斯時期充滿詼諧色彩的皮影戲

（Khayāl aẓ-Ẓill）。當時皮影戲以圖畫手偶，配上對白與舞蹈演出，並於西元十一世紀傳至埃及。馬姆陸柯王國時期，皮影戲流行於阿拉伯世界，被稱之「巴巴特」（Babāt），在許多娛樂場所及咖啡館演出，劇情大多數屬於詼諧娛樂性質。最擅長於寫皮影劇的作家是1267年爲躲避蒙古戰亂，從伊拉克茅席勒逃到開羅的穆罕默德．本．達尼亞勒（Muḥammad bn Dāniyāl, d.1311）。伊本．達尼亞勒的著作豐富，對阿拉伯皮影劇的發展有很大貢獻。他現存的作品有三部手抄本，其中《幻影》（Ṭayf al-Khayāl）典藏在「埃及圖書屋」。另外兩部是反映埃及社會生活黑暗面的《傳教士與流浪漢》（‘Ajīb wa-Gharīb）及描述人們追求感官享受的《迷惘與失落的孤兒》（Al-Mutayyam wa-ḍ-Ḍā’i‘ al-Yutayyim）。部分伊本．達尼亞勒的戲劇玩偶尚存在西方國家的博物館裡。鄂圖曼土耳其統治前期，皮影戲著作經常是隨興而作，也以娛樂性質爲主。埃及的皮影戲則持續至二十世紀仍然盛行。

最早在阿拉伯世界以人演出的戲劇記載，出現在丹麥旅行家Carsten Niebuhr對埃及的敘述裡。他在1761年9月抵達亞歷山卓，在埃及居住數年。他描述埃及社會有許多應召舞女及穆斯林、猶太、基督宗教徒演員，依靠表演維生，有些是在露天劇場；有些則是在私宅庭院裡演出，以賺取微薄的工資。依據尼布爾的記載，埃及社會的民間戲劇應有長久的歷史。另外，1815年埃及有一個民間劇團演出兩齣純阿拉伯劇。其內容圍繞著買賣駱駝的故事，劇情並不包含任何西方的色彩。同時，在摩洛哥也出現許多民間戲劇，在特定地點演出。因此，至少自十九世紀初起，純阿拉伯民間戲劇是存在的。

二、戲劇的發展

十九世紀初，法國人在阿拉伯世界建築劇場，供法軍娛樂，阿拉伯戲劇自此時開始萌芽，但隨後阿拉伯戲劇卻沉寂約七十年之久。至第一次世界大戰結束，埃及戲劇幾乎都是以翻譯劇本爲主，戲劇所使用的語言介於詩和散文之間，此階段可以稱爲阿拉伯戲劇的創始階段。

1847年在貝魯特演出馬崙．納格須（Mārūn an-Naqqāsh）的「吝嗇鬼」（al-Bakhīl）一劇，取自法國喜劇作家Moler（d.1673）在1668年所著的《吝嗇鬼》（L’Avare）。此劇主旨在反映人性的缺點，被學者們認爲是跨出阿拉伯戲劇的第一步。此後翻譯歐洲戲劇之風盛行，著名者如埃及土耳其裔的穆罕默德．烏史曼．加拉勒（Muḥammad ‘Uthmān Jalāl, d.1898）。加拉勒從十六歲起便翻譯法國的戲劇，作品豐富。另一位戲劇翻譯家納基卜·哈達德（Najīb al-Ḥaddād, d.1899）則以忠實於原作享譽戲劇界，他本人亦寫一些阿拉伯歷史劇。

埃及戲劇的發展始於猶太裔的亞厄古卜·沙努厄（Ya'qūb Ṣannū', d.1912）。由於他熟諳阿拉伯語、希伯來語、英語、法語、義大利語、西班牙語等多種語言與文化，因此他的作品注入許多創意。1869年他推出第一齣戲，深獲好評，此後他與學生們組成戲劇團，演出翻譯自英文、法文與義大利文的戲劇，有些則是改編而帶有批判性的戲劇，共三十餘齣，主題多爲社會議題。其中因爲一齣名爲《國家與自由》（Al-Waṭan wa-l-Ḥurīyah）的戲劇得罪伊斯馬邑勒巴夏，1871年被勒令關閉劇院。隨後一波的劇團的戲劇家是蘇賴曼·格爾達息（Sulaymān Qardāḥī, d.1909）、薩拉馬·息加奇（Salāmah Ḥijāzī, d.1917）、阿布·卡立勒·格巴尼（Abū Khalīl al-Qabbānī, d.1902），演出歌唱、詩、歷史劇等。薩拉馬·息加奇堪稱是阿拉伯歌劇的創始者，其後歌劇在賽業德·達爾維須（Sayyid Darwīsh, d.1923）的努力之下繼續發展，然而歌劇在埃及並未維持很久便匿跡。直至貝魯特出現「黎巴嫩民間劇團」，以黎巴嫩方言演出許多戲劇。

此後，阿拉伯戲劇步入另一個階段，開始出現一些創作。戲劇創作先驅如法剌賀·安突萬（Faraḥ Anṭuwān, d.1922），他在1913年作《新埃及與古埃及》（Miṣr al-Jadīdah wa-Miṣr al-Qadīmah），談論西方文明影響之下的埃及社會亂象。一年之後，他又寫了一部歷史劇《沙拉賀丁蘇丹及耶路撒冷》（As-Sulṭān Ṣalāḥ ad-Dīn wa-Wūrshalīm），劇中人物描寫細膩。另一位先驅是伊卜剌希姆·剌姆奇（Ibrāhīm Ramzī, d.1949），他在1915年寫一部歷史劇《曼舒剌英雄》（Abṭāl al-Manṣūrah），描寫十字軍東征時阿拉伯穆斯林的英勇事蹟。第三位是穆罕默德·泰穆爾（Muḥammad Taymūr, d.1921），他曾赴法國留學，攻讀法律，寫了《籠中鳥》（Al-'Uṣfūr fī Qafaṣ）、《艾卜杜·薩塔爾先生》（'Abd as-Sattār Afandī）等。後來戲劇創作者如紀伯倫、麥卡伊勒·努靄馬等旅居美國的移民文人的作品。有些阿拉伯地區，如敘利亞，便出現咖啡館詼諧劇，表演鄂圖曼時期馬崙·納格須劇中的兩個代表善與惡的土耳其諧星：克剌庫資（al-Karākūz）及艾瓦若（'Awāẓ）。

二十世紀六十年代，阿拉伯戲劇累積了法國、俄國、英國的戲劇經驗，無論在劇本寫作、製作、演出上，都有顯著的進展。在主題上，逐漸處理阿拉伯本土的政治與社會問題。陶菲各·哈齊姆是散文戲劇的紮根者，他自學生時代便寫戲劇，1933年所作的《洞穴裡的人們》（Ahl al-Kahf）結合現實主義和象徵主義，將阿拉伯戲劇提升到成熟的水準，也是阿拉伯文學史上第一部成熟的戲劇作品，是奠定阿拉伯「心戲」（al-Masraḥ adh-Dhihnī）戲劇潮流的指標性著作。同年的作品《靈魂歸來》（‘Awdah ar-Rūḥ），則將阿拉伯小說注入新的精神，是一種延伸埃及傳統，融合古今的創意作品，也是阿拉伯文學史上第一部成熟的小說。他的戲劇作品在質與量上都是阿拉伯戲劇的模範，尤其在劇本角色的對話上，他的藝術技巧已是爐火純青。其他埃及著名的戲劇家如馬賀穆德．泰穆爾所著的《古雷須之鷹》（Ṣaqr Quraysh）、《今日是酒》（Al-Yawm Khamr），其靈感來自阿拉伯歷史。葉門裔的艾立．阿賀馬德．巴克夕爾（‘Alī Aḥmad Bākathīr, d.1969）著作許多歷史劇及詼諧劇。薩厄德丁．瓦合巴（Sa‘d ad-Dīn Wahbah, d.1997）著作許多短劇，改編爲電視劇。其早期作品以鄉村生活爲背景，揭發腐敗的埃及官僚，他的《老師》（Al-Ustādh）達到思想巔峰。他曾自述自己所有戲劇始終有一個中心思想，那便是埃及人民所面對的執政者與被統治者之間的關係。

大敘利亞地區著名的戲劇家如薩厄德拉．瓦努斯（Sa‘d Allah Wanūs, d.1997），其作品始終以批評1976年戰敗後的阿拉伯世界狀況爲主。許多作品完成於他過世之前與癌症搏鬥的數年間，如1995年《悲慘的夢》（Aḥlām Shaqīyah）、同年《我們時代的一天》（Yawm min Ayyāminā）。

參、社論（al-maqāl）

依據設定的主題，有條理的闡述，並達致結論，以表達作者觀點的作品稱之爲al-maqāl。其語言要簡潔，思想要有深度。通常一篇社論的作者需要經沉思，具有豐富的靈感與想像，不同於包含前言、主題與結論，需要經過蒐集事實、驗證、編排、歸納等程序的學術論文。嚴格來說社論不曾在阿拉伯傳統文學裡出現過，但它類似傳統的書信（ar-rasā’il），譬如加息若的《書信》（Ar-Rasā’il）。社論的興起溯源於報章雜誌的興盛，報章雜誌的文筆如前述，已經擺脫傳統的束縛，尤其擺脫修辭的桎梏，成爲大眾語言。最早使用al-maqāl一詞的或許是阿賀馬德．序德亞各在Al-Jawā’ib（新聞報）所刊載的一篇名爲Maqālah fī Aṣl an-Nīl（〈尼羅河之源論述〉）的社論。al-maqāl起初是報紙的首頁所刊登的政治性社論，作爲一份報紙的指標性文章，逐漸發展成各種主題的社論，並集匯成專書，以防遺失。在報章雜誌發表的社論經常針對現勢議題提出作者深入的看法，有主觀的抒情或客觀的論述，其主題非常多元，包含政治、經濟、文化、社會、宗教、哲學、文學、藝術等，爲了要吸引讀者，內容須簡潔、富邏輯且鏗鏘有力，容易感動人心。這種散文的發展非常迅速，至今幾乎沒有文人不涉獵，也出現許多各種主題的散文集，佼佼者如穆舍拓法．曼法陸堤（Muṣṭafā al-Manfalūṭī）、紀伯倫、麥．奇亞達（May Ziyādah）、拓赫．胡賽恩、穆罕默德．胡賽恩．海克勒（Muḥammad Ḥusayn Haykal, d.1956）等。

肆、講詞

講詞是阿拉伯古老的散文文體，在十九世紀及二十世紀初由於民族運動及改革運動的興盛再度復活，而文學協會的創立也需要運用講詞說服文人學者。講詞內容不言而喻，包含政治、宗教、社會等性質。譬如宗教節慶、國家節慶、一般場合演說等的演講。擅長演說的文人如阿民．雷哈尼、穆罕默德．艾卜杜、穆舍拓法．克米勒（Muṣṭafā Kāmil, d.1908）、麥．奇亞達、宗教改革運動者穆罕默德．艾卜杜．瓦赫卜等。

現代講詞異於傳統者，在於廣播、電視或學術演講往往結合演講技巧與文章性的邏輯思維。傳統式的演講在現代則僅運用於政治性的演講，尤其是國家領袖的演講。

伍、文學批評

現代文學批評的腳步是隨著十九世紀阿拉伯人的覺醒而興起。中世紀的阿拉伯文學批評著重修辭、韻律、語言層面的評論，對於文學的主體顯得漠視，尚未建立所謂的文學「典範」，僅由批評者的觀點出發，對客體文本隨意的批評，以致流於主觀與情感主義。阿拉伯文藝復興之後，引進西方文學理論，各自著書論述並驗證這些理論。批評者逐漸重視文學作品的內在書寫意識及外緣環境影響，傾向系統化的思考。

二十世紀之後，文人在批評文學時，各自採取不同的角度，譬如拓赫．胡賽恩在他的博士論文《紀念阿布．艾拉俄．馬艾里》（Dhikrā Abī al-'Alā' al-Ma'arrī）及《星期三論壇》（Ḥādīth al-Arbi'ā'）裡闡明社會與文學的關係，建立他的社會哲學理論。在他的《蒙昧詩》一書裡充分顯現他是一位懷疑主義者，他將阿拉伯文學重新審視，提出許多顚覆傳統的理論，他並將部落風格視爲文學學派，而有所謂的「奧斯學派」（al-Madrasah al-Awsīyah）。麥卡伊勒．努靄馬在《篩》（Al-Ghirbāl）一書認爲所有人類的言行都在尋找自我，倘若在尋找阿拉，那便是藉由阿拉尋找自我；追求美，便是在美裡追求自我，所有人類的知識與藝術都是以「我」爲中心。因此對於文學，他著重從內在探討「人」，並重視人所處的社會環境的空間與時間。艾巴斯．艾格德在《上世代的埃及詩人及其環境》（Shu'arā' Miṣr wa-Bī'ātuhum fī al-Jīl al-Māḍī）一書中從時間、空間、血統、種族研究文學，將文學與環境緊密的連結。蕭紀．代弗則在他的《阿拉伯詩中的藝術與理論》（Al-Fann wa-Madhāhibuhā fī ash-Shi'r al-'Arabī）中，依據文人的文筆與使用修辭的程度而將文學分成「技藝派」（Madrasah aṣ-Ṣan'ah）、「加工派」（Madrasah at-Taṣnī'）、「造作派」（Madrasah at-Taṣannu'）等派別。

與其他學術領域相同現象的是當代阿拉伯文學批評仍分爲：傾向應用西方文學理論者、傾向護衛傳統者及主張綜合阿拉伯與西方理論者。第一類文學批評學者如語言結構主義的胡賽恩．瓦德（Ḥusayn al-Wād, 1948-）、沙拉賀．法底勒（Ṣalāḥ Faḍl, 1938-）及主張符號論的方法深入分析文學作品的穆罕默德．米弗塔賀（Muḥammad Miftāḥ, 1942-）；第二類如艾卜杜．艾奇資．哈穆達（'Abd al-'Azīz Ḥamūdah, d.2006）；第三類如結合阿拉伯傳統與西方修辭學的穆舍拓法．納席弗，其思想完全表現在《我們古詩的再研究》（Qirā'ah Thāniyah li-Shi'rinā al-Qadīm）一書中。

陸、歷史與伊斯蘭哲學

阿拉伯歷史上的外族（外教）入侵事件自古延伸至今，在史學家的眼裡，今日猶勝於昔日，相對的他們的使命感日愈沉重。自從十字軍東征之後，阿拉伯領土上接連發生1258年蒙古人入侵、1492年安達陸斯的淪陷、1798年法國人入侵、1948年之後阿拉伯領土的分裂、數次的以阿戰爭及海灣戰爭，這一長串的災難都藉著史學者的筆記錄下來。經歷法國入侵的史學家艾卜杜．剌賀曼．加巴爾提（‘Abd ar-Raḥmān al-Jabartī, d.1825）被認爲是現代歷史學的佼佼者。他的《加巴爾提史書》（Tārīkh al-Jibritī），記載法國入侵埃及時期的歷史，由於是「目睹」歷史的作者，此書顯得格外珍貴。另外一部歷史著作是艾卜杜．剌賀曼．剌菲邑（‘Abd ar-Raḥmān ar-Rāfi‘ī, d.1966）所記載的十八世紀末到十九世紀中葉的系列埃及史，尤其著重國家運動與政治體制。伊拉克歷史學家艾卜杜．艾奇資．杜里（‘Abd al-‘Azīz ad-Dūrī, d.2010）所著的《前伊斯蘭史導論》（Muqaddimah fī Tārīkh Ṣadr al-Islām），運用西方史學研究理論，研究伊斯蘭早期的歷史事件，提供新的觀點，譬如在正統哈里發阿里與穆艾維亞的鬥爭事件、正統哈里發烏史曼．本．艾凡被刺殺事件中所呈現的觀點。

拓赫．胡賽恩曾在al-Kātib al-Miṣrī雜誌稱艾卜杜．剌賀曼．巴達維（‘Abd ar-Raḥmān Badawī, d.2002）是現代第一位阿拉伯哲學家。巴達維通曉十一種語言，最著名的著作是《伊斯蘭的叛教史》（Tārīkh al-Ilḥād fī al-Islām）、《伊斯蘭文明中的希臘遺產》（At-Turāth al-Yūnānī fī al-Ḥaḍārah al-Islāmīyah）。另一位伊斯蘭哲學家穆罕默德．伊各巴勒（Muḥammad Iqbāl, d.1938）在他的英文書《伊斯蘭的宗教思想革新》（Tājdīd al-Fikr ad-Dīnī fī al-Islām）[1]中企圖重建伊斯蘭哲學，呼籲建立一統的伊斯蘭國。並極力對抗蘇菲主義，認爲蘇菲主義帶給人們的是消極與屈服，是衰敗與滅亡的象徵。

[1] 艾巴斯．艾格德將此書翻譯成阿拉伯文。

第五節　小說

壹、阿拉伯小說的起源與發展

中世紀阿拉伯文學有所謂「故事」。伊斯蘭前期的阿拉伯故事，侷限於先知故事、《古蘭經》故事等宗教性故事。巫麥亞時期故事主題增加，許多文人到沙漠去蒐集民間傳述，有些人甚至以此維生。這些故事多數是文人或詩人的傳記，也有許多著名的愛情故事，譬如《案塔剌與艾卜拉的故事》、《加米勒．布塞納的故事》、《瘋子蓋斯與賴拉的故事》等。艾巴斯時期，許多其他民族的故事引進阿拉伯文學中，譬如波斯文學以兩隻狐狸名字為書名的《克立拉與迪姆納》寓言故事及《一千零一夜》等，也發展出阿拉伯本土故事，譬如《吝嗇鬼》、《精靈與魔鬼》、《寬恕篇》，以及遊記、傳記等。

艾巴斯時期阿拉伯馬格馬的出現，可說是阿拉伯小說的原始型態。換言之，以口述文學代代相傳的阿拉伯文人，對於故事的書寫是非常熟悉的，現代小說發展的初期，以翻譯西方小說為主，漸漸轉為採擷社會、政治、經濟、思想等本土的問題作為創作題材。最初他們的發表園地是報紙、雜誌。阿拉伯第一部可稱之為小說的，是穆罕默德．胡賽恩．海克勒的《翟納卜》（Zaynab）。此書是阿拉伯小說史上的指標性作品，出版於1912年，是一部簡單的浪漫主義小說，描寫鄉村小人物，代表阿拉伯小說萌芽時期的樸質與單調。在批評家的眼裡，此書結構有許多的缺陷，卻是由故事型態轉向小說型態的開始。地緣上也由黎巴嫩轉至埃及，黎巴嫩文人因政治環境而遷徙至埃及，文人與歐洲接觸非常頻繁。早年著名的小說如陶菲各．哈齊姆1938年的《東方的鳥兒》（'Uṣfūr min ash-Sharq）、《靈魂歸來》。這些作品尚未脫離萌芽生澀的階段。

然而，阿拉伯小說發展非常迅速，作品量豐富，至拓赫．胡賽恩的自傳《歲月》（Al-Ayyām）、《失去的愛》（Al-Ḥubb aḍ-Ḍā'i'），以及馬奇尼、艾格德的作品，阿拉伯小說便已邁向成熟，擺脫生澀的缺點，並受西方影響，產生文學心理分析派，運用佛洛伊德心理分析理論於小說人物的分類、描述及處理上。艾格德所創作唯一的小說《薩剌》（Sārah）便屬於此派。1927年伊立亞斯．阿布．夏巴克（Iliyās Abū Shabakah, d.1947）的《標準工人》（Al-'Ummāl aṣ-Ṣāliḥūn），敘述一位七歲自殺的孩子生前所遭遇的不幸，內容已經傾向探討社會問題。黎巴嫩小說《烏馬爾先生》（'Umar Afandī），描寫第一次世界大戰的社會慘狀。大體上，從《翟納卜》至第二次世界大戰，阿拉伯小說主題傾向描寫個人的經驗，譬如解脫不幸與對抗挫折等。小說家心態是東西文化交雜的狀態，並明顯帶著社會藝術使命，譬如拓赫．胡賽恩、陶菲各．哈齊姆、納基卜．馬賀夫若、穆罕默德．泰穆爾（Muḥammad Taymūr, d.1921）、沙卜里．穆薩（Ṣabrī Mūsā, d.1999）等人的作品，明顯具有社會主義的寫實色彩，反映阿拉伯文人欽羨社會主義，潛在具有對現實狀況的改革精神，而非單純的呈現社會的弊病。

阿拉伯小說到了納基卜．馬賀夫若達到巔峰，他的思想深邃成熟，並在1988年獲諾貝爾文學獎。與納基卜．馬賀夫若同時期的小說家如尤蘇弗．薩巴邑（Yūsuf as-Sabā'ī, d.1978）、伊賀珊．艾卜杜．古杜斯（Iḥsān 'Abd al-Quddūs, d.1990）、艾卜杜．剌賀曼．夏爾格維（'Abd ar-Raḥmān ash-Sharqāwī, d.1987）等人的作品所代表的是阿拉伯小說的成熟階段。由於全球化運動的影響，阿拉伯小說家思想逐漸多元，而崇尚自由與價值，埃及開羅大學階段性扮演著小說教育的責任，小說家能純熟的運用心理學、文學、哲學理論。新一代的傑出小說家尚有埃及穆舍拓法．馬賀穆德（Muṣṭafā Maḥmūd, d.2009）、尤蘇弗．伊德里斯（Yūsuf Idrīs, d.1991）等人，留待後人去評價。

貳、阿拉伯各國小說的發展成果

由於阿拉伯現代小說著作極爲豐富，並已成爲當代文學的主要內涵，小說的分量已經凌駕自古獨占文學鰲頭的詩。阿拉伯各國因爲環境背景不同，小說中所呈現的面貌各不相同，但卻表達相似的理念與訴求，尤其是民族意識高漲，對抗西方殖民「他者」的描述頻繁。以下是阿拉伯各國著名的小說，絕大多數都已經改編爲電視連續劇或電影，影響整個阿拉伯社會。

一、埃及

埃及小說家在質與量上的發展都非常迅速，著名的埃及小說家及其作品如下：[2]

1. 諾貝爾文學獎得主納基卜．馬賀夫若的《三部曲》（Ath-Thulāthīyah）：1956年的《雙宮之間》（Bayna al-Qaṣrayn）、1957年的《思慕宮》（Qaṣr ash-Shawq）及《甘露街》（As-Sukarīyah）。《三部曲》描述開羅一個家庭三代人物的遭遇，同時呈現二十世紀上半葉埃及的歷史。

2. 善厄拉．伊卜剌希姆（Ṣan‘ Allāh Ibrāhīm, 1937-）的《夏剌弗》（Sharaf），描述殺死外國遊客而入獄的夏剌弗在監獄中所見的人性規則，以寫實的手法，企圖尋求眞理。

3. 尤蘇弗．格邑德（Yūsuf al-Qa‘īd, 1945-）的《埃及內陸戰爭》（Al-Ḥarb fī Barr Miṣr），描述1973年戰爭之前，埃及鄉村的村長讓一位窮學生冒名頂替他兒子從軍而殉難衍生出的故事。

4. 伊德瓦爾．卡剌圖（Idwār al-Kharrāṭ, 1926-）的《龍與水塘》（Rāmah wa-t-Tinīn），以男女對話方式進行，摻雜神話色彩，表現出經驗主義的特徵，描述人類內心深層的痛苦，依據作者生命的經驗，闡釋愛、生命、死亡、眞理的意義，譬如書中男女主角的對話，認爲「珍珠是地震製造出來的。」隱含人生哲理，文學批評家認爲這部小說中，顯現作者受紀伯倫影響甚深。

5. 加馬勒．凱拓尼（Jamāl al-Ghayṭānī, 1945-）1974年的《翟尼．巴剌克特》（az-Zaynī Barakāt），深刻描繪馬姆陸柯王國落入鄂圖曼土耳其政權之前的埃及政客玩弄民意的手法，以及人們在壓迫與恐懼下的生活，以過去歷史經驗來影射現代的埃及政治。

6. 伊卜剌希姆．艾卜杜．馬基德（Ibrāhīm ‘Abd al-Majīd, 1946-）的《亞歷山卓無人睡覺》（Lā Aḥad Yanām fī al-Iskandarīyah），敘述第二次世界大戰期間亞歷山卓城的歷史與民情，尤其是城民好客與寬容的傳統。

7. 比赫俄．拓希爾（Bihā’ Ṭāhir, 1935-）1995年的《流亡地的愛情》（Al-Ḥubb fī al-Manfā），敘述二十世紀八十年代一位埃及記者離婚後到瑞士遇見奧地利

[2] 以下小說選自2007大馬士革「阿拉伯作家協會」所選出的「二十世紀最佳阿拉伯小說」。

女導遊而相戀的故事，探討西方與阿拉伯價值的落差，並陳述1982年黎巴嫩大屠殺與巴勒斯坦的問題。

8. 尤蘇弗·伊德里斯1959年的《罪孽》（Al-Ḥarām），揭露埃及低階層社會人權問題，並描述人性的猜忌與鬥爭本質。

9. 法特息·佳尼姆（Fatḥī Ghānim, d.1999）1981年的《大象》（Al-Afyāl ）。作者在此書中表現出高藝術水準的沉思及對生命與死亡後的探索。書中主角敘述他的生平與人際關係，他與朋友約定好去旅行，但不問目的地，卻在一家旅館的浴室中心臟病發而亡，並開始他死後之旅。

10. 亞賀亞·哈紀（Yaḥyā Ḥaqqī, d.1992）1944年的《巫姆·赫序姆燈》（Qindīl Umm Hāshim）。此書描寫一位留學英國的學生學成歸國後，開一家眼科診所，發現他的病人使用清眞寺油燈的油致使病情拖延。當他發現自己的未婚妻也如此做時，便毀掉清眞寺的油燈，致使他的病人與親朋都疏遠他。此書在反映埃及社會傳統價值與科學之間的融合問題。

11. 阿布·馬艾堤·阿布·納加（Abū al-Ma‘āṭī Abū an-Najā, d.1992）的《回到放逐地》（Al-‘Awdah ilā al-Manfā），是十九世紀埃及文人與革命思想家艾卜杜拉·納迪姆（‘Abd Allāh an-Nadīm, d.1896）的傳記。

12. 愷里·夏拉比（Khayrī Shalabī, d.2011）的《艾堤亞的維克拉》（Wikālah ‘Aṭīyah）。小說名稱是城裡收容所的名稱，敘述一位師範學院的高材生因得罪老師被開除，因而降到人生的谷底的故事。

13. 伊卜剌希姆·阿舍蘭（Ibrāhīm Aṣlān, d.2012）1983年的《鷺鷥》（Mālik al-Ḥazīn），描寫開羅一個社區裡發生的故事。書中人物眾多，各自忍受著不同的煩惱。

14. 陶菲各·哈齊姆1933年的《靈魂歸來》，敘述一個典型的埃及家族，全面的呈現埃及的社會狀態，誠實的揭露社會的優缺點，表現埃及的國魂。

15. 艾卜杜·哈齊姆·格西姆（‘Abd al-Ḥakīm Qāsim, d.1990）的《人類的七天》（Ayyām al-Insān as-Sab‘ah），描述埃及鄉村一個特殊的蘇菲主義宗教環境。

16. 穆罕默德·基卜里勒（Muḥammad Jibrīl, 1938-）的《巴賀里四部曲》（Rubā‘īyah Baḥrī），篇幅上千頁，小說人物數百位，敘述人生百態，包含文學、藝術、蘇菲主義、性等。作者將海邊社區的人、事、境及其中隱藏的祕密鉅細靡遺地描述。

17. 女作家剌底瓦・艾書爾（Raḍwā ‘Āshūr, 1946-）的《佳爾納拓三部曲》（Thulāthīyah Gharnāṭah）包含：《佳爾納拓》、《馬里馬》（Marīmah）、《遷徙》（Ar-Raḥīl），描述十五世紀末佳爾納拓在伊斯蘭政權殞落之後，至十七世紀初阿拉伯人被趕出佳爾納拓的穆斯林社會狀態。

18. 拓赫・胡賽恩1934年的《鷸鳥的呼喚》（Du‘ā’ al-Karawān），描述發生在埃及偏遠沙漠鄉村的故事。小說中的父親違反部落法被判死刑，為了部落榮譽，他全家被逐出部落。該家庭在城市求生存，發生一連串的事故，全書圍繞著傳統社會「羞恥罪」的觀念發展。

19. 沙卜里・穆薩1980年的《腐敗地》（Fasād al-Amkinah），描述一位義大利人到沙漠地區採礦製造美容用品，擁有自己的事業，卻因國王來訪，並要求與他女兒過夜，以致釀成悲劇的故事。作者為著作此書，曾至蘇丹邊境的沙漠中居住。

20. 尤蘇弗・薩巴邑的《病》（As-Saqāmāt），描述死亡，主角經歷許多其周遭人死亡的經驗，年輕妻子之死，讓他難以走出陰霾。一次他在餐館救了人，並請他到府居住，後來才知此人是殯喪業者。此人讓他克服了對死亡的恐懼，但卻死在他家中，令他再度崩潰，必須再度療傷，故事結局是主角自身的死亡。

21. 馬基德・突比亞（Majīd Ṭūbiyā, 1938-）的《胡特胡特族的流配》（Taghrībah Banī Ḥutḥūt），描寫馬姆陸柯王國末期及法國入侵時的埃及歷史，敘述發生在埃及的大事件，屬於歷史小說。

22. 穆罕默德・艾卜杜・哈立姆・艾卜杜拉（Muḥammad ‘Abd al-Ḥalīm ‘Abd Allāh, d.1970）的《黃昏之後》（Ba‘da al-Ghurūb），1949年得到埃及教育部文化局文學獎。此書描寫一個農學院畢業的年輕人愛上有錢的農場主人女兒的故事，農場主人卻希望其女嫁給她堂兄，臨死前仍囑咐她此事。為了父親的遺言，她犧牲了愛情，導致相愛的人分離。

23. 山爾瓦特・阿巴查（Tharwat Abāẓah, d.2003）的《恐懼》（Shay’ min al-Khawf），描述一個鄉長如何專制跋扈，甚至於濫殺無辜，影射埃及專制政權對待無辜百姓的手段。

24. 伊賀珊・艾卜杜・古杜斯1957年的《我們家有男人》（Fī Baytinā Rajul）。此書描述埃及法學院學生對抗英國占領的故事。他策畫示威及謀殺總理行動而遭逮捕，逃獄後躲在朋友家裡，並喜歡上一位女孩，卻因繼續逃亡而放棄愛情，最終為理想犧牲。

25. 穆罕默德・比薩堤（Muḥammad al-Bisāṭī, d.2012）1994年的《湖嘯》（Ṣakhab al-Buḥayrah），描述尼羅河入海口湖邊居民單純的生活環境，尤其是水與居民的聯繫，譬如漁夫的生活，潮汐、暴風等自然現象影響之下的居民命運。

26. 薩厄德・馬克維（Sa'd Makāwī, d.1985）1965年的《沉睡的行人》（As-Sa'irūn Niyāman）。此書是歷史小說，描述馬姆陸柯王國埃及的統治階層與下層社會人們截然不同的狀況。

27. 加米勒・伊卜剌希姆（Jamīl Ibrāhīm）的《1952》，描述1952年埃及革命的社會全景。

28. 薩勒瓦・巴柯爾（Salwā Bakr, 1949-）1998年的《巴須穆里人》（Al-Bashmūrī）。此書描述艾巴斯家族馬俄門哈里發時期平定巴須穆里人暴動，並將之伊斯蘭化之前，埃及北部科普特農夫受尼羅河水患的艱困生活經驗。

29. 女作家拉堤法・翟亞特（Laṭīfah az-Zayyāt, d.1996）1960年的《敞開的門》（Al-Bāb al-Maftūḥ）。拉堤法是二十世紀中葉埃及寫實主義小說的女性先鋒，在此書中連結政治與社會問題，描述埃及中產階級女子追求現代文明的期待，表達解放女性，爭取女人與男人機會平等，使之得以貢獻國家，抵禦英國殖民的重要性。

二、蘇丹

穆罕默德・艾立巴夏曾於1821將蘇丹併入埃及版圖，實踐他統一尼羅河的夢想，但不久蘇丹便被英國所占領。十九世紀八十年代，蘇丹爆發許多對抗英國的革命。穆罕默德・艾立巴夏統一阿拉伯的軍事行動，讓阿拉伯各國感受到強烈的阿拉伯民族意識，蘇丹亦不例外，這種思想更表現在小說中。著名的蘇丹小說如太業卜・沙立賀（aṭ-Ṭayyib Ṣāliḥ, d.2009）1966年的《移居北方的季節》（Mawsim al-Hijrah ilā ash-Shamāl），敘述一位到英國留學的蘇丹學生如何接受西方文化，在英國大學任教，並娶英國妻室的故事，描繪西方人眼裡的阿拉伯文化及阿拉伯人眼裡的西方文化。

三、敘利亞

敘利亞的小說發展歷經故事型態階段和戲劇型態階段。二十世紀中葉之後，真正的敘利亞小說創作才興起。第一位小說先鋒是浪漫主義的夏齊卜・加比里

（Shakīb al-Jābirī, d.1996），他在1964年所作的《彩虹》（Qaws Quzaḥ）被認爲是第一部敘利亞小說，其後著名的小說如下：

1. 亥達爾・亥達爾（Ḥaydar Ḥaydar, 1936-）1973年的《淒涼的歲月》（Az-Zaman al-Mūḥish）。此書代表1967年六月戰爭之後阿拉伯小說的新意識潮流，不遵循任何邏輯方法，描述小說人物的內心世界。

2. 女作家佳達・薩曼（Ghādah as-Sammān, 1942-）1976年的《貝魯特夢魘》（Kawābīs Bayrūt），內容記載作者所經歷的黎巴嫩內戰實況，包含作者被困在自己的公寓裡時所遭受的食物短缺，生命受威脅的身心俱疲的狀況，以及一些含有深義的幻想。

3. 哈納・米納合（Ḥannā Mīnah, 1924-）1966年的《帆與風》（Ash-Shirā‘ wa-l-‘Āṣifah），描述第二次世界大戰敘利亞海邊城市發生的故事。

4. 赫尼・剌希卜（Hānī ar-Rāhib, d.2000）1981年的《瘟疫》（Al-Wabā’）。作者敘述1963年之後敘利亞的社會與政治發展與變遷，提出自由與民主的問題。

5. 納比勒・蘇賴曼（Nabīl Sulaymān, 1945-）1990年的《東方的軌道》（Madārāt ash-Sharq），深刻描繪鄂圖曼帝國的殞落及敘利亞建國時的社會狀況。

6. 艾卜杜・克里姆・納席弗（‘Abd al-Karīm Nāṣīf, 1939-）1992年的《穆爾家族的宴會》（Tashrīfah Āl al-Murr），是第一次世界大戰敘利亞社會史小說，描述阿拉伯人與土耳其人之間發生的事件。

7. 瓦立德・伊可拉席（Walīd Ikhlāṣī, 1935-）1991年的《樂趣院》（Dār al-Mut‘ah）。此書作者在探討「樂趣」的眞諦，闡明生命的哲理。

8. 哈立姆・巴剌克特（Ḥalīm Barakāt, 1933-）1988年的《盤旋的鳥》（Ṭā’ir al-Ḥawm）。此書是哈立姆・巴剌克特的自傳，他用細膩的文筆，探討許多阿拉伯文化中棘手的問題，挑戰了阿拉伯思想禁忌的底線。

9. 阿賀馬德・尤蘇弗・達伍德（Aḥmad Yūsuf Dāwūd, 1945-）1996年的《瘋狂的天堂》（Firdaws al-Junūn）。此書主角境遇坎坷，逃獄後從一個小監獄進入人群社會的大監獄，遇見另類人物，經歷不可思議的事件。

10. 艾卜杜・薩拉姆・烏賈立（‘Abd as-Salām al-‘Ujaylī, d.2006）1974年的《懸在鋼絲上的心》（Qulūb ‘alā al-Aslāk）。此書主角敘述他在大馬士革的四段愛情故事，也同時呈現在經歷愛情期間的敘利亞政治、社會變遷。

11. 女作家格馬爾・齊拉尼（Qamar Kīlānī, d.2011）1981年的《漩渦》（Ad-

Dawāmah）。此書描述一位法學院畢業的知識份子，為了理想原則不顧家人反對，嫁給一位到黎巴嫩打仗的窮鬥士，自己卻居住在娘家，最後一切理想與原則逐漸淡化甚至於消失，不知人性可以同時擁有多面或根本無立場可言。作者意欲呈現社會與人際關係的詭譎多變。

12. 亞辛．里法邑亞（Yasīn Rifā‘īyah, 1934-）1992年的《剌俄斯．拜魯特》（Ra's Bayrūt）。此書描述黎巴嫩內戰及1982年的貝魯特大屠殺。

四、黎巴嫩

黎巴嫩著名的小說如下：

1. 女作家賴拉．巴厄拉巴齊（Laylā Ba‘labakkī, 1934-）1958年的《我活著》（Anā Aḥyā），敘述女子在嚴苛的社會禁忌與桎梏之下的掙扎與反抗，藉由反傳統的勇氣找出「我」的價值。

2. 陶菲各．艾瓦德（Tawfīq ‘Awwād, d.1989）1975年的《貝魯特磨房》（Ṭawāḥīn Bayrūt），敘述二十世紀六十年代黎巴嫩社會現象，包含城鄉差距、宗教思想的歧異等問題。

3. 伊立亞斯．乎里（Iliyās Khūrī, 1948-）1994年的《太陽門》（Bab ash-Shams），敘述以色列占領巴勒斯坦後偷渡回家鄉的巴勒斯坦人的故事，具有歷史的意義。

4. 蘇海勒．伊德里斯（Suhayl Idrīs, d.2008）1953年的《拉丁區》（Al-Ḥayy al-Lātīnī）。此書書名「拉丁區」指的是巴黎索邦（Sorbonne）大學來自世界各地的研究生居住的區域，其中有許多表達思想、相互切磋交流的場所，也發生許多男女之間的故事。小說的宗旨在描述「我」與「他者」，探討東西、南北文明的差異與融合等問題。

5. 女作家哈南．薛可（Ḥanān ash-Shaykh, 1943-）1980年的《撒合剌的故事》（Ḥikāyah Zahrah）。此書描述生存在男人世界中的女人，忍受一群男人的欺凌，甚至於自己的舅舅，為了生存她必須一再容忍與沉默，終至死亡。

6. 尤蘇弗．哈巴序．阿須格爾（Yūsuf Ḥabashī al-Ashqar, d.1992）1985年的《影子與回響》（Aẓ-Ẓill wa-ṣ-Ṣadā）。作者透過人物的描寫，探討黎巴嫩戰爭的諸多問題，是作者最後一部遺作。

7. 加瓦德．晒達維（Jawād aṣ-Ṣaydāwī, 1931-）的《迷宮》（Ajniḥah at-Tīh）。

此書爲自傳體小說。

8. 女作家伊米立·納舍爾拉（Imīlī Naṣr Allāh, 1931-）1962年的《九月的鳥》（Ṭuyūr Aylūl）。此書描述一座鄉村的九月會有許多侯鳥飛過，提醒人們寒冷的冬天即將來臨。這些侯鳥象徵著這鄉村的傳統習俗，作者意在表達對土地與人們的愛，揭發社會對女子的嚴苛面。

9. 女作家賴拉·艾西嵐（Laylā ‘Asīrān, 1933-）1968年的《黎明的鳥》（‘Aṣāfīr al-Fajr）。此書描述約旦河谷三個敢死隊員的故事，由於作者的思想與經歷，傾向同情巴勒斯坦立場，此書因此被列爲抗暴文學作品。

10. 伊立亞斯·戴里（Iliyās ad-Dayrī, 1937-）1979年的《被殺死的騎士下馬》（Al-Fāris al-Qatīl Yatarajjal）。此書描述黎巴嫩知識份子在追求人生目標高峰的經歷中遇到黎巴嫩戰爭，並描述此戰爭的影響。

五、巴勒斯坦

巴勒斯坦著名的小說如下：

1. 加卜剌·伊卜剌希姆·加卜剌（Jabrā Ibrāhīm Jabrā, d.1994）1978年的《找尋瓦立德·馬斯烏德》（Al-Baḥth ‘an Walīd Mas‘ūd）。書中描述因主角瓦立德·馬斯烏德的失蹤所延伸出來的故事。他的七位朋友尋找他，各自基於不同的立場而有截然不同的觀點。小說主旨在敘述巴勒斯坦的命運與處境。

2. 佳薩恩·克納法尼（Ghassān Kanafānī, d.1972）1963年的《陽光下的人們》（Rijāl fī ash-Shams），描寫三個巴勒斯坦人躲在運水車內，企圖偷渡至科威特而悶死的故事。故事在啓發巴勒斯坦人勇敢面對現實。

3. 伊米勒·哈比比（Imīl Ḥabībī, d.1996）1972年的《樂天的悲觀者薩邑德·阿比·納賀斯失蹤奇案》（Al-Waqā’i‘ al-Gharībah fī Ikhtifā’ Sa‘īd Abī an-Naḥs al-Mutashā’il）。作者結合悲觀者（al-mutashā’im）與樂觀者（al-mutafā’il）二詞，創造出「樂天的悲觀者」（al-mutashā’il）一詞。全書用諷刺的手法描述主角遇到災難時，會慶幸沒有遇到更糟的事，睡醒會感謝阿拉自己還活著，而不知自己究竟是悲觀還是樂觀。反映身在巴勒斯坦被占領地的人們內心的矛盾與交戰，他們必須在巴勒斯坦的「我」與被占領的「他」之間取得共存之道。

4. 亞賀亞·亞可立弗（Yaḥyā Yakhlif, 1944-）1977年的《零下的納几嵐》（Najrān Taḥta aṣ-Ṣifr），敘述阿拉伯半島納几嵐奴隸區的生活狀態，其貧窮、卑微無異於巴勒斯坦難民區。此書在探討阿拉伯世界的人類尊嚴問題。

5. 剌夏德・阿布・夏維爾（Rashād Abū Shāwir, 1942-）1977年的《情人們》（Al-'Ushshāq）。此書的「情人」指的是愛巴勒斯坦土地的人，敘述1948、1967年以阿戰爭後，巴勒斯坦的政治與社會窘境。

6. 女作家薩賀爾・卡立法（Saḥar Khalīfah, 1941-）1991年的《廣場門》（Bāb as-Sāḥah）。此書描述巴勒斯坦社會點滴，尤其是刻劃人與人之間的不信任等人性弱點。

7. 哈珊・哈米德（Ḥasan Ḥamīd, 1955-）1996年的《亞厄古卜之女橋》（Jasr Banāt Ya'qūb）。此書結合事實與想像，敘述馬姆陸柯王國十字軍東征時期，亞古卜將妻子獻給一個亞美尼亞人，以換取學習理髮爲業，因而遭人歧視。他於是帶著三個女兒從北方遷徙到約旦河畔一個鄉村的橋邊居住，鄉村居民使用阿拉姆語，爲了獲得居住的權利，他不惜欲犧牲女兒。他一連串匪夷所思的行爲與思想，讓故事的情節高潮迭起。

六、約旦

約旦著名的小說如下：

1. 佳立卜・赫拉薩（Ghālib Halasā, d.1989）1987年的《蘇勒拓納》（Sulṭānah），描述約旦一座穆斯林和天主教徒混居的鄉村生活，對女主角蘇勒拓納勇於挑戰傳統，嘗試社會禁忌等鮮明的個性有深刻的描繪。

2. 穆俄尼斯・剌撒資（Mu'nis ar-Razzāz, d.2002）的《無聲手槍的自白》（I'tirāfāt Kātim Ṣawt）。此書描述殺手受雇去殺死他的朋友，在他無瑕疵的完成任務之後，將內心的不安敘述給一位女子聽，傾吐完畢後，又因製造了證人感覺更加不安。後來發現此女聽不見，內心的惶恐更深。

3. 伊立亞斯・法爾庫賀（Iliyās Farkūḥ, 1948-）1987年的《泡沫》（Qāmāt az-Zabad）。此書描述數次以阿衝突背景下，在約旦、黎巴嫩地區的巴勒斯坦革命。

七、伊拉克

伊拉克著名的小說如下：

1. 艾卜杜・剌賀曼・魯拜邑（'Abd ar-Raḥmān ar-Rubay'ī, 1939-）1972年的

《黥墨》（Al-Washm）。此書描述伊拉克年輕知識分子因參與政治活動被捕入獄監禁數月，在形體自由和心靈自由的矛盾之間所產生的困惑與痛苦，深刻的描述伊拉克的政治環境。

2. 夫阿德・塔柯里立（Fu'ād at-Takrilī, d.2008）1980年的《遠歸》（Ar-Raj' al-Ba'īd）。此書描述二十世紀七十年代一個伊拉克中產階級家庭成員所發生的故事，反映當時伊拉克的政治、社會與經濟狀況。

3. 佳伊卜・拓厄馬・法爾曼（Ghā'ib Ṭa'mah Farmān, d.1990）1966年的《棗椰樹與鄰居》（An-Nakhlah wa-l-Jīrān）。此書描述第二次世界大戰後的伊拉克人們生活失序，見不到未來的失望與低迷的人心。

4. 艾卜杜・卡立各・里克比（'Abd al-Khāliq ar-Rikābī, 1946-）1994年的《創世第七天》（Sābi' Ayyām al-Khalq）。此書將人生的旅程及其爲達到理想而奮鬥的過程，視爲蘇菲主義者達到追求眞理的旅程，比對過去與現在，祖宗的文明與現代的文明，顯現的世界與隱藏的世界等。

5. 十四歲時便發表小說的天才小說家穆瓦法各・其底爾（Muwaffaq Khiḍr, 1937-）的《暗殺與憤怒》（Al-Ightiyāl wa-l-Ghaḍab）。此書陳述伊拉克的現實環境，表現樂觀、進取、挑戰惡劣環境的努力與勇氣。

八、沙烏地阿拉伯

沙烏地阿拉伯著名的小說如下：

1. 佳奇・古晒比（Ghāzī al-Quṣaybī, d.2010）1996年的《瘋人院》（Al-'Uṣfūrīyah）。作者要表達的是瘋人院是今日理智的人唯一能說話的地方，勇敢的道出阿拉伯世界的問題。

2. 艾卜杜・艾奇資・穆須里（'Abd al-'Azīz al-Mushrī, d.2000）1985年的《瓦斯米亞》（Al-Wasmīyah）。此書描述部落社會轉變成城市社會的現象，以及鄉村市井小民的生活與傳統觀念，尤其描述人類在困境中求生存與抗拒死亡的毅力。

3. 艾卜杜・剌賀曼・穆尼弗（'Abd ar-Raḥmān Munīf, d.2004）的《鹽城》五部曲（Mudun al-Milḥ）。此書分成五部分，描述阿拉伯半島發現石油之後的社會生活，尤其是沙漠生活急遽轉變的狀況，具有歷史價值。

九、阿拉伯聯合大公國

阿拉伯聯合大公國著名的小說如艾立．阿布．里須（'Alī Abū ar-Rīsh, 1956-）1977年的《坦承》（Al-I'tirāf）。此書反映海灣國家社會中少年感情生活普遍的現象與問題，描述兩位少年相愛相惜，直至回歸現實，與女子結婚的感情糾葛。

十、科威特

科威特著名的小說如下：

1. 女作家賴拉．烏史曼（Laylā al-'Uthmān, 1943-）1986年的《瓦斯米亞將從海中出來》（Wasmīyah Takhruj min al-Baḥr）。此書描述一段純情的愛情故事。一個家世良好的女孩和一個科威特海邊鄉村愛海的男孩，「海」見證他們愛情的開始，最後以悲劇收場。

2. 伊斯馬邑勒．法合德．伊斯馬邑勒（Ismā'īl Fahd Ismā'īl, 1940-）的《五重奏》（Al-Khumāsīyah）：《天空原是藍的》（Kānat as-Samā' Zarqā'）、《發光的沼澤》（Al-Mustanqa'āt aḍ-Ḍaw'īyah）、《繩索》（Al-Ḥabl）、《彼岸》（Aḍ-Ḍifāf al-Ukhrā）、《夢中的一步》（Khuṭwah fī Al-Ḥulm）。

十一、巴林

巴林著名的小說如：

1. 女作家富奇亞．剌序德（Fawzīyah Rashīd）1983年的《圍困》（Al-Ḥiṣār）。此書描述勞工為謀生而遭受外國老闆的剝削，外人的剝削最終引起公眾憤怒的故事。書中細膩的描述監獄的生活。

2. 艾卜杜拉．卡立法（'Abd Allāh Khalīfah, 1948-）1988年的《水與火之歌》（Ughniyah al-Mā' wa-n-Nār）。此書描述鄉村與小城市傳統社區的貧窮問題，揭開社會階級鬥爭的黑暗面。

十二、葉門

葉門著名的小說如：

1. 翟德．穆堤厄．達馬儿（Zayd Muṭī' Dammāj, d.2000）1984年的《人質》（Ar-Rahīnah）。此書用樸實的文筆，描述葉門人民所遭受的痛苦，並呈現葉門的歷史。

2. 穆罕默德·艾卜杜·瓦立（Muḥammad ‘Abd al-Walī, d.1973）的《善艾俄：一個開放的城市》（Ṣan‘ā’ Madīnah Maftūḥah）。此書藉由人物故事，描述葉門戰爭時期社會與政治的鬥爭。

十三、利比亞

利比亞在鄂圖曼土耳其帝國統治下始終享有自治權，尤其在十八世紀上半葉至十九世紀中葉，利比亞形同獨立。在社會與人文發展上卻明顯落後，利比亞著名的小說有：

1. 伊卜剌希姆·庫尼（Ibrāhīm al-Kūnī, 1948-）1991年的《拜火教》（Al-Majūs）。該書以神話的思維，描述沙漠生活，探討宇宙、文明、權力的意義。庫尼所獲獎項無數，2005年他被翻譯成德文的作品，獲得瑞士國家小說獎，被認為是「未來世界五十位作家」之一。

2. 阿賀馬德·伊卜剌希姆·法紀合（Aḥmad Ibrāhīm al-Faqīh, 1942-）1991年的《三部曲》（Ath-Thulāthīyah ar-Riwā’īyah）：《給你別樣的城市》（Sa’ahibuk Madīnah Ukhrah）、《這是我的王國疆域》（Hādhihi Tukhūm Mamlakatī）、《一個女人照亮的隧道》（Nafaq Tuḍī’uhu Imra’ah Wāḥidah）。此書在表達現代阿拉伯思想家面臨的危機，陳述現實與理想之間的差距。

3. 卡立法·胡賽恩·穆舍拓法（Khalīfah Ḥusayn Muṣṭafā, d.2008）1983年的《太陽眼》（‘Ayn ash-Shams），敘述離開小鄉村到大城市求學四年的學生，再度回到故鄉的故事。

十四、突尼西亞

突尼西亞著名的小說如下：

1. 馬賀穆德·馬斯艾迪（Maḥmūd al-Mas‘adī, d.2004）1979年的《阿布·忽雷剌的傳說》（Ḥaddatha Abū Hurayrah Qāl）。小說主角是個標準的穆斯林，生長在伊斯蘭聖城麥加一個封閉的社會。他離開麥加，象徵著他另一個生命的開始，接觸了另一個並非僅有宗教的繽紛世界。

2. 穆罕默德·沙立賀·加比里（Muḥammad Ṣāliḥ al-Jābirī, d.2009）1982年的

《十年之後的夜晚》（Laylah as-Sanawāt al-'Ashr）。此書描述三位學生時代的老同學在十年後見面，各自敘述這十年來的人生境遇。

3. 女作家艾魯西亞．納陸提（'Arūsīyah an-Nālūtī, 1950-）的《接觸》（Tamās）。此書描述童年對一個人的人格養成與心理狀態的重要性，並細膩的描寫女人因周遭環境的壓力所承受的痛苦。

4. 哈珊．納舍爾（Ḥasan Naṣr, 1937-）的《巴夏大宅》（Dār al-Bāshā）。此書描述離開大宅院後四十年再度返回的故事，包含大環境與小環境發生的事件與心路歷程。

5. 巴序爾．本．薩拉馬（al-Bashīr bn Salāmah, 1931-）1982年的《艾伊夏》（'Ā'ishah）。此書是四部曲中之第一部，四部書名皆是人名，敘述突尼西亞獨立之前兩個家庭的故事。艾伊夏之父原本貧窮，與執政者的關係讓他由貧轉富，但是法國占領突尼西亞之後，情況轉變。此書主角艾伊夏陷入一段與傳統社會觀念相違的愛情困擾，作者探討社會對女性的觀念與傳統習俗。

6. 巴序爾．乎雷弗（al-Bashīr Khurayf, d.1983）1969的《未摘的椰棗》（Ad-Daqalah fī 'Arājīnihā）。此書以法國殖民突尼西亞時期為背景，討論突尼西亞土地問題。描述主角從八歲到二十九歲結婚生子的個人經歷與社會事件。

7. 沙拉賀丁．布加合（Ṣalāḥ ad-Dīn Būjāh, 1956-）1996年的《人口販子》（An-Nakhkhās），敘述一位文學家坐上義大利船隻，從突尼西亞到義大利尋找他的理想，一路上所發生的故事。故事在探討許多對自我與世界的認知問題。

8. 艾卜杜．格迪爾．本．薛可（'Abd al-Qādir bn ash-Shaykh, 1929-）1970年的《我天際的份》（Wa-Naṣībī min al-Ufuq），描述二十世紀六十年代突尼西亞鄉村人口大量移居城市的社會問題，主角從鄉村遷徙到城市去追尋夢想，最後發現一切不過是海市蜃樓，而再度回歸鄉村。

9. 穆罕默德．艾魯西．馬拓維（Muḥammad al-'Arūsī al-Maṭawī, 1920-）1967年的《苦桑》（At-Tūt al-Murr），描述法國殖民時期突尼西亞南部貧窮鄉村的年輕人吸毒問題。

十五、阿爾及利亞

阿爾及利亞著名的小說如下：

1. 女作家阿賀拉姆．穆斯塔佳尼米（Aḥlām Mustaghānimī）1993年的《肉體的記憶》（Dhākirah al-Jasad）。此書敘述阿爾及利亞對抗法國殖民的解放運動中失去手臂的一位畫家，愛上在解放運動中捐軀的友人女兒的故事。

2. 艾卜杜．哈米德．本．赫杜格（'Abd al-Ḥamīd bn Hadūqah, d.1996）1971年的《南風》（Rīḥ al-Janūb）。此書反映阿爾及利亞農業改革時期社會價值觀，描述一位不願意久居鄉村的女子，為抗拒父親安排的老少配婚姻而逃走的故事。

3. 柏柏血統的拓希爾．瓦拓爾（aṭ-Ṭāhir Waṭṭār, 1936-）1974年的《拉資》（Al-Lāz）。此書描寫阿爾及利亞的法國殖民與解放戰爭，刻畫利用革命的族群。

4. 剌序德．布加德剌（Rashīd Būjadrah, 1941-）的《一千零一年的思念》（Alf 'Ām wa-'Ām min al-Ḥanīn）。作者以法文書寫，被翻譯成阿拉伯文，在此書中他試圖連結伊斯蘭歷史的過去與現在，讓現實與幻想結合，去凝視歷史。

5. 解放運動鬥士女作家茹忽爾．瓦尼西（Zuhūr Wanīsī, 1935-）1993年的《倫加與妖怪》（Lūnjah wa-l-Ghūl）。此書描述阿爾及利亞革命，旨在恢復伊斯蘭價值。

十六、摩洛哥

摩洛哥著名的小說如下：

1. 穆罕默德．書柯里（Muḥammad Shukrī, d.2003）1972年的《光麵包》（Al-Khubz al-Ḥāfī）。此書是穆罕默德．書柯里年輕時代的自傳，敘述他童年的悲慘生活，呈現國家與家庭的惡劣環境。

2. 穆罕默德．巴剌達（Muḥammad Barādah, 1938-）1987年的《遺忘的把戲》（Lu'bah an-Nisyān）。此書在描述母親與最愛女人的死所帶來的痛苦與憂傷。

3. 穆巴剌柯．剌比厄（Mubārak Rabī', 1935-）1979年的《冬天的風》（Ar-Rīḥ ash-Shatawīyah）。此書在描述法國殖民摩洛哥時期，摩洛哥的社會充滿無知、迷信的落後景象。

4. 穆罕默德．撒弗撒弗（Muḥammad Zafzāf, d.2001）1972年的《女人與玫瑰》（Al-Mar'ah wa-l-Wardah）。此書描述主角從南方的阿拉伯到北方的西班牙，文化差異之下的心理衝擊，比較阿拉伯世界與西方世界的思維，尤其著墨於西方女子無條件地給予愛情，了無桎梏的行為與思想。

5. 薩立姆．哈米須（Sālim Ḥamīsh, 1948-）1991年的《掌權的瘋子》（Majnūn al-Ḥukm）。此書敘述九世紀到十世紀法堤馬王國時期執政長達二十五年的哈里發阿布．艾立．曼舒爾（Abū 'Alī Manṣūr）的事蹟，尤其他實施許多奇怪政策的故事。

6. 穆罕默德．邑資丁．塔奇（Muḥammad 'Izz ad-Dīn at-Tāzī, 1948-）1992年的《灰的日子》（Ayyām ar-Ramād）。此書描述摩洛哥鄉村與大城市的社會景象。

7. 艾卜杜．克里姆．佳拉卜（'Abd al-Karīm Ghallāb, 1920-）1971年的《艾立師傅》（Al-Mu'allim 'Alī）。此書描述法國統治時期摩洛哥社會上對未來的期待及其遭受的痛苦，描寫主角因本身個性上的焦慮與緊張，而不止一次的更換工作，找尋屬於自己的世界。

十七、茅利塔尼亞

茅利塔尼亞著名的小說如：

1. 穆薩．瓦勒德．伊卜努（Mūsā Wald Ibnū, 1956-）的《風城》（Madīnah ar-Riyāḥ），描述主角的時空之旅，表達人性自古至今未曾改變，始終自相殘害，歷史不斷的重演，未來的世界便是一個大垃圾場，人類向前的發展往往代表的是更糟的旅程。

2. 眾議員兼詩人阿賀馬德．艾卜杜．格迪爾（Aḥmad 'Abd al-Qādir, 1941-）的《無名塚》（Al-Qabr al-Majhūl）。此書描述一個嬰兒的墳墓背後所隱藏的父母親之間愛恨情仇的故事，呈現二十世紀茅利塔尼亞的社會與政治背景。

參、短篇小說與極短篇小說

阿拉伯短篇小說，遲至1925年左右才得以發展。二十世紀末，阿拉伯極短篇小說盛行於摩洛哥等北非地區。由於短篇小說的特性在於結構緊實，對社會的影響力勝過長篇小說。著名的短篇小說家如馬賀穆德．泰穆爾（Maḥmūd Taymūr, d.1973），他的著作豐富，譬如1939年寫的〈小法老〉（Fir'awn aṣ-Ṣaghīr）、1950年的〈節日快樂〉（Kull 'Ām wa-Antum bi-Khayr）等，約四百篇短篇小說，描述埃及的社會狀況。早期的短篇小說在語言上甚爲講究，譬如穆舍拓法．曼法陸堤在《觀點》（An-Naẓarāt）裡的一篇短篇小說〈哀之屋〉（Qurfah al-Aḥzān）便使用優雅、精緻的語言與修辭。

一、〈哀之屋〉譯文

有一個朋友，我喜歡他的文雅，勝過喜歡他的正直或宗教信仰。我喜歡和他見面，喜歡和他相處。除此之外，我不在乎他的禮教與信仰，或他的荒誕與任性。畢竟我未曾想從他那兒學習宗教學或倫理學。

和他交往很久，幾乎對彼此無所不知。後來，我離開開羅一陣子，曾互通信函。最後，他斷了訊息。對他，我很是掛念。返回開羅後，最掛心的事便是去探望他。我四處尋找他，始終無法如願。找到他的故居時，鄰居告訴我，他早已搬走，並不清楚他的去向。就這樣，時而失望，時而盼望的過了好一段時間。最後，失望戰勝了盼望，我知道自己已經失去此人，再也無法找到他了。

某個月末的夜晚，在回家的路上，我在黑暗中迷了路，走到一條荒涼無人的小巷。在那種時刻看到這條巷子的人，會以爲自己走進精靈的家或走進魔窟裡。當時，我感覺自己潛伏在兩座高山間漆黑的深海裡，海水載著我浮沉，此起彼落。正當我感覺置身於汪洋大海中時，突然聽到一棟荒廢的屋子裡，傳來呻吟聲，聲音迴盪在夜空中，一陣一陣的，讓我不寒而慄。心想：奇怪啊！這夜裡隱藏了多少不幸者的祕密，傷心人的無奈啊！我曾對阿拉發過誓，只要看到傷心人，一定竭力協助，若無能力幫忙，也得陪他一起哭泣。於是我循聲找到那棟房子。輕輕敲了門，無人應門。我再用力敲，一位未滿十歲的小女孩爲我開門。我透過她手上油燈的微弱光線端詳她。只見她一身破舊的衣裳，彷如散亂烏雲後面的一輪明月。我問她：「家裡有人生病嗎？」她深深的嘆了一口氣，彷彿就此斷了心弦。她說：「先生，快去看我爸，他快死了。」她領著我走進一間矮門房間，感覺是從活人世界走進死人世界。那房間是一座墳墓，病人是死屍。我靠近他，到他身旁。但見一個骨籠子，氣息在籠中迴盪，就如風迴盪在木塔裡。我把手放在他的額頭上，他望著我，慢慢張開雙唇，用微弱的聲音說：「感謝阿拉！找到我的朋友了。」我震驚到一顆心在胸腔中漫遊，我終於找到尋覓很久的失物。原本就怕找到它時，它已在毀滅的邊緣，期待不要讓我看到它時，再度勾起埋藏內心深處的悲戚。我問他原由，怎麼會變成這樣？我倆的情誼似乎延續了他些許脆弱的生命之光，他向我示意要坐起來。我伸出手扶著他坐起，他開始對我敘述下面的故事：

十年前我和母親居住的房子隔壁鄰居是個有錢人家。他們的豪宅裡有一個大戶人家都難見到的優雅、清麗的美女。我無法抑制內心對她的情意，一直想辦法親近她，央求她，但她只是拒絕、推拖。我用盡一切辦法想博取芳心，但終究都失敗。最後，我以承諾要娶她爲由，博得她的青睞，平撫她的倔強，使她順服。於是我在一天之內奪走她的心和她的貞節。不久得知她懷孕，我悔不當初，開始斟酌到底要履行對她的承諾，還是要斷絕和她的關係。我選擇了後者。我離開住處，搬到你以前常來訪的那棟房子。此後我就完全沒有她的訊息。那件事之後好多年，郵局送來她的一封信。

他伸手從枕頭底下拿出一封破舊發黃的信，我讀了內文：

「倘若寫這封信是爲了重提過去的誓言，或爲再續舊情，我就不會寫隻字片語。因爲我不認爲像你那種欺人的誓言，以及你那虛情假意，值得我去在乎，去重提，或值得我遺憾，而要求重新來過。當你離我而去時，明知我肚子裡有一團燃燒的火，有一個不安的胎兒。那團火是在後悔過去；那胎兒是在害怕未來。然而你毫不在乎的逃離我，不想看到你自己所釀成的不幸，不想勞煩你自己的手，去擦拭你所造成的淚水。在此之後，我還能想像你是個高尚的人嗎？不……我甚至不能想像你是個人，因爲所有野獸內在的特質，都聚集在你的內心裡。你承諾要娶我，但你違背誓言，欺騙了我，不願娶一個墮落、罪惡的女人。而這墮落和罪惡，卻都是你所製造出來的。若非你，我也不會是墮落、罪惡的。我曾竭力拒絕你，直到無能爲力，跌落在你手中，就像嬰兒落在巨人手中一樣。你奪走我的貞節，使我成爲內心卑微、傷心，生不如死的人。對於一個無法爲人妻、爲人母的女人而言，活著有何樂趣？她甚至於在人類社會中必須低著頭、垂著眼、捧著臉頰，全身內外顫抖著活，深怕別人嘲弄、譏笑。你奪走我的安逸。在那事件之後，我不安的逃離和爸媽在一起享受生活的家，離開富裕舒適的生活，來到不明、荒蕪的陋屋，無人問津，去度過我殘餘的生命。我殺了父母親，我知道他倆已經過世。他們的死無非因爲失去我、絕望無法再見到我，傷心而死。你殺了我，因爲經由你的杯子，我喝到苦澀的生命之水。也因爲你，而忍受漫長的憂鬱。兩者讓我的身心俱疲。如今我躺在死亡的床上，如同燃燒的燈，逐漸燃盡。我認爲阿拉已經在我身上做工，回應了我的祈禱，將我從死亡、痛苦之屋，移轉到生命與喜悅的屋宇。你是個騙子，是殺人的強盜。我不認為阿拉會放過你，而不為我向你討回公道。我寫這封信不是想跟你重訂誓約，或跟你談愛。對我而言，你不值得。而是因為我已經接近墳墓，正在跟整個生命告別，跟生命的善與惡、快樂與痛苦告別。我對愛已無望，也不再有誓約。寫這封信，無非因為這兒有你的寄物——你的女兒。倘若你內心尚存些許的父愛，就來把她帶走。讓她不致於像她母親一樣遭受不幸。」

閱畢，我望著他，但見他淚流滿頰。我問他說：後來怎麼樣？他說：我一看完信，感覺一股電流在全身竄動。好似胸膛就要和心分裂一般的傷心與痛苦。我很快來到她家，也就是你現在看到的這間房子。我看到在這個房間，這張床上，躺著一具僵硬不動的死屍。女兒在她身旁痛哭。眼裡所見的一切，對我有如晴天霹靂。昏厥中，我的罪孽就像食人的野獸一般呈現，又像捲曲的鬼魅，張爪裂牙。我一甦醒過來，便對阿拉發誓，再也不離開這個房間，我稱它是「哀之屋」。這樣我可以如她一樣生，如她一樣死。今天我心滿意足的死去。我的心告訴我，阿拉因我所受的苦，我所忍受的痛，寬恕了我的錯。

他的話說到這兒便結舌，臉緊縮，倒在床上死去。臨死前說：「朋友，我的女兒！」我在他身邊逗留好一會兒，盡朋友應盡的義務。然後寫信給他的親友。他們來送殯。那天，從未看過如此多人在哭泣。

當我們撒泥土在他的墳上，
我們哀傷不已，
卻是哪種悲傷時刻？

阿拉知道我在寫他的故事，而我無法控制自己不哭泣。終生都無法忘記他臨終前對我的呼喚：「朋友，我的女兒！」狠心的男人啊，請對柔弱的女性溫柔。當你們欺騙她們的貞節時，你們不會知道自己是怎樣在傷害心靈？不知道是怎樣在讓她們淌血。

二、〈掘墓人〉（Ḥaffār al-Qubūr）譯文

浪漫主義時期的小說譬如紀伯倫名為〈掘墓人〉的短篇小說，充滿象徵主義與浪漫主義的色彩，全文翻譯如下：

在生命的陰蔭下，遍布著枯骨和骷髗的山谷裡。我獨自走在夜空下，濃霧遮蓋了繁星，恐懼籠罩著夜的寂靜。

那兒，如眼鏡蛇般蟠蜒，如罪犯夢般的疾行，我佇立在血與淚的河岸上，傾聽鬼魂的呢喃，注視著虛空。

深夜裡，靈魂隊伍傾巢而出。我聽到沉重的腳步聲朝向我逼近。我轉頭，猛然發現一個壯碩駭人的鬼僵立在我眼前。我驚恐的嘶叫：「你想要什麼東西？」

他用燈泡般的電眼望著我，冷靜的答道：「我不是要一樣東西，我要所有的東西。」

我說：「別煩我！走你的路吧！」

他微笑的說：「我的路就是你的路。你走哪兒，我就走那兒。你停在哪兒，我就停那兒。」

我說：「我來找孤獨，讓我和我的孤獨作伴吧！」

他說：「我就是孤獨本尊，你爲什麼怕我呢？」

我說：「我沒有怕你啊！」

他說：「你如果不怕我，爲什麼像風中的蘆葦一樣在顫抖？」

我說：「是風在玩弄我的衣裳，是衣服在顫抖，我可沒抖。」

他用狂風般的聲音大笑，然後說：「你眞是個儒夫，不僅怕我，還害怕你怕我。你的害怕是雙重的。但是你把它隱藏在比蜘蛛網還脆弱的謊言後面，讓我覺得又好笑又好氣。」

然後，他坐在石頭上，我被迫坐下，望著他恐怖的外形。不過一會兒，我卻感覺有千年之久，他輕蔑的看著我說：「你叫什麼名字？」

我說：「艾卜杜拉（意：阿拉伯奴僕）。」

他說：「阿拉的奴僕何其多！阿拉負擔可眞重。你怎麼不叫做『眾魔之主』呢？讓魔鬼們的災難再增加一些？」

我說：「我的名字是艾卜杜拉，這是父親在我出生的時候替我取的，我不可能換成其他名字。」

他說：「子女的災禍正源於父母的賞賜。若不拒絕父母、祖先的賜予，就會變成死亡的奴隸，甚至於變成死亡本身。」

我低下頭思考他的話，試著找回夢中與他類似的形象。然後他再問我：「你是做啥的？」

我說：「我作詩，我對生命有一些看法，提供給人們。」

他說：「這是個空洞陳腐的職業，對人們不痛不癢。」

我說：「我能期盼用我的晝夜貢獻給人們什麼？」

他說：「你可以選擇挖墳墓作爲職業，可讓活的人免於他們住家、法院、廟宇周遭囤積的屍體之累。」

我說：「至今我未曾看到住宅四周有囤積的屍體。」

他說：「你用錯誤的眼光看，看到人們在生命的暴風裡顫抖，以爲他們是活人。其實他們從出生就死了，只是沒找到人埋葬他們，只好丟棄在土上，他們發出腐屍的臭味呢！」

我的恐懼感稍爲消失，於是說：「我怎麼辨別活人跟死人？他們都一樣在暴風雨中顫抖啊！」

他說：「死人在暴風雨中顫抖；活人則跟著暴風跑，暴風一停，他也停。」

此時，他拄著手臂，露出他結實的肌肉，有如冬青樹，充滿決心和生命力，然後問我說：「結婚了嗎？」

我說：「是啊！我太太是個美女，我很愛她。」

他說：「你的罪惡可多囉！結婚代表人類被持續力量所奴役。倘若想解放，就把太太休了，獨自生活。」

我說：「我有三個孩子，老大是玩球的年齡；小的還在牙牙學語，他們怎麼辦？」

他說：「教他們挖墳墓啊！給他們每個人一把鏟子，不管他們。」

我說：「我沒辦法自己過活。我已經習慣了和太太、孩子一起過快樂的生活。我若拋棄他們，等於拋棄了幸福。」

他說：「和太太、孩子生活，只不過是在白漆後面隱藏的黑色不幸。倘若一定要娶，那就要娶精靈女孩。」

我疑惑的問：「精靈並不存在，你爲何要騙我？」

他說：「你是多麼愚蠢的年輕人！除了精靈之外，甚麼都不存在。若不是精靈，那就是來自虛妄的世界。」

我說：「精靈界女孩漂亮嗎？」

他說：「她們的美麗永不消失、褪色。」

我說：「讓我看看精靈女孩，我才相信。」

他說：「倘若你能看到她，能摸到她，我就不會要你娶她了。」

我說：「娶一個看不到、摸不著的太太作啥？」

他說：「那是漸進的好處，在風中顫抖，不隨風行走的死屍和萬物的毀滅，都出自於此。」他別過頭去一會兒，又轉過頭對我說：「你信甚麼教？」

我說：「我信奉上帝，尊崇祂的先知，我愛高尚的道德，我期待最後審判。」

他說：「這些詞兒是過去世代安排好，透過你的雙唇再引用它。其實你只信仰自己，只尊崇自己，只愛你心所嚮往的。你所期待的是自己的不朽。自始人類就膜拜自己，但他因爲自己不同的喜愛與欲望，就冠以各種不同的名稱。有時候就稱它是太陽神，有時候是電神，有時候是上帝。」

然後他大笑，他的五官在嘲笑的面罩下不斷的擴大，又繼續說：「那些崇拜自己的人眞奇怪，他們自己都已經是腐屍了啊！」

我思考他的話好一會兒。感覺這些話比生命的意義還奇怪；比死亡還恐怖；比眞理還深邃。當我的思緒處在他的外貌和德性的混亂中時，我想揭發他的祕密和隱私，就大叫說：「倘若你眞有主，那就奉你主之名，告訴我你是誰？」

他說：「我是自己的主。」

我說：「你叫甚麼名字？」

他說：「瘋神。」

我說：「你在哪裡出生？」

他說：「在每個地方。」

我說：「你何時出生？」

他說：「在每個時間。」

我說：「你向誰學智慧？誰告訴你生命的祕密、宇宙的內涵？」

他說：「我非智者。智慧是脆弱人類的形容詞。我是一個強壯的瘋子。我一走路，大地就在我的雙腳下震動。我一停下來，星辰隨之而停。我向撒旦學習嘲弄人類。我跟精靈之王相處，跟黑夜之王相伴之後，了解了宇宙的祕密。」

我說：「那你在這崎嶇的山谷裡做什麼？你怎麼度過你的白晝和夜晚？」

他說：「早晨我詛咒太陽；中午我謾罵人類；下午我嘲笑大自然；夜裡我跪在自己前面，膜拜自己。」

我說：「那你吃什麼？喝什麼？在那兒睡覺？」

他說：「我、光陰、海，我們都不睡覺。但是我們吃人類的身體，我們喝人類的血，我們從他們的痛苦中取樂。」

這時候他雙臂交扣在胸前，凝視著我雙眼，用極爲深沉、冷靜的聲音說：「再會！我到魔鬼、巨怪聚集的地方去了。」

我大叫說：「等一下！我還有一個問題要問。」

他一邊回答，一邊他的身體已經漸漸消失在夜霧下：「瘋神不會寬限任何人的時間。」

他消失在我的視線裡，在夜幕外。留下我，因他，也因自己，我非常恐懼、徬徨。

正當我的雙腳舉步要離開那個地方時，我聽到高聳的石縫中，傳來他陣陣的聲音：「再見！再見……」

隔天，我休了妻子，跟一位精靈女子結婚。然後我給了每個小孩一把鏟子，對他們說：「走吧！只要看到死屍，就把它埋在土裡。」

此後，我就挖墳、埋屍。但是死人太多，我就一個人，沒人幫我！

第六節　代表性詩人與文人

（一）馬崙・納格須（Mārūn an-Naqqāsh, 1817-1855）

馬崙出生於黎巴嫩的商人家庭，自幼學業優異，通曉土耳其語、拉丁語、法語，並精通音樂及貿易。他曾任官職，也從商，遊歷各地。他落腳歐洲時，聽過戲劇。返國後，開始著作小說，在小說裡加入詩、散文及音樂，成爲阿拉伯文學史上戲劇先鋒。他在1848年改編法國戲劇家Moler的戲劇，寫了《吝嗇鬼》，並在自宅中設舞臺，讓家中男人演出此劇。由於此劇演出成功，鄂圖曼政府當局允許他建劇場，於1850年演出他的作品《笨蛋阿布・哈珊或赫崙・剌序德》（Abū al-Ḥasan al-Mughaffal aw Hārūn ar-Rashīd），此書著作靈感出自於《一千零一夜》。由於保守的宗教人士紛紛譴責，令他飽受精神的折磨與自責。其戲劇作品彙集成《黎巴嫩杉》（Arzah Lubnān）一書，書中語言以方言爲主。馬崙過世之前，將劇院改建成教堂。然而貝魯特人們愛好戲劇的傾向並未消失，他的弟弟尼古拉・納格須（Niqūlā an-Naqqāsh, d.1894）是一位詩人及戲劇家，繼他完成許多戲劇作品的演出。

（二）阿賀馬德・法里斯・序德亞各（Aḥmad Fāris ash-Shidyāq, ca.1804-1887）

他出生於貝魯特附近的序德亞各，是一位旅行家、語言學者、記者、翻譯家及作家，在世界各地遊走，如法國、英國等地。他信仰基督宗教，在馬爾他教書十四年，並將聖經翻譯爲阿拉伯文。1857年遷居突尼西亞，改信伊斯蘭。1860年任官於伊斯坦堡，1861年在伊斯坦堡創辦第一份阿拉伯文民間報紙al-Jawā'ib，1855年著作《法爾亞各生活與冒險》（As-Sāq 'alā as-Sāq fī mā huwa al-Faryāq），1863年出版文學名著《揭開歐洲文藝祕密》（Kashf al-Mukhabba' 'an Funūn Ūrubba）。另外也著作語法學及詞典學書籍，如《詞典偵探》（Al-Jāsūs 'alā al-Qāmūs）批評費魯資・阿巴居的《詞海》。他與歐洲學者往來密切，思想傾向革新，並具創意，尤其熱中於新聞語言的改革與新聞專有名詞的訂定。

（三）馬賀穆德·巴魯迪（Maḥmūd al-Bārūdī, 1838-1904）

巴魯迪出生於貴族家庭，自幼接受良好教育。十二歲時，進入軍事學校就讀，1854年畢業。在校期間適逢一些印刷廠廣泛列印詩集，因此得以飽讀詩書，並顯露他的詩才。他同時接觸波斯、土耳其文學，因之有機會閱讀更多的古籍，詩作更趨成熟。他曾被任命爲兩騎兵隊指揮官，隨同一些軍官到法國參觀法國年度閱兵，又和朋友們到英國參觀武器。伊斯馬邑勒時期，他參加支援土耳其抵禦蘇俄的戰爭。戰爭後，陶菲各任命他爲宗教部長。1881年他因參與敵對陶菲各的革命，被放逐到斯里蘭卡十七年，過著孤獨的生活，但也因此精通英文，留下許多詩作。1899年回到埃及，從此遠離政治生活，開始專心於文學活動。許多當代詩人及文人，如阿賀馬德·蕭紀、哈菲若·伊卜剌希姆等人受他影響甚深。

（四）穆舍拓法·曼法陸堤（Muṣṭafā al-Manfalūṭī, 1876-1924）

曼法陸堤出生於埃及曼法陸特（Mafalūṭ）鄉村。九歲便熟背《古蘭經》，在阿資赫爾求學十年，奠定雄厚的阿拉伯語文基礎。後來成爲穆罕默德·艾卜杜的學生，習得穆罕默德開放的精神。他純文學性的文筆非常的優美，是現代文學藝術散文寫作方式的楷模。尤其是他的《觀點》一書，內容包含短篇小說、文學批評、伊斯蘭社會、政治、文化等主題。他過世之前曾輕微中風，但因爲他對醫師有許多負面觀感，拒絕就醫，導致死亡。

（五）紀伯倫·卡立勒·紀伯倫（Jibrān Khalīl Jibrān, 1883-1931）

紀伯倫出生於馬龍尼派家庭，母親在第一任丈夫去世後，帶著兒子布圖魯斯改嫁，後來與第三任丈夫生下他和兩個妹妹。1895年，母親帶著兒女定居波士頓，父親則獨自留在黎巴嫩。後來紀伯倫返回祖國受教育，接觸了阿拉伯古典文史書籍，包括伊本·卡勒敦的史書、穆塔納比的詩、伊本·西納的哲學思想及蘇菲詩等。1903年他回到波士頓，相繼失去么妹、哥哥、母親。經歷生離死別的經驗，孕育他非凡的生命哲學思想。據推測他曾經歷一段刻骨銘心的愛情，寫下《破碎的翅膀》（Al-Ajniḥah al-Mutakassirah），盡述他的哀傷，也未娶妻室。他被稱爲「二十世紀的但丁」，因爲他與但丁兩者皆因愛祖國而被放逐；皆因經歷偉大的的愛情，分別寫下不朽之作《破碎的翅膀》及《神曲》。他與麥·奇亞達的書信戀情長達二十年，直至他逝世前半個月。

紀伯倫通曉阿拉伯文、英文，經常使用兩種語文寫作，他年輕時便用阿文寫《先知》（An-Nabīy），經過多次的修改，並用英文再寫一次，於1923年出版。內容敘述先知穆舍拓法（al-Muṣṭafā）從居住十二年的城市返回他的島嶼故鄉，臨行時，城中居民向他請教生活中物質與精神生活的問題，以便將眞理世代相傳，共包含二十六個主題，闡明「愛」是生命的核心，靈魂渴望回歸原點。由於其中探討的人生哲理深邃，非常令人省思，得到世人的共鳴，而被譯成多種語言。1929年他再寫《先知的花園》（Ḥadīqah an-Nabīy），相同的主角，更深奧的人生哲理，成了他最後的代表作。

（六）哈菲若．伊卜剌希姆（Ḥāfiẓ Ibrāhīm, 1871-1932）

哈菲若出生於停靠在尼羅河岸的船隻上，父親是埃及工程師，母親是土耳其裔。四歲時失怙，由於他過目不忘的優勢，熟背許多經典古籍。1891年他畢業於軍官學校，後來轉至內政部警政署服務。1896年被派遣到蘇丹，夥同一群軍官起義，事後被迫退役。回到埃及之後，他棄武從文，專注於寫作，成爲著名的愛國詩人，攻擊西方勢力，護衛阿拉伯民族權利。當他聲名大噪後，埃及教育部長聘請他掌管國家圖書館文學部。他爲人率直、詼諧，雖窮困卻極爲慷慨，與阿賀馬德．蕭紀交情甚篤，曾結伴完成許多知識之旅。他的作品除了詩集之外，曾寫散文，並翻譯法文作品。

（七）阿賀馬德．蕭紀（Aḥmad Shawqī, 1869-1932）

阿賀馬德．蕭紀出生於埃及，他家族有庫德、土耳其、希臘、俄國等血統，個性也具有這些民族的特質。他在開羅受教育，奠定雄厚的阿拉伯古典語文基礎，並通曉土耳其語、法語。後來被派遣到法國留學，主修法律。學生時代的他便熱中於創作，用優美的文筆，寓言的手法，企圖喚醒同胞的國家意識，對抗殖民主義。

阿賀馬德．蕭紀在法國奠定文學理論基礎，如古典主義、浪漫主義、現實主義、象徵主義，並經常接觸戲劇。1892年他返回埃及，在宮廷裡從事翻譯，成爲宮廷詩人。1914年第一次世界大戰之後，他因愛國主義思想，而被放逐到西班牙。在西班牙期間，他認眞的學習西班牙文，也鑽研歷史，尤其是安達陸斯時期的阿拉伯歷史，並完成他的詩作《阿拉伯國家及伊斯蘭偉人》，共二十四首，一千四百節詩。由於思鄉情懷而寫一百一十節描述埃及的詩，情感眞實動人。1920年返回埃及之後的作品，其主題圍繞著埃及光輝的歷史、尼羅河、金字塔、人面獅身像等。藉著埃及的光榮，喚醒國人的榮譽感。他文采飛揚，終致在一場盛會中被推選爲「詩王」（Amīr ash-Shu'arā'）。他大部分的時間用在詩劇的創作上，主題充滿民族意識，反映阿拉伯人，尤其是埃及人的悲哀，奠定阿拉伯詩劇的基礎。他的詩集分爲四冊，尙有許多散文戲劇作品。

（八）麥・奇亞達（May Ziyādah, 1886-1941）

麥出生於巴勒斯坦，其父是黎巴嫩人，其母是巴勒斯坦人。她在唸書時就用法文寫詩，由於其父創辦報紙，而得閱讀許多文人的作品，奠定她的文學基礎，並翻譯法文小說《回浪》（Rujū' al-Mawjah）。她學過英文、法文、德文，並翻譯德文小說《微笑與淚》（Ibtisāmāt wa-Dumū'）。當時每星期二許多著名的文人和詩人，都聚集在她開羅的家中，並成立「文學俱樂部」。其成員除了當時的大文豪之外，尙包含許多西方的東方學學者。許多著名的文人對她非常著迷，如拓赫・胡賽恩、艾巴斯・艾格德、阿賀馬德・蕭紀等。她的文筆平易近人，個性冷靜、聰慧，感情柔和深邃。麥與紀伯倫兩人柏拉圖式的愛情，在文壇掀起一段風波。這段愛情起源於麥閱讀過紀伯倫的《破碎的翅膀》之後，非常欣賞紀伯倫的思想，於是修書給遠在美國的紀伯倫。兩人開始通信，探討人生哲理，爲期二十餘年。兩人的信件中呈現其關係從保守到友情，而進展到親密的書信戀人。紀伯倫與她雙親的過世接二連三的發生，使她精神嚴重受打擊，被送回黎巴嫩。然而人們因爲她的感情世界流言不斷，而不接受她，此後數年她在歐洲與埃及往返，仍無法治癒她的精神疾病，最後死於開羅。其著作十餘部，如《受苦的愛》（Al-Ḥubb fī al-'Adhāb）、《沙漠研究員》（Bāḥithah al-Bādiyah）、《平等》（Kitāb al-Musāwāh）等。

（九）伊立亞・阿布・馬弟（Īliyā Abū Māḍī, 1889-1958）

阿布・馬弟出生於黎巴嫩鄉村，雙親皆是天主教徒。年幼時喜好爬樹和跳繩，時常逃學缺課。居家時始終一卷在手，喜歡與父叔輩同座，傾聽他們的言談。1900年爲了討生活，離開黎巴嫩至埃及，居住在亞歷山卓，經常出入圖書館，閱讀古詩及語法學。1911年出版詩集《往事》（Tadhkār al-Māḍī），但此書銷售欠佳。由於他好強的個性，承受不了批評而遠赴美國，居住在小鎮中從商。工作之餘，他會閱讀文學詩集，偶爾憶及往事，抒發情緒於詩中。1916年移居紐約，加入阿拉伯人的筆會，開始在雜誌中寫文章。隨後迎娶Mir'āh al-Gharb（西方之鏡）報社社長之女，並在該報社中服務十年。1919年出版《伊立亞·阿布·馬弟詩集》，紀伯倫爲他寫引言。此書內容是他第一部詩集中無法自由發表的部分。1927年，他出版第三部詩集《溪流》，麥卡伊勒·努靄馬爲他寫序言。《溪流》中充分表露他的詩才，呈現許多象徵主義與浪漫主義的色彩。他的第四部詩集《叢林》（Al-Ḥamā'il）則較無創新。1929年創辦Samīr（薩米爾）半月刊雜誌。1936年該雜誌改爲日刊，設址於紐約市中心，成爲最有名的阿拉伯雜誌，也同時奠定了他的文學地位。

（十）艾巴斯·艾格德（'Abbās al-'Aqqād, 1889-1963）

艾格德生於埃及阿斯萬（Aswān），其母是庫德人。自小在私塾讀書，就顯露他超俗的智慧。十五歲擔任小學老師。教學之外，他必須同時在工廠工作以果腹。然而他熱愛知識，飽讀群書，並求教於當時的思想家。後來他轉行報業，先後在Jarīdah ad-Dustūr（憲法報）、Jarīdah 'Ukāẓ（烏克若日報）、Jarīdah al-Ahrām（金字塔報）服務。1916年出版第一部詩集。後來從政，官至眾議員。他思想深邃，眼光深遠，勇敢且自負，曾與伊卜剌希姆·馬奇尼合著《文學與批評集》（Ad-Dīwān fī an-Naqd wa-l-Adab），後來領導詩的革新運動，主張走出舊詩八股型態與意義上的桎梏。他堪稱是一位不屬於任何學派的思想家，1940年被選爲埃及「阿拉伯語協會」委員。他認爲「自由」是人類的遺產，由於他的敢說、敢言而被囚禁數次。過世時，著作上百部書，除了十一冊的詩集外，尚有名人傳記、散文、歷史、翻譯書籍等。

（十一）拓赫·胡賽恩（Ṭāha Ḥusayn, 1889-1973）

拓赫·胡賽恩生於埃及，幼兒時因眼疾而目盲。幼年求學於阿資赫爾，接受伊斯蘭傳統式教育，九歲時便背熟《古蘭經》，因而被稱爲「長老」（shaykh）。1908年進入埃及大學，即今日開羅大學的前身求學。1914年於埃及大學取得博士學位。由於他對知識的熱誠與探索眞理的本性，使他對所學知識的價值與當時教學方式產生懷疑。1914年以《紀念阿布·艾拉俄·馬艾里》論文，獲得該校第一個博士學位。1914至1919年在法國巴黎大學唸書，以〈伊本·卡勒敦的社會哲學觀解析與批評〉（Dirāsah Taḥlīlīyah Naqdīyah li-Falsafah Ibn Khaldūn al-Ijtimā'īyah）的論文，獲得博士學位。在巴黎求學期間，他廣泛閱讀希臘、羅馬等歐洲文明與學術書籍，並娶法國妻室。返回埃及大學後，他教授希臘羅馬史六年。埃及大學由私立轉爲國立大學之後，他擔任阿拉伯文學史教授。1942年擔任埃及教育部顧問，然後擔任亞歷山卓大學校長。1950年擔任埃及教育部長。文學上，他是革新派的主要人物之一，由於他在文學研究、文學理論、文學批評、小說創作上的貢獻廣博精深，而被美譽爲「阿拉伯文學之柱」（‘Amīd al-Adab al-‘Arabī）。其著作非常豐富，如《先知外傳》（‘Alā Hāmish as-Sīrah）、他的自傳《歲月》等。他思想傾向西方的東方學學者，曾作《蒙昧文學》一書，[3]對阿拉伯蒙昧文學的可靠性存疑，一度成爲阿拉伯文壇的重大事件，並刺激文人理性思考存在於傳統學術裡根深蒂固的問題。

（十二）陶菲各·哈齊姆（Tawfīq al-Ḥakīm, 1898-1987）

陶菲各出生於亞歷山卓一位埃及富農的家庭，母親是土耳其人。自幼便愛好思考。高中到開羅求學。1919年與他的叔伯參與示威遊行，被逮捕入獄，其父運用人脈與金錢讓他出獄，繼續他的學業。1921年取得學士學位，並繼續攻讀法律，畢業之後，在一位名律師的事務所工作。不久其父供給他到巴黎攻讀法學博士。在巴黎求學期間，他酷愛希臘及法國戲劇，經常流連於劇場。此間，他作《票窗前》（Amām Shubbāk at-Tadhākir）。1927年從法國返國之後，他的作品逐漸受重視，如1937年出版的《鄉村檢察官日記》（Yawmīāt Nā’ib al-Aryāf）被翻譯成多國語文，再版多次。1954年他擔任埃及圖書館館長，並當選「阿拉伯語協會」成員。1956年被任命爲埃及文學藝術最高委員會委員，職位相當於部會次長。他的戲劇作品多數並非舞臺劇，而是適合閱讀的戲劇小說和散文。他許多作品被翻譯成法文及其他語言，著名者如1934年《夏合剌撒德》、1938年的小說《東方的鳥兒》、1950被翻譯成法文的《瘋河》（Nahr al-Junūn）。1981年他在華盛頓以英文發行的作品，如《每張嘴的食物》（Aṭ-Ṭa‘ām li-Kull Famm）、《天使的祈禱》（Ṣalāḥ al-Malā’ikah）、《白晝的太陽》（Shams an-Nahār）等。他在戲劇作品上的成就，堪稱爲阿拉伯戲劇之父，開創「心戲」戲劇潮流，也是國際級的戲劇作家。

---

[3] 原書名《蒙昧詩》，因其中的思想遭控告成爲禁書，最後埃及法庭判決無罪，屬於純學術見解。

（十三）尼撒爾·格巴尼（Nizār Qabbānī, 1923-1998）

尼撒爾是一位非常傑出的現代詩人，出生於大馬士革，他的家族有許多藝文界的先鋒。他本人曾任外交官，並曾派駐中國，1966年辭去外交官。移居貝魯特之後，他創辦出版社，並致力於詩的發展，在他的詩中探討女性與政治問題。1993年他在電視訪問中爲自己的作品作評價，認爲他的政治詩較抒情詩更佳，他的散文勝過他的詩。他生命中遭受許多打擊，包含妻子及兒子的死，在詩中他將爆炸案中太太的死因，歸咎於阿拉伯國家。晚年他旅居倫敦撰寫政治詩，最後一首名爲〈他們何時宣布阿拉伯人的死訊〉（Matā Yu‘linūn Wafāh al-‘Arab）。他出版三十多本詩集，第一部出版於他還是法學院學生的時期。1955年當他還是外交官時，發表〈大餅、菸草和月亮〉（Khbz wa Ḥashīsh wa Qamar ），旨在呈現人類社會，尤其是阿拉伯社會的悲慘命運。他並在此詩中影射宗教人士及所謂的先知是導致阿拉伯人民悲慘狀況的原因，宗教是導致落後、無知及迷信的原因，引發宗教人士的撻伐，要求敘利亞政府將他趕出外交圈，並將此案提到國會討論。許多著名的歌星則爭相唱他的詩，譬如「東方之星」巫姆·庫勒束姆、費魯資（Fayrūz）等。

（十四）納基卜·馬賀夫若（Najīb Maḥfūẓ, 1911-2006）

1911年12月11日馬賀夫若出生於開羅一個虔誠的穆斯林家庭，排行老么，兄弟姊妹共七人。父親不僅宗教信仰虔誠，更是一位民族意識強烈的愛國者。納基卜·馬賀夫若自幼便愛鄉、愛國，好學不倦，除了具有優異的理科成績外，尤其喜歡閱讀文學作品。對他早期思想影響最深者首推拓赫·胡賽恩的作品，他因爲閱讀，甚至於模仿拓赫·胡賽恩的寫作，建立對古典文學，甚至對現代思潮的獨立思考模式。1930年進入開羅大學哲學系就讀，1932年出版翻譯詹姆士·拜奇（James Baikie）的著作，命名爲《古埃及》。納基卜·馬賀夫若自1930年開始寫作，共寫了四十餘部長篇小說及許多短篇小說，是阿拉伯作家中著作生涯最長的人。1932至1945年間從事歷史、愛情小說的寫作。前三部小說分別是1939、1943、1944年的《命運的嘲弄》（‘Abath al-Aqdār）、《剌杜比斯》（Rādūbīs）、《堤巴之爭》（Kifāḥ Ṭībah）。《命運的嘲弄》是一部歷史小說，闡明人類的命運。《剌杜比斯》是他最後一部歷史小說，描寫年輕法老王與妓女的愛情故事。《堤巴之爭》則描寫埃及人驅逐外族的故事。這三部小說皆是藉著古埃及文明背景來諷刺社會。1945年之後，他不再寫歷史小說，轉而寫現實主義的小說。1945年至1952年間完成巨著《三部曲》（Ath-Thulāthīyah），此書在1988年獲得諾貝爾文學獎。他的作品也因此陸續被譯爲世界各種語文。1950年9月開始在al-Ahrām（金字塔）日報上刊登連載小說《我們巷子的小孩》（Awlād Ḥāratinā）。同年12月因內文有褻瀆阿拉的思想而停載，1967年全書在黎巴嫩出版，2006年才在埃及再版。此書是他獲得諾貝爾文學獎得主因之一。1995年因他作品中的宗教思想，被埃及激進的年輕人暗殺未遂，納基卜雖表示願意原諒兇手，兇手仍被判處死刑。

（十五）艾立．阿賀馬德．薩邑德（‘Alī Aḥmad Sa‘īd, 1930-）

艾立．阿賀馬德綽號「安東尼斯」（Adonis），是敘利亞民族社會黨黨魁所賜。批評家認爲艾立．阿賀馬德持續使用這個名字是在溯源他古老的血統，其證據是他也用Arados、Ninar來取自己女兒的名字。艾立．阿賀馬德是黎巴嫩裔的敘利亞詩人、文學批評家，更是領導阿拉伯文化革新運動的思想家。他出生於敘利亞拉居紀亞（al-Lādhiqīyah）一座鄉村。幼時家境窮困，父母親出生農家。父親阿拉伯語文基礎深厚，熟諳阿拉伯詩、宗教學及伊斯蘭法學，而被人尊稱爲「長老」。1984至1985年間，安東尼斯陸續在雜誌中自述他的生平，說道：他家境貧寒，無恆產。童年的生活幾乎無印象。僅記得他父親教他阿拉伯文。他讀阿拉伯詩，尤其是艾巴斯時期的詩，印象最深的是每天晚上都閱讀穆塔納比、阿布．塔馬姆等大詩人的詩，讀詩是他夜間生活的娛樂。每當家中有訪客，其父都要求他當眾吟詩。因此，十二歲時他的阿文基礎便很雄厚，對於阿拉伯語法也熟練。在他十三歲那年，敘利亞獨立。1944年，第一任敘利亞總統進行巡迴訪問，以了解全國各地狀況。他在偶然的機會裡見到了總統，總統親吻他，問他想要什麼？他回答說：我要唸書。總統答應說：我們會讓你免費唸書，十天之後會給你消息。1944年他終於進入敘利亞一所有名的法國學校。他在拉居紀亞讀高中期間，曾領導學生運動，認識許多政壇人物，也建立許多同學之間的友誼。1950年至1958年間，他加入民族社會黨，並在黨裡建立名聲，尤其在他僅住兩年的拉居紀亞城裡甚爲著名。由於他經常吟詩，在文藝界也享有盛名。首先他在Al-Qīthārah（吉他雜誌）發表詩作。此雜誌是敘利亞第一份詩的雜誌，也是緊接阿波羅協會雜誌創立的雜誌。1949年至1951年，他到大馬士革大學唸哲學。因爲他認爲自己的文學基礎，遠超過阿拉伯語文系的教授們，他在詩社裡受到許多前輩的賞識，並涉獵法文詩。1951至1952年，他在Al-Ādāb（文藝雜誌）發表詩作。1950年代末，他每周在An-Nahār（白晝日報）

發表探討阿拉伯現代詩問題的文章。接著在Al-Jarīdah（報章）發表類似的文章。1957年初創辦Majallah ash-Shi‘r（詩雜誌）。1973年，他在黎巴嫩聖尤蘇弗大學（Jāmi‘ah al-Qiddīs Yūsuf）取得文學博士學位。長年以來，安東尼斯在許多西方大學講座，數度獲得國際文學獎，並曾被提名爲諾貝爾文學獎候選人。對於宗教，他有自己的看法，認爲：「要解放自我的第一步，便是先從宗教上解脫。」對於傳統文學，他認爲是特定時間的經驗產物，不應對它執著。他的政治立場傾向西方，但認爲敘利亞人民從清眞寺反抗政權是不適合的，政治與宗教應該要完全的分離。對於敘利亞的政治、社會環境而言，他是位令人矚目的思想家。

安東尼斯自認爲是個樂觀主義者，深知阿拉伯社會有很大的改變空間及能力。他的作品非常豐富，如《風中葉》（Awrāq fī ar-Rīḥ）、《詩的歲月》（Zaman ash-Shi‘r）、《制度與言語》（An-Niẓām wa-l-Kalām）、《這是我的名字》（Hadhā huwa Ismī）、《時光啊》（Anta Ayyuhā al-Waqt）等。

索引

'Abd al-Hādī, Ḥātim. http://www.rezgar.com/debat/show.art.asp?aid=41561

'Abd ar-Raḥmān,'Abd ar-Raḥmān; *Fuṣūl min Tārīkhī Miṣr Al-Iqtiṣādī wa-l-Ijtimā'ī,* Cairo: al-Hay'ah al-Miṣrīyah al-'Āmmah li-l-Kitāb, 1990.

'Abd ar-Raḥmān, 'Afīf; *Mu'jam ash-Shu'rā' al-Jāhilīyīn wa-Mukhaḍramīn*, Beirut: Dār al-'Ulūm, 1983.

______; *Ash-Shi'r wa-Ayyām hal-'Arab fī al-'Aṣr al-Jāhilī*, Beirut: Dār al-Andalus, 1984.

______; *Zāhirah at-Tashā'um fī ash-Shi'r al-'Arabī*, Beirut: Dār al-'Ulūm, 1983.

'Abd at-Tawwāb, Ramaḍān; *Fuṣūl fī Fiqh al-'Arabīyah,* Cairo: Maktabah al-Khānjī, 1997.

______; *Karāha Tawālī al-Amthāl fī Abniyah al-'Arabīyah*, Iraqian Journal, Majallah al-Majma' al-'Ilmī, No. 18, 1969.

______; *Al-Lahjah al-'Āmīyah al-Miṣrīyah fī al-Qarn al-Ḥādī 'Ashar,* Beirut: Dār al-'Ulūm, 1970.

______; *Laḥn al-'Āmmah wa-t-Taṭawwur al-Lughawī,* Cairo, 1967.

______; *at-Taṭawwur al-Lughawī,* Cairo: Maktabah al-Khanjī, 1997.

'Abd al-Wāḥid, 'Alī; *Al-Lughah wa-l-Mujtama'*, Cairo, 1946.

'Abduh, Qāsim; *'Aṣr Salāṭīn Al-Mamālīk,* Cairo, 1998.

al-Abrāshī, Muḥammad; *Al-Adāb as-Sāmīyah*, Beirut: Dār al-Ḥadāthah, 1984.

Abū 'Alī, Nabīl; *Qiṣṣah Al-Ḥurūb Aṣ-Ṣalībīyah*, Ghazah: Dār al-Miqdād, 1992.

Abū 'Amr ash-Shaybānī; *al-Jīm*, Ibrāhīm al-Anbārī (e.d.), Cairo, 1974-1975.

Abū Ḥayyān, Muḥammad bn Yūsuf; *Tadhkirah an-Nuḥāh*, 'Afīf 'Abd ar-Raḥmān (e.d.), Amman: Mu'assasah ar-Risālah, 1986.

______; *Tafsīr al-Baḥr al-Muḥīṭ*, Beirut: Dār al-Fikr, 1983.

Abū Khazza, Ibrāhīm; *Al-Ḥurūb wa-Tawāzun al-Quwā,* Amman: Manshūrāt al-Ahlīyah, 1999.

Abū Māḍī, Īliyā; *Al-Jadāwil*, Beirut: Dār al-'Ilm li-l-Malāyīn, 1986.

______; *Al-Khamā'il*, Beirut: Dār al-'Ilm li-l-Malāyīn, 1987.

Abū Nuwās, al-Ḥasan bn Hāni'; *Dīwān Abī Nuwās*, Badr ad-Dīn Ḥādirī & Muḥammad Ḥamāmī (ed.), Beirut: Dār ash-Sharq al-'Arabī, 1992.

Abū Rabī'ah, 'Umar; *Dīwān 'Umar bn Abī Rabī'ah*, Beirut: Dār al-Fikr al-Lubnānī, 2005.

Abū as-Su'ūd, 'Abbās; *Azāhīr al-Fuṣḥā fī Daqā'iq al-Lughah*, Cairo: Dār al-Ma'ārif, 1970.

Abū aṭ-Ṭayb al-Lughawī; *al-Aḍdāb fī Kalām al-'Arab*, 'Azza Ḥasan (e.d.), Damascus, 1963.

al-Aḥmad, Yūsuf bn 'Abd Allāh; *Libās al-Mar'ah*, Riyadh: Al-Imām University, 1421H.

al-Albānī, Muḥammad Nāṣir ad-Dīn; *Ṣaḥīḥ at-Targhīb wa-t-Tarhīb li-l-Mundhirī*, Cairo: Maktabah al-Ma'ārif, 1421H.

______; *Ṣaḥīḥ al-Jāmi' li-s-Suyūṭī*, al-Maktabah al-Islāmī, 1408H.

A'lam ash-Shantamrī; *An-Nukat fī Kitāb Sībawayh*, Zuhayr Sulṭān (ed.), Kuwait: al-Munaẓẓamah al-'Arabīyah, li-Tarbiyah wa ath-Thaqāfah wa al-'Ulūm, 1987.

Āl Ghunaym, Ṣāliḥa; *Al-Lahajāt fī al-Kitāb li-Sībawayh*, Macca: Dār al-Madanī, 1985.

'Alyān, Musṭafā; *Al-Islāmīyah wa-sh-Shi'r al-'Udhrī*, http://www.odabasham.net/show. php? sid= 462 .

Āl Yāsīn, Muḥammad Ḥusayn; *Ad-Dirāsāt al-Lughawīyah 'inda al-'Arab*, Beirut: Dār Maktabah al-Ḥayāh, 1980.

al-'Āmilī, Aḥmad Riḍā; *Mawlid al-Lughah*, Beirut, 1956.

Amin, Aḥmad; *Ḍahā al-Islām*, Beirut: Dār al-Kitāb al-'Arabī, 1969.

______; *Fajr al-Islām*, Beirut: Dār al-Kitāb al-'Arabī, 1975.

______; *Ẓuhr al-Islām*, Beirut: Dār al-Kitāb al-'Arabī, 1969.

al-Anbārī, Abū Bakr Muḥammad; *Sharḥ al-Qaṣā'id as-Sab' aṭ-Ṭiwāl al-Jāhilīyāt*, 'Abd as-Salām Harūn (ed.), Cairo: Dār al-Ma'ārif, 1980.

al-Anbārī, Kamāl ad-Dīn Abū al-Barakāt; *Al-Inṣāf fī Masā'il al-Khilāf Bayna an-Naḥawīyīn al-Baṣrīyīn wa al-Kūfiyyīn*, Muḥammad Muḥyī ad-Dīn al-Ḥamīd (ed.), Cairo: Dār Al-Fikr, (n.d.).

______; *Nuzhah al-Alibbā' fī Ṭabaqāt al-Udabā'*, Muḥammad Abū al-Faḍl Ibrāhīm (ed.), Dār Nahḍah Miṣr, 1967.

Anīs, Ibrāhīm; *Al-Aṣwāt al-Lughawīyah*, Cairo: Maktabah al-Anjulū al-Miṣrīyah, 1979.

______; *Dālālāh al-Alfāẓ*, Maktabah al-Anjulū al-Miṣrīyah, 1976.

______; *Fī al-Lahajāt al-'Arabīyah*, Cairo, 1952.

______; *Min Asrār al-Lughah*, Cairo: Maktabah al-Anjulū al-Miṣrīyah, 1978.

______; *Mūsīqā ash-Shi'r*, Cairo: Maktabah al-Anjulū al-Miṣrīyah, 1978.

Anīs, Muḥammad; *Ad-Dawlah Al-'Uthmānīyah wa-sh-Sharq Al-'Arabī*, Cairo: Maktabah al-Anjulū al-Miṣrīyah, 1985.

al-Anṣārī, Abū Zayd; *An-Nawādir fī al-Lughah*, Beirut: Sa'īd ash-Shartūnī, 1894.

Antonius, George; *Yaqẓah al-'Arab*. trans. by Nāṣir ad-Dīn al-Asad. Beirut: Dār al-'Ilm li-l-Malāyīn, 1987.

al-'Aqqād, 'Abbās Maḥmūd; *Shu'arā' Miṣr wa-Bī'ātuhum fī al-Jīl al-Māḍī*, Beirut: Manshurāt al-Maktabah al-'Aṣrīyah, (n.d.).

Arthur Goldschmidt, Jr.; *A Concise History of the Middle East*, Cairo: The American University, 1996.

al-Asad, Nāṣir ad-Dīn; Maṣādir ash-Shi'r al-Jāhilī wa-Qīmatu-hā, Cairo, 1956.

al-Aṣfahānī, Abū al-Farj. *Kitāb al-Aghānī*, Beirut: Mu'assasah Jamāl li-ṭ-Ṭibā'ah wa-n-Nashr, (n.d.).

al-A'shā, Maymūn bn Qays; *Dīwān al-A'shā*. Beirut: Dār Sha'b, 1980.

al-'Ashmāwī, Muḥammad Sa'īd; *Ḥaqīqah al-Ḥijāb*. Majallah Rūz al-Yūsuf, Egyptian magazine 3444, Cairo, 13 June 1994.

'Āshūr, 'Abd al-Fattāḥ; *Al-Mujtama' Al- Miṣrī fī 'Aṣr Salāṭīn Al-Mamālīk,* Cairo, 1962.

______; *Al-'Aṣr al-Mamālīkī fī Miṣr wa-sh-Shām,* Cairo: Maktabah al-Anjulū al-Miṣrīyah, 1994.

'Āshūr, Sa'īd. *Al-Ḥarakah aṣ-Ṣalībīyah*, Cairo.

al-'Askarī, Abū Hilāl al-Ḥasan; *Jamharah Al-Amthāl,* Muḥammad Abū al-Faḍl Ibrāhīm & 'Abd al-Mujīd Qaṭāmish (ed.), Cairo: Mu'assasah al-'Arabīyah al-Ḥadīthah, 1964.

______; *Kitāb aṣ-Ṣinā'atayn al-Kitābah wa-sh-Shi'r*, Mufīd Qamīḥah (ed.), Beirut: Dār al-Kutub al-'Ilmīyah, 1981.

al-Aṣma'ī, Abū Sa'īd 'Abd al-Malik; *Ishtiqāq al-Asmā'*, Ramaḍān 'Abd at-Tawwāb (ed.), Cairo: Maktabah al-Khānjī, 1980.

______; *Al-Aṣma'īyāt*, Aḥmad Shākir & 'Abd as-Salām Hārūn (ed.), Beirut, (n.d.).

al-'Asqalānī, Aḥmad bn 'Alī Ḥajar; *Fatḥ al-Bārī*, Muḥammad 'Abd al-Bāqī (ed.), Cairo: Dār al-Fikr, (n.d.).

Ayyūb, 'Abd Raḥmān; *Al-Lughah wa At-Taṭawwur*, Cairo, 1946.

al-Azharī, Abū Manṣūr Muḥammad; *Tahdhīb al-Lughah*, Cairo: al-Dār al-Miṣrīyah li-t-Ta'līf wa-t-Tarjamah, 1964-1976.

Bābatī, 'Azīzah Fawwal; *Al-Mu'jam al-Mufaṣṣal fī an-Naḥw*, Beirut: Dār al-Kutub al-'Ilmīyah, 1992.

al-Baghdāndī, 'Abd al-Qādir bn 'Umar; *Khizānah al-Adab*, Beirut: Dār aṣ-Ṣādir, (n.d.).

al-Baghdādī, al-Ḥāfiẓ Abū Bakr al-Khaṭīb; *Tārīkh Baghdād*, Cairo: Dār al-Fikr, 1349H.

al-Bahbītī, Najīb Muḥammad; *Tārīkh ash-Shi'r al-'Arabī ḥattā Ākhir al- Qarn ath-Thālith al-Hijrī*, Cairo, 1961.

Bakkār, Yūsuf; Ittijāhāt al-Ghazal fī al-Qarn ath-Thānī al-Hijrī, Beirut: Dār al-Andalus, 1981.

Balūḥī, Muḥammad; Ash-Shi'r al-'Udhrī fī Ḍaw' an-Naqd al-'Arabī al-Ḥadīth, Damascus: Ittiḥād al-Kuttāb al-'Arab, 2000.

Bashūr, Wadī'; Al-Mīthūlūjiyā as-Sūrīyah, Damascus, 1981.

______; Sūmar wa-'Akād, Damascus, 1981.

Bishr, Kamāl Muḥammad; *Al-Aṣwāt al-'Arabīyah*, Cairo: Maktabah ash-Shabāb, (n.d.).

______; *Dirāsāt fī 'Ilm al-Lughah*, Cairo: Dār al-Ma'ārif, 1973.

______; *'Ilm al-Lughah al-'Āmm—al-Aṣwāt*, Cairo: Dār al-Ma'ārif, 1980.

Brill, E.J (ed.); *Beginning Arabic, a linguistic approach*: from cultivated Cairane to Formal Arabic, Netherlands, 1972.

______; *Writing Arabic, a linguistic approach*: from Sounds to Script, Netherlands, 1972.

Brockelmann, C.; *Fiqh al-Lughāt as-Sāmīyah*, trans. by Ramaḍān 'Abd at-Tawwāb, Riyadh: Riyadh University, 1977.

al-Buḥturī, al-Walīd bn 'Abīd; Dīwān al-Ḥamāsah, Luwīs al-Yasū'ī (ed.), Beirut, 1910.

al-Bukhārī, Muḥammad Ismā'īl bn Ibrāhīm; Ṣaḥīḥ al-Bukhārī, Beirut: Dār al-Kutub al-'Ilmīyah, 1992.

Chejne, Anwarg; *the Arabic Language-It's Role in History*, Minnesota: the University of Minnesota Press, 1969.

Chomsky; Al-Lughah wa Mushkilāt al-Ma'rifah, trans. by Ḥamzah al-Muzaynī, Casablanka: Dār Tobqāl li-Nashr, 1990.

aḍ-Ḍabbī, al-Mufaḍḍal bn Muḥammad; *Al-Mufaḍḍaliyāt*, Aḥmad Muḥammad Shākir 'Abd as-Salām Hārūn (ed.), Beirut, 1964.

an-Dānī, Abū ‘Amr; *Al-Taysīr fī al-Qirā’āt as-Sab‘*, Istanbul, 1930.

Ḍayf, Shawqī; *Al-‘Aṣr al-‘Abbāsī al-Awwal*, Cairo: Dār al-Ma‘ārif, 1976.

______; Al-‘Aṣr al-Islāmī, Cairo: Dār al-Ma‘ārif, 1963.

______; Al-‘Aṣr al-Jāhilī, Cairo: Dār al-Ma‘ārif, 1960.

______; *Al-Fann wa-Madhāhibu-hu fī ash-Shi‘r al-‘Arabī*, Cairo: Dār al-Ma‘ārif, 1978.

______; *Funūn al-Adab al-‘Arabī - ar-Rithā’*, Cairo: Dār al-Ma‘ārif.

______; *Al-Madāris an-Naḥawīyah*, Cairo: Dār al-Ma‘ārif,(n.d.).

ad-Dūrī,‘Abd al-‘Azīz; *At-Takwīn At-Tārīkhī li-l-Ummah al-‘Arabīyah,* Beirut: Markaz Dirāsāt al-Waḥdah al-‘Arabīyah, 1984.

Eid, Mushira; *Current Issues in Linguistic Theory*, Perspective on Arabic Linguistic, Amsterdam/Philadelphia: John Benjamin Publishing Company, 1990.

al-Fakhūrī, Ḥannā ; *Al-Mūjaz fī al-Adab al-‘Arabī wa-Tārīkhi-hi,* Beirut: Dār al-Jīl, 1991.

______; *Tārīkh al-Adab al-‘Arabī*, Beirut: al-Maktabah a1-Būlisīyah, 1987.

Fandrīs; *Al-Lughah*, trans. by ‘Abd al-Hamīd ad-Dawākhilī & Muḥammad al-Qaṣṣaṣ, Cairo, 1950.

al-Fārābī, Isḥāq Ibrāhīm; *Dīwān al-Adab*, Aḥmad Mukhtār ‘Umar (ed.), Cairo: Majma‘ al-Lughah al-‘Arabīyah, 1974.

al-Farāhīdī, al-Khalīl bn Aḥmad; *Kitāb al-‘Ayn*, Mahdī al-Makhzūmī (ed.), Beirut: Mu’assasah al-A‘lamī li-l-Maṭbū‘āt, 1988.

al-Fārisī, Abū ‘Alī al-Ḥasan bn Aḥmad; *Al-Ḥijjah fī ‘Ilal al-Qirā’āt as-Sab‘*, ‘Alī an-Najdī Nāṣ if (ed.), Cairo, 1965.

______; *Kitāb Al-Shi‘r*, Maḥmūd Muḥammad aṭ-Ṭanāḥī (ed.), Cairo: Maktabah al- Khanjī, 1988.

______; *At- Takmilah*, Kāẓim Baḥr al-Marjān (ed.), Baghdad: al-Maktabah al-Waṭanīyah, 1981.

______; *At-Ta‘līqah ‘alā Kitāb Sībawayh*, ‘Awaḍ al-Qawzī (ed.), Cairo: Maṭba‘ah al-Amānah, 1990-1991.

Farouk-Sluglett, Marion & Sluglett, Petter; *Iraq Since 1958*, London: KPI Limited, 1987.

al-Farrā’, Abū Zakrīyah Yaḥyā; *Ma‘ānī al-Qur’ān*, Beirut: ‘Ālam al-Kutub, 1980.

Farūkh, ‘Umar; *Tārīkh al-Adab al-‘Arabī*, Beirut: Dār al-‘Ilm li-l-Malāyīn, 1984.

Fayṣal, Shukrī; Taṭawwur al-Ghazal bayna al-Jāhilīyah wa-l-Islām, Damascus: University of

Damascus, 1959.

al-Ghāmidī, Sa'd Ḥudhayfah; *Al-'Irāqīyun wa-l-Maghūl*, Riyadh: Dār an-Nahḍah al-Islāmīyah, 1991.

Gharin, J.A.& Ratner, Michael; *Ḍidd al-Ḥarb fī al-'Irāq*, trans. by Ibrāhīm Yaḥyā ash-Shahābī, Damascus: Dār al-Fikr, 2003.

Gibb, H. A. R.; *Arabic Literature - An Introduction*, Oxford: Clarendon Press, 1963 .

Goldziher, Ignaz; *On the History of Grammar Among the Arabs*, Amsterdam: John Benjamins Publishing Company, 1992.

Haddārah, Muḥammad Muṣṭafā; *fī an-Naqd al-'Arabī - Dirāsah Taḥlīlīyah Muqāranah*, Beirut: al-Maktab al-Islāmī, 1981.

Hādī Aḥmad; *Tārīkh al-Ḥaḍārah al-Islāmīyah*, Amman: Jama'īyah 'Ummāl al-Maṭābi' at-Ta'āwunīyah, 1991.

______; *Ẓāhirah al-Mukhālafah aṣ-Ṣawtīyah*, Cairo; Maktabah az-Zahrā', (n.d.).

Ḥājī Khalīfah, Muṣṭafā bn 'Abd Allāh; *Kashf aẓ-Ẓunūn 'an Sāmī al-Kutub wa-l-Funūn*, Beirut: Dār al-Fikr, 1990.

al-Ḥalabī, Abū aṭ-Ṭayyib 'Abd al-Wāḥid; *Al-Ibdāl*, 'Azz ad-Dīn at-Tanūkhī (ed.), Damascus, 1960-1961.

al-Ḥamdānī, Abū Firās; *Diwān Abū Firās al-Ḥamdānī,* 'Abbās 'Abd as-Sātir (ed.), Beirut: Dār al-Kutub al-'Ilmīyah, 1986.

al-Ḥamdānī, Ḥasan; *Ṣifah Jazīrah al-'Arab*, Muḥammad bn 'Alī (ed.), Riyadh: Dār al-Yamāmah li-l-Baḥth wa at-Tarjamah, 1974.

al-Ḥamawī, Yāqūt; *Mu'jam al-Udabā'*, ar-Rafā'ī (ed.), Cairo, 1936-1938.

al-Ḥāmid, 'Abd Allah; *Ash-Shi'r fī Al-Jazīrah Al-'Arabīyah,* Riyadh: Dār al-Kitāb, 1986.

Ḥanūsh, 'Alī; *Al-'Irāq Mushkilāt al-Ḥādir wa-Khayārāt al-Mustaqbal*, Beirut: Dār al-Kunūz al-Adabīyah, 2000.

al-Harawī; *al-Azhīyah fī 'Ilm al-Ḥurūf*, 'Abd al-Mu'īn al-Malūḥī (ed.), Damascus, 1971.

al-Ḥarbī, Abū Isḥāq; *Al-Manāsik wa Amākin Ṭuruq al-Ḥajj wa Ma'ālim al-Jazīrah*, Aḥmad al-Jāsir (ed.), Riyadh: Dār al-Yamāmah li-l-Baḥth wa at-Tarjamah, 1969.

Ḥasan, Ibrāhīm; *Tārīkh al-Islām as-Siyāsī wa-d-Dīnī wa-th-Thaqāfī wa-l-Ijtimā'ī*, Cairo: Maktabah an-Nahḍah al-Miṣrīyah, (n.d.).

Ḥassān, Tamām; *Al-Lughah Bayna al-Mi'yārīyah wa al-Waṣfīyah*, Cairo, 1958.

______; *Manāhij al-Baḥth fī al-Lughah*, Cairo: Dār ath-Thaqāfah, 1974.

______; *Al-Lughah al-Arabīyah Ma'nā-hā wa Mabnā-hā*, Cairo: al-Hay'ah al-Miṣrīyah al-'Āmmah li-l-Kitāb, 1979.

______; *Manāhij al-Baḥth fī al-Lughah*, Cairo: Dār ath-Thaqāfah, 1974.

______; *Al-Uṣūl*, Cairo: al-Hay'ah al-Miṣrīyah al-'Āmmah li-l-Kitāb, 1982.

Ḥijāzī, Maḥmūd Fahmī; *'Ilm al-Lughah al-Arabīyah*, Kuwait: Wikālah al-Maṭbū'āt, 1973.

Hijāl, 'Abd al-Ghaffār Ḥāmid; *Aṣwāt al-Lughah al-Arabīyah*, Cairo: Maktabah Wahbah, 1996.

Hilāl, Muḥammad; *An-Naqd al-Adabī al-Ḥadīth*, Cairo: Nahḍah Miṣr, 1996.

Hitti, Philip K.;*The Near East in History*, Princeton, NJ., 1961.

Ḥusayn, Ṭāha & Amīn, Aḥmad; *At-Tawjīh al-Adabī*, Cairo: Cairo University, 1998.

Ḥusayn, Ṭāha; Fī al-Adab al-Jāhilī, Cairo: Dār al-Ma'ārif, (n.d.).

______; Ḥadīth al-Arbi'ā', Cairo: Dār al-Ma'ārif, 1962.

Ibn 'Abd Rabbih al-Andalusī, Aḥmad bn Muḥammad; *Al-'Iqd al-Farīd*, Beirut: Dār al-Kitāb al-'Arabī, 1986.

Ibn al-Aḥnaf, al-'Abbās; Dīwān al-'Abbās, 'Ātikah al-Khazarjī (ed.), Dār al-Kutub wa-l-Wathā'iq al-Qawmīyah, 1954.

Ibn Anas, Mālik; Al-Muwaṭṭa', Farūq Sa'd (ed.), Beirut: Dār al-Āfāq al-Jadīdah, 1979.

Ibn Baṭṭāl; Sharḥ al-Bukhārī, http://islamport.com/d/1/srh/1/32/744.html?zoom_highlightsub=%E5%CF%ED%C9 （2013/3/21瀏覽）

Ibn Baṭṭūṭah, Muḥammad bn 'Abd Allāh; *Riḥlah Ibn Baṭṭūṭah*, Talāl Ḥarb (ed.), Beirut: Dār al-Kukub al-'Ilmīyah, 1992.

Ibn al-Athīr al-Jazarī, Abū al-Ḥasan 'Alī bn Muḥammad; *Al-Kāmil fī at-Tārīkh*, Abū al-Fidā' al-Qāḍī (ed.), Beirut: Dār al-Kutub al-'Ilmīyah, 1987.

Ibn al-Athīr, al-Mubārak bn Muḥammad; Jāmi' al-Usūl fī Aḥādīth ar-Rasūl, 'Abd al-Qādir al-Arnā'ūṭ (ed.), Cairo: Maktabah Dār al-Bayān, 1972.

Ibn Burd, Bashshār; *Dīwan Bashshār bn Burd*, Mahdī Nāṣir ad-Dīn (ed.), Beirut：Dār al-Kutub al-'Ilmīyah, 1993.

Ibn Dhurayḥ, Qays; *Dīwān Qays Lubnā*, 'Afīf Ḥāṭūm (ed.), Beirut：Dār Ṣādir, 1998.

Ibn Durayd, Abū Bakr Muḥammad; *Al-Ishtiqāq*, 'Abd as-Salām Hārūn (ed.), Cairo: Dār al-Jīl,

1991.

______; *Jamharah al-Lughah*, Ramzī Ba'labakkī (ed.), Beirut: Dār al-'Ilm li-l-Malāyīn, 1988.

Ibn Fāris, Abū al-Ḥasān Aḥmad; Aṣ-Ṣāḥibī, Aḥmad Ṣaqīr (ed.), Cairo: Maṭba'ah 'Īsā al-Bānī al-Ḥalabī, 1977.

Ibn Ghyth,'Ātiq; *Mu'jam Ma'ālim al-Ḥijāz*, Macca: Dār Macca li-n-Nashr wa at-Tawzī', 1978-1981.

Ibn al-Ḥājib, Jamāl ad-Dīn; *Al-Kāfiyah fī an-Naḥw Sharḥ Raḍī ad-Dīn al-Istarābādhī*, Beirut：Dār al-Kutub al-'Ilmīyah, 1985.

Ibn al-Ḥajjāj, Muslim; Ṣaḥīḥ Muslim, Riyadh: Bayt al-Afkār ad-Dawlīyah, 1998.

Ibn Ḥanbal ash-Shaybānī, Aḥmad; *Al-Musnad*, Cairo, 1313AH.

Ibn Ḥazm al-Andalusī; *Jamharah al-Ansāb*, Cairo, 1948.

Ibn Hishām, Abū Muḥammad 'Abd Allāh; *Awḍaḥ al-Masālik,* Muḥammad Muḥyī ad-Dīn 'Abd al-Ḥāmid (ed.), Beirut: Dār Iḥyā' at-Turāth al-'Arabī, 1966.

______; Mughnī al-Labīb 'an Kutub al-A'ārīb, Muḥammad Muḥyī ad-Dīn 'Abd al-Ḥāmid (ed.), Beirut: Dār Iḥyā' at-Turāth al-'Arabī, 1966.

Ibn Hishām, Abū Muḥammad 'Abd al-Malik; Sīrah Rasūl Allāh, Cairo, 1336-1337AH.

Ibn Ḥujr, Imru' al-Qays; *Dīwān Imri' al-Qays*, Muḥammad Ibrāhīm (ed.), Cairo: Dār al-Ma'ārif, 1958.

Ibn al-'Imād al-Ḥanbalī, Abū al-Fallāh 'Abd al-Ḥayy; *Shadharāt adh-Dhahab*, Beirut: Dār al-Fikr, 1994.

Ibn al-Jawzī, Abū al-Farj 'Abd ar-Raḥmān bn 'Alī; *Al-Muntaẓam fī Tārīkh al-Umam wa-l-Mulūk*, Muḥammad 'Abd al-Qādir (ed.), Beirut: Dār al-Kutub al-'Ilmīyah, 1987.

Ibn Jinnī, Abū al-Fatḥ 'Uthmān; *Al-Khaṣā'iṣ*, Beirut: Dār al-Hudā li-ṭ-Ṭibā'ah wa an-Nashr, (n.d.).

______; Al-Munṣif, Ibrāhīm Muṣṭafā & 'Abd Allāh Amīn (ed.), Cairo: Maṭba'ah Muṣṭafā al-Bānī al-Ḥalabī, 1954.

______; *Sirr Ṣinā'ah al-Irāb*, Ḥasān Handāwī (ed.), Damascus: Dār al-Qalam, 1985.

Ibn Kathīr, Ismā'īl; Al-Bidāyah wa-n-Nihāyah, Riyadh: Dār al-'Ālam al-Kutub, 2003.

______; Qiṣaṣ al-Anbiyā', Jeddah: al-Makīyah al-Kubrā, (n.d.).

______; *Tafsīr al-Qur'ān al-'Aẓīm*, Beirut: Dār al-Ma'rifah, 1969.

Ibn Khaldūn, ‘Abd ar-Raḥmān; *Muqaddimah Ibn Khaldūn*, Beirut: Dār Maktabah al-Hilāl, 1986.

______; *Tārīkh Ibn Khaldūn*, Beirut: Mu’assasah al-A‘lamī, (n.d.).

Ibn Khallikān, Abū al-‘Abbās Shams ad-Dīn Aḥmad bn Muḥammad; *Wafayāt al-A‘yān wa-Anbā’ az-Zamān*, Iḥsān ‘Abbās (ed.), Beirut: Dār Ṣādir,(n.d.).

Ibn Khamīs, ‘Abd Allāh; *Mu‘jam al-Yamāmah*, 1978.

Ibn Mālik, Jamāl ad-Dīn Abū ‘Abd Allāh Muḥammad; *Tashīl al-Fawā’id wa Takmīl al-Maqāṣid*, Muḥammad Kāmil Barakāt (ed.), Cairo, 1967.

______; *Sharḥ at-Tashīl*, Muḥammad ‘Abd al-‘Azīz (ed.), Cairo: Dār al-Kutub, 1979.

Ibn Ma‘mar, Jamīl; Dīwān Jamīl Shā‘ir al-Ḥubb al-‘Udhrī, Ḥusayn Nassār (ed.), Cairo: Dār Miṣr li-ṭ-Ṭibā‘ah (n.d.).

Ibn Manẓūr, Jamāl ad-Dīn Muḥammad; *Lisān al-‘Arab*, Beirut: Dār Ṣādir, (n.d.).

______; *Mukhtār al-Aghānī*, al-Abyārī (ed.), Beirut, 1964.

Ibn Mujāhid; *Kitāb as-Sab‘ fī al-Qirā’āt*, Cairo: Dār Ma‘ārif, (n.d.).

Ibn al-Mulawwaḥ, Qays; *Dīwān Majnūn Laylā*, ‘Adnān Darwaysh (ed.), Beirut: Dār Ṣādir, (n.d.).

Ibn an-Nadīm, Muḥammad bn Isḥāq; *Al-Fihrist*, Teheran, 1971.

Ibn an-Naḥḥās, Abū Ja‘far Aḥmad; *Sharḥ al-Qasā’d al-Mashhūrāt*, Beirut: Dār al-Kutub al-‘Ilmīyah, 1985.

Ibn Qudāmah, Muwaffaq ad-Dīn ‘Abd Allāh; *Al-Mughnī*, ‘Abd Allāh bn ‘Abd al-Muḥsin (ed.), Cairo: Dār li-ṭ-Ṭibā‘ah wa-n-Nashr wa-t-Tawzī‘ wa-l-I‘lām, 1992..

Ibn Qutaybah, Abū Muḥammad ‘Abd Allāh bn Muslim ad-Dīnawarī; *Adab al-Kātib*, Muḥammad ad-Dālī (ed.), Beirut: Mu’assasah ar-Risālah, 1985.

______; *Ash-Shi‘r wa-sh-Shu‘arā’*, Aḥmad Muḥammad Shākir (ed.), Cairo: Dār al-Ḥadīth, 1998.

______; *Al-Ma‘ārif*, Beirut: Dār al-Kutub al-‘Ilmīyah, 1987.

______; *‘Uyūn al-Akhbār*, Beirut: Dār al-Kitāb al-‘Arabī, 1925.

Ibn ar-Rashīq, Abū ‘Alī al-Ḥasan; *Al-‘Umdah fī Maḥāsin ash-Shi‘r wa-Ādābi-hi wa-Naqdi-hi*, Beirut: Dār al-Jīl, (n.d.).

Ibn as-Sarrāj, Abū Bakr Muḥammad; *Al-Uṣūl fī an-Naḥw*, ‘Abd al-Ḥīn al-Fatlī (ed.), Beirut: Mu’assasah ar-Risālah, 1985.

Ibn ash-Shajarī, *Al-Ḥamāsah ash-Shajarīyah*, ʻAbd al-Muʻīn al-Malūḥī (ed.), Damascus, 1970.

Ibn Sinā, Abū ʻAlī al-Ḥusayn; *Asbāb Ḥudūth al-Ḥurūf*, Cairo, 1352 AH.

Ibn as-Suʻūd, ʻAbbās; *Azāhīr al-Fuṣḥā fī Daqā'iq al-Lughah*, Cairo: Dār Maʻārif, 1970.

Ibn aṭ-Ṭaḥḥān, Abū al-Aṣbaʻ as-Sumātī; *Makhārij Al-Ḥurūf wa Ṣifātu-hā*, Muḥammad Turkistānī (ed.), Beirut, 1984.

Ibn ʻUṣfūr al-Ishbīlī; *Al-Mumtiʻ fī at-Taṣrīf*, Fakhr ad-Dīn Qabbāwah (ed.), Aleppo: Dār al-Qalam al-ʻArabī, 1873.

IbnYaʻīsh, Yaʻīsh bn ʻAlī; *Sharḥ al-Mufaṣṣal*, Beirut: ʻĀlam al-Kutub,(n.d.).

Ibn Yūsuf, Muḥammad; *Tadhkirah an-Nuḥāh*, ʻAfīf ʻAbd ar-Raḥmān (ed.), Mu'assasah ar-Risālah, 1986.

Ibn az-Zubayr, Muḥammad; *Sijill Asmā' al-ʻArab*, Oman: Sultan Qaboos University, 1991.

Ibn Wāṣil al-Ḥamawī; *Tajrīd al-Aghānī*, Ṭāha Ḥusayn & al-Abyārī （ed）, Cairo, 1955.

Ibrāhīm, Ḥasan ʻAlī. *Dirāsāt fī Tārīkh Al-Mamālīk Al-Baḥrīyah*, Cairo: an-Nahḍah al-Miṣrīyah, 1967.

ʻĪd, Muḥammad; *Al-Mustawā al-Lughawī*, Cairo: ʻĀlam al-Kutub, (n.d.).

______; *Qaḍāyā Muʻāṣirah fī ad-Dirāsāt al-Lughawīyah wa al-Adabīyah*, Cairo: ʻĀlam al-Kutub, 1989.

______; *Uṣūl an-Naḥw al-ʻArabī*, Cairo: ʻĀlam al-Kutub, 1997.

Ismāʻīl, ʻIzz ad-Dīn; *At-Tafsīr an-Nafsī li-l-Adab*, Cairo: Maktabah Gharīb, (n.d.).

al-Istarābādhī, Raḍī ad-Dīn; *Sharḥ ash-Shāfiyah*, Muḥammad Nūr al-Ḥasan (ed.), Beirut: Dār al-Kutub al-ʻIlmīyah, 1975.

al-Istirābādhī, Raḍī ad-Dīn; *Sharḥ al-Kāfiyah fī al-Ḥusayn*, Beirut: Dār al-Kutub al-ʻIlmīyah, 1975.

al-Jāḥiẓ, Abū ʻUthmān ʻAmr bn Baḥr; *Al-Bayān wa-t-Tabyīn*, ʻAbd as-Salām Harūn & Muḥammad Fātiḥ ad-Dāyah (ed.), Beirut: Dār al-Fikr, (n.d.).

______; *Al-Burṣān wa al-ʻUrjān wa al-ʻUmyān wa al-Ḥulān*, ʻAbd as-Salām Muḥammad Hārūn (ed.), Baghdad: Dār ar-Rashīd, 1982.

______; Al-Ḥayawān. ʻAbd as-Salām Harūn (ed.), Beirut: Dār al-Jīl, 1988.

______; At-Tāj fī Akhlāq al-Mulūk, Aḥmad Zakī Bāshā (ed.), Cairo, 1941.

al-Jawārī, Aḥmad; *Al-Ḥubb al-ʻUdhrī Nash'atu-hu wa-Taṭawwuru-hu*, Cairo: Dār al-Kitāb al-

'Arabī, 1948.

______; *Ash-Shi'r fī Baghdād Ḥattā Nihāyah al-Qarn ath-Thālith al-Hijrī*, Beirut: Maṭābi' Dār al-Kashshāf, 1956.

al-Jawharī, Ismā'īl bn Ḥammād; Aṣ-Ṣiḥāḥ, Aḥmad 'Abd al-Ghafūr 'Aṭṭār (ed.), Beirut: Dār al-'Ilm li-l-Malāyīn, 1979.

al-Jazā'irī, Abū Bakr Jābir; *Minhāj al-Muslim*, Casablanca: Dār aṭ-Ṭibā'ah al-Ḥadīthah, 1977.

Jeng, Huey Ysyr; *Khilāf al-Akhfash al-Awsaṭ 'an Sībawayh min Khilāl Shurūḥ al-Kitāb ḥattā Nihāyah al-Qarn ar-Rābi' al-Hijrī*, Amman: Maktabah ath-Thaqāfah li-n-Nashr wa at-Tawzī', 1993.

al-Jumaḥī, Muḥammad bn Salām; Ṭabaqāt Faḥūl ash-Shu'arā', Beirut: Dār al-Kutub al-'Ilmīyah, 1980.

al-Jundī, Darwīsh; *Ẓāhirah At-Takassub wa-Atharu-hu fī ash-Shi'r al-'Arabī wa-Naqdu-hu*, Cairo: Nahḍah Miṣr, 1969.

al-Jurjānī, 'Abd al-Qāhir; *Dalā'il al-I'jāz fī 'Ilm al-Ma'ānī*, Muḥammad Rashīd Riḍā (ed.), Beirut: Dār al-Ma'rifah, 1978.

al-Kātib, Sayf ad-Dīn & al-Kātib, Aḥmad; Shrḥ Dīwān Umayyah bn Abī aṣ-Ṣalt, Beirut: Dār Maktabah al-Ḥayāh, (n.d.).

Khāzin, Nasīb; Min as-Sāmīyīn ilā al-'Arab, Beirut: Dār Maktabah al-'Ilm li-l-Malāyīn, 1984.

al-Khuzā'ī, Kuthayr; Dīwān Kuthayr 'Azzah, http://adb.sendbad.net/poem23754.html.

al-Kisā'ī, Abū al-Ḥasan 'Ali bn Ḥamzah; *Mā Talḥan fī-hi al-'Āmmah*, Ramaḍān 'Abd at-Tawwāb (e.d.), Cairo: Maktabah al-Khānjī, 1982.

Lepschy, Giulio, History of Linguistics, *The Eastern Traditions of Linguistics*, Singapore, Longman London & New York, 1994.

Maḥmūd, Rizq; *'Aṣr Salāṭīn al-Mamālīk wa-Nitājuhu al-'Ilmī wa-l-Adabī,* Beirut: Dār al-Ḥamāmī li-ṭ-Ṭibā'ah.

Mahrān, Muḥammad; *Dirāsāt fī Tārīkh al-'Arab al-Qadīm*, Riyadh: al-Imam Muḥammad University, 1980.

al-Maqarrī, Aḥmad bn Muḥammad; *Nafḥ aṭ-Ṭīb min Ghuṣn al-Andalus ar-Raṭīb*, Iḥsān 'Abbās (e.d.), Beirut: Dār Ṣādir, 1968.

al-Maqdisī, Anīs; *Umarā' ash-Shi'r al-'Arabī fī al-'Aṣr al-'Abbāsī*, Beirut: Dār al-'Ilm li-l-

Malāyīn, 1983.

al-Maqdisī, Shams ad-Dīn Muḥammad ‘Abd al-Hādī; *Al-Muḥarrar fī al-Ḥadīth*, Muḥammad Samārah & Jamāl adh-Dhahabī (ed.), Beirut: Dār al-Ma‘rifah. 1985.

Marr, Phebe; *The Modern History of Iraq*, Colorado:Westview Press, 2004.

Maṣlūḥ, Sa‘d; *Dirāsāt Naqdīyah fī al-Lisānīyāt al-‘Arabīyah al-Mu‘āṣirah*, Cairo: ‘Ālam al-Kutub, 1989.

al-Mas‘ūdī, ‘Alī bn al-Ḥusayn; *Murūj adh-Dhahab wa-Ma‘ādin al-Jawhar*, Beirut: Dār al-Kutub al-‘Ilmīyah, 1986.

Maṭlūb Aḥmad; *Buḥūth Lughawīyah*, Amman: Dār al-Fikr, 1987.

al-Mawsū‘ah li-n-Nashr wa-t-Tawzī‘; *Al-Mawsū‘ah al-Arabīyah al-‘Ālamīyah*, Riyadh: al-Mawsū‘ah li-n-Nashr wa-t-Tawzī‘, 1999.

Metz, Helen Chapin; *Iraq a Country Study*, Federal Research Division, Liberary of Congress, 1990.

Mubārak, Zakī; *An-Nathr al-Fannī fī al-Qarn ar-Rābi‘*, Cairo: Maṭba‘ah Dār al-Kutub al-Miṣrīyah, 1934.

al-Mubarrid, Muḥammad bn Yazīd; *Al-Kāmil*, Muḥammad Aḥmad ad-Dālī (ed.), Beirut: Mu’assasah ar-Risālah, 1993.

______; *Al-Muqtaḍab*, Muḥammad ‘Uḍaymah (ed.), Beirut: ‘Ālam al-Kutub, (n.d.).

Mūsā, ‘Umar; *Ibn Nubātah Al-Miṣrī Amīr Shu‘arā’ al-Mashraq*, Cairo: Dār al-Ma‘rifah, 1992.

Muṣṭafā, Ibrāhīm; *Al-Mu‘jam al-Wasīṭ,* Beirut: Dār Iḥyā’ at-Turāth al-‘Arabī,(n.d.).

al-Mutanabbī, Abū aṭ-Ṭayyib Aḥmad; *Dīwām al-Mutanabbī*, Beirut: Dār aṣ-Ṣādir, (n.d.).

an-Naḥḥās, Abū Ja‘far; *I‘rāb al-Qur’ān*, Zuhayr Ghāzī Zāhid (ed.), Cairo:‘Ālam al-Kutub, 1985.

Nāṣif, ‘Alī an-Najdī; *Sībawayh Imām an-Nuḥāh*, Cairo: 1979.

Nāṣif, Muṣṭafā; *Qirā’ah Thāniyah li-Shi‘ri-nā al-Qadīm*, Beirut: Dār al-Andalus, 1981.

Nawwār, ‘Abd al-‘Azīz; *Tārīkh al-‘Arab al-Mu‘āṣir — Miṣr wa-l-‘Irāq*, Beirut: Dār an-Nahḍah al-‘Arabīyah, 1973.

Nicholson, Reynold A.; *A literary History of the Arabs*, Cambridge: Cambridge University Press, 1969.

Qabbish, Aḥmad; Tārīkh ash-Shi‘r al-‘Arabī al-Ḥadīth, Beirut: Dār al-Jīl, 1971.

Al-Qālī, Abū ʻAlī Ismāʻīl; Al-Amālī, Beirut: Dār al-Kitāb al-ʻArabī, (n.d.).

Qaṭab, Sayyid; *Fī Ẓilāl al-Qur'ān*, Beirut: Dār ash-Shurūq, 1982.

al-Qaṭṭ, ʻAbd al-Qādir; *Fī ash-Shiʻr al-Islāmī wa-l-Umawī*, Beirut: Dār an-Nahḍah al-ʻArabīyah, 1979.

al-Qaysī al-Qurtubī, Abū Naṣr Hārūn bn Mūsā; *Sharḥ ʻUyūn Kitāb Sībawayh*, ʻAbd Rabbih ʻAbd al-Laṭīf, Cairo, 1984.

al-Qifṭī, Jamāl ad-Din Abū al-Ḥasan ʻAlī bn Yūsuf; Inbāh ar-Ruwāh ʻalā Anbāh an-Nuḥāh, Muḥammad Abū al-Faḍl Ibrāhīm (ed.), Cairo: Dār al-Fikr al-ʻArabī, (n.d.).

al-Qummī, ʻAbbās; *Safīnah al-Biḥār wa-Madīnah al-Ḥikam wa-l-Āthār*, Iran: Dār al-Uswah, 1416H.

al-Qurashī, Abū Zayd Muḥammad; *Jamharah Ashʻār al-ʻArab fī al-Jāhilīyah wa-l-Islām*, ʻAlī Muḥammad al-Bajāwī (ed.), Cairo, (n.d.).

ar-Rāfiʻī, Muṣṭafā Ṣādiq; *Tārīkh Ādāb al-ʻArab*, Beirut: Dār al-Kitāb al-ʻArabī, 1974.

Rawwāy, Salāḥ; *Fiqh al-Lughah wa Khaṣā'iṣ al-ʻArabīyah*, Cairo: Maktabah az-Zahrā', 1993.

Ronuven, Pier; *Tārīkh al-Qarn al-ʻIshrīn*, trans. by Nūr ad-Dīn Ḥāṭūm, Beirut: Dār al-Fikr al-Muʻāṣir, 1980.

ar-Rūmī, Ḥusyn; *Darar al-Kāfiyah fī Ḥall Sharḥ ash-Shāfiyah*, al-Matbaʻah al-ʻĀmirah, 1310 AH.

ar-Rūsān, Mamdūḥ; ʻAlāqah al-Irāq as-Siyāsīyah maʻ Aqṭār al-Mashraq al-ʻArabī, Irbid: Mu'assasah Ḥammādah li-d-Dirāsāt al-Jāmiʻīyah wa-n-Nashr wa-t-Tawzīʻ, 2000.

as-Saʻāfīn, Ibrāhīm; *Madrasah al-Iḥyā' wa-t-Turāth*, Beirut: Dār al-Andalus, 1981.

as-Sabbāʻī, Musṭafā; *Min Rawā'iʻ Ḥaḍārati-nā*, Amman: Maṭābiʻ al-Mu'assasah aṣ-Ṣaḥīfah al-Urdunnīyah, 1974.

Ṣabrah, Aḥmad Ḥasan; *Al-Ghazal al-ʻUdhrī fī ash-Shiʻr al-Umawī*, Alexandra: aṣ-Ṣadīqān li-n-Nashr wa-l-Iʻlān, 2001.

Saʻd ad-Dīn, Maḥmūd; 2011/4/2. *"Asrār Hadāyā al-ʻArab li-Mubārak wa-Khafāyāhā"*, Ṭarīq al-Akhbār, http://elakhbar.akhbarway.com/news.asp?c=2&id=84898.（2012/07/15瀏覽）

as-Sajistānī, Abū Dāwūd; *Sunan Abī Dāwūd,* ʻIzzah ʻUbayd ad-Daʻās (ed.), Ḥimṣ: Dār al-Ḥadīth, 1389H.

as-Sajistānī, Abū al-Ḥātim; *Al-Firaq*, Ḥātim Ṣāliḥ aḍ-Ḍāmin (ed.), ʻĀlam al-Kutub, 1987.

Salām, Muḥammad Zaghlūl; *Al-Adab fī al-'Aṣr al-Mamlūkī,* Cairo: Dār al-Ma'ārif, 1971.

aṣ-Ṣāliḥ, Ṣubḥī; *Dirāsāt fī Fiqh al-Lughah*, Dār al-'Ilm li-l-Malāyīn, 1960.

Sālim, as-Sayyid 'Abd al-'Azīz; *Tārīkh al-'Arab fī 'Aṣr al-Jāhilīyah*, Beirut: Dār an-Nahḍah al-'Arabīyah, (n.d.).

as-Samarā'ī Ibrāhīm; *Al-Fi'l Zamānu-hu wa Abniyatu-hu*, Mu'assasah ar-Risālah, 1983.

______; *Mabāḥith Lughawīyah*, Baghdad, 1971.

______; *Al-Taṭawwur al-Lughawī at-Tārīkhī*, Beirut: Dār al-Andalus, 1981.

as-Sandūbī, Ḥasan & Ṣalāḥ ad-Dīn, Usāmah; *Sharḥ Dīwān Imri' al-Qays*, Beirut: Dār Iḥyā' al-'Ulūm, 1990.

aṣ-Ṣaymarī, Abū Muḥammad 'Abd Allāh; *At-Tabṣirah wa at-Tadhkirah*, Fatḥī, 'Alī ad-Dīn (ed.), Damascus: Dār al-Fikr, 1982.

as-Sam'ānī, 'Abd al-Karīm bn Manṣūr; *Al-Ansāb*, Beirut: Dār al-Jinān, 1988.

as-Sayyāb, Shākir; *Dīwān Shi'r Badr Shākir*, Kunūz, 1998.. http://konouz.com/%D8%A7%D9%84%D9%87%D8%AF%D9%8A%D9%87_45_235_1_1_5_127_10872__ar.html.（2012/07/15瀏覽）

Sayyid, Ayman Fu'ād; *Ad-Dawlah al-Fāṭimīyah fī Miṣr–Tafsīr Jadīd*, Dār al-Miṣrīyah al-Lubnānīyah, 1992.

Shahīn, 'Abd aṣ-Ṣabūr; *Al-Minhaj aṣ-Ṣawtī li-l-Bunyah al-'Arabīyah*, Mu'assasah ar-Risālah, 1980.

ash-Shajarī; al-Ḥamāsah ash-Shajarīyah, 'Abd al-Mu'īn al-Malūḥī (ed.), Ministry of Culture, Damascus, 1970.

Shalabī, Aḥmad; *Mawsū'ah at-Tārīkh al-Islāmī*, Cairo: Maktabah an-Nahḍah al-Miṣrīyah, 1990.

ash-Shanfarā; *Dīwān ash-Shanfarā,* Ṭalāl Ḥarb (ed.), ad-Dār al-Ālamīyah, 1993.

Sharārah, 'Abd al-Laṭīf; *Īliyā Abū Māḍī Dirāsah Taḥlīlīyah*, Beirut: Dār Ṣādir, 1965.

Shawshah, Fārūq; *Mukhtārāt Min Shi'r Aḥmad Shawqī*, Kuwait: Mu'assasah Jā'izah 'Abd al-'Azīz Su'ūd al-Bābaṭīn li-l-Ibdā' ash-Shi'rī, 2006.

Sībawayh, Abū Bishr 'Amr bn 'Uthmān bn Qunbar; *Al-Kitāb*, 'Abd as-Salām Muḥammad Hārūn (ed.), Beirut: 'Ālam al-Kutub, (n.d.).

______; *Al-Kitāb*, Cairo: Būlāq, 1898-1900.

As-Sīrāfī, Abū Sa'īd; *Akhbār an-Naḥawīyīn al-Baṣrīyīn*, Muḥammad Ibrāhīm al-Bannā (ed.),

Cairo: Dār al-I'tiṣām, 1985.

______; *Mā Yaḥtamil ash-Shi'r min aḍ-Ḍarūrah*, 'Awaḍ al-Qawzī (ed.), Cairo: Dār al-Ma'ārif, 1991.

______; *Sharḥ Kitāb Sībawayh*, hand-coppied, San'ā': Dār al-Makhṭuṭāt 311.

Simons, Geoff; *Iraq: From Sumer to Saddam*, Basingstoke: Macmillan, 1996.

Sulaymān, Mūsā; Al-Ḥubb al-'Udhrī, Beirut: Dār al-'Ilm li-l-Malāyīn, 1947.

aṣ-Ṣūlī, Abū Bakr Muḥammad; *Akhbār Abī Tamām*, Khalīl 'Akāsir (ed.), Beirut: Dār al-Āfāq al-Jadīdah, 1980.

as-Sumātī bn aṭ-Ṭaḥḥān, Abū al-Aṣba'; *Makhārij al-Ḥurūf wa Ṣifātuhā*, Muḥammad Turkistānī (ed.), Beirut, 1984.

as-Suwaydī, Abū al-Fawz; *Sabā'ik adh-Dhahab fī Qabā'il al-'Arab*, Beirut: Dār al-Kutub al-'Ilmīyah, 1986.

as-Suyūṭī, Jamāl ad-Dīn 'Abd ar-Raḥmān; Al-Ashbāh wa an-Naẓā'ir fī an-Naḥw, Beirut: Dār al-Kutub al-'Ilmīyah, 1984.

______; *Bughyah al-Wu'āh fī Ṭabaqāt al-Lughawīyīn wa an-Nuḥāh*, Muḥammad Ibrāhīm (ed.), Cairo: Maṭba'ah 'Īsā al-Bānī al-Ḥalabī, 1964.

______; *Ham' al-Hawāmi' fī Sharḥ al-Jawāmi'*, 'Abd al-'Āl Sālim Mukarram (ed.), Kuwait: Dār al-Buḥūth al-'Ilmīyah, 1975-1979.

______; Iqtirāḥ fī 'Ilm Uṣūl an-Naḥw, Aḥmad Muḥammad Qāsim (ed.), Cairo: Maṭba'ah as-Sā'ādah, 1976.

______; *Al-Itqān fī 'Ulūm al-Qur'ān.*

______; *Al-Muzhir fī 'Ulūm al-Lughah wa Anwā'ihā.* Beirut: Dār al-Fikr, (n.d.).

______; *Tārīkh al-Khulafā'*, Beirut: Dār Ṣādir, 1997.

______; *Tārīkh al-Khulafā'*, Muḥammad Muḥyī ad-Dīn 'Abd al-Ḥamīd (ed.), Cairo: Maṭba'ah as-Sa'ādah, 1952. http://www.islamicbook.ws/tarekh/tarikh-alkhlfa-.pdf.（2012/07/15瀏覽）

aṭ-Ṭabarī, Abū Ja'far Muḥammad bn Jarīr; *Tafsīr aṭ-Ṭabarī*, Cairo: Maktabah Muṣṭafā al-Bābī al-Ḥalabī wa-Awlādi-h, 1968.

______; *Tārīkh al-Umam wa-l-Mulūk*, Beirut: Dār al-Kutub al-'Ilmīyah, 1997.

at-Tabrīzī, al-Khaṭīb; *Sharḥ al-Qaṣā'id al-'Ashr*, Fakhr ad-Dīn Qabāwah (ed.), Beirut: Dār al-

Āfāq al-Jadīdah, 1980.

______; *Sharḥ Qaṣīdah Ka'b bn Zuhayr Bānat Su'ād,* Karanku (ed.), Beirut: Dār al-Kitāb al-Jadīdah. 1971. http://www.feqhweb.com/vb/t13337.html（2013/3/26瀏覽）

at-Tall, Ṣafwān; Taṭawwur al-Ḥurūf al-'Arabīyah, Amman: Dār ash-Sha'b, 1980.

aṭ-Ṭā'ī, Abū Tamām. Dīwān al-Ḥamāsah. Cairo: Maṭba'ah Ḥijāzī, (n.d.).

aṭ-Ṭanṭāwī, Muḥammad; *Nash'ah an-Naḥw*, Cairo: Dār Ma'ārif, 1973.

ath-Tha'ālibī, Abū Manṣūr 'Abd al-Malik; *Yatīmah ad-Dahr fī Maḥāsin al-'Aṣr*, Mufīd Muḥammad Qamīḥa (ed.), Beirut: Dār al-Kutub al-'Ilmīyah, 1983.

______; Fiqh al-Lughah wa Sirr al-'Arabīyah, Cairo: Maktabah Muṣṭafā al-Bānī al-Ḥalabī, 1972.

at-Tūnjī, Muḥammad; Al-Mu'jam al-Mufaṣṣal fī al-Adab, Beirut: Dār al-Kutub al-'Ilmīyah, 1993.

'Uḍaymah, Muḥammad; Dirāsāt li-Uslūb al-Qur'ān al-Karīm, Cairo: Dār al-Ḥadīth, 1972.

'Umar, Aḥmad Mukhtār; Al-Baḥth al-Lughawī 'Inda al-'Arab, Cairo: 'Ālam al-Kutub, 1997.

______; Dirāsah aṣ-Ṣawt al-Lughawī, Cairo: 'Ālam al-Kutub, 1997.

______; Muḥāḍarāt fī 'Ilm al-Lughah al-Ḥadīth, Cairo: 'Ālam al-Kutub, 1995.

______; Tārīkh al-Lughah al-Arabīyah fī Miṣr wa al-Maghrib al-Adnā, Cairo: 'Ālam al-Kutub, 1992.

Wiet, Gaston; *Baghdad*, trans. by Seymour Feiler, Oklahoma: University of Oklahoma Press, 1971.

Wilfansūn, Abū Dhu'ayb; Tārīkh al-Lughāt as-Sāmīyah, Beirut: Dār al-Qalam, 1980.

Yāqūt, Shihāb ad-Dīn Abū 'Abd Allāh; *Mu'jam al-Buldān*, Beirut: Dār Iḥyā' at-Turāth al-'Arabī, (n.d.).

______; *Mu'jam al-Udabā'*, Beirut: Dār Iḥyā' at-Turāth al-'Arabī.

az-Zajjājī, Abū Isḥāq Ibrāhīm; Al-'Īḍāḥ fī 'Ilal an-Naḥw, Māzin al-Mubārak (ed.), Beirut: Dār an-Nafā'is, 1982.

______; *Ma'ānī al-Qurān wa-I'rābuh*, 'Abd al-Jalīl 'Abduh (ed.), Beirut: 'Ālam al-Kutub, 1988.

az-Zamakhsharī, Abū al-Qāsim Maḥmūd bn 'Umar, Al-Kashshāf, Muṣṭafā Ḥusayn Ḥmad (ed.), Beirut: Dār al-Kutub al-'Ilmīyah, 1986.

______; Asās al-Balāghah, Cairo, 1922.

Zaydān, Jūrjī, *Tārīkh Ādāb al-Lughah al-'Arabīyah*, Maṭba'ah al-Hilāl, 1913.

az-Zayr, Muḥammad bn Ḥasan, *Al-Qiṣaṣ fī al-Ḥadīth an-Nabawī*, Riyadh: Dār al-Madanī, 1985.

az-Ziriklī, Khayr ad-Dīn; *Al-A'lām*, Beirut: Dār al-'Ilm li-l-Malāyīn, 1984.

Ziyāda, Niqūlā; *'Ālam Al-'Arab*, Ḥamad al-Jāsir (ed.), Riyadh: Dār al-Ḥayāh, 1979.

az-Zubaydī, Abū Bakr Muḥammad bn al-Ḥasan; *Laḥn al-'Awwām*, Ramaḍān 'Abd at-Tawwāb (ed.), Cairo, 1964.

______; *Ṭabaqāt an-Naḥawīyīn wa al-Lughawīyīn*, Muḥammad Abū al-Faḍl Ibrāhīm (ed.), Cairo: Dār al-Ma'ārif, (n.d.).

az-Zubayrī, Abū 'Abd Allāh; *Nasab Quraysh*, Cairo: Dār al-Ma'ārif, (n.d.).

牟斯（Marce Mauss），Cunnison, Ian英譯，何翠萍、汪珍宜中譯，《禮物：舊社會中交換的形式與功能》，臺北：允晨，1984。

沙烏地阿拉伯王國朝覲義產部，《中文譯解古蘭經》，麥地那：法赫德國王《古蘭經》印製廠，1407AH。

鄭慧慈，〈從阿拉伯原始文獻看歐茲里情詩的感官性〉，《阿拉伯學研究》（Arab Studies），第一卷第一期，頁114-141，上海外國語大學期刊，2009.12。

鄭慧慈，〈伊斯蘭服飾文化〉，《新世紀宗教研究期刊》，第四卷第二期，頁83-120，臺北：宗博出版社，2005.12。

鄭慧慈，〈阿拉伯蒙昧詩序言的解讀〉，《政治大學外語學報》創刊號，頁33-55，2004.06。

鄭慧慈，《伊拉克史》，臺北：三民書局，2008。

阿漢譯音表

	a ā	i ī	uū	ay	au	sukun 輕音	an ān	un ūn	in īn	
ا	阿	伊	巫	埃	奧	俄	安	汶	因	’
ب	巴	比	布	拜	保	卜	班	本	賓	b
ت	塔	提	土	泰	陶	特	坦	藤	廷	t
ث	山	夕	束	塞	少	史	閃	孫	信	th
ج	加	基	朱	賈	焦	几	姜	究	晉	j
ح	哈	息	胡	亥	豪	賀	罕	琿	印	ḥ
خ	卡	其	乎	愷	浩	可	漢	崑	亨	kh
د	達	迪	杜	戴	道	德	丹	敦	丁	d
ذ	扎	居	儒	才	召	茲	然	孫	定	dh
ر	剌	里	魯	雷	勞	爾	嵐	崙	霖	r
ز	撒	奇	茹	翟	兆	資	贊	閏	任	z
س	薩	西	蘇	賽	邵	斯	珊	孝	辛	s
ش	夏	序	書	薛	蕭	須	軒	匈	遜	sh
ص	沙	席	舒	晒	紹	舍	善	順	訓	ṣ
ض	大	弟	度	代	島	底	單	頓	鼎	ḍ
ط	拓	堤	突	太	韜	圖	覃	屯	亭	ṭ
ظ	查	區	如	仔	饒	若	詹	潤	仁	ẓ
ع	艾	邑	烏	靄	敖	厄	案	文	殷	‘
غ	佳	吉	辜	凱	高	葛	干	坤	艮	gh
ف	法	菲	夫	費	富	弗	凡	豐	分	f
ق	格	紀	古	蓋	告	各	甘	袞	庚	q
ك	克	齊	庫	開	考	柯	侃	昆	金	k
ل	拉	立	陸	賴	絡	勒	蘭	倫	林	l
م	馬	米	穆	麥	茅	姆	曼	門	民	m
ن	納	尼	努	乃	瑙	恩	南	奴	寧	n
ه	赫	希	忽	海	郝	合	含	渾	恆	h
و	瓦	維	伍	威	沃	屋	萬	翁	溫	w
ي	亞	業	尤	耶	堯	也	顏	庸	尹	y i

人名中文譯名索引

著作中譯名稱索引

國家圖書館出版品預行編目資料

阿拉伯文學史／鄭慧慈著. ——初版. ——臺北市：五南，2015.10
面；　公分
ISBN 978-957-11-8164-6（平裝）

1.東方文學　2.文學史

865.9　　104010742

1WH8

阿拉伯文學史

作　　者— 鄭慧慈
發 行 人— 楊榮川
總 編 輯— 王翠華
主　　編— 陳姿穎
責任編輯— 邱紫綾
封面設計— 童安安
出 版 者— 五南圖書出版股份有限公司
地　　址：106台北市大安區和平東路二段339號4樓
電　　話：(02)2705-5066　　傳　　真：(02)2706-6100
網　　址：http://www.wunan.com.tw
電子郵件：wunan@wunan.com.tw
劃撥帳號：01068953
戶　　名：五南圖書出版股份有限公司
法律顧問　林勝安律師事務所　林勝安律師
出版日期　2015年10月初版一刷
定　　價　新臺幣520元